Cassardim
Jenseits der Tanzenden Nebel

Weitere Titel von Julia Dippel bei Planet!:

Izara
Bd. 1: Das ewige Feuer

Izara
Bd. 2: Stille Wasser

Izara
Bd. 3: Sturmluft

Izara
Bd. 4: Verbrannte Erde

Cassardim
Bd. 1: Jenseits der Goldenen Brücke

Cassardim
Bd. 2: Jenseits der Schwarzen Treppe

Mehr über unsere Bücher, Autor*innen und Illustrator*innen auf:
www.planet-verlag.de

JULIA DIPPEL

CASSARDIM

JENSEITS DER TANZENDEN NEBEL

INS GEDÄCHTNIS GERUFEN

Während ihrer Verlobungszeit am Schattenhof hat Amaia neben Noárs skrupellosem Vater Shaell auch mit den Intrigen der Schattenfürstin Zima, mit Attentaten, dem wachsenden Chaos und einem unheimlichen Kapuzenmann zu kämpfen, der sie verfolgt. Zu allem Überfluss unterstellt man ihr noch immer, nicht Kaiser Katairs Tochter und damit auch nicht die wahre Goldene Erbin zu sein.

Nur ihre Liebe zum Schattenprinzen ist ein Lichtblick in diesen finsteren Zeiten. Zumindest, bis der ehemalige Seneschall Lazar ihr offenbart, dass Noár in der Nacht der Rebellion das Chaos in den Goldenen Berg gebracht hat und somit mitverantwortlich für Amaias Zeit als Geisel in der Menschenwelt ist.

Nun zweifelt Amaia, ob sie Noár noch immer heiraten will. Doch Kaiser Katair erzwingt eine öffentliche Hochzeit, um sie als Betrügerin bloßzustellen. Dazu präsentiert er seine vom Chaos besessene Ehefrau in einem Käfig. Kaiserin Moya gibt tatsächlich zu, dass Amaia nicht ihre Tochter sei, nur bleibt ihre Glaubwürdigkeit umstritten.

Der tot geglaubte Chaoskaiser Fidrin, der sich zwischenzeitlich im Körper des Waldprinzen Tincos versteckt hat, nutzt die aufgeheizte Stimmung, um die Macht an sich zu reißen. Eine Schlacht zwischen Cassarden und Chaoswandlern bricht aus, die Amaia nur zu ihren Gunsten wenden kann, indem sie sich selbst Zugang zum Chaos verschafft. Zu diesem Zweck lässt Noár sich absichtlich mit einem Chaos-Pfeil verwunden. Schließlich besiegen sie Fidrin.

Amaia wird zu ihrer Sicherheit von dem unheimlichen Kapuzenmann, der sich inzwischen als der Faheen-Fürst Ilion herausgestellt hat, in ein entlegenes Fort gebracht. Dort entscheidet sie sich, Noár zu verzeihen, und ihre Geisterfreundin Zoey richtet eine kleine private Hochzeit aus – als letzte Amtshandlung, bevor sie in die Menschenwelt zurückkehrt.

Glücklich verheiratet feiert Amaia mit ihren Freunden und Geschwistern, als sie plötzlich in Noárs Augen wirbelnde Chaos-Abgründe wahrnimmt.

Honeymoon im Chaos

Unsere Schwerter schlugen so hart gegeneinander, dass Funken sprühten. Gerade als ich von dem Baumstumpf springen wollte, auf dem wir geheiratet hatten, packte Noár mein Handgelenk und machte damit jede Aussicht auf rettenden Abstand zunichte. Gar nicht gut. Jetzt konnte er seine Kraft und Größe gnadenlos ausnutzen, um mich in die Knie zu zwingen.

»Gib auf!«, forderte er mit einem gefährlichen Lächeln. Sein Befehl kroch mir unter die Haut. Der Wille des Schattenprinzen war so stark, dass alles in mir danach schrie, mich diesem zu beugen. Aber ich war nicht irgendwer. Ich ließ mich nicht so einfach manipulieren. Ich war die Goldene Erbin, die Bezwingerin des Chaoskaisers und ... seit Neuestem auch die Ehefrau dieses leider viel zu attraktiven Sammelsuriums aus schweißnassen Muskeln, samtiger Stimme und funkelnden Augen voll sinnlicher Versprechen.

»Hättest du wohl gern«, keuchte ich. Noárs Befehl aus meinem Bewusstsein zu verdrängen, kostete mich mindestens genauso viel Konzentration, wie meine Beine anzuweisen, auf keinen Fall unter mir nachzugeben. Glücklicherweise reagierte mein Körper wie von allein und folgte den Abläufen, die mich Rhome immer und immer wieder hatte trainieren lassen: Schritt zur Seite, Gewicht verlagern, drehen, zuschlagen.

Meine Faust traf den Schattenprinzen unterhalb der Rippen. Ich verstärkte die Wucht des Schlags durch meinen Willen, sodass Noár sich eigentlich vor Schmerzen hätte krümmen und den Griff um mein Handgelenk hätte lockern müssen, doch er grinste nur. Unvermittelt wirbelte er mich herum, ein Manöver, das ich weder kannte noch nachvollziehen konnte. Ich krachte mit dem Rücken gegen seine Brust und war prompt in stahlharten Armen gefangen. Noárs Klinge lag an meiner Kehle, während mein Schwert am Baumstumpf abprallte und mit einem Scheppern auf dem Geröllboden landete – weit außerhalb meiner Reichweite. Verdammt.

»Das war gut«, raunte er. »Du wirst jeden Tag besser.«

Ich schnaubte. »Wäre das ein echter Kampf, wäre ich jetzt tot. So gut kann ich also nicht gewesen sein.«

Obwohl ich meinen Widerstand aufgab, ließ Noár mich nicht los. Sein warmer Atem strich mir über den Hals. Dann spürte ich seine Lippen an meinem Ohr.

»Sei nicht so streng mit dir.« Die sanften Worte brachten meinen Frust mühelos zum Schmelzen. »Immerhin hast du dir einen Gegner gewählt, mit dem es niemand in Cassardim aufnehmen kann.«

Unwillkürlich erschauerte mein ganzer Körper. Ich ignorierte es und rollte mit den Augen. »Schon mal versucht, gegen dein Ego anzutreten?«, erkundigte ich mich trocken. »Da hättest du nicht die geringste Chance.«

Der Schattenprinz lachte leise. Die Umklammerung, die mich zuvor noch bewegungsunfähig gemacht hatte, fühlte sich nun gar nicht mehr nach der eines Gegners an. Ganz im Gegenteil.

»Ich kenne da jemanden, dem nicht einmal mein Ego gewachsen wäre«, offenbarte er mir amüsiert, während er mich zu sich drehte. Seine Sternenaugen musterten mich so intensiv, dass mir trotz des kühlen Winds und meiner verschwitzten Kleidung heiß wurde. Schien, als wäre das Training nun offiziell beendet.

»Würden wir beide uns in einem echten Kampf gegenüberstehen, läge mein Leben in deinen Händen«, fuhr er fort und drückte mich fest an seine kräftige Brust. »Ich wäre dir hilflos ausgeliefert, weil ich dir niemals etwas antun könnte.«

Oh Mann, wenn er mich so hielt wie jetzt und derartige Sachen sagte, beschränkten sich meine Gedanken und Gefühle auf ein einziges primitives Wort: meins.

»Dann«, flüsterte ich, »war es ein taktisch sehr kluger Schachzug von dir, mich zu heiraten.«

»Oh ja, das war es, Kätzchen.« Noár grinste, aber in seinem Ton schwang großer Ernst mit. Er beugte sich zu mir. »Die klügste Entscheidung meines Lebens.«

Bevor ich etwas erwidern konnte, verschloss er meinen Mund mit seinem und stahl der Welt um uns herum jede Bedeutung. Noár schaffte mit einem einzigen Kuss etwas, was sonst nichts und niemand vermochte. Er brachte all meine Sorgen und die unaufhörlich kreisenden Gedanken zum Verstummen. Für ein paar Augenblicke herrschte Ruhe in meinem Kopf. Für ein paar Augenblicke waren weder Cassardims lädierte Barrieren noch der mögliche Bürgerkrieg oder die nahende Chaos-Apokalypse von Belang. Für ein paar Augenblicke gab es nur Noár und mich und das überwältigende Gefühl, das uns verband. Ich versuchte, mich an diesem Moment festzuklammern, denn ich wusste, was unweigerlich folgen würde, wenn mein Kopf wieder die Kontrolle übernahm. Angst. Angst, diesen Mann, dem mein Herz gehörte – *meinen* Mann –, zu verlieren. Die Liebe zu Noár erfüllte mich auf eine so gewaltige und übermächtige Weise, dass ich nicht wusste, was mit meinem Verstand geschehen würde, sollte er irgendwann nicht mehr an meiner Seite sein.

Dieses beklemmende Gefühl begleitete mich seit der Nacht unserer Hochzeit, als sich die Augen meines Bräutigams für den Bruchteil einer Sekunde in wirbelnde Chaos-Abgründe verwandelt hatten. Ich wusste nicht einmal, ob es wirklich real gewesen war. In dieser Nacht war so vieles ungefiltert auf mich eingeprasselt: meine Sorgen, meine Anspannung, meine Müdigkeit, meine Emotionen. Gut möglich, dass ich mich getäuscht hatte, immerhin war einen Wimpernschlag später alles wieder normal gewesen. Auch danach hatte Noár keinerlei Anzeichen einer Chaos-Infektion gezeigt. Und trotzdem hörte diese kleine Stimme in mir nicht auf, mich zu foltern. Sie nannte mich naiv, unterstellte mir eine rosarote Honeymoon-Brille und forderte mich immer wieder auf, irgendetwas zu unternehmen. Mit Noár reden zum Beispiel. Aber ich schaffte es einfach nicht. Die Angst zuzulassen, sie in Worte zu fassen, würde sie real werden lassen. Fragen würden nur zu weiteren Fragen führen, deren Antworten ich vielleicht nicht verkraften konnte. War mein Schweigen ein Fehler? Wahrscheinlich. Versteckte ich mich hinter Ausreden? Ganz bestimmt. Doch noch mehr Probleme, noch mehr Gefahren konnte ich nicht ertragen. Nicht, wo Noárs Liebe das Einzige war, das mich funktionieren und die Hoffnung nicht aufgeben ließ. Also stopfte ich der lästigen Stimme in meinem Kopf den Mund und versuchte, nicht ständig auf die kleinste Reaktion der Splitter in meinen Handflächen zu warten. Eine unangenehme Hitze, ein kriechendes Kribbeln unter der Haut, brennende Schmerzen, fauliger Geruch …

Und dann spürte ich es: Die unangenehme Hitze, das kriechende Kribbeln unter der Haut, brennende Schmerzen und der faulige Geruch – all das stürzte in genau diesem Moment auf mich ein und schien meinen schlimmsten Albtraum wahr zu machen.

Ich packte Noárs Kopf und unterbrach unseren Kuss so abrupt, dass er mich verwirrt ansah. Das durfte nicht sein. Bitte nicht.

»Alles in Ordnung?«, fragte er mich alarmiert, doch ich konnte ihn nur wie gelähmt anstarren.

Nichts. Absolut nichts. Seine Augen waren völlig normal. Panisch presste ich die Splitter fester auf seine Wangen. Ich musste sichergehen, durfte nichts riskieren. Aber der Hautkontakt verschlimmerte weder meine Schmerzen noch die Fäulnis, die sich wie ein dichter Pelz auf meine Zunge legte. Noár war nicht die Ursache. Es ging ihm gut. Oder?

»Kätzchen!« Ich wurde geschüttelt. »Sprich mit mir!«

Das riss mich aus meinem Schock.

»Cha-os«, krächzte ich.

Dann geschah alles gleichzeitig. Mitten im Hain spaltete sich der Felsboden. Schwarzer Rauch voller grüner und violetter Blitze schoss aus dem Abgrund empor und teilte sich in unzählige Tentakel. Noár stieß mich zur Seite. Noch in derselben Bewegung schnitt sein Schwert durch die wabernde Masse, die nach mir hatte greifen wollen. Ich verlor das Gleichgewicht, fiel vom Baumstumpf und landete unsanft auf den Knien. Ein knorriger Baum mit tief hängenden Ästen nahm mir die Sicht auf den angreifenden Wirbel, aber das gierige Kreischen und das Flattern lederiger Flügel, das von den Felswänden widerhallte, verhießen nichts Gutes. Chokaal. Chaoshunde. Binnen Sekunden verwandelte sich der gesamte Hain in ein wirres Durcheinander. Wirbelnde Rauch-Tentakel, Klauen, Zähne – und mittendrin der Schattenprinz und seine Klinge, vereint in einem tödlichen Tanz.

Kalte Wut sammelte sich in meinem Bauch. Das Chaos hatte in den letzten Wochen immer wieder die Barrieren durchbrochen und uns attackiert, aber das hier nahm ich persönlich. Dieser Hain gehörte mir.

Mein Blick fiel auf das Schwert, mit dem ich trainiert hatte. Es lag neben einem Schatten-Farn, nur ein paar Schritte von mir entfernt. Ich sprintete gerade los, als der Hain sich weiter verdunkelte. Diesmal war jedoch nicht das Chaos schuld, sondern die mächtigen Schwingen eines Shendai. Nox pflückte jeden Chokaal aus der Luft, der dumm genug war, den schützenden Felsüberhang zu verlassen.

»Schließ den Wirbel!«, wies Noár mich an.

Ich nickte und schnappte mir mein Schwert. Der Schattenprinz und sein Shendai waren ein unschlagbares Team. Sie würden dafür sorgen, dass keiner der Chaoshunde entkommen und in Cassardim sein Unwesen treiben konnte. Ich dagegen hatte ein gewisses Talent entwickelt, die Barrieren zu flicken. Und solange ich die Juwelensplitter in meinen Händen nutzte, mieden mich Chaoskreaturen wie die Pest.

Gutes Stichwort, die Splitter ...

»Über dir!«, hörte ich Noárs Warnung. Sofort riss ich die Klinge hoch und traf einen massigen Körper. Scharfe Klauen verfehlten mein Gesicht nur um Zentimeter. Unglücklicherweise galt dasselbe nicht für das widerlich stinkende schwarze Blut des Chaoshundes, das auf meiner Haut wie Feuer brannte. Oh, wie ich dieses Zeug hasste! Ich sprang zur Seite und überließ es der Schwerkraft, meinen angeschlagenen Gegner zu Fall zu bringen. Der Chaoshund krachte flügelschlagend in die Kaiserweide, zerschmetterte deren Stamm und landete rücklings auf dem uralten Baumstumpf, auf dem Noár und ich bis eben noch trainiert hatten.

Das war mein Lieblingsort gewesen!

Jetzt wurde ich wirklich sauer.

»Zurück!«, befahl ich den wabernden Tentakeln, die nach mir greifen wollten. Die Macht der Juwelensplitter verband sich mit meinem Willen. Meine Handflächen begannen zu leuchten und das Licht verdrängte das Chaos. Zumindest so weit, dass ich den Abgrund sehen konnte, aus dem der dunkle Rauch quoll. Mir lief es eiskalt den Rücken hinunter. Etwas hielt das verfluchte Ding offen. Menschliche Gestalten, die ohne Rücksicht aufeinander aus den Tiefen emporkletterten. Chaoswandler. Sie trugen goldene

Rüstungen, Umhänge der Waldkrieger oder zivile Kleidung. Es waren die Opfer vom Goldenen Berg, die nicht das Glück gehabt hatten, zu sterben. Noch behinderten sie sich gegenseitig, aber es war nur eine Frage der Zeit, bis die ersten es aus dem Abgrund herausschaffen würden. Verdammt! Aus einem nervigen Zwischenfall war soeben eine echte Bedrohung geworden.

»Bleibt, wo ihr seid! Ihr gehört nicht hierher!«, rief ich so laut ich konnte. Mein Wille stoppte die drohende Zombie-Invasion vorübergehend. Aber Chaoswandler waren sehr viel gefährlicher als jede noch so monströse Chimäre. Sie behielten trotz ihrer Besessenheit ihre Intelligenz und kannten die Stärken und Schwächen ihrer Gegner. Deshalb änderten sie jetzt auch ihre Jeder-für-sich-Strategie und begannen zusammenzuarbeiten. Sie wussten, dass ich nur eine gewisse Anzahl von ihnen würde zurückhalten können. Jeder neue Chaoswandler, der aus dem Wirbel kroch, machte es mir schwerer, auch die übrigen in Schach zu halten.

Panisch warf ich das Schwert beiseite und streckte ihnen meine glühenden Handflächen entgegen.

»Zurück, hab ich gesagt!«

Unvermittelt sirrten Pfeile durch den Hain. Wieder regnete schwarzes Blut auf mich herab. Rhome und die anderen kamen als Verstärkung. Gut, jetzt musste ich mich wenigstens nicht mehr um Angriffe aus der Luft sorgen. Blieb nur noch das Problem, wie ich den Wirbel schließen sollte, solange die Chaoswandler meine ganze Aufmerksamkeit forderten. Ich würde Hilfe brauchen.

»Okay, Trudi«, flüsterte ich und nutzte meinen Verlobungsring, um Kontakt zum Schattenreich herzustellen. »Wie wäre es mit ein bisschen Teamwork?«

Die Antwort kam prompt. Trudi schickte mir ein Bild von der schwarzen Treppe und kappte dann die Verbindung. Ich seufzte.

Das Schattenreich war immer noch angefressen, weil ich mir damals den Zutritt erzwungen hatte. Vielleicht gefiel es diesem eingeschnappten Stück Felsbrocken auch nicht, dass ich es Trudi nannte. Aber was sollte ich tun? Gertrud war einfach der perfekte Name für diese nicht ganz unkomplizierte, strenge Lady.

»Trudi!«, sagte ich warnend. »Wir stehen auf derselben Seite. Ich habe deinen Kronprinzen geheiratet und werde nicht zulassen, dass er in noch größere Gefahr gerät, nur weil *du* dich wie eine übersensible Mimose benimmst. Ich würde *ihn* ja bitten, auf deine Befindlichkeiten einzugehen, aber er ist im Moment BESCHÄFTIGT.«

Ein Bild drängte sich in mein Bewusstsein. Das Schattenreich zeigte mir einen Erinnerungsfetzen des jungen Rhome, der die Arme vor der Brust verschränkt hatte und meinte: »Noár kann auf sich selbst aufpassen.«

»Ja, aber du offenbar nicht auf dich«, zischte ich. Meine Geduld kam an ihre Grenzen. »Ich sehe doch, dass dir das Chaos Schmerzen bereitet und du schon jetzt dein Bestes gibst, um es zurückzudrängen. Die schwindenden Barrieren schwächen auch dich. Dir geht die Kraft aus. Also lass mich dir helfen!« Und weil ich wusste, dass die Zeit knapp wurde, setzte ich ein Wort hinterher, dessen Benutzung ich mir eigentlich mühsam abgewöhnt hatte: »Bitte!«

Als hätte ich die gleichermaßen stolze wie sture Trudi mit diesem einen Wort der Demut erlöst, begann der Boden zu beben. Schatten fluteten meine Gedanken und gewährten mir eine ungehinderte Verbindung. Ich spürte, wie das Reich litt, aber ich nahm auch die ungeheure Stärke wahr, die darin steckte. Und genau darüber hatte ich nun die volle Kontrolle. Gerade rechtzeitig, denn im selben Moment verlor ich meinen Einfluss auf die Chaoswandler. Mit Augen voll wirbelnder Schwärze stürmten sie auf mich zu.

Irgendjemand brüllte meinen Namen. Überflüssig. Ich war nicht in Gefahr. Ich war das Schattenreich. Die Splitter in meinen Händen begannen heller und heller zu strahlen. Ich fühlte das Gestein, die Pflanzen, die Tiere, die Luft und selbst Noár und seine Krieger. Bevor der erste Chaoswandler mich erreichen konnte, befahl ich dem Boden, unter ihnen nachzugeben. Sie torkelten, fielen, versuchten Halt zu finden, aber das Schattenreich gewährte keine Gnade. Der immer größer werdende Spalt verschluckte einen nach dem anderen. Als der Letzte von ihnen in der Dunkelheit verschwunden war, wies ich die Felsen an, sich wieder zu schließen. Gleichzeitig brach ich riesige Steinbrocken aus den Steilwänden und ließ sie von oben auf den Abgrund fallen. Sie begruben den Chaoswirbel unter sich und ebenso alle Kreaturen, die sich aus den Tiefen hatten erheben wollen.

Ich hatte es geschafft.

»Wir!«, korrigierte mich das Bild eines ziemlich gruseligen Mädchens, das sich in meine Gedanken drängte.

»Ja, wir ...«, gab ich dem Schattenreich recht. Ich hatte keine Kraft mehr, mich mit Trudi zu streiten, denn eine unendliche Müdigkeit ergriff von mir Besitz – wie immer, wenn ich die Splitter so intensiv nutzte. Allerdings war der Angriff noch nicht vorbei und meine Arbeit nicht getan. Nicht, solange meine Freunde von Chokaal attackiert wurden.

»Dann zeig mal, was du sonst so draufhast«, forderte ich Trudi auf und überließ ihr die Führung. Keinen Atemzug später wurde der Hain lebendig. Bäume wuchsen und spießten Chaoshunde mitten im Flug auf. Nachtranken schnappten nach Klauen, Flügeln und Kehlen, während die Schattenfeste den Eindringlingen mit erstaunlich gezielten Steinschlägen den Garaus machte. Doch auch als der letzte Chokaal gefallen war, hörte Trudi nicht auf. Sie nutzte die Macht der Juwelensplitter, um weitere Chaoswirbel überall im Schattenreich zu schließen – kleine, große, nahe, ferne ...

Mir wurde schwindlig. Zu viel. Es war zu viel. Das Juwel der Macht zehrte immer auch an der Lebenskraft seines Trägers. Bei den zersplitterten Überresten in meinen Händen war es nicht anders.

»Amaia!«

Trudi würde ohne Rücksicht weitermachen, bis ich tot wäre.

»Amaia!«

Ich sollte es beenden ... konnte es nicht mehr ... ich ...

Eine schallende Ohrfeige traf mich und durchbrach meine Verbindung zum Schattenreich. Als ich die Augen aufschlug, lag ich auf dem Boden. Über mir schwebte ein Gesicht, das ich kannte. Aber es war nicht das, das ich mir wünschte. Keine Augen voller Sterne, keine Haare wie glänzendes Mahagoni, sondern Augen so grau wie ein Regentag und Locken dunkel wie Kohle. Ilion. Der junge Fürst der Faheen.

Mit einem schiefen Grinsen schüttelte er den Kopf. »Sein Leben in die Hände eines anderen zu legen, ist nie eine gute Idee. Besonders dann nicht, wenn der andere überhaupt keine Hände hat.«

Ich brauchte ein paar Augenblicke, um zu kapieren, dass sein Witz gar kein Witz, sondern ein sehr scharfsinniger Ratschlag gewesen war. Trudi hätte mich tatsächlich beinahe umgebracht! Und Ilion war eingeschritten. Ilion, nicht Noár. Wo war Noár? Und warum schmeckte ich noch immer diese unerträgliche Fäulnis? Warum brannten die Splitter in meinen Handflächen?

Ich zog mich umständlich auf die Beine und kam mir dabei wie eine Abrissbirne vor, weil ich gleich mehrfach gegen Ilion kippte.

»Immer schön langsam«, lachte er.

Für *langsam* war keine Zeit. Ich musste zu Noár.

Als ich endlich stand, ließ ich meinen Blick über den Hain

wandern. Überall lagen gefallene Chaoshunde. Bäume, Sträucher und Blumen waren entweder zerstört, zerquetscht oder von stinkendem, schwarzen Blut besudelt. Rhome und Drokor kontrollierten, ob die Kadaver auch wirklich tot waren. Aber Noár war nicht bei ihnen. Er war nirgends zu sehen. Ich entdeckte nur Nox. Der Shendai saß an der Felskante am anderen Ende des Hains. Pash stand neben ihm und hatte den Blick auf etwas am Boden gerichtet. Mir schnürte sich die Kehle zu.

Bitte nicht!

Ich torkelte vorwärts. Mein Körper rebellierte. Jeder Schritt fühlte sich wie ein Marathon an. Nur mein eiserner Wille hielt mich aufrecht. Na ja, mein eiserner Wille und Ilion, der hin und wieder beherzt zupackte, um einen Sturz zu verhindern. Trotzdem gab ich nicht auf. Zu präsent, zu beängstigend war die Erinnerung an den sterbenden Schattenprinzen in meinen Armen, durchbohrt von einem Chaos-Pfeil ...

»Echt jetzt?!«, hörte ich Pash schimpfen. »Ich hab dich nicht großgezogen, als du noch ein milchnuckelndes Kätzchen warst, damit du mir jetzt so in den Rücken fällst.« Verärgert verschränkte er die Arme vor der Brust und fixierte die haushohe geflügelte Raubkatze. »Glaub ja nicht, dass ich dir jemals wieder was zu essen bringe, du undankbares Vieh!«

Nox maunzte schuldbewusst, doch er ließ den Schattenkrieger dennoch nicht näher kommen. Der Shendai beschützte jemanden. Jemanden, der zwischen seinen Pfoten kniete. Erleichterung durchströmte mich, als ich Noár lebend, atmend und wohlauf sah – nur um kurz darauf von einer erneuten Panikwelle erfasst zu werden. Er reagierte nicht – nicht auf Pash, nicht auf Nox, nicht auf deren Auseinandersetzung oder meine Ankunft. Mit geschlossenen Augen stützte er sich auf sein Schwert. Ich schüttelte Ilions Hand ab und taumelte zu ihm. Nox ließ mich ohne Protest durch, was Pash zu einem empörten Schnauben und einem weiteren Beschwerdeschwall veranlasste. Er brummte etwas von jahrzehntelanger Freundschaft, von Brüdern im Herzen und von geflügelten Fellbergen, die sich zu viel herausnahmen, doch ich achtete nicht darauf. Ich fiel vor Noár auf die Knie. Schwarzes und rotes Blut klebte überall an ihm. Er war also verletzt gewesen. Hatte er mir deshalb nicht zu Hilfe kommen können? Weil er sich selbst heilen musste? Wieso spürte ich dann nach wie vor das Chaos? Lebte doch noch einer der Chokaal? Oder hatte mich das Schattenreich so ausgelaugt, dass ich halluzinierte?

Ein winziges Lächeln erschien auf Noárs Gesicht. »Ich muss dich nicht einmal ansehen, um zu wissen, dass du dir zu viele Sorgen machst, Kätzchen.« Seine Stimme war leise, aber alles andere als kraftlos. Trotzdem hatte er noch immer den Kopf gesenkt und die Augen geschlossen. Meine Instinkte sagten mir, dass etwas nicht stimmte.

»Dann sieh mich an und beweis mir, dass es dir gut geht!«

Noár rührte sich nicht. Er seufzte.

»Sieh mich an!«, forderte ich erneut und griff an sein Kinn, um seinen Kopf zu heben.

Plötzlich kamen die Splitter in meinen Handflächen zur Ruhe und der faule Geruch ließ zumindest ein wenig nach. Noár schlug die Augen auf. Dunkle Augen mit wunderschönen goldenen Sprenkeln. Sie schienen von innen heraus zu glühen – wie Sterne in der Nacht. Nicht die geringste Spur von Chaos.

Er funkelte mich verschmitzt an.

»Ich hab dir doch gesagt, dass du die Einzige bist, die mich zu Fall bringen kann.«

All meine Anspannung löste sich mit einem Schlag in Luft auf. Ich wollte lachen, weinen und schlafen gleichzeitig – wobei mein Körper Letzteres so vehement einforderte, dass es mir immer schwerer fiel, gegen das watteartige Gefühl in meinem Kopf anzukämpfen.

»Kätzchen?«

Mein Gesicht kippte an eine warme Brust. Die Brust schien erst besorgt und dann verärgert zu sein. »Was ist mit ihr? Den Wirbel zu schließen, hätte sie nicht so viel Kraft kosten dürfen.«

»Die bessere Frage wäre, was mit dir los ist, Schattenprinz«, entgegnete Ilions Stimme kühl und ohne jede Spur von Sarkasmus. Oje. Ich kannte ihn inzwischen gut genug, um zu wissen, was das bedeutete. Der junge Fürst der Faheen bombardierte Noár nur dann nicht mit sarkastischen Kommentaren, wenn er stinksauer war. Und das hieß, dass sich ein Streit anbahnte – mal wieder.

»Ich mag dich hier dulden, *Faheen*, aber ich schulde dir keine Rechenschaft«, knurrte Noár.

Ilion lachte frostig. »Nein, du schuldest mir lediglich das Leben deiner Frau.«

»Du lügst.«

»Oft. Doch diesmal ist es die Wahrheit«, gab der Faheen zurück. »Amaia wollte nur helfen und dein Reich hätte sie fast umgebracht. Ich mache deiner Heimat keinen Vorwurf, aber dir mache ich einen. Du hättest die Schatten unter Kontrolle haben oder zumindest bemerken müssen. Also frage ich dich noch mal: Was ist los mit dir, Schattenprinz? Denn wenn du nicht mal in der Lage bist, Amaia vor deinem eigenen Reich zu beschützen, fange ich an, daran zu zweifeln, ob du auch wirklich der Richtige für sie bist.«

Über mir machte sich Stille breit. Eine sehr gefährliche Stille. Ich wäre gerne eingeschritten, aber meine Zunge fühlte sich bleischwer an.

»Hey, mein krimineller Kumpel«, sprang Pash für mich ein. Dem Geräusch nach schien er Ilion auf die Schulter zu klopfen. »Ich mag dich. Ehrlich. Und grundsätzlich schätze ich auch deine lebensmüde Waghalsigkeit, aber du sprichst von Dingen, von denen du keine Ahnung hast. Hier also ein gut gemeinter Rat: Zweifle nie wieder an den Fähigkeiten oder Beweggründen meines Herrn, sonst wird *er* dein kleinstes Problem sein – wenn du verstehst, was ich meine.«

»Ich verstehe sehr gut«, murmelte Ilion. »Aber *ihr* seid diejenigen, die keine Ahnung habt.«

Es folgten ein abfälliges Schnauben und Schritte, die sich entfernten.

»Was hat er gemeint?«, wollte Pash wissen. Diesmal war sein Tonfall gedämpft und wesentlich ernster.

»Ich weiß es nicht, aber ich werde es herausfinden.«

Noárs Worte klangen wie ein Versprechen.

Kurz darauf erzitterte das Schattenreich.

WORKING AT THE CAR WASH

Ich konnte nicht sehr lange geschlafen haben, denn als ich erwachte, befand ich mich noch immer in dem zerstörten Hain. Allerdings lag ich jetzt auf schwarzem Fell – auf weichem, atmendem, schwarzem Fell. Gerade wollte ich mich aufsetzen, da verpasste mir Nox einen sanften Stoß und rollte sich noch ein wenig fester um mich herum zusammen. Eine unmissverständliche Ansage: Ich sollte mich weiter ausruhen.

Seufzend sank ich zurück gegen den warmen Shendai-Körper und bemerkte dabei, dass irgendjemand mir das Blut abgewaschen hatte. Ich tippte auf Nox. Er war nicht nur ein fürsorgliches Rudeltier, sondern auch noch durch und durch eine Katze. Ich hatte ihm bestimmt zu sehr gemüffelt, um mir zu erlauben, mich ungewaschen an ihn zu kuscheln. Wie dem auch sei, ich war froh, das widerliche Blut losgeworden zu sein. Genauso wie ich froh war, noch nicht aufstehen zu müssen. Die Splitter zu benutzen, powerte mich zwar normalerweise aus, aber Trudi hatte das Ganze auf die Spitze getrieben. Abgesehen davon war ich wirklich nicht wild darauf, bei den Aufräumarbeiten zu helfen und mich schon wieder mit stinkendem Blut zu besudeln. Noár und die anderen brachten nämlich gerade den Hain auf Vordermann. Im Moment schleiften sie die letzten toten Chokaal an die Klippen und stießen sie in die Tiefe. Die Überreste würden im Ewigen Fluss unter den Niemandslanden versinken und keinen mehr mit ihrem Anblick oder ihrem Geruch belästigen. Gut, denn sie hier verrotten zu lassen, war definitiv keine Option.

Plötzlich ertönte aus meinen Haaren ein gedämpftes Piepsen. Dann schwang sich ein dunkler Fellball in die Luft und schwebte vor meinem Gesicht auf und ab. Flummel war alles andere als erfreut, dass er den Angriff verpasst hatte.

»Du hättest nichts ausrichten können«, versuchte ich ihn aufzuheitern. »Chaoshunde sind sogar für dich eine Nummer zu groß.«

Das half nichts. Nachdem sich Flummel überzeugt hatte, dass ich keine bleibenden Schäden davontragen würde, landete er auf Nox' Pfote und ließ geknickt seine winzigen Flügel sinken. Es war herzzerreißend. Vorsichtig stupste ich ihn mit der Fingerspitze an.

»Ich werde mit Noár reden, damit er dir erlaubt, bei den nächsten Trainingseinheiten wieder mit dabei zu sein«, bot ich ihm an. »Aber nur, wenn du versprichst, ihn nicht ständig zu beißen, sobald er mich angreift.«

Flummels riesige goldene Augen begannen zu strahlen. Er stieß eine ganze Reihe von Fiep- und Blubber-Lauten aus, bevor er in den kleinen Beutel an seinem Bauch griff und darin herumkramte. Irgendwann schien er gefunden zu haben, was er suchte: eine Nuss. Erwartungsvoll streckte er sie mir hin Ich war tief gerührt. Flummel teilte nie freiwillig sein Essen. Obwohl ich überhaupt keinen Hunger hatte, nahm ich sein Entschuldigungsgeschenk an. Ich biss ein Stück ab und gab ihm den Rest zurück. Der Okoklin gluckste glücklich, sodass wir kurz darauf gemeinsam kauend den anderen dabei zusahen, wie sie ihre Arbeit beendeten.

Als die Männer den ekelhaften Part erledigt hatten, zogen sie sich an den kleinen Teich im hinteren Teil des Hains zurück, um sich zu waschen. Ich konnte mir ein Schmunzeln nicht verkneifen. So manche Hofdame hätte ein Vermögen dafür gezahlt, *das* sehen zu können: Fünf der tödlichsten Krieger Cassardims, die sich Blut und Dreck von ihren halbnackten Körpern wuschen und dabei ihre Späße trieben wie unbekümmerte Teenager. Sogar Ilion schien irgendwie dazuzugehören. Spätestens als Pash ihn umriss und beide mit einem lauten Platschen im Teich landeten, war das Eis gebrochen. Alle prusteten los, bis ihnen die Tränen in die Augen stiegen. Da erst fiel mir auf, dass ich den Fürsten der Faheen noch nie hatte lachen sehen. Es stand ihm ausgesprochen gut, auch wenn er nicht mit Noár mithalten konnte. Aber mal ehrlich, nichts und niemand konnte mit Noár mithalten. Das Lachen des Schattenprinzen war das Schönste von allen. Atemberaubend. Überwältigend. Sexy. Es verzauberte mich immer wieder aufs Neue und machte es mir unmöglich, meinen Blick von ihm loszureißen. Großer Gott, wie ich diesen Mann liebte.

Einer Eingebung folgend nutzte ich die Verbindung unserer Eheringe und schickte ihm ein Bild von herumtollenden Welpen. Die Ähnlichkeit zu ihm und seinen Freunden war nicht von der Hand zu weisen. Da brach Noár erneut in schallendes Gelächter aus, diesmal sehr zur Verwunderung der anderen. Zurück kam das Bild einer älteren Dame, die es sich mit Wein und Snacks vor einer Bühne bequem gemacht hatte, auf der mehrere gut aussehende Männer für sie strippten.

Ich grinste und dachte gar nicht daran, den Vergleich zu dementieren. Stattdessen kuschelte ich mich tiefer in Nox' Fell und wünschte, Zoey könnte jetzt bei mir sein. Meiner besten Freundin hätte das hier definitiv gefallen. Und sie wäre der perfekte Ausgleich zu all dem Testosteron gewesen. Ich vermisste sie so sehr – genau wie Keeza und Mariz. Aber von den beiden wusste ich wenigstens, dass ich sie bald wiedersehen würde. Bei Zoey lag der Fall anders. Sie war in die Menschenwelt gegangen, wiedergeboren in einem sterblichen Körper – weit, weit weg von Cassardim. Sie lebte ein neues Leben und ich gönnte es ihr von Herzen. Zoey wäre als Geist niemals glücklich geworden. Trotzdem fehlte sie mir.

Als hätte Noár die Veränderung in meiner Stimmung gespürt, löste er die fröhliche Männerrunde auf, gab einige Anweisungen und kam schließlich auf mich zu. Er beeilte sich nicht, als wollte er sich den Anblick von Nox, Flummel und mir genau einprägen. Und ich tat meinerseits dasselbe mit ihm. Deshalb rührte ich mich nicht, setzte mich nicht auf und kam ihm nicht entgegen. Ich lag einfach nur da und sah meinem Mann dabei zu, wie er den Weg zu mir fand.

Wie hätte ich das auch nicht genießen können?

Nox machte seinem Herrn unaufgefordert Platz. Mit einer geschmeidigen Bewegung ging Noár vor mir in die Hocke. Er strich mir lächelnd eine Locke aus dem Gesicht und nahm dann meine Hand.

»Da ist jemand, der dir etwas sagen möchte.«

Verwundert runzelte ich die Stirn, doch bevor ich nachfragen konnte, floss über seine Ringe Dunkelheit in mein Bewusstsein. Schatten. Tief und undurchdringlich, wie ich sie noch nie erlebt hatte. Ich spürte sofort, wer da Kontakt zu mir aufbaute: Trudi höchstpersönlich. Und diesmal war es keine flüchtige Begegnung, kein Hallo zwischen Tür und Angel, kein Winken aus der Ferne. Nein, diesmal schauten mir die Schatten direkt ins Gesicht. Instinktiv wollte ich Noár meine Hand entreißen, doch er hielt sie sanft fest, sodass ich sehen konnte, wie sich die Dunkelheit zu einer Szene formte: eine Schattenkriegerin in voller Rüstung, verwundet, nicht gebrochen. Sie senkte den Kopf und sagte leise, aber deutlich: »Ich bitte um Vergebung.«

Danach zogen sich die Schatten zurück und hinterließen mich sprachlos. Trudi hatte sich gerade bei mir entschuldigt. Und was das in Cassardim bedeutete, wusste ich inzwischen zur Genüge.

»Meine Heimat wird sich nie wieder gegen dich stellen«, sagte Noár entschieden, »das verspreche ich dir.«

Mir fehlten noch immer die Worte. Das stolze Schattenreich hätte sich niemals freiwillig so unterwürfig verhalten. Niemals. Noár musste es dazu gezwungen haben. War seine Macht so groß? Sein Wille so stark? Konnte er wirklich ein *ganzes Reich* in Angst und Schrecken versetzen? Es buchstäblich in die Knie zwingen?

Der Schattenprinz seufzte. »Ich hätte es früher bemerken sollen, aber die Barrieren, die Cassardim schützen, werden von Tag zu Tag schwächer. Das bedeutet, dass alle acht Reiche im Überlebensmodus sind. Sie haben Angst und das macht ihr Verhalten unberechenbar.«

Mir war klar, dass Noár mich beruhigen wollte, doch er erreichte das genaue Gegenteil. Jetzt war ich nicht mehr nur fassungslos, sondern auch noch zutiefst in Sorge. Ich hatte gewusst, dass es schlimm um Cassardim stand, aber gleich so dramatisch?

»Das ist jedoch keine Entschuldigung. Etwas Derartiges hätte nie passieren dürfen. Ich war unaufmerksam. Genau wie du. Wir müssen beide vorsichtiger sein.«

In seiner Stimme schwang kein Vorwurf mit, nur eine liebevolle Erinnerung an das, was er mir beständig predigte: Ich sollte weniger freimütig mit meinem Vertrauen umgehen. Wir hatten das Thema in den letzten Wochen des Öfteren diskutiert. Meistens ging es dabei um Ilion. Ironischerweise hatte nun ebendieser fragwürdige Ilion mich gerettet, während Noárs Heimat, sein Ein und Alles, ohne zu zögern meinen Tod in Kauf genommen hätte.

»Schätze, wir haben beide unsere Lektion gelernt«, murmelte ich und verschränkte meine Finger mit seinen.

»Das haben wir«, gab er mir recht. »Nur leider wird die Lektion diesmal Konsequenzen haben.«

Sein Tonfall ließ nichts Gutes erahnen. Alarmiert setzte ich mich auf. »Weil ich dem Fürsten der Faheen jetzt mein Leben schulde?«

Noár verdrehte die Augen. »Nein, Ilion steht seinerseits in Lazars Schuld und unser lieber Regent hat den Faheen beauftragt, dich zu schützen. Nichts von dem, was Ilion für dich tut, hat mit dir zu tun. Vergiss das besser nicht.« Der Blick des Schattenprinzen wanderte zu den schwebenden Bergen der Niemandslande. Heute schienen die Nebel, die sie verhüllten, besonders dicht zu sein. »Ich rede davon, dass es Aufmerksamkeit erregt hat, als sich überall im Schattenreich Chaoswirbel wie von Zauberhand geschlossen haben.«

Oh nein! Jetzt verstand ich, worauf er hinauswollte. Seit der letzten großen Schlacht, der man zynischerweise den Spitznamen »Chaos-Hochzeit« verpasst hatte, war so ziemlich jeder im Totenreich auf der Suche nach mir. Die einen wollten mich als rechtmäßige Kaiserin auf den Thron setzen, die anderen als Betrügerin hinrichten. Beide Wege führten in einen blutigen Bürgerkrieg. Um das zu verhindern, hatten wir den Plan ausgetüftelt, mich zu verstecken, bis sich die politische Lage entspannt hatte. Oder bis alles derart eskalierte, dass sogar die gegnerischen Fürsten »Kaiserin Amaia« für eine Verbesserung hielten.

Es war ein guter Plan, der allerdings nur funktionieren konnte, wenn niemand herausfand, wo ich mich aufhielt. Auch nicht Shaell, der Schattenfürst, den ich durch mein Intermezzo mit Trudi wohl gerade auf unsere Spur gebracht hatte.

»Dein Vater weiß, wo wir sind?«

Noár nickte finster. »Junos hat es mir bestätigt. Wir werden bald Besuch kriegen.«

Sein stummer Schattenkrieger-Freund behielt Shaell im Auge, was so viel bedeutete, wie dass er für Noár spionierte. Wenn er Alarm schlug, war das unser Signal zur Flucht.

»Wann gehen wir?«

Ein gefährliches Lächeln schlich sich auf Noárs Gesicht.

»Gar nicht.« Ohne meine Hand loszulassen, erhob er sich und

zog mich auf die Beine. »Es ist an der Zeit, dass du dir die Krone nimmst, die dir zusteht.«

Mir wurde schwindelig. Ich hätte es gern auf das schnelle Aufstehen geschoben oder die Erschöpfung, die selbst mein Nickerchen nicht hatte vertreiben können, doch die Wahrheit war viel schlichter: Ich hatte Panik vor dem, was nun geschehen würde. Ganz besonders, weil mir kaum Zeit zum Luftholen blieb. Von einem Moment auf den anderen waren wir von Noárs Neun Toden umringt. Rhome warf seinem Herrn einen roten Gehrock zu, bevor er sich die eigene Uniform zuknöpfte. Gleichzeitig baute sich ein wandernder Kleiderberg vor mir auf. Dem gedämpften Gebrabbel nach verbarg sich darunter Pash.

»Besorgt ihr was Passendes zum Anziehen«, äffte er jemanden nach, der verdächtig nach seinem Herrn klang. »Also echt, Noár! Ich weiß, was *ich* als die künftige Kaiserin anziehen würde, um den gestelzten Goldlöffel-Lutschern zu zeigen, was ich von ihnen halte. Aber ich bin mir ziemlich sicher, dass Amaia den hochnoblen Fürsten nicht ihr blankes Hinterteil unter die Nase reiben will. Dementsprechend bin ich leicht überfordert und hab einfach alles mitgebracht. Also? Was möchtest du tragen, Prinzesschen?«

Überfordert war das richtige Schlagwort. Ich wusste ja noch nicht einmal, wer uns besuchen würde. Auch nicht wann oder warum. Von Kriegern, die mich mit Waffengewalt in den Goldenen Berg schleifen wollten, bis hin zu einer offiziellen Diplomatendelegation war alles möglich.

»Ähm ...«

Drokor kam mir zu Hilfe. Während der dunkelhäutige Hüne mit erstaunlich kundigen Blicken die Kleidungsstücke sichtete, wechselten Noár und Rhome Positionen. Jetzt sorgte plötzlich der blonde General dafür, dass ich nicht versehentlich umkippte, und verschaffte dem Schattenprinzen die Zeit, sich anzuziehen.

»Darf ich?«, erkundigte sich Rhome und deutete auf meine Haare. Verdattert nickte ich und ehe ich michs versah, hatte er meinen Pferdeschwanz geöffnet und fuhr mir mit geübten Fingern durch die Locken.

»Zum Flechten bleibt keine Zeit, aber mein Angebot steht«, murmelte er amüsiert und erinnerte mich daran, dass ich ihn mir noch immer für einen Abend als beste Freundin ausleihen durfte.

Inzwischen hatte Drokor eine Vorauswahl getroffen und hielt mir einen schwarzen Mantel mit Goldbesatz und eine schwarze Robe mit besticktem Gürtel unter die Nase. Beides geschmackvoll und äußerst pragmatisch, da ich meine Trainingskleidung darunter anbehalten konnte. Ich nickte Drokor dankbar zu und griff nach dem Mantel. Noár nahm ihn mir postwendend wieder ab und half mir ganz gentlemanlike hinein.

»Wer braucht schon Zofen, wenn man auch Schattenkrieger haben kann«, witzelte Rhome.

Drokor schnaubte. »Alles eine Frage der Perspektive.«

»Ich ziehe Zofen in jedem Fall vor«, meinte Ilion und reihte sich in unsere kleine Runde ein. Auch der Fürst der Faheen hatte sich umgezogen und sah mit seinem dunklen Hemd, der Lederweste und einer Art cassardischem Bandana irgendwie piratenhaft aus.

Das war so absurd, dass es mir den Rest gab.

»STOP!«, forderte ich streng. »Keiner rührt sich vom Fleck, bevor mich nicht irgendjemand in den Plan einweiht!«

Statt einer Antwort drang ein gellendes Heulen aus dem Nebel. Nox sprang auf und stieß seinerseits ein Brüllen aus, das mir durch Mark und Bein ging. Adrenalin pumpte durch meine Adern. Jetzt war ich hellwach. Einen Augenblick später brachen fünf mächtige Silhouetten durch die diesigen Schwaden.

DER APFEL FÄLLT VOM STAMM

Drei Shendai und ein Falke von der Größe eines Learjets segelten an den Klippen vorbei. Die fünfte Gestalt kreuzte deren Flugbahnen in einem gewaltigen Sprung. Es war ein gigantischer graublauer Wolf. Er landete knapp hinter der Felskante des Hains und schlug dort seine eisernen Krallen in den Steinboden, als wäre der aus Styropor. Eisblaue Augen fixierten uns. Lefzen zuckten. Ein tiefes Knurren erfüllte die Luft. Instinktiv wollte ich zurückweichen, doch schon sprang Nox dem Wolf in den Weg und öffnete fauchend seine rasiermesserscharfen Schwingen. Damit schottete uns der Shendai vor jeglicher Bedrohung und neugierigen Blicken ab. Trotzdem hatte ich bereits gesehen, dass der Wolf von jemandem geritten wurde. Von jemandem, den ich kannte. Es war Fürst Onode von den Niemandslanden, ein kriegerischer Mann mit langen geflochtenen Haaren und eisernen Ornamenten an den Schläfen. Der Vater meiner Ziehschwester Jenny.

»Pfeif dein Haustier zurück, Schattenprinz. Wir müssen reden.« Onodes sonore Stimme hallte zu uns herüber, doch weder Noár noch seine Männer reagierten darauf.

»Sollten wir nicht irgendwas antworten?«, erkundigte ich mich im Flüsterton.

»Wir warten«, raunte Noár und hauchte mir einen Kuss auf die Stirn. »Eine Kaiserin verdient einen würdigen Auftritt.«

Kurz darauf verstand ich, worauf wir gewartet hatten. Ich hörte die Schritte mehrerer Personen. Vermutlich die Reiter der Shendai und des seltsamen Falken, die ein Stück weiter oben am Fort gelandet sein mussten. Niemand sagte etwas, doch ich spürte, dass pure Macht sich im Hain versammelt hatte. Jetzt kam auch Bewegung in meine Freunde. Vollkommen synchron nahmen sie offiziell Aufstellung. Noár und ich bildeten dabei die Mitte. Rechts von uns stand Rhome als Schattengeneral, links Ilion als Fürst der Faheen. Drokor und Pash flankierten uns mit einigem Abstand wie todbringende Leibwächter.

Gerade fragte ich mich, ob und wann sie das einstudiert hatten, als eine wohlbekannte Stimme erklang.

»Geh mir aus dem Weg, Shendai!«, verlangte Shaell gefährlich leise. Der Wille des Schattenfürsten war so durchdringend, dass sich sogar Flummel tiefer in meinen Haaren verkroch und zu wimmern anfing. Noárs Vater herrschte über dieses Reich und ließ keine Gelegenheit aus, das auch zu demonstrieren. Nervosität stieg in mir auf. Ich wappnete mich davor, Shaell gleich von Angesicht zu Angesicht gegenüberzustehen, doch Nox widersetzte sich dem Befehl des Schattenfürsten. Er widersetzte sich? Das war nicht möglich. Nicht bei einem Befehl des Schattenfürsten. Es sei denn ...

Panisch packte ich Noár am Ärmel. »Hör auf! Ruf ihn zurück. Dein Vater wird ihn umbringen.«

»Wird er nicht. Er fürchtet mich zu sehr«, lautete die trockene Antwort. Dann erschien ein Lächeln auf seinen Lippen. »Aber du hast recht. *Irgendjemand* sollte Nox zurückrufen.«

Ich blinzelte ein paarmal verwirrt, bis mir schließlich ein Licht aufging. All das hier war Teil einer gut durchdachten Inszenierung. Eine Show mit dem Ziel, mich als Kaiserin zu etablieren.

Plötzlich erklang ein metallisches Sirren. Ein Schwert wurde gezogen. Trotzdem senkte der Shendai weder seine Schwingen noch gab er seine feindselige Haltung auf. Die Zeit für Zweifel oder Lampenfieber lief ab.

»Nox!«, rief ich laut. »Wärst du so freundlich und lässt unsere Gäste durch?«

Als hätte ich einen Schalter umgelegt, verwandelte sich der fauchende Shendai abrupt in einen handzahmen Schmusekater. Er legte artig seine Flügel an und trottete hinter uns.

Jetzt stand nichts mehr zwischen Noárs beängstigendem Vater und mir. Und Shaell kochte vor Zorn angesichts der Demütigung, die wir ihm gerade bereitet hatten.

»Seit wann bin ich Gast in meinem eigenen Reich?«, fragte er mich frostig.

Trotz der äußerlichen Ähnlichkeit zu seinem Sohn hatte er kaum etwas mit Noár gemein. Shaell war grausam und auf eine Art einschüchternd, die in mir das Gefühl weckte, unbedeutend und einfältig zu sein. Umso dankbarer war ich Nox und Noár, dass sie mich daran erinnert hatten, wie sehr dieses Gefühl trog. Dafür würde ich die beiden später unbedingt abknutschen müssen. Mit frisch poliertem Selbstvertrauen straffte ich die Schultern.

»Ich habe nicht von Euch gesprochen Fürst Shaell.« Beiläufig nickte ich in Richtung der anderen Besucher. Neben Noárs Vater und Fürst Onode von den Niemandslanden hatten sich außerdem Waldfürstin Ganaya, Wüstenfürst Samtar, der kürzlich beförderte General Askan und der in Gold gekleidete Lazar hier eingefunden. Eine bunt gewürfelte wie hochkarätige Runde und – soweit mir bekannt war – meine Verbündeten.

Lazar trat nach vorne. Dem ehemaligen Seneschall und aktuellen Regenten von Cassardim war nicht entgangen, dass der Schattenfürst noch immer sein Schwert in der Hand hielt und mich gereizt anstarrte. Die Situation besaß eindeutig das Potenzial zu eskalieren.

»Wir sind nicht gekommen, um zu streiten«, verkündete Lazar beschwichtigend. Er schenkte mir ein kleines Lächeln und wirkte dabei erschreckend ausgelaugt. Sogar seine silbernen Schläfen schienen seit unserer letzten Begegnung noch mehr ergraut zu sein. Nur sein Blick war wachsamer denn je.

»Wir möchten lediglich –«

»Was macht *er* hier?«, unterbrach ihn Shaell und deutete mit blanker Klinge und blankem Hass auf Ilion. »Tötet ihn!«

Die Anweisung richtete sich an Pash und Drokor. Damit stürzte er die beiden Krieger in ein offensichtliches Dilemma. Ihre Loyalität galt zwar dem Schattenprinzen, aber Shaell war noch immer ihr Fürst. Sie würden sich dem Befehl beugen müssen – falls niemand einschritt. Ich spürte, wie Noár Luft holte, um sich mit seinem Vater anzulegen, und ich entschied spontan, dass es besser wäre, ihn da rauszuhalten. Ilion war meinetwegen hier und deshalb auch meine Verantwortung.

»Der Fürst der Faheen hat sich als nützlicher Verbündeter erwiesen«, sagte ich mit fester Stimme. »Seine Anwesenheit entspricht meinem Wunsch.«

Noárs Vater entglitten die Gesichtszüge. »Das hier ist mein Reich«, fuhr er mich an. »Du hast doch keine Ahnung, wer er ist. Das Schattenreich beherbergt keine Verbrecher. Es richtet sie.«

»Es wird wohl eher von einem regiert«, höhnte Ilion leise.

Ich verkniff mir ein Stöhnen. Nicht hilfreich! Blieb nur zu hoffen, dass Shaell den Kommentar nicht gehört hatte und –

»Du nichtsnutziger Abschaum wagst es, so mit mir zu sprechen?!«, presste der Schattenfürst hervor. Er packte seine Klinge fester und marschierte auf Ilion zu.

So viel zu meiner Hoffnung. Jetzt konnte ich das Stöhnen nicht länger zurückhalten, denn natürlich zog Ilion nun ebenfalls sein Schwert. Und natürlich war Pash drauf und dran, sich zwischen die Fronten zu werfen. Und natürlich würde Noár nichts davon zulassen.

Oh, Mann. Keine fünf Minuten und schon gingen sich alle an die Gurgel. Das konnte doch nicht deren Ernst sein?!

»Keinen Schritt weiter«, befahl ich dem Schattenfürsten.

Shaell blieb so abrupt stehen, als wäre er gegen eine unsichtbare Wand gerannt. Mein Wille zwang ihn dazu – unterstützt von den Splittern. Das würde zwar einiges an Kraft kosten und mich später zu einem zweiten Powernap zwingen, doch die Genugtuung war es mir definitiv wert.

Shaell wehrte sich vehement, speiste seinen Willen mit seiner Wut, aber er hatte trotzdem keine Chance. Das schien ihm ebenfalls gerade bewusst zu werden, denn er wandte sich aufgebracht an seinen Sohn: »Du bist den Schatten verpflichtet und lässt das zu?«

Noár zuckte nicht einmal mit der Wimper. »Ich bin Cassardim verpflichtet, nicht deinem Stolz. Amaia *ist* Cassardim. Sie ist unsere Kaiserin und außerdem die Frau, die ich liebe und geheiratet habe. Stell dich gegen sie und du wirst mich zum Feind haben.«

Der Tonfall des Schattenprinzen war so frostig, wie man es von seinen öffentlichen Auftritten gewohnt war, aber der Inhalt seiner Worte erwärmte mein Herz. Noár stand nicht nur zu mir als Kaiserin – er stand auch zu seinen Gefühlen für mich. Abgesehen davon hatte er gerade quasi nebenbei unsere Hochzeit bekannt gegeben, obwohl Lazar eigentlich darauf bestanden hatte, sie vorübergehend geheim zu halten. Dementsprechend groß war die Überraschung der versammelten Fürsten. Während Lazar tadelnd den Kopf schüttelte, klappten überall die Münder auf. Auch Shaell brach plötzlich seinen sinnlosen Kampf gegen meinen Willen ab. Ilion schien nicht länger das Ziel seines Unmuts zu sein. Stattdessen richtete er nun seine volle Missbilligung auf Noár.

»Ich hätte es wissen müssen«, knurrte er. »Wieder einmal rennst du einem Weib hinterher wie ein liebeskranker Idiot. Ganz

Cassardim erzittert vor dem großen Ardiza Noár val Shaell, doch kaum verdreht dir eine Frau den Kopf, verlierst du jeden Kontakt zur Realität. Wie oft muss ich dir noch sagen: Gefühle nehmen dir jede Macht! In der Arena hatte ich noch geglaubt, du erzählst diesen rührseligen Schwachsinn nur, um Katair zu provozieren. Aber nein, mein Sohn hat *tatsächlich* den Verstand verloren.«

Noár ertrug die hohntriefende Maßregelung seines Vaters, ohne eine Miene zu verziehen. Trotzdem beschlich mich eine böse Vorahnung. Shaell kam gerade erst in Fahrt und das gehässige Blitzen in seinen Augen war ganz bestimmt kein Ausdruck familiärer Zuneigung.

»Deine Schwäche macht mich krank!«, spie er seinem Sohn förmlich ins Gesicht. »Du hättest aus deinen Fehlern mit Zima lernen sollen!«

Die Erwähnung seiner Stiefmutter ließ Noár kaum merklich erbleichen. Eine Reaktion, die Shaell nicht entging. Er lachte.

»Dachtest du etwa, dein Vater wüsste nicht, was in seinem eigenen Reich geschieht? Was ihr beide hinter meinem Rücken getrieben habt?«

Noár versuchte vergeblich, sich seinen Schock nicht ansehen zu lassen. Egal, wie sehr er seinen Vater verabscheute, die Affäre mit dessen Frau war Hochverrat und konnte nicht nur ihn teuer zu stehen kommen, sondern auch alle, die ihm etwas bedeuteten.

»Ich weiß nicht, wovon du sprichst«, entgegnete er gefasst.

»Natürlich weißt du nicht, wovon ich spreche. Weil deine Gefühle dich blind gemacht haben. Andernfalls hättest du sehr schnell begriffen, dass *ich* Zima ausgesucht und in dein Bett geschickt habe. *Ich* habe ihr gesagt, was sie dir ins Ohr flüstern soll. *Ich* habe sie geheiratet, um dich an mich zu binden. *Ich* habe deine Schwäche erkannt und benutzt, um dich zu kontrollieren. SO HERRSCHT MAN! DAS IST MACHT!«

Der Schattenfürst hätte seinem Sohn auch das Schwert in die Brust rammen können – das wäre gnädiger gewesen. Noch nie hatte ich Noár so fassungslos erlebt. Zima hatte fast ein ganzes Jahrhundert mit seinen Gefühlen gespielt. Schlimm genug. Doch nun zu erfahren, dass sein eigener Vater ihm all das angetan hatte ... Großer Gott, wir steuerten eindeutig auf eine Katastrophe zu und ich hatte keine Ahnung, was ich tun sollte, ohne alles noch viel schlimmer zu machen. Hilfe suchend sah ich zu Rhome und den anderen, doch denen schien es wie mir zu gehen.

»Und jetzt?« Shaell breitete die Arme aus und genoss seine Überlegenheit. »Nach all dieser Zeit? Nach all meinen Lektionen? Jetzt passiert dasselbe wieder!« Sein ausgestreckter Zeigefinger deutete in meine Richtung. »Du bist diesem Mädchen nicht nur verfallen, nein, du musstest auch noch die ganze Welt wissen lassen, dass sie dich kontrolliert. Aber wer kontrolliert *sie*? Wer ist sie überhaupt? Zima war wenigstens eine von uns. Sie hatte Potenzial. Sie wusste, was Macht bedeutet. Sie hätte sich nicht hier versteckt wie ein Feigling, während ein Thron auf sie wartet. Sie hätte –«

Mitten im Satz verstummte Shaell.

Sein Körper verkrampfte. Er griff sich an die Brust, rang nach Luft, brachte jedoch kein Wort heraus. Angst stand ihm ins Gesicht geschrieben, als er auf die Knie fiel.

Alle Blicke richteten sich auf Noár. Aus dessen Bestürzung war eisiger Zorn geworden. In seinen dunklen Augen funkelten keine friedlichen Sterne mehr, die Feuer der Hölle brannten nun darin. Kein Wort war über seine Lippen gekommen und doch spürte ich seinen Willen wie tausend Nadeln unter meiner Haut. Ich war mir nicht sicher, ob er die Beherrschung verloren oder sie wiedergefunden hatte. Nur einer Sache war ich mir sicher: Er hatte gerade das Herz seines Vaters angehalten.

Entsetzt starrte ich ihn an. Er würde Shaell umbringen. Doch weder Lazar noch die Fürsten oder Noárs Freunde erweckten den Eindruck, einschreiten zu wollen. Auf Rhomes Gesicht entdeckte ich sogar ein grimmiges Lächeln.

Und da verstand ich es: Noár zog endlich eine Grenze. Er hatte sich seinem Vater stets untergeordnet, sich im Hintergrund gehalten, seine Willensstärke gezügelt, um seinem Fürsten treu zu dienen. Damit war jetzt Schluss. Wir erlebten hier keinen Amoklauf, sondern die Geburt eines wahren Herrschers. Noár übte keine Rache, er erhob sich über seinen Vater.

Mit gemessenen Schritten wanderte der Kronprinz des Schattenreichs zu seinem röchelnden Fürsten. Er ging vor ihm in die Hocke und sah in mit einer Kaltblütigkeit an, die auch dem Letzten klarmachte, dass nun jedes Band zwischen Vater und Sohn durchtrennt war.

»Vergleiche meine Frau nie wieder mit jemandem wie Zima.« Das obligatorische »sonst ...« hatte Noár nicht nötig, denn seine Haltung, sein Tonfall und sein Blick sagten bereits alles.

»Meine Mutter hat dich geliebt. Ihretwegen lasse ich dir dein Leben und deinen Thron. Heute. Stell meine Gnade lieber kein zweites Mal auf die Probe.«

Shaell starrte seinen Sohn aus weit aufgerissenen Augen an. Keine Ahnung, ob er überhaupt noch mitbekam, was um ihn herum geschah. Und dann, ganz plötzlich, ließ Noár von ihm ab. Das Herz des Schattenfürsten pumpte wieder Blut durch seine Adern. Hustend und würgend füllte er seine Lungen mit Luft. Er gab ein erbärmliches Bild ab, doch sein Sohn schenkte ihm keinerlei Aufmerksamkeit mehr. Noárs Sternenaugen hefteten sich auf mich. Ohne Umschweife trat er an meine Seite, nahm meine Hand und richtete schließlich sein Wort an die übrigen Fürsten: »Noch jemand, der unsere Kaiserin oder meine Liebe zu ihr infrage stellen will?«

MEIN THRON, MEIN PLAN, MEIN UTERUS

Das folgende Schweigen war erfüllt von Bestürzung und Respekt. Na ja, von Bestürzung, Respekt und Shaells ziemlich unappetitlichem Japsen. Unglücklicherweise brauchte der Schattenfürst nicht lange, um sich zu fangen. Feindseligkeit verwandelte sein Gesicht in eine Fratze. Er wagte es nicht, den Blick zu heben, weil er wohl fürchtete, dass sein Sohn seine Drohung wahr machen könnte, aber er hatte offensichtlich auch nicht vor, sich geschlagen zurückzuziehen. Erst spuckte er auf den Boden – eine Mischung aus Speichel und Blut. Danach spuckte er Noár eine Frage entgegen, die mich endgültig vor den Kopf stieß: »Hast du sie wenigstens schon geschwängert?«

Meine Augenbrauen schossen in die Höhe. »WAS?«

Dieser Typ war einfach unglaublich. Wusste er wirklich nicht, wann man besser die Klappe hielt?

Noár drückte beruhigend meine Hand. Inzwischen war er die Gelassenheit in Person. Ich dagegen stand kurz davor, Shaell meinerseits eine Lektion zu erteilen.

»Das ist eine berechtigte Frage«, meinte Fürst Onode und trat aus dem Schatten des Wolfs. Seine Kleidung hatte denselben graublauen Farbton wie das Fell seines tierischen Begleiters und auch seine Augen waren ähnlich durchdringend. »Ihr könnt den Thron nur besteigen, wenn Ihr einen Erben habt, kaiserliche Hoheit.«

»So will es das Gesetz«, fügte Samtar, der Fürst des Trockenen Meers, hinzu.

Ilion schüttelte abfällig den Kopf. »Gesetzestreu bis in den Tod«, spottete er. »Was hilft ein Erbe, wenn es nichts mehr zu vererben gibt?«

Sowohl Samtar als auch Onode schienen den Faheen zurechtweisen zu wollen, doch Lazar riss das Wort an sich. »Dieses Thema ist nun wirklich nicht das Wichtigste auf unserer Agenda. Wir werden einfach das Gerücht streuen, dass Amaia guter Hoffnung ist. Das wird das Volk vorübergehend zufriedenstellen, bis die beiden tatsächlich Nachwuchs erwarten.«

Jetzt reichte es mir! Niemand außer mir selbst bestimmte über mein Leben, meine Zukunft oder meinen Uterus.

»Ich werde ganz sicher kein Kind in die Welt setzen, solange das Chaos uns bedroht und ein Krieg vor der Tür steht. Das wäre mehr als verantwortungslos! Und auch danach ist es allein Noárs und meine Sache, ob und wann wir Kinder wollen.«

Lazar stöhnte leidgeprüft. »Du kannst so viele Reformen durchführen, wie du möchtest, sobald du auf dem Kaiserthron sitzt, Amaia. Das wird jedoch nie geschehen, wenn du unsere Traditionen und Gesetze missachtest!« Sein Tonfall wurde mit jeder Silbe strenger und unerbittlicher. »Nimm den Kompromiss an, den ich dir biete! Komm mit uns in den Goldenen Berg, spiel die Schwangere, lass dich krönen und dann rette uns alle, verdammt noch mal!«

Oha. Lazar war nicht der Typ für Verzweiflung, aber das hier kam ziemlich nah ran.

»Was ist passiert?«, wollte Noár wissen, der so alarmiert klang, wie ich mich fühlte.

Überraschenderweise antwortete uns der Wüstenfürst. »Saphama hat Lazar als Regenten kaltgestellt und die Führung übernommen«, informierte er uns. »Wir müssen jetzt intervenieren oder die Wolkenfürstin wird sich selbst zur Kaiserin krönen.«

»Ich werde niemals vor dieser Silberschlange knien!«, knurrte Shaell.

Nun räusperte sich Rhome. »Das Ganze klingt eher nach einer Falle, um Amaia aus ihrem Versteck zu locken.«

»Wir werden sie mit unserem Leben schützen«, mischte sich nun Fürstin Ganaya ein. »Doch Amaia muss mit uns in den Goldenen Berg kommen. Das ist der einzige Weg.«

Voller Ungeduld sahen mich alle an. Sie erwarteten eine Entscheidung. Jetzt.

Aber ich hatte noch nicht einmal die Auseinandersetzung mit Shaell verarbeitet, geschweige denn die Tatsache, dass Saphama ein Putsch gelungen war. Woher sollte ich wissen, was zu tun war? Woher sollte ich wissen, wem ich vertrauen konnte? Sogar Lazar hatte sich nach der Hochzeit heimlich aus dem Staub gemacht, weil er wusste, dass ich einen Haufen Fragen an ihn haben würde, die zu beantworten er wohl weder damals noch heute bereit war.

»Wenn ich mit euch gehe, bedeutet das Krieg, und das wisst ihr.« Ifars durchgeknallte Mutter würde niemals freiwillig das Feld räumen.

Onode nickte finster. »Manchmal muss man eben Krieg führen, um Frieden zu gewährleisten.«

»Frieden?«, platzte es aus mir heraus. »Ich glaube, es geht Euch nur um Eure Macht. Aber was ist mit Cassardim? Was ist mit den Barrieren und dem Chaos?«

»Nehmt Euch den Thron, der Euch zusteht«, beschwor mich die Waldfürstin eindringlich, »dann wird die Ordnung wiederhergestellt und Cassardim ist gerettet.«

Samtar schnaubte verächtlich. »*Falls* ihr der Thron auch wirklich zusteht.«

»Was genau wollt Ihr damit sagen?«, erkundigte sich Noár. Der warnende Unterton in seiner Stimme war nicht zu überhören. Trotzdem blieb der Wüstenfürst erstaunlich ruhig.

»Noch immer kursieren Gerüchte zu Prinzessin Amaias Herkunft. Mir persönlich ist es gleichgültig. Das Mädchen ist mir als Kaiserin tausendmal lieber als Saphama. Doch die Ordnung wird nur dann wiederhergestellt, wenn sie *rechtmäßig* auf dem Kaiserthron sitzt.«

»Sie ist die Goldene Erbin! Punkt!«, donnerte Lazar. »Oder glaubst du den Aussagen einer verrückten Chaoskaiserin mehr als den Kaisersymbolen, die Amaia trägt?«

»Was ich glaube, ist nicht von Bedeutung.«

Der Streit, der nun unter den Fürsten ausbrach, kam mir wie ein surrealer Albtraum vor. Sie schienen das Thema nicht zum ersten Mal zu diskutieren und ihre Argumente drehten sich wieder und wieder im Kreis. Niemand interessierte sich für mich. Nicht wirklich. Ich war nichts weiter als eine Galionsfigur, deren Glaubwürdigkeit und Nützlichkeit man auslotete. Nur einer der Besucher gab sich auffällig zurückhaltend und das weckte mein Interesse.

»Was ist Eure Meinung, General Askan?«, unterbrach ich die zankenden Fürsten lautstark. »Was würdet Ihr tun?«

Der alte Goldkrieger mit der wettergegerbten Miene zuckte zusammen, als sein Name fiel. Ich kannte ihn als anständigen Mann aus dem Volk, als loyalen Soldaten, der Befehle ausführte und dennoch seinen moralischen Kompass nie verloren hatte. Es war ihm sichtlich unangenehm, in einer derartigen Gesellschaft im Mittelpunkt zu stehen.

»Niemand redet von den Opfern«, begann er scheu. »Niemand redet davon, dass das Gericht der Toten seit Wochen stillsteht. Niemand redet von den Seelen, die vom Chaos verschlungen werden, weil wir unsere Aufgaben nicht erfüllen. Wenn Ihr mich fragt, kaiserliche Hoheit, hat das Chaos schon gewonnen.«

Seine Antwort beeindruckte mich. Umso unverschämter empfand ich die herablassende Reaktion der Fürsten. Sie hielten den Goldkrieger wohl nicht für befähigt, sich in hohe Politik einzumischen. Nach ein paar respektlosen Kommentaren schenkten sie ihm keine Beachtung mehr und ihr Streit ging in eine neue Runde.

»Genug!«, rief ich wütend. »General Askan hat recht. Wir konzentrieren uns auf das falsche Problem.«

Das fegte den anderen ihre Süffisanz aus den Gesichtern.

»Weiht uns ein«, forderte Fürst Onode verärgert. »Was würde Cassardim *Eurer* Meinung nach retten, Hoheit?«

Ich zuckte mit den Schultern. »Wir müssen die Barrieren erneuern.«

»Das ist ohne ein *intaktes* Juwel der Macht nicht möglich«, erinnerte mich der Fürst der Niemandslande. Sein unterschwelliger Vorwurf ließ mich mit den Augen rollen.

»Dann brauchen wir eben ein neues Juwel.«

Stille legte sich über den Hain. Hatten sie mich nicht verstanden oder waren sie schlichtweg schwer von Begriff?

»Das Juwel kann ja nicht einfach da gewesen sein, oder? Irgendwer muss es gefunden oder erschaffen haben. Und wo es eins gab, gibt es vielleicht noch ein zweites.«

Endlich machte sich Erkenntnis auf ihren Gesichtern breit. Und eine Spur von Hoffnung. Aber auch Ratlosigkeit.

»Also? Hat irgendwer eine Ahnung, woher das Juwel stammt? Immerhin seid ihr doch alle superalt und superwichtig.«

Die Fürsten wechselten unsichere Blicke. Keiner von ihnen hatte eine Antwort.

»Dieses Wissen«, meinte Lazar schließlich, »hatten nur die Kaiser. Außer dir gibt es also niemanden, der –«

»Kommt gar nicht infrage!«, schnitt Noár ihm das Wort ab.

Lazars Mund klappte zu, doch sein Gesichtsausdruck sprach

Bände. Da kapierte ich, was er mir sagen wollte. Ich trug das Wissen in mir. Das Juwel hatte seit Anbeginn der Zeiten die Erinnerungen aller Kaiser gesammelt und sie mir übertragen, bevor es zerstört worden war. Ich kam nur nicht ran, denn Lazar hatte alles abgeschottet und blockiert, damit die unglaublichen Wissensmengen mein Bewusstsein nicht überschwemmen und mir den Verstand rauben konnten. Eine Gefahr, die noch immer bestand. Deshalb hatte Noár eben so heftig reagiert. Und deshalb schimmerte jetzt auch dieser gequälte flehentliche Ausdruck in seinen Augen.

Ich ignorierte ihn schweren Herzens und wandte mich wieder an Lazar: »Kannst du mir die entsprechende Erinnerung zeigen? Ohne mein Gehirn in Pudding zu verwandeln?«

Der abgesetzte Regent zögerte.

»Möglich. Aber als ich dir die Erinnerung aus der Nacht der Rebellion gezeigt habe, wusste ich, wonach ich suche. Das wäre diesmal anders. Ich bräuchte Zeit, um so tief im Wissen der ältesten Kaiser zu graben.«

Shaell warf seine Arme in die Luft. »Wir haben diese Zeit nicht. Schon gar nicht, um sie an solch idealistische Träumereien zu verschwenden. Zuerst muss Saphama aufgehalten werden. Wenn sie den Thron an sich reißt, ist Cassardim verloren.«

Lazar nickte bedächtig. »Obwohl ich deinen Ansatz für den besseren halte, Amaia, muss ich Shaell recht geben.«

Wieder ruhten alle Blicke auf mir.

Yay, es machte so richtig Spaß, die Verantwortung zu tragen. Ich konnte zwischen Pest und Cholera wählen, und nichts Geringeres als das Schicksal der Welt hing von dieser Entscheidung ab. Begab ich mich auf die Suche nach einem neuen Juwel und bekämpfte das Chaos? Oder verhinderte ich, dass Saphama die Macht bekam, alles und jeden zu vernichten, der mir am Herzen lag?

Ich konnte das nicht entscheiden. Beide Alternativen waren richtig und notwendig. Beide besaßen ihre Risiken. Bei beiden drängte die Zeit. Die einzige Wahl, die ich treffen konnte, war, keine zu treffen. Damit blieb nur eine Lösung ...

Seufzend sah ich Noár an.

»Darf ich dich mal kurz allein sprechen?«

Der Schattenprinz hob überrascht eine Braue, antwortete jedoch in hoch offiziellem Ton: »Ich folge dir, wohin auch immer du mich führst.«

Wow, ein klein bisschen pathetisch, aber okay.

»Gut, ähm, dann folg mir mal kurz ums Eck.«

Ohne auf die verwunderten Mienen der Fürsten zu achten, stapfte ich mit meinem Mann im Schlepptau davon. Ich zog ihn vorbei an Nox und ein paar zersplitterten Baumstümpfen, bis hinter eine Felskante, wo uns die anderen weder zu sehen noch zu hören vermochten. Dort erlaubte ich mir, kurz durchzuatmen. Doch als ich anschließend in Noárs neugieriges Gesicht blickte, verließ mich leider jede Entschlossenheit. Sollte ich ihn bitten? Fragen? Oder anweisen? Wie konnte ich gleichzeitig die Kaiserin und seine Frau sein, seine gleichberechtigte Partnerin?

»Geht es dir gut?«, erkundigte ich mich verlegen.

Um den heißen Brei herumreden? Konnte ich!

Noár schüttelte amüsiert den Kopf, weil er mein Ausweichmanöver natürlich durchschaute. »Mir ging es nie besser.«

Plötzlich legten sich seine Hände an meine Taille und seine Lippen verschlossen mir den Mund. Der Kuss kam so unvermittelt, dass meine verbissenen Gedanken einen Kurzschluss erlitten. Für ein paar unbeschreibliche Augenblicke verblasste die Verantwortung und ich konnte mich fallen lassen. Dabei interessierte es Noár nicht im Geringsten, dass nur wenige Meter weiter die Hälfte von Cassardims Elite auf uns wartete. Er presste mich gegen die Felswand und küsste mich voller Hingabe, sodass mein Körper bis in die Zehenspitzen zu prickeln begann. Als er sich schließlich von mir löste, entwich mir ein bedauerndes Seufzen. Gott sei Dank hielt er mich auch weiterhin fest, da ich nicht wusste, ob meine weichen Knie mich getragen hätten.

»Was war das denn?«, hauchte ich.

Noár lachte leise. Seine Stimme war dunkel vor Verlangen, seine Blicke intensiv wie eine Berührung. »Ich nutze nur die Zeit, die mir mit dir noch bleibt.«

»Hä?«

Ich hätte gerne etwas Sinnvolleres zu dieser Unterhaltung beigesteuert, aber ich war viel zu sehr damit beschäftigt, die Nähe und die Geborgenheit zu genießen, die er mir schenkte.

»Ach, Kätzchen«, meinte er sanft. Mit einem schiefen Lächeln zupfte er an einer meiner Locken. »Ich weiß doch, dass du gerade nach den richtigen Worten suchst, um mich an deiner statt in den Goldenen Berg zu schicken. Und obwohl mich die Vorstellung rasend macht, dich allein zu lassen, muss ich zugeben, dass es eine vernünftige und kluge Entscheidung ist.«

Verblüfft blinzelte ich ihn an.

»Das heißt, du tust das für mich?«, fragte ich kleinlaut. Mir war nicht wohl dabei, ihn meine Schlachten ausfechten zu lassen – schon gar nicht, bis ich mit Sicherheit sagen konnte, dass ich mir die Chaoswirbel in seinen Augen nur eingebildet hatte. Aber das Wort meines rechtmäßigen Ehemanns würde im Goldenen Berg großes Gewicht haben. Und wenn er Saphama in ihre Schranken wies, konnte ich die Zeit nutzen, um nach dem neuen Juwel zu suchen.

Noár fing meinen Blick ein und meinte todernst: »Für dich würde ich alles tun.«

Panik und Glücksgefühle verbanden sich in mir zu einem ziemlich explosiven Cocktail. Einerseits rührte mich seine Loyalität zutiefst, andererseits wollte ich nicht diejenige sein, die ihn in eine mögliche Falle schickte und sein Leben damit in Gefahr brachte.

»Wirklich alles?«, hakte ich nach.

Noár nickte feierlich.

»Gut«, murmelte ich, »denn ich hab nicht vor zuzulassen, dass du allein gehst. Ich will, dass dich Rhome *und* die anderen begleiten. Du kennst Saphama. Sie wird nicht kampflos aufgeben.«

Ein frustriertes Seufzen entwich Noárs Kehle. Er sah ganz und gar nicht erfreut aus.

»Dein Wunsch wird mir immer Befehl sein, Kätzchen – mit einer Ausnahme. Was deine Sicherheit betrifft, gehe ich keine Kompromisse ein«, teilte er mir mit Nachdruck mit. »Was, wenn Saphamas Falle darin besteht, mich von dir wegzulocken, um *dich* anzugreifen?«

»Lazar und Ilion können mich beschützen.«

»Ich vertraue keinem der beiden genug, um ihnen dein Leben in die Hände zu legen.«

»Aber du hast genau das schon einmal getan. Nach der Chaos-Hochzeit«, erinnerte ich ihn.

Noár presste die Zähne so fest aufeinander, dass ich die Muskelstränge an seinen Kiefern erkennen konnte. Irgendetwas beunruhigte ihn zutiefst und so, wie ich ihn kannte, wollte er mich damit nicht belasten. Ich fuhr mit den Fingern durch seine Haare und lächelte ihn ermutigend an.

»Sag mir, was du denkst«, forderte ich ihn auf. »Es ist wegen der Sache mit Zima, oder?«

Über seinem Gesicht brauten sich dunkle Gewitterwolken zusammen. »Zima könnte mir nicht gleichgültiger sein.«

»Schon klar«, legte ich hastig nach, »aber das bedeutet nicht, dass es dich kaltlassen muss. Sie und dein Vater haben dich hintergangen. Ich an deiner Stelle wäre Amok gelaufen und hätte meinem Urteilsvermögen anschließend nicht mehr über den Weg getraut.«

»Das ist es nicht«, knurrte er grimmig. »Mein Vater wird das nicht auf sich sitzen lassen. Ich bin vorhin zu weit gegangen ... oder nicht weit genug.«

Ich runzelte die Stirn. Bereute er etwa gerade, seinen Vater nicht umgebracht zu haben?

»Du hast das Richtige getan, Noár! Du bist nicht wie Shaell und genau deswegen liebe ich dich so sehr. Gefühle sind keine Schwäche. Sie machen uns stärker.«

»Nicht immer, Kätzchen«, seufzte er resigniert. »Deshalb *muss* ich jemanden an deiner Seite wissen, dem ich blind vertraue. Bitte. Wenn du nicht in Sicherheit bist, werde ich keinen klaren Gedanken fassen können.«

In diesem Punkt würde er nicht mit sich reden lassen. Das stand fest. Nachdenklich musterte ich Noár. Vermutlich war es keine gute Idee, weiter in seinen Befürchtungen herumzustochern. Außerdem konnte ich mir ja wohl kaum Sorgen um ihn machen und mich dann beschweren, dass er dasselbe bei mir tat.

»Gut, wir teilen. Aber du nimmst Rhome mit!« Der General war nicht nur ein hervorragender Stratege, Kämpfer und Diplomat, sondern auch der Einzige, der dem Schattenprinzen zumindest halbwegs gewachsen war, falls das Chaos doch von ihm Besitz ergreifen sollte.

Noár schüttelte kategorisch den Kopf. »Rhome bleibt hier. Es wäre ein taktischer Fehler, den Kronprinzen und den obersten General des Schattenreichs in dieselbe potenzielle Falle laufen zu lassen. Die dunkle Armee braucht einen Anführer, wenn es hart auf hart kommt. Und das sollte lieber nicht mein Vater sein.«

Mist. Daran hatte ich nicht gedacht.

»Du bist ein ganz schön zäher Verhandlungspartner«, maulte ich und entlockte Noár damit ein winziges Schmunzeln.

»Das kann ich nur zurückgeben, kaiserliche Hoheit«, neckte er, »und ich würde lügen, wenn ich behaupte, dass mich das nicht ziemlich anmacht.«

Lachend boxte ich ihm in die Rippen, bevor mich die Tragweite unseres Gesprächs wieder einholte. Ich würde mich mit dem zufriedengeben müssen, was ich bekam.

»Pass auf dich auf, okay?«, bat ich leise.

Aus Noárs Schmunzeln wurde ein breites Grinsen. Hochmut glitzerte in seinen Augen. Zweifelsohne lag ihm ein selbstgefälliger Kommentar auf der Zunge, aber dafür hatte ich jetzt keinen Nerv.

»Tu's einfach!«, forderte ich missmutig. Es fiel mir schwer genug, ihn gehen zu lassen. »Sag es! Sag: Ich passe auf mich auf und komme gesund zu dir zurück!«

Noárs Blick wurde sanft. »Ich passe auf mich auf und komme gesund zu dir zurück. Immer. Aber du darfst auch kein Risiko eingehen! Lass Lazar nicht zu tief in deinem Kopf graben und vertrau nur den Neun Toden!«

Bekümmert nickte ich und wollte Noár gerade in einen Abschiedskuss ziehen, als sich plötzlich ein verärgert piepsender Flummel aus meinen Locken kämpfte und unseren romantischen Moment sprengte. Oh Mann! In den letzten Wochen hatte ich mich so sehr an den Okoklin gewöhnt, dass ich seine Anwesenheit gerne mal vergaß.

Noárs Miene verfinsterte sich. Er kniff die Augen zusammen und starrte Flummel vorwurfsvoll an. »Ich dachte, wir hätten ein paar Regeln zu unserer Privatsphäre aufgestellt?«

Flummel antwortete mit einer nicht enden wollenden Tirade an grimmigen Blubber- und Fauchlauten.

»Ich weiß, dass auch du auf Amaia aufpasst«, seufzte der Schattenprinz unleidig. »Und ja, Amaia kann dir genauso vertrauen wie meinen Leuten. Zufrieden?«

Der Okoklin verstummte und sah tatsächlich äußerst zufrieden mit sich aus.

»Aber jetzt«, meinte Noár und scheuchte Flummel von meiner Schulter, »flatter ab! Ich will mich in Ruhe von meiner Frau verabschieden!«

NIEMAND IST VOLLKOMMEN

Nachdem Noár mit den Fürsten fortgeflogen war, litt meine Laune zusehends. Sie litt, weil Lazar plötzlich irgendwo im Fort verschwunden war, obwohl ich ihn eigentlich direkt zur Rede stellen wollte. Sie litt, weil ich – gerade, als ich mich daranmachte, den ehemaligen Seneschall zu suchen – von Rhome ins Bett geschickt wurde. Sie litt, weil mein verausgabter Körper dem General ungefragt recht gab und meinen Protest mit demonstrativem Gähnen untergrub. Sie litt, weil aus den paar Stunden Schlaf, die ich mir erlauben wollte, unerwartet ein kompletter Tag wurde und niemand auf die Idee gekommen war, mich zu wecken. Den Tiefpunkt erreichte meine Laune allerdings, als ich versuchte, Noár über unsere Eheringe zu kontaktieren, und keine Rückmeldung erhielt.

Toll. Ich wusste, dass es dafür tausend Gründe geben konnte, aber natürlich malte sich mein Gehirn die schlimmste Version aus.

Gereizt rollte ich mich aus dem Bett. Sogar Flummel wagte es nicht, mir und meiner Stimmung zu nahe zu kommen. Und so folgte mir das Brummen eines fliegendes Okoklins, während ich mich wusch, anzog und die schmale Treppe zum Hauptgebäude hinunterstapfte. Jetzt war Lazar fällig.

Das Fort am Grenzstern konnte man mit viel Wohlwollen als *übersichtlich* bezeichnen. Es gab einen winzigen, höher gelegenen Außenposten, den Noár und ich bezogen hatten, und ein Hauptgebäude mit zwei kargen Schlafräumen und einer Art Wohnstube. Das war's.

In besagter Stube fand ich Lazar. Er führte mit Drokor eine

angeregte Diskussion über die rechtliche Stellung der Faheen. Überrascht runzelte ich die Stirn. Ich hätte nie erwartet, dass der wortkarge Hüne den Drang verspüren könnte, mehr zu reden als unbedingt nötig. Schon gar nicht mit einem eloquenten Staatsmann, der Worte so meisterlich einsetzte wie andere ihre Waffen. Tja, so konnte man sich täuschen.

Drokor bemerkte mich als Erster. Ohne Umschweife beendete der Schattenkrieger das Gespräch, nickte mir zu und verließ die Wohnstube. Schien, als wollte er mir ersparen, ihn darum zu bitten – schließlich wussten alle, dass Lazar und ich einigen Klärungsbedarf hatten.

»Guten Morgen, Amaia. Gut geschlafen?«

Mit einer eleganten Geste lud der ehemalige Seneschall mich ein, neben ihm Platz zu nehmen. Die Selbstverständlichkeit, mit der er an dem schmalen Tisch Hof hielt, kalte Pastete aß und sein Wasser trank, erinnerte mich stark an unsere erste Begegnung in dem chinesischen Restaurant in der Menschenwelt. Damals wie heute verfügte er über die Antworten, nach denen ich suchte. Allerdings war ich längst nicht mehr das naive Mädchen, das gerettet werden musste.

»Spar dir deine Höflichkeiten. Und keine weiteren Ausflüchte«, warnte ich ihn, als ich Platz nahm. »Ich habe genug von deiner Hinhaltetaktik.«

Lazar hob eine seiner Brauen, ließ sich aber nicht im Mindesten aus der Ruhe bringen. Dazu war er ein zu abgebrühter Stratege.

»Glaubst du, ich sitze gerne in einer Bruchbude am Ende der Welt fest, während sich unser aller Schicksal im Goldenen Berg entscheidet?«, entgegnete er und schob Flummel die Reste seiner Mahlzeit zu, über die der sich sofort hermachte. »Nein, Amaia, ich bin hier, weil meine Kaiserin mir befohlen hat, zu bleiben. Dich *hinzuhalten*, würde mich Zeit kosten, die ich für Wichtigeres benötige.«

»Wichtigeres?«, wiederholte ich verächtlich. »Zählt dazu auch, mir aus dem Weg zu gehen? Halte ich dich mit meinen berechtigten Fragen zu meiner Herkunft etwa auf?«

Lazars graublaue Augen verengten sich. »Willst du streiten oder etwas über das Juwel der Macht erfahren?«

Beides, aber ich riss mich zusammen. Hätte ich mich erst an Lazar abreagiert, wäre es wohl nicht mehr so ratsam, ihm meine geistige Gesundheit anzuvertrauen. Also rückte ich meinen Stuhl so zurecht, dass ich ihn direkt ansehen konnte und sagte: »Zeig mir, was ich wissen will!«

Lazar lächelte. Es war ein grimmiges, gefährliches Lächeln, in dem mir ein wenig zu viel Zufriedenheit mitschwang. Oder war es Stolz? Er stellte seinen Becher beiseite und drehte sich zu mir.

»Du weißt ja noch, wie das läuft ...«

Ohne lange zu fackeln, legte er mir seine beringten Finger an die Schläfen. Anscheinend wollte er wirklich keine Zeit verschwenden. Mit der Wucht einer wütenden Bullenherde eroberte der Wille des ehemaligen Seneschalls mein Bewusstsein. Sofort fluteten mich Bilder. So viele und in so schneller Abfolge, als würde man hundert Filme gleichzeitig im Schnelldurchlauf abspulen. Die Erinnerungen der Kaiser. Aller Kaiser. Diesmal nahm Lazar keine Rücksicht auf mein Befinden. Es schien fast, als wollte er mir Angst machen, mir zeigen, wie hilflos ich dem unendlichen Wissen in meinem Kopf ausgeliefert wäre, wenn sein Wille mich nicht schützen würde. Und es funktionierte. Mein Herz begann zu rasen. Ich wusste nur zu genau, was bei meinem ersten Kontakt mit dem Juwel geschehen war. Ich hatte Hunderte Leben auf einmal gelebt und mich beinahe in den Erinnerungen, Sinneseindrücken und Emotionen verloren. Jetzt konnte ich alles wie durch eine Glasscheibe betrachten – dank Lazar. Und trotzdem waren es viel zu viele Informationen, zu viele Situationen, zu viele Erlebnisse, zu viele –

Halt! Eines der Gesichter kannte ich. Es war Kaiserin Moya, bevor das Chaos von ihr Besitz ergriffen hatte. Sie –

Die Erinnerungen liefen weiter.

Nein, das war wichtig. Ich wollte das sehen! Verzweifelt klammerte ich mich an diese eine Erinnerung und zwang den Rest, zur Ruhe zu kommen. Unmöglich.

»Was tust du, Amaia?«

Die besorgte Stimme drang kaum zu mir durch. Zu sehr war ich mit dem Widerstand beschäftigt, der mich daran hinderte, die Bilderflut zu kontrollieren.

»Lass mich los! Amaia! Wenn du meinen Willen brichst, wird dich nichts mehr retten können.«

Moya ... wo war sie? Ich musste sie wiederfinden. Sie hatte mich großgezogen. Sie war meine Mutter. Vielleicht. Wie auch immer. Durch die Erinnerungen an sie würde ich vielleicht den Teil meines Lebens zurückbekommen, der mir genommen wurde, als man mich in die Menschenwelt geschickt hatte.

»Hör auf!«

Das konnte ich nicht.

Ein scharfer Schmerz schnitt in meinen Unterarm. Ich riss die Augen auf. Die komplette Stube war erfüllt von gleißendem Licht. Es stammte aus meinen Handflächen. Ich kippte hinten über und krachte auf den Holzboden. Mein Kopf schlug hart auf und ließ mich für einen Moment Sterne sehen.

Als sie verblassten und der Raum aufhörte, sich zu drehen, starrte ich in das Gesicht eines dunklen Riesen. Drokors Gesicht. Seine schwarzen Augen musterten mich besorgt. Hinter ihm stand Rhome und hielt sein Schwert an Lazars Kehle.

Wow, wann und wie waren die beiden hier reingekommen? Hatte es meinen Kopf doch schlimmer erwischt als gedacht? War ich bewusstlos gewesen oder einfach nur abgelenkt?

»Wie unvernünftig kann man nur sein?!«, schimpfte Lazar, ohne sich um Rhome oder die Klinge an seinem Hals zu kümmern. Sein finsterer Blick galt allein mir.

»Wäre der Okoklin nicht gewesen, hättest du meinen Willen gebrochen und – wie hattest du es neulich so schön formuliert – deinen Verstand in Pudding verwandelt.«

Stöhnend richtete ich mich auf und starrte meinen blutüberströmten Arm an. Flummel klammerte sich daran fest und versuchte gleichzeitig, die winzige, aber tiefe Bisswunde mit seinen kleinen Pfoten zuzudrücken. Er piepste schuldbewusst.

Aha.

So langsam verstand ich, was hier passiert war. Auch auf den Gesichtern von Drokor und Rhome machte sich Erkenntnis breit. Kopfschüttelnd steckte der General sein Schwert weg. »Für heute ist Schluss mit den Experimenten und ab morgen werde ich euch persönlich überwachen. *Ich* bin nämlich derjenige, der Noár über jeden noch so kleinen Kratzer an Amaia Rechenschaft ablegen muss. Und ich verspüre wenig Lust, mich von ihm vierteilen zu lassen.«

Flummel nahm sich Rhomes Standpauke offenbar sehr zu Herzen und verwandelte sich prompt in ein Häufchen Elend, weil er mich gebissen hatte.

»Kein Grund, geknickt zu sein«, flüsterte ich und kraulte ihm den Kopf. »Du hast mich gerettet.«

»Was überhaupt nicht nötig gewesen wäre, wenn du wenigstens *einmal* deine Neugier im Zaum halten könntest«, wies Lazar mich zurecht.

»Ganz ruhig, alter Mann«, brummte Drokor. Er setzte Flummel auf meine Schulter und half mir auf die Beine.

Lazar lachte humorlos auf. »Ich werde nicht ruhig sein, solange Amaia sich so bereitwillig selbst in Gefahr bringt.«

Wütend nahm ich ihn ins Visier. »Wenn du einen Verantwortlichen für all das finden willst, dann fang bei dir an. Würdest du endlich damit herausrücken, wer ich bin, würde mich meine Neugier auch nicht auf Abwege führen!«

»Du musst *glauben*, Amaia. Glaube ist immer stärker als Wissen. Glaub an dich! Alles andere ist unwichtig. Glaub an die Kaisersymbole, die du trägst. Glaub daran, dass du die Goldene Erbin bist.«

»Das kann ich aber nicht mehr!«, fuhr ich ihn an. Wie sollte ich auch, bei all den Lügen und Andeutungen, die kursierten? »Vielleicht ist Glaube stärker als Wissen, aber Glaube funktioniert nun einmal nicht, wenn man zweifelt!«

Lazar rang sichtlich um seine Beherrschung.

»Die Antworten, die du willst, sind gefährlich.«

»Warum?«, rief ich aufgebracht. »Weil rauskommen könnte, dass ich doch keinen Anspruch auf den Thron habe?«

»JA!«, donnerte er.

Da war es. Das eine Wort, das sich wie eine Vollbremsung anfühlte und gleichzeitig mein Leben auf den Kopf stellte.

Bestürzt starrte ich Lazar an. Ich hatte die Wahrheit gewollt. Ich hatte sie *verlangt*. Doch nun war ich mir nicht mehr so sicher, ob ich die Konsequenzen wirklich ertragen konnte.

Auch den Schattenkriegern hatte es die Sprache verschlagen. Ihnen schien bewusst zu sein, was sie da eben gehört hatten, und dass diese Information nicht für ihre Ohren bestimmt gewesen war. Betreten wechselten sie einige Blicke und zogen sich dann zurück. Als die Tür hinter ihnen ins Schloss fiel, seufzte Lazar und setzte sich. Er schien binnen Minuten um Jahrzehnte gealtert zu sein.

»Stell deine Fragen«, forderte er mich auf.

Mir war klar, dass mir nicht gefallen würde, was nun ans Licht kam, was für Folgen das für mich hatte – und für Noár. Und für Cassardim. Aber daran konnte ich nun nichts mehr ändern. Einmal ausgesprochen, ließ sich die Wahrheit nicht wieder zurücknehmen. Der einzige Weg, der mir blieb, war der vorwärts.

»Ist Katair mein Vater?«

»Nein.«

»Bist du es?«

Lazar lächelte resigniert. »Ich wäre der stolzeste Mann der Welt, aber nein.«

»Habe ich *irgendeine* verwandtschaftliche Beziehung zur kaiserlichen Familie?«

»Nein.«

Tränen stiegen mir in die Augen, obwohl ich innerlich so kalt war wie ein Gletscher.

»Wer bin ich dann?«

»Die Tochter einer Küchenmagd aus dem Goldenen Berg. Sie ist bei deiner Geburt gestorben. Kaiserin Moya brauchte ein Kind, du brauchtest eine Mutter ... da habe ich euch beide zusammengebracht. Der Rest war Formsache. Ein bisschen Täuschung, ein bisschen Bestechung und ein paar Gefallen, die ich eingefordert habe. Nur eine Handvoll Personen wissen davon. Meister Yoto. General Askan. Ilion. Ich. Du. Und jetzt wohl auch zwei Schattenkrieger, die es zweifelsohne ihrem Herrn berichten werden. Dabei *muss es bleiben*! Je mehr Leute eingeweiht sind, desto gefährlicher wird es für dich.«

Lazar warf mir all diese strohtrockenen Informationen hin wie in einem Polizeiverhör. Ich hörte, was er sagte, doch ich fühlte nichts. Wahrscheinlich stand ich unter Schock. Ich wusste nur, dass ich weiterfragen musste, solange ich die Möglichkeit dazu hatte.

»Und mein Vater?«

Lazars Züge verdüsterten sich. »Ein Faheen. Ein Nichtsnutz, der sich nicht um dich geschert hat. Ich habe versucht, ihn aufzuspüren, aber er ist schon vor ein paar Jahrzehnten gestorben.«

»Dann bin ich ...«

»... ein Niemand«, beendete Lazar meinen Satz ohne jedes Mitgefühl. »Völlig unbedeutend. Niederstes Fußvolk. Irrelevant.« Doch plötzlich schlug seine Stimmung um. In seinen Augen flammte ein Feuer auf, das fast schon an Fanatismus grenzte. »Und trotzdem hast du die Kaiserprüfung bestanden und wurdest für würdig befunden. Ist dir klar, was das heißt, Amaia? Was es verändert? Cassardim hat dich für würdig befunden und dir die Kaisersymbole geschenkt. Nur dein Wille hat dich die Prüfung bestehen, dich überleben lassen. Du bist einzigartig.«

Seine begeisterte Versessenheit riss mich aus meinem Schockzustand und ließ mich einen Schritt zurücktaumeln.

»Das wusstest du aber nicht, als du mich in die Kaiserprüfung geschickt hast, oder?« Meine Stimme war kaum mehr als ein Flüstern. »Du hättest mich sterben lassen, um *vielleicht* recht zu behalten?« Das hier war keine traurige Waisengeschichte mit Aschenputtel-Happy-End. Es war eine Studie – auf meine Kosten.

»Amaia ...« Lazars sanfter Tonfall brachte das Fass zum Überlaufen. »Du musst verstehen –«

»Ich muss gar nichts verstehen!«, brüllte ich ihn an. Die Splitter in meinen Handflächen regten sich und Cassardim reagierte. Der Boden erzitterte unter unseren Füßen.

Die Augen des ehemaligen Seneschalls weiteten sich ehrfürchtig. »Siehst du, wie mächtig du bist? Du bist ein Wunder. Der Beweis, dass die wahre Macht Cassardims *nicht* in den Blutlinien liegt.«

»Sei still!«, schrie ich.

Lazar verstummte. Ihm blieb gar nichts anderes übrig, denn mein Wille zwang ihn dazu.

Ohne mich noch einmal umzudrehen, stürzte ich hinaus. Ich musste weg von Lazar, Abstand zwischen mich und die Wahrheit bringen. Dabei wusste ich nicht einmal, was mich mehr verletzte: Dass er mich eingesetzt hatte wie eine Marionette, oder dass ihm mein Leben erst dann wichtig geworden war, als ich meinen Wert bewiesen hatte.

Vor der Tür lief ich Rhome in die Arme, der gerade auf dem Weg nach drinnen war. Er wollte etwas sagen, doch als er mein aufgelöstes Gesicht entdeckte, klappte sein Mund wieder zu.

»Lazar wird dieses Fort nicht verlassen, bevor ich es ihm nicht erlaube«, teilte ich ihm schroff mit. Sie wollten eine Kaiserin aus mir machen. Das konnten sie haben.

Rhome wirkte verdutzt, aber er nickte. »Erzählst du mir, warum?«

Da brach plötzlich ein schwarzer Schatten durch die Nebel. Es war Nox. Mein Herz machte vor Freude und Erleichterung einen Sprung. Und dann setzte es für ein paar Schläge aus. Nox trug keinen Reiter.

ULTIMATUM

»Was soll das heißen, er wurde gefangen genommen?«

Pash warf ungeduldig die Arme in die Luft. »Genau das, was *gefangen genommen* eben heißt.«

Angst pumpte durch meine Adern.

Ich war schuld.

Meinetwegen hatte sich Noár in Gefahr begeben.

Seit Pash kurz nach Nox mit seiner Hiobsbotschaft zurückgekehrt war, konnte ich an nichts anderes mehr denken. Meine Entscheidung. Meine Bitte. Meine Schuld.

Rhome packte Pash an den Riemen seines Harnischs. So außer sich hatte ich ihn noch nie erlebt. »Wie konnte das passieren?«

»Keine Ahnung. Ehrlich. Saphama und Ifar haben uns im Gericht der Toten erwartet. Es kam zum Streit, dann zum Kampf und Noár hat dem Wolkenprinzen ordentlich eingeheizt. Und dann – von einem Moment auf den anderen – war Noár völlig weggetreten. Ganz so wie neulich nach dem Chaos-Angriff hier im Hain. Ifar musste sich nicht einmal anstrengen, um ihn zu überwältigen, woraufhin Shaell den Rückzug befohlen hat.«

Weggetreten? Im Gericht der Toten?

Ich bekam keine Luft mehr.

Nirgends in Cassardim war man dem puren Chaos so nah, denn dort gab es einen direkten Zugang. Was wenn ...? Mir wurde schlecht.

Was wenn Noár all seine Kraft gebraucht hatte, um dem Chaos zu widerstehen?

Meine Schuld. Ich hätte ihn niemals gehen lassen dürfen!

»Wir müssen ihn befreien«, krächzte ich.

Pash schüttelte den Kopf. »Prinz Ifar hat Noár in die Silberfeste gebracht.«

Diese Nachricht schlug ein, als wäre sie ein Todesstoß. Ich sah von Rhome zu Drokor, zu Lazar, Ilion und Pash. Überall fand ich nur Resignation.

»Ihr gebt auf?«, fragte ich fassungslos. »Ihr lasst Noár einfach im Stich?«

»Niemand lässt Noár im Stich«, widersprach der General und gab Pash frei. »Aber die Silberfeste ist ein gnadenloses, berechnendes, kaltes Reich. Und wir sind der Feind. Jeder Schattenkrieger, jedes Schattenwesen, das es wagt, uneingeladen einen Fuß dort hineinzusetzen, ist des Todes. Das war schon so, bevor sie unseren Kronprinzen in ihren Fängen hatten. Jetzt wird das Reich umso wachsamer sein. Und selbst wenn nicht, wären da immer noch Prinz Ifar und die Wolkenarmee, an denen wir vorbei müssten.«

»Ganz zu schweigen von den Sicherheitsmaßnahmen in den weißen Kerkern der Wolkenfürstin«, fügte Ilion hinzu und schenkte mir einen finsteren Blick. »Glaub mir, dort kommt niemand so leicht raus.«

Meine Schuld.

Nur meinetwegen lag Noárs Leben in den Händen des Mannes, der ihn über alles hasste: Prinz Ifar, Saphamas Sohn, Heerführer der silbernen Armee und Todfeind des Schattenprinzen. Ich wollte mir gar nicht vorstellen, was er mit ihm anstellen würde.

»Wir müssen diplomatisch an die Sache rangehen«, beschloss Rhome. »Hat Saphama schon gesagt, was sie im Austausch für Noár verlangt?«

Pash zögerte und vermied es, in meine Richtung zu schauen. »Amaia soll sich ihr ausliefern oder sich öffentlich zu ihrem Betrug bekennen. Diese Forderung hat Shaell allerdings bereits abgelehnt und seinerseits ein Ultimatum gestellt: Wenn sie Noár nicht binnen drei Tagen freilassen, wird es Krieg geben. Er hat schon damit begonnen, die Schattenarmee zu mobilisieren.«

Niemals hätte ich gedacht, dass die Stimmung noch tiefer sinken könnte. Ich lag falsch. Rhome stieß einen so heftigen und derben Fluch aus, dass ich zusammenzuckte.

»Drokor! Ich brauche dich in der Schattenfeste. Morgen schicke ich Junos her, um dich abzulösen. So lange passt du mit Pash und Ilion auf Amaia auf«, verfügte er und wechselte damit endgültig in den Generalmodus. »Amaia! Wir brauchen Lazar. Er muss mit Saphama reden und sie zur Vernunft bringen.«

Perplex blinzelte ich Rhome an, bis mir wieder einfiel, dass ich den Befehl gegeben hatte, den ehemaligen Seneschall hier festzuhalten. Mehr noch, ich hatte Lazar Schweigen auferlegt – was wohl auch der Grund war, weswegen er sich bislang nicht eingemischt hatte.

»Natürlich«, murmelte ich und richtete meinen Blick auf Lazar. »Rede mit jedem, mit dem du reden musst, aber bring mir Noár zurück.«

Befreit von meinem Willen atmete Lazar auf und verbeugte sich vor mir. »Ich werde nichts unversucht lassen, kaiserliche Hoheit.«

Bevor mir die Verwendung dieses Titels, der mir nicht zustand, aufstoßen konnte, ergriff Rhome erneut das Wort: »Gut. Ich werde inzwischen versuchen, Shaell aufzuhalten.«

»Was? Wieso?«, platzte es aus mir heraus. »Shaells Ultimatum ist das Einzige, was Noár am Leben erhält. Und vielleicht gibt Saphama dem Druck ja nach? Sie wird doch nicht wirklich einen Krieg gegen die Schattenarmee riskieren.«

Alle in der Runde sahen mich mitleidig an. Sie wussten irgendetwas, das mir entgangen war. Schließlich erbarmte sich Lazar.

»Shaell hat kein Interesse daran, Noár zu retten. Nach allem, was passiert ist, würde es mich nicht einmal wundern, wenn er ihn im Goldenen Gericht absichtlich seinem Schicksal überlassen hatte. So bekommt er seinen Krieg gegen Saphama und kann gleichzeitig seinen Sohn loswerden, der es gewagt hat, ihn zu demütigen.«

Großer Gott. Sie hatten recht. War es das, was Noár befürchtet hatte? Dass sein Vater sich gegen ihn stellte?

Meinetwegen ...

»Und wenn ich öffentlich erkläre, eine Betrügerin zu sein?«

»Nein!«, schallte es mir im Chor entgegen.

Zornig funkelte ich die Männer an. »Ihr habt mir keine Befehle zu geben!«

»Amaia!« Rhome packte mich an den Schultern. Seine goldbraunen Falkenaugen durchbohrten mich so eindringlich, dass meine Wut ins Wanken geriet. »Weißt du, was man mit Hochverrätern macht?«

Ja, das wusste ich nur zu gut. Ich hatte dieses Hinrichtungsdrama schon einmal erlebt und es war mir egal. Mein Leben für das des Schattenprinzen. Das war das Mindeste, was ich tun konnte.

»Ich werde das nicht zulassen. Nicht nur, weil du Noárs große Liebe bist. Nicht nur, weil ich ihm geschworen habe, dich mit meinem Leben zu beschützen. Ich kann es nicht zulassen, weil du, Amaia, die einzige Hoffnung bist, die Cassardim bleibt!«

Aber ... wie konnte er das sagen? Hatte er vorhin nicht mitangehört, dass ich ein Niemand war? Cassardims Thron gehörte nicht mir, Cassardims Politik ging mich nichts an, Cassardims Rettung lag nicht in meinen Händen.

»Vielleicht kannst *du* nicht an dich glauben«, sagte Rhome, »aber ich tue es.«

»Ich auch«, fügte Drokor mit tiefer Stimme und unerschütterlicher Überzeugung hinzu.

»Worauf du dich verlassen kannst, Prinzesschen«, bestätigte Pash.

»Und Noár glaubt ebenfalls an dich. Also versprich mir, nichts Unüberlegtes zu tun.« Der General nahm meine Hände und senkte die Stimme. »Er würde es nicht verkraften, wenn du dich für ihn opferst. Und wir alle würden *diesen* Noár nicht überleben.«

Ein Bild stieg in meinen Gedanken auf. Es war blass, fast durchscheinend. Dennoch konnte ich erkennen, was es zeigte: Noár umgeben von Chaos.

Mir wurde die Kehle eng. Hatte Rhome mir dieses Bild geschickt? Ahnte auch er, dass etwas mit Noár nicht stimmte? Wusste er mehr als ich?

Ich hätte ihm gerne all diese Fragen gestellt, doch der General war bereits unterwegs ins Fort und die anderen trafen Vorbereitungen für seinen und Lazars Aufbruch. Shendai wurden gesattelt, Gepäck geschleppt, Waffen kontrolliert und Rüstungen angelegt. Jeder hatte etwas zu tun. Nur ich stand herum und fühlte die Zeit verstreichen.

Noárs Zeit.

Zum hundertsten Mal versuchte ich ihn über meine Ringe zu erreichen. Nichts. Weder der Verlobungsring aus Schattengestein noch der Ehering aus Cassardims Elementen funktionierten.

Er würde sterben. Jeder hier würde sein Bestes geben und dennoch würde Noár sterben. Das wusste ich so sicher, wie auf die Nacht der Tag folgte. Ich spürte es bis in die Knochen.

Verzweifelt starrte ich auf meine zitternden Hände und die zarten goldenen Linien meiner Kaisersymbole. Sie standen mir nicht zu. Und doch hatte Cassardim sie mir verliehen. Warum?

Wenn du nichts willst, wird das Chaos dich verschlingen. Das hatte

Lazar mir damals mitgegeben. Aber war die Kaiserprüfung wirklich nur ein Test der Willensstärke? Falls das stimmte, dann lief in diesem System gehörig etwas falsch. Falls das stimmte, dann war der cassardische Adel überflüssig. Falls das stimmte ... besaß ich alle Macht, die es brauchte, um Noár zu befreien.

Falls ...

Ich ballte meine Hände zu Fäusten und spürte eine neue Entschlossenheit in mir aufsteigen. Es gab keine »Falls« und keine Zweifel. Mir waren Lazars Intrigen und meine Rechtmäßigkeit gleichgültig. Um den Mann zu retten, den ich liebte, würde ich alles tun, was nötig war. Alles sein, was nötig war – auch Kaiserin. Und wenn ich dafür Himmel und Hölle in Bewegung setzen musste! Wobei Himmel und Hölle passenderweise sehr wörtlich gemeint waren. Die Silberfeste mochte sich ja feindlichen Schattenkriegern in den Weg stellen, aber ganz bestimmt nicht dem kaiserlichen Willen.

»Flummel?«, flüsterte ich. »Ich weiß, dass du meine Gedanken liest. Die Frage ist nur, ob du mich an die anderen verraten oder mir helfen wirst.«

Ein mauliges Trillern drang aus meinen Haaren, doch er blieb, wo er war. Das bedeutete dann wohl, dass er die Pfoten stillhalten würde. Gut. Zielstrebig marschierte ich zurück ins Fort. Ich musste die Zeit nutzen, solange die anderen beschäftigt waren, um unauffällig meine Sachen und etwas Proviant zusammenzupacken. Danach wartete ich. Ich wartete auf Rhomes und Lazars Abflug. Ich wartete auf den Einbruch der Dämmerung. Und ich wartete auf das Abendessen und die anschließende Wachablösung zwischen Drokor und Pash. Noárs Leibwächter hätte ich niemals austricksen können. Ihm entging einfach nichts. Pash dagegen ...

Doch bevor ich aufbrechen konnte, musste ich mich auf die Suche nach dem einen Detail machen, das meinem Plan noch fehlte.

Ich fand besagtes Detail an seinem Lieblingsplatz. Ilion saß auf einem Mauerrest, der früher einmal eine Art Verteidigungswall gewesen sein musste. Es war der perfekte Ort, um seinen Gedanken nachzuhängen und die Aussicht auf die hereinbrechende Nacht über den vernebelten Niemandslanden zu genießen – zumindest, wenn man damit klarkam, dass seine Füße über einem tödlichen Abgrund baumelten.

»Rutsch mal«, bat ich und schwang mich auf das Stück Mauer, das mir der verwunderte Faheen freimachte. Da ich keine Ahnung hatte, wie man Verhandlungen mit einem Kriminellen am besten begann, ließ ich erst einmal das wunderschöne Panorama auf mich wirken.

»Ich kenne den Gesichtsausdruck, den du schon den ganzen Abend mit dir herumträgst«, eröffnete Ilion das Gespräch. Der Spott in seinem Tonfall war nicht zu überhören. »Ich sehe ihn immer dann, wenn jemand vorhat, eine große Dummheit zu begehen und dafür meine Hilfe braucht.«

Okay, damit waren wir wenigstens schon mal beim richtigen Thema. Jetzt musste ich mich nur noch so vage halten, dass ich im Zweifel alles leugnen konnte.

»Du ... ähm ... hast vorher über die Kerker der Wolkenfürstin geredet, als würdest du wissen, wovon du sprichst.«

Ilion schenkte mir ein schiefes Lächeln. »Und wenn es so wäre?«

Ich zupfte ein Stück schwarzes Moos von den Mauersteinen und knetete es zwischen den Fingern. »Könntest du jemanden da reinbringen? Also hypothetisch.«

Spätestens jetzt musste dem wild gelockten jungen Mann mit den grauen Augen klar sein, was ich vorhatte, doch Ilions Pokerface hätte selbst eine Wachsfigur in den Schatten gestellt.

»Das kommt darauf an«, entgegnete er bedächtig. »Es gibt viele geheime Pfade, die nur den Faheen bekannt sind. Wir tragen keine Völkersymbole, deshalb bemerken uns die Reichen nicht. Sie erkennen in uns weder Freund noch Feind. Also ja, hypothetisch könnte ich jemanden *wie mich* dort hineinbringen. Bei jemandem *wie dir*«, fuhr er fort und nickte in Richtung der goldenen Ornamente auf meiner Stirn, »wäre das Ganze ein Selbstmordkommando.«

»Darum müsstest du dich nicht kümmern«, murmelte ich. »Ich brauche nur jemanden, der den Weg kennt.«

Ganz langsam wanderten Ilions Brauen in die Höhe. »Heißt das, du *bittest* mich um Hilfe?«

»Nein«, beeilte ich mich zu antworten. Ganz bestimmt würde ich mich nicht in irgendjemandes Schuld begeben – schon gar nicht in die des Faheen-Fürsten. Diesen Fehler hatte ich schon zu oft begangen.

»Ich werde so oder so versuchen, Noár zu befreien. Du kannst mir entweder helfen und dir dadurch mein Wohlwollen sichern, oder du verrätst mich an die anderen und verspielst dir damit die Möglichkeit auf eine Freundschaft mit der zukünftigen Kaiserin. Ganz wie du willst.«

Mit angehaltenem Atem hoffe ich, dass ich überzeugend genug klang. Laut Lazar wusste Ilion über mich Bescheid. Falls er infrage stellte, was aus mir werden könnte, hatte ich keinen Trumpf mehr im Ärmel.

»Dir ist doch klar, dass ich gegenüber Lazar verpflichtet bin, dich zu beschützen? Er wäre nicht sehr begeistert, wenn ich *Cassardims zukünftige Kaiserin* an einen Ort bringe, an dem jeder ihren Tod möchte.«

Meinen Titel betonte er besonders amüsiert, als wäre ich die Pointe eines monumentalen Witzes.

Ich überhörte seinen Spott, zuckte mit den Schultern und warf die Moosreste über die Klippen. »So, wie ich das sehe, wirst du deiner Pflicht nur nachkommen können, wenn du dich am selben Ort aufhältst wie ich.«

»Wohl wahr«, konterte Ilion gelassen. »Aber ich könnte dich auch knebeln, fesseln und hier im Fort einsperren. Das würde mir das Leben viel leichter machen.«

Angriffslustig erwiderte ich seinen süffisanten Blick. »Glaubst du wirklich?«

»Egal, wie böse du mich anguckst, Amaia, im Vergleich zur Silberfeste bist du immer die harmlosere Variante«, lachte Ilion, ohne im Mindesten eingeschüchtert zu wirken. »Andererseits habe ich mein Leben noch nie auf die leichte Art gelebt. Also Glückwunsch, kleine Kaiserin, du hast dir soeben erfolgreich einen Faheen erpresst.«

BEI NACHT SIND ALLE KATZEN SCHWARZ

Als mir mein kleiner piepsender Spion meldete, dass die Luft rein war, stieg ich mit einer Laterne die Felsentreppe hinunter zum Hain. Für den Fall, dass Pash mich doch beobachtete, verhielt ich mich möglichst normal. Das hieß, kein Mantel, kein Gepäck und schon gar keine Eile. Um meine Sachen würde sich Ilion kümmern. Ein Rucksack war an ihm weit weniger verdächtig als an mir. Abgesehen davon besaß der Faheen ein erstaunliches Talent, sich ungesehen zu bewegen. Ich dagegen hatte in der Zwischenzeit eine andere Aufgabe zu bewältigen. Eine große schwarze gereizte Aufgabe.

»Hey, Nox«, flüsterte ich, während ich mich dem zusammengerollten Shendai näherte, dessen Umrisse mit der Nacht verschwammen. Mir war klar, dass er mich längst gehört und an meinem Geruch erkannt hatte, aber ich wollte mich aus Höflichkeit dennoch bemerkbar machen.

In den Schatten bewegte sich etwas. Zwei glänzende Augen fingen das Licht meiner Laterne ein. Sie fixierten mich missbilligend und ich wusste auch genau warum. Shendai ließen keinen der ihren zurück. Shendai kannten keine Politik und hofften nicht auf Verhandlungen. Shendai kämpften. Es gab also nur einen einzigen Grund, aus dem Nox hier war: Noár hatte ihn fortgeschickt. Zu mir.

»Es tut mir leid«, murmelte ich bekümmert und lehnte mich an den Kopf der großen Raubkatze. »Ich hätte ihn nicht gehen lassen dürfen.«

Ein Bild erschien in meinen Gedanken. Es stammte von Nox und zeigte einen Shendai, der einen silbernen Wyvern über den Himmel jagte. Eine unmissverständliche Aufforderung.

»Deshalb bin ich hier«, sagte ich leise. »Ich habe kein Recht, dich darum zu bitten, aber ich brauche deine Hilfe.«

Der Shendai stieß ein fragendes Raunzen aus.

»Ja, ich werde versuchen, Noár zu befreien.«

Da kam Bewegung in die Schatten. Nox erhob sich, breitete die Schwingen aus und drückte mir seine feuchte Nase ins Gesicht. Das hieß wohl so viel wie: »Worauf warten wir noch?«

»Du musst dir aber wirklich sicher sein. Es könnte sehr gefährlich für dich werden und ich will dich zu nichts zwingen.«

Vor Empörung schnaubte Nox und schickte mir das Bild eines furchterregend brüllenden Shendais, der alleine eine ganze Horde Chaoshunde in die Flucht schlug.

»Gut, dann –«

Plötzlich legte das Tier die Ohren an und fauchte in die Dunkelheit hinter mir. Ich fuhr herum und entdeckte Ilion, der sich vorsichtig näherte und dem Shendai die offenen Handflächen zeigte.

»Er gehört zu mir«, erklärte ich schnell. »Er kommt mit und hilft mir, Noár zu finden.«

Misstrauisch beäugte Nox den Faheen, als wäre er sich nicht sicher, ob er mit meinem Begleiter einverstanden war. Doch dann schnaubte er leise und schenkte Ilion keinerlei Aufmerksamkeit mehr.

»Du bist immer für eine Überraschung gut, kleine Kaiserin«, raunte Ilion mir zu. »Hätte ich gewusst, dass du uns einen Shendai klauen willst, hätte ich es mir vielleicht noch mal überlegt, ob ich mitkomme.«

»Erstens: Wir klauen Nox nicht, wir bitten ihn um Hilfe. Und zweitens«, zischte ich zurück, »nenn mich noch einmal *kleine*

Kaiserin und ich werde mich nie wieder zwischen dich und einen verärgerten Shendai stellen.«

Bevor ich die Entscheidung, den Faheen mitzunehmen, bereuen konnte, machte ich mich daran, Nox zu satteln. Zumindest versuchte ich es, immerhin hatte ich Noár schon etliche Male dabei zugeschaut. Jetzt allerdings schienen die vielen Gurte, Riemen und Schnallen des Geschirrs überhaupt keinen Sinn ergeben zu wollen. Da half es auch nichts, dass Nox sich mehr als kooperativ zeigte. Nach dem dritten Fehlversuch musste ich mir auf die Zunge beißen, um meinen Frust nicht laut herauszuschreien.

»Zuerst über die Pfoten, dann um die Flügel.«

Pashs Stimme ließ mich zusammenzucken. Der Schattenkrieger mit den zerzausten Haaren stand ein wenig abseits und beobachtete uns mit verschränkten Armen und strenger Miene.

Oh-oh. Wir waren aufgeflogen.

»Ich ... äh ... wollte ...«, stammelte ich.

Pash winkte ab. »Schon klar. Du wolltest einen kleinen Ausflug machen, um den Kopf freizubekommen. Das ist eine großartige Idee«, meinte er und schlenderte zu uns.

Hä? Was sollte das denn jetzt? Kein Tobsuchtsanfall? Keine Standpauke? Keine Vorwürfe?

Als Pash mir dann auch noch das lederne Geschirr aus der Hand nahm und begann, Nox für mich zu satteln, verstand ich die Welt endgültig nicht mehr.

»Du lässt mich gehen?«

»Natürlich. Bei all dem, was du gerade durchmachen musst, tut dir ein wenig Abwechslung sicher gut.«

Wovon zum Teufel redete er da?! Pashs Gedankengänge waren ja nicht immer leicht zu durchschauen, aber das hier schien sogar für ihn ein wenig zu absurd zu sein. So einfach gestrickt, wie er andere gerne glauben ließ, war er nämlich nicht.

»Ich bin nur froh, dass du dem Faheen Bescheid gegeben hast. Im Moment solltest du wirklich nicht allein unterwegs sein – auch nicht bei einem harmlosen kleinen Ausflug.«

Ilion warf mir einen ungläubigen Blick zu, den ich nur mit einem Schulterzucken beantworten konnte. Uns blieb nichts anderes übrig, als Pash dabei zuzuschauen, wie er fachmännisch die letzten Riemen festzog. Er kontrollierte seine Arbeit zweimal, gurtete unser Gepäck fest und baute sich schließlich vor mir auf. Auf seinen Lippen lag ein Lächeln. Der Schattenkrieger bemühte sich um Unbeschwertheit, doch seine Augen verrieten den Kampf, der in seinem Inneren tobte. Da erkannte ich es. Pash wusste sehr genau, was wir vorhatten.

»Lass Nox schnell fliegen«, riet er mir mit gedämpfter Stimme. »Sonst könnte es sein, dass es zwei äußerst besorgten Schattenkriegern gelingen wird, euch einzuholen.«

Wie vom Donner gerührt blinzelte ich ihn an. Ich hatte Pash unterschätzt. Nicht nur seine Wachsamkeit, sondern auch seine Freundschaft zu Noár. Offenbar würde er sogar dessen Befehle missachten, wenn er ihm damit das Leben retten konnte.

»Euer Rückzug wird gedeckt sein«, versicherte er mir. Man sah ihm an, wie gerne er sich selbst einen Weg in die Silberfeste erkämpft hätte. Doch er wusste, dass seine Anwesenheit uns verraten würde, und war somit zum Nichtstun verdammt. Eine Rolle, die ihm nicht gerade leichtfiel.

»Ich bin dir etwas schuldig«, flüsterte ich und schluckte den dicken Kloß runter, der sich in meinem Hals gebildet hatte.

Auch Pashs Augen glänzten verräterisch. »Du schuldest mir gar nichts, Prinzesschen. Hol ihn einfach zurück und versuch, dich dabei nicht umbringen zu lassen.«

Einem Impuls folgend drückte ich ihm einen Kuss auf die Wange. Damit brachte ich den Schattenkrieger so in Verlegenheit, dass er beinahe in Nox' Schwingen hineingestolpert wäre. Als er sich wieder gefangen hatte, packte er Ilion am Kragen.

»Pass auf sie auf, Faheen! Sonst werde ich dich finden, mit Shendaifedern spicken und dich den Chokaal überlassen.«

Das waren seine letzten Worte, bevor er sich umdrehte und in den Schatten verschwand.

»Herzallerliebst«, murmelte Ilion trocken.

Ich war zu ergriffen, um seinen Sarkasmus irgendwie zu kommentieren, also kletterte ich auf Nox' Rücken. Kurz darauf tat der Faheen es mir gleich und nahm den Platz im Sattel hinter mir ein. Noárs Platz. Das fühlte sich so falsch an, dass sich alles an mir verkrampfte.

»Nicht anfassen«, fauchte ich, als der Shendai sich in Bewegung setzte und Ilion Anstalten machte, sich an mir festzuhalten.

An meinem Ohr erklang ein resigniertes Seufzen.

»Als Dieb fühle ich mich zwar angezogen von allem, was mir nicht gehört, aber du zählst definitiv nicht dazu. Für mich bist du ungefähr so verführerisch wie meine Großmutter«, stellte Ilion klar. »Konzentrier dich lieber auf den Shendai, dessen Zügel du in der Hand hältst.«

Seine unromantische Sachlichkeit entspannte mich ein wenig. Allerdings war da noch diese Kleinigkeit mit den Zügeln, die ich in der Hand hielt, und dem finsteren Abgrund, dem sich Nox unaufhaltsam näherte. Vielleicht hätte ich diesem Teil meines Plans ein bisschen mehr Aufmerksamkeit schenken sollen.

»Willst du gar nicht wissen, ob ich schon mal einen Shendai geflogen bin?«, fragte ich, während ich meine schweißnassen Hände an meiner Hose abwischte.

»Eher nicht«, erwiderte Ilion erstaunlich gelassen. »Ich gebe mich lieber der Illusion hin, du hättest alles im Griff.«

Wunderbar …

Aber für ein Zurück war es ohnehin zu spät. Ich spürte, wie Nox' gewaltige Muskeln arbeiteten. Er öffnete lautlos seine Schwingen und sprang in die Nacht.

Keine Ahnung, was ich erwartet hatte. Vielleicht einen unkontrollierten Sturz oder einen hektisch taumelnden Flug, bis ich herausfand, wie genau man einen Shendai ritt? Ich hatte schlicht vergessen, dass Nox nun einmal keine Boeing war, die einen Piloten benötigte. Er konnte sehr gut allein fliegen und wusste am besten, wie man das tat, ohne seine Passagiere abzuwerfen.

Erst als diese Erkenntnis in meinem Hirn angekommen war, konnte ich wieder durchatmen und meine Fingernägel vom Leder des Sattels lösen.

So weit, so gut.

Ich war auf dem Weg zu Noár. Das war alles, was zählte.

Nox legte ein stattliches Tempo vor. Der Wind hatte mich schon nach Minuten ausgekühlt. Ich wickelte mich in meinen Umhang und versuchte, nicht daran zu denken, wie Noár mich sonst bei jedem Flug mit seinem Willen gewärmt hatte. Natürlich wäre es ein Leichtes gewesen, das Gleiche für mich selbst zu tun. Es hätte mich nur ein Wort gekostet. Doch das wollte ich nicht. Die Kälte erinnerte mich daran, was mir fehlte. Sie erinnerte mich daran, dass die Zeit lief. Jede Stunde, die sich Noár in der Gewalt seiner Feinde befand, war eine Stunde, die ihn näher an seinen Tod brachte.

»Es ist viel zu dunkel«, stellte Ilion irgendwann fest und riss mich aus meinen Gedanken.

»Das hat die Nacht so an sich«, brummte ich. Mir war bewusst, wie unheimlich sich ein Flug durch völlige Finsternis anfühlen konnte – besonders, wenn man sich klarmachte, dass Nox uns durch ein Labyrinth aus kaum wahrnehmbaren schwebenden Bergen navigierte. Aber man gewöhnte sich daran.

»Nicht hier«, widersprach der Faheen. »Hier sollte es um diese Zeit vor Varras-Lichtern nur so wimmeln.«

Ich stutzte. Ilion hatte recht. Wir befanden uns in den Niemandslanden und die Nebeltore am Goldenen Berg hätten sich längst öffnen und die Verstorbenen in ihr neues Leben entlassen müssen. Ich lugte an Nox' Schulter vorbei in die Tiefe. Nichts. Kein bläulicher Strom aus Seelen, keine Erinnerungen, die in Form von Varras-Lichtern aufstiegen.

»Es ist also wahr, was Askan gesagt hat. Das Gericht der Toten steht still«, murmelte ich. Was das bedeutete und was das für Folgen haben würde, wollte ich mir gar nicht erst ausmalen.

Ilion stieß ein Seufzen aus und schloss damit das Thema ab.

»Willst du schlafen?«, erkundigte er sich stattdessen. »Wir haben noch 'ne ziemliche Strecke vor uns.«

»Nein.«

Selbst wenn mir nach Schlaf zumute gewesen wäre, hätte ich kein Auge zubekommen. Ich wollte mich viel lieber übergeben, schreien, weinen – oder alles zusammen. Cassardim, die neun Völker, die Menschen, Noár ... Meine Welt brannte an so vielen Enden, dass jeder meiner Rettungsversuche mir wie ein Glas Wasser vorkam, das ich auf ein wütendes Inferno schüttete.

»Kein Vertrauen, hm?«, spottete Ilion leise. »Dann hau *ich* mich eben aufs Ohr.«

Ohne viel Aufhebens kippte er hinten über und benutzte das festgezurrte Gepäck als Kopfkissen. Der Kerl hatte echt die Ruhe weg.

»Wenn man bedenkt, wohin wir fliegen, bist du erstaunlich entspannt, Faheen.«

»Wieso auch nicht?«, meinte er amüsiert. »Entweder wir überleben diesen Irrsinn und ich bin der Held, der dich beschützt hat. Oder ich sterbe mit dir und erspare mir einen langsamen qualvollen Tod durch die Hand einer deiner Freunde. Vermutlich Lazars.«

»Lazar ist nicht mein Freund.«

Ilion gähnte herzhaft und nuschelte: »Wenn du das sagst.«

Danach herrschte Stille.

Ich wollte dem Faheen Kontra geben, doch irgendetwas an der Art seiner Antwort hielt mich davon ab. Sie hatte kein bisschen wertend geklungen. Trotzdem fühlte ich mich plötzlich unendlich naiv. Mein Bauch sagte mir, dass ich Lazar nicht blind vertrauen durfte, und doch wusste ich auch, dass er irgendwie auf meiner Seite stand. Ja, ich war sauer auf ihn, aber konnte ich meinem Trotz erlauben, mir die Sicht auf das große Ganze zu nehmen? Es war sowieso schon kompliziert genug und jedes Mal, wenn ich glaubte, den Knoten aus Geheimnissen entwirren zu können, zog er sich nur noch fester zusammen. Lazars Schuld? Nicht nur, musste ich zähneknirschend zugeben. Seine Geschichte hatte mit absoluter Loyalität zu Katair angefangen, der ohne einen Erben den Kaiserthron nicht besteigen konnte. Dessen Kinderlosigkeit war wiederum Fidrins Werk gewesen, um selbst an der Macht zu bleiben. Da schien eine vorgetäuschte Schwangerschaft und ein untergeschobenes Waisen-Kuckuckskind die perfekte Lösung gewesen zu sein. So hatte Fidrin abdanken und Cassardim verlassen müssen, wodurch der Geburt von weiteren *wahren* Goldenen Erben nichts mehr im Wege gestanden hätte. Wer konnte damals schon damit rechnen, dass es dem Mistkerl aus dem Exil heraus gelingen würde, seinen Sohn zu stürzen? Mit Noárs Hilfe, der wiederum von seinem eigenen Vater und Zima betrogen worden war.

Was für ein verkorkstes Durcheinander!

Irgendwann, als meine Glieder steifgefroren waren und der Horizont begann, die Form von grauen Wolken anzunehmen, kam ich zu einem Entschluss. Durch meine Wut auf Lazar war ich auf dem besten Weg, mich einzureihen in diesem Spiel aus Blutfehden, Machtfantasien und Rachegelüsten. Dem musste ich ganz schnell einen Riegel vorschieben. Ich wollte nicht so enden wie Fidrin, Katair, Lazar, Shaell, Zima, Saphama und all die anderen. Nein, ich würde mich auf das konzentrieren, was wichtig war, und wenn ich dazu meinen Ärger über Lazar runterschlucken musste, würde ich das tun.

»Wir sind bald da«, ertönte es in meinem Rücken. Dafür, dass Ilion angeblich geschlafen hatte, klang er erstaunlich wach. Gut möglich, dass er einfach nur unangenehmen Fragen hatte ausweichen wollen. Dumm für ihn, dass ich jetzt noch viel neugieriger war als vor meiner stundenlangen Grübelei. Denn egal, wie ich es drehte und wendete, Ilion passte nicht in diese Geschichte.

»Lazar hat mir erzählt, dass du über mich Bescheid weißt.«

Keine Überraschung. Keine Ausflüchte. Keine Antwort.

»Mir ist klar, dass du dich gerne geheimnisvoll gibst, aber Geduld ist bei mir gerade Mangelware«, warnte ich ihn. »Also: Du kannst den Rest des Fluges entweder auf Nox oder unter Nox verbringen – je nachdem, ob du meine Fragen beantwortest oder nicht. Deine Entscheidung.«

»Erstens«, murrte es hinter mir, »hast du mir überhaupt keine Frage gestellt. Und zweitens solltest du es dir nicht zur Gewohnheit machen, mich zu erpressen. Auf so etwas reagieren Faheen nämlich schnell empfindlich.«

»Fein, dann hier meine Frage: Woher weißt du, wer ich bin?«

Mit einem frustrierten Seufzen richtete sich Ilion auf. Als er diesmal zu sprechen begann, tat er es leise, schnell und in einem Tonfall, den ich von ihm noch nie gehört hatte.

»Also gut ... Vor etwa einem Jahrhundert tauchten zwei Männer in Faheena auf. Sie hatten ein Baby bei sich, ohne Völkersymbole.« Seine Stimme so nah an meinem Ohr zu hören, schickte mir einen Schauer über den Rücken. »So etwas ist nicht unüblich, weil Verlorene Kinder oft bei den Faheen ausgesetzt werden. Ungewöhnlich war eher, dass es sich bei einem der Männer um den Seneschall des Kaisers gehandelt hatte.«

»Und das Baby war ich«, kombinierte ich erschüttert und aufgeregt zugleich. Ich hatte erwartet, das Ilion irgendwo ein paar vage Informationen über mich aufgeschnappt hatte, aber nicht, dass er persönlich involviert gewesen war. Endlich kam ein wenig Licht in die Finsternis meiner Vergangenheit. »Wer war der zweite Mann?«

»Ein Goldkrieger.«

»Askan?«

»Mhm«, bejahte Ilion finster. »Die beiden haben nach deinem Vater gesucht, um dich ihm zu übergeben.«

»Haben sie ihn gefunden?«

Der Faheen schnaubte abfällig. »Sie haben einen Säufer gefunden. Einen Betrüger und Mistkerl, der kein Interesse daran hatte, seine Tochter großzuziehen.«

Seine Worte hätten sich wie Messerstiche anfühlen sollen und doch war da kein Schmerz – als würde mir der Faheen-Fürst vom Leben einer Fremden erzählen.

»Und dann?«

»Sie sind mit dem Baby wieder abgezogen, aber zuvor hat Askan den Kindsvater noch ordentlich verprügelt.«

Askan hatte meinen Vater verprügelt? Askan, die Gutmütigkeit in Person?

»Woher weißt du das?«

»Faheena ist klein«, murmelte Ilion. »Man kriegt einiges mit.«

»Du weichst schon wieder aus.«

Mein warnender Unterton schien ihn kein bisschen zu beeindrucken. Ich spürte, wie er mit den Schultern zuckte. »Alte Angewohnheit.«

Ich glaubte ihm kein Wort. Es gab nur einen Grund, warum er mir nicht erzählte, woher er davon wusste: Er *wollte* es mir nicht erzählen.

Tja, dann würde ich eben den guten alten Sherlock auspacken müssen.

»Warst du damals schon Fürst der Faheen?«

Ohne Vorwarnung prustete Ilion los. Offenbar hatte ich gerade eine wirklich dumme Frage gestellt. »Nein, kleine Kaiserin. Mal abgesehen davon, dass ich damals selbst noch ein Kind war, haben unsere Fürsten weder eine hohe Lebenserwartung noch sehr lange Regentschaften.«

Richtig. Ich erinnerte mich dunkel, dass diese Fürstensache bei den Faheen anders verlief als im Rest Cassardims. Es gab keine herrschende Blutlinie. Der Stärkste hatte das Sagen, wer auch immer das gerade war.

»Wie bist du dann Fürst geworden?«

»So, wie es bei den Faheen üblich ist«, lautete die knappe Antwort. »Ich habe vor ein paar Jahren meinen Vorgänger umgebracht.«

»Oh.«

»Falls es dich beruhigt, es war eher Notwehr als Mord«, konkretisierte Ilion, wobei er nicht so wirkte, als wäre ihm meine Meinung diesbezüglich wichtig. »Jemand hat dem damaligen Faheen-Fürsten gesteckt, ich hätte es auf seine Krone abgesehen. Der wollte mich daraufhin töten. Ich bin ihm zuvorgekommen.«

»Dann bist du nur aus Zufall an die Macht gelangt?«

Er schnalzte mit der Zunge. »Ich glaube nicht an Zufälle und du solltest es auch nicht. Ganz besonders nicht, wenn Lazar seine Finger im Spiel hat.«

Hä? »Was hat Lazar denn damit zu tun?«

»Lazar val Etor ist ein eiskalter Stratege. Er hängt Leuten gerne Probleme an, um ihnen dann eine Lösung dafür anzubieten.«

Da fiel es mir wie Schuppen von den Augen. Lazar musste derjenige gewesen sein, der Ilion bei seinem Vorgänger angeschwärzt hatte.

»Er hat dich verraten ...«

»Und mir anschließend das Leben gerettet«, bestätigte mir Ilion. Oh Mann. Ich hatte mich schon die ganze Zeit gefragt, wie der Fürst der Faheen so tief in Lazars Schuld geraten konnte. Jetzt wusste ich es und bekam den Mund nicht mehr zu.

»Lazar hat dir deinen Aufstieg gesichert und dir gleichzeitig eine Lebensschuld angehängt?!«, hauchte ich fassungslos.

»Jap, und ich werde das Gefühl nicht los, dass er das damals getan hat, weil er wusste, dass er mich genau jetzt genau hier braucht«, brummte Ilion. »Als deinen Verbündeten.«

Großer Gott! Wenn das stimmte, war Lazar nicht bloß ein eiskalter Stratege, er war ein perfides Genie. Er hatte alles vorausgesehen. Die Zweifel an meiner Person. Den drohenden Krieg. Jeden noch so kleinen Zusammenhang.

»Aber wieso du?«, wollte ich von Ilion wissen. Er hätte jeden Faheen auf den Thron setzen und für sich verpflichten können. Zufall? Nicht bei Lazar. Was also war an Ilion so besonders? Wo war die Verbindung? Außer, dass er ...

Er wusste von meiner Herkunft, weil er Lazar und Askan damals gesehen hatte.

Das musste es sein!

»Wie viele Leute aus Faheena haben noch mitbekommen, dass ich existiere?«

»Nur dein Vater und ich.«

»Mein Vater ist tot. Und du kannst mich nicht mehr verraten, weil Lazar praktischerweise eine Lebensschuld gegen dich hält.«

Ilions leises Lachen verursachte mir eine Gänsehaut. »*Jetzt* fängst du an, wie Lazar zu denken.«

Ja, und so langsam verstand ich auch, mit welcher unendlichen Geduld der ehemalige Seneschall seine Netze spann. Er bedachte jedes noch so kleine Detail und ließ keine losen Enden zurück.

Apropos lose Enden.

Mit klopfendem Herzen klammerte ich mich am Sattel fest.

»Wie ist mein Vater gestorben?«

Konnte es möglich sein, dass sein Tod ebenfalls kein Zufall gewesen war?

Ein missbilligendes Stöhnen entfuhr dem jungen Mann hinter mir. »Was willst du hören, Amaia? Dass er ein guter Mann war, ein heimlicher Held, ein Robin Hood, der von einem bösen Seneschall ermordet wurde? Nein, an deinem Vater war nichts Heldenhaftes. Er hat seinen Lebensunterhalt mit Betrug bestritten und dabei sogar den Kodex der Faheen missachtet. Er war egoistisch, verlogen, gewalttätig und hat sich letztendlich zu Tode gesoffen. Nein, kleine Kaiserin, dein Vater war das genaue Gegenteil dessen, was sich traurige vaterlose Mädchen erträumen würden.«

Ernüchtert schluckte ich. Ich hatte nicht die geringste Ahnung, woher diese Enttäuschung in mir auf einmal kam, schließlich redeten wir hier von einem Mann, den ich nicht kannte und nie kennenlernen würde. Aber Ilions Beschreibung traf mich dennoch bis ins Mark. Vielleicht weil seine Worte zum ersten Mal nicht vor Gleichgültigkeit strotzten.

»Wie kannst du dir da so sicher sein?«, fragte ich im Flüsterton.

Der Faheen schnaubte leise.

»Weil er auch mein Vater war.«

FAMILIENAUSFLUG

»Du bist mein Bruder?«, stammelte ich verdattert.
»Halbbruder«, korrigierte Ilion.
Aber ...
Wie ...
Oh mein Gott! Die gleichen dunklen Locken. Die gleiche helle Haut. Sogar unsere Augen besaßen einen ähnlichen Farbton. Die Gemeinsamkeiten waren nicht von der Hand zu weisen. Wieso war ich nicht schon früher darauf gekommen?

Das erklärte auch, warum Lazar ihn nicht einfach aus dem Weg geräumt hatte. Und es erklärte, warum ich für ihn die Anziehungskraft seiner Oma besaß und warum Flummel ihn mich hatte umkleiden lassen. Der Okoklin konnte Ilions Gedanken lesen. Ein reumütiges Trillern in meinen Haaren bestätigte meinen Verdacht. Es stimmte also ...

»Schockiert?«, erkundigte sich Ilion.
Ja! »Nein.« Doch. »Ein bisschen.«
Ich hatte mich schon lange genug mit dem Gedanken angefreundet, dass Katair nicht mein Vater ist, aber ich war nie auf die Idee gekommen, eine andere Familie zu haben.

»Glaub mir, ich war auch schockiert, als Lazar mir vor einigen Monaten enthüllt hat, dass die Goldene Erbin meine Halbschwester ist.« Er lachte humorlos auf. »Bis dahin wusste ich nicht einmal, dass du noch lebst.«

»Hilfst du mir deshalb?«, fragte ich verunsichert.
»Das würde ich dir zu gerne mit Ja beantworten, aber das wäre

wohl gelogen«, gestand Ilion reserviert. »Nein, ich wollte nur meine Lebensschuld bei Lazar begleichen. Zumindest am Anfang.«

»Und jetzt?«

»Inzwischen finde ich möglicherweise Gefallen daran, eine Faheen auf dem Kaiserthron zu sehen.«

Ein kleines Lächeln schlich sich auf mein Gesicht. Für einen kurzen Augenblick gab ich mich der Verbundenheit hin, die ich in Ilions Worten herauszuhören glaubte. Doch dann verpasste mir der wachsame Teil meines Verstands eine imaginäre Ohrfeige. Nichts in Cassardim war so, wie man es sich erhoffte. Besonders nicht, wenn etwas zu schön schien, um wahr zu sein. Geschwisterliebe, ohne sich zu kennen, war ein gutes Beispiel dafür.

»Eine Kaiserin, die du jederzeit mit deinem Wissen zu Fall bringen könntest, hat ja auch seine Vorteile, nicht wahr?«, erkundigte ich mich kühl.

»Das auch«, räumte Ilion belustigt und ohne den Hauch eines schlechten Gewissens ein. Das hätte mir eigentlich Sorgen bereiten sollen. Tat es aber nicht. Entweder versagten meine Instinkte auf echt kolossale Weise oder all meine anderen Probleme nahmen einem erpresserischen Faheen-Fürsten einfach den Schrecken.

Ilion richtete sich im Sattel auf, als ob er dadurch besser sehen könnte. »Sag dem Shendai, er soll landen!«

Ich wusste, woher seine plötzliche Anspannung kam. Die Silberfeste lag unmittelbar vor uns. Zumindest ging ich davon aus, denn die Nacht war längst nicht vorüber und dennoch flogen wir auf helle Wolkenberge zu. Man musste keine Intelligenzbestie sein, um da einen Zusammenhang zu erkennen.

»Nox wird nicht landen«, teilte ich Ilion entschlossen mit. Wenn das Wolkenreich auch nur ein bisschen wie sein schattiges Pendant Trudi war, würde uns eine ellenlange silberne Treppe erwarten. Dafür hatten wir keine Zeit. »Er wird uns hineinfliegen.«

»Ganz miese Idee.« Der Faheen klang höchst beunruhigt. »Wenn eine Schattenkreatur in das Wolkenreich eindringt, werden sie sofort wissen, wo wir sind.«

»Sie werden wissen, wo Nox ist«, verbesserte ich ihn und lehnte mich im Sattel nach vorne. »*Wir* sind dann längst weg.«

Keine Ahnung, woher ich meine Selbstsicherheit nahm, aber diese *ganz miese Idee* stammte von Nox höchstpersönlich und ich vertraute dem Shendai. Also schob ich meine Hände unter die Sattelgurte und bereitete mich auf einen wilden Ritt vor.

»Festhalten!«

Einen Augenblick später tauchten wir in so reines Weiß ein, dass ich die Augen zusammenkneifen musste. Die Temperatur fiel schlagartig und der Wind, der uns entgegenwehte, hatte nun nichts mehr Natürliches an sich. Binnen Sekunden bildete sich auf Nox' Metallschwingen eine dünne Eisschicht. Der Shendai ließ sich nicht aufhalten. Unerbittlich kämpfte er gegen die Strömungen an, die versuchten, uns aufzuhalten. Dann kamen die Blitze, gefolgt von ohrenbetäubendem Donner. Nox legte die Flügel an und rollte sich zur Seite. Ich presste mein Gesicht fest an den kräftigen Hals des Shendai und konzentrierte mich darauf, nicht aus dem Sattel zu fallen. Etwas anderes konnte ich nicht tun. Etwas anderes musste ich nicht tun. Nur durchhalten. Für Noár. Wir wurden durchgeschleudert wie in einer Waschtrommel. Ein paar Mal zuckten die Blitze so nah an uns vorbei, dass ich das statische Knistern bis in die Knochen spürte, doch dann war mit einem Schlag alles vorüber. Wir durchbrachen die Wolkenschicht und kamen in glasklarer, klirrend kalter Luft heraus. Vor uns lag eine Steilwand aus silbernem Gestein und Eis. Um ein Haar wären wir damit kollidiert, wenn Nox nicht im letzten Moment abgedreht hätte. Ein paar kräftige Flügelschläge später schienen wir in Sicherheit zu sein und ich wagte es, mich aufzurichten.

Heilige Scheiße ...

Die Silberfeste war in jeder Hinsicht das genau Gegenteil des Schattenreichs. Hier fielen die Felswände nicht zu einer gewaltigen Schlucht ab, sondern erhoben sich zu einem monumentalen Gebirge, dessen Gipfel ich nirgends ausmachen konnte. Fels, Eis und Silber verbanden sich in den skurrilsten Formen. Scharfe Kanten, geschwungene Bögen, glänzende Spiralen und schneebedeckte Treppenpfade. Alles war in helles Licht getaucht – nicht das sanfte goldene Licht, das in Cassardim normalerweise vorherrschte. Nein, strahlend weißes Tageslicht – obwohl es eigentlich noch immer tiefste Nacht war. Ich ging jede Wette ein, dass sich das hier nicht änderte. Ewiger Tag ... das passte zu diesem Ort.

Nox brachte uns höher hinauf, zu einer flauschig wirkenden Wolkenschicht. Ein paar Flügelschläge lang verschwanden wir darin und ich erwartete jeden Augenblick, die winterlichen Gipfel der Silberfeste zu Gesicht zu bekommen. Weit gefehlt. Jenseits der Wolken eröffnete sich nur ein weiterer Abschnitt des Gebirges. Wieder eisige Gletscherwände, silberne Klippen und eine zweite Wolkenschicht hoch über unseren Köpfen. Dieses Schauspiel wiederholte sich noch ein paar Mal und ich begann zu ahnen, dass diese Berge keine Gipfel besaßen.

In der Ferne ertönte ein hässliches Kreischen. Ich fuhr herum und erspähte winzige silberne Punkte am Horizont.

»Wyvern«, knurrte Ilion. »Sie haben uns entdeckt.«

»Wo müssen wir lang?«

Der Faheen deutete an meinem Kopf vorbei – genau in die Richtung, aus der die Wyvern auf uns zuhielten.

»Siehst du den Turm dort? Unterhalb davon gibt es einen versteckten Zugang.«

Besagter Turm lag ziemlich genau in der Mitte zwischen uns und unserem reizenden Empfangskomitee. Na wunderbar!

»Meinst du, du schaffst es vor ihnen, Nox?«

Der Shendai schnaubte laut und schickte mir ein Bild von sich mit seltsam entblößten Fängen. Das sollte wohl eine Art tierisches Grinsen darstellen.

Als Nox direkt auf den Turm und damit auch auf die Wyvern zuflog, verlor Ilion endgültig die Nerven. Später als erwartet, aber früher, als optimal gewesen wäre.

»Du bist verrückt! Sie werden uns zerfleischen! Dreh sofort um! Wir können doch nicht ...«

Ich blendete seinen spontanen Nervenzusammenbruch aus und griff hinter ihn, um unser Gepäck zu lösen. Dann fischte ich Flummel aus meinen Locken und setzte ihn trotz Protest auf Nox' Nacken.

»Weiter als bis hier kannst du nicht mitkommen«, sagte ich streng. »Du bist zwar klein, aber trotzdem ein Schattenwesen. Ich bin schon froh, wenn *ich* die Landung überstehe!«

»Landung?«, rief Ilion aufgebracht und zeigte auf die messerscharfen Eisklippen, die den näher kommenden Turm umgaben. »Sieh doch mal hin! Wir können dort nirgends landen!«

»Diese Art von Landung habe ich auch nicht gemeint«, murmelte ich und glaubte selbst nicht, was ich da vorhatte. Verzweifelter Wagemut, anders konnte ich es nicht beschreiben, als ich auf Nox' Anweisung hin mein Bein über den Sattel schwang und mich an Ilion festklammerte.

»Was tust –«

Weiter kam er nicht.

Der Shendai neigte sich zur Seite und klappte seinen linken Flügel ein. Im gleichen Moment stieß ich mich mit aller Kraft ab und sprang mitsamt Ilion in die Tiefe.

Pash wäre stolz auf mich gewesen.

Unser kurzer Sturz endete punktgenau in einer kleinen Schneeverwehung unterhalb des Turmfundaments. Ich hätte mir diese perfekte Landung gerne auf die Fahne geschrieben, aber außer meiner Entschlossenheit hatte ich nicht viel dazu beigesteuert. Alles andere war Nox zu verdanken, der sich gerade mit lautem Gebrüll auf die herannahenden Wyvern stürzte. Der gezielte Hieb seiner Metallschwingen verpasste einer der silbergeschuppten Kreaturen eine tiefe Wunde. Anschließend drehte er ab und flog geradewegs auf die weiße Wolkenwand zu. Das genügte, um die Aufmerksamkeit der anderen Wyvern samt ihrer Reiter auf sich zu ziehen. Unser Plan war aufgegangen. Sie hatten uns nicht bemerkt und würden mit ein bisschen Glück glauben, dass ein verzweifelter Shendai nur nach seinem Herrn gesucht hatte. Ich sah Nox besorgt hinterher und hoffte inständig, dass er die Kraft besaß, ein zweites Mal die weißen Eisgewitter zu durchqueren.

Ein missbilligendes Gesicht schob sich in mein Sichtfeld. Es war von schneebedeckten Locken umgeben.

»Du bist vollkommen irre!«, schimpfte Ilion.

Ich zuckte mit den Schultern und wollte gerade erwidern, dass ich einen guten Lehrer gehabt hatte, als der Schnee unter mir nachgab. Ich versank darin wie in Treibsand. Mein Puls, der sich eben erst von unserem Sprung erholt hatte, schoss erneut in die Höhe. Ich bekam noch mit, wie Ilion versuchte, mich herauszuziehen, mich festzuhalten, mich auszugraben. Vergebens. Das kalte Weiß verschluckte mich, presste mir die Luft aus den Lungen und drohte mich zu ersticken.

Charmante Begrüßung.

Die Silberfeste fackelte offenbar nicht lange.

Aber ich war nicht so weit gekommen, um mich jetzt von einem mordlüsternen Gebirge aufhalten zu lassen. Schließlich trug ich die Kaisersymbole und meinen Ehering – geschmiedet aus den Elementen aller Reiche Cassardims. Dazu zählte auch die Silberfeste. Ohne lang zu überlegen, baute ich eine Verbindung zu dem frostigen Land auf und übermittelte einen schlichten gedanklichen Befehl.

Gib mich frei!

Da tauchte eine schnelle Abfolge von Bildern in meinem Bewusstsein auf. Sie zeigten Saphama, ihren Sohn Ifar, einen Wolkenkrieger und einen wichtig aussehenden Adligen zu verschiedenen Zeiten in verschiedenen Situationen. Aber jeder von ihnen sagte dasselbe: »Dafür wirst du sterben!«

Nett ...

Ich trage die Kaisersymbole. Du bist mir Gehorsam schuldig, erinnerte ich die Silberfeste. Leider klang ich nicht ganz so überzeugt, wie ich es vorgehabt hatte, und bekam prompt die Quittung dafür. Erneut sandte mir das Reich eine Reihe von Bildern. Diesmal war es ein wilder, nicht enden wollender Zusammenschnitt aus lachenden Personen, der mir keine Chance ließ, etwas zu erwidern. Gleichzeitig wurde der nasse Schnee über mir immer schwerer.

Jetzt reichte es mir. Eigentlich hatte ich nicht vorgehabt, die Splitter der Macht hier zu benutzen, weil ich nicht wusste, ob das unseren Aufenthaltsort verraten würde. Doch dieses eisige Reich mit dem gehässigen Humor ging mir gehörig auf die Nerven.

Als sich mein Wille mit den Splittern verband, verstummte das vielfältige Gelächter. Die Silberfeste schien instinktiv zu ahnen, dass ich diesen Kampf gewinnen würde, wenn es hart auf hart käme. Kein Wunder. Es ging hier nicht nur um mein Leben, sondern auch um das von Noár. Nichts auf dieser Welt war stärker als mein Wunsch, ihn zu retten.

Ich kann dich zwingen, mir zu gehorchen!, warnte ich das Reich. *Allerdings wäre es mir lieber, wenn du mir freiwillig hilfst.*

Falls die Silberfeste so stolz war wie Trudi wäre es effektiver zu verhandeln, anstatt meinen Willen mit Gewalt durchzudrücken.

Weißes Schweigen hüllte mich ein.

Das Chaos setzt dir zu, nicht wahr? Gib mich frei und verrate uns nicht, dann schließe ich jeden Chaoswirbel, sobald ich gehe.

Wieder weißes Schweigen.

Diesmal deutete ich das als positives Zeichen. Auch wenn mir inzwischen Luft und Geduld ausgingen, bemühte ich mich, souverän und ruhig zu klingen.

Niemand wird zu Schaden kommen. Ich hole den Schattenprinzen und wir verschwinden. Er gehört ohnehin nicht hierher.

Immer noch weißes Schweigen.

Und dann ließ ganz plötzlich der Druck auf meiner Brust nach. Die schwere Schneemasse über mir verwandelte sich in leichten Pulverschnee und wurde von einer frostigen Brise davongeweht. Erleichtert sog ich Luft in meine Lungen, während zwei kräftige Hände mich packten und aus dem kalten Grab hievten.

Ilion stellte mich auf die Beine und musterte mich – erst besorgt, dann eindringlich, dann ehrfürchtig.

»Lazar hatte recht, kleine Kaiserin«, murmelte er. »Du *bist* unsere Rettung.«

Oh Mann, dafür hatte ich jetzt wirklich keinen Nerv. Ich klopfte mir den Schnee ab und grub unser Gepäck aus.

»Wo lang?«, maulte ich.

Der Faheen grinste und deutete nach oben. Mein Blick folgte seinem ausgestreckten Finger. Ich erwartete, denselben Turm zu sehen, unter dem wir gelandet waren. Das tat ich auch. Bis dahin also keine Überraschung. Doch darüber – weit darüber – wuchs aus den nicht enden wollenden Bergen ein Bauwerk, das mir bislang entgangen war. Mir stockte der Atem. Zwischen zwei Steilwänden prangte ein Palast mit Mauern aus poliertem Silber – so glatt, dass sich die Wolken darin spiegelten.

»Dort finden wir deinen Schattenprinzen.«

IMMER DEM GEFÜHL NACH

Durch meine Zeit im Schattenreich hatte ich mich inzwischen an schwindelerregend hohe Klippen und waghalsige Treppen über schroffen Abgründen gewöhnt. Mit Schnee und Eis bedeckt war das Ganze aber noch mal ein völlig anderes Kaliber. Wenigstens hielt die Silberfeste Wort, denn in regelmäßigen Abständen stoben uns kleine Böen hinterher, die unsere Fußspuren im Schnee verwischten.

Der geheime Pfad, von dem Ilion gesprochen hatte, führte uns im Zickzack hinauf in das silberne Gebirge. Streng genommen hatte dieser »Pfad« seinen Namen gar nicht verdient. An vielen Stellen war er nicht einmal breit genug, um einen Fuß vor den anderen zu setzen. Schon nach kürzester Zeit fühlte ich mich wie eine Bergziege. Der Aufstieg war mühsam, die Kälte beißend, aber zumindest hielt mich die Anstrengung warm. Die Anstrengung und mein mittlerweile weißer Umhang. Ilion hatte ungefragt die Farbe unserer Kleidung verändert. »Anpassen und überleben«, war offenbar seine Devise. Ansonsten schwieg er sich aus. Auch mir war nicht mehr nach Gesprächen zumute. Dafür hatte ich zu sehr mit dem tödlichen Abgrund unter mir und meiner wachsenden Nervosität zu kämpfen. Um nicht verrückt zu werden, versuchte ich mich mit banalen Dingen abzulenken. Zum Beispiel mit einer Sammlung passender Namen für die Silberfeste. »Cruella«, »Medusa« und »Gletscherbitch« lagen gut im Rennen, wobei »Katharina die Große« unangefochten Platz eins belegte.

Irgendwann endete unser Weg vor einer engen Felsspalte. Das

wenige Licht, das dort hineinfiel, wurde von glitzernden Eiskristallen reflektiert. Wie Raureif, nur viel größer. Sie wuchsen entlang der Wände, reckten sich einander entgegen und bildeten atemberaubende Formen – als hätte man zahllose kleine Explosionen im Moment des Geschehens eingefroren. Ein wahres Kunstwerk der Natur, allerdings eines, das ein Durchkommen durch diese Spalte nahezu unmöglich machte. Die Eiskristalle mochten noch so zerbrechlich wirken, aber das Blut, das an einigen Spitzen der glasartigen Strukturen klebte, sprach eine andere Sprache. Ich ging jede Wette ein, dass die Dinger rasiermesserscharf und so tödlich waren wie fast alles in Cassardim.

Gerade wollte ich fragen, auf welche Weise Ilion uns da hindurchzubringen gedachte, als er eine Fackel aus seinem Rucksack holte und sie entzündete.

Okay ... Schmelzen war eine Option, aber dauerte das nicht viel zu lange?

»Wir müssen schnell sein«, warnte er mich und warf die brennende Fackel in die Spalte. Ein Knistern ertönte. Ilion packte meine Hand. Und dann klappten die Eiskristalle mit Hunderten von leisen »Plopps« in sich zusammen. Ähnlich wie Blumen, die sich in der Nacht schlossen. Nein, genau wie Blumen! Es waren Pflanzen, die –

Ilion preschte los und zerrte mich mit sich in den dunklen Spalt. Er lief, als würde unser Leben davon abhängen. Unter unseren Füßen knackte und knirschte der Schnee. Seltsamer Schnee. Viel zu hart und brüchig, um ... Oh Gott, das war kein Schnee. Wir rannten über Knochen. Knochen in allen Größen. Knochen jener Kreaturen, die diese mörderischen und offenbar fleischfressenden Eispflanzen wohl nicht überlebt hatten. Das Licht der Fackel schwand, aber das andere Ende der Felsspalte war schon zum Greifen nah. Die Wände knisterten. Sie schienen sich zu bewegen und gerade als wir ins Freie hechteten, erlosch die Fackel und die Eisblüten schnappten mit einem unheilvollen Klirren auf.

»Und du nennst *mich* irre?!«, fuhr ich Ilion keuchend an.

»Scht!« Der wachsame Blick des Faheen machte mir bewusst, dass auf dieser Seite der Spalte wohl größere Gefahren lauerten als ein paar blutdürstige Gewächse. Besorgt sah ich mich um. Noch immer nichts als Schnee, Eis und silberne Felsen. Aber jetzt standen wir zum ersten Mal auf etwas wie einem befestigten Weg. Und befestigte Wege bedeuteten Zivilisation. Oh verdammt ...

Ilion zog mich weiter. In diesem Moment bemerkte ich ein Prickeln, das durch meine Handflächen strömte – wie immer, wenn sich die Splitter aktivierten. Irritiert schaute ich an mir herunter und stellte fest, dass ich Ilions bloße Hand umklammert hielt. Da verstand ich, was gerade passierte, und riss mich erschrocken los.

Mein Halbbruder quittierte mein Verhalten mit einem spöttischen Grinsen.

»Angst, mir ein Völkersymbol zu verpassen?«, raunte er.

Das fasste meine Befürchtung ziemlich gut zusammen. Schließlich war er ein Faheen, ein verlorenes Kind ohne Zugehörigkeit, und die Splitter hatten sich in einer ähnlichen Situation schon einmal verselbstständigt. Damals bei Keeza.

»Keine Sorge, man muss zu einem Volk gehören *wollen*, um durch das Juwel der Macht seine Symbole zu erhalten. Das ist bei mir nicht der Fall. Ich bin und bleibe ein stolzer Faheen.«

»Woher weißt du, dass ich ...?«

»Rhomes Schwester hat es mir erzählt«, erwiderte er leise. »Aber bevor dich deine typische Mischung aus Zweifel, Misstrauen und Neugier packt und du mich in ein erneutes Verhör verwickelst: Wir sollten ab jetzt jede unnötige Kommunikation einstellen. Wyvern haben ein hervorragendes Gehör.«

Ich bekam große Augen. Wyvern? Wo?

Ilion packte mich an den Schultern, drehte mich um und deutete nach oben.

Der Wolkenpalast thronte direkt über uns. So nah, dass ich nun erkannte, wie sehr ich mich darin getäuscht hatte. Dieser Koloss aus Silber und Eis war nämlich kein hübsches Schloss mit Verzierungen und eleganten Dekorationen, wie ich sie vom Schattenpalast kannte. Es war eine Burg, eine Festung ohne jeden Luxus, ein Bollwerk, das nur einem Zweck diente: der Uneinnehmbarkeit.

Gar nicht gut.

Während ich mich noch bemühte, mir meine Bestürzung nicht anmerken zu lassen – schließlich hatte mich Ilion mehrfach vor der Silberfeste gewarnt –, war der Faheen bereits weitergestapft. Ich holte ihn ein, nur um festzustellen, dass der Pfad, auf dem wir uns befanden, über vereistes Geröll bergab führte. Also weg vom Wolkenpalast.

»Ich dachte, wir müssen da rauf?«, fragte ich ihn im Flüsterton.

»Tu dir keinen Zwang an, falls du den Wunsch verspürst, dem Wolkenprinzen in seinen Gemächern zu begegnen«, spottete er und zog sich seine weiße Kapuze über den Kopf. So getarnt verließ er den befestigten Weg und begann, eine schneebedeckte Böschung hinaufzuklettern. Frustriert folgte ich ihm, rutschte ein paar Mal ab, erreichte dann aber doch die Kante, über die Ilion in die Tiefe spähte.

Im Schatten einer imposanten Steilwand erstreckte sich eine weitläufige Hochebene, auf der sich tatsächlich einige Wyvern tummelten. Die drachenartigen Wesen in ihrem natürlichen Lebensraum zu erleben, hatte etwas von einer sehr frostigen Jurassic-Park-Version. Ich konnte nur hoffen, dass der Wind günstig stand, andernfalls würden wir wohl schon bald entdeckt werden.

Ilions Ellbogen stupste mich an. Er deutete in Richtung der eisüberzogenen Steilwand unterhalb des Palastes. Dort gab es eine

Art Höhleneingang, der wie das klaffende Maul eines Ungeheuers aussah und alles andere als einladend wirkte. Er wurde von zwei Wolkenkriegern bewacht. Ilions Zeigefinger wanderte höher und ließ mich den Rest der Steilwand betrachten – und da kapierte ich es. Wir hatten die weißen Kerker der Wolkenfürstin gefunden. Sie waren keine modrigen Kellergewölbe oder unterirdischen Katakomben. Saphamas Kerker bestanden aus unzähligen kleinen Höhlen, die in den eisigen Fels gehauen worden waren – kaum mehr als vergitterte Löcher, die ihre Insassen ungeschützt der klirrend kalten Witterung aussetzten.

Mein Mut sackte in sich zusammen. Ich zählte Hunderte dieser trostlosen Zellen. Wie sollten wir Noár dort finden? Wie sollten wir überhaupt dort hineingelangen? Geschweige denn hinaus?

Plötzlich kam Unruhe in die Wyvern-Horde. Grund war ein Trupp Soldaten, die soeben das Gefängnis verließen. Sie eskortierten jemanden. Eine vollkommen in Silber und eine in Schwarz gewandete Gestalt. Mir gefror das Blut in den Adern, als ich erkannte, wen wir da vor uns hatten.

»Schätze, der Wolkenprinz hält sich aktuell wohl doch nicht in seinen Gemächern auf«, flüsterte Ilion kaum hörbar.

Nein, das tat er nicht. Prinz Ifar redete mit einer Frau. Einer blonden Frau mit den Symbolen des Schattenvolks.

»Was macht Zima denn hier?!«

Ilion legte den Finger an die Lippen und gab mir zu verstehen, dass ich ihm folgen sollte. Wir robbten zurück und liefen im Schutz der Böschung los. Der Faheen schien sich hier tatsächlich bestens auszukennen und brachte uns so nah an den Eingang, dass der Wind Zimas Stimme zu uns herüberwehte.

»... berichten, dass sein Sohn noch lebt ... erfreut sein ... sich dennoch nicht erpressen lassen.«

Die Schattenfürstin stand mit dem Rücken zu uns. Ich konnte

weder ihr Gesicht sehen noch alles verstehen, was sie sagte, allerdings sprach ihr ungezwungener Tonfall Bände. Noárs Schicksal ging ihr am Allerwertesten vorbei.

Der dunkelhaarige Wolkenprinz lächelte sie gefährlich an.

»Soll das etwa heißen, Shaell opfert seinen Thronfolger? Seinen Heerführer? Seinen Sohn?«

»... überbringe nur die Botschaft ... Ardiza ist rechtmäßiger Kaiser ... ihm Unrecht ... Knie beugen ... stirbt er ... der Zorn der Schattenarmee über euch hereinbrechen.«

Prinz Ifar blieb unbeeindruckt. »Ardiza steht der Thron genauso wenig zu wie seiner Frau – falls es überhaupt stimmt, dass Amaia ihn geheiratet hat. Das würde mich sehr wundern nach allem, was sie wegen ihm ertragen musste.«

»... Rechtmäßigkeit streiten ... Kaisersymbole ... lächerlich ... Saphama kann nicht Kaiserin werden.«

»Shaell will also wirklich Krieg – um jeden Preis?«

Zimas Antwort darauf verstand ich nicht, aber ich sah, wie Prinz Ifar die Augen zusammenkniff und die Fäuste ballte.

»Das ist Wahnsinn«, knurrte er zornig.

»... Politik ihr hättet ein Druckmittel gegen uns ... habt nichts.«

»Ich schwöre Euch, jeder Wolkenkrieger, der durch die Schatten den Tod findet, wird euren Kronprinzen teuer zu stehen kommen.«

»... die offizielle Antwort? Solltet ... Mutter fragen?«

»Ich werde ihr eine Botschaft in den Goldenen Berg schicken und euch wissen lassen, wie unsere Entscheidung lautet.«

Zima lachte. Ich glaubte, sie noch so etwas sagen zu hören wie »Braver Junge!«, bevor sie mitsamt der Eskorte aus Wolkenkriegern davonmarschierte. Zurück blieb Prinz Ifar, dessen Gesichtsausdruck nicht besorgniserregender hätte sein können. Finster starrte er der Schattenfürstin hinterher. Als sie fort war, schien er in den Kerker zurückgehen zu wollen. Doch dann stieß Ifar einen wütenden Schrei aus, stürmte zu einem der Wyvern und flog davon.

Für einen kurzen Augenblick hatte ich Sorge, der Wolkenprinz könnte uns aus der Luft entdecken, aber die mächtigen geschuppten Wyvern-Flügel stoben so viel Schnee auf, dass wir unter einer nasskalten Puderzuckerschicht begruben wurden. Na super, mir war ja nicht schon kalt genug.

Ich rieb mir gerade das Gesicht sauber, als ich sah, wie der Faheen neben mir einen Dolch zog. »Los geht's. Ein besserer Zeitpunkt wird nicht kommen.«

Hastig packte ich ihn am Arm.

»Niemand stirbt!« Das hatte ich der Silberfeste versprochen und ich wollte wirklich nicht erleben, was passierte, wenn ich dieses Versprechen brach.

Ilion schob verständnislos die Brauen zusammen.

»Entweder sie oder wir, Schwesterherz. Da fällt die Entscheidung nicht sehr schwer, oder?«

»Niemand stirbt, *Bruderherz*!«, zischte ich und hielt seinen Blick so lange fest, bis er genervt den Kopf schüttelte und seine Klinge wegsteckte.

»Sag nicht, ich hätte dich nicht gewarnt.«

Hatte ich nicht vor, obwohl mir sein Plan B noch viel weniger gefiel als Plan A. Nachdem er mir mehrfach eingebläut hatte, was ich tun sollte, fand ich mich plötzlich unterwegs zum Eingang wieder. Allein. Ohne jede Deckung. Mein Herz pochte so heftig, dass ich das Gefühl hatte, mein Brustkorb würde zerspringen.

Das war verrückt. Absolut verrückt.

Als mich die Wachen entdeckten, verwandelten sich die trägen Gestalten in tödliche Krieger. Zwei bemerkenswert spitze Speere richteten sich auf mein Herz.

»Wer bist du?«, donnerte einer der Wächter. »Was willst du hier?«

Ich hielt den Kopf gesenkt und hoffte, dass meine Kapuze die goldenen Symbole auf meiner Stirn halbwegs verbargen.

»Hallo ... ähm, ich ...«, begann ich und versuchte dabei, möglichst unschuldig und hilflos zu klingen.»... ich hab mich verlaufen und –«

In diesem Moment stürzte sich Ilion aus dem Nichts auf den hinteren Wächter. Ich hatte keine Ahnung, wie er mich so schnell und ungesehen hatte überholen können, aber mir blieb keine Zeit, mich zu wundern. Der Wolkenkrieger, der gesprochen hatte, wollte mich nämlich gerade aufspießen wie ein wütender Stier. Mit einer Drehung wich ich der Speerspitze aus und griff entschlossen nach dem Gesicht des Mannes.

»Du hast mich nie gesehen! Ich war niemals hier! Niemand ist in den Kerker gegangen! Nichts Außergewöhnliches ist passiert!«

Der Wille des Wächters leistete ein paar Atemzüge lang Widerstand, doch schließlich musste er meinem Befehl nachgeben. Seine Muskeln entspannten sich. Mit ausdrucksloser Miene bezog er Position und heftete den Blick auf die Hochebene. Auch Ilions Wolkenkrieger widmete sich wieder dem Wachestehen, als hätte es uns nie gegeben.

»Na also«, murmelte ich zufrieden.

»Bloß nicht zu selbstgefällig werden«, brummte der Faheen. Er schien alles andere als glücklich zu sein und schob mich ungeduldig in den Kerker hinein.

»Erinnerungen und Gedanken zu beeinflussen, ist immer ein Glücksspiel«, erklärte er leise. »Bei manchen hält es einige Monate, bei anderen nur Minuten. Wir sollten uns also beeilen.«

Gegen ein bisschen Eile hatte ich nichts einzuwenden. Die engen Höhlengänge aus silbernem Fels und bläulich schimmerndem Eis waren mir ohnehin nicht geheuer. Alles hier schwamm in einem seltsam diffusen Licht, obwohl es keine einzige Lichtquelle gab. Ganz zu schweigen von der unerträglichen Stille. Kein tropfendes Schmelzwasser, kein pfeifender Wind, kein Kettenrasseln, keine Schreie oder Hilferufe von Gefangenen. Nur Kälte.

Ilion trieb mich unerbittlich an, als würde er den Weg genau kennen. Wenigstens einer, denn ich hatte schon nach zwei Abzweigungen die Orientierung verloren. Für mich sahen alle Gänge, Treppen und vergitterten Zellen vollkommen gleich aus. Doch irgendwann änderte sich das Erscheinungsbild des Kerkers. Aus den groben Höhlenwänden wurde sauber gearbeitetes Gemäuer und anstatt der Gitterstäbe gab es nun stabile Türen.

Unvermittelt blieb Ilion stehen.

»Du bist dran«, flüsterte er mir zu, ohne die Umgebung aus den Augen zu lassen. »Dieser Teil der Kerker ist für Ehrengäste reserviert. Such Noár! Wir haben keine Zeit, jede einzelne Tür aufzubrechen.«

»Ich?«, fragte ich perplex. »Wie zum Teufel soll ich das anstellen?«

Voller Ungeduld packte Ilion meine Hände und hielt sie mir vors Gesicht. »Du trägst seinen Verlobungsring und euren Ehering. Such nach den Gegenstücken.«

»Denkst du, ich hab noch nicht versucht, ihn darüber zu erreichen?!«, fauchte ich. »Sie müssen ihm die Ringe abgenommen haben.«

»Du sollst nicht *ihn* erreichen. Du sollst die Ringe finden! Glaub mir, sie werden in seiner Nähe sein.«

»Wieso bist du dir da so sicher?«

Ein bitteres Lächeln erschien auf seinen Lippen. »Der Wolkenprinz will Noár leiden lassen und nichts quält einen Mann so sehr, wie der Anblick seines eigenen Versagens.«

Ich schluckte schwer und verdrängte die Wut, die sich in mir breitmachte. Erst Noár retten, dann meinen Rachefantasien freien

Lauf lassen! Also schloss ich die Augen und erspürte die Ringe an meinen Fingern. Sie waren die Hälfte eines Ganzen. Auch Noár hatte mich so schon einmal gefunden, als ich in Gefahr gewesen war. Dumm nur, dass ich nie nachgefragt hatte, wie dieses »Anpeilen« funktionierte.

»Erzwinge es nicht«, riet mir Ilion leise. »Geh einfach los und vertrau deinem Gefühl.«

Leichter gesagt, als getan.

Unsicher setzte ich mich in Bewegung. Woher sollte ich denn wissen, wie sich so ein Gefühl bemerkbar machte? Was, wenn ich etwas übersah? Jede Tür, die ich hinter mir ließ, verstärkte meine Zweifel weiter. Für jemanden wie Noár oder Ilion mochte so etwas ja keine große Herausforderung sein, aber sie waren auch in Cassardim aufgewachsen. Ich dagegen hatte –

Da! Etwas zog mich eindeutig zur nächsten Tür. Es war, als würde dahinter jemand meinen Namen rufen. Gleichzeitig zuckte ein scharfer Schmerz durch meine Handflächen. Chaos! Dort drinnen gab es Chaos. Ich spürte es nur ganz schwach, aber ich war mir dennoch sicher.

»Hier?«, fragte Ilion.

Ich konnte lediglich nicken. Panik hatte mich fest im Griff. Wurde Noár dem Chaos ausgesetzt, um ihn zu zermürben? Oder hatte das Chaos von ihm Besitz ergriffen?

Ilion machte sich an dem Schloss zu schaffen. Er brach es nicht mit seinem Willen auf, sondern knackte es auf ganz herkömmliche Weise. Mit Dietrichen. Andernfalls hätte er vermutlich sämtliche Wachen alarmiert. Als die Tür aufschwang, wurde mir übel, so präsent war der faulige Geruch, der mich immer in Anwesenheit des Chaos überkam. Hätte Ilion mich nicht hineingeschoben, wäre ich wohl in meiner Schockstarre verharrt.

Wir betraten einen runden Raum, groß genug, um einen Ball

darin veranstalten zu können. An den Wänden standen silberne Käfige, die denen aus der Chaos-Menagerie des Schattenpalasts ähnelten. Darin befanden sich Kreaturen aus Rauch, Klauen und fauligem Fleisch. All das spielte nur eine untergeordnete Rolle, denn in der Mitte des Raumes fand ich, weswegen ich hergekommen war. Noár – mit gefesselten Händen. Man hatte ihn an der Decke aufgehängt. Seine Füße berührten zwar den Boden, doch er konnte sich nicht aufrecht halten.

»Oh nein«, hauchte ich und rannte los.

Der Körper des Schattenprinzen war übersät mit unzähligen Prellungen und Schnittwunden. Keine davon schien tödlich zu sein, aber er litt sicherlich große Schmerzen. Behutsam nahm ich sein Gesicht in beide Hände. Auch daran hatte sich der Wolkenprinz gnadenlos ausgetobt.

Noárs Augenlider hoben sich träge.

»Kätzchen?« Seine Stimme klang so heiser, als hätte er stundenlang geschrien.

»Was ... machst du hier?«

»Dich befreien«, erwiderte ich entschlossen. »Mal wieder. Mach dir das bloß nicht zur Gewohnheit.«

Die Anspielung auf unsere erste Begegnung hatte ein Scherz sein sollen, um ihn aus seiner Apathie zu reißen, aber ich versagte kläglich. Meine Sorge war mir überdeutlich anzuhören.

»Du solltest nicht hier sein«, krächzte Noár. »Ifar weiß bestimmt längst –«

»Ifar weiß gar nichts«, unterbrach ich ihn und rüttelte am Schloss seiner silbernen Fesseln.

Als Ilion sich räusperte, drehte ich mich um und erstarrte. An der Kehle des Faheen lag eine schlanke Klinge. Himmelblaue Augen durchbohrten mich wie Eiszapfen.

»Da wäre ich mir nicht so sicher.«

GUT ABGEHANGEN

Meine Gedanken rasten. Irgendetwas musste ich tun. Kämpfen? Die Splitter einsetzen? Noár befreien?

»Versuch es gar nicht erst! Dein Faheen-Freund wäre tot, bevor du auch nur einen Ton sagen kannst.«

Der Wolkenprinz blitzte mich unbarmherzig an. Ich wusste sofort, dass er nicht bluffte. Also nickte ich und ließ mich ohne Gegenwehr von Ifars Wolkenkrieger fesseln.

»Fasst ... sie nicht –«

Noárs träger Protest wurde mit einem gezielten Faustschlag beendet. Auch bei mir gaben sich die Krieger keine Mühe, sanft zu sein. Als sie die Ketten stramm zogen, um mich neben Noár aufzuhängen, entwich mir ein scharfes Zischen. Beinahe hätten sie mir die Schultern ausgekugelt. Während ich noch mit dem Schmerz kämpfte, wurde Ilion die gleiche Behandlung zuteil. Anschließend übergab man dem Wolkenprinzen die Ringe, die man mir abgenommen hatte. Prinz Ifar drehte sie grimmig zwischen den Fingern. Besonders mein Ehering schien ihn zu interessieren.

Er sah Noár an.

»Ich schätze einen guten Kampf ...«

Sein Blick glitt weiter zu Ilion.

»... eine gute Feindschaft ...«

Dann war ich an der Reihe.

»... und Entschlossenheit.«

Zwei schwere Schritte und er stand direkt vor mir. Über seinen dunklen Brauen schimmerten die silbernen Sterne des Wolkenvolks, doch im Blau seiner Augen brannte nichts als Wut.

»Aber ihr macht es mir wirklich zu leicht.«

Ich schluckte.

Meine Vorgeschichte mit Ifar war ... kompliziert. Erst Schein-Bruder, dann Fast-Verlobter und schließlich sogar etwas wie ein zweifelhafter Fürsprecher – unter Vorbehalt, denn alles, was Ifar tat, war geprägt von seinem Hass auf Noár. Ich hatte ihn immer als zweite Geige empfunden, als Handlanger seiner Mutter und irgendwie auch als Verlierer, der stets in Noárs Schatten gestanden hatte. Doch hier in seinem eigenen Reich lernte ich nun einen ganz anderen Ifar kennen. Einen Ifar, dem Macht und Verantwortung aus jeder Pore triefte. Die aufmerksamen und ergebenen Blicke seiner Krieger machten ihn zum bedingungslosen Zentrum des Geschehens. Er war nicht nur Kronprinz der Silberfeste und Heerführer der Wolkenarmee, sondern auch der einzige Mann in ganz Cassardim, der Noár halbwegs ebenbürtig war. Zumindest im Kampf.

»Ich hatte dich für klüger gehalten, Amaia.«

Harte Worte, ohne Titel, Höflichkeit oder Aussicht auf Gnade.

»Ich dich auch, Ifar«, fauchte ich verächtlich. Wenn er mich duzte, würde ich das auch tun. Jemandem, der mich gefesselt von der Decke hängen ließ, schuldete ich keinen Respekt.

Der Wolkenprinz lächelte frostig. Er trat so nah an mich heran, dass ich seinen Atem auf meinem Gesicht spüren konnte.

»Kommt jetzt ein Vortrag darüber, was für einen Frevel ich begehe, wenn ich die ach so *rechtmäßige* Kaiserin Cassardims in Ketten lege? Oder wolltest du mich persönlich um Gnade für deinen Ehemann anflehen?«

Sein hartherziger Spott schnürte mir die Kehle zu. Plötzlich wurde mir meine Hilflosigkeit bewusst und alle meine angestauten Ängste drohten über mir zusammenzubrechen. Ich konnte nicht verhindern, dass mir Tränen der Verzweiflung in die Augen traten. Wäre es nur um mich gegangen, hätte ich nicht gezögert, Ifar ins Gesicht zu spucken, doch neben mir hingen Noárs Füße in einer Lache seines eigenen Blutes. Das Werk des Wolkenprinzen. Und er würde sicherlich nicht zögern, dieses grausige Werk zu beenden, wenn ich ihn provozierte. Nein, Ifar hatte mich in der Hand und wusste das. Genau wie ich wusste, dass wir kein Mitgefühl von ihm zu erwarten hatten. Ich senkte den Kopf, um meine Tränen vor ihm zu verbergen.

»Es geht hier nicht um meine Rechtmäßigkeit«, begann ich leise. Diesbezüglich würde er sich niemals umstimmen lassen. Nein, ich musste an sein Pflichtbewusstsein appellieren. »Ich bin hier, um einen Krieg zu verhindern.«

Ifar schnalzte mit der Zunge, bevor er sich abwandte und zu einem Tisch aus Eis spazierte, auf dem Noárs Waffen und seine Ringe lagen.

»Fürst Shaell wird nicht in den Krieg ziehen«, sagte er, obwohl Zima ihm noch vor Kurzem das Gegenteil versichert hatte. Er warf meine Ringe achtlos zu ihren Gegenstücken. »Sein Sohn ist zu einflussreich, um ihn zu opfern.«

In seinen Worten schwang eine kaum verhohlene Geringschätzung mit. Er mochte Noárs Rivale sein, aber er besaß genug Ehrgefühl, um das respektlose Verhalten des Schattenfürsten zu missbilligen. Gut, damit konnte ich etwas anfangen.

»Nein, Noár ist zu einflussreich, um ihn am Leben zu lassen. Shaell schätzt keine Konkurrenz. Wie praktisch für ihn, dass das Wolkenvolk jetzt die Drecksarbeit für ihn erledigt. Und seinen Krieg bekommt er als Sahnehäubchen obendrauf.«

Ifar zeigte noch immer keine Regung, aber hinter seinen wachsamen Augen arbeitete es. Trotz meiner Abneigung ihm gegenüber wusste ich, dass er klug genug war, die Wahrheit in meinen Worten zu erkennen. Für ein paar endlos scheinende Minuten musterte er mich und dann den gefesselten und übel zugerichteten Noár. Man konnte förmlich dabei zusehen, wie sein Zorn über Shaells Dreistigkeit wuchs. Fast glaubte ich sogar, etwas wie Reue oder Bedauern auf seinen Zügen zu erkennen. Er schien Noár ein solches Ende nicht zu wünschen. Oder war er nur sauer, derart hereingelegt worden zu sein?

Unvermittelt stieß er ein wütendes Knurren aus. Einen Atemzug später schloss sich seine Hand um meine Kehle.

»Dann ist ja gut, dass dein Schattenprinz nicht mehr von Belang ist, nun, da *du* dich so freiwillig in meine Gewalt begeben hast«, raunte er ausdruckslos. »Ohne dich hat Shaell niemanden, den er als seine Marionette auf den Thron setzen kann.«

»Warum lebe ich dann noch?«

Ifars Augen flackerten. Sein Griff wurde schmerzhaft, aber er drückte nicht fest genug zu, um mir die Luft abzuschneiden.

Ich wusste durchaus, wie provokant es war, eine solche Frage zu stellen, doch nach seiner Reaktion auf das Gespräch mit Zima hatte ich so eine Ahnung ...

»Du willst diesen Krieg genauso wenig wie wir, Ifar, weil dir bewusst ist, dass er die Ordnung endgültig vernichten wird.«

Seine Lippen pressten sich zu einem schmalen Strich zusammen, aber er widersprach nicht.

Meine Chance.

»Lass uns gehen«, bat ich ihn sanft. »Wir werden eine Lösung finden, die für alle Parteien zufriedenstellend ist.«

Eine ganze Weile spießten mich seine kühlen Blicke auf, ohne dass ich hätte sagen können, wie er zu meinem Vorschlag stand. Doch dann schnaubte er verbittert und gab meinen Hals frei.

»Du lebst noch, weil ganz Cassardim zusehen soll, wenn meine Mutter dich hinrichtet. Das ist der einzige Grund.«

Damit marschierte er geradewegs auf den Ausgang zu. Seine Männer folgten ihm und ließen uns in drückender Stille zurück.

»Das war ja nicht gerade erfolgreich«, flüsterte Ilion neben mir.

Ach was.

»Wir hätten die Wächter am Eingang doch lieber umbringen sollen«, sinnierte er weiter.

»Als ob das weniger auffällig gewesen wäre«, brummte ich.

»Zumindest können Tote nicht Alarm schlagen.«

»Hätten sie auch nicht gemusst, weil uns die Silberfeste dann höchstpersönlich auf Eis gelegt hätte.«

Ich wand mich in den Ketten, auf der Suche nach einer Schwachstelle. Das hatte allerdings nur zur Folge, dass mir erneut ein scharfer Schmerz durch die Schultern schoss. Verdammter Mist! Verdrießlich schaute ich nach oben und befahl den Fesseln, sich zu öffnen. Nichts. Ich versuchte es noch einmal – immer drauf bedacht, die Splitter nicht zu aktivieren, weil ich damit vermutlich jeden einzelnen Wolkenkrieger im Kerker alarmieren würde. Wieder nichts. Nach meinem dritten Versuch seufzte Ilion schwer.

»Die weißen Kerker sind nicht umsonst in allen acht Reichen gefürchtet«, klärte er mich auf. »Wolkensilber wird aus den Schuppen der Wyvern gewonnen. Es lässt sich nicht durch Willenskraft beeinflussen.«

Na toll, das auch noch. Hätte er mir auch früher sagen können.

Hier hing ich also – in einem eisigen Gefängnis zwischen meinem bewusstlosen blutenden Mann und meinem neu gefundenen Bruder, umgeben von eingesperrten Chaoskreaturen. Der penetrante Geruch von Fäulnis verpestete den ganzen Raum. Daran konnten nicht einmal die schmalen Gitterfenster unter der Decke etwas ändern, durch die es ein paar vereinzelte Schneeflocken hereinwehte. Mir wurde übel. Gleichzeitig kratzte das stechende Brennen der Splitter unaufhörlich an meiner Selbstbeherrschung –

wie immer, wenn das Chaos in der Nähe war. Klar, es hatte durchaus seine Vorteile, zu wissen, wann Gefahr drohte, aber angenehm war das Dasein als wandelnder Chaos-Detektor nicht. Zu allem Überfluss schienen sich meine Sinne von Mal zu Mal zu sensibilisieren, sodass ich die Reaktionen der Splitter zunehmend intensiver wahrnahm. Wenn das so weiterging, würde ich in ein paar Monaten einen Chaoswirbel am anderen Ende Cassardims spüren können. Vorausgesetzt, dass ich dann noch lebte, was angesichts unserer Lage nicht gerade wahrscheinlich war.

»Kopf hoch und immer das Positive sehen«, murmelte Ilion, während er den Raum nach Fluchtmöglichkeiten sondierte. Er wirkte überraschend souverän – ganz so, als wäre er nicht zum ersten Mal in einer solchen Situation. »Immerhin hätten sie uns auch trennen können. Wundert mich eh, dass der Wolkenprinz das nicht veranlasst hat.«

»Ifar weiß, dass nicht einmal sein Wolkensilber mich hier halten könnte, wenn er Amaia fortbringt«, flüsterte Noár. Mein Herz machte einen Satz. Er war wieder bei Bewusstsein.

»Das ist die richtige Einstellung, Schattenprinz«, lobte Ilion, nicht ganz ohne Ironie. »Ein bisschen mehr davon wäre nützlich gewesen, *bevor* sie dich geschnappt haben.«

Noár hob mühsam den Kopf und warf dem Faheen einen vernichtenden Blick zu, doch der war gerade dabei, ein akrobatisches Kunststück zu vollbringen: Er zog sich an seinen Fesseln hoch, schwang seine Beine um die Ketten und entlastete so seine Handgelenke, um sich am Schloss zu schaffen zu machen.

»Wie konnten sie dich überhaupt gefangen nehmen?«, wollte er wissen, während er kopfüber versuchte, die Beschläge aus den Fesseln zu drücken.

Statt einer Antwort kroch aus den dunkelsten Winkeln des Raums ein unheimliches Lachen. Es hallte von den Wänden wider und löste eine Beklemmung in mir aus, vor der ich am liebsten weggerannt wäre. Die feinen Härchen an meinen Unterarmen stellten sich auf. Die Splitter rebellierten und Panik wühlte sich durch mein Inneres. Ich kannte dieses Lachen und ich kannte die Stimme, die sich daraus formte.

»Der tapfere Schattenprinz«, höhnte der Chaoskaiser, »war wohl zu abgelenkt, um sich zu verteidigen.«

Fidrin! Hatte man ihn nicht gefangen genommen?

Richtig, man *hatte* ihn gefangen genommen. Und ihn die Silberfeste gebracht! Verdammt!

Ilion ließ sich kontrolliert fallen.

»Ich hoffe sehr, dass das nicht der ist, von dem ich glaube, dass er es ist«, flüsterte er.

»Willkommen in meinem Albtraum«, erwiderte Noár finster.

Auf den Zehenspitzen versuchte ich mich zu drehen, um nach dem Ursprung der Stimme zu suchen. Käfig um Käfig entdeckte ich nur Chimären und Chokaal. Aber da! Hinter mehrfach verstärkten Gittern gegenüber der Tür schälte sich eine menschliche Gestalt aus den Schatten. Hände, die eher nach Klauen aussahen, umfassten die Gitterstäbe und ein junges Gesicht kam zum Vorschein. Harte Züge, blonder Irokese und ein überhebliches Lächeln. Es war das Gesicht von Tincos, Moes widerlichem, verlogenem Wikinger-Verschnitt-Halbbruder, der uns alle verraten hatte. Fidrin war wohl in dessen Körper geflohen, bevor man ihn gefasst und vom Chaos abgeschnitten hatte.

»Wie schön, dich so bald schon wiederzusehen, meine liebe Enkelin«, spottete er, während seine schwarzen Chaoswirbel-Augen mich zu verschlucken drohten.

Ich biss mir auf die Zunge. Zu gern hätte ich ihm entgegengeschleudert, dass ich nicht seine Enkelin war, aber das hier schien mir nicht der richtige Ort, um die Wahrheit laut auszusprechen. Nur die Tatsache, dass Saphama ihre Betrugsvorwürfe gegen mich nicht stichhaltig beweisen konnte, hielt das fragile Gleichgewicht in Cassardim noch aufrecht. Sollte hier auch nur ein Wolkenkrieger lauschen und mein Geständnis mitbekommen, dass ich die Tochter einer Magd und eines Kleinkriminellen war, und darüber hinaus die Schwester des aktuellen Faheen-Fürsten, würden sich die anderen Reiche hinter Saphama stellen. Vielleicht sogar Shaell. Damit würde ich nicht nur meinen Tod besiegeln, sondern auch den meines Ehemanns und seiner loyalen Anhänger.

Fidrin kicherte, denn er kannte mein Dilemma. Rauch floss aus seinem Mund und für den Bruchteil einer Sekunde erschien das grauenvolle Antlitz des Chaoskaisers unter Tincos' gehässiger Visage. Großer Gott. Es war schon unheimlich genug, Fidrins Stimme aus dem Mund des jungen Waldprinzen zu hören, aber an diese wechselnden Gesichter würde ich mich wohl nie gewöhnen.

»Ignoriert ihn!«, ermahnte uns Noár matt. »Erzählt mir lieber, wie ihr hergekommen seid.«

»Amaia hat deinen Shendai überredet, ihr zu helfen«, berichtete Ilion, für den der Themenwechsel wie gerufen kam. Ich dagegen konnte meinen Blick nicht von Fidrin abwenden. Jemanden wie ihn ließ man nicht aus den Augen. Jemandem wie ihm drehte man nicht den Rücken zu – ganz gleich, ob er in einem Käfig saß oder nicht.

»Und dich hat sie wohl ebenso überredet?«, hakte Noár voller Missbilligung nach.

»Hätte ich sie allein gehen lassen sollen?«, seufzte Ilion.

»Du hättest sie aufhalten müssen.«

»Ja genau«, schnaubte der Faheen, »als ob deine Frau irgendetwas aufhalten könnte.«

Ein ekelerregendes Grinsen breitete sich auf Tincos' schmalen Lippen aus. »So ein stures Mädchen, unsere Amaia ... nicht wahr?«

Übelkeit flutete mich, als Fidrin meinen Namen aussprach. Wir mussten hier raus. Um jeden Preis.

»Was ist unser Plan?«, wollte ich von den anderen wissen.

»Ich kenne einen Weg aus den Kerkern«, meinte Ilion. »Wir müssen nur die Ketten loswerden.«

»Ich könnte die Splitter einsetzen«, schlug ich vor.

Noár schüttelte den Kopf. »Dann haben wir in ein paar Minuten die gesamte Wolkenarmee am Hals.«

»Vielleicht könnten wir –«

»Pssst!«, unterbrach ich den Faheen.

Da war ein Geräusch. Ein Geräusch, das nicht hierher passte.

Ilion sah mich alarmiert an. »Was ist?«

»Hört ihr das nicht?«

Ein leises Brummen. Es schien sich zu nähern. Nur von wo? Über uns ...

Zusammen mit ein paar Schneeflocken schwebte ein dunkler Fleck durch die vergitterte Öffnung unserer Gefängniszelle. Das Brummen wurde lauter und mischte sich mit einem erleichterten Piepsen.

»Flummel?!«

DER SCHLÜSSEL ZUM ERFOLG

Der Okoklin konnte sich kaum noch in der Luft halten. Er musste den ganzen Weg hierher ohne Unterbrechung geflogen sein. Andernfalls hätte ihn die Silberfeste wohl zerquetscht. War Nox etwas passiert? War er vom Rücken des Shendai gefallen? Oder hatte er einfach meine Anweisungen in den Wind geschlagen?

»Oh Gott, Flummel!« Er taumelte in unkontrollierten Bahnen auf mich zu. »Komm her. Lande auf mir. Und berühre ja nichts anderes.«

Mit letzter Kraft legte er eine Bruchlandung in meinen Locken hin. Er riss mir dabei etliche Haare aus, schaffte es aber irgendwie, sich festzuhalten. Ich hielt den Atem an und lauschte, doch erstaunlicherweise geschah nichts. Keine grollende Erde, kein plötzlicher Schneesturm, kein Herannahen aufgebrachter Wachen.

Auch Ilion schien überrascht.

»Du bist offenbar neutraler Boden«, murmelte er. »Dein kleiner Freund sollte trotzdem verschwinden. Wenn der Wolkenprinz zurückkommt, wird er ihn bemerken und umbringen.«

Flummel fiepte schwach, rührte sich aber nicht. Ich seufzte.

»Er hat recht, Flummel. Ich will nicht, dass dir was geschieht.«

In meine Haare kam Bewegung. Ich spürte kleine Pfoten, die aufwärts bis zu meinem Scheitel krabbelten. Keine Ahnung, was der Okoklin vorhatte, ich konnte ihn ja nicht sehen. Doch plötzlich trillerte er aufgeregt los und hob ab, nur um kurz darauf auf demselben Weg hinauszuflattern, auf dem er hereingekommen war.

Jetzt war ich noch verdutzter als zuvor. Seit wann gehorchte Flummel einfach so, wenn ich ihn fortschickte?

»Arme Enkelin!« Fidrins gespenstische Stimme ließ mich erschauern. Erneut. »Dir scheinen die Anhänger davonzulaufen.«

»Halt die Klappe«, schnauzte ich. Ich musste nachdenken. Dummerweise hatte der weggesperrte Chaoskaiser nicht vor, mir meinen Wunsch zu erfüllen.

»Ich fühle es, weißt du?«, meinte er vergnügt. Seine schwarzen Klauen schabten über die silbernen Gitterstäbe. »Cassardim wird schwächer. Nicht lang und dieser Käfig wird mich nicht mehr halten können.«

»Gut zu wissen«, knurrte Ilion. »Dann sollten wir dich lieber umbringen, bevor es so weit kommt.«

Ein Grinsen zerfurchte Fidrins Fratze. »Erstens seid ihr dazu wohl kaum in der Lage. Und zweitens ...« Er begann in seinem Käfig auf und ab zu schlendern. Rauchende Tentakel folgten ihm wie eine Schleppe. »... könnte ich Amaia dann schlecht die Informationen geben, nach denen sie so verzweifelt sucht.«

Alles in mir versteifte sich.

»Woher ... weißt du davon?!«

Abrupt packte Fidrin die Gitterstäbe und sah mich aus wirbelnden Abgründen an. Sein irrer Chaos-Blick glitt zu Noár. Der Schattenprinz reagierte sofort und riss den Kopf hoch.

»Ich ...«, sagte Noár. Seine Lippen bewegten sich, doch es war nicht seine Stimme, die aus seinem Mund drang. Es war Fidrins. »... habe meine Quellen.«

Mein Herz zog sich schmerzhaft zusammen, blieb stehen und setzte dann mit einem besorgniserregenden Hämmern wieder ein. Hätte es nicht so heftig geschlagen, wäre ich in Versuchung geraten, all das für einen Albtraum zu halten, aber so stürzte mein Kartenhaus aus Verharmlosung und Ausreden in sich zusammen und ließ mich vollkommen schutzlos zurück.

»Oh verdammt«, fluchte Ilion.

Ich brachte kein Wort heraus.

Da brüllte Noár auf. Nicht vor Schmerz. Vor Wut. Sein Körper bog sich. Sein Wille und seine eigene Stimme fegten durch den Kerker.

»RAUS AUS MEINEM KOPF!«

Die Verzweiflung in seinem Befehl erschütterte mich bis ins Mark. Fidrin zischte schmerzerfüllt und zog sich in den hinteren Teil seines Käfigs zurück. Dann sackte der Schattenprinz kraftlos in sich zusammen.

Was zum Henker war hier los? Hatte er Fidrin vertrieben? War er wieder er selbst? Oder war das einer der perversen Tricks des Chaoskaisers?

»Noár?«

Mit einem leisen Stöhnen bewegte sich der Schattenprinz.

»Mir geht es gut«, murmelte er, ohne mich anzusehen. »Es kostet nur Kraft, ihn fernzuhalten.«

Ilion schnalzte fassungslos mit der Zunge. »Der Wolkenprinz hat keine Ahnung, was für ein Risiko er hier eingeht. Er versucht Noár mithilfe von Fidrin zu schwächen, aber er ist drauf und dran ein viel größeres Chaos-Monster zu erschaffen. Wenn Noár –«

Mitten im Satz geriet er ins Stocken. Mit gerunzelter Stirn sah er zu dem vergitterten Fenster hinauf. »Ich glaube, ich habe ein Déjà-vu.«

Flummel taumelte herein wie eine Fledermaus mit verklebten Flügeln.

Was?! Mein Verstand versuchte gerade, damit fertigzuwerden, dass Noár tatsächlich mit dem Chaos infiziert war – da konnte ich meine Angst um einen unbelehrbaren waghalsigen Okoklin jetzt nicht auch noch gebrauchen.

»Oh Mann, Flummel! Ich hab dir doch gesagt, du sollst –«

Batsch! Der Fellball landete mitten in meinem Gesicht. Seine kleinen Pfoten ruderten herum und benutzten meine Lippen, Nase und Stirn als Krabbelhilfe. Ich legte meinen Kopf so weit es ging in den Nacken, damit er nicht abrutschte, doch Flummel schien wild entschlossen, sich nicht nur in Sicherheit zu bringen, sondern immer höher zu klettern.

»Hey, wo willst du hin?!« Er sprang von meiner Stirn auf meinen Arm und arbeitete sich von dort aus Stück für Stück hinauf. Wenn der Okoklin die Fesseln berührte, würde die Silberfeste sicherlich reagieren und ohne meinen Ehering hatte ich kaum eine Chance, »Katharina die Große« im Zaum zu halten.

Unter meinem Handgelenk angekommen, klammerte Flummel sich fest und begann, in dem Beutel an seinem Bauch zu wühlen. Kurz darauf kam ein schwerer silberner Schlüssel zum Vorschein, größer als der Okoklin selbst. In einem wahren Kraftakt schob er ihn ins Schloss, stieß sich ab und machte mitsamt dem Schlüssel einen fast schon artistischen Überschlag. Es klackte. Die Ketten lösten sich und die Schwerkraft erledigte den Rest. Begleitet von Flummels triumphierendem Glucksen krachte ich zu Boden, während der Okoklin mir auf den Bauch plumpste.

Ilion brach in lautes Gelächter aus. »Ich mag den Kleinen. Er hat Faheen-Potenzial. Wenn er mal genug von dir hat, adoptiere ich ihn.«

»Nix da!«, grummelte ich und rieb mir die Handgelenke. »Flummel gehört zu mir!« Niemand würde ihn mir wegnehmen und wenn ich ihn dafür für den Rest meines Lebens mit Kuchen und Keksen bestechen musste. Er –

Oh nein. Er bewegte sich nicht mehr!

Ich rappelte mich auf und schob Flummel behutsam auf meine Handfläche. Seine winzigen Flügel hingen schlaff an ihm herunter. Er atmete kaum noch. Der Okoklin hatte sich vollkommen verausgabt.

»Wag es ja nicht zu sterben!«, flüsterte ich.

Flummel piepste schwach, öffnete aber nicht die Augen. Trotzdem stabilisierte sich zu meiner Erleichterung seine Atmung. Ich drückte ihm liebevoll einen Kuss auf den Kopf und bettete ihn – mangels besserer Alternative – in meinen Ausschnitt. Die Kraft, sich in meinen Haaren festzuhalten, hatte er nicht mehr.

»Wärst du so nett?«, fragte Ilion. Er nickte in Richtung des Schlüssels. »Wir sollten unser Glück nicht überstrapazieren.«

Der Meinung war ich auch. Noár durfte dem Chaos keine Sekunde länger als nötig ausgesetzt sein.

Ich erlöste Ilion von seinen Ketten und gemeinsam befreiten wir den Schattenprinzen. Wir mussten ihn zu zweit auffangen, weil seine Beine unter ihm nachgaben. Als ich Noár berührte, um ihn zu stützen, explodierten brennende Schmerzen in meinen Händen. Die Splitter erkannten das Chaos, das noch immer in ihm schwelte. Ich verdrängte den Schmerz und konzentrierte mich auf unsere Flucht. Wenn wir erst hier raus waren, möglichst weit weg von Fidrin, würden wir das Problem mit dem Chaos schon wieder in den Griff kriegen. Hoffentlich.

Allerdings hatte mein Plan einen Haken. Es schien Noár noch viel schlechter zu gehen, als ich befürchtet hatte. Kein Fleck und kein Knochen an ihm war nicht in Mitleidenschaft gezogen. So kämen wir keine drei Meter weit. Und selbst wenn Ilion ihn tragen würde, hätten wir dennoch eine verräterische Blutspur hinterlassen.

Der Faheen und ich tauschten einen bedeutungsschweren Blick. Er ahnte wohl, was ich dachte, und nickte. »Wir müssen das Risiko eingehen. Mit etwas Glück schirmt uns das Chaos ab.«

Mir wäre es lieber gewesen, die Juwelensplitter erst wieder zu benutzen, wenn wir aus diesem verschachtelten Kerkerlabyrinth raus waren, doch mir blieb keine Wahl. Ich konnte also nur hoffen, dass es mir gelang, sie so kontrolliert wie möglich einzusetzen, um das Risiko zu minimieren, entdeckt zu werden.

Vorsichtig packte ich Noár am Kinn und fasste meinen Willen, meine Verzweiflung und die Dringlichkeit meines Wunsches in ein einziges Wort: »Heile!«

Aus eigener Erfahrung wusste ich, wie unangenehm es war, eine derart schnelle Genesung aufgezwungen zu bekommen. Sehnen, Knochen und Gefäße konnten sich nicht schonend neu bilden und zusammenwachsen. Die Qualen, die dieser Prozess mit sich brachte, waren oft genauso schlimm wie das Zufügen der Wunden selbst. Noár krampfte, stöhnte und biss die Zähne so fest zusammen, dass ich Angst hatte, seine Kiefer könnten brechen. Ich war kaum noch in der Lage, ihn zu halten, aber während der gesamten Prozedur kam kein Schrei über seine Lippen.

»Es ist gleich vorbei«, redete ich leise auf ihn ein. »Du hast versprochen, gesund zu mir zurückzukommen. Also steh das einfach durch.«

Das Gewicht, mit dem er sich auf mir abstützte, ließ mit jedem Atemzug ein bisschen mehr nach. Irgendwann konnte er sich wieder selbstständig auf den Beinen halten. Und als er schließlich die Augen aufschlug und ich darin keine Chaos-Abgründe, sondern nur seine wunderschönen dunklen Iriden mit leuchtenden Sprenkeln sah, hätte ich vor Erleichterung weinen können.

Noár sagte nichts. Stattdessen zog er mich in einen so sehnsüchtigen Kuss, dass mir der Atem wegblieb. Ich hatte keine Ahnung, wann genau seine Heilung abgeschlossen war, ob er noch Schmerzen litt oder sie einfach unterdrückte, doch zu spüren, wie sein Körper an Stärke gewann, machte all meine Sorgen ein wenig erträglicher.

»Könnt ihr euch wann anders die Zungen in den Hals stecken?«, unterbrach uns Ilion seufzend. »Wir müssen los!«

Noár gab meine Lippen frei und lächelte mich an, als gäbe es keinen Kerker, keinen Zeitdruck und keine Zuschauer. Zärtlich zupfte er an einer meiner Locken.

»Du bist auf dem besten Weg, mir meinen Rang als Profi-Held abzulaufen, Kätzchen«, stellte er mit rauer Stimme fest.

Mein Herz machte einen freudigen Satz. Er war zurück. Gesund, kräftig und arrogant wie eh und je.

»Tja, was soll ich machen? Wo immer eine Prinzessin in Not ist, kann ich nicht anders«, konterte ich. Dass ich dieselben Worte benutzte, mit denen Noár mich damals vor meiner Hinrichtung im Goldenen Berg gerettet hatte, brachte ihn zum Lachen. Ich war so glücklich, ihn wohlauf in meinen Armen zu halten, dass ich mich in diesem Moment hätte verlieren können – wäre hinter mir nicht soeben eine Klinge gezogen worden.

»Was wird das?«, fragte Noár alarmiert. Ich drehte mich um und sah, wie Ilion mit blankem Schwert und unerbittlichem Blick auf Fidrins Käfig zuging. Er hatte ein Versprechen einzulösen.

»Halt!«, rief ich hastig und warf mich ihm in den Weg.

Der Faheen stoppte und starrte mich mit grimmig zusammengeschobenen Brauen an. Da ich selbst nicht genau wusste, was ich hier tat, sparte ich mir einen Erklärungsversuch und wandte mich stattdessen der zusammengekauerten Gestalt im Käfig zu.

»Du sagst, du hast die Informationen, die ich brauche?«

Möglicherweise war das nicht gelogen gewesen, immerhin hatte Fidrin den Kaisertitel und das Juwel der Macht länger als ein Millennium besessen. Möglicherweise ..

»Jaaaa«, hallte es mir entgegen. Ich konnte Fidrins Gesicht nicht sehen, aber ich hörte auch so, dass er grinste.

»Er hält dich zum Narren und will nur Zeit schinden, damit sie uns entdecken!«, fuhr Ilion mich an. »Lass mich ihn töten. In diesem Käfig ist er vom Ur-Chaos abgeschnitten, dann wären wir diese verlogene Plage ein für alle Mal los.«

Geräuschlos richtete sich Tincos' Körper auf und glitt an die Gitterstäbe. Sein Gesicht und das des Chaoskaisers flackerten abwechselnd auf, verschwammen, und trennten sich wieder. Es war beinahe unmöglich, ihn länger anzusehen, ohne von Ekel und Schwindel befallen zu werden. Von den schwarz wirbelnden Abgründen seiner Augen ganz zu schweigen.

»Amaia weiß, dass ich nicht lüge, nicht wahr? Immerhin hätte ich längst die Wachen auf euch aufmerksam machen können, wenn ich das gewollt hätte.«

Ich schluckte meinen Brechreiz runter und funkelte Fidrin finster an. »Erzähl mir, was ich wissen will, dann werde ich entscheiden, ob ich dir glaube oder nicht.«

Der Chaoskaiser nickte bedächtig.

»Du wirst in deinem Kopf nicht finden, wonach du suchst. Das Juwel nimmt die Erinnerungen seiner Träger auf. Alles, was darin gespeichert war, stammt also aus Zeiten, in denen es das Juwel schon gab. Wenn du wissen willst, woher das Juwel stammt, musst du weiter zurück.«

»Das ist alles?«, höhnte Ilion gehässig. »Zusammengefasst: Du weißt also gar nichts.«

Er hob sein Schwert. Fidrin kreischte in Todesangst auf und stolperte rückwärts. Rauch umwirbelte ihn, als könnte er sein Äußeres nicht länger beherrschen. »Nein! Nicht!«, bettelte er immer wieder. »Ich weiß, wer die Informationen hat, die ihr braucht. Verschont mich!«

Ilion wirkte so verdutzt wie ich. Noch nie hatte ich Fidrin derart kopflos und katzbuckelnd erlebt. War das ein oscarreifes Schauspiel oder hatte der Chaoskaiser tatsächlich Angst zu sterben?

Noár trat hinter mich. Seine Hand an meinem Rücken wirkte unendlich beruhigend.

»Sprich!«, forderte er die Gestalt im Käfig auf. Seine Stimme klang ruhig, aber der warnende Unterton darin war nicht zu überhören. Er hatte jeden Grund, Fidrin tot sehen zu wollen, und der Chaoskaiser wusste das. Umso verwunderter blickten die wirbelnden Abgründe nun den Schattenprinzen an. Ein gefährliches Lächeln teilte den Rauch.

»Sucht die erste Kaiserin. Sie wird euch eure Fragen beantworten können.«

»Die erste Kaiserin lebt noch?«, fragte Noár überrascht.

Fidrin bejahte beflissen und wagte einen Schritt in unsere Richtung. »Im Exil. Dort, wo alle Kaiser hingehen, sobald sie abdanken mussten. Niemand kennt den genauen Ort – es sei denn, man war selbst schon einmal da. Wie ich.«

»Lass mich raten«, spottete ich, »du sagst es uns, wenn wir dich im Gegenzug freilassen?«

Aus Fidrins Lächeln wurde erneut ein Grinsen. Er kam uns einen zweiten Schritt entgegen und einen dritten, als hätte er nun nichts mehr von uns zu befürchten. Instinktiv wäre ich zurückgewichen, hätte Noár nicht hinter mir gestanden. Noár, der zurzeit hoffentlich nicht vom Chaos kontrolliert wurde. Zumindest fühlte ich nichts. Aber sosehr ich ihm auch vertrauen wollte, konnte ich nichts gegen das mulmige Gefühl tun, das mich seit Neuestem in seiner Gegenwart beschlich.

»Magnolia Avenue 4a, Lake Wallis, Florida«, verkündete der Chaoskaiser ohne Umschweife.

Ich starrte ihn benommen an.

Hier stimmte etwas ganz und gar nicht. Warum gab Fidrin seinen einzigen Trumpf aus der Hand? Ohne Gegenleistung? Warum fürchtete er sich nicht länger vor Ilions Schwert? Und was für ein Interesse hatte er daran, dass wir ein neues Juwel der Macht fanden?

»Sei nicht so argwöhnisch, kleine Enkelin«, kicherte er. »Du und dein Göttergatte, ihr gehört jetzt zur Familie und in der Familie hilft man sich. Familie ist immer der Schlüssel zum Erfolg.«

Dieser Mistkerl. Er provozierte mich. Und unglücklicherweise funktionierte es. Ich fühlte Wut in mir aufsteigen.

»Neuer Versuch!«, fauchte ich ihn an. »Warum hilfst du uns?«

»Amaia!« Ilion sah sich besorgt um. »Lass uns verschwinden!«

Seine Warnung war überflüssig. Ich wusste auch so, dass meine Handflächen zu leuchten begannen. Mein Wille, und damit auch die Splitter verselbstständigten sich. Sie legten sich mit Fidrin an und wollten dem Chaos in ihm die Wahrheit abringen. In einem Raum mit Dutzenden Chimären und anderen Chaoskreaturen wirkte das in etwa so, als hätte man ein Feuerwerk in einem Affenhaus gezündet. In den Käfigen wurde randaliert, getobt, gebrüllt – aber das war mir egal. Im Gegenteil, es spornte mich an. Fidrin war längst nicht mehr der Beherrscher des Chaos. Er war nur ein Mann, ein infizierter Geist im Körper eines jungen Wikinger-Verschnitts. Er würde sich meinem Willen beugen müssen!

»WARUM HILFST DU UNS?«

Ich hörte jemanden schreien und jemand anderen fluchen, doch viel wichtiger war, dass Fidrin vor Schmerz aufjaulte. Mit gebleckten Zähnen presste er seine Chaos-Fratze an die Gitterstäbe, als würde er den Kopf hindurchquetschen wollen. Blanker Hass schlug mir entgegen.

»Weil ich mir helfe, wenn ich euch helfe«, zischelte er. »Du, Amaia, wirst schaffen, was mir nicht gelungen ist. Du wirst den Schattenprinzen zu Fall bringen. Und wenn der Schattenprinz fällt, wird Cassardim ihm folgen.«

IN EINEM RUTSCH

»Niemals«, presste ich entsetzt hervor. »Das wird –«
»Es reicht!«
Jemand zerrte mich rabiat an den tobenden Chaoskreaturen vorbei zur Tür. Ilion. Er stützte Noár, der völlig weggetreten schien. Er war bleich wie die Eiswände und sah aus, als würde er schon wieder schlimmste Schmerzen leiden.
»Den leisen Abgang können wir uns jetzt wohl sparen«, schimpfte der Faheen nach einem Blick hinaus auf den Gang. Noch war nichts zu sehen, doch man hörte Befehle und schwere Schritte durch das Kerkerlabyrinth hallen.
»Mir nach!«
Noárs Anblick hatte mich in Schock versetzt, aber mein Körper gehorchte. Verfolgt von Fidrins unheimlichem Gelächter, rannten wir los. Besonders zügig kamen wir nicht voran, denn der Zustand des Schattenprinzen bremste uns aus. Allerdings regenerierte er sich erstaunlich schnell. Mit jeder Abzweigung, die wir hinter uns brachten, schien er weniger auf Ilions Hilfe angewiesen zu sein. Meine Gedanken rasten. War ich das gewesen? Hatte mein Wille Noár so zugesetzt? Wie konnte das sein? Ich hatte nach der Heilung nichts Böses mehr in ihm gespürt. Und doch war seine Reaktion ... Ich schluckte. Seine Reaktion war die eines Chaoswandlers gewesen. *Du wirst den Schattenprinzen zu Fall bringen. Und wenn der Schattenprinz fällt, wird Cassardim ihm folgen.* Fidrins Worte fraßen sich in meinem Kopf fest wie ein Parasit. Ich wusste, dass er mich damit nur verun-

sichern wollte, und trotzdem hatten sie wie eine düstere Prophezeiung geklungen.

Plötzlich schob sich eine Hand in meine und verlieh meinen Schritten neuen Schwung. Ich blickte auf und sah in Noárs Sternenaugen. Kein Chaos. Kein Schmerz. »Es geht mir gut, Kätzchen.«

Das holte mich in die Gegenwart zurück. Ich konnte mir später noch das Hirn darüber zermartern, was hier eigentlich los war, aber jetzt mussten wir erst einmal aus diesem Kerker raus. Nun, da ich die Umgebung wieder aktiv wahrnahm, fiel mir auf, dass wir nicht denselben Weg gingen, über den wir hineingekommen waren. Noch immer reihten sich Kerkerzellen aneinander, aber die Temperatur fühlte sich wesentlich angenehmer an. Da dämmerte es mir: Wir liefen tiefer in den Berg hinein!

Abrupt stoppte Ilion. Kaum begonnen, endete unsere Flucht bereits vor einer massiven silbernen Wand. Eine Sackgasse?!

»Hilf mir mal!«, wies der Faheen Noár an und machte sich an einem halbrunden Gitter unterhalb der Wand zu schaffen.

»*Das* ist dein Plan?«, murmelte der Schattenprinz wenig begeistert, zögerte jedoch nicht, Ilion zur Hand zu gehen. »Nicht mal Pash hätte sich so was Durchgeknalltes ausgedacht.«

Erst jetzt registrierte ich, dass etwas an der Wand seltsam war. Sie schien sich zu bewegen. Nein, etwas floss darüber. Wasser, so klar und lautlos, dass man es kaum bemerkte. Es kam aus der Decke und verschwand durch das Gitter im Boden, das Ilion und Noár gerade beiseiteschoben. Darunter kam ein dunkler Schacht zum Vorschein.

»Wenn du nicht vorhast, dich mit der Wolkenarmee und einer Horde Wyvern anzulegen, ist das der einzige Weg hier raus, Schattenprinz«, entgegnete der Faheen-Fürst grinsend. »Man sagt, du hättest den stärksten Willen in Cassardim. Zeit, es zu beweisen.«

Damit ließ er sich in den Schacht gleiten und verschwand, als hätte es ihn nie gegeben.

Oh Scheiße ...

»Wo ist Flummel?«, wollte Noár wissen.

Ich riss meinen Blick von dem Loch los.

»Ausschnitt. Er schläft. Wieso?«

Der Schattenprinz seufzte und sah mich mit einem Ausdruck an, der irgendwo zwischen verärgert und beunruhigt lag. Trotz seiner zerrissenen Kleidung und all dem Blut an ihm strahlte er eine Souveränität aus, die ich im Moment nur bewundern konnte.

»Weil dein kleiner Freund uns das Leben gerettet hat und ich nicht vorhabe, ihn zum Dank zu verlieren«, lautete die Antwort. Dann schlich sich ein winziges Lächeln auf sein Gesicht und drängte die Sorge darin ein wenig zurück. »Was übrigens auch der einzige Grund ist, wieso ich ihm seinen aktuellen Schlafplatz nicht missgönne.«

Unwillkürlich musste ich ebenfalls lächeln. Wenn Noár in der Lage war, mit mir zu flirten, konnte es nicht so schlecht um ihn stehen. Chaoswandler flirteten nämlich nicht. Zumindest, soweit ich wusste.

»Wir haben größere Probleme, als deine alberne Eifersucht auf einen Okoklin«, neckte ich ihn. »Klär mich auf! Was erwartet uns am anderen Ende dieses Gullys?«

Noárs Miene verfinsterte sich erneut.

»Der Ort, an dem jeder Gefangene hier früher oder später endet: die Grube der Vergessenen.«

Ich blinzelte perplex. »Das ist ein Scherz.«

»Leider nicht«, gestand er. »Aber wenigstens wird uns das Wolkenvolk dort in Ruhe lassen. Sie meiden dieses Gebiet.«

Argwöhnisch warf ich einen Blick in das dunkle Loch. Jeder

einzelne meiner Instinkte riet mir davon ab, in etwas hinunterzusteigen, das den Namen »Grube der Vergessenen« trug. Die Alternative war allerdings nicht weniger abschreckend, denn gerade in diesem Moment hörte ich Ifars Stimme durch die Gänge donnern. Der Wolkenprinz war uns auf den Fersen.

Noár nahm mir die Entscheidung ab. Er zog mich ohne Vorwarnung an sich und sprang mit mir in die unbekannte Dunkelheit. Adrenalin schoss durch meine Adern. Ich biss mir auf die Zunge, um nicht zu schreien. Schon nach wenigen Metern wurde unser Sturz umgelenkt. In halsbrecherischem Tempo glitten wir an den Felsen entlang. Kaltes Wasser drang durch meine Kleidung. Großer Gott, war das hier so etwas wie die lebensgefährliche Version einer Spaßbadrutsche?!

»Hör mir gut zu, Kätzchen. Wir sind keine Faheen, wenn jeder für sich kämpft, sterben wir. Was uns retten wird, ist die Angst, den anderen zu verlieren«, rief Noár mir zu. Wir wurden ordentlich durchgerüttelt, doch er hielt mich fest an sich gedrückt und schützte mich mit seinem Körper vor den heftigsten Stößen. »Spar dir deine Kräfte. Wenn wir aus dem Hungrigen See raus sind, wirst du übernehmen müssen.«

»Hungriger See?!«, wiederholte ich panisch.

»Beruhige dich! Hab keine Angst! Lass mich auf keinen Fall los! Alles wird gut. Die Kälte wird dir nichts anhaben! Vertrau mir!«

Sanft, aber unnachgiebig, drängte sich Noárs Wille in mein Bewusstsein und verlangsamte meinen rasenden Puls. Ruhe und Wärme fluteten mich, obwohl wir weiterhin durch völlige Dunkelheit ins Ungewisse schlitterten. Ich hätte mich gegen seinen Willen wehren, ihn brechen können, doch ich sah keine Veranlassung.

»Ich vertraue dir. Immer«, flüsterte ich und fühlte mich durch seine beschwörenden Worte wie unter Drogen gesetzt. Mein Kopf wusste, dass ich Angst hätte haben sollen, doch meine Sinne nahmen keine Gefahr mehr wahr.

»Ich weiß, Kätzchen«, meinte Noár liebevoll. »Und ich werde dich nicht enttäuschen – egal, was Fidrin behauptet hat.«

Fidrin ...

Du wirst den Schattenprinzen zu Fall bringen. Und wenn der Schattenprinz fällt, wird Cassardim ihm folgen.

Lügen! Das Chaos tischte einem immer nur Lügen auf. Obwohl ...

In diesem Augenblick – so ganz ohne Angst – wurde mir bewusst, dass das diesmal nicht stimmte. Der Chaoskaiser war durch die Splitter zu einer ehrlichen Antwort gezwungen worden. Er glaubte also wirklich und wahrhaftig daran, dass es so kommen würde. Aber ...

»Warum hat Fidrin uns vom Exil der Kaiser erzählt?«, rief ich Noár zu.

Inzwischen sausten wir den Schacht beinahe senkrecht hinab und es war völlig absurd, ausgerechnet jetzt darüber zu reden. Nur ließ mich dieser eine Gedanke einfach nicht los.

»Um uns voneinander zu trennen«, presste Noár unter Anstrengung hervor.

Er hatte recht! Fidrin wusste, dass ich in die Menschenwelt gehen wollen würde, während der Schattenprinz einen Krieg zu verhindern hatte.

»Aber dann sollten wir –«

»Halt die Luft an!«, fiel Noár mir ins Wort.

Mein Körper gehorchte seinem Willen, als der Schacht uns in das gleißende Weiß der Außenwelt ausspuckte. Wir flogen. Wir fielen. Und plötzlich schlugen eisige Fluten über uns zusammen. Die Wucht des Aufpralls riss an mir, aber meine Hände ließen Noár nicht los. Sie konnten ihn gar nicht loslassen. Sie hatten den Befehl, es nicht zu tun. Als Nächstes spürte ich gnadenlose Kälte, obwohl ich nicht fror. Ich atmete nicht, obwohl meine Lungen danach verlangten. Ich empfand keine Panik, obwohl das Gewicht unserer nassen Kleidung uns unerbittlich in die Tiefe zog. Noár schwamm dagegen an. Seine Bewegungen waren kraftvoll. Trotzdem schienen wir nicht voranzukommen. Seltsam. Neugierig öffnete ich die Augen und war berückt von dem kristallklaren Blau, das uns umfing. Kühles Blau. Eisblau. Durchdrungen von trübem Licht. Ich brauchte ein paar Wimpernschläge, bevor ich verschwommene Details ausmachen konnte. Details wie die Umrisse einer menschlichen Gestalt. Nein, es waren mehrere. Dutzende davon. Hunderte. Tote Körper, die friedlich in der Schwerelosigkeit schwebten. Manche von ihnen trieben so nah an uns vorbei, dass ich sie mühelos hätte berühren können. Der Anblick hätte mich erschrecken müssen, doch ich nahm nur die grausame Schönheit dieses Ortes wahr. Was für eine seltsame Erfahrung, dem Tod ohne jede Angst ins Gesicht zu sehen. Die Grube der Vergessenen war ein Friedhof. Ob wir wohl auch bald vergessen wurden? Wenn es nach Noár ging, wohl eher nicht. Er kämpfte tapfer gegen den Sog, der uns abwärts zog. Nur uns. Die anderen Körper schienen davon nicht betroffen zu sein. Als ob dieser See etwas gegen das Leben hatte.

Es wurde heller. Noár hatte die Oberfläche erreicht. Etwas Hartes versperrte uns den Weg. Eis. Seine Hände schlugen dagegen, wieder und wieder. Risse bildeten sich. Gut, denn mein Gehirn meldete, dass mir bald der Sauerstoff ausgehen würde.

Etwas Dunkles schoss an uns vorbei. Zu schnell für eine dahintreibende Leiche. Noár sah sich alarmiert um. Etwas streifte mein Bein. Der Schattenprinz zog einen Dolch. Ich konnte kaum verfolgen, was dann geschah. Auf einmal färbte sich das Wasser rot. Blut. Meins? Seins? Oder ...

Die neue Gefahr legte einen Schalter in meinem Kopf um und Noárs Wille, der mich bis jetzt in einem seelenruhigen Zustand festgehalten hatte, zersprang wie Glas. Panik explodierte in meinem Inneren. Mein Körper forderte Luft. Ich schluckte Wasser, schlug in Todesangst um mich, doch kaum hatte ich Noár losgelassen, zerrte mich eine brutale Strömung zurück in die Tiefe. Eine Hand packte mich, rettete mich vor dem Versinken. Eine zweite kam dazu und schließlich eine dritte. Plötzlich wurde ich an harten Kanten vorbei an die Luft geschleudert. Ich hustete, spuckte, keuchte. Meine Ohren rauschten, meine Lungen brannten, meine Muskeln zitterten und meine Kleidung war binnen Sekunden gefroren. Jemand sprach ein paar entschiedene Worte. Erneut fegte ein fremder Wille durch mein Bewusstsein. Hitze strömte durch meine Glieder. Die steifgefrorenen Stofflagen tauten und trockneten.

»Schütz deinen Kopf und rühr dich nicht vom Fleck!«, forderte Ilion. Dann war er fort.

Prompt schlug etwas neben meinem Gesicht ein. Ein Eisklumpen. Ein zweiter traf mich im Magen. Der dumpfe Schmerz löste Übelkeit in mir aus. Ein dritter erwischte mich am Bein. Die gemeingefährlichen Geschosse hagelten nur so vom Himmel. Manche waren klein, andere riesig und wieder andere so scharf wie Dolche. Ich rollte mich zusammen und wollte Ilions Rat schon befolgen, da erinnerte ich mich an das, was Noár gesagt hatte. Wenn wir aus dem Wasser raus waren, würde ich übernehmen müssen. Oh verdammt, hatte Noár es überhaupt aus dem See rausgeschafft?

Die Sorge um ihn verlieh mir wilde Entschlossenheit. Ich rappelte mich auf und streckte meine Hände in die Höhe. »Zur Seite!«, befahl ich dem mörderischen Eisbombardement. Die Brocken, die mich getroffen hätten, änderten tatsächlich ihre Richtung. Ein Anfang. Nur wo waren Ilion und Noár? Ich sah mich um. Eis. Überall Eis. Da. Ein Stück entfernt nahm ich vage Umrisse wahr. Das mussten sie sein. Mit meinem Willen als Schutzschirm setzte ich mich in Bewegung. Kaum hatte ich einen Schritt getan, krachte es unter mir. Der Boden schwankte und mein Stiefel versank in Eiswasser. Großer Gott, ich befand mich noch immer auf dem See! Sofort verlagerte ich mein Gewicht. Aber das Wasser gefror bereits wieder und hielt meinen Fuß gefangen. Das sollte wohl ein Witz sein! Diese Grube der Vergessenen war nicht nur tödlich, sie war ein Raubtier. Und zwar eines, das mit seinen Opfern spielte. Konzentrierte ich mich weiter auf den Eishagel, würde ich hier irgendwann erfrieren. Bewegte ich mich, würde ich einbrechen und ertrinken. Lenkte ich meinen Willen auf meinen festgefrorenen Fuß, würde mich der Eishagel erschlagen. Tat ich nichts, würde Noár erschlagen werden – falls er nicht noch immer mit dem Hungrigen See kämpfte.

»Okay, du mordlustige Grube. Zeit, ein Wort mit deiner Chefin zu wechseln.«

Ich ging in die Knie und presste meine Handflächen auf die Eisfläche. Ohne meinen Ehering war es schwer, eine Verbindung zur Silberfeste aufzubauen. Schwer, aber nicht unmöglich, schließlich besaß ich noch immer die Kaisersymbole.

»Wir hatten eine Abmachung!«, rief ich über das Dröhnen des Niederschlags hinweg. »Pfeif deine Killer-Grube zurück oder du kannst meine Hilfe vergessen!«

Sofort drängte sich ein Bild in mein Bewusstsein. Es zeigte mich, wie ich unter Schnee begraben lag. Dazu hörte ich meine eigene Stimme: »*Das Chaos setzt dir zu, nicht wahr? Gib mich frei und verrate uns nicht, dann schließe ich jeden Chaoswirbel, sobald ich gehe.*«

Mist, das war unsere Abmachung gewesen und sie beinhaltete nicht, dass uns die Silberfeste vor tödlichen Gefahren rettete.

»Ich warne dich«, brüllte ich den arroganten Eisklotz an. »Wenn Noár oder Ilion etwas zustößt, dann schmelz ich dich ein wie einen Eiswürfel in der Sonne, bis nur noch eine unbedeutende Pfütze von dir übrig ist!«

Jetzt schickte mir die Silberfeste eine verschwommene Erinnerung an Ifar, der über einer gefesselten Frau kniete und ihr versprach: »Halte Wort, dann helfe ich dir!«

Na großartig ... Ich sollte in Vorleistung gehen und Katharina der Großen, vertrauen, dass sie uns anschließend rettet. Was, wenn das eine Falle war? Was, wenn sie genau gewusst hatte, dass wir hier landen würden, sodass sie mich erpressen konnte? Andererseits: Das Wolkenreich gehörte zu Cassardim. Es war nicht an Politik und Machtspielchen interessiert. Oder?

Jemand rief nach mir, gefolgt von einem Schmerzensschrei. Das machte mir die Entscheidung leichter. Ich atmete tief durch und erspürte die Verbindung zu dem Reich, in dem wir gerade festsaßen. Es fühlte sich in seiner Kraft und unbarmherzigen Anmut fast schon majestätisch an. Doch all das nützte der Silberfeste nichts gegen die heimtückischen Angriffe des Chaos. Katharina die Große, war von Wirbeln zerfressen wie ein Schweizer Käse. Sie kämpfte an zig Fronten gleichzeitig und litt unerträgliche Schmerzen.

»Dann wollen wir mal«, murmelte ich düster und mobilisierte alles, was ich hatte. Die Splitter flammten auf, verbanden sich mit den Kaisersymbolen und meinem Willen. Chaoswirbel zu schließen, war inzwischen eine meiner leichtesten Übungen. Jedoch hatte ich so etwas noch nie auf derartige Entfernungen versucht. Es erforderte unendlich viel Konzentration und Energie. Ich ging behutsam und umsichtig vor. Diesmal würde ich nicht denselben Fehler begehen wie beim Schattenreich und die Kontrolle abgeben. Eine Nahtoderfahrung durch feindliche Übernahme reichte mir erst mal für diese Woche. Also legte ich die Wirbel nicht alle gleichzeitig still, sondern arbeitete mich stückchenweise voran. Ich begann mit den größten, machte weiter mit jenen, die Siedlungen am nächsten waren, und kümmerte mich zuletzt um die kleinen Ausreißer an den Grenzen. Müdigkeit und Schwindel übermannten mich. Ich zitterte am ganzen Körper und diesmal war nicht die Kälte schuld. Ein paar Wirbel waren übrig, aber ich konnte nicht mehr. Ich bekam die letzten einfach nicht zu fassen. Mir fehlte die Kraft. Nicht einmal die Verbindung zur Silberfeste konnte ich noch aufrechterhalten. Ausgelaugt kippte ich nach hinten. Ich hatte zu viel versprochen und versagt. Meine Tränen gefroren und ich fragte mich, ob mich die Eisgeschosse wohl erschlagen würden, bevor ich einbrach und im Hungrigen See ertrank. Interessanterweise empfand ich absolut nichts bei diesem Gedanken. Gefühle zu produzieren, schien meinen Körper zu viel zu kosten. Ich starrte einfach hinauf in das undefinierbare Weiß über mir und erwartete den Tod.

Plötzlich verformte sich der diesige Himmel. Er schien zurückzuweichen und die Konturen von hübschen flauschigen Wolken anzunehmen. Sie schwebten weit oben über einem engen Kessel aus Steilwänden. Ein Wasserfall stürzte daran herab. Das musste wohl der Ursprung der Eisgeschosse gewesen sein. Aber der frostige Wind, der sie so tödlich gemacht hatte, war verschwunden. Jetzt wehte mir eine überraschend warme Brise entgegen.

Hatte die Silberfeste ... etwa gerade Gnade gezeigt?

Ein grinsendes Gesicht tauchte in meinem Blickfeld auf.

»Ich dachte, dein Wille reicht grade so, um dich am Leben zu halten, und du machst aus dieser klirrend kalten Todesfalle gleich ein idyllisches Winterparadies«, lachte der Faheen. Für den Albtraum, den wir soeben durchgemacht hatten, war er mir entschieden zu gut gelaunt. »Jetzt seid ihr zwei offiziell lebende

Legenden. Nur eine Handvoll Cassarden haben es bislang geschafft, die Grube der Vergessenen zu überleben. Und sie alle waren Faheen.«

»Erinnere mich daran«, flüsterte ich mit größter Mühe, »dich nie wieder um Hilfe zu bitten.«

Mein Missmut ließ ihn nur noch breiter grinsen. »Mit dem allergrößten Vergnügen, kleine Kaiserin!«

Noár schob Ilion beiseite und musterte mich besorgt. Ein paar Schneeflocken hatten sich in seinen mahagonifarbenen Haaren verfangen, aber er sah ganz und gar nicht so aus, als wäre er gerade um sein Leben geschwommen. Er sah noch nicht einmal so aus, als hätte er irgendeine Art von Anstrengung hinter sich gebracht.

»Bist du verletzt?«, wollte er wissen.

Ich schüttelte den Kopf. Die paar blauen Flecken, die ich abbekommen hatte, würden von alleine heilen.

»Nur müde ...« Was für eine Untertreibung! Die paar Worte über meine Lippen zu kriegen, beanspruchte unendlich viel Kraft. »Und du?«

»Nichts von Bedeutung. Ich –«

»Deinem Mann geht es wunderbar, aber das wird nicht mehr lange so bleiben, wenn wir nicht bald hier verschwinden«, mischte sich Ilion ein. »Deine kleine Intervention hat nämlich dazu geführt, dass nicht nur *wir* hier überleben. Auch die Wyvern können sich jetzt gefahrlos nähern.«

Aha. Die Gnade der Silberfeste hatte also ein Ablaufdatum.

»Entspann dich, Faheen. Ab hier übernehme ich«, entgegnete der Schattenprinz unbeeindruckt. »Nox wird vor den Wyvern da sein. Auch Pash und Junos sind unterwegs. Sie geben uns Rückendeckung.«

Er strich mir eine Haarsträhne aus dem Gesicht und zog mich

in seine Arme. Dabei fiel mir auf, dass er seine Ringe wieder trug. So hatte er also die Verstärkung rufen können. »Du hast Unglaubliches geleistet, Kätzchen. Ruh dich aus, ich kümmere mich um den Rest.«

Erleichtert kuschelte ich mich an seinen warmen kräftigen Körper und erlaubte mir, ihm die Verantwortung zu überlassen. Noár schien wieder ganz er selbst zu sein. Und wenn er sagte, er würde uns hier rausbringen, dann würde das auch so geschehen. Daran hatte ich nicht den geringsten Zweifel.

»Für meine Befreiung schulde ich dir Dank, Faheen«, wandte sich der Schattenprinz nun erneut an Ilion. »Da wir jedoch beide deine Beweggründe kennen, betrachte ich diese Schuld als beglichen. Wir sind quitt. Sobald die Silberfeste hinter uns liegt, werden dich meine Männer an einen Ort deiner Wahl bringen.«

Noárs leise Stimme vibrierte in seiner Brust und schickte mir ein Gefühl von Geborgenheit bis in die Zehenspitzen.

»Nichts für ungut, Schattenprinz«, hörte ich Ilion knurren, »aber nach allem, was ich da drinnen gesehen habe, werde ich Amaia nicht mit dir allein lassen. Selbst wenn dein Vater mir wieder mit dem Tod droht.«

Noár nahm den Seitenhieb mit einem finsteren Schnauben zur Kenntnis und meinte lediglich: »Wir fliegen nicht ins Schattenreich.«

»Bist du verrückt? Du musst zu Shaell. Er wird einen Krieg anzetteln, solange er denkt, dass du hier gefangen bist.«

Ich war Ilion dankbar, dass er Noár widersprach, denn ich hatte schon genug damit zu kämpfen, überhaupt wach zu bleiben. Nun, da keine unmittelbare Gefahr mehr drohte, verdichtete sich das watteartige Gefühl der Erschöpfung zu einem kaum durchdringbaren Schleier.

»Rhome und Drokor sind aktuell in der Schattenfeste. Ich

habe sie bereits über meine Befreiung unterrichtet«, teilte Noár dem Faheen unterkühlt mit.

»Du weißt, dass das nicht reicht«, protestierte Ilion. »Wenn du nicht persönlich dort auftauchst, sodass Shaell sich selbst davon überzeugen kann, dass du frei bist, wird er an seinem Vergeltungsplan festhalten. Er *will* diesen Krieg.«

»Amaia hatte von Anfang an recht.« Ich spürte, wie ich hochgehoben wurde, und schaffte es, die Augen noch ein letztes Mal zu öffnen. Ein schwarzer Schatten verdunkelte die weißen Wolken über uns. »Die Fürsten lassen sich nicht bekehren. Es gibt nur einen einzigen Weg, um diesen Wahnsinn zu beenden. Amaias. Und wenn ich ihr dafür in die Menschenwelt folgen muss, werde ich das tun. Niemand wird uns noch einmal trennen.«

Aus dem dunklen Schatten wurden drei. Ein grässliches Kreischen zerriss den Himmel und ein mächtiges Brüllen antwortete.

»Du kannst Cassardim nicht im Stich lassen!«, rief Ilion. »Alles wird im Krieg versinken.«

»Ich lasse niemanden im Stich«, murmelte Noár und drückte mich an seine Brust. »Ich setze nur Prioritäten. Es bleiben uns noch zwei Tage, bis das Ultimatum abläuft Bis dahin werden wir zurück sein.«

»Noár ...«, flüsterte ich und zupfte schläfrig an den Überresten seines Hemds. Ilion hatte recht. Das Risiko war zu groß und –

»Schlaf, Kätzchen. Ich bin bei dir.«

CORAZÓN PERDIDO

Ein pochender Schmerz hinter meiner Stirn weckte mich. Meine Muskeln rebellierten, als ich versuchte, mich umzudrehen. Am liebsten hätte ich noch weitergeschlafen, doch dann hörte ich etwas, das mich schlagartig in den Wachzustand katapultierte. Die Sirenen eines Krankenwagens.

Hä? Das Geräusch kam mir total vertraut vor und trotzdem sagte mir mein Verstand, dass das nicht sein konnte. Ich zwang mühsam meine Augen auf und sah als Erstes die Digitalanzeige eines Weckers. Sie zeigte *8:42 am* an.

Was zum Teufel ...

Als ich die Decke zurückschlug und mich aufsetzte, kullerte ein schwarzer Fellball auf die Matratze und beschwerte sich blubbernd. Oh, Gott sei Dank, Flummel war am Leben! Im Eifer des Gefechts hatte ich vollkommen vergessen, dass er bei unserem Eisbad mit von der Partie gewesen war. Das erklärte dann wohl auch, warum der Okoklin mich gerade mit Missachtung strafte und ohne einen weiteren Laut irgendwo in den Kissen verschwand. Er hasste Wasser.

Seufzend stand ich auf. Ich würde es später wiedergutmachen und beteuern, dass ich genauso unfreiwillig in den See gefallen war wie er. Aber zuerst musste ich herausfinden, wo ich überhaupt war. Fernseher, Strom, hässliche Tapete. Definitiv Menschenwelt. Das Zimmer gehörte laut dem Aufsteller am Nachttisch zu einem Motel namens »Corazón Perdido« in Sweetwater, Florida. Die Vorhänge waren zugezogen, ließen aber trotzdem genug Licht durch, um zu erahnen, dass draußen die Sonne schien. Ich schob sie beiseite und wurde von einem leuchtend blauen Himmel begrüßt. Ein Stockwerk unter mir lag ein verwahrloster Innenhof. Selbst die zwei Alibi-Palmen neben der Zufahrt konnten den desolaten Mülltonnen-Parkplatz-Charme nicht aufhübschen. Ein silberner Lexus fuhr gerade vor und parkte neben einem knallroten Cabrio. Es stiegen zwei Männer aus, deren Anblick mich nicht mehr hätte verblüffen können. Ein Surfer-Typ mit geblümten Shorts, der sich seine wirren Haare zu einem struppigen Manbun gebunden hatte. Und ein ziemlich heißer Kerl mit stylishen Jeans, dunklem Hemd und Sonnenbrille. Hätte seine einzigartige Haarfarbe nicht im Sonnenlicht gestrahlt wie ein Leuchtfeuer, hätte ich Noár wohl erst auf den zweiten Blick erkannt. Seine Schattensymbole waren verschwunden und seine Bewegungen wirkten so entspannt, als würde nicht gerade das Schicksal des gesamten Totenreichs auf seinen Schultern lasten. Er warf dem Surfer-Typen den Schlüssel zu, der ihn gekonnt auffing. Inzwischen ahnte ich, dass es sich dabei um Pash handeln musste, auch wenn mir die ganze Szenerie so skurril vorkam, als wäre ich in einem Paralleluniversum gelandet. Ein Universum, das erschreckende Ähnlichkeit mit dem Set einer Miami-Crime-Serie hatte. Was für ein Kontrastprogramm ...

Ein dritter Mann mit dunklen Locken und bedrucktem T-Shirt gesellte sich zu den anderen. Ilion?! Ilion in Flipflops?! Noár sagte etwas zu ihm und hielt dann plötzlich inne. Wegen seiner Sonnenbrille war ich mir nicht ganz sicher, aber es schien so, als würde er zu mir hinaufschauen. Ein kleines Lächeln teilte seine Lippen und mein Puls stieg. In diesem Moment wurde mir bewusst, dass das für immer so sein würde. Egal wann, egal in welchem Universum: Mein Herz gehörte Noár und würde immer für ihn schlagen.

Mit zielsicheren Schritten verschwand der Schattenprinz aus meinem Blickfeld. Keine Minute später klopfte es an der Tür und

Noár trat ein. Seine Sonnenbrille hing mittlerweile an seinem Kragen, dafür war er mit ein paar Einkaufstüten beladen.

»Entschuldigen Sie bitte, Mister«, sagte ich und setzte ein übertrieben verwundertes Gesicht auf. »Ich glaube, Sie haben sich in der Tür geirrt.«

Noár hielt inne, hob eine Braue und antwortete dann, ohne mit der Wimper zu zucken: »Wirklich? Ich hätte schwören können, das wäre das Zimmer meiner Ehefrau.«

Oh Gott, ich liebte es, dass er sich nie zu schade war, auf meinen Blödsinn einzusteigen. Keine Ahnung, wie sich das in der Schattenfeste hatte erhalten können, aber ich würde um nichts in der Welt auf die Art und Weise verzichten wollen, mit der er mich herausforderte und zum Lachen brachte.

»Sie sind verheiratet?«, konterte ich voll gespielter Enttäuschung und gab der Tür hinter ihm einen Schubs, damit sie ins Schloss fiel. »Wie schade, und ich hatte schon gehofft, Sie würden mich vielleicht auf einen Drink einladen.«

»Hmm, wirklich verlockend«, meinte Noár und stellte die Einkaufstüten auf dem kleinen Esstisch ab. »Aber daraus wird wohl nichts. Ich liebe meine Frau nämlich.«

Grinsend folgte ich ihm. »Ist das so?«

»Oh ja«, bestätigte er mit einem amüsierten Glitzern in den Augen. »Sie kann zwar manchmal ziemlich stur sein und lässt sich hin und wieder zu ein paar wirklich undurchdachten, drastischen, besorgniserregenden, riskanten, lebensgefährlichen Aktionen hinreißen, die mich verrückt vor Angst machen ...« Er seufzte leidgeprüft. »... aber mein Herz und mein Leben gehören nun einmal ihr.«

Ich kniff die Augen zusammen und legte den Kopf schief. »War das eine Standpauke oder ein Dankeschön?«

Noár schmunzelte. »Von beidem etwas.«

Bedächtig nickte ich. Trotz aller Leichtigkeit unserer Neckerei las ich in seinem Gesicht das, was er *nicht* in Worte fasste: Seinen Kummer darüber, dass ich mich seinetwegen in Gefahr gebracht hatte, gleichzeitig aber auch seinen Stolz und seine Ergebenheit.

»Damit kann ich leben«, meinte ich mit einem schelmischen Schulterzucken und begann, in den Tüten zu stöbern. »Wie lange habe ich denn geschlafen?«

»Knapp fünf Stunden.«

Wow. Die Grube der Vergessenen war nur fünf Stunden her? Kein Wunder, dass ich mich noch immer so erschlagen fühlte. »Da habt ihr ja keine Zeit verschwendet.«

Enttäuscht ließ ich von den Tüten ab. Kein Essen. Nur Klamotten. Mist. Ich war wirklich hungrig.

Noár runzelte die Stirn. »Du klingst unglücklich?«

»Hab nur Kopfweh«, murrte ich. »Und Hunger. Und ein schlechtes Gewissen. Und auch ein bisschen die Kontrolle über mein Leben verloren.« Ich setzte mich an den Tisch und stützte meinen Kopf mit dem Ellbogen ab. »Plötzlich in der Menschenwelt aufzuwachen, fühlt sich wie ein übler Trip an. Außerdem hab ich euer Make-Over zu hotten Beachboys verpasst. Das kann einem schon mal die Laune verderben.«

Meinen halbherzigen Versuch, nicht ganz so beklagenswert zu klingen, quittierte Noár mit einem belustigten Kopfschütteln. Er zog sich den zweiten Stuhl zurecht und nahm neben mir Platz.

»Du brauchst kein schlechtes Gewissen zu haben. Ich weiß, du gibst dir die Schuld, dass ich hier bin, obwohl ich meinen Vater davon abhalten sollte, einen Krieg zu beginnen. Aber dafür ist noch Zeit. Shaell hat Saphama drei Tage gegeben, von denen nicht einmal die Hälfte verstrichen ist. Drokor hat mir versichert, dass mein Vater nicht vor Ablauf dieses Ultimatums handeln wird. Außerdem darfst du nicht vergessen, dass wir Rhome auf unserer Seite haben. Er würde es zwar vehement leugnen, aber notfalls kann er Shaell durchaus die Stirn bieten. Vergiss nicht, dass die dunkle Armee ihm genauso treu ergeben ist wie mir. Sie folgt seinen Befehlen, nicht denen meines Vaters.«

Wie so oft wusste er ganz genau, was in mir vorging und was er sagen musste, um mich zu beruhigen. Es war dennoch schwer zu ertragen, dass Noár so viele Cassarden-Leben und den ohnehin brüchigen Frieden in Gefahr brachte, nur weil er an meiner Seite sein wollte. Was, wenn meine Entscheidung herzukommen wieder die falsche war? Was, wenn sich Fidrins Tipp als Reinfall erwies? Was, wenn ich hier gerade Cassardims Untergang besiegelte?

»Mach dir nicht so viele Sorgen, Kätzchen. Du musst die Verantwortung nicht allein tragen.« Er streckte mir seine Hand hin und sah mich auffordernd an. »Und jetzt lass mich deine Kopfschmerzen heilen. Um deinen Hunger und diese Beachboy-Sache kümmern wir uns später.«

Lächelnd nahm ich sein Angebot an und legte meine Hand in seine, als ein heftiger Schmerz meinen Arm hochschoss. Ich sprang so panisch auf, dass mein Stuhl umflog. Chaos! Das hatte sich verdammt nach Chaos angefühlt. Also doch.

Noár war ...

Er war ...

Wie gelähmt stand ich am anderen Ende des Zimmers und starrte ihn erschrocken an. Er dagegen hatte sich keinen Millimeter gerührt. In seinen Sternenaugen glänzte erst Überraschung, dann Bedauern.

»Du bist stark geworden«, meinte er seelenruhig.

Ich starrte noch immer.

War das so was wie ein Geständnis gewesen? Wieso war ich so schockiert? Ich hatte es doch gewusst. Ich hatte es gewusst und geflissentlich verdrängt. Dann bewiesen bekommen und wieder schöngeredet.

Stoisch ertrug Noár mein Schweigen. Er stand weder auf, noch nahm er seine Hände vom Tisch, als versuchte er, möglichst wenig bedrohlich zu wirken. Erst nach einer ganzen Weile ergriff er das Wort: »Stell die Frage, die dich so belastet.«

Seine sanfte Aufforderung holte mich aus meinem Schockzustand. Ich schluckte schwer.

»Bist du ... ein Chaoswandler?«

Er sah mir fest in die Augen. »Nein.«

»Würde ein Chaoswandler nicht genau dasselbe sagen?«

»Vermutlich«, gab er mir mit einem bekümmerten Lächeln recht, bevor er in seine Hemdtasche griff und etwas hervorholte. Zwei Ringe lagen in seiner Hand. Die Gegenstücke seiner Ringe. Er hatte sie für mich mitgenommen. »Aber ein Chaoswandler könnte die hier nicht berühren oder sie gar tragen, ohne vor Schmerz zu schreien.«

Sorgfältig legte er die Ringe vor sich auf den Tisch und fuhr fort: »Ein Chaoswandler könnte niemals einen Shendai reiten, ohne vorher von ihm zerfleischt zu werden.«

Das stimmte wohl ...

»Außerdem hätte ein Chaoswandler spätestens jetzt versucht, dich zu töten.«

Auch ein guter Punkt, aber ...

»Was ist es dann, Noár? Was stimmt nicht mit dir?«

Er atmete tief durch.

»Ich bin kein Chaoswandler, weil das Chaos, das ich in mir trage, nie die Oberhand gewonnen hat. Ich bin infiziert, aber ich kontrolliere es.«

Oh ...

Ich wusste nicht, ob ich erleichtert oder entsetzt sein sollte.

»War es der Pfeil, den Junos auf dich abgeschossen hat?«

Hatte ich damals einen Fehler begangen? Hätte ich das hier

verhindern können, wenn ich nicht so auf Fidrin konzentriert gewesen wäre?

»Nein«, erwiderte er. »Dieser Pfeil hat es ... schwieriger gemacht. Er hat vorübergehend eine direkte Verbindung zum Ur-Chaos hergestellt. Aber ich war bereits infiziert, bevor wir uns begegnet sind.«

So lange schon?

»Seit der Nacht der Rebellion?«, riet ich.

»Ja.«

Fassungslos blinzelte ich ihn an. Er kämpfte seit über einem Jahrhundert gegen das Chaos in sich? Und niemals durfte er die Kontrolle verlieren? Großer Gott, deshalb schlief er so ungern. Deshalb seine Albträume. Ich wusste aus eigener Erfahrung, wie grauenvoll sich das anfühlte.

»Warum kann ich es dann erst jetzt spüren?«

»Wie gesagt, du wirst stärker«, erklärte er mit ruhiger Stimme. »Dein Körper scheint sich mehr und mehr an die Splitter zu gewöhnen. Anfangs hat es einen Auslöser gebraucht, um ihre Macht zu entfesseln. Jetzt benutzt du sie fast schon intuitiv.«

Das klang logisch, zumal ich dieselbe Beobachtung auch bereits gemacht hatte. Dennoch blieb das Gefühl, dass er mir etwas verschwieg.

»Ist das alles?«

»Nicht ganz«, gestand er leise und senkte den Blick. »Das Chaos wird stärker. Solange die Barrieren intakt waren, hatte ich nie Probleme, es zu unterdrücken. Jetzt wird es von Tag zu Tag schwieriger. In der Nähe von Wirbeln ist es am schlimmsten.«

»Deshalb warst du im Hain so weggetreten.«

»Ja.«

»Und so konnte Ifar dich im Goldenen Gericht gefangen nehmen.«

»Ja.«

»Und wenn die Barrieren brechen? Was wird dann aus dir?«

Falls Noár das Chaos nicht mehr beherrschen konnte, würde er nicht einfach nur zu irgendeinem Chaoswandler mutieren. Er wäre der gefährlichste Chaoswandler, der jemals gelebt hätte. Gefährlicher noch als Fidrin.

Düstere Worte krochen aus meinem Gedächtnis hoch. *Wenn der Schattenprinz fällt, wird Cassardim ihm folgen.*

Das hatte Fidrin also gemeint.

»Die Neun Tode haben diesbezüglich genaue Anweisungen«, teilte Noár mir ungerührt mit.

Ich schnaubte fassungslos. »Sie werden dich töten.«

»Ja.«

Diese Information brachte das Fass zum Überlaufen und all meine Angst, Wut und Empörung entluden sich mit einem Schlag.

»Und WANN GENAU wolltest du mich, deine Frau, in dieses nicht unwesentliche Detail deines Lebens einweihen?«, fuhr ich ihn gereizt an.

»Es erschien mir nicht wichtig, immerhin hatte ich es unter Kontrolle.«

»Es erschien dir nicht WICHTIG?! Ich kann dich noch nicht einmal anfassen, ohne Schmerz zu spüren!«

Noár sah mich an wie ein geprügelter Welpe.

»Das ist nur in der Menschenwelt so. Hier ist das Chaos stark und allgegenwärtig. In Cassardim ist es leichter, es zu blockieren. Kätzchen, bitte –«

»Nix Kätzchen«, unterbrach ich ihn zornig. »Es hat sich ausgekätzchent. Ich bin echt sauer auf dich. Warum hast du mir nichts davon erzählt? Du wolltest mir nichts mehr verheimlichen! Und dann redest du irgendetwas daher von ›du musst die Verantwortung nicht alleine tragen‹ und was machst *du*? Genau das! Du schließt mich aus. Dir ist schon klar, dass wir *verheiratet* sind? Dass das bedeutet, dass wir *füreinander* da sein sollten.«

»Ich weiß, Amaia. Es tut mir leid. Ich ... ich tue mich unglaublich schwer ...«

»WOMIT?«

»Zu glauben, dass du mich auch liebst, wenn ich nicht stark bin«, flüsterte er und machte mich damit noch wütender. Wie zur Hölle, schaffte er es immer, so ehrliches und berührendes Zeug von sich zu geben, wenn ich mir doch einfach nur Luft machen wollte?

»Gib mich bitte nicht auf«, setzte er hinterher. »Ich werde mich nicht im Chaos verirren. Nicht, solange ich dich habe. In deiner Nähe ist alles so viel leichter. Deshalb versucht Fidrin uns auch zu trennen.«

Frustriert warf ich meine Arme in die Luft und kämpfte gegen die verzweifelten Tränen an, die sich ihren Weg bahnen wollten.

»Kann ich das Chaos nicht einfach aus dir vertreiben? Wie einen Wirbel, den man schließt?«

»So einfach ist das nicht. Wenn das Chaos sich erst einmal im Verstand eines Cassarden festgesetzt hat, lässt sich das nicht mehr rückgängig machen. Und in meinem Fall hatte das Chaos jahrzehntelang Zeit.«

Na großartig.

»Ich kann dich also jederzeit an das Chaos verlieren. Und zu allem Überfluss werden unsere Freunde – oder vielleicht sogar ich – dann gezwungen sein, dich umzubringen, weil du dich sonst in ein Monster verwandelst. Noch irgendwas, das ich wissen sollte? Also außer, dass du meine Kindheit ruiniert hast, um einem Wahnsinnigen zur Rückkehr auf den Kaiserthron zu verhelfen. Hast du vielleicht eine geheime Zweitidentität als Serienkiller? Einen verborgenen Harem? Oder ein paar Kinder, die du vergessen hast zu erwähnen?«

Mir war klar, wie unfair ich gerade war, aber ich konnte nicht anders. Die Angst um ihn machte mich wahnsinnig.

»Nein«, murmelte Noár schuldbewusst. »Jetzt weißt du alles von mir.«

Mit einer Mordswut im Bauch stapfte ich zum Tisch und schnappte mir meinen Verlobungs- und Ehering. Noár wirkte geradezu verblüfft, als ich sie mir ansteckte.

»Guck mich nicht so an! Ich liebe dich, du verbohrter Idiot«, fauchte ich. »Aber frag mich ja nicht, ob ich dir vergebe. Das tue ich irgendwann. Nur eben nicht jetzt, denn im Moment bin ich stinksauer auf dich.«

Ich griff mir die Einkaufstüten und marschierte ins Bad. Unterwegs ignorierte ich geflissentlich, dass Noár aufstand und sichtlich gegen den Drang ankämpfte, mich in seine Arme zu ziehen. Er wollte mir mit seiner Berührung nicht schon wieder wehtun. Schöne Scheiße, dabei hätte ich eine Umarmung jetzt wirklich gebrauchen können. Ich warf die Tür hinter mir ins Schloss und schluckte den Schrei runter, der mir in der Kehle brannte. Warum konnte es nicht *einmal* leicht sein? Warum musste ich die Liebe meines Lebens finden, nur um dann zu erfahren, dass über seinem Kopf ein Damokles-Schwert baumelte? Ungehalten pfefferte ich die Tüten in die Ecke und fasste einen Entschluss. Ich würde das nicht kampflos hinnehmen. Ich würde Noár nicht dem Chaos überlassen. Wenn es nötig wäre, würde ich höchstpersönlich alle Barrieren Cassardims von Hand erneuern, um ihn zu retten. Und falls diese Exil-Kaiser in der ominösen Magnolia Avenue 4a vorhaben sollten, sich mir in den Weg zu stellen, mussten sie sich warm anziehen. Genau wie jeder einzelne Chaoswandler, dem ich demnächst begegnete. Niemand nahm mir meinen Mann weg.

WEIT AUS DEM FENSTER GELEHNT

Nach meinem Kampf mit dem kaputten Duschkopf schlüpfte ich in die Klamotten, die Noár mir besorgt hatte. Shorts, Tanktop und Turnschuhe. Bequem. Pragmatisch. Damit konnte ich was anfangen. Mein Spiegelbild machte mir da schon eher zu schaffen. Mich ohne die goldenen Ornamente auf der Stirn zu sehen, kam mir einerseits wie ein seltsamer Flashback an ein altes Leben vor. Andererseits fühlte sich meine Zeit in Cassardim wie ein sehr skurriler Traum an. Nur die glitzernden Splitter in meinen Handflächen waren der Beweis, dass ich mir das Totenreich nicht einfach nur zusammenhalluziniert hatte. Die Splitter und meine Ringe. Und natürlich auch der besorgt piepsende Fellball, der gerade versuchte, sich durch die Spalte unter der Tür zu quetschen.

»Was tust du denn da?«, seufzte ich. Flummel musste unseren Streit mit angehört haben und machte sich offenbar so große Sorgen um mich, dass er sogar vergessen hatte, auf mich sauer zu sein. Ich befreite den eingeklemmten Okoklin aus dem Türspalt und kraulte ihm aufmunternd den Bauch. »Alles wird gut. Komm, wir bringen diesen Mist jetzt in Ordnung. Aber lass dich da draußen bloß nicht blicken. Du bist viel zu süß für die Menschenwelt. Sie würden dich bestimmt nicht mehr gehen lassen.«

Ich verstaute ihn in meinen frisch geföhnten Locken und verließ das Motel.

Die Beachboy-Gang erwartete mich am Parkplatz. Fast hätte ich sie mit dem Verdacht konfrontiert, das Auto einem armen Menschen mittels Willenskraft abgeluchst zu haben, doch dann sprang mir der Aufkleber der Mietwagenfirma ins Gesicht. Ich konnte mir trotz meiner Wut ein Schmunzeln nicht verkneifen. Die Vorstellung, vom dunklen geheimnisvollen Schattenprinzen, der sich ganz spießig ein Auto mietete, war einfach zu komisch.

Pash sprang freudestrahlend auf, als er mich sah. Er schien mich mit einem wie üblich lockeren Spruch begrüßen zu wollen, doch dann entschied er sich anders und entwickelte ganz plötzlich ein ausgeprägtes Interesse an seinen Fußspitzen.

Richtig. Er hatte mir ja zur Flucht verholfen.

»Hi Pash, ich ... ähm ... wegen neulich Nacht ...«

»Bemüh dich nicht«, meinte Ilion und klopfte mir grinsend auf die Schulter. »Dein Schattenprinz weiß Bescheid und hat Pash bereits für seinen Ungehorsam bestraft.«

Fassungslos drehte ich mich zu Noár um, der nun wieder seine Sonnenbrille trug und lässig an der Motorhaube lehnte.

»Du hast *was*?«

Noár zuckte mit den Schultern. »Befehle werden nicht ohne Grund gegeben.«

»Aber ... Pash hat das nur getan, um dich zu retten.«

»Ist mir bewusst«, meinte er und machte mit seinem Tonfall deutlich, wie wenig Lust er hatte, dieses Thema jetzt mit mir auszudiskutieren. »Deshalb lebt er ja noch.«

Ohne weitere Erklärung stieß er sich ab und stieg auf der Fahrerseite ein. Was sollte das denn bitte? *Ich* war angefressen. Ich müsste *ihm* die kalte Schulter zeigen und nicht andersrum.

»Lass es gut sein, Prinzesschen«, murmelte Pash, als er an mir vorbeischlenderte. »Ich kannte die Konsequenzen.«

Empört packte ich ihn am Arm. »Was hat er dir angetan?«

Der Graf in Blümchenshorts lächelte matt und entwand sich meinem Griff. »Er hat mehr Gnade gezeigt, als ich verdiene.«

Und wieder wurde ich stehen gelassen.

Ilion räusperte sich, öffnete die Beifahrertür und lud mich elegant dazu ein, einzusteigen. »Alles halb so schlimm, kleine Kaiserin. Seine Strafe bestand darin, hierher mitzukommen.«

Häh? Mein Blick flog zu Pash. Der Schattenkrieger bemühte sich mit verkniffener Miene, die Tür hinter Noár zu öffnen. Das Auto schien ihm ebenso wenig geheuer zu sein wie der Verkehr auf der Hauptstraße, die blendende Sonne oder seine Klamotten. Er war ganz eindeutig nicht gerne in der Menschenwelt.

Das sollte also seine Strafe sein? Das war ... gar nicht so schlimm. Wieso hatte Noár das nicht gleich gesagt? *Bevor* ich in die Luft gegangen war?

Eingeschnappt stapfte ich an der offenen Beifahrertür vorbei und stieg hinten ein. Keine Ahnung, ob ich damit meinen Unmut demonstrieren oder Noár eins auswischen wollte. Vielleicht machte mir aber auch einfach nur die Vorstellung Angst, so nah neben Noár zu sitzen, ohne ihn berühren zu können. Egal, die Rückbank war nun der Platz meiner Wahl und ich staunte nicht schlecht, als mich dort neben Pash ein Sixpack Wasser und ein ganzer Haufen Waffen erwarteten. Cassardische Schwerter und Dolche, außerdem Menschenwelt-Messer, Macheten, Schlagringe und sogar eine Armbrust.

»Na, hoffentlich geraten wir nicht in eine Polizeikontrolle«, murmelte ich.

Auch Ilion stieg nun ein. Ich nahm mir eine der Wasserflaschen, als mir etwas auffiel. »Hat jemand auch was zum Essen gekauft?«

Betretenes Schweigen schlug mir entgegen. Wie bitte? Die Shoppingtour der Cassarden konnte sich doch nicht nur auf Kampfgerät und Wasser beschränkt haben.

»Habt ihr wenigstens Geld?«

Noár und Ilion zogen gleichzeitig jeweils ein Bündel Dollarscheine hervor. Du meine Güte, das waren alles Hunderter. Wenn sie damit nicht aufpassten, würden wir die Waffen früher brauchen, als uns lieb war. Ich nahm Ilion sein Geld ab, was Noár zu einem bitteren Schnauben veranlasste. Als ich ausstieg und in die Rezeption stiefelte, holte er mich prompt ein. Seine finstere Stimmung umgab ihn wie eine Gewitterwolke, doch er war klug genug, mir keine Vorwürfe zu machen.

»Ich schaff das allein«, informierte ich ihn leise.

»Bezweifle ich nicht«, gab er zurück. »Aber nur weil wir in der Menschenwelt sind, heißt das nicht, dass dir hier keine Gefahr droht. Bei unserer Suche nach jemandem, der uns schnellstmöglich durch die Tanzenden Nebel führt, konnten wir nicht sehr diskret vorgehen. Deswegen sind wir auch nicht ganz so nah am Exil der Kaiser herausgekommen, wie ich es erhofft hatte. Wenn die falschen Leute erfahren, dass du hier bist, werden schon bald ein paar üble Gestalten hinter dir her sein.«

Na toll, also business as usual ...

Während die nette ältere Dame an der Rezeption mir meinen Hunderter wechselte, ließ Noár sie nicht aus den Augen. Klar, sie könnte ja versuchen, mich mit ihrer Beste-Oma-der-Welt-Tasse zu erschlagen. Freundlich bedankte ich mich bei ihr, gab ordentlich Trinkgeld und hielt dann auf den Snack-Automaten zu, den ich draußen gesichtet hatte. Ich kaufte eine bunte Mischung – von Schokolinsen bis Chipstüten war alles dabei – und fühlte mich schließlich für eine länger Autofahrt gewappnet.

Zurück im Wagen startete Noár den Motor und fuhr verstörend routiniert los. Ein Blick aufs Navi zeigte mir, dass wir in der Nähe von Miami waren und eine dreistündige Strecke ins Landesinnere vor uns hatten. Jetzt war ich umso glücklicher über meinen Proviant – auch wenn die anderen meine Beute vollkommen ignorierten. Pfft, blieb eben mehr für mich. Kaum machte ich mich an der Verpackung eines Müsliriegels zu schaffen, hörte ich ein leises Quieken. Lächelnd angelte ich Flummel aus meinen Haaren und setzte ihn auf meinen Schoß. Wenigstens einer hier wusste eine kleine Wegzehrung zu schätzen. Ich brach ein Stück des Müsliriegels ab und überreichte ihn dem Okoklin. Der machte sich sofort darüber her, kaute selig und hielt dann plötzlich inne. Sein flauschiges Gesichtchen verzog sich, bevor der angekaute Müslibissen postwendend auf meiner Shorts landete. Flummel ließ auch den Rest fallen, strich sich mit seinen winzigen Pfoten über die Zunge und floh schließlich zurück in meine Locken. Ich runzelte die Stirn. Das hatte er noch nie gemacht. Misstrauisch roch ich an dem Müsliriegel und checkte das Verfallsdatum. Alles unauffällig. Also biss ich selbst hinein und ...

Bäh! Oh mein Gott, das war widerwärtig. Das Teil schmeckte, als hätte man einen Karton mit Kreide geschreddert und Tapetenkleister darübergeschüttet. Ich spuckte den Müsliriegel zurück in die Verpackung und öffnete schnell eine Chipstüte, um den Geschmack loszuwerden. Leider wurde es damit nicht besser. Eher schlimmer. Wahrscheinlich hätte sogar der verdreckte Putz einer Hausfassade angenehmer geschmeckt als dieser Mist.

»Das ist einer der Gründe, warum ich die Menschenwelt nicht mag«, raunte Pash mir zu. Auf seinem Gesicht wetteiferten Mitleid, Schadenfreude und Abscheu miteinander.

»Schmeckt hier alles so?«, fragte ich verzweifelt.

Er nickte.

Aaaaah! Jetzt wunderte es mich auch nicht mehr, warum keiner sich um etwas Essbares bemüht hatte.

Deprimiert packte ich das Ekel-Zeug weg und fragte mich, wie ich mich die ersten hundert Jahre meines Lebens davon hatte ernähren können. Drei Stunden! Drei Stunden Autofahrt und dann vielleicht noch ein oder zwei Stunden bei den Alt-Kaisern, machte fünf Stunden. Und dann noch der Rückweg, wobei ich gar nicht wusste, wo und wie genau wir die Tanzenden Nebel durchschreiten würden. Das war eindeutig zu lang für meinen knurrenden Magen. Meine Laune war sowieso schon im Keller.

Ich lehnte mich ans Fenster und starrte die vorbeiziehende Stadt an. Wohnblöcke, Hotels, Geschäfte, Asphalt, Ampeln, Neonschilder, Werbetafeln, Cafés, Radfahrer und Menschen, die in ihre Handys stierten. Nichts davon wäre mir früher besonders aufgefallen, doch jetzt kam mir alles fremd vor. Fast alles. Anfangs glaubte ich noch, es mir eingebildet zu haben, aber nun, da ich darauf achtete, entdeckte ich immer wieder durchscheinende Gestalten, die von einem bläulichen Licht umgeben waren. Seelen. Die sollten hier eigentlich nicht sein. Zumindest nicht so viele. In der Nähe von Krankenhäusern und Friedhöfen vielleicht, doch sie waren überall. Genau wie das Chaos, wie mir jetzt ebenfalls bewusst wurde. Ich sichtete kleine Wirbel und schwache Tentakel, die versuchten, Seelen einzufangen, aber ich *spürte* es durchgehend. Das Chaos war in der Menschenwelt allgegenwärtig. Daher kamen die Kopfschmerzen und meine Gereiztheit. Über der ganzen Stadt hing eine subtile, kaum wahrnehmbare Dunstglocke aus fauliger Verwesung.

»Wofür ist das?«, fragte Pash.

Ich riss mich vom Fenster los und sah, dass der Schattenkrieger den Sicherheitsgurt vollständig herausgezogen hatte und äußerst interessiert musterte.

»Damit kannst du dich anschnallen«, klärte ich ihn auf.

»Warum sollte ich das tun?«

Ich holte Luft, aber mir wollte beim besten Willen nicht einfallen, wie ich einem Cassarden, der sich ohne Netz und doppelten Boden von einem Shendai in tödliche Tiefen stürzte, verständlich machen sollte, warum er einen Sicherheitsgurt brauchte.

Also sagte ich einfach nur »Ist so ein Menschending« und widmete mich wieder der Aussicht.

Unglücklicherweise war das erst der Anfang von Pashs Erkundungstour. Als Nächstes fand er den automatischen Fensterheber. Ein Schwall heiße Luft drang in den klimatisierten Wagen, begleitet von begeistertem Kichern. Er schloss das Fenster wieder, nur um es gleich noch mal zu öffnen. Auf. Zu. Aaaaauf. Zuuuuuu. Aaaaaaaaaaauf ... Diesmal streckte Pash seinen Kopf hinaus und ließ sich den Fahrtwind um die Ohren sausen wie ein überhitzter Cocker Spaniel. Zumindest, bis ihn ein Laster auf der Gegenfahrbahn beinahe skalpiert hätte. Mit einem leisen »Uui« fiel er zurück in den Sitz. Danach ging es von vorne los.

Zuuuuuuuuu. Aaauf. Zuuu. Aaaaaaauf. Zu. Auf. Zuuuuuuuuu.

Ich unterdrückte ein Stöhnen. »Wie lange warst du schon nicht mehr in der Menschenwelt?«

»Ist 'ne Weile her«, meinte Pash hoch konzentriert. Aaaauf. Zuuuuuuuuu. Aaaaaaaaaaaauf. Zuuuuuuuuuuuuuuu.

Plötzlich rührte sich nichts mehr. Verwirrt drückte Pash auf dem Knopf herum. Ich schaute in den Rückspiegel und entdeckte auf Noárs Gesicht ein selbstzufriedenes Lächeln. Er hatte offenbar die Kindersicherung aktiviert.

»Danke« formte ich mit den Lippen, als unsere Blicke sich trafen, und er erwiderte ebenso lautlos »gern geschehen«.

Kurz darauf bogen wir auf den Highway ab und die Landschaft begann, eintönig zu werden. Gleichzeitig ließen auch meine Kopfschmerzen nach und ich versuchte, noch ein bisschen Schlaf nachzuholen. Vergeblich.

»Hey Ilion, kannst du das Radio anmachen?«

Wie erwartet war der Faheen im Umgang mit menschlicher Technik etwas versierter als Pash, allerdings schien ihn der Touchpad-Bildschirm an der Konsole dennoch zu überfordern. Nachdem er sich irgendwo in den Einstellungen verirrt hatte, schnallte ich mich kurzerhand ab und beugte mich vor, um ihm behilflich zu sein. Dumm nur, dass Noár im gleichen Moment genau dasselbe vorhatte, sodass wir uns unweigerlich in die Quere kamen. Als unsere Hände sich streiften, zischte ich vor Schmerz auf und kippte zurück in den Sitz. Ilion warf erst mir und dann dem Schattenprinzen einen misstrauischen Blick zu. Ich versuchte, mir nichts anmerken zu lassen, während Noár die Musik aufdrehte.

Super, offensichtlich war Herzschmerz-Mittwoch und das Radio bombardierte uns mit Songs wie *Say Something*, *With Or Without You* oder *Apologize*. Als dann die Piano-Version von *Love the Way You Lie* ihren Höhepunkt erreichte, schaltete Noár es aus und tötete die Straße mit seinen Blicken. Das blieb so für die nächsten zweieinhalb Stunden. Dann wies das Navi uns an, den Highway zu verlassen. Unser Ziel war nur noch zehn Minuten entfernt.

Meine gedrückte Stimmung wich einer ausgewachsenen Nervosität. Bislang hatte ich nur zwei Kaiser Cassardims kennengelernt und die Erfahrungen mit Fidrin und Katair waren alles andere als erfreulich gewesen. Und jetzt sollte ich gleich mehreren von ihnen begegnen. Das würde bestenfalls ... interessant werden.

Wir passierten das Ortsschild von Lake Wallis. Das aufgeräumte Städtchen stellte sich als ein Sammelsurium aus gut bewachten Anwesen, Zäunen, Hecken und Mauern heraus. Die Magnolia Avenue bildete da keine Ausnahme. Eine gefühlte Ewigkeit fuhren wir an einer Steinwand entlang, bevor wir die Hausnummern eins, zwei und drei fanden, die offenbar zu Versorgungsgebäuden gehörten. Nummer 4a mussten wir nicht suchen. Die Magnolia Avenue endete dort – in einer monströsen Auffahrt. Hier waren wir wohl richtig, denn auf dem geschmiedeten Tor prangte eine kunstvoll verzierte Version des cassardischen Wappens. Als ich den Schriftzug darunter las, klappte mir der Mund auf.

SENIORENRESIDENZ – THE GOLDEN EMPEROR
ZUTRITT NUR FÜR BEFUGTE

Wow ... da hatte aber jemand einen ganz besonderen Sinn für Humor bewiesen.

Pash schnappte sich eine Machete und lehnte sich ungeduldig vor. Er war schon seit einer Weile so hibbelig wie ein Kind in der letzten Schulstunde.

»Sollen wir rüberklettern und zu Fuß weiter?«, fragte er im Flüsterton.

»Ich glaube nicht, dass es nötig ist, ein Altenheim zu stürmen«, informierte ich ihn.

»Aber hier ist niemand.«

»Noch«, seufzte ich und deutete auf die Kamera neben dem Eingang. »Doch wenn du mit einer Waffe aussteigst, wird es hier in ein paar Minuten vor Cops nur so wimmeln.«

Ein Knacksen drang aus der Gegensprechanlage. Noár ließ das Fenster runter. Dann ertönte eine schrille Frauenstimme.

»Wer sind Sie?«

»Ardiza Noár val Shaell, Kronprinz der Schattenfeste und Heerführer der dunklen Armee«, lautete die souveräne Antwort. »Öffnet das Tor.«

Ich schlug mir die Hand vors Gesicht und sank tiefer in meinen Sitz. Das nannte man dann wohl mit der Tür ins Haus fallen.

»Aha«, blaffte die Frauenstimme. »Wir kaufen nichts.«

Der Lautsprecher knackste wieder. Dann war es still.

»Was ist los?«, erkundigte sich Pash irritiert. »Warum lassen sie uns nicht rein?«

»Weil vielleicht nicht jeder da drinnen über Cassardim Bescheid weiß und ein Typ mit einer Ray-Ban und einem Mietwagen, der behauptet, Heerführer der dunklen Armee zu sein, nicht sonderlich vertrauenerweckend ist?«, schlug ich vor.

»Verstehe«, murmelte Pash. »Und was sind Cops?«

Das war der Augenblick, in dem ich entschied, die Sache selbst in die Hand zu nehmen. Ich stieg aus und lief zur Gegensprechanlage. Kaum hatte ich beim Empfang geklingelt, meldete sich die schrille Frauenstimme erneut.

»Ich sagte doch, dass wir nichts –«

»Hi, mein Name ist Maia. Ich bin auf der Suche nach einer ... äh ... Verwandten von mir. Sie ist Bewohnerin Ihrer Einrichtung und ich müsste wirklich dringend mit ihr sprechen.«

»Machen sie einen Termin aus.«

»Das ist schlecht«, sagte ich hastig, »wir sind nur auf der Durchreise.«

»Ohne Termin dürfen Sie das Gelände nicht betreten.«

»Es ist wirklich wichtig!«

»Es ist immer wirklich wichtig. Jeder hält sein Anliegen für das Wichtigste. Wäre das nicht so, wären Sie ja auch nicht hier und – hey! Was soll das, Lance? Du hast keinen Dienst und –«

»Hallo, wer ist da?«, schaltete sich nun eine warme, volltönende Männerstimme ein.

»Hi, mein Name ist Maia«, leierte ich ein zweites Mal herunter. »Ich bin auf der Suche nach einer Bewohnerin Ihrer Einrichtung und müsste wirklich dringend mit ihr sprechen.«

»Oh Scheiße!«, fluchte der Mann. »Würden Sie bitte einen Schritt zurücktreten und Ihr Gesicht in die Kamera halten?«

Verwundert tat ich, was er von mir verlangte, setzte ein nettes Lächeln auf und winkte sogar.

Der Mann fluchte wieder. »Das darf doch nicht wahr sein! Mai-Mai?! Was machst du denn hier?!«

LANCELOT UND DIE TAFELRUNDE

Noár parkte im Schatten eines prachtvollen Herrenhauses mit pfirsichfarbenem Anstrich. Das Gebäude glich eher einem Fünf-Sterne-Hotel als einem Altenheim. Überall Türmchen, Erker und Glasfronten, bei denen jedes Künstleratelier vor Neid erblasst wäre. Palmen und Weiden wiegten sich im Wind. Der Rasen hatte Golfqualität und an den Wegkreuzungen wiesen vergoldete Schilder die gesuchte Richtung – zum Spa-Bereich, dem Seebad, dem Bouleplatz und der Sonnenterrasse.

Als wir ausstiegen, schob sich lautlos die Eingangstür auf. Ein schlaksiger Angestellter mit braungoldener Haut, Corn-Rolls und einer auffälligen Brille rannte die Stufen der Eingangspforte hinab. Der junge Mann grinste von einem Ohr zum anderen und wollte mir um den Hals fallen, doch er wurde vom ausgestreckten Arm des Schattenprinzen gebremst.

»Immer schön langsam. Wer bist du?«

Überraschenderweise schien sich der Angestellte von Noárs bedrohlichem Unterton und dessen Leg-dich-nicht-mit-mir-an-Blick kein bisschen einschüchtern zu lassen. Er trat einen Schritt zurück, strich sich die teuer aussehende Weste glatt und funkelte den Schattenprinzen aus zusammengekniffenen Augen an.

»Ich war die Brautjungfer deiner Frau und werde dein schlimmster Albtraum sein, wenn du mich nicht sofort meine beste Freundin begrüßen lässt.«

Mir klappte die Kinnlade runter.

»Zoey?!«

Der junge Mann schenkte mir ein breites Lächeln mit blitzenden Zahnreihen. »Ist doch nicht ganz die hotte Latina geworden, was? Aber ich liebe meinen neuen Körper. Ich heiße jetzt Lance.« Er tippte demonstrativ auf sein graviertes Namensschild. »Ist die Abkürzung für Lancelot. Cool, oder? Hab ich mir selbst ausgesucht.«

»Ich ...« wusste nicht, was ich sagen sollte, so glücklich machte es mich, meine beste Freundin wiederzusehen – ob als Mann, Frau oder irgendwas dazwischen war dabei vollkommen gleichgültig. Ich schlüpfte an Noár vorbei und ließ mich von Lancelot drücken.

»Du rettest mir gerade einen echt miesen Tag«, nuschelte ich in seinen Kragen.

»Oh, MaiMai«, seufzte er. »Und ich hatte schon Angst, ich würde dich erst wiedersehen, wenn ich den Löffel abgebe.«

Als wir uns endlich dazu durchringen konnten, unsere Umarmung zu lösen, standen Noár, Ilion und Pash bereits Schlange, um Zoey alias Lance ebenfalls zu begrüßen.

»Oh Mann, Prinzessin Amaia und ihr Hofstaat. Womit habe ich diese Ehre nur verdient?«, witzelte er, während er sie der Reihe nach knuddelte. »Ihr könnt wirklich von Glück reden, dass ich zufällig an der Security vorbeigekommen bin und MaiMais Stimme erkannt habe. Sonst hätte man euch da draußen warten lassen, bis ihr Schimmel ansetzt. Das Anwesen wird strenger bewacht als Area 51.«

»Dann stimmt es?«, fragte ich neugierig. »Die Ex-Kaiser leben hier?«

»Nicht nur, aber ja«, bestätigte er, bevor er mich mit einem typischen Zoey-Blick durchbohrte. »Lass mich raten, du musst mal wieder die Welt retten und brauchst Infos, die nur unsere werten Exilanten besitzen?«

»Trifft es ziemlich gut. Ich muss mit der ersten Kaiserin sprechen. Kannst du uns zu ihr bringen?«

Mein bester Freund zog eine gequälte Grimasse. »War ja klar, dass du dir ausgerechnet *die* aussuchst.« Er ließ seinen Blick über unsere kleine Reisegesellschaft wandern, rieb sich das Kinn und seufzte schließlich. »Zwei von euch krieg ich rein, vielleicht drei. Nur dürft ihr nichts mitnehmen, das aus Cassardim stammt. Ein paar der kaiserlichen Bewohner reagieren darauf äußerst empfindlich, um nicht zu sagen, sie drehen durch.«

Die Entscheidung war schnell gefällt. Noár befahl Pash, im Wagen zu warten – sehr zu dessen Leidwesen. Vermutlich hatte sich der Schattenkrieger ein bisschen mehr Action erhofft, als für einen Okoklin und unsere Ringe den Babysitter zu spielen. Flummel schien ebenso wenig erfreut, aber das konnte ich nicht ändern.

»Dann mal los«, sagte Lance.

Noár, Ilion und ich folgten ihm an den Empfang, wo wir unter den wachsamen Augen des Sicherheitsdiensts personalisierte Besucherausweise erhielten. Anschließend ging es auch schon mitten rein in die Senioren-Oase.

Das Luxus-Resort, das sich vor uns auftat, war auf eine skurrile Art genauso surreal wie Cassardim. Alles hier wirkte nagelneu, innovativ und auf Hochglanz poliert – alles außer den in die Jahre gekommenen Bewohnern, die den Überfluss in drückender Stille und gefühlter Zeitlupe konsumierten. Wer nicht in aller Seelenruhe an seinem Tee oder Kaffee schlürfte, schob gemächlich seinen High-End-Rollator spazieren oder hielt einen kleinen Plausch auf den Gängen. Schon nach wenigen Metern kam ich mir wie ein unangenehm hektischer Fremdkörper vor.

»Sind das alles Kaiser und Kaiserinnen?«, fragte ich Lance im Flüsterton.

»Nein, für die ist der Westflügel reserviert. In der Regel bleiben sie unter sich, wobei manche sich hin und wieder gern unter die menschlichen Senioren mischen«, erklärte er und klang plötzlich wie ein Hotelmanager bei einer Besichtigungstour. »Die Menschen sind nötig, da wir zur Tarnung eine gewisse Fluktuation an Bewohnern brauchen. Keine Steuerbehörde lässt ein Altenheim durchgehen, in dem nur alle paar Jahrhunderte jemand stirbt. Ein paar Nebelreiter sorgen für die Sicherheit und eine Handvoll Menschen wissen ebenfalls Bescheid. Der Rest des Personals hat keine Ahnung und wird in regelmäßigen Abständen ausgetauscht.«

Nebelreiter? Mit neuem Interesse musterte ich die uniformierten Security-Mitarbeiter, die an strategisch wichtigen Punkten Wache schoben und dabei finster dreinblickten. Sie schienen hier genauso wenig hineinzupassen wie wir. Ganz anders als der unbeschwerte Lance. Er löste reihenweise strahlende Rentner-Gesichter aus, wurde gegrüßt und bekam nicht nur einmal eine zittrige Kusshand zugeworfen. Schon nach der kurzen Zeit, die er nun hier war, lagen ihm alle Herzen zu Füßen.

»Auch wenn ich mich jetzt unbeliebt mache«, raunte er mir zu, während er einer alten Dame zuwinkte, »aber du siehst ziemlich beschissen aus. Muss ich ein ernstes Wort mit deinem Mann reden oder ist wieder mal die Politik schuld?«

»Eher die Gesamtsituation«, antwortete ich leise und hoffte, dass Noár und Ilion, die hinter uns gingen, das Gespräch nicht mitbekamen. Vorsichtshalber wechselte ich das Thema. »Und bei dir? Wie ist es so, ein Kerl zu sein?«

»Ehrlich, es fühlt sich so normal an, dass ich schwören könnte, vor Zoey schon mal ein Mann gewesen zu sein. Vielleicht war das ja auch so. Und sonst ... Es hat Vor- und Nachteile. Im Job nimmt man mich unfairerweise ernster, dafür akzeptiert nicht jeder, dass ich – noch immer – auf Typen stehe.«

»Vollidioten ...«

Lance nickte. »Aber hey, erinnerst du dich an früher, als wir uns immer beschwert haben, dass so viele heiße Typen schwul sind?« Ein breites Grinsen legte sich auf sein Gesicht, während er die Augenbrauen auf und ab hüpfen ließ. »Jetzt bin ich auf der richtigen Seite des Büfetts.«

Unweigerlich musste ich lachen und Lance lachte mit.

»Ach, MaiMai, ich bin glücklich«, meinte er aufrichtig. »Der Job ist in Ordnung, meine Wohnung ist ein Traum und das Wichtigste: Ich bin immer noch schwarz. Halleluja, was war ich froh, als ich aufgewacht bin.«

Er streckte seine Hände gen Decke und erntete dafür umgehend ein paar strenge Blicke der Nebelreiter-Security, was uns nur noch mehr zum Lachen brachte. Erst als wir den Westflügel erreichten, wurde Lance wieder ernst und legte einen Finger an die Lippen.

»Die meisten halten gerade ihren Mittagsschlaf«, flüsterte er uns zu. »Aber ihr habt Glück. Die erste Kaiserin hat nicht viel für solche Gepflogenheiten übrig. Sie ist nicht nur die Älteste hier, sondern auch so robust, dass sie viele ihrer Nachfolger überlebt hat.«

Lance führte uns in einen verwaisten Aufenthaltsraum. Ein stumm geschalteter Fernseher lief. Nur ein einziger alter Mann saß davor, der abgesehen von seinem Trainingsanzug gut als Gandalf durchgegangen wäre. Seine langen, grauen Haare waren gekrönt von Kopfhörern und sein Blick hing gebannt an der Telenovela auf dem Flatscreen. Wir liefen einen Umweg, um ihn nicht zu stören, und landeten schließlich vor gläsernen Terrassentüren. Lance schob sie auf. Ein Schwall heißer Luft drückte in den klimatisierten Innenraum. Draußen lag eine überdachte Veranda mit Seeblick, die Hunderten Gästen hätte Platz bieten können. Jetzt herrschte an all den gedeckten Tischen jedoch gähnende Leere. Fast. Zwei Damen mit Schirmmützen fütterten Enten, ein älterer Herr spielte mit sich selbst Schach und eine gebrechliche Gestalt im Rollstuhl wiegte ihre schneeweiße Kurzhaarfrisur zu sanften Klavierklängen. Die Musik kam überraschenderweise nicht aus Lautsprechern. Ein junges Mädchen spielte an einem glänzenden Flügel. Hätte ich es nicht besser gewusst, hätte ich sie für eine fürsorgliche Enkelin gehalten, die ihren Großeltern einen Besuch abstattete. Ich wusste es jedoch besser. Das Mädchen musste eine Angestellte sein, denn die Ex-Kaiser besaßen keine Verwandtschaft in der Menschenwelt.

Lance hielt zielsicher auf die gebrechliche Musikliebhaberin mit den energisch toupierten weißen Haaren zu, gebot uns aber, in einigem Abstand stehen zu bleiben, während er vorging. Noár trat an meine Seite und lächelte mich aufmunternd an. Wie gerne hätte ich mich an ihn angelehnt oder seine Hand genommen, um mir Mut zu machen. Nur leider war das unmöglich.

»Miss Goldblossom?«

Lance sprach mit dem schneeweißen Hinterkopf. Ganz offensichtlich gehörte er der ersten Kaiserin mit dem melodischen Namen Miss Goldblossom. Das hier war wirklich ein verschrobener Ort.

»Nicht jetzt, ich möchte der kleinen Sophie zuhören«, ertönte eine kratzige Stimme, die fragil wirkte und dennoch vor Kraft zu strotzen schien. »Spielt sie nicht zauberhaft?«

»Das tut sie«, bestätigte Lance freundlich. »Aber hier ist jemand, der gerne mit Ihnen reden würde.«

»Ist es Bernarda?«, wollte Miss Goldblossom wissen. »Wenn es Bernarda ist, sag ihr, sie soll sich erst wieder blicken lassen, wenn sie zugibt, ein unverbesserliches Lästermaul zu sein.«

Lance schmunzelte. »Es ist nicht Bernarda. Es –«

»Nicht? Wer dann? Herold?« Miss Goldblossom kicherte. »Wenn es Herold ist, darf er herkommen. Aber nur, wenn er Blumen dabeihat. Hat er Blumen dabei?«

»Es ist auch nicht Herold«, antwortete Lance mit bewundernswerter Geduld. »Sie haben Besuch aus Ihrer Heimat, Miss Goldblossom.«

Der weiße Haarschopf hörte auf, sich im Takt der Musik zu wiegen.

»Sophie, Schatz?«, sagte die alte Frau.

Das Mädchen am Flügel unterbrach ihr Spiel und drehte sich mit einem wohlerzogenen Lächeln um.

»Ja, Miss Goldblossom?«

»Wärst du so nett und lässt uns allein?«

»Natürlich, Miss Goldblossom.«

Sophie sammelte ihre Noten ein und eilte von der Terrasse. Und sie war nicht die Einzige. Auch der alte Mann, der mit sich Schach spielte, erhob sich und wankte hinein. Genau wie die Enten fütternden Damen.

Gar nicht creepy ...

Als Lance uns heranwinkte, kamen wir respektvoll näher. Ich erkannte, dass Miss Goldblossom nicht bloß der Musik gelauscht hatte. Auf dem großen runden Tisch vor ihr türmte sich ein ganzer Haufen verschiedenfarbiger Wollknäuel. Eines davon tanzte auf der Tischplatte, während es sich abwickelte. Der Faden führte direkt zu Miss Goldblossoms runzligem Zeigefinger, war dort ein paarmal herumgewickelt und verschwand schließlich in dem längsten Schal, den ich jemals jemanden hatte stricken sehen. Die Stricknadeln klapperten leise und bewegten sich erstaunlich flink. Allerdings schien Miss Goldblossom Probleme mit ihrer Sehstärke zu haben, denn sie strickte so knapp vor ihren Augen, dass es mich wunderte, dass sie nicht schielte.

Ehrfurcht machte sich in mir breit. Ich konnte mir nicht annähernd vorstellen, wie alt diese überraschend kleine und rundliche Frau sein musste. Sie war die erste Kaiserin und trotzdem irgendwie eine tattrige süße Oma, die man am liebsten gedrückt hätte, wenn da nicht die Sorge um ihre Zerbrechlichkeit gewesen wäre. Ihre Haut war übersät mit Altersflecken und Falten. Jeder Zentimeter davon wirkte wie Pergament. Ihre Züge schienen ebenso von einem langen glücklichen Leben gezeichnet zu sein wie von gnadenloser Strenge. Ich konnte beim besten Willen nicht sagen, ob ich diese Frau mochte oder nicht. Sie hätte sich in der Rolle einer guten Fee genauso hervorragend gemacht wie in der der bösen Hexe. Meine Instinkte schlugen jedenfalls Alarm und überschütteten mich mit Adrenalin.

»Setzt euch«, forderte Lance uns auf.

Während sich Miss Goldblossom weiter ihren Stricknadeln widmete, nahmen wir Platz. Sie hatte uns noch keines Blickes gewürdigt und schien das auch nicht vorzuhaben.

»Bring unseren Gästen doch etwas zu essen, Lancelot«, sagte sie beiläufig. »Sie sind bestimmt hungrig.«

Wow. War das ein Zufallstreffer oder hatte sie einfach gut kombiniert?

»Aber gern doch«, meinte Lance. »Wie steht es mit Ihnen, Miss Goldblossom? Möchten Sie ebenfalls etwas?«

»Ich?« Die alte Frau zog an dem Wollfaden, wickelte ihn sich erneut um den schrumpeligen Zeigefinger und strickte sofort weiter. »Ich will nichts. Ich bin auf Diät.«

Lance verdrehte die Augen und stupste sie schäkernd an. »Miss Goldblossom! Sie haben so etwas doch nicht nötig.«

»Du Charmeur!«, kicherte sie und lief unter ihren Falten rot an.

»Außerdem gibt es heute frischen Käsekuchen.«

Miss Goldblossom hielt einen winzigen Moment inne, bevor ihre Hände die Arbeit wieder aufnahmen.

»Also gut, ein kleines Stück, aber nur, weil ich dir nichts abschlagen kann.«

Lance grinste, zwinkerte mir zu und machte sich dann auf die Jagd nach Käsekuchen.

»Mit Sahne«, rief ihm die alte Frau nach, als er schon fast außer Hörweite war.

»Natürlich, Miss Goldblossom«, schallte es zurück.

Danach legte sich Schweigen über die Terrasse – nur durchbrochen vom Klappern der Stricknadeln und dem leisen Summen der Kaiserin, die offenbar einem Ohrwurm nachhing. Noár, Ilion und ich wechselten ratlose Blick. Ich hatte das Bedürfnis, etwas zu sagen, aber irgendwie war der Zeitpunkt verstrichen, an dem man ein lockeres Gespräch hätte beginnen können.

»Dafür, dass ihr den langen Weg hierher auf euch genommen habt, seid ihr aber ganz schön schweigsam«, stellte Miss Goldblossom fest. »Wenn ihr schon nicht reden wollt, dann helft mir wenigstens.« Mit mehr Energie, als ich der kleinen Greisin zugetraut hätte, beugte sie sich vor und drückte Noár das Wollknäuel in die Hand, das sie gerade verarbeitete. Offenbar sollte er für kontinuierlichen Nachschub sorgen.

Der Schattenprinz hob irritiert eine Braue, begann aber brav, das babyblaue Wollgarn abzuwickeln. »Es ist uns eine Ehre, von Euch empfangen zu werden, kaiserliche Hoheit. Erlaubt mir, uns vorzustellen: Mir gegenüber sitzt –«

»Ich weiß, wer ihr seid, Schattenprinz«, fiel ihm Miss Goldblossom griesgrämig ins Wort. »Ich weiß nur nicht, warum ihr in der Vergangenheit nach Lösungen für Probleme der Zukunft sucht.«

Wow, das kam unerwartet.

Ilion räusperte sich. »Probleme neigen dazu, sich zu wiederholen. Ist es da nicht klug, aus der Vergangenheit zu lernen?«

Zum ersten Mal schaute Miss Goldblossom auf. Sie schien vom Kommentar des Faheen genauso beeindruckt zu sein wie ich. Ilions einzelgängerische Art und sein vorlautes Mundwerk verleiteten manchmal dazu, seinen Stand und seine Erfahrung zu unterschätzen. Der jugendlich lässige Look, den er in der Menschenwelt trug, machte diesen Eindruck nicht unbedingt besser.

»Weise gesprochen, Fürst des Verlorenen Volks«, lobte die erste Kaiserin mit einem brüchig gurrenden Unterton, der mir eine Gänsehaut verursachte. »Aber wiederholt man die Lösungen der Vergangenheit, gibt es keinen Fortschritt.« Ein nachdenklicher, fast schon verträumter Ausdruck legte sich über ihre Züge, während sie Ilion ausgiebig musterte. »Hm, du erinnerst mich an meinen ersten Mann.«

»Der Käääsekuchen kommt!«

Lance' Erscheinen mit einem ratternden Servierwagen rettete Ilion, dem seine Erleichterung deutlich anzusehen war. Miss Goldblossom verlor daraufhin das Interesse an uns. Vielleicht war es aber auch der köstlich duftende Käsekuchen, der sie ablenkte. Mir ging es jedenfalls so. Mein Magen knurrte und ich fragte mich, ob dieses leckere Stück Kuchen, das Lance gerade vor mir abstellte, wohl nach Pappe schmeckende Menschnahrung oder eine Art Importprodukt aus Cassardim war. Letztlich siegte mein Hunger und ich wagte einen Versuch. Einen erfolgreichen Versuch. Der Käsekuchen schmeckte so köstlich, dass ich am liebsten laut aufgeseufzt hätte. Ich dankte Lance im Stillen dafür, dass er über das schöne Wetter zu monologisieren begann. So konnte ich mich meinem Stück Kuchen widmen – in Rekordzeit. Noárs amüsierte Blicke bemerkte ich erst, als er mir seinen Teller samt unangetastetem Kuchen hinschob. Ein wirklich unfaires Angebot. Wie konnte ich sauer auf ihn sein und bleiben, wenn er so süß war?

»Muster!«, nuschelte Miss Goldblossom mit vollem Mund. Ihre durchdringenden, wässrig grünen Augen waren auf Noár und mich gerichtet.

»Wie bitte?«, erkundigte sich Lance zwanglos.

»Achtet auf das Muster.« Sie deutete auf den vielfarbigen Schal und die unterschiedlichen Maschen, die sie verwendete. Langsam fragte ich mich, ob das Taktik war oder nur ein Spleen, den ihr das Alter verpasst hatte.

Ihre zitternde Hand reckte sich in meine Richtung. Sie deutete auf ein orangegelbes Wollknäuel, das direkt vor meinem Teller lag. »Es gibt immer ein Muster.«

Sie erwartete wohl, dass ich es ihr reichte. Also nahm ich es, beugte mich über den Tisch und –

Schneller, als ich reagieren konnte, packte die gebrechliche Miss Goldblossom meine Hand und zog mich zu sich. Ihr Griff war unnachgiebiger als ein Schraubstock. Ich hatte meine liebe Mühe, nicht bäuchlings in Noárs Käsekuchen zu landen.

»Muster hier, Muster dort, Muster überall«, zischte sie mir ins Gesicht. »Oder hältst du es für Zufall, dass sich die Wege der ersten und der letzten Kaiserin kreuzen?«

VON REZEPTEN UND ROTZLÖFFELN

Miss Goldblossom nahm mir das Wollknäuel ab und drehte meine Handfläche nach oben. Sie begutachtete sie wie eine Jahrmarktwahrsagerin. Nur war die alte Frau so viel mehr als das. Sie war eine Kaiserin. Die Juwelensplitter reagierten auf sie ebenso wie auf mich. Eine Berührung genügte und sie begannen ohne mein Zutun zu leuchten. Der Anblick schien ihr zu gefallen, doch dann schnaubte sie. Abrupt gab sie mich frei und das Leuchten meiner Handflächen verebbte.

»Nur ein Abklatsch dessen, was es einmal war«, meckerte sie leise. »Dank Fidrin. Dieser anmaßende Drecksack. Aber man kann sich die Verwandtschaft nun mal nicht aussuchen, nicht wahr, Amaia?«

Zum ersten Mal, seit wir uns gesetzt hatten, legte Miss Goldblossom ihr Strickzeug beiseite, lehnte sich in ihrem Rollstuhl zurück und wirkte wie die Kaiserin, die sie einmal gewesen war. Unverblümt musterte sie mich.

»Ich weiß, warum du hier bist.«

Okaaay ... Ich setzte mich aufrecht hin und bekam einen trockenen Mund. Aus dem Besuch im Altenheim war spontan eine Audienz bei einer sehr unheimlichen Herrscherin geworden.

»Du suchst nach Macht. Jeder sucht nach Macht. Aber was willst du tun, wenn du sie gefunden hast?«

»Das Chaos besiegen«, antwortete ich wie aus der Pistole geschossen. Mir war klar, dass ihre Frage ein Test war, und ich hatte vor, ihn zu bestehen.

Miss Goldblossom schnalzte ungnädig mit der Zunge. »Das Chaos ist nicht dein Feind. Wäre es so, hättest du die ganze Welt zum Feind. Alles ist Chaos. Das Chaos ist alles. Sogar Cassardim.«

Verwirrt blinzelte ich die erste Kaiserin an.

»Ich ... verstehe nicht. Ich dachte, Cassardim ist die Ordnung?«

»Und was ist Ordnung?«, fragte die alte Frau scharf.

»Das Gegenteil von Chaos.«

»Falsch.«

»Die Abwesenheit von Chaos?«

»Wieder falsch.« Ihre Runzeln formten einen enttäuschten Gesichtsausdruck. Fast schien es, als würde sie sich zurück in eine strickende Altenheimbewohnerin verwandeln, doch dann ergriff Noár das Wort.

»Beherrschtes Chaos.«

Miss Goldblossom nahm den Schattenprinzen ins Visier. Das Lächeln, das sich auf ihren kaum vorhandenen Lippen ausbreitete, hatte etwas Diabolisches. »Ganz recht.«

»Na schön«, mischte sich nun Ilion ein. »Cassardim wurde also aus beherrschtem Chaos erschaffen. Gilt das auch für das Juwel der Macht?«

»Cassardim wurde nicht *aus* beherrschtem Chaos erschaffen«, korrigierte ihn Miss Goldblossom. »Beherrschtes Chaos ist das Resultat. Es geht um Gleichgewicht. Cassardim wurde auf dem Chaos errichtet. Noch heute findet man es überall: der Ewige Fluss, das Gericht der Toten, die Tiefen der Seen ...«

Ihr stechender Blick traf mich und schien jedes Detail meines Ichs zu sezieren. »Gleichgewicht ist das Zauberwort, mein Kind. Jede Macht hat ihren Preis. Bist du nicht bereit, ihn zu bezahlen, wird die Macht dich verschlingen.«

Langsam verstand ich, worauf Miss Goldblossom hinauswollte. Also antwortete ich mit fester Stimme: »Ich werde tun, was nötig ist, um Cassardim zu retten.«

»Sicher?«

Dieses eine Wort und ihre belustigte Miene brachten meine Überzeugung ins Wanken. Zweifelte sie an mir? Oder wollte sie mich ein weiteres Mal testen?

»Um die Reiche Cassardims zu erschaffen, opferten sich neun Hüter der Ordnung. Sie wurden auserwählt, weil jeder von ihnen einen starken Willen und einen Erben hatte.«

Ich nickte. Die Geschichte war mir bekannt. Diverse Bücher aus der Goldenen Bibliothek handelten von den Begründern der Reiche und der fürstlichen Blutlinien, aber ...

»Waren es nicht nur acht?«

»Es waren neun«, beharrte Miss Goldblossom. »Der neunte Fürst hatte jedoch mit dem Chaos in sich zu kämpfen. Er war nicht stark genug, um ein Reich zu erschaffen. Doch er opferte sich, um die anderen zu beschützen. Ein Opfer aus beherrschtem Chaos. Damit schuf er die Barrieren und das Juwel der Macht, sodass seine Witwe fortan die Möglichkeit besaß, Cassardim zu regieren.«

Wie vom Donner gerührt starrte ich sie an. Und nicht nur ich – auch Noár, Ilion und Lance hatte es die Sprache verschlagen. Miss Goldblossoms Erzählung war auf so vielen Ebenen verstörend, dass ich meine Hände unter den Tisch ziehen musste, um mein Zittern zu verbergen. Der neunte Fürst ... ihr Mann ... vom Chaos besessen ... hatte sein Leben gegeben, um das Juwel der Macht zu erschaffen?

Ich traute mich nicht, Noár anzusehen, und spürte, dass er es ebenfalls nicht tat. Die Parallelen zu uns waren nicht von der Hand zu weisen. Ilion wiederum kämpfte mit der Wahrheit über das neunte Volk und den Grund, warum es weder Reich noch eigene Symbole besaß.

»Muster«, kicherte die erste Kaiserin und saugte jede unserer Reaktionen in sich auf. »Manchmal wiederholt sich die Geschichte.«

Sie strich das letzte Stück Sahne von ihrem Tellerrand und leckte ihren runzligen Finger ab. »Ihr wolltet ein Rezept, um euch ein eigenes Juwel zu backen? Hier habt ihr eure Antwort. Ihr braucht nur jemanden, der bereit ist, sich zu opfern. Jemanden, der gleichermaßen das Chaos und die Ordnung in sich trägt. Etwas entsteht, etwas stirbt. So war es immer und so wird es immer sein. Wenn ihr mich fragt, seid ihr alle drei geeignete Kandidaten dafür.«

Ihr Blick heftete sich auf Ilion. »Ein Jungspund, ein Fürst ohne Reich, der das verlorene neunte Volk beherrscht und es wagt, die Krone meines tapferen Ehemannes zu tragen, obwohl seine Macht durch Mord geboren wurde.«

Der Faheen schluckte schwer, aber Miss Goldblossom entzog ihm ihre Aufmerksamkeit und widmete sich Noár.

»Ein Prinz, dessen Name Angst und Schrecken verbreitet, und doch nur ein Mann, zerfressen von Lügen und Schuldgefühlen und dem Chaos in sich.«

Lance fielen fast die Augen aus dem Kopf, als er hörte, was Miss Goldblossom über Noár sagte. Der Schattenprinz verzog jedoch keine Miene. Das Ergebnis jahrelanger Selbstbeherrschung. Aber ich kannte ihn besser. Ich sah in seinen Augen, wie sehr ihn die Worte der ersten Kaiserin mitnahmen. Woher wusste sie überhaupt von dem Chaos in Noár?

Dann fixierte Miss Goldblossom mich.

»Und natürlich zu guter Letzt«, murmelte sie giftig. »Eine Kaiserin, deren Blutlinie infrage gestellt wird. Ein Mädchen, dessen alleinige Existenz das Gleichgewicht Cassardims durcheinandergebracht hat.«

Sie grinste. »Na? Immer noch gewillt zu tun, was nötig ist? Etwas entsteht, etwas stirbt. So war es immer und so wird es immer sein.«

Keiner von uns war in der Lage, etwas zu sagen. Ob ich mein Leben opfern würde, um Cassardim zu retten? Vielleicht. Aber das durfte nicht meine Entscheidung allein sein, schließlich würde ich Noár zurücklassen. Und er mich.

Miss Goldblossom schüttelte belustigt den Kopf und nahm ihr Strickzeug wieder in die Hände, als wäre nichts davon ihr Problem. Diesmal benutzte sie die gelbe Wolle und verwob sie geschickt mit dem blauen Faden.

»Natürlich könntet ihr die Lösung für euer Problem auch einfach *nicht* in der Vergangenheit suchen. Es ist nur ein bescheidener Rat, aber ... verzichtet doch auf ein neues Juwel und findet stattdessen lieber das alte wieder.«

Was?

»Das alte Juwel ist zerbrochen«, erklärte ihr Lance in dem nachsichtigen Tonfall, der speziell für vergessliche betagte Personen reserviert war.

»Das Juwel war nur eine Hülle«, fauchte Miss Goldblossom. »Ein Geschenk meines Mannes zu unserer Hochzeit. Was wirklich verloren ging, ist die Macht, die es in sich trug. Zumindest größtenteils«, fügte sie mit einer vagen Geste in Richtung meiner Hände hinzu. »Und was passiert mit allem Verlorenen in Cassardim?«

»Es bleibt verloren«, murmelte ich.

»Mnäääh«, konterte die alte Frau schnodderig. »Eine Redewendung. Doch so ganz richtig ist das nicht, nicht wahr, Schattenprinz?«

In Noárs Augen glänzte Überraschung.

»Der See alles Verlorenen ...«, hauchte er.

Oh mein Gott!

Wenn das stimmte, gab es eine Lösung, die niemanden das Leben kosten musste. Warum hatte uns das diese kleine garstige Kratzbürste nicht gleich gesagt, anstatt uns einen solchen Schrecken einzujagen?

»Na, wenigstens einer kommt mit«, brummte ebendiese kleine garstige Kratzbürste und verscheuchte eine Fliege von ihrem Kuchenteller.

Noár schüttelte den Kopf. »Ich habe schon oft versucht, den Grund des Sees zu erreichen. Das ist unmöglich.«

»Unmöglich ist ein Wort, das es in Cassardim nicht gibt. Das solltest gerade du wissen, Schattenprinz«, rüffelte ihn Miss Goldblossom. »Der See alles Verlorenen ist ein Teil Cassardims. Und ja, es ist seine Bestimmung, nicht preiszugeben, was auf seinem Grund liegt. Aber niemand sagt, dass ihr diese Bestimmung nicht ändern könnt. Ein starker Wille vermag so manches zu vollbringen. Allerdings bräuchte es für eine derartige Korrektur an Cassardims Grundfesten die vereinte Willenskraft aller Fürstenhäuser.«

Und schon fuhr meine aufblühende Hoffnung mit Vollkaracho gegen eine Wand der Ernüchterung.

»Die Fürstenhäuser zu vereinen, ist ein aussichtsloses Unterfangen«, stellte ich frustriert fest.

Miss Goldblossom zuckte ihre gebrechlichen Schultern. »Das, oder einer von euch opfert sich. Sucht euch was aus.«

Ein Gong schallte über die Terrasse und eine angenehme Stimme erinnerte die Bewohner der Seniorenresidenz daran, dass in Kürze das fabelhafte und spannungsgeladene Bingoabenteuer im Kaisersaal im ersten Stock beginnen würde.

»Oh, Bingo!«, jubelte Miss Goldblossom. Sie zog einen Jutebeutel aus der Seitentasche ihres Rollstuhls und stopfte alle Wollknäuel und ihr Strickzeug hinein.

»Wir haben vieles gemeinsam, letzte Kaiserin«, plapperte sie munter drauflos, während Lance ihr mit der Wolle half. »Wir sind nicht unserer Herkunft gefolgt, sondern nur unserem Willen. Niemand hat uns gekrönt. Der Thron wurde uns nicht geschenkt. Aber das ist gut. Denn was Geschenke in Cassardim bedeuten, weißt du bereits, nicht wahr?«

Ja, das wusste ich. Ein Geschenk war in Cassardim immer auch eine Verbindlichkeit, eine Schuld, die man zu begleichen hatte.

»Du bist also niemandem verpflichtet«, fasste Miss Goldblossom zusammen. »Was machst du aus dieser Freiheit? Wir werden es herausfinden, nicht wahr? Ich bin jedenfalls gespannt – Lancelot? Bringst du mich zum Bingo?«

»Natürlich, Miss Goldblossom.«

Lance trat hinter den Rollstuhl und parkte ihn aus, während die alte Frau ihren Jutebeutel an die Brust drückte und vor Vorfreude strahlte. Ob die dem bevorstehenden Bingo-Abenteuer oder Cassardims Schicksal galt, erschloss sich mir nicht.

»Was sitzt ihr noch hier rum?«, fragte sie und versuchte, uns mit einer großmütterlichen Geste zu vertreiben. »Beeilt euch lieber. Denn eines sollte euch bewusst sein: Um die Barrieren zu retten, braucht ihr das Juwel der Macht. Aber die Barrieren und das Juwel sind gleichzeitig erschaffen worden. Sie gehören zusammen. Wenn die Barrieren erst einmal gefallen sind, wird euch das Juwel der Macht auch nichts mehr nützen. Das Juwel kann die Barrieren nur kontrollieren, es kann sie nicht neu erschaffen. Und was euch neue Barrieren kosten würden, wisst ihr. Ihr solltet euch also beeilen, Kinder.«

Die letzten Worte fröhlich herausträllernd gab Miss Goldblossom ihrem Chauffeur das Zeichen, sie von der Terrasse zu rollen. Ein seltsamer Abschied. Zumindest dachte ich das, bis sie energisch »Halt!« rief.

Die alte Kaiserin drehte sich um und lugte an Lance vorbei auf den See hinaus. Ihre Augen wurden schmal und ihre Miene so grimmig, dass es mir kalt den Rücken herunterlief.

»Ich hab mich umentschieden, Lancelot.« Ihre Stimme klang todernst. »Bingo kann warten. Geleite unsere Gäste zu ihrem Wagen. Es ist mein ausdrücklicher Wunsch, dass sie unbehelligt das Gelände verlassen.«

Noár und Ilion kapierten schneller als ich. Beide sprangen auf. Mein Stuhl wurde ruppig zurückgezogen, doch es war längst zu spät. Schwarz gekleidete Security-Mitarbeiter strömten auf die Terrasse. Nebelreiter. Taser und Pistolen wurden auf uns gerichtet. Binnen Sekunden waren wir umstellt.

Einer von ihnen trat nach vorne und verbeugte sich vor Miss Goldblossom.

»Eurem Wunsch können wir leider nicht entsprechen, kaiserliche Hoheit. Unsere Befehle lauten anders.«

Miss Goldblossom würdigte ihn keines Blickes. Stattdessen starrte sie weiterhin auf den See hinaus. Ich tat es ihr gleich und sah, was alle alarmiert hatte. Eine gewaltige Nebelfront rollte über das Wasser auf uns zu. Unaufhaltsam verschluckte sie Segelboote, Ufer, Bäume, Stege und die Sonne. Die Temperatur fiel und der warme Sommertag verschwand unter dichten, unheilvollen Schleiern. Dunkle Umrisse zeichneten sich darin ab. Umrisse, die mir bekannt vorkamen. Ab und an brach der Nebel auf und da erkannte ich es: eine goldene Treppe, flankiert von massiven goldenen Wyvern-Skulpturen. Wenn mich nicht alles täuschte, war das...

»Die Goldene Brücke endet in Florida?!«, flüsterte Lance mit hoch erhobenen Händen und ehrfürchtig aufgerissenen Augen.

Ilion schnaubte. »Sie endet, wo der Nebelfürst will, dass sie endet.«

»Fürst?«, grunzte Miss Goldblossom und behielt missmutig die Brücke im Blick. »Ein ungeratener Rotzlöffel, mehr ist er nicht.« Dass sie damit blankes Entsetzen bei den Nebelreitern auslöste, die noch immer ihre Waffen auf uns richteten, schien sie nicht im Mindesten zu stören.

Noár trat an meine Seite. Sein Gesichtsausdruck sprach Bände. Er hatte den Kampfmodus verlassen und die kühle Fassade des skrupellosen Schattenprinzen aufgesetzt. Und das bedeutete, dass die wirkliche Bedrohung nicht vom Security-Personal ausging. Die wirkliche Bedrohung verbarg sich in den Nebeln.

Die Konturen einer einzelnen Gestalt wurden sichtbar. Sie saß auf einem Pferd und kam über die Brücke auf uns zugeritten. Am oberen Ende der Treppe hielt die Gestalt ihr Pferd an und ließ sich aus dem Sattel gleiten. Es war ein Mann. Liebevoll tätschelte er den Hals seiner weißen Stute, bevor sie sich in Nebel verwandelte und von einer leichten Brise davongeweht wurde.

Der Mann stieg die Treppe hinab. Seine Haare hatten eine ähnliche Farbe wie die Bronze-Krone, die darauf ruhte, und über sein Kinn zogen sich drei gerade Linien desselben Metalls. Ich kannte den jungen Nebelfürsten. Wir waren uns bei diversen Anlässen im Goldenen Berg begegnet. Schon damals war mir seine äußerst ernste und wortkarge Persönlichkeit aufgefallen, aber jetzt toppte er diesen Eindruck noch. Mit hartherzig funkelnden Augen und wehendem purpurnen Gewand blieb er vor der Terrasse stehen und begutachtete die Beute seiner Nebelreiter.

»Prinzessin Amaia.« Seine Stimme besaß einen aufdringlich weichen Klang und er sprach so langsam, als hätte er alle Zeit der Welt. »Ich klage Euch diverser Verbrechen gegen mein Volk an.

Darunter der Bruch der Ordnung und die Beteiligung am Mord meines Bruders Toradam.«

Ich traute meinen Ohren nicht. Dieser Kerl klagte mich an?! Nein, er klagte mich nicht nur an, er wagte es, mir den Tod meines Bruders Adam anzulasten?! Wer glaubte er bitte, dass er war? Ich ballte meine Hände zu Fäusten und bemühte mich, den aufflammenden Zorn in mir unter Kontrolle zu kriegen.

»Adam wurde von Kaiser Fidr...«

»Klär mich auf, junger Kjann«, unterbrach mich Miss Goldblossom resolut. »Warum denkst du, *Kaiserin* Amaia würde in deine Gerichtsbarkeit fallen?«

Unglauben und Gemurmel machten sich auf der Terrasse breit. Die Nebelreiter glotzten mich an, als wäre ich ein Alien. Ein Alien, das von der allererste Kaiserin Cassardims soeben offiziell als ihre Nachfolgerin anerkannt worden war. Auch ich bekam den Mund vor Staunen kaum mehr zu. Und ... hatte Miss Goldblossom mir etwa gerade zugezwinkert?

Nur Fürst Kjann ließ sich durch derartige Schachzüge nicht aus der Ruhe bringen. Im Gegenteil, er wirkte wie eine Teflonpfanne, an der alles einfach abperlte.

»Dieses Mädchen ist für den Tod meines Bruders mitverantwortlich«, verkündete er. »Die Nebelreiter werden sie nie als ihre Kaiserin akzeptieren.«

»Wem wollt ihr dann folgen?«, fragte Noár spöttisch. »Saphama?«

»Saphama ist unsere Regentin. Sie hat nur das Wohl –«

Ein lautes Schnarchen störte Kjanns Laudatio auf die Wolkenfürstin. Alle Blicke flogen zu Miss Goldblossom, die in ihrem Rollstuhl ein Nickerchen zu machen schien. Plötzlich schreckte sie hoch und sah sich verdattert um. »Nichts für ungut, Kjann«, murmelte sie schmatzend. »Schwachsinn macht mich immer ganz schläfrig.«

Und wieder schlug die Teflonpfanne zu. Weder wütend noch genervt gab der Nebelfürst seinen Gefolgsleuten ein Zeichen.

»Fesselt sie.«

Dann überschlugen sich die Ereignisse. Zwei Security-Leute kamen auf mich zu. Noár stellte sich ihnen in den Weg und löste unter den übrigen Nebelreitern Panik aus. Ein Schuss fiel. Ich erstarrte – so wie jeder andere auf der Terrasse auch.

Noár hatte seine Hand vor sich ausgestreckt. Knapp davor schwebte ein Projektil in der Luft. Er stieß ein gefährliches Knurren aus und die Kugel klimperte zu Boden.

»Jeder, der meiner Frau zu nahe kommt, stirbt!«

Die Nebelreiter wichen verängstigt zurück, doch es war nicht die Drohung des Schattenprinzen, die diese Wirkung auf sie ausübte. Dort, wo die Kugel auf der Terrasse liegen geblieben war, öffnete sich ein winziger Chaoswirbel. Heraus kroch ein Baby-Tentakel aus dunklem, faulig riechendem Rauch, der sich schwerfällig vorantastete. Er –

Rums.

Ein Jutebeutel mit kiloschwerer Wolle landete auf dem Mini-Wirbel und begrub ihn unter sich – untermalt von einem triumphierenden Laut, der verdächtig nach Miss Goldblossom klang.

Fürst Kjann seufzte.

Wow, er musste ja quasi außer sich sein angesichts dieser ausdrucksstarken Reaktion.

»Wir sind noch immer in der Menschenwelt, Prinz Ardiza«, stellte er überflüssigerweise fest. »Beugt Ihr hier die Naturgesetze nach Eurem Willen, öffnet Ihr dem Chaos Tür und Tor. Wollt Ihr ein solches Risiko wirklich eingehen? Im Exil unserer altehrwürdigen Kaiser?«

Ich sah, wie Noárs Sternenaugen wild entschlossen blitzten. Ach du Scheiße! Das hieß ja, er war gewillt, dieses Risiko einzugehen. Er würde genauso wenig nachgeben wie Fürst Kjann. Damit war ein blutiges Chaos-Massaker praktisch vorprogrammiert.

Rasch trat ich hinter Noárs Rücken hervor. Er wollte mich aufhalten, aber im letzten Moment zog er die Hände zurück. Versehentlich seine Chaos-Infektion hier vor aller Augen zu entblößen, konnten wir gerade wirklich nicht gebrauchen. Deshalb wagte Noár nicht, mich zu berühren. Diesen Umstand nutzte ich skrupellos aus und marschierte auf den Nebelfürsten zu, bis uns nur noch das Geländer der Seeterrasse trennte.

»Ich habe Adam geliebt!«, sagte ich ihm geradeheraus in sein teilnahmsloses Gesicht. »Er war mir mehr ein Bruder, als er es Euch war. Von mir aus stellt Euch gegen mich, aber benutzt seinen Tod nicht als Vorwand für ein Blutvergießen.«

Teflon, Teflon, Teflon.

Oh, ich konnte Kjann definitiv nicht leiden.

Trotzdem hatten wir etwas gemeinsam. Unsere Trauer über den Verlust eines Bruders – zumindest hoffte ich das.

»Adam hat immer an mich geglaubt. Wäre er hier, hätte er um jeden Preis verhindert, dass wir uns bekriegen. Also entscheidet Euch! Wollt Ihr Rache oder wollt Ihr Euren Bruder ehren?«

Kjann blinzelte träge. Einmal. Zweimal.

»Zu dumm, dass er nicht da ist, um für sich selbst zu sprechen.«

Dreimal. Viermal. Fünfmal.

Dann nickte er seinen Nebelreitern zu, die unverzüglich ihre Waffen wegsteckten und den Rückzug antraten.

»Meinem Bruder und unserer ersten Kaiserin zuliebe, werde ich Gnade walten lassen«, teilte Kjann mir mit und deutete eine Verbeugung in Miss Goldblossoms Richtung an. »Statt der vorgesehenen Hinrichtung wähle ich nun ein anderes Urteil: Verbannung. Betretet meine Nebel und Ihr seid des Todes. Hilft Euch einer meiner Reiter, ist er ebenfalls des Todes. Verweilt Ihr noch länger an diesem Ort, der in meiner Obhut liegt, seid Ihr –«

Lance stöhnte genervt auf. »Wir haben's kapiert. Die Tanzenden Nebel sind für Amaia jetzt die *Tödlichen Nebel*.«

Miss Goldblossom kicherte und amüsierte sich gleich noch mehr, als Kjann ihren Lieblingspfleger mit einem vernichtenden Blick bedachte.

»Sieh meinen Lancelot nicht so an«, wies sie ihn zurecht. »Was willst du tun? Ihn umbringen und dich dann mit seinem rachsüchtigen Geist herumschlagen? Glaub mir, das willst du nicht.«

Kjann bemühte sich nicht um eine Antwort. Er wendete sich ab und ließ sich von seinen Nebeln verschlucken.

»Cassardim ist ohne Euch besser dran, Prinzessin Amaia«, hörte ich ihn noch murmeln, bevor sich die Schleier auflösten und die Sonne wieder freigaben. Ein paar Enten schwammen quakend an uns vorbei, als wäre nichts geschehen.

Doch es *war* etwas geschehen. Der Rückweg nach Cassardim war uns versperrt.

ORDENTLICH GETANKT

»Diese Nebelreiter haben sich schon immer für was Besseres gehalten«, meckerte Miss Goldblossom. »So ein nichtsnutziger Bengel! Er schuldet mir einen Bingo-Nachmittag. Wenn Bernarda heute wieder gewinnt, kann ich ihren Rekord dieses Jahr nicht mehr einholen. Sie wird ...«

Sie redete und redete und redete, doch ich konnte nur auf den See starren. Mein Herz krampfte sich vor Sehnsucht zusammen. Noch nie hatte ich so heftiges Heimweh empfunden. Gerade noch war Cassardim zum Greifen nah gewesen und nun sollte ich es nie wieder sehen? Schlimmer noch, wenn wir nicht rechtzeitig zurückkamen, um Shaell aufzuhalten und die Macht des Juwels zu suchen, würde vom Totenreich nichts mehr übrig bleiben, wohin wir irgendwann hätten heimkehren können.

»Was jetzt?«, flüsterte ich, als ich spürte, wie Noár hinter mich trat.

Er seufzte. »Lass uns erst mal hier verschwinden.«

Klang gut. Ich hatte wenig Lust auf eine zweite Konfrontation mit den Nebelreitern. Nicht hier. Nicht jetzt. Nicht unbewaffnet.

»Was seid ihr denn für Trauerklöße?!«, schimpfte Miss Goldblossom. Der Zwischenfall hatte der alten Frau offenbar neues Leben eingehaucht und sie in ein wahres Energiebündel verwandelt. »Ihr werdet euch doch nicht von solchen Kinkerlitzchen aufhalten lassen!«

Kinkerlitzchen?! Mir ging die Geduld aus. Bevor ich meiner Verstimmung jedoch Luft machen konnte, schaltete sich Lance ein. Er kannte mich gut genug, um zu wissen, dass er mich jetzt besser nicht zu Wort kommen lassen sollte.

»Sie werden ganz bestimmt nicht aufgeben, Miss Goldblossom. Irgendwie werden sie einen Weg finden.«

»Einen Weg finden?«, gluckste sie. »Viel eher sollten sie sich Gedanken darüber machen, wie sie das Fürstenhaus der Nebelreiter davon überzeugen, mit ihnen nach dem Juwel der Macht zu suchen. *Das* ist wirklich eine Herausforderung. Einen Weg finden? Pah! Sie haben einen Faheen an ihrer Seite. Wenn jemand sie unbemerkt nach Cassardim schleusen kann, dann er.«

Hoffnungsvoll sah ich Ilion an. Der grinste schief und zuckte mit den Schultern, was wohl so viel bedeutete wie »Wo sie recht hat, hat sie recht«.

»Schluss jetzt!«, entschied Miss Goldblossom. »Lancelot! Gib mir meinen Wollbeutel zurück und dann bring deine Freunde hier raus. Sie haben schon zu viel Zeit mit einer alten Frau vergeudet. Geht! Husch, husch! Weg mit euch! Und wagt es ja nicht, euch von mir zu verabschieden, als würde ich morgen sterben. Wir sehen uns bestimmt wieder.«

Ohne uns noch einmal zu Wort kommen zu lassen, wurden wir fortgescheucht und Lance sorgte dafür, dass wir unbehelligt zurück zum Haupteingang kamen. Unterwegs war er mehrfach ausgeschert und hatte allerlei Zeug für uns zusammengepackt. Im Gegenzug versorgte ich ihn mit der Kurzfassung dessen, was er seit seiner Wiedergeburt verpasst hatte. Nur das Ilion-Geschwister-Thema und die Noár-Chaos-Sache sparte ich aus, denn die Security-Nebelreiter beobachteten unseren Abzug ohnehin schon mit Argusaugen. Sie würden jede aufgeschnappte Info sofort weiterleiten und uns keine Sekunde länger dulden, als nötig.

»Du hast die Hölle Trudi getauft?!«, lachte Lance, als wir schließlich den Wagen erreicht hatten.

»Klar«, verteidigte ich mich, »es ist der perfekte Name.«

Pash streckte den Kopf aus dem offenen Rückfenster. »Was ist passiert?«

»Erzähl ich dir unterwegs«, knurrte Noár und stieg ein.

Keinen Atemzug später fand ich mich eingeklemmt zwischen Papiertüten und der Brust meines besten Freundes. Der Abschied fiel mir unendlich schwer.

»Ich hab dich lieb!«, nuschelte ich in seinen Kragen.

»Ich dich auch, MaiMai«, raunte er zurück. »Es ist schön zu wissen, dass du auf der anderen Seite auf mich wartest.«

»Immer.«

»Und wenn ihr es doch nicht nach Cassardim schafft, meldest du dich bei mir!« Kein Angebot. Ein Befehl.

Ich lächelte. »Auf jeden Fall!«

Dann verfrachtete er mich ins Auto, belud mich mit diversen Lunch-Bags, die er der Picknickgruppe gemopst hatte, drückte mir sein Handy in die Hand und winkte uns, während Noár mit Vollgas vom Gelände bretterte.

Oh Mann, das fühlte sich verdammt nach Flucht an.

Als Ilion dann auch noch für Pash zusammenfasste, was geschehen war, überkam mich ein niederschlagendes Gefühl der Hoffnungslosigkeit. Kein Rückweg. Keine Aussicht, die Fürstenhäuser von meinem Plan zu überzeugen. Kein Noár.

Das war das Schlimmste. Ich brauchte Noár. Seine Schulter, seine Wärme, seine Stärke. Vor lauter Frust aß ich mich einmal quer durch alle Lunch-Bags und verteilte auch an die anderen cassardische Äpfel, belegte Brote und Kuchen. Diesmal sagte sogar der Schattenprinz nicht Nein. Das hob die allgemeine Stimmung zumindest ein wenig.

Während wir uns die Bäuche vollschlugen, tippte Ilion unaufhörlich auf Lance' Handy herum. Immer wieder kündigte sich bimmelnd eine neue Nachricht an. Keine Ahnung, welche Geheimkontakte er gerade aktivierte, aber irgendwann hatte er eine Adresse und fütterte damit das Navi. Ich unterdrückte ein Stöhnen. Eine Sechs-Stunden-Strecke lag vor uns. Da Ilion all unseren Fragen zu seinem Plan kontinuierlich auswich, blieb uns nichts anderes übrig, als die lange Fahrt schweigend hinter uns zu bringen. Und es war eine wirklich, wirklich, wirklich lange Fahrt. Viel Zeit, um über die seltsamen Pfade des Schicksals nachzudenken. Die Fürsten von einem gemeinsamen Ziel zu überzeugen, war ein Ding der Unmöglichkeit, aber mir fiel auf, dass ich das ja gar nicht musste. Ich musste nur die fürstlichen Blutlinien vereinen und zu meinem Glück kannte ich an fast jedem Hof ein Fürstenkind, das in mir eine Schwester sah. Es fühlte sich verdammt danach an, als wäre all das vorherbestimmt gewesen. Die einzigen beiden Probleme, für die ich keine Lösung wusste, waren die Nebelreiter und das Wolkenvolk. Sie für mein Vorhaben zu gewinnen, würde mir einiges abverlangen. Doch alles war besser, als meinen Mann, meinen neugefundenen Bruder oder mich selbst zu opfern. Nach zweieinhalb Stunden entschied ich mich, Noár bei der nächstbesten Vier-Augen-Gelegenheit zu vergeben. Das Leben war zu kurz für Groll und ich ertrug den traurig verbissenen Ausdruck nicht mehr, mit dem er auf die Straße starrte. Nach Stunde drei begannen sich meine Gedanken im Kreis zu drehen und ich döste ein. Nach Stunde viereinhalb wachte ich auf, als Noár vom Highway abfuhr und an einer unspektakulären Tankstelle anhielt. Die Sonne war inzwischen untergegangen und hatte den Himmel in ein leuchtendes Flammenmeer verwandelt. Da ich sowieso pinkeln musste, stieg ich mit aus, streckte mich und ... sah den gefürchteten Schattenprinzen unschlüssig auf die Zapfsäule starren. Grinsend schlurfte ich ums Auto herum und lehnte mich gegen die Motorhaube. Offenbar war Noár diesmal mit seinem Latein am Ende. Was für ein seltener Anblick.

»Hast du eine Kreditkarte?«, wollte ich wissen.

Noár schob die Augenbrauen zusammen, wobei er fast ein bisschen störrisch wirkte. »Nein.«

So was hatte ich mir schon gedacht – auch wenn es mir ein Rätsel war, wie er ohne Kreditkarte an einen Mietwagen kommen konnte.

»Dann brauch ich Geld.« Auffordernd hielt ich ihm die Hand unter die Nase.

Noár reichte mir, ohne mit der Wimper zu zucken, sein komplettes Bündel Hunderter.

»Zahlt man normalerweise nicht hinterher?«

»Nicht in den USA«, meinte ich amüsiert und machte mich auf den Weg in den Shop. Ein paar Schritte später hatte er mich eingeholt. Ich verkniff mir ein Seufzen. Natürlich ließ mich mein übervorsichtiger Bodyguard-Ehemann nicht aus den Augen. Könnte ja sein, dass der Typ an der Kasse – der kein Jahr älter aussah als vierzehn – ein gefährlicher Killer war. Allerdings hatte ich diesmal nicht das Gefühl, dass Noár mich nur zum Schutz begleitete. Neugierig beobachtete er alles, was ich tat, und lernte dabei – beim Ordern der Tankfüllung, beim Bezahlen und beim Bedienen der Zapfsäule. Er war auch nicht zu stolz, mir Fragen zu stellen, und bewies damit einmal mehr seine Intelligenz. Sollten wir auf unserem Weg ein weiteres Mal tanken müssen, war ich mir sicher, dass er die Prozedur nicht nur fehlerfrei, sondern mit Bravour meistern würde.

»So!«, meinte ich, als ich den Tankdeckel des Wagens zuklappte. »Ich geh noch kurz auf die Toilette. Muss noch irgendwer?«

Kollektives Kopfschütteln.

Kein Wunder. Die Jungs hatten es sich verkniffen, etwas von

dem faden Menschenwasser zu trinken. Ich zuckte mit den Schultern und wanderte erneut in den Shop. Dieses Mal schickte Noár mir Pash als Begleitschutz mit. Besorgt entdeckte ich die riesige Machete, die sich unter dem Hemd des Schattenkriegers abzeichnete. Tankstellenwärter in den USA fackelten nicht lange, wenn sie sich bedroht fühlten. Gott sei Dank interessierte sich der Teenager an der Kasse eher für sein Handy als für uns. Andernfalls wäre ihm nicht nur Pashs Waffe, sondern auch sein seltsames Verhalten aufgefallen. Sein Interesse an den Bewegungssensoren der automatischen Eingangstüren entsprach eher dem eines Grundschülers und das Konzept von Kühlregalen faszinierte seinen Abenteuergeist derart, dass er sofort bis zum Ellbogen zwischen Coladosen steckte. Nachdem ich mir den Toiletten-Schlüssel abgeholt hatte, fand ich ihn an einem drehbaren Warenständer wieder. Dort schnüffelte er gerade an Duftbäumchen herum.

Lächelnd ließ ich ihn seine Erkundungstour fortsetzen und folgte der Beschilderung zu den Sanitäranlagen im Hinterhof – wobei man den zugemüllten Schrottplatz, den ich vorfand, kaum Hinterhof nennen konnte. Und auch das ungeputzte stinkende Loch mit quietschender Tür und kaputter Glühbirne hatte die Bezeichnung Sanitäranlage nicht verdient. Wagemutig und bewaffnet mit haufenweise Klopapier riskierte ich meine Gesundheit, um mich zu erleichtern. Anschließend war ich heilfroh, wieder raus zu sein und gefahrlos Luft holen zu können. Ich wedelte meine Hände trocken und nahm mir einen Augenblick, um die letzten Momente des Abendrots zu genießen, das im Osten bereits gegen die hereinbrechende Nacht verloren hatte. Ein wolkenloser Himmel. Erste schwach funkelnde Sterne prangten dort. Das alles war für mich früher selbstverständlich gewesen. Hatte ich es vermisst? Vielleicht ein bisschen, obwohl –

Ein Sack wurde mir über den Kopf gestülpt. Etwas Hartes traf mich am Hinterkopf. Nicht hart genug, um mir das Bewusstsein zu nehmen, aber der Schmerz weckte meinen Kampfinstinkt. Mit rasendem Herzen rammte ich meinem Angreifer den Ellbogen in den Bauch. Er ächzte, ließ mich los – doch schon packte mich erneut jemand. Diesmal wurden mir die Arme auf den Rücken gedreht. Ein Szenario, das ich zu deren Pech trainiert hatte. Ich warf den Kopf nach hinten und spürte, wie eine Nase brach. Ein grober Fluch erklang.

»Macht schon! Wir müssen hier weg!«, zischte eine Männerstimme. Erneut verkrallte sich eine Hand durch den Sack hindurch in meinen Haaren. Flummel quietschte herzzerreißend auf. Diese Dreckskerle!

»Was denkst du, was ich tue?«, antwortete der, der mich festhielt. Jemand lachte.

»Bring sie um, wenn sie sich weiter wehrt. Das Kopfgeld bekommen wir auch so!«

Ein metallisches Sirren. Panisch schlug ich um mich, traf die Angreifer immer wieder. Aber es nützte nichts. Sie waren in der Überzahl. Ich wurde mitgezerrt und dann auf einmal fallen gelassen. Röcheln. Schreie. Meine Hände waren frei. Hastig riss ich mir den Sack vom Kopf und sah, wie eine blutige Klinge in der Dämmerung aufblitzte. Noár bewegte sich geschmeidig wie eine Raubkatze und kämpfte gnadenlos. Ein Angreifer nach dem anderen starb. Großer Gott, waren das viele! Mindestens zehn. Woher kamen die alle?

Pash schlitterte an meine Seite. Auch von seiner Machete tropfte Blut. Ein Anblick, der so gar nicht zu seinen Blümchenshorts passte.

»Alles noch dran, Prinzesschen?«

Ich wollte gerade nicken, doch ich konnte nur die Augen aufreißen. »Hinter dir!«

Pash wirbelte herum und fing in letzter Sekunde einen Schwerthieb ab. Etwas sirrte durch die Luft. Armbrustbolzen. Ilion gab uns Rückendeckung – und mir die Chance, nach Flummel zu sehen. Der Fellball kullerte heftig atmend auf meine Hand. Eines seiner Flügelchen hing nutzlos herab. Vermutlich gebrochen. Aber das war sicher nicht alles.

Ich rappelte mich auf, gerade als jemand »Weg hier« brüllte. Die noch lebenden Angreifer flohen in Richtung einiger Autowracks. Dort verdichtete sich die Luft und bildete einen Nebelschleier. Der erste erreichte ihn unbeschadet und war plötzlich wie vom Erdboden verschluckt, der zweite wurde von einem dunklen Bolzen niedergestreckt, den dritten verfolgte Pash.

»Lass ihn!« Der Befehl des Schattenprinzen fegte wie ein Peitschenhieb durch den Hinterhof. Pash gehorchte und der Mann entkam – sehr zum Missfallen des Grafen in Shorts.

»Ich hätte ihn fast gehabt!«

Noárs frostiger Blick ruhte auf der unnatürlichen Nebelwand. »Wir wissen nicht, was uns da drinnen erwartet. Vielleicht sind das Kjanns Leute, vielleicht Saphamas. So oder so, in den Nebeln wären sie im Vorteil.«

Ich spürte kaltes Metall an meiner Kehle und erstarrte.

»Weise Entscheidung!«, krächzte eine tiefe Stimme dicht an meinem Ohr.

Noár fuhr herum, genau wie Pash und Ilion. Die Gesichter der drei verfinsterten sich, als ihnen klar wurde, dass sie einen Angreifer übersehen hatten. Oh Mann, der Kerl war so was von geliefert. Er hatte offenbar keine Ahnung, mit wem er sich da anlegte. Die Frage war nur, ob er mich mit in den Tod reißen würde.

»Ich bin bekannt für meine weisen Entscheidungen«, stellte der Schattenprinz trocken fest. »Etwas, das man dir sicher nicht auf den Grabstein schreiben wird.«

»Ach ja?«, spottete der Mann hinter mir. Er stank erbärmlich nach altem Schweiß und kaltem Zigarettenrauch. »Ich habe die Goldene Erbin in meiner Gewalt. Ihr könnt mir nichts tun, sonst schneide ich ihr die Kehle durch.«

Ilion senkte seine Armbrust und brach in Gelächter aus. »Kumpel, es ist genau andersrum. Gerade *weil* du damit drohst, der Goldenen Erbin die Kehle durchzuschneiden, *wird* er dir was tun.« Fast schon gutmütig deutete er in Noárs Richtung. »Glaub mir, der da ist diesbezüglich ziemlich radikal.«

Der da zuckte nicht einmal mit der Wimper. Ja, der Schattenprinz trug weder Uniform noch edle Kleidung, und auch die fehlenden schwarzen Symbole an Hals und Händen verrieten seine Herkunft nicht. Dennoch sprachen seine Haltung, sein kaltblütiger Blick und die Blutspritzer in seinem Gesicht eine sehr deutliche Sprache. Genau das schien meinem Angreifer auch gerade bewusst zu werden.

»Keiner rührt sich!«, bellte er. »Ich meine es ernst!«

Ich konnte seine wachsende Unruhe spüren. Gar nicht gut. Überhebliche Gegner wurden schnell leichtsinnig, doch jene, denen die Angst durch die Adern pumpte, waren unberechenbar. Mit mir als Schutzschild setzte er sich in Bewegung – Stück für Stück näher an die Nebelwand. Hätte ich Flummel nicht halten müssen, wäre das die Gelegenheit gewesen, um mich loszureißen, doch so blieben mir nicht viele Alternativen.

Der Schattenprinz tat einen gelassenen Schritt zur Seite und versperrte dem Kerl den Fluchtweg. Der wurde nervös, begann zu zittern. Seine Klinge ritzte die Haut an meinem Hals. Warmes Blut floss mir in den Ausschnitt. Noárs Augen verengten sich.

»Lass sie los und verschwinde«, forderte er, »oder bleib und finde den Tod.«

»Du kannst mich mal«, blaffte es hinter mir.

Meine Gedanken rasten. Ich ging alle Optionen durch. Noár würde mich nicht sterben lassen. Im Zweifel würde er lieber seinen Willen einsetzen und einen Chaoswirbel riskieren. Einen Chaoswirbel, der wiederum ihn selbst in Gefahr brachte. Das durfte nicht passieren. Ich musste irgendetwas unternehmen, bevor die Situation eskalierte.

Unmerklich stupste ich Flummel an, um ihm zu signalisieren, dass er sich an meiner Shorts festhalten sollte. Der Okoklin verstand, sodass ich nun beide Hände frei hatte. Unauffällig streckte ich in Bauchhöhe drei Finger aus. Ein improvisierter Countdown.

Noárs Augen waren noch immer fest auf den Angreifer gerichtet. Hoffentlich bekam er mit, was ich plante.

Zwei Finger.

Noch immer keine Reaktion. Ich versuchte, ihn über meine Ringe zu erreichen, doch es klappte nicht. Sie schienen in der Menschenwelt nicht zu funktionieren. Großartig! Dann eben wieder zurück zum Hoffen.

Ein Finger.

»Geh mir aus dem Weg«, schrie mir der Kerl ins Ohr. »Ich bringe sie –«

Faust.

Ich blockierte die Hand, mit der der Angreifer die Klinge hielt, damit er mich nicht versehentlich enthauptete. Dann ließ ich mich fallen. Dadurch kam ich zwar nicht frei, aber ich riss eine Lücke in seine Deckung – groß genug, um Noár die Gelegenheit zu bieten, die er brauchte. Blitzschnell wirbelte der Schattenprinz herum und schleuderte sein Schwert. Gleichzeitig schoss Ilion seine Armbrust ab. Klinge und Bolzen bohrten sich im exakt selben Zeitpunkt in den Hals des Angreifers, der röchelnd zusammenbrach.

BEI NACHT UND NEBEL

Zu den Klängen von *U Can't Touch This* kraulte ich Flummels Kopf und sah dem nächtlichen Florida dabei zu, wie es an unserem Wagen vorbeirauschte. Meinen kleinen Okoklin hatte es ziemlich heftig erwischt und eigentlich war ich davon ausgegangen, dass wir ihn nicht per Willen heilen können würden, ohne das Chaos heraufzubeschwören, aber dank Noár war der Fellball wieder auf dem Weg der Besserung. Offenbar gab es zu jeder Regel eine Ausnahme. Und in diesem Fall gab es auch zu der Ausnahme eine Regel und dazu wiederum eine Menge Ausnahmen. Selbst nach einem Wie-benutze-ich-meinen-Willen-in-der-Menschenwelt-Crashkurs blickte ich noch immer nicht ganz durch. Naturgesetze waren tabu. Außer im Notfall. In einem solchen Notfall sollte man sich aber am besten in einem Transportmittel befinden, um dem trägen Chaos quasi davonzufahren – zum Beispiel in einem Auto. Menschen durfte man beeinflussen. Meistens. Geister immer. Cassarden nicht. Meistens. Es sei denn, man befand sich in speziell geschützten Räumen – oder eben einem Fahrzeug. Ja, es war *wirklich* so kompliziert. Zumindest erklärte das, warum wir meine Geiselnahme nicht per Willen hatten beenden können, während es kein Problem war, dem Tankstellenwart ein Märchen von einer Gangfehde mitten im Nirgendwo auf die Nase zu binden – oder Flummel auf der Autofahrt zu heilen.

Die letzten beiden Stunden unseres Roadtrips zogen sich unerträglich hin – zumal nach einem hitzigen Streit zwischen Noár und Ilion Eiszeit im Wagen herrschte. Die beiden hatten sich über die Verantwortlichkeit vor dem Angriff, das Vorgehen während des Angriffs und die verschiedenen Lösungsansätze nach dem Angriff gezofft. Also quasi über alles. Außerdem waren sie sich nicht einig, ob die Angreifer Kjanns Nebelreiter, Saphamas Handlanger oder doch Faheen gewesen waren. Letzteres schloss Ilion kategorisch aus, während Noár es durchaus für möglich hielt.

Als wir schließlich in den Ausläufern einer Stadt ankamen und endlich aus dem Navi »Sie haben Ihr Ziel erreicht« schallte, war das die reinste Erlösung. Kaum hatten wir geparkt, schob ich Flummel in meine Locken und verließ fluchtartig den Wagen. Erst nachdem ich ein paar Mal tief durchgeatmet hatte, erlaubte ich mir, mich umzuschauen. Lagerhallen, geschlossene Geschäfte und ein Park, der so zugewuchert war, dass man seine schmiedeeiserne Umzäunung kaum noch wahrnahm. Hier gab es nur vereinzelt Laternen, dafür aber haufenweise zirpende Zikaden.

Obwohl ich nirgends eine Bedrohung ausmachen konnte, fingen die Jungs an, sich zu bewaffnen. Dabei gingen Noár und Ilion sich geflissentlich aus dem Weg. Wann immer ihnen das nicht gelang, fiel die Temperatur merklich – trotz lauer Sommernacht.

»Wo lang?«, wollte Pash wissen.

Ilion nickte in Richtung des Parks und schon schlurfte unser immer noch blutbesudelter Trupp samt Bewaffnung über die Einbahnstraße. Ich dankte dem Zufall, dass sich hier keine Passanten herumtrieben, die bei unserem Anblick sicherlich panisch um Hilfe geschrien hätten – nur um kurz darauf festzustellen, dass der Zufall wieder einmal wenig damit zu tun hatte. Auf einer Messingplakette an dem hohen schmiedeeisernen Zaun stand: St. Christopherus Cemetery.

Entgeistert sah ich Ilion an. »Du verarschst mich doch.«

Der Faheen grinste. »Sonst liebend gern, aber diesmal ausnahmsweise nicht.«

Großartig. Ich war noch nie auf einem menschlichen Friedhof gewesen, weil meine Zieheltern mir und meinen Geschwistern eingebläut hatten, uns davon fernzuhalten. Mittlerweile wusste ich natürlich, dass es ihnen nur darum gegangen war, dass wir die verräterischen blauen Geistergestalten nicht zu Gesicht bekamen. Aber trotzdem ließ sich ein Jahrhundert Indoktrination nicht so einfach aus seinen Gedanken vertreiben und mein Bauchgefühl riet mir vehement davon ab, dort hineinzuwollen.

»Na, wenigstens die Friedhöfe haben sich kaum verändert, seit ich das letzte Mal hier war«, verkündete Pash fröhlich. Er klatschte in die Hände und machte sich daran, die senkrechten Gitterstäbe zu erklimmen. Oben schwang er sich in einem halsbrecherischen Manöver über die gefährlich aussehenden Dornen und kletterte auf der anderen Seite wieder hinunter – wie ein enthusiastischer Schimpanse.

»Ähm ...« Zweifelnd legte ich den Kopf in den Nacken. Der Zaun war mindestens drei Meter hoch und die sehr spitzen Dornen oben hatten den alleinigen Zweck, genau solche Aktionen zu verhindern. »Gibt's auch einen Weg für Leute, die an ihrem Leben hängen?«

Ilion zuckte mit den Schultern. »Dein Mann hilft dir bestimmt gerne rüber.«

Autsch.

Noárs Miene verfinsterte sich und sogar ich musste angesichts dieses unfairen Kommentars schlucken. Der Faheen wusste von dem Chaos in Noár und natürlich war ihm nicht entgangen, dass mir seine Berührungen in der Menschenwelt Schmerzen bereiteten. Und jetzt zwang er den Schattenprinzen quasi, diese Schwäche vor ihm einzugestehen. Ich sah Noárs geballte Fäuste und ahnte, worauf das hinauslief, wenn ich nicht intervenierte.

»Ich brauch keine Hilfe«, murmelte ich und trat an das Gitter.

»Wollt mich nur mal nach einer weniger hirnrissigen Option erkundigen. Aber dann ist mir wieder eingefallen, mit wem ich unterwegs bin, also ...«

Grimmig prüfte ich die Eisenstangen und versuchte, mich daran hochzuziehen. Ich kam zwanzig Zentimeter weit, bevor ich wie ein Kartoffelsack abrutschte. Beim zweiten Versuch schaffte ich das Doppelte, fiel dafür aber auch tiefer. Als ich nach dem dritten Versuch wieder auf dem Boden und damit zwischen den männlichen Ego-Fronten landete, seufzte Ilion und schaute von mir zum Schattenprinzen.

»Darf ich ihr jetzt helfen oder zählt das schon zu den Dingen, für die du mir die Haut bei lebendigem Leib abziehen willst?«

Wie bitte?! Wann hatten die beiden denn ein derartiges Gespräch geführt? Etwa, als Pash seine Vorliebe für Duftbäumchen entdeckt hatte?

Ich drehte mich zu Noár um, dessen Augen vor Zorn brannten. Oh. Jetzt verstand ich, was da los war. Noárs Beschützerinstinkt hatte offenbar Bekanntschaft mit Ilions Selbstgefälligkeit gemacht. Oder Ilions Beschützerinstinkt mit Noárs Selbstgefälligkeit ... Wie herum auch immer, es gefiel mir nicht.

Plötzlich tauchte in den Büschen auf der anderen Seite Pashs Gesicht auf. »Die Luft ist rein. Worauf wartet ihr noch?«

»Ja, worauf warten wir noch?«, wiederholte Ilion provokativ.

Am liebsten hätte ich ihm *und* Noár ordentlich den Kopf gewaschen, aber dafür war das hier weder der richtige Ort noch die richtige Zeit. Ich wandte mich also an Pash.

»Kannst du mir hochhelfen?«

Der Schattenkrieger runzelte die Stirn, während sein Blick zwischen Noár und dem Faheen hin- und herflog. Offenbar wurde er nicht schlau daraus, warum die anderen mich so im Regen stehen ließen.

»Äh ... klar, Prinzesschen.«

Er packte die Gitterstäbe und wies mich an, seine Hände als Tritte zu benutzen. Tatsächlich funktionierte das viel besser als erwartet. Im Nullkommanichts war ich oben und schob mich zwischen den Metalldornen durch. Runter ging es noch schneller, was vor allem daran lag, dass ich den Halt verlor und fiel. Pash gab sich zwar Mühe, meinen Sturz abzufangen, aber ich nahm trotzdem einen halben Busch mit, riss mir das komplette Schienbein an einem Ast auf und rammte meinem Retter zum Dank den Ellbogen ins Gesicht.

»Nichts passiert!«, rief Pash, nachdem gleich zwei derbe Flüche zu uns herübergedrungen waren. Er kämpfte sich mit mir aus den Büschen, setzte mich unter einem Baum ab und fluchte dann selbst, als er mein blutendes Bein sah. »Vielleicht doch nicht nichts ...«

Ich wollte ihn gerade beruhigen, da wuchs auf einmal eine blau glühende Gestalt aus dem Boden neben mir. Der Geist eines Mannes im mittleren Alter starrte mich verwirrt an. »Haben Sie meine Tochter gesehen?«

»Äh ... ich –«

»Verschwinde hier!«, befahl Noár der verstorbenen Seele und kniete sich zu mir. Er musste sichtlich mit sich ringen, mich nicht anzufassen. Wie schon nach dem Tankstellenangriff scannte mich sein besorgter Blick. Er besah sich mein Gesicht, meinen Körper und schließlich die Wunde an meinem Bein. »Egal, wie weh es tut, du darfst dich auf keinen Fall heilen. Das Chaos wäre nicht nur für uns eine Gefahr.«

Ich ahnte, was er meinte, denn im gleichen Moment realisierte ich, dass es hier nicht so dunkel war, wie es eigentlich sein sollte. Der ganze Friedhof schwamm in einem schwachen, bläulichen Glühen. Seelen. Und nicht nur ein paar. Sie scharten sich in rauen

Mengen zwischen Grabsteinen und Gruften. Manche schwebten ziellos umher, andere verharrten an einem Ort und wieder andere beobachteten uns neugierig. Sollte ich meinen Willen an diesem Ort einsetzen, wären all diese Seelen dem Chaos schutzlos ausgeliefert.

»Kannst du gehen?«, fragte Noár.

Entschlossen nickte ich. Es war nur eine Schramme, wenn auch eine, die nicht aufhören wollte zu bluten. Ich ignorierte das warme Gefühl, das mein Schienbein hinunterlief und meinen Turnschuh tränkte, und hievte mich umständlich auf die Beine. »Los!«

Ilion marschierte voraus – erst entlang der Wege und schließlich querfeldein über Wiesen, Gräber und umgefallene Grabsteine. Ich humpelte so gut es ging hinterher, während Noár an meiner Seite blieb und Pash die Seelen verscheuchte, die zunehmend neugieriger wurden. Irgendwann bog der Faheen scharf ab und hielt auf eine vermooste Engelsstatue zu. Dort angekommen, sprang er über die kniehohe Steinmauer, die das Grab umgab. Möglich, dass es auch nur ein Denkmal war. Oder so was wie Friedhofsdeko. Jedenfalls war es eines mit Sicherheit: ein Treffpunkt – denn Ilion griff zielsicher hinter einen Rosenbusch und holte zwei prall gefüllte Beutel hervor.

»Zieht euch um und haltet die Augen offen«, wies er uns an, bevor er diverse Kleidungsstücke aus den Beuteln zog und sie verteilte. »Nicht viele Faheen kennen diesen Weg in die Nebel, aber die, die es tun, sind mir nicht unbedingt treu ergeben.«

Das machte diesen Ort voll rot leuchtender Grabkerzen nicht sympathischer. Mit einem leisen Ächzen setzte ich mich auf die Steinmauer und streckte mein Bein aus. Die Wunde brannte höllisch. Mich damit umziehen zu müssen, war das Letzte, worauf ich gerade Lust hatte. Aber mir blieb nichts anderes übrig. Ich erinnerte mich noch gut, wie gefährlich es sein konnte, Dinge aus der Menschenwelt nach Cassardim zu bringen. Keine gute Idee, wenn man das Chaos nicht im Nacken haben wollte. Also dann ...

Missmutig sichtete ich den Kleiderhaufen, den Ilion mir zugeworfen hatte, und wurde positiv überrascht – nicht, was meinen Geschmack betraf, aber zumindest von der Praktikabilität. In den Leinenrock ließ es sich einfach hineinschlüpfen. Er und das weite Hemd waren perfekt, um die Menschenklamotten darunter loszuwerden. Eine Art Bolero gab meinem neuen Jahrmarkt-Wahrsagerinnen-Style den letzten Schliff und der graubraune Umhang mit Kapuze eignete sich bestimmt hervorragend zur Tarnung. Zum Schluss noch die Ledersandalen. Fertig.

Ich hörte Stoff reißen und sah mich nach dem Geräusch um. Es war Ilion, der ein Hemd in Streifen schnitt. Dann griff er sich einen Wasserschlauch aus einem der Beutel und kam zu mir.

»Zeig mal her«, sagte er mit gedämpfter Stimme und setzte sich neben mich. Erst dachte ich, es ginge um mein Bein, doch Ilion drehte mein Kinn zu sich und tastete behutsam meine Stirn ab.

»Au«, zischte ich, als ein scharfer Schmerz über meiner Augenbraue aufflammte. Offenbar hatte mein Sturz nicht nur mein Schienbein in Mitleidenschaft gezogen. Ilion seufzte, befeuchtete ein Stück Stoff und tupfte mir Blut aus dem Gesicht. Nachdem er damit fertig war, lenkte irgendetwas hinter mir seine Aufmerksamkeit ab. Er verdrehte die Augen. Als ich seinem Blick folgte, entdeckte ich Noár. Auch er hatte sich umgezogen und lehnte nun in cassardischer Alltagskleidung und mit finsterer Miene an der Engelsstatue.

»Ich glaube, dein Mann fühlt sich in seiner Rolle als dein heroischer Beschützer beschnitten«, raunte Ilion mir zu – gerade laut genug, damit auch der Schattenprinz ihn hören konnte.

»Vorsicht, Faheen«, gab Noár ebenso leise zurück. Gefährlich leise. »Heute ist kein guter Tag, um mich zu reizen.«

»Das ist es nie«, lachte Ilion. Er kniete sich vor mich und machte sich daran, als Nächstes mein Schienbein zu versorgen. Aus dem Trinkschlauch goss er Wasser über die Wunde. Ich biss die Zähne zusammen und stöhnte. Das tat tierisch weh.

Der Schattenprinz stieß sich von der Statue ab. »Wenn du damit recht hättest, wärst du längst tot, Faheen.«

»Noár, hör auf!«, fuhr ich ihn unter Schmerzen an. »Er hat mir geholfen, dich zu befreien! Und auch jetzt hilft er uns wieder!«

»Ja, weil es ihm nutzt«, knurrte der Schattenprinz.

»Du bist nicht der Einzige, dem Amaia am Herzen liegt«, murmelte Ilion und begann, mein Bein zu verbinden. »Finde dich damit ab.«

Aber Noár fand sich damit nicht ab. Drohend wie ein Scharfrichter baute er sich neben dem Faheen auf.

»Weißt du, was das letzte Mal passiert ist, als ich in der Menschenwelt war?«, fragte er frostig. »Ein paar sehr unangenehme Zeitgenossen haben Amaias Zieheltern getötet, vor ihren Augen und denen ihrer Geschwister. Anschließend wollten Sabo und seine Männer die unschuldigen Kinder entführen. Sie kannten ihren Aufenthaltsort, weil sie zuvor jene Einheit Goldkrieger abgeschlachtet hatten, die die Fürstenkinder eigentlich in den Kaiserpalast hätten eskortieren sollen. Das waren *deine* Leute, Fürst der Faheen.«

Dieser Zusammenhang war mir noch nie aufgefallen. Entsetzt starrte ich Ilion an, doch er schien sich von Noárs Vorwürfen nicht aus der Ruhe bringen zu lassen. Unbeeindruckt wickelte er einen Stoffstreifen nach dem anderen um mein Bein. Allerdings glaubte ich, einen Schatten über sein Gesicht huschen zu sehen. Im Dunkeln war das schwer zu sagen.

»Ich hatte damit nichts zu tun«, murmelte er.

»Natürlich«, höhnte Noár. »Kein Faheen würde seinen Fürsten

über einen solch wichtigen Coup mit möglichen politischen Konsequenzen informieren.«

Ilion knotete die Enden des improvisierten Verbands fest und erhob sich, um dem Schattenprinzen in die Augen zu sehen. »Sabo hat sich meinen Anweisungen widersetzt. Etwas, wofür er noch büßen wird, wenn er sich je wieder blicken lässt.«

Ein eiskaltes Lächeln erschien auf Noárs Lippen. »Wird er nicht.«

Ilion nickte bedächtig und erwiderte ebenso kalt: »Dann hat Sabo ja seine Strafe erhalten.«

»So ist es.«

»Fein, in diesem Fall können wir jetzt aufhören, so zu tun, als wäre *ich* das Problem, obwohl es *dir* einfach nur gegen den Strich geht, dass ich deine Frau anfassen kann, ohne ihr Schmerzen zu bereiten.«

Ilion hätte Noár genauso gut ins Gesicht schlagen können. Die Luft zwischen den beiden lud sich knisternd auf.

»Schluss mit diesem Blödsinn!«, fauchte ich. »Warum könnt ihr euch nicht einfach vertragen? Wir wollen doch alle dasselbe!«

»Genau das scheint mir das Problem zu sein«, erwiderte Noár. »Er will, was ihm nicht gehört.«

Ich riss die Augen auf. Darum ging es? Er dachte, Ilion würde sich an mich ranmachen?!

»So ein Quatsch! Ilion ist –«

»Nicht hier, Amaia!«, fiel der Faheen mir vehement ins Wort.

Ein eisiger Schauer packte mich und ich biss mir auf die Zunge. Er hatte recht. Um ein Haar hätte ich vor Dutzenden von Geistern meine Verwandtschaft zu ihm preisgegeben und mich damit offiziell als Betrügerin geoutet. Und Geister konnten sehr geschwätzig sein, wie ich dank Zoey wusste. Falls ein Nebelreiter die Gerüchte aufgeschnappt hätte, würde nicht nur mein Leben und das meiner Verbündeten auf dem Spiel stehen. Nein, unsere ganze Mission wäre zum Scheitern verurteilt. Niemand schloss sich den Plänen einer Betrügerin an.

»*Was* ist Ilion?«

Die Kälte und das Misstrauen in Noárs Stimme brannten sich durch meine Haut. Ich schluckte.

»... keine Gefahr«, vollendete ich meinen Satz möglichst unverfänglich und wiederholte es zur Sicherheit gleich noch mal. »Ilion ist keine Gefahr.«

Noár schnaubte bitter. Er glaubte mir kein Wort. »Seinesgleichen ist immer eine Gefahr.«

Oh Mann, eigentlich hatte ich mich mit ihm aussöhnen wollen, aber die Situation machte es mir gerade wirklich nicht leicht.

»*Du* musst es ja wissen, Schattenprinz«, knurrte Ilion, der es für meinen Geschmack ein bisschen zu sehr genoss, Öl ins Feuer zu gießen.

Zorn blitzte in Noárs Sternenaugen auf. Seine Hand zuckte zu seinem Schwertgriff. »Was willst du damit sagen?«

»Halt!« Ich sprang auf und drängte mich zwischen die beiden. Mein schmerzendes Bein ließ sich leicht ignorieren angesichts der Katastrophe, die sich da anbahnte. »Kriegt euer Testosteron unter Kontrolle oder ich erledige das für euch!«

Noárs Uneinsichtigkeit löste eine Welle der Enttäuschung in mir aus. Und meine Enttäuschung fand postwendend ein Spiegelbild auf seinen Zügen. Das durfte doch nicht wahr sein! Nahm er es mir etwa übel, dass ich ihn gerade davon abhielt, Ilion einen Kopf kürzer zu machen?!

Die Stille, die nun folgte, hätte eigentlich vor Wut und Anspannung brodeln müssen. Aber ich spürte nur, wie sich mein Herz schmerzhaft verkrampfte. Wann hatte Noár aufgehört, mir zu vertrauen? Und wieso sah er mich so frustriert an, als würde er genau dasselbe von mir denken? Und warum überschwemmte mich gerade das bittere, hohle Gefühl, ihn verraten und im Stich gelassen zu haben? Hinter seiner harten, unnachgiebigen Schattenprinz-Maske nahm ich vor allem eines ganz deutlich wahr: Einsamkeit.

Ilion räusperte sich. Er trat einen demonstrativen Schritt zurück und versuchte, seiner Stimme einen besonnenen Ton zu verleihen.

»Ich verstehe deine Vorbehalte, Noár, aber du solltest nicht so vorschnell mit deinem Urteil sein. Und nur, dass du es weißt: Bei der Entführung der Fürstenkinder ging es nicht um Lösegeld.« Scheinbar war ihm daran gelegen, das falsche Bild von ihm ins rechte Licht zu rücken. »Es war ein Auftrag. Ein sehr gut bezahlter Auftrag, den ich *dennoch* abgelehnt habe, weil ich mit Scheißkerlen keine Geschäfte mache.«

Noárs Blick verengte sich. »Ein Auftrag von wem?«

»Die Antwort wird dir nicht gefallen«, murmelte Ilion. »Es war nämlich ein Auftrag von *deinesgleichen*. Er kam aus dem Schattenreich.«

Trotz des spärlichen Lichts konnte ich sehen, wie Noár bleich wurde. »Mein Vater?«

Ilion kam nicht mehr dazu, diese Vermutung zu bestätigen, denn Pash sprang in diesem Moment vom Dach einer benachbarten Gruft und zog sein Schwert. »Wir kriegen Besuch.«

Zwischen zwei knorrigen Bäumen schälte sich eine Gestalt aus der Dunkelheit. Ein bäriger Mann in Lederklamotten. Den grauen Pferdeschwanz und die grimmige Miene hätte ich überall wiedererkannt.

»Warden?!«

Der alte Nebelreiter bekam große Augen.

»Oh, verfluchter Chimärendreck. Ihr schon wieder.«

KURZ ANGEBUNDEN

Ilion ließ Wardens Wutausbruch erstaunlich gelassen über sich ergehen. Der Nebelreiter hatte den Faheen-Fürsten zur Seite gezerrt und war nun schon seit einer Viertelstunde dabei, ihn zusammenzustauchen. Seine Argumente untermalte der Hüne mit unmissverständlichen Gesten und deutete immer wieder kopfschüttelnd in unsere Richtung.

»Zwei Silberlinge, dass Ilion den Kerl doch noch überzeugt«, meinte Pash, der neben mir saß und den Streit mit großem Interesse verfolgte.

»Zwanzig, dass er uns an den Nebelreiter verkauft, damit der uns an Kjann ausliefern kann«, konterte Noár.

Frustriert stöhnte ich auf – so laut, dass gleich mehrere Geister irritiert zu uns herübersahen. Wir waren die Sensation auf dem Friedhof, allen voran der herumtigernde Schattenprinz, der selbst in seinem Patchwork-Leinen-Outfit noch eine gute Figur machte.

»Setz dich!«, wies ich ihn an. Am liebsten hätte ich ihn so lange geschüttelt, bis er diesen eifersüchtigen Blödsinn endlich aufgab, aber einer musste ja die Erwachsene spielen. »Und dann erzähl mir, was eigentlich dein Problem mit Ilion ist.«

Überraschenderweise kam Noár meiner Aufforderung ohne den kleinsten Protest nach und nahm neben mir Platz. Es schien fast, als wäre er dankbar, dass ich ihn überhaupt noch in meiner Nähe duldete.

»Ilions Lebensschuld bei Lazar ist abgegolten«, offenbarte er mir leise. »Das hat er selbst zugegeben, bevor wir in die Menschenwelt aufgebrochen sind. Warum also hat er darauf bestanden, mitzukommen?«

»Vielleicht ...«, mischte sich Pash ein, »hat ihn unser Prinzesschen überzeugt und er will einfach nur seinen Beitrag leisten, um Cassardim zu retten?« Sein leichtfertig dargebrachter Vorschlag geriet ins Stocken, als er Noárs Gesichtsausdruck bemerkte. Abwehrend hob Pash die Hände. »Nicht gleich wütend werden. Ist doch 'ne Möglichkeit, oder?«

Ja, das war eine Möglichkeit. Genauso wie es theoretisch denkbar war, dass Ilion uns nur benutzte. Aber ich glaubte nicht daran.

»Vertraust du mir?«, wollte ich von Noár wissen.

»Natürlich«, seufzte er und strich sich durch die Haare. Er wirkte aufgewühlt, verbissen und bekümmert. So gefühlsgeladen hatte ich ihn selten erlebt. Er fing meinen Blick ein und hielt ihn fest wie einen Schatz.

»Ja, ich bin eifersüchtig. Und ja, ich möchte Ilion am liebsten die Hand abschlagen, wenn ich sehe, wie er dich berührt. Aber ich weiß auch, dass ich kein Recht dazu habe. Er ist für dich da, wo ich es nicht sein kann. Und das ist meine Schuld. Ich bin verantwortlich für ... diese Situation.«

Pashs struppiger Kopf tauchte neben mir auf. »Was denn für 'ne *Situation*? Eheprobleme? Hab mich schon gefragt, warum ihr nicht längst knutschend hinter 'ner Gruft verschwunden seid. Ihr habt doch sonst selbst unter den unangebrachtesten Umständen die Finger nicht voneinander lassen können.«

Synchron warfen Noár und ich dem vorlauten Schattenkrieger einen finsteren Blick zu. Taktgefühl war nicht gerade seine Stärke, aber das war ein ganz neues Level der Indiskretion.

Wenigstens interpretierte er unsere Reaktion diesmal richtig. »Ähm, schon klar«, stammelte er. »Ich bin dann mal da drüben und unterhalte mich mit der Geisterlady. Nur, falls ihr mich braucht.«

Übereilt floh er. Doch der Gott des Timings hatte heute kein Mitleid mit uns. Kaum war Pash außer Hörweite, beendeten Ilion und Warden ihre Diskussion und kamen herübergestapft.

Noár senkte die Stimme und redete schnell und eindringlich auf mich ein.

»Egal, wie unzulänglich ich mich gerade fühle, das hat nichts mit meiner Meinung über Ilion zu tun. Er verschweigt etwas und versucht, dich zu manipulieren, also sei vorsichtig.«

»Ich weiß, dass er etwas verschweigt«, flüsterte ich hastig zurück. »Und ... ich tue es auch. Aber glaub mir, es ist nichts, worüber du dir Sorgen machen musst! Es gab einfach nur noch keine Gelegenheit, es dir zu erzählen.«

Eigentlich hatte ich ihm diese Info nicht so vor die Füße werfen wollen, aber die Zeit war knapp und ich ertrug es nicht, dass er litt. Leider erreichte ich damit das genaue Gegenteil. Noárs Brauen schoben sich zusammen, als könnte er nicht fassen, was er gerade gehört hatte. Just in diesem Moment baute sich ein wuchtiger Nebelreiter mit verschränkten Armen vor uns auf.

»Der Ärger klebt an euch wie Kacke am Stiefel. Allein dafür, dass ich mit euch rede, könnte Fürst Kjann meinen Kopf fordern. Ich finde nicht, dass ihr das wert seid.«

Keine Frage. Nur eine ruppige Demonstration seiner Abneigung. Mann! Für so was hatte ich jetzt wirklich keinen Nerv. Ich konnte mich nicht ständig um jedermanns Befindlichkeiten kümmern, während mein Privatleben vor die Hunde ging. Weil mir nichts Besseres einfiel, um Noár aus seiner gedanklichen Abwärtsspirale zu holen, entschied ich mich zu einem drastischen Schritt. Ich wappnete mich innerlich gegen den Schmerz und griff nach seiner Hand. Die Splitter brannten, rebellierten und fraßen sich in meine Haut, doch das kümmerte mich nicht. Die Berührung war alles, was ich brauchte. Alles, was Noár brauchte.

Der Schattenprinz schien so verblüfft, dass er einen Atemzug lang nicht reagierte.

»Schluss mit Händchenhalten!«, grunzte Warden schroff. »Wir haben einen langen Weg vor uns.«

Er schmiss ein Seil in unsere Richtung, das Noár aus Reflex auffing. Damit endete der kostbare Augenblick, den ich mir gestohlen hatte. Allerdings war mein Plan diesmal aufgegangen. Noár lächelte. Es war ein mattes und trauriges Lächeln, aber dennoch wunderschön wie ein Sonnenuntergang.

»Bindet euch aneinander!«, schmetterte Warden und bombardierte nun auch mich und Pash mit aufgerollten Seilen. »Sieben Fuß Abstand. Nicht mehr und nicht weniger! Und beeilt euch, wir müssen das Zeitfenster zwischen den Patrouillen nutzen.«

Etwas überrumpelt standen wir auf und wollten der Anweisung gerade nachkommen, da war Ilion plötzlich bei mir. Er tat so, als würde er mir mit dem Seil helfen, doch in Wirklichkeit dirigierte er mich unauffällig ein Stück zur Seite. Seine Nähe fühlte sich auf einmal unangenehm an – zumal mir sehr bewusst war, dass ein Paar dunkel glänzender Sternenaugen auf uns ruhte. Ich konnte förmlich spüren, wie Noárs Misstrauen erneut aufflackerte. Aber am meisten Sorgen machte mir, dass jede Wärme und Verletzlichkeit aus seinem Gesicht wichen. Übrig blieb nur die kalte Schattenprinz-Fassade, hinter der er all das verbarg, was ich so liebte. Und diesmal war ich mir nicht sicher, ob ein Teil dieser Kälte nicht auch mir galt.

»Weißt du, wer Warden ist?«, erkundigte Ilion sich leise, während er meine Taille verschnürte.

»Äh ... ein Nebelreiter, der nicht sonderlich viel für Gesetze oder sein Fürstenhaus übrig hat?« Mehr wusste ich tatsächlich nicht über den raubeinigen Kleiderschrank mit Füßen. Ich war ihm zum ersten Mal in einem Krankenhausfahrstuhl begegnet und dann ein weiteres Mal, als er uns in Lazars Auftrag durch die Nebel geführt hatte.

Ilion nickte und knotete ein zweites Seil an mir fest.

»Gewinne ihn für deine Sache«, riet Ilion mir nachdrücklich und ohne sich näher zu erklären. Dann kontrollierte er die Knoten noch einmal, bevor er unser Gespräch für beendet erklärte und sich daranmachte, eines der Seile auch an sich festzubinden. Da trat Noár plötzlich an ihn heran. Der Schattenprinz sagte nichts, aber seine Haltung sprach deutlicher, als Worte es gekonnt hätten. Die Blicke der beiden Anführer verkeilten sich. Was dann geschah, bekam ich nicht mehr mit, denn ein heftiger Ruck ließ mich vorwärtsstolpern. Wie einen angeleinten Pudel zog Warden mich zu sich und befestigte das Seilende in sieben Fuß Abstand an seinem Gürtel. Als ich mich wieder umsah, hatte sich Ilion ans Ende unserer kleinen Karawane zurückgezogen und Noár den Platz hinter mir überlassen.

»Benutzt auf keinen Fall euren Willen oder Elemente anderer Reiche. Ich kann euch nur bedingt vor Kjann verbergen«, instruierte uns der Nebelreiter. »Und bleibt eng zusammen. Die Route über die Trostlosen Felder ist gefährlich. Die Nebel sind dort stark genug, um selbst Cassarden die Erinnerung zu nehmen. Weicht nur einen Schritt von dem Weg ab, den ich euch vorgebe, und euch fällt auf der anderen Seite nicht einmal mehr euer Name ein.«

Wie aufs Stichwort krochen dichte Nebelschwaden über Wiesen, Wege und Gräber. Binnen Sekunden waren wir davon eingehüllt. Geräusche und Gerüche des nächtlichen Friedhofs verblassten. Von Laternen und Geistern blieben nur vage Lichtflecken übrig. Ich versuchte, noch einmal Noárs Blick einzufangen, doch er behandelte mich wie Luft. Schließlich verschluckten die undurchdringlichen Schleier auch ihn. Nicht mal meine eigenen Füße konnte ich mehr erkennen.

Das Seil vor mir spannte sich. Der energische Zug ließ mir gar keine andere Wahl, als mich in Bewegung zu setzen. Wenigstens wusste ich so, dass Warden noch irgendwo vor mir war, während der sanfte Widerstand in meinem Rücken bewies, dass Noár mir folgte.

»Haltet die Seile straff«, schallte Wardens gedämpfte Stimme durch die Nebel. »So weiß der Vordermann, dass hinter ihm alles in Ordnung ist.«

Damit begann unsere blinde Wanderung. Es ging immer geradeaus – in eine Richtung, in der zuvor noch Bäume und Grabsteine gestanden hatten. Doch Warden fand mühelos einen Weg hindurch. Oder darüber? Oder ...? Ich verlor jedes Raumgefühl. Zu Beginn spürte ich Gras und Kies unter meinen Sohlen, aber schon bald konnte ich nicht mehr zuordnen, worauf ich lief. Es fühlte sich an wie ... Teppich.

Eine federleichte Nervosität machte sich in mir breit. Sorge gemischt mit Lampenfieber. Obwohl wir ins Ungewisse marschierten, konnte ich es trotzdem kaum erwarten, wieder in Cassardim zu sein. Erst hier in der Menschenwelt hatte ich wirklich und wahrhaftig begriffen, wie atemberaubend und wunderschön das Totenreich war. Und erst als ich für einen kurzen Moment geglaubt hatte, nie wieder zurückzukönnen, war mir bewusst geworden, dass dieses Land, in dem ich geboren wurde, das ich vergessen und wiedergefunden hatte, tatsächlich mein Zuhause war. Ein Land so voller Wunder, dass selbst ein cassardisches Leben nicht ausreichte, um es zu erkunden. Noár hatte damals auf dem Fährboot recht gehabt. Cassardim ließ sich nicht mit Worten beschreiben. Man musste es fühlen – wie eine Melodie oder einen Sonnenstrahl. Und ich fühlte Cassardim. Ich fühlte, wie mich mit jedem Schritt mehr und mehr Energie durchströmte. Ich fühlte die Magie dieses Ortes auf meinen Sinnen prickeln. Ich fühlte die

Macht, die Ordnung, die Bedeutung. Ich fühlte die Symbole auf meiner Stirn zurückkehren und die goldenen Linien in meinen Händen. Ich fühlte meine Ringe, die Verbindung zu den Reichen und jedem Wesen darin. Cassardim hatte mich wieder. Ich war zurück und erfüllt von einer nie zuvor da gewesenen Klarheit. Das hier war meine Heimat. Und meine Verantwortung. Nicht, weil irgendjemand mich in die Thronfolge geschmuggelt hatte, sondern weil ich es so entschied. Ich war, wer ich war – was auch immer das sein sollte: ein Verlorenes Kind, Faheen, Mensch, Cassardin, Fürstenkind, Geisel, Goldene Erbin, Gefangene, Herrscherin, Freundin, Ehefrau ... nur eines war ich mit Sicherheit nicht, ein Niemand. Egal, wie viele möchtegern-wichtige Leute mir das einzureden versuchten.

Trillernder Beifall drang aus meinen Locken. Bis jetzt hatte Flummel sich vollkommen still verhalten, doch nun kam wieder Leben in den kleinen Kerl. War es die Veränderung in der Luft? Oder meine Gedanken?

»Sag deinem Begleiter, er soll ruhig sein«, schnauzte Warden mich aus dem Nichts an. »In den Nebeln lauern Gefahren, die schlimmer sind als ein paar verlorene Erinnerungen.«

Flummel verstummte abrupt. Ich spürte, wie der Okoklin zu meinem Ohr krabbelte, vorsichtig hinauslinste und sich dann schnell wieder verkroch. Es gab nichts zu sehen außer tristen Nebelschwaden. So blieb es noch eine ganze Weile. Nur das Licht veränderte sich irgendwann. Aus dem dunklen Grau wurde nach und nach ein fahles Weiß, in dem lilablassblaue Schlieren tanzten. Der Anblick hatte eine fast schon hypnotische Wirkung, sodass ich die nachlassende Spannung im Seil vor mir erst bemerkte, als ich gegen Wardens breiten Rücken prallte.

»Oh Mann, eine kleine Warnung –«

Der Nebelreiter wirbelte herum und presste mir die Hand auf

den Mund. Sein beunruhigtes Gesicht war Warnung genug. Irgendwo in nächster Nähe gab es eine Bedrohung. Ich nickte zum Zeichen, dass ich verstanden hatte, woraufhin Warden mich losließ und nach dem Seil hinter mir griff. In kürzester Zeit hatte er Noár und die anderen um sich versammelt. Er gebot uns, zu schweigen, bevor er uns einen Abhang hinunterschob. Einen Abhang? Wo kam der denn auf einmal her? Zum ersten Mal hatte ich wieder das Gefühl, einen definierbaren Boden unter den Füßen zu haben. Feuchter Lehm. Glitschig. Mit etwas wie Grasbüscheln.

Unten angekommen sah uns Warden grimmig an.

»Der Weg vor uns ist versperrt«, erklärte er so leise, dass ich ihn kaum verstand. »Eine Patrouille kommt uns entgegen. Kjann hat wohl damit gerechnet, dass die Trostlosen Felder der Weg eurer Wahl sein würden.«

Noár nahm die Information unbeeindruckt zur Kenntnis. Sogar ein kaum merkliches Lächeln erschien auf seinen Lippen. Hart. Gefährlich. Ich kannte diese Art von Lächeln. Es war für die Feinde des Schattenprinzen reserviert. Ohne den Nebelreiter aus den Augen zu lassen, fragte er leise: »Und was jetzt?«

Warden zuckte mit den Schultern. »Entweder wir kämpfen oder wir suchen uns einen anderen Weg zum Ewigen Fluss.«

»Keinen Kampf!«, flüsterte ich entschlossen. Solange ich es verhindern konnte, sollte kein Blut mehr vergossen werden.

»Dann gehen wir am besten dorthin, wo Kjann euch niemals vermuten würde«, schlug der Nebelreiter vor. »Direkt nach Akatesh und über den Hafen auf den Fluss.«

»Nach Akatesh?«, wiederholte Noár spöttisch. Er und Pash wechselten einen vielsagenden Blick, als hätten sie genau diese Antwort erwartet. »Wird dein Fürst unsere Anwesenheit in seiner Hauptstadt nicht bemerken?«

»Spar dir deinen abfälligen Tonfall, Schattenprinz!«, knurrte

Warden mit gedämpfter Stimme. »Ich hätte längst das Seil kappen und euch den Nebeln überlassen können, wenn ich vorgehabt hätte, euch zu verraten.«

»Nur wäre dir so das Kopfgeld entgangen, dass Kjann auf uns ausgesetzt hat.«

Der Vorwurf brachte Warden aus der Fassung. Rot vor Zorn trat er an Noár heran und nutzte seine ganze Größe, um auf ihn herabzublicken.

»Ich konnte aufgeblasene Dreckskerle wie dich noch nie leiden«, zischte er. »Adel im Blut, aber in Hirn und Herz nur gähnende Leere.«

Der Schattenprinz bemühte sich nicht, der Beleidigung zu widersprechen. Stattdessen funkelte er den hünenhaften Nebelreiter mit einem eingefrorenen Lächeln an. »Wie gut, dass ich auf deine Zuneigung keinen Wert lege.«

»So wie du auf dein Volk keinen Wert legst?«

Und schon kippte die Stimmung endgültig. In Noárs Augen blitzte eine unmissverständliche Warnung auf. »Sprich nicht von Dingen, von denen du keine Ahnung hast.«

»Beruhigt euch!«, schaltete Ilion sich ein. Er drängte die beiden auseinander, was nur zur Folge hatte, dass Noár den Faheen am Kragen packte. Warden versuchte zu intervenieren, doch Pash warf sich ebenfalls ins Handgemenge und machte das Durcheinander komplett.

»Herrgott noch mal, jetzt reicht es!«, fauchte ich genervt und schmiss mich zwischen die Fronten. Erneut. Es kostete mich einige Mühe, die Streithähne voneinander zu trennen. »Wir haben keine Zeit für so einen Kinderkram!«

Einen nach dem anderen funkelte ich gereizt an, bis ich schließlich bei Noár landete. Seine Miene war verschlossener denn je – ohne Reue, aber auch ohne Stolz. Ich seufzte. So konnten wir nicht weitermachen. Wir brauchten Vertrauen und klare Verhältnisse. Also fischte ich Flummel aus meinen Haaren und setzte ihn auf meine Handfläche. Der Okoklin war von der plötzlichen Aufmerksamkeit leicht überfordert und blinzelte mit seinen großen goldgelben Augen in die Runde.

»Frag Warden, was du wissen willst«, forderte ich Noár auf. »Flummel wird dir bestätigen, ob er die Wahrheit sagt.«

Der Schattenprinz sah von mir zu dem schwarzen Fellball und dann wieder zurück. Sein Gesicht verriet nicht, wie gut oder schlecht er meine Idee fand. Es verriet überhaupt nichts. Schließlich nickte er und wandte sich an den Nebelreiter.

»Führst du uns in eine Falle?«

Wardens Stirn war in Falten gelegt. Er schien nicht zu begreifen, was das kleine Tierchen auf meiner Hand für eine Rolle spielte. Dennoch antwortete er: »Nein.«

Sofort piepste Flummel auf. Übersetzt hieß das wohl so viel wie: Wahrheit.

»Hast du vor, uns auszuliefern?«, fragte Noár weiter.

»Nein.«

Erneut ein zustimmendes Piepsen.

»Und wie willst du uns in Akatesh vor Kjann verbergen?«

»Kjann ist jung und unerfahren«, begann Warden zögerlich. »Die Nebel gehorchen nicht ihm allein.«

Flummel legte den Kopf schief. Seine flauschigen Öhrchen zuckten, als würde er auf etwas lauschen. Dann riss er die Augen auf. Was auch immer er in den Gedanken des Nebelreiters gelesen hatte, es erstaunte ihn zutiefst. Und plötzlich nickte er so eifrig, dass er fast das Gleichgewicht verlor. Das war eindeutig. Noár hatte sich in Warden geirrt.

Auch ihm schien das gerade klar zu werden. Ich glaubte schon fast, er würde seinen Fehler eingestehen, doch er war offenbar noch nicht fertig. Unvermittelt richtete er seinen Blick auf Ilion. »Kann ich dir vertrauen, Faheen?«

Dieser Schachzug überrumpelte nicht nur mich. Verblüfft runzelte Ilion die Stirn. Noárs Argwohn schien ihm gehörig gegen den Strich zu gehen, genau wie dieser tierische Lügendetektortest. Aber er wusste wohl ebenfalls, dass er sich das selbst zuzuschreiben hatte und *keine* Antwort auch keine Alternative war. Nicht, wenn er auf seine Gesundheit Wert legte.

»Ja«, bestätigte Ilion reserviert. »Solange du Amaias Wohl im Sinn hast, kannst du mir vertrauen.«

Der Schattenprinz nahm die Antwort zur Kenntnis und sah Flummel an. Der Okoklin zog eingeschüchtert den Kopf ein. Ein verhaltenes Piepsen ertönte. Ilion sagte die Wahrheit.

Na bitte! Endlich konnten wir einen Schlussstrich unter diesen Wahnsinn ziehen.

Aber Noár regte sich nicht. Er stand da wie eine Statue. »Hast du Gefühle für meine Frau?«

Seine leise gestellte Frage schickte mir eine Gänsehaut über den Rücken. Gar nicht gut. Und auch das durchtriebene Lächeln, das sich gerade auf Ilions Lippen breitmachte, versprach nichts Gutes. Ich musste das beenden, bevor –

»Ja, Schattenprinz«, verkündete der Faheen. »Ich habe Gefühle für deine Frau.«

Fassungslos starrte ich ihn an. Natürlich hatte er Gefühle für mich. Er war mein Bruder! Ich ließ Flummel keine Zeit, um das zu bestätigen, sondern stopfte ihn einfach zurück in meine Locken.

»Noár, es ist nicht wie –«

Etwas zischte knapp an meinem Kopf vorbei und blieb mit einem hässlichen Schmatzen in Wardens Schulter stecken.

Ein Pfeil. Der erste von vielen.

AKATESH

Wir rannten, schlitterten, fielen. Immer wieder. Die Seile, die uns miteinander verbanden, waren Segen und Albtraum zugleich. Ohne sie hätten wir uns längst verloren, aber wenn einer stürzte, riss das auch die anderen mit. Unsere Flucht vor dem Pfeilhagel wurde zu einer wahren Schlammschlacht. Schon nach kürzester Zeit war ich von Matsch überzogen und mein schmerzendes Bein drohte seinen Dienst zu quittieren. Der feuchte Lehmboden bot wenig Halt, und da wir das Gelände nicht sehen konnten, mussten wir raten, wohin wir unsere Schritte setzten.

»Weiter!«, rief Warden. Der Pfeil in seiner Schulter schien den Nebelreiter nicht stärker zu beeinträchtigen als ein Mückenstich. Unerbittlich trieb er uns an und drosselte das Tempo erst, als sich die Umgebung veränderte. Von einem Moment auf den anderen kam es mir vor, als würden wir in eine bizarre Unterwasserwelt eintauchen. Blaues Licht ließ die Nebel erglühen und ging hoch oben in ein warmes Gold über. Die Schatten von Bäumen zeichneten sich schemenhaft in den Dunstschleiern ab. Nein, keine Bäume, es waren seltsame säulenartige Gewächse, wie riesenhafte Girlanden, die man senkrecht aufgehängt hatte. Sie wiegten sich in einem nicht vorhandenen Wind. Wäre ich nicht mit beiden Beinen fest auf dem Boden gestanden, hätte ich schwören können, wir würden durch einen trüben Algenwald schwimmen.

Eine durchsichtige Gestalt erschien vor mir. Versehentlich lief ich direkt in sie hinein und durch sie hindurch. Ich erschrak so heftig, dass ich gefallen wäre, wenn Noár nicht nach meinem Arm gegriffen hätte. Gleich doppelt schockiert riss ich die Augen auf. Er berührte mich und ich spürte kein Chaos. Es war, wie er versprochen hatte. Hier in Cassardim hatte sich Noár wieder vollständig unter Kontrolle. Ich wäre ihm gerne um den Hals gefallen, doch sein entsetzter Gesichtsausdruck hielt mich davon ab.

»Sie dürften gar nicht hier sein«, hauchte er.

Ich folgte seinem Blick und erstarrte. Noch mehr der durchscheinenden Gestalten schälten sich aus den Nebeln. Viel mehr. Seelen. Geister mit leeren Gesichtern. Je tiefer uns Warden in den merkwürdigen Wald führte, desto dichter drängten sie sich. Sie nahmen uns nicht wahr, sie nahmen einander nicht wahr, sondern wanderten ohne jedes Ziel umher. Jetzt erkannte ich auch warum. Goldene Lichtkugeln stiegen von ihnen auf. Varras-Lichter. Die Erinnerungen der Toten. Sie schwebten zwischen den sonderbaren Girlandenbäumen in die Höhe und verschwanden dort im Nichts. Aber ... das war falsch. Eigentlich mussten die Seelen erst das Totengericht passieren, bevor der Nebel ihnen die Erinnerungen nahm.

»Ja, seht es euch nur an«, brummte Warden über die Schulter. Er gab sich keine Mühe, leise zu sein. Offenbar hatten wir unsere Verfolger abgeschüttelt. »Das ist euer Werk.«

»Unser Werk?«, fragte ich irritiert.

Der Nebelreiter fuhr herum und funkelte mich aufgebracht an. »Seit der Chaos-Hochzeit steht das Gericht der Toten still. Das Fährvolk setzt keine weiteren Seelen über, weil der Goldene Berg niemanden mehr aufnehmen kann. Wo sollen sie also hin? Sie verirren sich in den Nebeln, verlieren viel zu früh ihr Gedächtnis. Nichts ist noch so, wie es sein sollte. Kjann ist kein guter Fürst, doch sein Zorn auf dich ist gerechtfertigt. Du erhebst den Anspruch darauf, das Totenreich zu regieren, aber du hast *keine Ahnung, was das bedeutet.*«

Die letzten Worte spuckte er mir förmlich ins Gesicht. Dann zog er einen Dolch und durchschnitt das Seil, das mich mit ihm verband. »Hinter dem Schleierwald beginnt Akatesh. Zieht eure Kapuzen auf und haltet die Köpfe gesenkt.«

Damit stapfte er davon und überließ es uns, ihn in dem diesigen Wald voller Gespenster nicht zu verlieren. Ilion entledigte sich als Erster seines Seils und folgte dem Nebelreiter. Im Vorbeigehen streifte er meine Schulter und raunte: »Vergiss nicht, was ich dir gesagt habe.«

Gereizt sah ich ihm hinterher. Warden für meine Sache gewinnen?! Hatte er gerade nicht zugehört? Der Nebelreiter zählte ganz offensichtlich nicht zu meinen größten Fans. Wie sollte ich ihn von irgendetwas überzeugen? Mit missmutiger Miene befreite ich mich von meinem Seil, als ein leises Seufzen hinter mir erklang. Es stammte von Noár, dem mein kurzer Austausch mit Ilion natürlich nicht entgangen war. Na großartig! Mir war klar, wie das wieder aussehen musste. Ich würde Ilion erwürgen, wenn er nicht bald aufhörte, meine Ehe zu sabotieren.

Doch Noár überraschte mich. Er nahm meine Hand und schenkte mir ein kleines Lächeln. Mit einem Schlag wurde die Last auf meinen Schultern erträglicher.

»Ich hoffe, du klärst mich bald auf«, sagte er sanft, »denn alles in mir verlangt danach, dem Kerl wehzutun, und mir gehen langsam die Gründe aus, mich zurückzuhalten.«

Weder Vorwurf noch Wut schwangen in seiner Stimme mit – als wüsste er genau, dass mein Verzweiflungslevel bereits auf Anschlag war. Er erwartete auch keine Antwort, sondern lud mich mit einem Nicken ein, den Weg an seiner Seite fortzusetzen.

Nichts lieber als das. Meine Finger verflochten sich mit seinen und ich spürte, wie mir seine Stärke Kraft verlieh. Nicht zum ersten Mal bewunderte ich die unglaubliche Selbstbeherrschung, die er aufbrachte. Er stellte seine Probleme nicht über mein Wohl, riss Ilion nicht den Kopf ab und hielt das Chaos in ihm in Schach. Hätte ich in seiner Haut gesteckt, wäre mir vermutlich nichts davon gelungen – geschweige denn alles zusammen. Umso schneller sollten wir aus diesem unheimlichen Wald rauskommen. Ich hatte so viel Dinge in Ordnung zu bringen – es fing bei Noár an und endete mit all den armen verlorenen Existenzen, die dazu verdammt waren, hier herumzugeistern. Mittlerweile badeten wir förmlich in den bläulichen Gestalten. Nur die schmale Schneise, die der Nebelreiter uns freischaufelte, war noch begehbar – es sei denn, wir hätten uns einen Weg *durch* die Seelen bahnen wollen, im wahrsten Sinne des Wortes. Das Ganze endete ziemlich unerwartet an einer schmucklosen grauen Wand, die selbst die Geister nicht durchqueren konnten.

Hä? War das Beton? In Cassardim?!

Auf Wardens Zeichen hin zogen wir unsere Kapuzen auf und umrundeten die Wand, die sich als Rückseite eines Hauses herausstellte. Danach erlebte ich einen Stilbruch, der mir einfach nur die Sprache verschlug. In einem Moment befanden wir uns noch inmitten eines geheimnisvollen Waldes durchzogen von blauen Dunstschleiern, Lichtern, Schatten und Seelen – und im nächsten Moment war Schluss mit Mystik. Die Nebel rissen auf und wir liefen auf einer gepflasterten Straße. Links und rechts von uns noch mehr graue Wände. Ich musste zweimal hinschauen, bis mir auffiel, was hier nicht stimmte. Es gab keine Fenster. Jedes einzelne Haus war ein grauer Kasten. Manche waren größer als andere, manche standen frei, andere hatte man direkt aneinandergereiht, aber das Prinzip blieb dasselbe: pro Haus eine Tür. Sonst nur rechte Winkel und glatte graue Wände. Dafür entdeckte ich haufenweise bürgerlich-spießige Details: Bürgersteige, Laternen, Hausnummern, Briefkästen und Vorgärten mit unbekannten

Pflanzen. Sogar eine Katze tigerte auf der Jagd nach Beute herum. Eine weiße Katze. Als Warden ihr zu nah kam, fauchte sie verärgert, löste sich in Nebel auf und wehte davon. Wow. Akatesh war eine ganz schön verrückte Stadt. Als würde man im Fiebertraum eines wahnsinnigen Architekten spazieren gehen.

Anfangs begegnete uns kaum jemand. Das änderte sich jedoch, als wir uns dem Stadtzentrum näherten. Hier kam endlich Leben und damit auch Normalität in diesen absonderlichen Ort. Es machte ihn weniger unheimlich, dafür aber riskanter für uns. Cassarden jeden Alters tummelten sich hier. Vermutlich Nebelreiter. So genau konnte ich das nicht sagen, denn ich hielt den Kopf gesenkt und sah nur das Schuhwerk der Passanten. Allerdings fing ich diverse Gesprächsfetzen auf. Es ging um den Marktpreis von Gurken, verschwundene Söhne, Chaoswirbel, die Ernte, die Hochzeit der Bürgermeistertochter und natürlich um den Untergang Cassardims. Jeder hatte diesbezüglich eine eigene Meinung. Nur in einer Sache waren sich alle einig: Fürst Kjann hatte mit der Verbannung der Goldenen Erbin eine weise Entscheidung getroffen.

Plötzlich zog mich jemand in eine kleine Seitengasse.

»Rein mit euch!«, zischte Warden. »Schnell!«

Durch eine unscheinbare Tür scheuchte uns der Nebelreiter in einen der grauen Häuserblöcke. Adrenalin pumpte mir durch die Adern. Waren wir entdeckt worden?

Mit einem *Rumms* donnerte die Tür ins Schloss und Warden schob sich die Kapuze herunter.

»Sie kontrollieren die Zugänge zum Hafen.«

»Weiß Kjann, dass wir hier sind?«, fragte Noár.

»Unwahrscheinlich«, brummte der Nebelreiter. »Schätze, es ist nur eine Vorsichtsmaßnahme. Wir sollten warten, bis es dunkel wird.«

Ich schüttelte vehement den Kopf. »Dafür haben wir keine Zeit.«

Ilion drängte sich an Warden vorbei zur Tür.

»Wartet hier«, sagte er knapp. »Der Hafenbezirk ist Faheen-Territorium. Ich werd mich umsehen und ein paar Gefallen einfordern.«

Er schlüpfte hinaus und bescherte uns so eine unfreiwillige Pause.

Pause?! Das war so gar keine gute Idee – nicht, wo ich mich doch gerade auf einem äußerst schmalen Grat zwischen adrenalinbedingt unter Strom stehend und erschöpfungsbedingt ins Delirium fallend befand. Wenn mein Körper jetzt herunterfuhr, würde ich ohne ausgiebig Schlaf oder literweise Kaffee nicht wieder in die Gänge kommen. Und wenn ich müde war, würde ich zwangsläufig unaufmerksam werden und wirres Zeug daherreden und – ach, du meine Güte! Jetzt erst fiel mir das Innere des Hauses auf. Es war so wunderschön wie ein kleiner Palast. Die gemütlichen Möbel erinnerten mich an die Menschenwelt – wie so vieles hier in Akatesh. Offenbar waren die Nebelreiter den Menschen näher als andere Cassarden. Aber der eigentliche Hingucker war das Glasdach. Hunderte kleiner Scheiben bildeten ein atemberaubendes Muster und die tanzenden Nebel darüber hauchten ihm Leben ein. Wenn alle Häuser in Akatesh so etwas besäßen, verstand ich gut, warum man keine Fenster brauchte.

»Ist das dein Zuhause?«, wollte ich von Warden wissen.

Der Nebelreiter stieß ein abfälliges Geräusch aus. »Ich wohne nicht in Akatesh.«

»Zu wenig Feingefühl für einen Platz in der Gesellschaft, hm?«, lachte Pash und klopfte ihm auf die Schulter. Der Hüne sog scharf die Luft ein und drehte sich von uns weg. Doch ich hatte sein schmerzverzerrtes Gesicht noch sehen können. Richtig, da steckte ja nach wie vor ein halber Pfeil in seinem Brustkorb.

Kurz entschlossen stiefelte ich um Warden herum und legte den Kopf in den Nacken, damit ich ihm in die Augen schauen konnte.

»Darf ich?«, fragte ich mit einer kleinen Geste in Richtung seiner Schulter.

Der Nebelreiter starrte mich miesepetrig an.

»Wenn du deinen Willen anwendest, finden sie uns«, murrte er und wandte sich erneut ab. Aber so einfach gab ich nicht auf. Ich holte ihn ein und wackelte mit den Fingern vor seiner Nase herum.

»Ich hab auch Hände.«

Warden sah aus, als wäre er lieber von zehn weiteren Pfeilen durchbohrt worden, als sich mit mir auseinanderzusetzen. Man merkte förmlich, wie er nach einem Ausweg suchte und keinen fand. Schließlich zog er sich einen Stuhl heran und ließ sich mit einem kaum verständlichen Fluch darauffallen.

»Ich hätte euch gar nicht erst helfen dürfen«, grunzte er – mehr zu sich als zu mir.

Grinsend trat ich an ihn heran, schob seinen Umhang zur Seite und besah mir die Wunde. Aus Gründen, die ich selbst nicht verstand, mochte ich den grimmigen Hünen.

»Und warum hilfst du uns dann doch?«, wollte ich wissen.

Warden hatte einen Großteil des Pfeils abgebrochen. Der Rest steckte noch immer in seiner Schulter – so weit, dass die Spitze ein Stück aus seinem Rücken herausragte.

»Ilion zahlt gut.«

Ich schnaubte leise und stieß den Pfeilschaft tiefer in die Wunde. Wegen der Widerhaken war das der einzige Weg, um das Ding aus ihm rauszukriegen. Warden presste einen derben Fluch hervor, bewegte sich aber keinen Millimeter.

»Du wirkst nicht wie jemand, der seine Ideale für Geld verkauft«, stellte ich fest, während ich einen Teil seines Umhangs um die eiserne Pfeilspitze wickelte. Sie war scharf und ich hatte kein Interesse daran, mir die Finger zu zerschneiden. Ich stemmte mich gegen Wardens Rücken und zog den Schaft mit einem kräftigen Ruck aus seinem Fleisch. Diesmal gab der Nebelreiter keinen Ton von sich. Hatte er das Bewusstsein verloren? Besorgt suchte ich seinen Blick, nur um unvermittelt von seinen graubraunen Augen durchbohrt zu werden.

»Viele Leute glauben an dich«, murmelte er unter Schmerzen. »Leute, deren Meinung ich schätze. Aber deswegen habe ich euch nicht zurückgebracht.« Er bewegte vorsichtig seine Schulter. Seine Wunde schloss sich bereits. Nun, da der Pfeil nicht länger darin steckte, konnte der Nebelreiter sich mit seinem Willen heilen. »Ich habe euch geholfen, weil ich finde, dass du einen Platz in der ersten Reihe verdient hast, wenn Cassardim untergeht.«

Ernüchtert und auch ein bisschen schockiert nickte ich. Das nannte ich mal ehrlich. Doch er hatte recht. Falls Cassardim unterging, war ich zwar nicht schuld daran, aber ich hatte definitiv meinen Teil dazu beigetragen.

Ich warf den blutigen Pfeil auf den Tisch. Was machte ich hier überhaupt? Warden für meine Sache gewinnen? Auf einen Faheen warten, der mich heimlich aus den Tanzenden Nebeln rausbrachte? Wozu? Nichts davon würde Cassardim retten. Ich sah mich um. Pash steckte bis zum Hals in einem Vorratsschrank und Noár saß auf einem Sessel neben dem Eingang und hatte die Stirn auf seinen Ellbogen abgestützt. Eine bessere Gelegenheit würde nicht kommen. Ich senkte die Stimme.

»Gibt es eine Möglichkeit, Fürst Kjann eine Nachricht zukommen zu lassen?«

Warden riss die Augen auf. »Hast du vollständig den Verstand verloren?«

»Ich brauche seine Hilfe. Das ist der einzige Weg, um Cassardim zu retten.«

»Wie soll Kjann dir schon helfen können?«, erkundigte sich der Hüne voll beißendem Spott. Er erhob sich. Sein Stuhl kratzte über den Steinboden und prompt überragte Warden mich wie ein Grizzlybär. »Willst du mit ihm etwa eine Allianz gegen Saphama bilden, um den Thron zu besteigen?«

Ich spürte, wie Noár hinter mich trat. Eine stumme Warnung an Warden, dass jede Bedrohung meiner Person Konsequenzen nach sich ziehen würde. Mit einer kaum merklichen Handbewegung gebot ich ihm Einhalt. Keine Ahnung, wie viel er von unserem Gespräch mitbekommen hatte, aber jetzt gab es ohnehin kein Zurück mehr.

»Nein«, antwortete ich dem Nebelreiter. Wenn ich seine Unterstützung wollte, würde ich ihn nicht mit Halbwahrheiten abspeisen können. »Ich will das Juwel der Macht wiederfinden.«

Warden lachte laut auf. Doch sein Lachen blieb ihm im Halse stecken, als er erkannte, wie ernst ich es meinte. Seine Brauen schoben sich ungläubig zusammen. Er sah zu Noár und dann wieder zurück zu mir. Offensichtlich war der Nebelreiter ein ziemlich schlauer Kopf, denn er kombinierte die wenigen Informationen, die er besaß, richtig.

»Du hast mit der ersten Kaiserin gesprochen?«

Ich nickte.

»Und sie sagt, dass das möglich ist?«

»Ja«, bestätigte ich, »aber nur mit der vereinten Willenskraft aller Fürstenhäuser.«

Jede Farbe wich ihm aus dem Gesicht. Er wirkte wie gelähmt. Ein paar Atemzüge lang blinzelte er nicht einmal. Und dann kehrte mit einem Mal die Farbe auf seine Züge zurück. *Eine* Farbe. Zornesröte.

»Oh, dieser verdammte Faheen!«, donnerte er und stapfte aufgebracht zur Tür. »Wenn ich den Mistkerl in die Finger krieg, bring ich ihn um! Nein, ich rasier ihm erst den Kopf, lass ihn seine hübschen Locken fressen und bringe ihn dann um.«

Hinter mir ertönte ein leises Lachen. »Tu dir keinen Zwang an.« Ich wurde aus Warden nicht schlau und wollte mich gerade umdrehen, um zumindest Noár mit einem bitterbösen Blick zu strafen, doch seine Arme schlangen sich von hinten um meine Taille. Der kräftige Körper an meinem Rücken, seine Wärme und die Geborgenheit drängten Wardens seltsame Reaktion in den Hintergrund. Ich spürte Noárs Lippen ganz nah an meinem Ohr.

»Jetzt mit Kjann zu sprechen, ist ein unnötiges Risiko«, raunte er mir zu. Anscheinend hatte er von meiner Unterhaltung mit dem Nebelreiter doch mehr aufgeschnappt, als angenommen. »Lass uns bitte erst von hier verschwinden. Wenn wir dann die anderen Fürstenhäuser überzeugt haben, wird auch Kjann sich nicht länger querstellen.«

Sein warmer Atem floss meinen Hals hinunter. Unwillkürlich erschauerte ich. Was er sagte, klang ... logisch. Zumindest, soweit ich das beurteilen konnte, während meine Gedanken abdrifteten und jeder einzelne meiner Sinne von Noárs Gegenwart erfüllt war. Viel zu lange hatte ich auf diese Nähe verzichten müssen.

»Okay«, flüsterte ich und lehnte mich an seine Brust. Mehr Einladung brauchte Noár nicht, um mir einen zarten Kuss auf den Nacken zu hauchen. Dann einen zweiten. Und dritten.

»Ich habe dich vermisst.« Seine leise Stimme war rau vor Verlangen und weckte tief in mir die gleiche Sehnsucht. Es tat so gut, ihn wieder berühren zu können.

Auf einmal stand Pash vor uns. In der Hand hielt er ein Einmachglas, aus dem er eingelegte gelbe Beeren fischte und genüsslich verspeiste.

»Also«, meinte er mit vollem Mund. »Ich weiß, es steht mir nicht zu, aber ich habe nachgedacht und bin zu dem Schluss gekommen, dass ihr eure Eheprobleme beilegen müsst. Nur wenn wir –«

Er hielt inne.

»Oh.«

Verlegen schluckte er die Beeren runter.

»Wieder kein guter Zeitpunkt, oder?«

»Mhm«, bestätigte Noár, ohne den Kopf zu heben.

Pash schien nach Worten zu ringen, um die Situation zu retten, aber dann entschied er sich doch für einen stummen Rückzug. Dabei sah er so unbeholfen aus, dass ich kichern musste, womit ich wiederum Noár zum Lachen brachte. Tja, das war es wohl mit der Romantik.

Doch Noár dachte gar nicht daran, zu kapitulieren. Er wirbelte mich zu sich herum und suchte meine Lippen.

In diesem Moment schwang die Tür auf. Ilion platzte herein. »Macht euch fertig! Wir haben Glück. Die *Rote Chimäre* liegt gerade im Hafen«, verkündete er fröhlich. »Ein Freund von mir bringt uns in die Docks. Aber sein Dienst endet in einer halben Stunde. Also los!«

Während er in die Hände klatschte, um uns anzutreiben, lehnte Noár seine Stirn an meine und stieß ein Seufzen aus, das einem Knurren gefährlich nahe kam. »Das macht er doch mit Absicht.«

»Sieh es mal so«, antwortete ich grinsend. »Je eher uns der ach so böse Faheen hier rausbringt, desto eher können wir beenden, was wir gerade angefangen haben.«

Noárs Augen funkelten schelmisch. Ohne Vorwarnung packte er meine Hand und zog mich aus dem Haus. Lachend versuchte ich, mir meine Kapuze wieder aufzusetzen, doch dank der draufgängerischen Art des hoch motivierten Schattenprinzen hatte ich meine liebe Mühe damit. Als die anderen zu uns aufschlossen, flatterten noch immer Schmetterlinge in meinem Bauch herum. Es gelang mir nur mit mäßigem Erfolg, sie zur Ordnung zu rufen. Erst drei Häuserblocks weiter holte mich der Ernst der Lage wieder ein. Auf der Straße vor uns hatte eine Einheit Soldaten in purpurnen Umhängen einen Kontrollpunkt errichtet. Noárs Haltung änderte sich sofort, doch Ilion marschierte sorglos an ihm vorbei und murmelte: »Locker bleiben, Schattenprinz.«

Kurz darauf begrüßte der Faheen den Hauptmann der Soldaten wie einen alten Bekannten. Sie schüttelten sich die Hände, wobei ein paar Goldmünzen unauffällig ihren Besitzer wechselten. Anschließend wurden wir einfach durchgewunken und durften das Hafengelände betreten – oder besser gesagt, zum Hafengelände hinabsteigen. Eine enge graue Steintreppe führte uns in einen nebligen Kessel. Mit jeder Stufe wurde die Luft diesiger und die Gestalten suspekter. Die Docks von Akaresh glichen einem wahren Labyrinth aus Spelunken, Lagerhäusern und Werkstätten. Und über allem hingen typische Hafengeräusche, der Geruch von Wasser und die im Wind tanzenden Nebelschwaden. Sie waren nicht annähernd so dicht wie auf den Trostlosen Feldern, aber es reichte aus, um allerlei zwielichtige Machenschaften zu verbergen. An jeder zweiten Kaschemme hielt Ilion an und sprach mit betrunkenen Seemännern, Halunken, Wirtinnen und leichten Mädchen. Seine Kontaktleute schienen überall zu sein. In kürzester Zeit schleusten sie uns an dem bestechlichen Hafenmeister vorbei, vertrieben mögliche Zeugen und fingierten sogar eine Schlägerei, um eine Patrouille von uns abzulenken.

Irgendwann wurden die gepflasterten Straßen zu massiven Holzbohlen, unter denen ich den Ewigen Fluss hörte – und spürte. Über meinem Kopf formten sich Möwen aus den Nebeln, stießen kreischend herab und lösten sich schließlich wieder in Dunst auf.

Und dann ... zeichneten sich die Umrisse großer Segelschiffe ab. So etwas hatte ich in Cassardim noch nie gesehen. Ich kannte nur kleinere Segelboote und natürlich die Barken, mit denen das Fährvolk die Seelen der Verstorbenen zur Goldenen Brücke brachte. Aber das hier waren eindeutig schwerere Kaliber – vermutlich für den Transport von Waren. Ganze Mannschaften hatten damit zu tun, Fässer und Kisten von oder an Bord zu schaffen. Befehle hallten durch die Luft, Flüche, Gelächter und Musik. Mindestens sieben dieser großen Segelschiffe passierten wir, bevor Ilion uns auf einen Anlegesteg abseits des Getümmels führte. Hier lagen hauptsächlich angetäute und ungenutzte Barken. Zumindest dachte ich das, bis im grauen Nichts plötzlich der monströse Kopf einer Raubfisch-Skorpion-Chimäre zum Vorschein kam. Ich zuckte erschrocken zusammen, bevor mir klar wurde, dass der Kopf nur Teil einer hölzernen Galionsfigur war, die den Bug eines imposanten zweimastigen Schoners zierte. Eine dunkelhäutige Schönheit trat an die Reling und schenkte uns ein wildes Grinsen. Nein, nicht uns. Es galt Ilion.

»Willkommen auf der *Roten Chimäre*, Hoheit!«

Sie gab zwei sehnigen Matrosen einen Wink, die daraufhin eine Planke zum Steg schoben.

»Wie immer eine Freude, Captain«, erwiderte Ilion und balancierte leichtfüßig an Bord. Anschließend forderte er uns auf, ihm zu folgen.

Okay, stopp! Wann und wieso war ich auf einmal mitten in einem Piratenfilm gelandet?

»Hey, Warden!«, rief Ilion über die Reling und warf dem Nebelreiter einen prall gefüllten, klimpernden Beutel zu. »Für deine Dienste.«

Der Hüne fing den Beutel auf und antwortete mit einem äußerst rüden Vorschlag, was der Faheen das nächste Mal mit seinem Gold anstellen sollte. Doch anstatt von dannen zu ziehen, baute sich der Nebelreiter vor mir auf und bedachte mich mit einem grimmigen Blick.

»Ruf mich, wenn du die anderen überzeugt hast.«

Ohne jede Erklärung drückte er mir einen kleinen harten Gegenstand in die Hand und verschwand in Richtung der Docks.

Was zum Teufel meinte er damit? Maximal verwirrt öffnete ich meine Faust und fand darin einen klobigen Kupferring, auf dem zwei geprägte Pferdeköpfe prangten.

Noár sog überrascht die Luft ein.

»Was ist?«, wollte ich wissen.

»Das«, murmelte er erstaunt, »ist einer der Siegelringe der Nebelfürsten.«

MANN ÜBER BORD

»Wie kommt Warden zu so einem Ring?«, fragte Pash mit großen Augen.

»Gute Frage«, meinte Noár.

Ja, das war wirklich eine gute Frage. Und ich wusste auch, wem ich sie stellen würde. Wütend schloss sich meine Faust um den Ring und marschierte an Bord der *Roten Chimäre*. Ilion unterhielt sich gerade mit irgendwem, aber das war mir egal. Ich packte ihn am Kragen.

»Möchtest du mir irgendetwas sagen?«

Im Bruchteil einer Sekunde wurden mindestens acht Schwerter, Dolche und Säbel gezogen und auf meine Kehle gerichtet.

Wow, ähm ...

»Das ist mein Reich«, informierte mich Ilion gelassen. In seinen grauen Regentag-Augen glitzerte Spott. »Es ist eine sehr dumme Idee, mich hier zu bedrohen.«

Plötzlich erzitterten die Klingen. Sie bewegten sich synchron von mir weg und richteten sich stattdessen auf Ilion. Unter den Seeleuten brach Verwirrung aus. Sie schienen die Kontrolle über ihre Gliedmaßen verloren zu haben. Keiner wusste, was los war, und keiner konnte sich dagegen wehren.

»Es ist eine noch viel dümmere Idee, meine Frau zu bedrohen«, ertönte Noárs Stimme an Deck. »Jemand meinte sogar mal, ich würde diesbezüglich ziemlich radikal reagieren.«

Da ging mir ein Licht auf. Das hier war Noárs Werk. Natürlich! Wir befanden uns auf einem Schiff, also streng genommen nicht länger in Kjanns Reich. Noár hatte keinen Grund mehr, seinen Willen zurückzuhalten.

Der Mannschaft stand das Entsetzen ins Gesicht geschrieben. Man raunte und flüsterte: »Der Schattenprinz!« – »Der Herr der Neun Tode!« – »Das Schicksal steh uns bei!«

Nur die Kapitänin schien nicht vor Schreck erstarrt zu sein. Sie lief Slalom durch die Klingen ihrer Leute und fuhr Ilion aufgebracht an: »Du bringst Ardiza val Shaell auf mein Schiff?! Hast du den Verstand verloren?!«

Der Faheen-Fürst verdrehte die Augen wie ein trotziges Kind. Nichts an der ganzen Situation schien ihn zu beunruhigen. »Seine schattige Durchlaucht ist eigentlich recht handzahm, wenn man ihn erst einmal kennenlernt«, beschwichtigte er seine Kapitänin.

Sofort rückten die Klingen noch näher an seinen Hals heran.

»Noár!«, rief ich beunruhigt. Ein resignierter Ausdruck huschte über die Züge des Schattenprinzen. Er schien gerade einlenken zu wollen, als Ilion eins draufsetzte.

»Du hast deine Frau gehört. Schätze, ihr liegt was an mir.«

Mann! Ich schleuderte Ilion einen missbilligenden Blick zu und befahl meinerseits: »Runter mit den Waffen!«

Mein Wille traf auf Noárs, der sich wie eine Schraubzwinge um die Gedanken der Faheen gelegt hatte. Für einen Moment sah es nach einer Pattsituation aus, doch dann zog Noár sich zurück. Die Mannschaft atmete kollektiv auf. Sie wirkten ein bisschen orientierungslos, bis ihre Kapitänin sie mit schroffen Befehlen übers Deck scheuchte.

Ilions Hemdkragen war noch immer fest in meinem Griff. Knapp darüber machte sich jetzt ein diebisches Grinsen breit.

»Spar dir, was auch immer dir gerade auf der Zunge liegt!«, fauchte ich und ließ ihn los. »Erzähl mir lieber, was das ist.«

Vorwurfsvoll hielt ich ihm Wardens Ring unter die Nase.

Der Faheen-Fürst reagierte schnell. Er schloss meine Hand um das Kupfer und sah sich alarmiert um, ob jemand den Ring gesehen hatte. Dann schob er mich zur Seite und senkte die Stimme.

»Gern geschehen, kleine Kaiserin. Du kannst jetzt das Fürstenhaus der Tanzenden Nebel von deiner Sorgen-Liste streichen.«

»Was?!«

»Du hast jemanden aus der Fürstenfamilie der Nebelreiter gebraucht und ich hab ihn dir geliefert. Ganz einfach.«

»Warden ist ...?«

Ilions warnender Blick ließ mich verstummen. Kein Problem, ich war sowieso sprachlos.

»Kaum jemand weiß, wer er wirklich ist«, erklärte er leise. »Nachdem er wegen seines Geliebten auf den Thron verzichtet hat, ist er untergetaucht und hat einen anderen Namen angenommen. Das ist Ewigkeiten her. Ich wüsste selbst nichts davon, wenn er es mir nicht im Suff erzählt hätte.«

Völlig perplex schüttelte ich den Kopf. »Hättest du mir das nicht gleich sagen können?«

»Dann hätte es nur halb so viel Spaß gemacht«, lachte Ilion. »Außerdem solltest du keinen Fürsten überzeugen, sondern einen alten griesgrämigen Mann.«

Das war ... ziemlich scharfsinnig. Wow! Ich konnte mein Glück nicht fassen und hätte meinen Bruder dafür am liebsten abgeknutscht. Glücklicherweise fiel mir noch ein, dass das bei Noárs aktueller Reizbarkeit keine gute Idee war.

»Du kannst mir später danken«, meinte Ilion mit einem so verschmitzten Lächeln, dass ich nicht wusste, ob das ein Scherz oder eine Drohung sein sollte. »Jetzt habe ich erst mal ein paar Dinge mit Captain Leeja zu besprechen. In der Zwischenzeit solltest du deinen Mann davon abhalten, meine Leute in Angst und Schrecken zu versetzen.«

Damit ließ er mich stehen und spazierte aufs Achterdeck. Noár! Wo war er eigentlich? Seltsam, dass er mich mit Ilion allein gelassen hatte. War er etwa wieder sauer auf mich? Ich seufzte. Es wurde wirklich Zeit, ihn einzuweihen. Die nötige Privatsphäre gab es auf diesem Schiff zwar nicht, aber da wir uns nun nicht länger vor Fürst Kjann verstecken mussten, konnte ich zumindest unsere Ringe benutzen.

Nachdem ich ihn nirgendwo erspähen konnte, versuchte ich, meinen Plan direkt in die Tat umzusetzen. Ich berührte meine Ringe, spürte das Schattenreich und Noár ... doch dann riss die Verbindung einfach ab – als wäre auf der anderen Seite besetzt.

Verwundert machte ich mich auf die Suche. Zwischen all den wuselnden Seeleuten war es gar nicht so einfach, jemanden zu finden. Die Takelage knarrte. Taue wurden eingeholt und rostrote Segel gehisst. Sie blähten sich sofort auf und setzten das Schiff in Bewegung. Schon nach ein paar Augenblicken durchstießen wir die letzten Nebelschwaden und glitten fast lautlos hinaus auf den Ewigen Fluss. Ich lächelte, als ich endlich wieder die dunkel glänzenden Fluten unter den endlos scheinenden orangegoldenen Wolkenbergen erblickte. Da! Vorne am Bug stand Noár. Pash war bei ihm. Beide starrten hinaus auf den Fluss. Gut gelaunt gesellte ich mich zu ihnen und wollte ihnen gerade von Warden erzählen, als ich sah, dass sich Noárs Hände so fest an die Reling klammerten, dass seine Knöchel weiß hervortraten. Er wirkte wie versteinert.

»Was ist los?«

Ich bekam keine Antwort, aber ich spürte, wie mein Verlobungsring heiß wurde und ein merkwürdiges Kribbeln auslöste. Etwas stimmte hier nicht. Besorgt legte ich meine Hand auf seine und riss sie vor Schreck zurück. Chaos. Nur schwach und trotzdem eindeutig. Wie konnte das sein? Wir waren doch wieder in Cassardim und ich nahm weit und breit keinen Wirbel wahr.

»Noár?«

Erneut keine Reaktion. Pash drängte mich ein Stück von ihm weg. »Diesmal hast *du* keinen guten Zeitpunkt erwischt, Prinzesschen.«

»Was ist passiert?«, wollte ich wissen, doch der Graf zögerte. Worum auch immer es ging, es nahm ihn ebenfalls ziemlich mit.

»Drokor ist tot«, offenbarte er mir schließlich. »Shaell hat ihn hingerichtet, um Noár für seinen Ungehorsam zu bestrafen.«

»Was?!«

Der Schock überrollte mich wie eine Lawine.

Ich wusste nicht, was ich sagen sollte. Vor Wut und Entsetzen begannen meine Hände zu zittern.

Drokor ... was?!

Er sollte tot sein? Einfach so?

Weil ein selbstverliebter Tyrann entschieden hatte, seinem Sohn damit eins auszuwischen?!

Kein Wunder, dass Noár gerade mit dem Chaos in sich kämpfte. Drokor war einer seiner besten Freunde gewesen.

Mein Verstand wehrte sich. Ich versuchte, diese schreckliche Information anzuzweifeln, wollte eine Lüge dahinter vermuten, ein boshaftes Täuschungsmanöver von Shaell, aber ich scheiterte. Noár hätte niemals so reagiert, wenn es auch nur die geringste Chance gab, dass Drokor noch am Leben wäre. Dieser herzensgute Berg von einem Mann, den nie etwas aus der Bahn hatte werfen können.

Tränen stiegen mir in die Augen. Ich spürte Noárs Trauer genauso stark wie meine eigene. Der wortkarge Leibwächter des Schattenprinzen hatte sich von Anfang an einen Platz in meinem Herzen erobert. Und trotzdem war meine letzte Handlung ihm gegenüber ein Vertrauensbruch gewesen. Ich hatte ihn ausgetrickst und zurückgelassen, als ich mit Ilion aus dem Fort abgehauen war.

Am Horizont erklang ein tiefes Brüllen. Die Seeleute hielten inne und blickten zu den Wolken empor. Dort flog ein schwarzes Etwas und näherte sich schnell. Oh nein, nein, nein ... Das war Nox. Wenn Noár ihn gerufen hatte, konnte das nur eines bedeuten.

»Jetzt zu Shaell zu fliegen, ist keine gute Idee«, rief ich über Pashs Schulter.

Endlich drehte sich der Schattenprinz zu mir um.

»Er hat Drokor getötet, weil er wusste, dass ich dann zu ihm kommen werde«, sagte er ausdruckslos. Das Leid in seinen wunderschönen Sternenaugen war kaum zu ertragen.

»Also ist es eine Falle!«

»Möglich«, bestätigte er. Dabei sah er mich an, ohne mich wirklich zu sehen. »Aber du darfst nicht vergessen, dass ich ohnehin zurückmuss, um einen Krieg zu verhindern.«

Das hatte ich nicht vergessen. Ich hatte nur geglaubt, dass uns zumindest ein bisschen mehr Zeit blieb.

»Na gut«, entschied ich kategorisch, »dann komme ich mit. Du hast selbst gesagt, dass wir zusammenbleiben sollten.«

Wieder hallte ein Brüllen über den Ewigen Fluss. Näher.

»Diesmal nicht, Amaia.« In Noárs Worten schwang eine Endgültigkeit mit, die sich wie eine Ohrfeige anfühlte. »Ich muss das allein tun.«

Was musste er allein tun? Was hatte er vor? Shaell zur Rechenschaft ziehen? Ihn töten? Das Schattenreich in Schutt und Asche legen? Zutiefst beunruhigt versuchte ich, in Noárs Zügen die Antwort auf all diese Fragen zu finden, doch vor mir stand nur der emotionslose Prinz, den ganz Cassardim fürchtete.

Ein mächtiger Schatten stob über die beiden Masten hinweg. Die Segel rissen an der Takelage und ein heftiger Luftstoß drückte gegen das Schiff. Das Deck neigte sich gefährlich und doch gelang es einer schwarzen Gestalt, zielsicher zwischen den Masten zu landen. Die Faheen riefen aufgeregt durcheinander, zogen ihre

Waffen, aber Captain Leejas donnernder Befehl verhinderte, dass sich ihre Leute auf den Neuankömmling stürzten. Es war Junos, düster wie der Tod und völlig unbeeindruckt von der feindseligen Begrüßung.

»Er wird mit Pash für deine Sicherheit sorgen, bis ich zurück bin«, ließ Noár mich wissen und sprang auf die Reling.

»Nein! Warte!« Im letzten Moment erwischte ich seinen Umhang. Ich konnte ihn so nicht gehen lassen. Nicht in diesem Zustand. Doch anstatt sich mit mir anzulegen, streifte Noár den Umhang einfach ab. Der lose Stoff fiel mir entgegen.

»Bitte, Noár!«, rief ich wütend vor Verzweiflung. »Lass mich wenigstens mitkommen!«

Der Schattenprinz drehte sich noch einmal zu mir um und rang sich ein gequältes Lächeln ab. Seine Haare tanzten im Wind und mich erdrückte das Gefühl, ihn gerade zum letzten Mal zu sehen.

»Ich finde dich – ganz gleich, was geschieht.«

Seine Worte zerrissen mir das Herz.

Ohnmächtig musste ich dabei zuschauen, wie Noár sich abwandte und losrannte. Über die Reling und den Bugspriet, bis unter ihm nur noch der Ewige Fluss war. Er sprang – genau in dem Augenblick, in dem ein schwarzes Ungetüm mit angelegten Flügeln knapp über der Wasseroberfläche vorbeischoss. Nox stieß ein triumphierendes Brüllen aus. Endlich war er wieder mit seinem Herrn vereint. Seine gewaltigen Schwingen entfalteten sich und trugen beide gen Himmel.

Starr vor Sorge sah ich ihnen nach – auch noch, als Noár und sein Shendai längst in den Wolken verschwunden waren.

»Wehe, du kommst nicht zurück.«

Der Wind trug mein Flüstern davon, doch Pash hatte es trotzdem gehört. Er legte mir eine Hand auf die Schulter.

»Das wird er, Prinzesschen. Allein schon, weil er viel zu große Angst davor hat, dass du wieder losziehst, um ihn zu retten.«

»Na, dann«, spottete eine vergnügte Stimme hinter uns, »hat sein Ego ja wenigstens *einen* sinnvollen Verwendungszweck.«

Ilion schlenderte auf uns zu, flankiert von Captain Leeja und Junos. Er hatte sich umgezogen und sah mit seinen Lederstiefeln und dem schwarzen Wams nun wahrhaftig wie ein Piratenfürst aus. Seine gute Stimmung löste Widerwillen in mir aus.

»Neidisch?«, fauchte ich ein wenig zu heftig.

Der Faheen-Fürst runzelte die Stirn. Er wusste nicht, warum Noár aufgebrochen war, aber er schien gerade zu begreifen, dass er die Situation wohl unterschätzt hatte.

»Vielleicht ein bisschen«, lenkte er mit einem Seufzen ein. »Was habe ich verpasst?«

»Nichts von Belang«, antwortete Pash an meiner statt. »Der Schattenprinz wird bald zurück sein. Bis dahin hat Amaias Sicherheit oberste Priorität.«

Ilion nickte. »Gut, dann werden wir unsere kleine Kaiserin mal an einen Ort bringen, an dem man sie nicht so schnell finden kann.«

»Und wo soll das sein?«, wollte ich wissen.

Ein verschlagenes Lächeln machte sich auf den Zügen des gelockten Fürsten breit. »Du hast Cassardims Gesetze gebrochen, auf deinen Kopf ist ein Vermögen ausgesetzt und du fliehst vor den Häschern der Regentin. Es gibt nur einen Ort in ganz Cassardim, an dem du sicher bist.«

Er warf Leeja einen vielsagenden Blick zu. Die Kapitänin nickte grinsend und schmetterte einen Befehl, der mit Jubel aufgenommen wurde.

»Auf nach Faheena!«

WO DIE POST ABGEHT

Scheinbar stand uns eine längere Fahrt bevor, denn mir wurde eine Kajüte zugewiesen. Nicht nur das. Captain Leeja legte mir nachdrücklich und auf sehr ruppige Art ans Herz, unter Deck zu bleiben, für den Fall, dass wir anderen Schiffen, Fährleuten oder Wyvern-Patrouillen begegnen würden. Da ich dieses Argument für vernünftig erachtete, fügte ich mich ihrem Wunsch.

Anfangs fand ich noch ein paar sinnvolle Dinge, mit denen ich mir die Zeit vertreiben konnte. Mir den Dreck der Trostlosen Felder abwaschen, mich umziehen und mein Schienbein heilen zum Beispiel. Doch schon bald hatte ich nichts mehr anderes zu tun, als untätig in meiner Hängematte zu liegen, dem Knarren des Rumpfs zuzuhören und gegen meine aufsteigende Übelkeit anzukämpfen. Ich war noch nie zuvor in meinem Leben seekrank gewesen. Tja, anscheinend gab es für alles ein erstes Mal. Obwohl die Verpflegung aus dem Altenheim meine letzte Mahlzeit gewesen war, brachte ich keinen Bissen runter, und der stete subtile Brechreiz machte mich wahnsinnig. Viel ärger litt ich jedoch unter den Schuldgefühlen, die jeden meiner Gedanken wie eine trübe Decke einhüllte. Drokor war tot und meine Entscheidungen hatten wesentlich zu seinem Ende beigetragen. Nicht dabei gewesen zu sein, machte es nicht besser. Im Gegenteil. Ich fühlte mich egoistisch. Noár tat alles, um mich zu schützen, und seine Freunde folgten ihm aus Loyalität. Ohne Zögern, ohne Furcht, ohne Reue, wie die Neun Tode zu sagen pflegten. Große Worte. Ich wagte zu bezweifeln, dass Drokor nicht doch Reue empfunden hatte, angesichts seines sinnlosen und unrühmlichen Todes. Ja, Shaell trug die Schuld an diesem Unrecht. Trotzdem. Hätte ich mich nicht dazu entschieden, mich vor der Welt zu verstecken, wäre Drokor wohl noch am Leben.

Das war es, was Warden gemeint hatte. Meine Entscheidungen, meine Verantwortung – aber die Konsequenzen aller.

Und was tat ich? Ich vergoss stille Tränen, wälzte Erinnerungen an Drokor und ... versteckte mich weiter. Diesmal im Rumpf eines Faheen-Schiffes. Natürlich versuchte ich auch, Noár zu erreichen. Keine Ahnung, ob es ihm gut ging, ob er verletzt war oder ob er wieder gefangen genommen wurde. Das Einzige, was ich wusste: Er war am Leben – denn all meine Versuche, über unsere Ringe eine Verbindung herzustellen, wurden von ihm blockiert. Immer mit derselben Nachricht. Das Bild dunkler Augen voller Sterne und ein Wort: »Bald!«

Irgendwann ertrug ich die Mischung aus Trauer, Übelkeit, Stand-by-Modus, Ungewissheit und Schuldgefühlen nicht mehr. Also rappelte ich mich auf, schwankte aus der Kajüte und wäre fast in Junos hineingelaufen, der vor der Tür Wache hielt.

»Ich muss mit Ilion sprechen«, brummte ich.

Der stumme Schattenkrieger musterte mich streng. Er schien meinen Absichten zu misstrauen. Verständlich, wenn man bedachte, dass ich schon einmal mit Ilions Hilfe aus der Obhut der Schattenkrieger abgehauen war, um nach Noár zu suchen.

»Nur reden«, maulte ich. »Ich werd keinen Fluchtversuch unternehmen.«

Junos nickte und signalisierte mir, ihm zu folgen. Er führte mich über zwei steile Holztreppen an Deck. Der kühle Wind, der mir ins Gesicht wehte, vertrieb schlagartig jede Übelkeit. Wow, damit war schon mal eines klar: Niemand, kein Fürst, kein Captain, nicht mal eine bewaffnete Armee würde es schaffen, mich wieder in dieser winzigen, fensterlosen Kajüte einzusperren. Egal, wie vernünftig ihre Argumente waren. Ich brauchte Luft, ich brauchte meine Freiheit und das Gefühl, Herrin über mein Leben zu sein. Motiviert von dieser Erkenntnis ließ ich mich von Junos zu einer Tür unterhalb der Treppe zum Achterdeck bringen. Aus der wenig begeisterten Miene des Schattenkriegers las ich heraus, dass ich denjenigen finden würde, den ich suchte.

Also gut. Ich straffte die Schultern und klopfte an die mit Schnitzereien verzierte Tür. Eine barsche Frauenstimme rief mich herein. Vermutlich Leeja. Ich kam der Aufforderung nach, trat ein und blieb schon zwei Schritte später völlig geplättet stehen. Ach du liebe Güte. Durch eine wunderschöne Fensterfront aus Bleiglas drang erstaunlich viel Licht ins Innere der Kapitänskajüte, die vor Klischees nur so strotzte. Jedes einzelne Detail hier drinnen hätte Blackbeard und Co vor Neid erblassen lassen. Dunkles Holz, rot gepolsterte Sitzbänke, ein Kartentisch, massenweise Karten, Navigationsinstrumente und natürlich ein Esstisch mit Silberbesteck, einem gebratenen Vogel und einer Flasche, deren Inhalt verdächtig nach Rum aussah.

»Wenn sich hier noch irgendwo ein Papagei versteckt, bin ich echt beeindruckt.«

Fünf verständnislose Augenpaare richteten sich auf mich. Neben Leeja und Ilion waren noch drei weitere Faheen anwesend. Zwei wettergegerbte Männer und eine Frau mit irrem Blick. Während der Fürst sich an Essen und Trinken gütlich tat, hatten die anderen sich im Raum verteilt. Das nannte man dann wohl eine eindeutige Hierarchie.

Leeja stieß sich vom Kartentisch ab und kam mit verärgerter Miene auf mich zu. »Ich weiß nicht, wovon du sprichst, aber ich weiß, dass ich dir nicht erlaubt habe, deine Kajüte zu verlassen.«

Entgeistert von dieser dreisten Zurechtweisung hob ich die

Brauen. Ich war mir nicht sicher, wie ich darauf reagieren sollte, ohne einen Fauxpas zu begehen, also sah ich ratsuchend zu Ilion. Aber der Faheen-Fürst schmunzelte nur in sein Essen hinein und schien nicht vorzuhaben, seinen vollbusigen Pitbull zurückzupfeifen.

Fein! Dann würde ich das eben selbst klären. Ich richtete meinen Blick auf die resolute Kapitänin mit dem wunderschönen Ebenholz-Teint und dem langen pechschwarzen Zopf.

»Mir war nicht bewusst, dass ich deine Gefangene bin«, meinte ich trocken. »Falls wir uns diesbezüglich missverstanden haben, sollte ich dich warnen. Ich lasse mir nicht gerne Vorschriften machen.«

Leejas Lippen verzogen sich zu einem spöttischen Lächeln, aber in ihren Augen schimmerte tödlicher Ernst.

»Hätt nicht gedacht, dass du dich ohne deinen Schattenprinzen trauen würdest, deine Klappe so weit aufzureißen, *kleine Kaiserin*.«

Die letzten Worte spuckte sie mir voller Häme entgegen, um mir klarzumachen, dass mein Titel mir keinen Respekt garantierte. Damit war es dann wohl offiziell: Die Kapitänin konnte mich nicht leiden. Noch vor ein paar Wochen hätte mich das vielleicht gestört oder gar eingeschüchtert, aber jetzt interessierten mich Leeja und ihre Minderwertigkeitskomplexe nicht die Bohne. Sie hielt mich nur auf.

»Leg dich lieber nicht mit mir an«, riet ich ihr unterkühlt, »oder du wirst dir noch wünschen, der Schattenprinz wäre hier, um *mich* zurückzuhalten.«

Das Gesicht der Kapitänin verhärtete sich. Zorn brodelte hinter ihren braungoldenen Augen und ich war mir sicher, dass sie meine Androhung gleich auf die Probe stellen würde. Genau diesen Moment suchte Ilion sich aus, um seine Mahlzeit zu beenden.

»Wie kann ich dir helfen, Amaia?«, erkundigte er sich mit distanzierter Höflichkeit und tupfte sich die Mundwinkel mit einer Stoffserviette ab.

Na endlich ließ sich der werte Herr dazu herab, mich seines fürstlichen Blickes zu würdigen.

»Ich möchte gerne mit dir sprechen.«

Den Zusatz »unter vier Augen« sparte ich mir, da mein Tonfall hinlänglich klarmachte, dass mein Anliegen nicht für jedermanns Ohren bestimmt war. Selbst Ilion verstand den Subtext, allerdings entschied er sich dazu, ihn zu ignorieren.

»Tu dir keinen Zwang an«, erwiderte er, lehnte sich zurück und verschränkte die Arme hinter dem Kopf.

Wie bitte?! Ich hatte mich wohl verhört! Ilion wusste ganz genau, wie heikel meine Mission war, und er hatte trotzdem nichts Besseres zu tun, als die Ich-bin-der-geilste-Fürst-der-Welt-Karte auszuspielen?

Warnend kniff ich die Augen zusammen.

»Ich muss ein paar *wichtige*, sehr *private* Briefe verschicken. Ist das möglich? Kannst du mir dabei helfen? Und wie lange würde das dauern?«

Ilion rührte sich keinen Millimeter. Vielmehr schien er seine Überlegenheit und meine Abhängigkeit in vollen Zügen auszukosten.

»Was hab ich davon?«, erkundigte er sich schließlich.

Mir fiel alles aus dem Gesicht.

»Wie wäre es mit: Ich trete dir *nicht* in den Arsch?«

Die Temperatur in der Kapitänskajüte sank merklich. Die Atmosphäre war zum Zerreißen gespannt und ich hätte schwören können, dass die anderen Faheen ein bisschen aufrechter dasaßen als zuvor – neugierig auf die Reaktion ihres Fürsten.

Langsam breitete sich ein Grinsen auf Ilions Gesicht aus und er begann, herzlich zu lachen. Seine Untertanen stiegen mit ein. Sogar Leeja.

Perplex blinzelte ich in die Runde. Was war hier eigentlich los? Es wirkte fast so, als hätte ich gerade einen Witz gerissen, den alle feierten.

»Hey, Rodh!«, rief Ilion gönnerhaft. »Geleite Ihre kaiserliche Hoheit doch in meine Kajüte und zeig ihr, wo sie Papier und Tinte findet.«

Ein glatzköpfiger Typ mit Knollnase erhob sich. Er hatte eindeutig Zahnprobleme, was ihn jedoch nicht daran hinderte, mich ungeniert anzufeixen.

»Dann komm mal mit, kleine Kaiserin«, grunzte er und schob mich aus der Tür.

»Und lass deine Finger bei dir, Rodh!«, brüllte ihm Leeja hinterher, woraufhin er nur dreckig lachte.

Kurz darauf verstand ich den Grund für Leejas ausdrückliche Anweisung. Dieser Rodh kannte wirklich keine Scham. Dank Junos Anwesenheit traute er sich zwar nicht, mich anzufassen, dafür zog er mir jedes einzelne Faheen-Kleidungsstück, das mir eine junge Matrosin geborgt hatte, mit seinen Blicken aus – und das so offensichtlich, dass ich ihm am liebsten eine gescheuert hätte. Nachdem er mich in einer überraschend geräumigen Kajüte mit sauberem Bett, elegantem Schreibtisch und eigenem Bullauge abgesetzt hatte, verschwand er – und mit ihm Junos. Kurz darauf hörte ich ein Poltern, gefolgt von einem Röcheln und der Beteuerung: »Ist ja gut. Hab's verstanden.«

Dann erschien Junos wieder, schloss mit der üblich ausdruckslosen Miene die Tür und richtete seine dunklen Augen in eine leere Zimmerecke, um meine Privatsphäre zu respektieren. Durch und durch höflicher Leibwächter.

»Das ...« war nicht nötig, hatte ich sagen wollen, schließlich hielt ich mich für durchaus befähigt, mich selbst zu verteidigen. Doch mitten im Satz wurde mir bewusst, dass Junos den Faheen nicht zurechtgewiesen hatte, weil er mich für hilflos hielt. Er sah auch nicht aus, als würde er Dank oder Anerkennung wollen. Offenbar waren Rodhs Verhalten und die Moralvorstellung des stummen Schattenkriegers schlicht und ergreifend nicht kompatibel gewesen.

»... war ziemlich cool von dir«, beendete ich meinen Satz.

Junos schenkte mir ein knappes Nicken und widmete sich wieder seiner Aufgabe: mich beschützen, ohne mich zu stören. Diskret. Unerschütterlich. Unaufgeregt. Seine unbeirrbare Beherrschtheit machte mich nachdenklich. Laut Noár hatte er seine Zunge durch die Faheen verloren. Dennoch war er hier und zeigte nicht die kleinste Aversion, als würde ihn alles kaltlassen. Allerdings glaubte ich das nicht. Er versteckte seine Gefühle nur sehr gut – wie jeder von Noárs Freunden. Sogar Pash, der auf Konfrontation ging und Grenzen überschritt, um von sich abzulenken. Junos fuhr da die genau entgegengesetzte Strategie. Er ging auf Distanz. Das hieß aber nicht, dass ich den stummen Krieger weniger ins Herz geschlossen hatte, als den überdrehten Grafen. Ob Junos das wohl wusste? Wahrscheinlich. Trotzdem nahm ich mir fest vor, ihn und die Schattenkrieger in Zukunft mehr zu würdigen, zu loben und zu knuddeln. Die Welt war auch so schon finster genug ...

Doch erst einmal musste ich ein paar Briefe verfassen, damit besagte Welt eine Chance hatte, weiter zu existieren. Also setzte ich mich an den Schreibtisch, schraubte das Tintenfass auf, tunkte die Feder ein und stockte. Ein kleines, aber nicht unwichtiges Detail hatte ich übersehen.

»Ähm, wenn ich rein hypothetisch ein Treffen mit Vertretern der Fürstenhöfe abhalten wollen würde«, fragte ich kleinlaut. »An einem möglichst neutralen Ort. Am besten ein Ort, mit dem sich auch Noár einverstanden erklären würde. Wo wäre das?«

Junos taxierte mich aus seinen unendlich tiefgründigen schwarzen Augen. Er schien sich nicht sicher zu sein, ob er mir helfen sollte, durfte oder wollte. Nach einer Weile rang er sich dann aber doch dazu durch, trat an den Schreibtisch und nahm mir die Feder ab. Mit ein paar schwungvollen Strichen skizzierte er Cassardim und setzte ein Kreuz an die Stelle, die er vorschlug.

»Der Stern der fünf Reiche?«

Junos nickte.

Oh Mann. Das war so logisch, dass ich mich ärgerte, nicht selbst darauf gekommen zu sein. Hier grenzten die Tanzenden Nebel an den Ewigen Fluss, an die Niemandslande, und ebenso an die Silber- und Schattenfeste. Das bot allen Teilnehmern genügend Sicherheit. Außerdem war das Fort, in dem Noár und ich geheiratet hatten, nicht weit, sodass wir einen strategischen Vorteil besaßen. Das klang nach einem Plan!

Nachdem ich Junos ein dankbares Lächeln zugeworfen hatte, machte ich mich an meine erste offizielle cassardische Schriftkorrespondenz. Überrascht stellte ich fest, wie einfach mir die Worte von der Hand gingen – zumindest, bis ich bei meinem fünften und letzten Brief ankam. Hier verließ mich meine Selbstsicherheit. Ratlos starrte ich auf das Pergament. Nichts von dem, was ich schreiben wollte, durfte ich so preisgeben. Und nichts, was ich preisgeben durfte, würde überzeugend genug sein. Dreimal fing ich den Brief neu an, dreimal zerknüllte ich meine Entwürfe. Gerade begann ich Versuch Nummer vier, als ein beschwingtes Klopfen ertönte. Ungefragt spazierte Ilion in die Kajüte.

»Hab noch nie an meine eigene Tür geklopft«, informierte er mich belustigt und ließ sich auf sein Bett fallen.

Ich sah ihn aus schmalen Augen an. »Du hast dir auch noch

nie eine von mir gefangen. Aber manche Erfahrungen sind eben unausweichlich.«

Ein träges Lächeln zuckte in seinen Mundwinkeln. Er schien genau zu wissen, dass ich auf unsere Begegnung in der Kapitänskajüte anspielte. Trotzdem hielt er es nicht für nötig, sich zu erklären. Dumm für ihn, dass ich ziemlich hartnäckig sein konnte.

»Was sollte das vorhin?«, wollte ich wissen.

Ilion seufzte gelangweilt. Dann setzte er sich auf und tat so, als hätte er meine Frage überhört. Er musterte die zerknüllten Papiere und deutete schließlich auf den Brief, an dem ich gerade schrieb. »Darf ich?«

Ich atmete tief durch und gab mich für einen Moment der Fantasie hin, was man mit der spitzen Feder und seinem Gesicht so alles anstellen könnte. Dann siegte meine Vernunft – oder besser mein Trotz – und ich reichte ihm absichtlich nicht das, wonach er gefragt hatte, sondern die vier bereits fertigen Briefe.

Ilion nahm sie entgegen, als hätte er nie nach etwas anderem verlangt. Aufmerksam ging er die Empfänger durch, nickte immer wieder und deutete schließlich ein zweites Mal auf den Brief, an dem ich gerade schrieb.

»Und an wen geht der?«

Tja, er besaß wirklich ein Talent dafür, den Finger in die Wunde zu legen. So verlockend die Vorstellung auch war, ihn auflaufen zu lassen, ich konnte seine Hilfe gerade echt gut gebrauchen. Also schluckte ich meinen Stolz runter und gab ihm das Pergament.

Während er las, schraubten sich seine Augenbrauen überrascht in die Höhe.

»An Prinz Ifar von der Silberfeste«, rezitierte er laut. »Wenn Cassardim dir am Herzen liegt, muss ich so schnell wie möglich mit dir sprechen. Allein. Die Wahl des Ortes überlass ich dir – gütiges Schicksal, Amaia, das ist eine unglaublich miese Idee.«

Zum ersten Mal seit einer langen Zeit konnte ich in seinen Regentag-Augen keine Spur von Spott, Schalk oder Verschlagenheit erkennen.

»Weiß Noár davon?«

Wow, kein »der Schattenprinz« oder »dein Mann«. Ilion schien wirklich besorgt zu sein.

»Ich kann meine Entscheidungen alleine treffen«, erklärte ich ausweichend. Aber das war nur die halbe Wahrheit. Natürlich wüsste Noár davon, wenn er mich nicht ständig blockieren würde. Ich machte kein Geheimnis aus diesen Briefen und hatte auch kein Problem damit, dass Junos unser Gespräch mitanhörte. Sollte er seinem Herrn ruhig alles berichten – falls er ihn erreichte.

»Ist mir schon klar«, murmelte Ilion. »Ich wollte eigentlich nur wissen, ob mir dein Mann wieder mit dem Tod drohen wird, wenn ich dich nicht von diesem Irrsinn abhalte.«

»Wird er nicht. Ich übernehme die volle Verantwortung.«

Das schien Ilion nicht zu beruhigen. Im Gegenteil, er sah aus, als würde er schlimme Kopfschmerzen bekommen – und ich wusste nur zu gut, warum. Natürlich würde Noár alles andere als begeistert sein. Aber wir brauchten Ifar, um alle Fürstenhäuser zu vereinen. Saphama würde uns niemals helfen und Ifars Schwester hatte sich nach Fidrins Bestrafung nie wieder erholt. Falls es mir nicht gelang, den Wolkenprinzen zu überzeugen, konnten wir unsere Suche nach dem Juwel der Macht vergessen.

»Also gut«, seufzte er. Er zerknüllte den unfertigen Brief an Ifar und erhob sich. »Wenn du dir sicher bist, dass du das willst, werde ich dir dein Treffen verschaffen. Zu meinen Bedingungen. Das heißt, ich suche den Treffpunkt aus und du wirst nicht allein gehen.«

»Okay.« Das klang akzeptabel, aber ... »Ich glaube nur nicht, dass Ifar sich darauf einlässt.«

»Lass das meine Sorge sein.« Er spazierte zum Bullauge und entriegelte es. Frische Luft strömte in die Kajüte. »Ich habe einige Erfahrungen, was Begegnungen verfeindeter Parteien auf neutralem Boden betrifft.«

»Du sprichst jetzt aber nicht von Schwarzhandel, krummen Geldgeschäften und Geiselübergaben?«

Statt einer Antwort grinste er mich an. Diesmal kam ich nicht mehr dazu nachzuhaken, denn plötzlich warf er einen meiner Briefe aus dem Fenster.

»An den Hof der Niemandslande!«

»Hey!«

Entsetzt sprang ich auf, um ihn aufzuhalten, da bemerkte ich ein unangenehmes Kribbeln unter der Haut. Ilion benutzte seinen Willen – aber nicht gegen mich.

Der zweite Brief flog aus dem Fenster.

»In den Palast der Fährstadt.«

Ach du liebes bisschen! Er ... manipulierte den Wind.

Der dritte Brief folgte den anderen.

»Nach Teeravad!«

Und schließlich schleuderte er den letzten hinaus.

»Nach Hamatar!«

Schockiert, verwirrt und auch ein bisschen beeindruckt starrte ich Ilion und das offene Bullauge an.

»Du ... bringst die Luft dazu ... die Briefe ...?«

Mein Bruder zuckte amüsiert mit den Schultern. »Die Luft ist für uns alle da. Sie gehört zu keinem der Reiche und keinem der Fürsten. Deshalb kann uns niemand verbieten, sie zu benutzen.«

»Aber wie genau –«

»Entspann dich, kleine Kaiserin!« Auf einmal schien ihm die Lust vergangen zu ein, mir seine Welt zu erklären. »Deine Briefe werden die Fürstenhöfe erreichen und meine Kontaktpersonen stellen sicher, dass sie in die richtigen Hände gelangen. Mehr musst du nicht wissen.«

»Mehr muss ich nicht wissen?!«, wiederholte ich ungläubig, wobei mich weniger seine Verschlossenheit störte als sein herablassender Tonfall. »Was ist los? Hast du plötzlich Angst, mir ein paar Faheen-Geheimnisse zu viel anzuvertrauen?«

Ilions Blick huschte zu Junos und ich verstand.

»Vorsicht sichert unser Überleben«, sagte er leise. Dann nickte er in Richtung seines Betts. »Bei Einbruch der Nacht erreichen wir Faheena. Bis dahin kannst du hierbleiben und ein bisschen schlafen, wenn du willst. Ich brauch die Kajüte nicht, immerhin werde ich alle Hände voll damit zu tun haben, meinen Leuten zu erklären, warum du *nicht* meine Geisel bist, warum wir den gefährlichsten Mann Cassardims mit offenen Armen willkommen heißen und jetzt auch noch ein Treffen mit dem zweitgefährlichsten Mann Cassardims arrangieren müssen.«

Während er zur Tür schlenderte, packte mich das schlechte Gewissen.

»Ilion!«

Er drehte sich noch einmal um und sah mich fragend an.

»Danke.«

Dieses Wort über die Lippen zu bringen, war in Cassardim nicht ganz einfach, aber mein Bruder riskierte viel für mich und er sollte wissen, dass ich ihm das nicht vergessen würde.

Ein Hauch von Erstaunen huschte über Ilions Züge, dicht gefolgt von einem Lächeln, das ich nicht ganz einschätzen konnte.

»Mutig, kleine Kaiserin. Ich komm darauf zurück.«

FAHEENA

»Aus den Federn, Prinzesschen!«

Pashs breites Grinsen nahm Gestalt an. Es war in den warmen Lichtschein einer Öllampe getaucht. Stöhnend zog ich mir die Decke über den Kopf. Es war mitten in der Nacht, was wollte er von mir? Und wieso musste der Typ immer so gut gelaunt sein?

»Wir legen bald an«, informierte er mich.

Prompt wurde mir die Decke entrissen. Diesmal stand Junos am Bett und bot mir seine Hand an. Ich stutzte. Es war Nacht?! Ich musste geschlafen haben wie ein Stein. Draußen lag die Dämmerung bereits in den letzten Zügen und über dem Schiff hing eine gespenstische Ruhe. Nein, nicht Ruhe. Die *Rote Chimäre* schien in stiller Anspannung förmlich zu vibrieren.

Ich ergriff die Hand des Schattenkriegers und ließ mich von ihm hochziehen. Für einen Augenblick drehte sich alles, doch dann ging es mir erstaunlich gut. Keine Übelkeit mehr. Nur die altbekannte Morgenmuffeligkeit – und das abends. Wenn das mal kein Sinnbild für das Durcheinander meines Lebens war ...

»Habt ihr was von Noár gehört?«, murrte ich schlaftrunken.

»Nein«, entgegnete Pash. Er stellte die Öllampe ab und begutachtete mich kritisch – wie ein überfürsorglicher Papa, der seine Tochter gleich zur Schule bringen musste. »Aber dafür hat mir ein stummes Vögelchen so einiges gezwitschert: Du willst dich mit dem Wolkenprinzen treffen und hast einem Faheen deinen Dank ausgesprochen. Kaum bin ich mal für ein paar Minuten nicht an deiner Seite, schon steckst du wieder in Schwierigkeiten.«

Mit einem dramatischen Seufzen beendete er seine Musterung und begann, meine zerknautschten Locken zu ordnen. Ausgerechnet er! Missmutig wich ich seinen Bemühungen aus und ging zu einem Spiegel an der Kajütenwand. Unterwegs bedachte ich das »stumme Vögelchen« Junos mit einem vorwurfsvollen Blick. Für einen Mann ohne Zunge war er ganz schön gesprächig. Aber ich entdeckte bei ihm nicht die geringste Spur von Reue. Anscheinend gab es keine Privatsphäre, wenn es um meine Sicherheit ging.

»Falls es euch noch nicht aufgefallen ist, stecken wir alle in Schwierigkeiten«, maulte ich und machte mich nun selbst daran, meine zerzausten Haare in eine annehmbare Form zu bringen. »Ich werde mich nicht länger verkriechen und andere das Risiko tragen lassen, denen ich dann noch nicht einmal meinen Dank aussprechen kann. Nein, wenn Cassardim überleben will, muss sich was ändern – angefangen damit, alte Vorurteile und Feindschaften zu hinterfragen. Wenn das bedeutet, dass ich einem Faheen mein Vertrauen schenken oder dem Wolkenprinzen eine Chance geben muss, dann ist das eben mein Weg.«

Als ich fertig war und mich umdrehte, starrten mich die beiden Schattenkrieger mit großen Augen an. Entweder ich hatte sie mit irgendwas zutiefst schockiert oder zutiefst beeindruckt. So genau wusste ich das nicht, weil ich für Dinge, die ich vor meinem ersten Kaffee von mir gab, normalerweise keine Gewähr übernahm – erst recht im kaffeelosen Cassardim.

»Ähm ... wo ist eigentlich Flummel?«, fragte ich, weil mir das Starren der beiden zu seltsam wurde und ich lieber das Thema wechseln wollte.

Pash deutete auf eine Speiseglocke, die neben der Öllampe auf dem Tisch stand. Anscheinend hatte mir irgendjemand etwas zu essen gebracht, in der Hoffnung, dass ich was runterkriegen würde. Junos hob die Glocke hoch und präsentierte mir einen blitzblank leer gefressenen und abgeleckten Teller, in dessen Mitte ein seliger Fellball leise schnarchte. Na, wenigstens einem ging es gut ...

Plötzlich ertönte ein Hornstoß – laut genug, um Flummel hochschrecken zu lassen. Der Okoklin fuhr instinktiv seine kleinen Krallen aus, gerade als ein zweites, weiter entferntes Signal antwortete.

»Wir sind da«, kombinierte Pash.

Junos zog unvermittelt einen seiner zahllosen Dolche und hielt ihn mir hin. Eine klare Botschaft. Ich sollte vorsichtig sein. Mit einem Nicken nahm ich die Klinge und folgte dann aus einem Impuls heraus meinem neuen Vorsatz: Ich ging auf die Zehenspitzen und drückte dem stummen Krieger einen Kuss auf die Wange.

Er schluckte und wirkte sichtlich bewegt.

»Ha! Ich hab's doch gewusst«, rief Pash und vollführte ein triumphierendes Tänzchen. Dann klopfte er seinem Freund auf die Schulter und streckte ihm die offene Hand entgegen. Zu meiner Verblüffung wechselten ein paar Silbermünzen ihren Besitzer.

Ich warf ihnen einen strengen Blick zu. »Auf was habt ihr diesmal gewettet?«

Grinsend steckte Pash das Geld ein, bevor er mir einen gähnenden Okoklin in die Hand drückte und mich Richtung Ausgang schob. »Junos dachte, du hättest ihm nie vergeben, dass er bei der Chaos-Hochzeit auf Noár geschossen hat und dazu bereit war, ihn zur Not auch zu töten. Ich hab ihm gesagt, dass das totaler Blödsinn ist, weil du ja weißt, dass er nur Noárs Befehl befolgt hat«, erklärte er mir und öffnete die Tür. »Außerdem – und das predige ich ihm seit Jahrzehnten – lädt seine finstere Tödlicher-als-der-Tod-Aura ja nun wirklich nicht dazu ein, ihn mit Herzlichkeiten zu überschütten. Dann meinte er, du wärst nicht der Typ, um sich davon abschrecken zu lassen. Dann meinte ich: Vollkommen richtig, und genau deshalb würdest du auch die Erste sein, die einen Schritt auf ihn zumachen wird. Und tattatata ... ich hatte recht.«

Wow. Ich wusste nicht, was mich fassungsloser machte: Junos' völlig unbegründete Sorgen oder die Tatsache, dass die Schattenkrieger Wetten auf mich abschlossen. Etwas erwidern konnte ich jedoch nicht mehr, denn ich stand bereits an Deck. Hastig verstaute ich Flummel in meiner notdürftigen Frisur und Junos' Klinge in meinem Gürtel.

Inzwischen war die Nacht vollständig hereingebrochen. Die *Rote Chimäre* glitt träge und lautlos durch das sanft glühende Wasser des Ewigen Flusses. Zarte Nebelschleier nahmen das matte gelb-grün-violette Licht auf und machten Laternen überflüssig. Als würden leuchtende Schlieren durch die Nachtluft tanzen. Die Segel hatte man eingeholt. Was auch immer das Schiff antrieb, der Wind war es nicht mehr. Beinahe reglos stand die Mannschaft an Deck. Alles schien den Atem anzuhalten. Wieder ertönte das Hornsignal. Diesmal zwei kurze Töne.

Ich trat an die Reling und plötzlich sah ich es. Feuer entzündeten sich in der Dunkelheit. Hunderte davon, als würde direkt vor uns eine ganze Stadt aus tiefem Schlaf erwachen. Faheena. Ich hatte schon so viel über diesen versteckten Ort gehört und gelesen. Manche Quellen sprachen von einer kleinen Siedlung, andere von einem verlumpten Hafen und wieder andere hielten das Märchen von einer Faheen-Stadt für Humbug. Aber das hier war real und sprengte all meine Erwartungen. Faheena schien riesig zu sein. Wie zum Teufel konnte niemand wissen, wo eine Stadt von solchen Ausmaßen lag? Wie war es den Faheen gelungen, all das selbst vor fliegenden Augen zu verbergen?

Ilion gesellte sich zu mir. Sein Blick ruhte auf den Lichtern der Stadt und die Lichter der Stadt spiegelten sich in seinem Blick. Ich konnte förmlich spüren, dass er zu diesem Ort gehörte. Er sah seiner Heimkunft mit einer solchen Sehnsucht entgegen, dass ich nichts zu sagen wagte, um ihm den Moment nicht zu nehmen.

Die *Rote Chimäre* fuhr nicht wie vermutet in einen Hafen ein. Es gab nämlich keinen Hafen, keinen Pier, keine Docks. Captain Leeja manövrierte ihren Schoner nah an ein paar ankernde Schiffe heran und drehte im letzten Moment bei. Wir wurden bereits erwartet. Schwarz gekleidete Faheen mit Laternen fingen die Seile auf, die Leejas Mannschaft ihnen zuwarf. In kürzester Zeit vertäuten sie die *Rote Chimäre*, legten Planken aus, begrüßten die Crew und halfen dabei, Güter abzuladen.

»Bleib an meiner Seite«, raunte Ilion mir zu.

Nichts anderes hatte ich vor, denn kaum waren wir von Bord gegangen, standen wir schon im Zentrum der Aufmerksamkeit. Allein die Rückkehr ihres Fürsten sorgte für aufgeregtes Gemurmel. Die Nachricht verbreitete sich wie ein Lauffeuer – ganz besonders, da er nicht allein war. Eine Frau mit den Symbolen des Goldenen Volks und zwei Schattenkrieger begleiteten ihn. Niemand wusste, was das zu bedeuten hatte. Man beäugte uns argwöhnisch, feindselig, ehrfürchtig – eine bunte Mischung unter dem Motto: »Was wollen die denn hier?«

Vom Nachbardeck aus führte uns Ilion noch über zwei weitere Schiffe. Und über ein drittes. Und ein viertes.

Großer Gott. Jetzt verstand ich es. Faheena war keine Stadt, die man irgendwo auf dem Ewigen Fluss errichtet hatte. Faheena schwamm! Es war ein Konglomerat aus Segelschiffen, Kähnen, Hausbooten und Flößen, nur zusammengehalten durch Seile und improvisierte Brücken. Aus den Spalten und Zwischenräumen drang das grün-violette Glühen des Flusses. An manchen Stellen hatte man die Aufbauten der Schiffe erweitert, um zusätzlichen Wohnraum zu schaffen, und einige windschiefe Gebäude schienen sich sogar über mehrere Decks zu erstrecken. Alles wirkte zusammengezimmert – liebevoll, pragmatisch und trotzdem nur provisorisch. Ich hatte keinen Zweifel, dass es lediglich einen Befehl benötigte, und die Stadt würde in tausend einzelne Schiffe zerfallen, um irgendwann an einem anderen Ort wieder zu entstehen.

Ilion funkelte mich von der Seite an.

»Nicht das, was du erwartet hast, hm?«

Nein, das war es nicht. Ich hatte die Faheen immer mit Verbrechern gleichgesetzt, doch das hier war kein lasterhaftes Piratennest. Ich entdeckte unter den neugierigen Schaulustigen Mütter, Väter, Kinder und Großeltern. Es gab auch Hunde, kleine Beete, Läden und Handwerker. Nichts davon hatte irgendetwas mit den wenigen üblen Faheen gemein, die mir bislang begegnet waren.

So langsam begann ich, Ilion mit neuen Augen zu sehen. Man behandelte ihn mit großem Respekt. Diese Leute schienen ihn nicht zu fürchten, sondern zu lieben – wie einen Helden. Die meisten jedenfalls. Ein paar zwielichtige Gestalten gab es dann doch. Besonders, als wir uns einem der wenigen mehrstöckigen Gebäude näherten, das auf einer Art Floß errichtet worden war. *Zur Betrunkenen Witwe*, stand auf dem Schild über dem Eingang. Ilion klopfte an der Tür. Ein Guckloch öffnete sich.

»Dreimal verfluchte Armeen aller Kaiser! Ich dachte schon, jemand hätte dir endlich die Kehle aufgeschlitzt.« Eine raue Stimme lachte und die Tür wurde aufgerissen.

»Willkommen zu Hause, Hoheit!«

Die ganzen Eindrücke der Faheen-Stadt spukten mir ohnehin schon im Kopf herum, aber jetzt ging es erst richtig los. Die Taverne war brechend voll, das Licht schummrig und die Luft so stickig, dass ich sie nur mit Mühe in die Lungen bekam. Alles stank nach Bier, Öllampen und Bratenfleisch. Obendrein begrüßte jeder einzelne Gast Ilion auf ähnliche Art und Weise wie der Mann an der Tür. Und genau wie bei diesem folgte anschließend ein ungläubiger Blick zu uns. Die Bandbreite der Kommentare reichte von »Oha!« und »Wen hast du uns denn da mitgebracht?« über »Gold in der Hand langt dir wohl nicht, jetzt brauchst du auch Gold im Bett!« oder »Teilst du sie mit mir?« bis hin zu »Geiseln?« und »Darf ich sie kaltmachen?«. Die tödlichen Blicke von Pash und Junos genügten meist, um die neugierigsten Kerle zu vertreiben, aber bei der ungenierten Damenwelt bewirkten sie damit das genaue Gegenteil. Letztlich musste Ilion ein Machtwort sprechen, um die Schattenkrieger vor ihren Verehrerinnen zu retten.

»Kontrolliert lieber, ob Börse und Waffen noch dort sind, wo sie sein sollten«, riet er den beiden grinsend, bevor er auf einem Lehnsessel Platz nahm, der am Kopfende eines erhöhten Tisches stand. Na, das konnte man wohl auch einen Thron nennen.

Ich setzte mich auf Ilions Einladung hin neben ihn und fühlte mich zunehmend unwohler. Vielleicht lag das an dem subtilen Irgendwo-im-Nirgendwo-Flair oder daran, dass Noár mir inzwischen nicht einmal mehr die übliche »Bald«-Nachricht schickte. Vielleicht dachte ich aber auch zu viel über meinen Vater nach, der anscheinend Teil dieser ausgestoßenen Gesellschaft gewesen war.

»Es erfreut mich, Euch wohlauf zu sehen, Eure Majestät!«, verkündete ein Mann in einem abgetragenen Wams, der sich zu unserem Tisch durchgekämpft hatte. Seine spärlichen blonden Haare standen ihm in alle Richtungen ab und umrahmten ein rundes Gesicht, das überraschenderweise keine Anzeichen von Trunkenheit aufwies. Elegant verbeugte er sich vor Ilion.

»Ich darf Euch überdies berichten, dass alles zu Eurer Zufriedenheit am Laufen gehalten wurde.«

Das höfische Gebaren und die hochgestochene Sprache, die der Mann bemühte, wirkte an diesem Ort seltsam fehl am Platz. Mir war nicht ganz klar, ob das vielleicht so etwas wie ein Witz auf Kosten von Cassardims Adel sein sollte. Je länger ich ihm jedoch zuhörte, desto sicherer wurde ich mir: Er meinte es vollkommen ernst. Mit einer grazilen Geste öffnete er eine schwarze Mappe und las vor: »Die Hehler haben Eure Forderungen akzeptiert. Die Blausäbel wurden in ihre Schranken verwiesen. Die Holzlieferung kam pünktlich. Auf das Trinkwasser mussten wir eine Woche warten, aber dafür habe ich einen Rabatt eingefordert. Die fürstlichen Anteile am Beutegut wurden erbracht. Nur die Fisk-Brüder haben Ärger gemacht, was mich zu einer zunächst freundlichen und dann nicht mehr so freundlichen Unterredung veranlasst hat. Geht davon aus, dass sie nun fristgerecht zahlen werden. Das Dach des Waisenhauses wurde repariert. Und zu guter Letzt: Ich habe mir erlaubt, in Eurem Namen ein Mahl zu bestellen.«

Just in diesem Moment wurden Krüge mit Wasser und Bier vor uns abgestellt, gefolgt von vier Tellern mit dampfenden Braten, kartoffelartigen Knollen, Gemüse, Brot und Butter. Es roch so köstlich, dass mir das Wasser im Mund zusammenlief. Ilion schob mir Besteck zu, richtete den Blick aber wieder auf den beflissenen blonden Mann. Seinen Stellvertreter? Assistenten? Sekretär? Letzteres schien mir die treffendste Bezeichnung zu sein.

»Gibt es Neues von meinem speziellen Freund von den Schwarzmasten?«

Der Mann nickte ergeben. »Er weilt nicht mehr unter uns.«

»Ganz hervorragend, Hjonios! Wie immer ausgezeichnete Arbeit.« Das Lob seines Fürsten sorgte dafür, dass die sauber rasierten Wangen des Mannes rosa anliefen.

»Stets zu Diensten«, murmelte er mit ausgesuchter Bescheidenheit. »Allerdings wäre da noch eine Kleinigkeit, Eure Majestät.«

Die Kleinigkeit spazierte gerade herein und sie trug einen großen Namen. Jede weitere Ankündigung war überflüssig, denn wir alle kannten den Mann mit den silbernen Schläfen und den Goldsymbolen auf der Stirn.

DIE VERLORENEN KINDER

Lazar val Etor bewegte sich mit einer Selbstverständlichkeit durch die Taverne, als würde sie ihm gehören. Mit seiner wallenden Robe wirkte er wie ein Fremdkörper. Trotzdem wurde seine Anwesenheit von den raubeinigen Faheen akzeptiert. Mehr noch, sie schienen ihn beinahe zu fürchten.

An unserem Tisch angekommen, bedachte er mich mit einer respektvollen Verbeugung. »Hoheit.«

Ich spürte die Wut auf ihn zurückkehren. Wo immer der ehemalige Seneschall auftauchte, zog er die Fäden. Und jetzt war er zufällig in Faheena, gerade wenn ich hier Schutz suchte? Das stank zum Himmel.

»Was willst du hier? Ich dachte, Ilions Schuld bei dir wäre beglichen«, maulte ich ihn an. »Verfolgst du mich etwa?«

»Schon seit deiner Geburt«, erwiderte Lazar mit einem milden Lächeln. Er war zu sehr Staatsmann, um sich von trotzigen Vorwürfen aus der Ruhe bringen zu lassen. »Aber das ist ausnahmsweise nicht der Grund, aus dem es mich hierher verschlagen hat. Nachdem ich mich vergeblich um Noárs Freilassung bemüht hatte, musste ich ein paar Freunde von dir in einen sicheren Hafen geleiten.« Großspurig trat er zur Seite und gab die Sicht frei auf zwei Frauen, die sich gerade einen Weg zu uns bahnten. Eine rotblonde Kriegerin mit Schattensymbolen am Hals und ein pausbäckiges Mädchen mit ordentlichem Dutt.

»Keeza?!«, hauchte ich. »Mariz?!«

Ich ließ mein Besteck fallen und sprang auf. Rhomes Schwester kam mir entgegen und zog mich in ihre Arme.

»Es tut so gut, dich wiederzusehen, Amaia!«

Freudig stiegen auch Pash und Junos in die herzliche Begrüßung mit ein und schon drückte jeder jeden. Nur Mariz verhielt sich ein wenig zurückhaltender. Sie blieb auf der anderen Seite des Tischs, strahlte mich an und vollführte in alter Kammerzofenmanier einen tiefen Knicks. »Hoheit.«

»Wo ist Noár?«, wollte Keeza von mir wissen. »Ich dachte, du hättest ihn befreit.«

In meiner Kehle bildete sich ein Kloß.

»Hab ich, aber er –«, begann ich und geriet dann ins Stocken. Seit wir Keeza das letzte Mal gesehen hatten, war so viel passiert, dass ich überhaupt nicht wusste, wo ich anfangen sollte.

»Das ist eine lange Geschichte für einen anderen Ort«, half Ilion mir aus und forderte die Neuankömmlinge charmant auf, sich zu setzen. Diesmal ließen sich sogar die Schattenkrieger dazu überreden, Platz zu nehmen. Zusammen mit Hjonios war unser Tisch damit voll und wurde schnell zu einer feuchtfröhlichen Runde. Keeza berichtete, wie Lazar sie am Wüstenhof aufgegabelt hatte, nachdem sie ins Visier von Wolkenkriegern geraten war. Offenbar hatte es Saphama auf Noárs Freunde abgesehen, nachdem er entkommen war. Mariz hingegen hatte den Goldenen Berg aus freien Stücken verlassen und war mit dem ehemaligen Seneschall nach Faheena geflohen. Wie viele andere auch. Die Machtübernahme der Wolkenfürstin hatte den Goldenen Berg wohl zu gefährlichem Terrain für meine Unterstützer gemacht. Nur noch Meister Joto hielt dort die Stellung und versorgte Lazar mit Informationen. Der ehemalige Seneschall schien also ein wahrer Held zu sein, der Anführer einer Schar Rebellen, die mein Gesicht auf ihrer Flagge trugen.

»Das ändert gar nichts«, murmelte ich gerade so laut, dass Lazar mich hören konnte. Er mochte Keeza und Mariz das Leben gerettet haben, aber die selbstzufriedene Art, mit der er sich als Wohltäter feiern ließ, ging mir gehörig auf die Nerven. Er tat das alles nicht aus Nächstenliebe, sondern lediglich aus Kalkül. Weil es in seinen Plan passte, mich auf den Kaiserthron zu setzen.

Lazar überging meinen bissigen Kommentar und griff sich einen der Bierkrüge. »Wie ich gehört habe, wart ihr jenseits der Tanzenden Nebel? Was habt ihr erfahren? Ich kann euch sicherlich helfen, wenn du mich lässt.«

»Ihr wart in der Menschenwelt?«, fragte Mariz mit großen Rehaugen.

Ich schnaubte leise. »Ja, ich war in der Menschenwelt. Hundert Jahre lang. Als Geisel. Dank Lazar.«

Klang ich wie ein bockiges Kind? Ja! War mir das egal? So was von! Ich widmete mich wieder dem Essen. Mein Appetit war inzwischen nur noch mäßig vorhanden, aber alles war besser, als mich ein weiteres Mal in Lazars Intrigen zu verfangen.

»Sei ruhig wütend auf mich, Amaia«, meinte der ehemalige Seneschall mit nervtötender Gelassenheit. »Früher oder später wirst du dich dennoch mit der einen Frage auseinandersetzen müssen, die du so geschickt verdrängst.«

»Und welche wäre das?«, pampte ich ihn an.

Er vollführte eine elegante Geste, die die Taverne und ganz Faheena einschloss. »Wäre dir die Alternative lieber gewesen?«

Das saß. Aus einem erster Impuls heraus wollte ich ihm ein lautes »Ja« ins Gesicht schreien, doch es wäre gelogen gewesen. Gleichgültig, wie gut oder schlecht mein Leben als Verlorenes Kind in Faheena gewesen wäre, ich hätte nie meine Ziehgeschwister kennengelernt. Ich hätte mich nie in Noár verliebt, wäre all meinen Freunden nicht begegnet und hätte vermutlich niemals das

Gefühl gehabt, für irgendjemanden oder irgendetwas von Bedeutung zu sein. Also nein, die Alternative wäre nicht besser gewesen. Und trotzdem! Lazar war zu weit gegangen, als er mein ganzes Leben in eine Lüge verwandelt hatte.

Außer mir und Ilion verstand niemand die Anspielung des ehemaligen Seneschalls, doch jeder sah, wie ich mich tiefer und tiefer in meine Gedanken zurückzog. Mariz reagierte als Erste und wechselte das Thema. Sie plapperte wie ein Wasserfall drauflos und verwickelte die anderen gekonnt in ein belangloses Gespräch, um von mir abzulenken. Dann berichtete Pash von Lance, was Keeza so sehr freute, dass die einen Toast auf sein neues Leben ausbrachte. All das bekam ich nur am Rande mit, denn ich beobachtete das Treiben in der Taverne und stellte mir vor, wie mein Leben wohl verlaufen wäre, wenn Lazar nicht eingegriffen hätte. Wäre ich hier groß geworden, in Faheena? Bei einem versoffenen Vater? Bei Ilion? Oder in einem Waisenhaus? Oder hätte ich meine Kindheit in der Unterstadt des Goldenen Bergs verbracht und ein Leben wie Mariz gelebt?

Irgendwann stupste ich Ilion mit dem Ellbogen an und fragte: »Wieso haben die Kaiser das neunte Volk eigentlich nie anerkannt?«

Er zuckte mit den Schultern, als läge die Antwort auf der Hand. »Wir sind ein Schandfleck. Wir passen nicht in das System, haben keine Völkersymbole, lassen uns nicht so einfach kontrollieren. Deshalb haben sie uns kleingehalten.«

Mariz, die meine Frage mitbekommen hatte, nickte heftig. »Viele von uns haben die Kaiser immer wieder um die Gnade der Zuordnung ersucht.«

Ja, daran erinnerte ich mich. Ohne Völkersymbole war man ein Cassarde zweiter Klasse. Man durfte nur in niederen Berufen arbeiten und war kaum bessergestellt als die gesetzlosen Faheen. Das wäre auch mein Schicksal gewesen.

»Aber statt uns zu erhören, haben die Kaiser falsche Hoffnungen geschürt«, fuhr Ilion fort. Inzwischen waren die anderen Gespräche am Tisch verstummt und alle hingen an den Lippen des Faheen-Fürsten. »Die *Zeremonie der Verlorenen Kinder* sollte die Wogen glätten. Wie ein abgenagter Knochen, den man einem Hund hinwirft. Eine Lotterie. Alle zehn Jahre konnte gerade mal eine Handvoll von uns ihre Völkersymbole erhalten.«

Nachdenklich stocherte ich auf meinem Teller herum.

»Wieso wollen die Faheen denn zu einem der anderen Völker gehören?«, erkundigte ich mich. »Seid ihr nicht stolz darauf, kein Teil des Systems zu sein?«

Ilion nickte bedächtig. »Manche schon. Andere haben sich mit ihrem Schicksal angefreundet. Aber gerade die Verlorenen Kinder, deren Eltern aus verschiedenen Völkern stammen, leiden darunter, ihre Familien verlassen zu müssen und nirgends dazuzugehören.«

Etwas in seinem Tonfall ließ mich aufhorchen. Plötzlich ergab alles einen Sinn. Etliche andere Orte hätten sich genauso gut geeignet, um mich zu verstecken, aber Ilion hatte mich ausgerechnet hierhergebracht. Ich sollte die Verlorenen Kinder und die Faheen mit eigenen Augen sehen und kennenlernen, weil ihm klar gewesen war, dass mich das nicht kaltlassen würde.

»Beim Schuldeneintreiben verlierst du wohl keine Zeit, oder?«, murmelte ich und entlockte dem Faheen-Fürsten damit ein reumütiges Lächeln.

»Alte Gewohnheit, wenn man sonst nur mit Kriminellen Geschäfte macht«, gestand er.

Ich konnte ihm nicht böse sein. Tatsächlich verhielt er sich erstaunlich selbstlos für einen Dieb.

Lazar räusperte sich. »Von welcher Schuldigkeit sprecht ihr hier? Du hast dich ihm doch nicht etwa verpflichtet? Das ist –«

Ungerührt überging ich den ehemaligen Seneschall, denn ich

hatte meine Entscheidung längst getroffen. Ich richtete meine Aufmerksamkeit auf Mariz.

»Gib mir deine Hand«, forderte ich sie auf.

Lazar knallte seinen Krug so rabiat auf den Tisch, dass sich eine graue Strähne aus seiner geleckten Frisur löste.

»Tu das nicht, Amaia!«

»Wovon genau sprichst du?«, fragte ich zuckersüß, obwohl mir längst klar war, dass Lazar wusste, was ich vorhatte.

»Von etwas sehr Dummem und Gefährlichem«, zischte er.

Okay, jetzt reichte es endgültig. Ich nahm ihn mit meinem giftigsten Blick ins Visier und sorgte dafür, dass er die Warnung auch verstand.

»Du wolltest eine Kaiserin, die nicht dem System dient, sondern dem Volk. Gut, dann komm damit klar, dass ich Kaiserin *aller* Cassarden sein werde.«

Bevor er es verhindern konnte, griff ich über den Tisch und schnappte mir Mariz' Hand. Sofort erwachten die Splitter des Juwels zum Leben. Macht floss durch meine Arme, brannte sich durch meine Sinne und erfüllte mich mit einem vagen Schmerz. Ich spürte die Verbindung zu Cassardim. Ein fremder Wille übernahm die Kontrolle – wie damals bei Trudi. Doch diesmal ging es nicht ums Überleben, es ging nicht um den Kampf gegen das Chaos, sondern um den Wunsch einer kleinen pausbackigen Zofe. Jemand schrie in weiter Ferne. Ich nahm es durch das Rauschen in meinen Ohren kaum wahr. All diese Macht zu bändigen und in die richtigen Bahnen zu lenken, kostete mich einige Kraft, doch schließlich schlug ich die Augen auf und sah in Mariz tränenüberströmtes Gesicht. Sie konnte ihr Glück kaum fassen und tastete nach ihrer Stirn. Dort prangten die goldenen Symbole, die sie sich immer gewünscht hatte.

Mit einem Lächeln ließ ich sie los. Der Raum wankte. Ich hielt mich am Tisch fest, um nicht von meinem Stuhl zu kippen. Aber noch etwas anderes war komisch. Es war ungewohnt leise. Niemand in der Taverne sprach mehr ein Wort. Als ich mich umsah, starrten mich zahllose Gesichter ehrfürchtig an.

Na dann ...

Ich hatte etwas angefangen und ich würde es auch zu Ende bringen. Schwerfällig stand ich auf und erhob meine Stimme: »Ich bin Amaia von Cassardim, Goldene Erbin und Gebieterin über die einzig verbliebenen Splitter des Juwels der Macht. Wer von euch würde gerne die Symbole eines Volkes erhalten?«

Daraufhin geschah so viel gleichzeitig, dass ich kaum folgen konnte. Plötzlich herrschte ein unglaublicher Tumult. Die eine Hälfte der Gäste verließ fluchtartig die Taverne. Waschechte Faheen, die sich wahrhaftig als neuntes Volk verstanden. Die andere Hälfte drängte in meine Richtung. Auf der Straße erklangen Rufe. Mein Angebot verbreitete sich rasend schnell. Junos, Pash, Keeza und Lazar hatten alle Hände voll damit zu tun, die Menge in Schach zu halten. Ilion schmetterte Befehle, die Taverne wurde partiell geräumt und der Tisch vor mir verschwand. Nicht gut. Woran sollte ich mich denn jetzt festhalten?

Ich wurde in Ilions Lehnstuhl gesetzt. Der Faheen-Fürst stritt mit Lazar. Ich seufzte innerlich. Irgendwelche Kerle glaubten wohl immer, über mich bestimmen zu können.

»Ich werde das durchziehen«, ließ ich sie wissen. »Mit oder ohne eurem Einverständnis!«

Eigentlich hatte ich laut und zielstrebig klingen wollen, aber irgendwie kam nur ein erschöpftes Gemurmel aus mir raus. Wow, diese »Zeremonie« haute ganz schön rein.

Irgendwann einigte man sich dann wohl doch darauf, mir meinen Willen zu lassen. Eine Frau mit kurzen braunen Haaren wurde zu mir gebracht. Sie hielt mir voller Hoffnung ihre Hände hin.

Ich ergriff sie und durchlebte die gesamte Prozedur noch einmal. Danach begann ich zu zittern, aber ich hatte die Frau mit ihren neuen Fährvolk-Symbolen glücklich gemacht. Anschließend verwandelte ich einen älteren Mann in einen Nebelreiter und einen Jungen in einen Felsenläufer. Ein Mädchen bekam die silbernen Sterne des Wolkenvolks und ihre Freundin die roten Zeichnungen der Bewohner des Trockenen Meers. Immer mehr Verlorene Kinder wurden zu mir gebracht, aber die Erinnerungen verschwammen in meinem Kopf zu einer breiigen Masse. Ab und an schloss ich die Augen. Es war so unendlich schwer, sie offen zu halten.

»Könnt ihr das Fenster schließen?«, nuschelte ich. »Es ist schweinekalt hier drinnen.«

Meine Fingerspitzen waren schon ganz taub. Eine Decke wäre toll.

Lazars strenge Miene tauchte vor mir auf. Tadelnd wie ein Oberlehrer. Seine warmen Hände fassten nach meinen. Er schien nicht sehr zufrieden zu sein. Aber er war ja nie zufrieden.

»Es reicht für heute«, entschied er.

»Nein, es reicht nicht«, brummte ich. Da standen doch noch ganz viele Leute, die auf mich zählten. Hier konnte ich wirklich was bewegen. Leben verändern. »Ich mach nicht schlapp wie die anderen Kaiser!«

»Du hast bereits dreimal mehr zugeordnet, als jeder Kaiser vor dir. Du brauchst jetzt Schlaf.«

Häh?

Das konnte ich nicht glauben. So viele waren es nicht gewesen und die anderen Kaiser hatten doch das intakte Juwel zur Verfügung gehabt. Andererseits hatten sie auch mit dem intakten Juwel kämpfen müssen. Möglicherweise lag es ja daran?

»Ein paar schaff ich noch ...«

Wer wusste schon, wie lange ich hierblieb. Vielleicht musste ich wieder weglaufen. Vielleicht wäre ich morgen auch bereits tot, weil Saphama mich gefunden und hingerichtet hätte.

Ich sah einen Lockenkopf wie meinen. Regentag-Augen.

»Schöpfe Kraft aus mir!«, befahl er.

Wow.

Ilions Wille fegte durch mich hindurch wie ein Energydrink. Mit seiner Hilfe konnte ich fortfahren. Ich schaffte zehn weitere Verlorene Kinder, und noch mal zehn dank Junos. Dann entschied sich auch Lazar, mir zu helfen. Und Pash und Keeza und Mariz und Hjonios und all jene, die von mir ihre Symbole erhalten hatten. Ich verlor jeden Überblick und erreichte jenen seltsamen Zustand jenseits der Müdigkeit. Es fühlte sich an wie eine Trance ohne Antrieb, ohne Bedürfnisse, ohne Logik. Es war nur geliehene Zeit und geliehene Lebenskraft. Die Erschöpfung flüsterte unaufhörlich warnende Worte. Und auf einmal fand diese leise Stimme in meinem Kopf ein lautes Echo in der Realität.

»Aufhören!«

Ein Wort wie eine samtüberzogene Klinge. Sie traf mein Herz und ließ es vor Freude schneller schlagen. Ich riss die Augen auf. Ein dunkler Prinz betrat die Taverne. Angsteinflößend. Vielleicht auch angsterfüllt. Der Unterschied war schwer auszumachen. Freude und Sehnsucht blühten in mir auf.

»Noár ...«

War das real? Er sah so anders aus.

Alle wichen vor ihm zurück. Nur Ilion wagte es, sich dem Schattenprinzen in den Weg zu stellen.

»Steck dein Schwert weg. Ihr geht es gut.«

Ein leises Knurren erklang.

»Nur zu, Faheen! Gib mir einen Grund, dich zu töten.«

Nein! Bitte nicht. Es ist meine Entscheidung gewesen.

Ich versuchte, die Worte laut auszusprechen, aber meine Stimme gehorchte mir nicht mehr. Ebenso wenig meine Beine. Dunkelheit griff nach mir und das Innere der Taverne begann zu verschwimmen. Das Letzte, was ich sah, war eine blonde Frau, die an Noárs Seite trat.

»Nicht doch, Ardiza«, beschwichtigte sie ihn, sanft wie das Schnurren einer Katze. Sie legte ihre Hand auf seine Brust. »Ist nicht schon genug Blut geflossen?«

Ihre Lippen teilten sich zu einem Lächeln das die Sonne aufgehen ließ. Eine Sonne, die alles verbrannte, was ihr zu nahe kam. Zima.

VON ANGESICHT ZU ANGESICHT

Der Geruch von Seife und Wildblumen hüllte mich ein. Ich kuschelte meine Wange tiefer in das Kissen und seufzte. Wäre da nicht dieses sanfte Kribbeln gewesen, das unter meiner Haut entlangkroch, hätte ich ewig weiterschlafen können. Ein Flüstern. Es drängte meinen Körper dazu, schneller zu regenerieren. Mit einem Lächeln schlug ich die Augen auf. Nicht viele vermochten ihren Willen auf derart subtile und doch effektive Weise einzusetzen. Mein Mann zählte zu ihnen.

Ich erblickte eine wunderschöne, von goldenen Adern durchzogene, rote Blüte. Ein Blutstern, wie der Schattenprinz ihn mir früher schon einmal geschenkt hatte. Dahinter glänzten Sternenhimmelaugen, geschaffen, um darin zu versinken. Noár lag neben mir in einem schmucklosen Doppelbett. Sein Kopf ruhte ebenfalls auf einem Kissen, während er mich betrachtete. Unter seiner schwarzen Heerführer-Uniform hob und senkte sich seine Brust. Ruhige Atemzüge voller Kraft. Seine Gesichtszüge wirkten entspannt und seine Lippen erwiderten mein Lächeln.

»Guten Morgen«, hieß er mich im Wachzustand willkommen.

Ich antwortete nicht. Ich konnte nicht, denn der Moment fesselte mich so sehr, dass ich ihn in mich aufsaugen musste. Durch ein Fenster irgendwo hinter mir fiel Licht herein. Gräuliches Tageslicht, das mich an verregnete Morgenstunden in der Menschenwelt erinnerte, an denen man am liebsten das Bett nicht verließ. Der Geruch nach Seife und Wildblumen entsprang der Bettwäsche. Sie bestand aus grob gewebtem Stoff, war aber sauber und gemütlich. Das galt auch für das dazugehörige Zimmer: puristisch und doch heimelig. Zumindest soweit ich es wahrnahm, denn meine Aufmerksamkeit gehörte nur dem Mann mit den mahagonifarbenen Haaren und den markanten Gesichtszügen. Eine Hand hatte Noár unter sein Kissen geschoben, die andere lag neben dem Blutstern. Die dunklen Schattensymbole seiner Hand bildeten einen Kontrast zu der roten Blüte und den hellen Laken und mir wurde bewusst, wie sehr ich es vermisst hatte, neben Noár aufzuwachen.

»Ich hatte einen wirklich schlimmen Traum«, murmelte ich irgendwann. Vielleicht waren inzwischen fünf Minuten vergangen, vielleicht auch eine halbe Stunde. »Ich hab geträumt, dass du Zima hergebracht hast und sie ihre Finger nicht von dir lassen konnte.«

»Und ich dachte schon, du hättest von dreihundert Verlorenen Kindern geträumt, die dir das Leben aussaugen«, erwiderte Noár ruhig.

Touché. Ich zog eine schiefe Grimasse, bevor mir bewusst wurde, von was für einer Zahl er da gerade gesprochen hatte.

»Warte mal, drei*hundert*?«

»Mhm«, bestätigte er sanft. »Du hättest mindestens eine Woche geschlafen, wenn ich deine Regeneration nicht beschleunigt hätte.«

Ach du meine Güte.

Kein Wunder, dass er in der Taverne so aufgebracht gewesen war. Mit meiner Aktion musste ich ihm einen Riesenschrecken eingejagt haben. Trotzdem schwang in seiner Antwort keine Missbilligung mit. Eher Resignation.

»Diese Zahl sagt ziemlich deutlich, dass du ein bisschen weniger riskant mit deinem Leben umgehen solltest, *Kaiserin aller Cassarden.*«

Na toll, von meiner kleinen Rede hatte man ihm also auch schon berichtet.

»Ich finde nicht, dass du dich beschweren darfst«, murrte ich leise. »Nicht, nachdem du einfach so verschwunden bist, mich blockiert hast und dann ohne Vorwarnung mit deiner verlogenen Ex wieder auftauchst.«

Noár widersprach nicht, verschloss sich nicht und bewegte sich nicht. Er lag einfach nur da, als hätte er keinerlei Interesse, sich mit mir zu streiten.

»Zima hat mir das Leben gerettet.«

Mein Herz setzte einen Schlag lang aus. Zima hatte WAS? Stand er jetzt in einer Lebensschuld bei ihr?

»Auf Drokors Totenfeier hatte Shaell einen Anschlag auf mich und die anwesenden Neun Tode geplant. Wäre Zima nicht gewesen ...« Er seufzte. »Ich konnte sie nicht zurücklassen. Man hätte sie für ihren Verrat hingerichtet.«

Das erklärte einiges – sogar mehr, als er tatsächlich in Worte gefasst hatte.

»Dann lebt dein Vater noch?«

»Ja.«

Oh, Gott sei Dank. Noár hatte Shaell also nicht in einer Art Rachefeldzug niedergemetzelt. Das war ja schon mal ein Anfang. Ob das daran lag, dass er es nicht versucht hatte, oder daran, dass er gescheitert war, konnte ich aus seiner unnahbaren Miene allerdings nicht herauslesen.

»Ein Fürstenmord und meine Machtübernahme hätten das Schattenreich geschwächt«, erklärte er sich ungefragt. »Zumal ich seit unserer Hochzeit nicht mehr ganz unumstritten bin. Ich will einen Krieg verhindern, und nicht einen neuen heraufbeschwören.«

»Also gibt es keinen Krieg?«, fragte ich hoffnungsvoll.

Ein kleines Nicken. »Trotzdem lässt Shaell die dunkle Armee an der Grenze aufmarschieren. Das Wolkenvolk ist eine zu große Bedrohung und mein Vater will sich verteidigen können, falls Saphama einen Grund findet, anzugreifen.«

»Aber das ist doch ein Erfolg, oder? Du hast es geschafft!«

Wieder ein kleines Nicken. Bekümmerter, als ich es erwartet hätte. Fast trübsinnig. Offensichtlich war noch sehr viel mehr in der Schattenfeste passiert. Dinge, die er mir verschwieg, um mich zu schützen.

Ich wollte ihn nicht unter Druck setzen, also lächelte ich ihn an und schob meine Hand seiner entgegen. Doch Noár entzog sich meiner Berührung. Was ...?

Moment mal ... »Wo sind deine Ringe?«

Ein grimmiger Ausdruck huschte über seine Züge. Er griff sich an den Hals und beförderte eine Kette zutage, die in den Falten seiner Uniform verborgen gewesen war. Daran aufgefädelt hingen all seine Ringe.

Schockiert starrte ich ihn an.

»Es wird schlimmer, oder?«

Noár hatte gesagt, ein Chaoswandler konnte die Ringe nicht tragen und jetzt ...

»Ich hab es unter Kontrolle«, beschwichtigte er mich.

»Danach habe ich nicht gefragt.« Ich sah ihm in die Augen, bis sich unsere Blicke trafen. Es war mir wichtig, dass er meine nächsten Worte nicht nur verstand, sondern ihre Bedeutung fühlte.

»Lass mich bitte für dich da sein, Noár!«

Er zögerte. Ein paar Atemzüge lang rang er mit sich, bevor seine Fassade Risse bekam.

»Ja, es wird schlimmer«, vertraute er mir schließlich an. »Die Ringe auf der Haut zu tragen, ist inzwischen ... äußerst schmerzhaft. Das bedeutet, die Barrieren werden bald fallen. Und das bedeutet, dass ich dir wehtun werde, wenn du mich berührst.«

Noár bemühte sich, souverän zu klingen, aber ich erkannte, wie sehr er litt.

»Kann ich dir denn nicht irgendwie helfen?«

Ein Schatten legte sich über seine Züge.

»Ja, das kannst du tatsächlich.« Er senkte den Blick und die Stimme, als würde es ihn große Überwindung kosten, darüber zu sprechen. »Hab keine Geheimnisse vor mir.«

Mein Herz verkrampfte sich angesichts dieser schlichten Bitte. Ich hatte nie Geheimnisse vor ihm haben wollen und trotzdem war es so weit gekommen. Zeit für ein überfälliges Geständnis! Nur ... war es hier sicher? Ich stemmte mich aus den Kissen, um mich umzuschauen. Massive Holzwände. Durchscheinende Nebelschwaden vor dem Fenster. Eindeutig Faheena. Vermutlich ein höher gelegenes Stockwerk. Konnten wir hier ungestört reden oder wurden wir vielleicht belauscht? In einer Stadt voller Verbrecher musste man mit allem rechnen.

»Es ist sicher«, beantwortete Noár meine unausgesprochene Frage und setzte sich ebenfalls auf. »Wir sind in den Gästezimmern über der Taverne. Meine Leute kontrollieren das gesamte Stockwerk.«

Also gut. Dann stand der Wahrheit ja nichts mehr im Weg. Nichts, außer meiner plötzlichen Nervosität. So abfällig, wie Noár über die Faheen gesprochen hatte, würde er unsere Ehe, seine politische Lage und mich vielleicht mit anderen Augen sehen, wenn er erfuhr, dass ich eine von ihnen war.

Noár seufzte. In seinem Blick flackerte ein gequälter Ausdruck, aber er schenkte mir dennoch ein Lächeln. »Egal, was es ist, es wird nichts an meiner Liebe zu dir ändern.«

Okay ...

Ich würde es kurz und schmerzlos machen, wie ein Pflaster, das man abreißen musste.

»In mir fließt kein Tropfen kaiserliches Blut. Meine Mutter war eine Magd vom Goldenen Volk und mein Vater ein Faheen. Sie sind beide tot. Und Ilion ... ist mein Halbbruder.«

Noárs Brauen wanderten ganz langsam in die Höhe.

»Dein *Halbbruder*?!«

»Ja.«

»Weißt du das mit Sicherheit?«

»Flummel hat es bestätigt.«

Hinter seinen dunklen Augen arbeitete es. Mir war klar, dass er die neuen Informationen gerade in seinen vorhandenen Wissensstand integrierte und jede Begegnung mit Lazar oder Ilion neu bewertete. Ich hatte nur eine Ahnung, zu was für einem Schluss er kommen würde. Eine ganze Reihe von Emotionen zeichneten sich auf seinem Gesicht ab – kaum eine lang genug, um sie wirklich greifen zu können. Verwunderung, Wut, Verständnis, Erleichterung, Anerkennung, Scham, Argwohn, Unbehagen, wieder Wut, wieder Erleichterung und zu guter Letzt Ruhe.

Er schüttelte den Kopf und lachte leise. Ein wunderschönes Geräusch, das meine Sorgen wegfegte und mein Herz leicht machte.

»Du kannst dir gar nicht vorstellen, wie sehr ich dich jetzt küssen will.«

»Tu's«, murmelte ich, ohne nachzudenken.

Noár hob den Blutstern auf und steckte ihn mir hinters Ohr, immer darauf bedacht, mich nicht zu berühren.

»Das geht nicht. Ich möchte dir nicht wehtun.«

Aber es tat mir weh, ihn nicht spüren, ihn nicht in meinen Armen halten, ihn nicht küssen zu können.

Da kam mir eine Idee. »Du hast schon einmal meine Schmerzen unterdrückt. Bei der Chaos-Hochzeit. Kannst du das nicht noch mal tun? Oder ich mache es selbst!«

»Das ist zu gefährlich«, bremste er mich sofort. Es schien fast, als hätte auch er diese Möglichkeit bereits durchdacht und wieder verworfen. »Du würdest nicht mitbekommen, wenn ich ... abdrifte. Und was wäre, wenn Faheena vom Chaos angegriffen wird? Wenn sich hier ein Wirbel öffnet? Nichts davon würdest du spüren, bevor es zu spät ist.«

Alles gute Gründe, aber ... »Ich bin es leid, mir von meiner Angst vorschreiben lassen, was ich zu tun habe. Außerdem wäre es ja nur für einen Kuss.«

Ein verschmitztes Lächeln zuckte in Noárs Mundwinkel. »Du glaubst, ein Kuss reicht mir?«

Ich lachte. »Du bist –«

In diesem Moment klopfte es, und noch bevor wir auf den ungebetenen Gast reagieren konnten, flog die Tür auf. Hereinspaziert kam Zima – mit wallenden, goldglänzenden Haaren und einem äußerst offenherzigen schwarzen Kleid.

Hinter ihr stolperten Pash und Junos herein. Die beiden wirkten überrumpelt, entnervt und reumütig. Anscheinend hatten sie im Flur Wache gehalten und die blonde Urgewalt nicht bremsen können.

»Ach, hier bist du, Ardiza«, gurrte Zima. »Ich hab dich schon überall gesucht.« Ihr Blick glitt durch das Zimmer. Ihr entging nichts. Weder der Blutsten in meinen Haaren noch das einseitig zerwühlte Bett noch die Tatsache, dass Noár vollständig bekleidet auf der Decke saß, während ich nur ein Männerhemd trug und mich unter der Decke befand. Das alles sprach Bände. Ein süffisanter Ausdruck legte sich über ihr viel zu schönes Gesicht. »Fürst Ilion verlangt nach dir.«

»Richte ihm aus, dass ich zurzeit verhindert bin«, entgegnete

Noár knapp und so kalt, dass es sogar mich fröstelte. Pluspunkte für die richtige Antwort im richtigen Tonfall. Nur der Inhalt alarmierte mich.

»Pash kann das machen!«, intervenierte ich forsch. Die Vorstellung, dass Zima mit Ilion redete und am Ende vielleicht noch ihre männermordenden Klauen in sein Herz schlug, versetzte mich in latente Panik. Ich sprang auf und nahm Zima ins Visier. »Du hältst dich von Ilion fern – genau wie von Noár! Hast du mich verstanden?«

Sie musterte mich herablassend.

»Ich wüsste nicht, warum ich tun sollte, was *du* mir befiehlst«, zischte sie in meine Richtung, bevor sie den Schattenprinzen anlächelte und einen weicheren Tonfall anschlug. »Falls Ardiza derselben Meinung ist und nichts dagegen hat, dass seine Frau einem anderen Mann Eifersucht entgegenbringt, füge ich mich selbstverständlich gerne.«

Noár stand auf. Natürlich würde er gleich für mich Partei ergreifen, aber ich war es leid, andere meine Schlachten ausfechten zu lassen. Zima hatte mich herausgefordert, dann würde sie es auch mit mir aufnehmen müssen.

»Hey!«, fauchte ich und schnippte vor ihren klimpernden Wimpern herum, bis ich ihre Aufmerksamkeit zurückhatte. »Du hast meinen Mann jahrzehntelang hintergangen. Du hast mit seinen Gefühlen gespielt und seine Treue ausgenutzt und jetzt glaubst du allen Ernstes, das alles wäre vergeben und vergessen, weil du ihm *einmal* geholfen hast?« Ich funkelte sie aus schmalen Augen an. Offenbar hielt sie mich noch immer für das kleine naive Mauerblümchen, das ich in der Schattenfeste vorgegeben hatte zu sein. Aber damit war jetzt Schluss. »Ganz egal, wie gekonnt und bußfertig du angekrochen kommst, ich durchschaue dein Spiel und werde nicht zulassen, dass du jemals wieder irgendjemandem wehtust, der mir am Herzen liegt. Deshalb: Ja! Du wirst *meinen* Befehlen gehorchen, denn falls du Wert darauf legst, dich zu rehabilitieren, musst du *mich* – und niemanden sonst – von deiner plötzlichen Läuterung überzeugen, kapiert?«

Zima schnappte nach Luft. Vielleicht vor Empörung, vielleicht, um Schützenhilfe bei Noár zu suchen. Vergeblich. Der Schattenprinz machte absolut nicht mehr den Eindruck, einschreiten zu wollen. Ganz im Gegenteil. Er verschränkte die Arme vor der Brust und schwieg demonstrativ, wobei er sich kaum Mühe gab, seine Erheiterung zu verbergen.

Ein bitterböser Blick aus Zimas Rehaugen traf mich, nein, er durchlöcherte, durchbohrte, erdolchte und zerhackte mich. Als sie damit fertig war, drehte sie sich erhobenen Hauptes um und marschierte an Pash und Junos vorbei zur Tür. Die beiden Schattenkrieger versuchten nicht einmal, ihre Schadenfreude zu verbergen, und ich wollte schon triumphieren, da blieb Zima unvermittelt stehen. Mit einer Stimme, die unendliche Sinnlichkeit versprach, und einem Blick, der mehr war als eine Einladung, wandte sie sich an Noár: »Ich bin auf der anderen Seite des Flurs, falls du eine *richtige* Frau brauchst, sobald du mit der da durch bist.«

RACHE IST HEISS

Zima verschwand mit wippenden Hüften im gegenüberliegenden Zimmer und knallte die Tür so fest zu, dass das ganze Gasthaus erzitterte. Bevor ich irgendetwas sagen konnte, sirrte ein schwarzer Fellball durch die Luft. Keine Ahnung, woher Flummel auf einmal gekommen war, aber er steuerte wütend blubbernd auf den Flur zu und schien wild entschlossen, Zima die Augen auszukratzen. Im letzten Moment fing Pash ihn ein.

»Hey, hey! Immer schön langsam, kleiner Flattermann. Die Schattenfürstin ist nicht ganz deine Kragenweite!«, ermahnte ihn der Graf freundlich. Dann sah er mich an. »Aber wenn deine Herrin der *richtigen Frau* da drüben mal zeigen will, wie sich ein *richtiger Kinnhaken* anfühlt, halte ich sie gern für sie fest.«

Noár stieß ein Seufzen aus, das sich sehr nach dem Ende seiner Geduld anhörte.

»Ja, ja, schon gut«, brummte Pash. »Ich werde dann mal Ilion suchen gehen und ihm ausrichten, dass ihr *beschäftigt* seid. Und vielleicht find ich ja auch eine Belohnung für unseren kleinen tapferen Freund hier.«

Mit einem begeistert piepsenden Flummel stapfte er aus dem Zimmer. Junos folgte ihm kopfschüttelnd. Nachdem er die Tür hinter sich zugezogen hatte, lief ich hinterher und drehte den rostigen Schlüssel doppelt im Schloss herum, um zukünftigen Spontan-Besuchern einen Strich durch die Rechnung zu machen. Vielleicht ein bisschen übertrieben, aber ich fühlte mich gleich besser und lehnte mich erleichtert gegen die Tür.

»Sag jetzt ja nicht, dass du es sexy findest, wenn ich in Rage bin«, maulte ich Noár an, der mich mit einem amüsierten Glitzern in den Augen beobachtete.

»Schade«, neckte er. »Genau das lag mir auf der Zunge.«

»Pech für dich, dass mir nicht zum Flirten zumute ist. Nicht, solange *Zima* hier mit ihren hochgepushten Möpsen genauso spendabel herumwedeln darf wie mit Einladungen in ihr Bett!« Egal, wie oft sie Noár das Leben gerettet hatte. Das war ja noch lange kein Grund, gleich eine WG mit ihr zu gründen. »Warum hast du sie überhaupt hierher mitgenommen und nicht irgendwo anders vor Shaell versteckt? Wolltest du mir wegen der Sache mit Ilion eins auswischen?«

Noárs Lächeln zerfloss. Er war meiner Gereiztheit mit Verständnis begegnet – bis zu meiner letzten Frage. Sie schien ihn unvorbereitet und hart zu treffen.

»Du denkst, ich würde dir absichtlich wehtun wollen?«, fragte er mit undurchdringlicher Miene.

Oh Mann, und schon tat mir mein unbedachter Vorwurf leid. »Nein, natürlich nicht«, stieß ich frustriert aus. »Aber na ja, es belastet dich so, dass wir uns nicht berühren können und –«

Noár hob seine Hand und schnitt mir mit Bestimmtheit das Wort ab. »Zima steht unter Arrest, bis mir eine passende Bestrafung einfällt. Das war die Bedingung dafür, dass ich sie aus der Schattenfeste rausbringe«, erklärte er mir ruhig. »Da ich so schnell wie möglich zu dir zurückwollte, habe ich mich bisher nicht um eine angemessene Unterbringung für sie kümmern können. Das werde ich allerdings nachholen. Ich habe sie nicht angefasst und keine Sekunde das Bedürfnis verspürt, es zu tun. Sie ist noch nicht einmal mit mir auf Nox geflogen.«

»Oh.«

Mehr brachte ich nicht heraus.

Jetzt war es mir peinlich, dass dieses fürstliche Biest mich so auf die Palme gebracht hatte. Zumal wir viel größere und wichtigere Probleme hatten als meine kleinliche Eifersucht.

Noár kam zu mir, nah genug, um mich zu berühren, aber ohne es zu tun. »Sosehr es mich auch erleichtert, in unserer Ehe nicht der Einzige mit einer ausgeprägten Besitzanspruch-Problematik zu sein, kann ich dich beruhigen«, teilte er mir mit einem liebevollen Lächeln mit. »Ich würde dich eher ein ganzes Leben lang nur ansehen dürfen, als je wieder mit Zima ins Bett zu steigen – oder mit irgendeiner anderen Frau.«

Seine Worte ließen die Welt verblassen. All meine Sinne nahmen bloß noch ihn wahr. Noár. Meinen Mann. Ich wollte ihn berühren. Ich *musste* ihn berühren. Während ich in seinen Augen versank, hob sich meine Hand – wie von allein, magisch angezogen von seiner Brust, seinem Herzen, seinem Herzschlag. Nur Millimeter von ihm entfernt verharrte ich. Seine Atemzüge hypnotisierten mich. So nah und doch unerreichbar. Die Sehnsucht in mir wurde derart übermächtig, dass sie jeden Gedanken, jede Faser meines Seins beherrschte. Ich hielt die Luft an, als Noár ebenfalls seine Hand hob und sie auf meine legte – fast. Seine Finger schwebten über meiner Haut, ohne sie tatsächlich zu streifen. Unerbittlich wahrte er den qualvollen Abstand und wanderte weiter, über mein Handgelenk meinen Arm hinauf zu meinem Schlüsselbein und meiner Wange. Seine Beinahe-Berührung hinterließ eine glühende Spur auf meiner Haut. Ein unaufhaltsamer Schauer lief mir über den Rücken.

»Nimm mir die Schmerzen.«

Meine Stimme bebte, flehte, leise, aus tiefster Seele. Ich wusste nicht, ob Noár mich gehört hatte, denn sein Blick schien gefangen zu sein in der Erinnerung daran, wie ich mich anfühlte. Er schluckte.

»Spüre nur mich!«, sagte er mit rauer Stimme. »Kein Chaos! Keinen Schmerz!«

Sein Wille ergriff von mir Besitz. Ohne den kleinsten Widerstand. Für einen Augenblick stand die Welt still. Und dann fühlte ich, wie Noárs Fingerspitzen ganz sanft über meine Lippen strichen.

Kein Chaos, kein Schmerz. Nur Feuer, das durch meinen Körper raste und mich bis in die Zehenspitzen versengte.

Noár beobachtete meine Reaktion. Wachsam. Fasziniert. Hungrig. Ich lächelte und senkte meine Hand auf sein Herz. Es schlug temperamentvoll unter dem Stoff seiner Uniform. Ein berauschendes Gefühl und doch ... es reichte mir nicht. Ich öffnete Knöpfe, Riemen und Verschlüsse, einen nach dem anderen, bis ich ihm das störende Kleidungsstück von den Schultern streifen konnte.

Noár stieß hörbar die Luft aus. Seine Kiefer waren fest aufeinandergepresst, als ich über die Schattensymbole strich, die seine kräftige Brust zierten. Weiche Haut. Harte Muskeln. Doch irgendetwas stimmte nicht. Noár wirkte angestrengt. Verbissen.

Schockiert riss ich meine Hände zurück.

»Dich schmerzt es auch, nicht wahr?«, hauchte ich, während eine vage Erinnerung in mir aufstieg. Auch Fidrin und andere Chaoswandler hatten geschrien, als sie mit mir in Berührung gekommen waren. Großer Gott! Alles hatte sich immer nur um mich und mein Risiko gedreht. Wieso war mir nicht früher aufgefallen, dass auch diese Medaille zwei Seiten hatte?

Noár lächelte mich mit unerschütterlicher Ruhe an. Er nahm meine Hände und legte sie sich auf die Brust.

»Ja«, gestand er leise, »aber der Schmerz ist nichts im Vergleich zu der Qual, dich nicht berühren zu können.«

Nein! Das durfte nicht sein.

Jetzt erst begriff ich wirklich, wie Noár sich in der Menschenwelt gefühlt haben musste. Ich erfuhr es am eigenen Leib und es war unerträglich. Zu wissen, dass meine Berührung ihn verletzte, wo sie doch Ausdruck all meiner Liebe zu ihm sein sollte ...

Das konnte ich weder zulassen noch verkraften.

Ich sah ihm in die Augen. Diese wunderschönen dunklen Sternenhimmelaugen.

»Spüre nur mich!«, befahl ich ihm. »Kein Chaos! Keinen Schmerz!«

Diesmal übernahm mein Wille die Kontrolle über ihn, fegte alle Zweifel, Sorgen und Bedenken einfach beiseite.

Die Muskeln unter meinen Händen entspannten sich. Noár atmete auf, befreit von einer Last, die er seit über einem Jahrhundert mit sich herumtrug. Für einen Moment wirkte er fast schon unsicher. Er hatte so lange gekämpft und das Chaos in sich in Schach gehalten, dass er seiner plötzlichen Freiheit nicht traute, nicht wusste, ob er sich ihr hingeben durfte, ob er sie verdient hatte. Außerdem war uns beiden klar, dass die Bedrohung nicht fort war, nur weil wir das Chaos nicht länger spüren konnten. Wir hatten uns nur ein bisschen Zeit erkauft.

Aufs Neue begann ich, meine Finger über die athletischen Wölbungen seines Oberkörpers gleiten zu lassen. Noár schloss die Augen und stöhnte leise auf. Das Wissen, wie neuartig und intensiv seine Sinneseindrücke nun sein mussten, erregte mich mehr als die Berührung selbst. Unvermittelt packte mich Noár und drückte mich gegen die Tür. In seinem Blick brannte reines Verlangen.

»Bist du dir sicher, dass du das willst?«

Seine Stimme war dunkel vor Lust und seine sinnliche Frage entfachte ein heißes Ziehen unterhalb meines Bauchnabels.

»Wieso sollte ich mir nicht sicher sein?«

Verführerisch schlang ich meine Arme um Noárs Hals und zog ihn an meine Lippen. Doch er küsste mich nicht, sondern verharrte nur ein kleines Stück vor meinem Mund. Ein winzig kleines grausames Stück. Er lächelte schelmisch.

»Die anderen werden uns hören.«

»Schick sie nach unten«, flüsterte ich heiser. Eine bessere Lösung fiel mir nicht ein. Ich war längst über den Punkt hinaus, an dem ich mir Gedanken über mein Schamgefühl machen konnte.

Während Noár meinen Atem trank, griff er nach den Ringen, die noch immer an der Kette um seinen Hals hingen. Er würde uns so viel Privatsphäre wie möglich verschaffen. Gut.

Plötzlich lachte er leise auf. Das Geräusch versetzte all meine Sinne in Schwingung.

»Junos fragt, ob er Zima mit nach unten nehmen soll.«

Oh.

Inzwischen hatte ich völlig verdrängt, dass es die Schattenfürstin auch noch gab. Trotz und gekränkter Stolz kochten in mir hoch. Zima hatte meine Rücksicht ganz bestimmt nicht verdient.

»Warum?«, erkundigte ich mich unschuldig. »Sie kann ja selber runtergehen, wenn sie etwas stören sollte.«

Überrascht richtete sich Noár auf und seine wundervollen, weichen, küssenswürdigen Lippen teilten sich zu einem sündigen Lächeln. »Oh Kätzchen, diese Seite an dir kenne ich ja noch gar nicht.«

Prompt schoss mir das Blut in die Wangen und mein Gewissen meldete sich zu Wort.

»Ist das ... zu gemein von mir?«

»Zu gemein?« Noár hob zärtlich mein Kinn. Verlangen brannte in seinem Blick, und noch etwas anderes, viel Gefährlicheres. »Dir ist schon klar, *wen* du das gerade fragst?«

Sein Mund streifte meinen. Warm. Weich.

»Ich bin ein Schattenprinz. Geboren, um Unrecht zu bestrafen.«

Wieder eine hauchzarte verheißungsvolle Berührung, die mich

um den Verstand brachte. Instinktiv suchte ich nach seinem Kuss, doch er genoss es viel zu sehr, mich vor Sehnsucht beben zu sehen.

»Und wer dir ein Leid zufügt«, raunte er, während seine Hände sich von meiner Taille lösten und sich quälend langsam unter mein Nachthemd schoben, »wird von mir niemals Gnade erwarten können.«

Ein weiteres Mal durfte ich seine Lippen schmecken – einen kurzen, flüchtigen Moment lang.

»Zima mag heute nur deinen Stolz verletzt haben, aber sie *hat* dich verletzt. Folglich nein, es ist absolut nicht *zu gemein*, sie jeden einzelnen Höhepunkt mitanhören zu lassen, den ich dir schenken werde.«

Noárs Versprechen ließ mich zitternd nach Luft schnappen. Vergebens, denn endlich verschloss er meinen Mund mit dem Kuss, nach dem ich mich verzehrt hatte. Mein Blut verwandelte sich in flüssiges Feuer, während er mit schonungsloser Geduld eroberte, was ohnehin längst ihm gehörte: das heftige Pochen meines Herzens, die brennende Sehnsucht nach seiner Nähe und die bedingungslose Hingabe meines Körpers. Er presste sich enger an mich, schob mich ein Stück die Tür hoch. Wie von alleine schlangen sich meine Beine um seine Hüfte, während sich seine Hände in das weiche Fleisch meiner Schenkel gruben. Das kühle Holz in meinem Rücken war Segen und Verderben zugleich. Es bot mir Halt in meinem Fieber, verwehrte mir aber jedes Entkommen vor der Hitze seiner Berührungen. Noár stieß ein wildes Geräusch aus. Die ungestüme Kraft, die unter seiner Zärtlichkeit schwelte, brachte mich um den Rest meiner Selbstbeherrschung. Ich war süchtig nach diesem Mann und fühlte mich vollkommen hilflos angesichts der Empfindungen, die er in mir zu entfesseln vermochte. Fast schon verzweifelt bog ich mich ihm entgegen und krallte mich in seine kräftigen Schultern. Das Wissen, dass sich all seine herrlichen Muskeln nur für mich bewegten, war berauschend. Stöhnend warf ich den Kopf in den Nacken und rang nach Atem. Doch Noár gewährte mir keine Pause. Während er mich verwöhnte, fanden seine Lippen, seine Zunge die empfindsame Stelle unter meinem Ohr. Lust flutete mich, raubte mir den Atem.

»Wo wir gerade von meinem Stolz sprechen«, keuchte ich. »Ich sollte dich warnen: Was auch immer du gleich mit mir anstellst, es sollte besser jedes deiner früheren Schäferstündchen mit Zima um Dimensionen übertreffen. Keine Zurückhaltung. Ich will, dass es mir und ihr noch für eine *sehr* lange Zeit die Sprache verschlägt.«

Noár stoppte sein verheerendes Werk, um mich erstaunt anzusehen. Hinter seiner Leidenschaft schien etwas Dunkles zu erwachen, dessen Anblick allein mir heiße Wellen der Erregung durch den Körper jagte.

»Nur, um eines klarzustellen«, sagte er gefährlich leise. Er fing meine Hände ein und hauchte zarte Küsse auf meine Handflächen. »Du hast es nicht nötig, dich mit jemandem wie Zima zu vergleichen. Jede Minute mit dir übertrifft alles, was ich jemals mit ihr hatte.«

Bedächtig hob er meine Arme und fixierte sie über meinem Kopf. Sein gestreckter Oberkörper gehörte zu den erotischsten Dingen, die ich je gesehen hatte.

»Aber wenn ich dich wirklich sprachlos machen soll ...«

Ein Lächeln umspielte seine Mundwinkel. Selbstbewusst. Dekadent. Sinnlich.

»... dann ist dein Wunsch mir Befehl.«

EIN FASS AUFMACHEN

Als die Dämmerung hereinbrach, pulsierten noch immer die lustvollen Nachbeben der letzten Stunden durch meinen Körper. Ja, Noár hatte mir die Sprache verschlagen. Mehr noch, er hatte mich in einen Zustand befördert, dem Worte überhaupt nicht gerecht werden konnten, selbst wenn ich welche gefunden hätte. Allerdings war ich mit meiner Sprachlosigkeit nicht allein. Was Noár mit überlegener Selbstsicherheit und der Erfüllung seines Versprechens begonnen hatte, war irgendwann außer Kontrolle geraten und zu einem gemeinsamen überwältigenden Rausch geworden, der uns beide noch immer erschütterte.

Jetzt lag ich zutiefst befriedigt auf seiner Brust, sog seinen Geruch in mich auf und genoss die Wärme, die er meinen erschöpften Muskeln spendete. Seine Finger zogen kleine Kreise über meinen Rücken. Bei jeder Berührung tanzte ein zartes Prickeln auf meiner Haut – als wären wir elektrisch aufgeladen. Das kam wohl dabei raus, wenn man zwei willensstarke Cassarden mit haufenweise angestautem Verlangen in ein Bett steckte, die Grenzen der Vernunft vorübergehend außer Kraft setzte und die gemeinsame Lust zum einzigen Ziel wurde. Wir hatten unseren Hunger so sehr anfachen und stillen *wollen*, dass sich dieser Wunsch verselbstständigte und unser Wille von uns Besitz ergriffen hatte. Unter solchen Bedingungen besaß selbst ein unbedacht ausgerufenes »Mehr« ungeahnte Konsequenzen. Und da wir beide den Willen des anderen nicht brechen konnten, ohne uns auch unsere Chaos-Schmerzfreiheit zu nehmen, waren wir nach endlosen Stunden der Ekstase zu nichts anderem fähig gewesen, als einander festzuhalten und nach Luft zu ringen.

Wie viel Zeit seitdem vergangen war, wusste ich nicht. Draußen vor dem Fenster zogen Nebelschwaden vorbei und enthüllten hin und wieder die Sicht auf den dunkler werdenden Wolkenhimmel und die Mastspitzen von Faheenas zahllosen Schiffen.

Es klopfte an der Tür. Noár gab einen matten Laut von sich, der irgendwo zwischen Seufzen, Stöhnen und Knurren lag. Sein Brustkorb vibrierte unter meinem Gesicht. Träge griff er nach dem Bettlaken und zog es mir bis zu den Schultern hoch. Das war alles. Er sagte nichts, stand nicht auf, entließ mich nicht aus seinen Armen und erweckte auch nicht den Eindruck, es tun zu wollen.

Ein Schlüssel drehte sich im Schloss. Jemand betrat das Zimmer. Zurückhaltend. Diskret. Da Noár noch immer völlig entspannt blieb, sah ich keinen Anlass, etwas zu unternehmen. Ich wusste, dass ich bei ihm sicher war. Er würde nicht einfach irgendwen hereinlassen. Vermutlich hatte er den Neuankömmling sogar selbst über seine Ringe herzitiert. Höchstwahrscheinlich Keeza. Nein, den leichten Schritten nach waren es zwei Frauen. Vielleicht noch Mariz. Etwas rumpelte, wurde geschoben, gerollt und abgestellt. Ich hörte das dumpfe Schwappen einer Flüssigkeit. Danach fiel die Tür wieder ins Schloss und es war still.

Noár bewegte sich. Ich protestierte leise, versuchte, ihn festzuhalten, aber zu meiner Enttäuschung war ich kurz darauf mit der angewärmten Matratze allein. Dann spürte ich, wie auch noch meine Decke verschwand und sich starke Arme unter meinen Körper schoben, um mich hochzuheben.

»Mngh ...«, murrte ich. Es war kalt. So gut es ging schmiegte ich mich an seinen Körper, doch Noár hatte andere Pläne. Plötzlich umspielte heißes Wasser meine Füße. Knie. Hüften. Verwirrt blinzelte ich durch meine schweren Augenlider. Ich stand in einem Fass, klein genug, um durch die Tür zu passen, und doch groß genug für eine improvisierte Badewanne. Noár kletterte zu mir hinein. Jetzt wurde es eng, aber gegen eng hatte ich nichts einzuwenden. Er schlang von hinten seine Arme um mich und zog mich mit sich in das heiße Wasser. Ein wohliges Stöhnen entwich mir. Punkt für den Schattenprinzen. Das war sogar noch besser, als im Bett zu kuscheln.

Noár nahm ein Stück Seife und begann mich damit einzureiben. Ich liebte den Anblick von seinen Händen auf meiner Haut.

»Woran denkst du?«, fragte er mich sanft. Seine dunkle Stimme liebkoste mich wie schwarzer Samt. Ich schloss die Augen und lächelte.

»An die heißen Quellen von Rim Valesh.«

Dort hatten wir uns nie verstellen, nie verstecken oder kämpfen müssen.

»Wenn das hier vorbei ist, kann mich niemand davon abhalten, dich wieder dorthin zu entführen«, versprach er.

»Perfekt. Und Nox darf jeden auffressen, der uns stören will.«

Noár lachte leise und hauchte mir einen Kuss auf die Schulter.

»Den Wunsch erfüllt er dir gerne.«

»Aber können wir uns das erlauben?«

Irgendwie war noch nie etwas Gutes dabei herausgekommen, wenn wir uns von der Welt zurückgezogen hatten.

»Sobald das hier vorbei ist, bist du offiziell Kaiserin. Dann kannst du dir alles erlauben.«

Eine Feststellung. Alternativlos.

Noár hatte recht, dachte ich mir und versuchte, den bitteren Beigeschmack zu verdrängen, der in seiner Antwort mitschwang: Wäre ich nicht Kaiserin, wenn das hier vorbei war, wäre ich sehr wahrscheinlich tot.

Nach und nach vertrieb das Bad meine Trägheit und ich mopste

Noár die Seife, um mich bei ihm zu revanchieren. Während ich seinen kräftigen Körper einschäumte, fühlte ich eine nicht greifbare Unruhe in mir aufsteigen. Von Minute zu Minute schien das Wasser heißer und das Fass kleiner zu werden. Noárs Haut begann, ganz leicht unter meinen Handflächen zu brennen. Oh nein. Ich wusste, was das war. Chaos. Unser Wille verlor allmählich an Kraft und unsere gestohlene Zeit neigte sich dem Ende entgegen. Schon bald würde ich vor Schmerzen schreien, wenn ich mich nicht von Noár zurückzog.

»Du spürst es auch, oder?«

»Mhm«, bestätigte er, ohne sich aus der Ruhe bringen zu lassen. Er schien unsere Zweisamkeit bis zum letzten Moment auskosten zu wollen.

Ich bekam plötzlich nur noch schwer Luft. Das flaue Gefühl in meinem Bauch wuchs zu einem bleiernen Knoten an. Vorboten einer Panikattacke. Es durfte nicht enden. Ich brauchte seine Nähe mehr, als ich vernünftig erklären konnte. Vielleicht ...? Vielleicht konnte ich meinen Willen erneuern und ihn –

Noár tauchte unter und spülte sich die Seife aus den Haaren. Groß wie er war, musste er sich dabei ganz schön verrenken, was wiederum so skurril wirkte, dass ich unweigerlich lachen musste und meine Angst vergaß. Als er wieder aufgetaucht war, strich er sich die nassen Strähnen aus dem Gesicht und sah mich liebevoll an.

»Lass es zu«, meinte er. »Du wirst die Splitter bald brauchen.«

Was ...? Warum? Wovon sprach er?

Noár quittierte meine Verwirrung mit einem resignierten Seufzen. »Das Treffen mit Ifar steht. Frag mich nicht, wann. Dein *Bruder* hat sich diesbezüglich recht bedeckt gehalten.«

Oh ...

Stopp. Noár wusste davon?!

Und er hatte mir noch *keine* Standpauke erteilt und hielt mir

auch jetzt keinen Vortrag über das Risiko von zwielichtigen Treffen mit Typen, die ihn in finsteren Kerkern gefoltert hatten?
»Wer bist du und was hast du mit meinem Mann gemacht?«
Er grinste. »Entgegen der landläufigen Meinung bin ich durchaus in der Lage, meinen Stolz hinunterzuschlucken, wenn es nötig ist«, informierte er mich amüsiert. Seine Finger legten sich unter mein Kinn, sodass er sich einen zärtlichen Kuss stehlen konnte. Dann erhob er sich und stieg aus dem Badefass.
»Das Treffen mit Ifar gefällt mir nicht, aber ich stehe hinter dir, Amaia«, meinte er, während er sich abzutrocknen begann. »Hinter dir und deinen Entscheidungen. Immer.«
Darauf fiel mir nichts ein, weil mein Herz vor Glück und Wehmut und Sehnsucht zu platzen drohte. Ich lehnte mich an den Rand des Fasses, und dachte über das bevorstehende Treffen mit Ifar nach. Damit war ich genau zwei Atemzüge lang erfolgreich, bevor Noárs unfreiwillige Show meine ganze Aufmerksamkeit einforderte. In Momenten wie diesen, in denen er sich seiner Attraktivität nicht bewusst war, hatte ich ihn schon immer am faszinierendsten gefunden.
»Was ist eigentlich aus *Kätzchen* geworden?«, fragte ich gedankenverloren. Schon eine ganze Weile war mir aufgefallen, dass er mich nicht mehr so nannte, und irgendwie vermisste ich es.
Noár, der sich gerade seine Hose zuknöpfte, hielt inne. »Ich dachte, es hätte sich *ausgekätzchent*?«
Die Verwunderung auf seinen Zügen war ein bisschen zu perfekt, um nicht gespielt zu wirken. Ich runzelte die Stirn. Er machte einen auf Unschuld vom Lande, aber das freche Glitzern in seinem Blick verriet ihn.
»Echt jetzt?«, schimpfte ich. »Du hast meine Aussage bis heute wörtlich genommen, nur um mir das Geständnis abzuringen, wie sehr ich es mag, wenn du mich Kätzchen nennst?«

»Also magst du es, wenn ich dich so nenne?«, erkundigte er sich verschmitzt.

Ich kniff die Augen zusammen und kämpfte gegen das Lächeln an, das mir in den Mundwinkeln zuckte. Mäßig erfolgreich. Mann!

»Wo ist der Ich-kann-meinen-Stolz-runterschlucken-Kerl hin, wenn man ihn mal braucht?«, maulte ich und ließ mich unter Wasser gleiten, um mich von seinem leisen Lachen nicht anstecken zu lassen.

Als ich wieder auftauchte, stand Noár grinsend neben dem Fass und breitete als Friedensangebot ein frisches Handtuch für mich aus.

»Na komm, *Kätzchen*«, sagte er versöhnlich. »Die anderen warten unten auf uns.«

Wow. Das nannte man dann wohl, den Wind aus den Segeln nehmen. Anstatt zu triumphieren, konnte ich ihn nur verträumt ansehen. Es war das tausendste Mal, dass ich mich in diesen Mann verliebte.

»Wenn du mich noch länger so anschaust, zerre ich dich zurück ins Bett und wir pfeifen auf die Rettung Cassardims«, warnte er mich amüsiert. »Ich komm klar damit, aber *du* darfst das dann den anderen erklären.«

Schmunzelnd kapitulierte ich, kletterte aus dem Fass und ließ mich von Noár in das Handtuch wickeln. Mir entging nicht, dass er dabei jeden Hautkontakt vermied.

Ich seufzte. Alles war wieder beim Alten.

Das und der wahre Kern in Noárs scherzhafter Anspielung brachten mich ins Grübeln. Unsere ellenlange To-do-Liste zur Rettung Cassardims würde vielleicht schon bald dazu führen, dass wir keine Gelegenheit mehr für ein privates Gespräch hätten. Also musste ich die Zeit nutzen, die uns blieb.

»Wir haben noch gar nicht über das geredet, was Miss Goldblossom zu uns gesagt hat«, begann ich zögerlich, während ich die Kleidungsstücke sichtete, die mir irgendjemand heraufgebracht hatte. Es waren verschiedene Hemden, Mieder, Hosen und ein schwarzes Boho-Kleid aus dem weichsten Stoff, den ich je in Händen gehalten hatte.

»Wir haben nicht darüber geredet, weil es nicht nötig ist«, erwiderte Noár schlicht.

Nicht nötig? In seiner Welt vielleicht!

»Ich kenn dich gut genug, um auch deinen Plan B zu kennen. Du willst dich opfern, wenn alles andere schiefgeht, nicht wahr? Aber das kannst du dir gleich abschminken! Ich werde das nicht zulassen!«

Missmutig legte ich das weiche Kleid weg und griff stattdessen nach einem pragmatischeren Outfit. Die Zweckmäßigkeit war im Moment wichtiger als alles andere – ganz gleich, wie traumhaft sich der Stoff auf der Haut anfühlen musste.

Noár trat an meine Seite. Inzwischen hatte er sich wieder in den dunklen Heerführer in voller Uniform verwandelt. Er nahm das Kleid vom Klamottenhaufen und drückte es mir in die Hand. Offenbar war ihm nicht entgangen, wie schmachtend ich es angesehen hatte.

»Trag es«, meinte er sanft. »Wir sind hier sicher genug, um zumindest für ein paar Stunden keinen Angriff fürchten zu müssen. Und was diese Opfer-Sache betrifft: Lass uns darüber sprechen, wenn wir Ifars Antwort kennen. Falls er uns bei der Suche nach dem Juwel hilft, brauchen wir vielleicht keinen Plan B.«

Mir war vollkommen bewusst, wie gekonnt er dem Thema auswich, aber ich wollte nicht streiten, also nickte ich. Ich nickte und lächelte und ignorierte das mulmige Gefühl, dass Pläne in Cassardim selten aufgingen.

IST DER RUF ERST RUINIERT

Ein paar Minuten später befanden wir uns auf dem Weg ins Erdgeschoss. Unterwegs stellte ich drei Dinge fest. Erstens: Ich *liebte* mein neues Kleid. Der seidige Stoff schmiegte sich an mich wie eine zweite Haut und engte mich dennoch nicht ein. Es bot an den richtigen Stellen Halt und floss ansonsten faltenreich und luftig an mir herab. Zweitens: Auch mein Mann liebte mein neues Kleid. So sehr, dass ich befürchtete, er würde die Androhung, mich zurück ins Bett zu zerren, doch noch wahr machen. Drittens: Offenbar hatte Noár nicht nur Zima im Schlepptau gehabt, als er nach Faheena gekommen war. Kein Wunder, dass er sich so keine Sorgen um mögliche Angriffe machte. Im gesamten Gebäude wimmelte es vor Schattenkriegern. Sie standen in den Fluren, im Treppenhaus und an allen Ein- und Ausgängen Wache.

Dementsprechend war es wenig verwunderlich, dass die Taverne nicht ganz so überfüllt schien wie gestern. Gestern? Vielleicht auch vorgestern? Oder vorvorgestern? Wie lange hatte ich eigentlich geschlafen?

Jedenfalls hatten wir kein Problem, uns unseren Weg durch den Gastraum zu bahnen. Das lag wohl auch daran, dass die Faheen – alle mit frischen Völkersymbolen – uns hastig Platz machten. Zuerst dachte ich, sie hätten Angst vor Noár, doch dann fiel mir auf, wie ehrfürchtig man mich anstarrte – als wäre ich Mutter Teresa. Manche verbeugten sich sogar und andere flüsterten mir ihren Dank zu. Ihren *Dank!* In Cassardim!

»Du hast Eindruck hinterlassen«, raunte Noár.

Sah wohl ganz so aus.

Überhaupt hatte sich in der *Betrunkenen Witwe* so einiges verändert, seit meiner Ankunft. Es stank nicht mehr so. Der Boden wirkte geputzt, die Gäste ordentlich und alles war mit unzähligen Blumen geschmückt. Das kam mir für eine derartige Spelunke zwar ein bisschen seltsam vor, aber hey, wieso sollten nicht auch raubeinige Verbrecher auf florale Deko stehen dürfen?

Neben all den Öllampen brannte diesmal sogar ein Feuer im Kamin. Drüber brutzelte an einem Bratenspieß ein ... äh ... ich hatte keine Ahnung. Das Ding besaß die Größe eines Ferkels, aber die Form einer Raupe. Davon würde ich definitiv nicht kosten, egal wie sehr mein Magen bereits knurrte.

»Hoheit!« Wie aus dem Nichts zog Mariz mich in ihre Arme.

Wow. Nicht, dass ich etwas gegen Umarmungen hatte, doch von Mariz war ich das wirklich nicht gewohnt.

»Ich schulde Euch mehr als mein Leben. Sagt, was Ihr verlangt, und ich werde es tun!«, schniefte sie mir ins Ohr. Dann ließ sie mich los und wechselte den Tonfall so abrupt wie ihre Stimmung. »Ist das nicht toll?!«, rief sie begeistert und deutete auf die Blumen-Deko. »Das alles wurde für Euch hier abgegeben! Wie Ihr Euch sicher denken könnt, sind Blumen in einer Stadt aus Schiffen ein seltenes Gut. Es ist die Art der Faheen, ihren höchsten Respekt auszudrücken. Ihr seid schon jetzt so etwas wie eine Heilige hier.«

Ach du liebes bisschen ... also doch Mutter Teresa.

Fröhlich weiterplappernd zerrte Mariz mich an den Tisch mit unseren Freunden. Es war die altbekannte »Fürsten-Tafel«, an dessen Kopfende Ilion Hof hielt. Als er uns entdeckte, legte sich ein breites Grinsen über seine Züge. Das nächste Grinsen kam von Hjonios. Junos ging ebenfalls mit und Pash erhöhte noch um ein Paar hüpfender Augenbrauen.

»Na? Ausgeschlafen?«

Keeza stieß dem Grafen den Ellbogen in die Rippen.

»Aua!«, quengelte der.

Ilion lehnte sich gönnerhaft auf seinem Thron zurück. »Setzt euch. Esst etwas«, forderte er uns auf und feixte dann: »Ihr könnt es sicher gebrauchen.«

Eine ungute Vorahnung beschlich mich, aber ich fand nicht den Mut, um ihr auf den Grund zu gehen. Da schaltete sich Lazar ein. Der ehemalige Seneschall war der Einzige, der nicht von einem Ohr bis zum anderen grinste.

»Die *Betrunkene Witwe* genießt einen hervorragenden Ruf in Faheena. Dieses Gasthaus ist nicht umsonst die Residenz des hiesigen Fürsten. Die Speisen sind heiß, die Getränke kalt und die Wände dick genug, um geheim zu halten, was auch immer in den oberen Stockwerken stattfindet«, erzählte er mit weltgewandter Eleganz. »Nun, heute mussten wir feststellen, dass alles seine Grenzen hat.«

Das bestätigte meine Befürchtung und traf mich wie eine Ohrfeige.

»Ihr habt ...«

»... alles mitbekommen?«, half Ilion mir belustigt aus und nickte. »War schwer zu überhören.«

Oh. Mein. Gott.

Ich lief knallrot an und schluckte schwer. Nicht nur unsere Freunde, sondern auch Leute, die ich kaum kannte, wie Hjonios, und Leute, die mich für Mutter Teresa hielten, und überhaupt alle hatten ... uns ...

Oh Gott, ich wollte im Boden versinken.

»Ihr habt das Gasthaus ganz schön auf Trab gehalten«, feixte Pash.

»Nur das Gasthaus? Halb Faheena hat euch gehört«, lachte jemand hinter mir. Eine bekannte Stimme, aber sie wollte so gar nicht hierher passen. »Wenn ich richtig gezählt habe, habt ihr mindestens drei Beziehungen in eine tiefe Krise gestürzt und dafür fünf neue Paare ... inspiriert.«

Ich fuhr herum und sah einen gut gelaunten blonden General, der sich gerade von der Theke abstieß und zu uns herüberkam. »Rhome?!«, platzte es aus mir heraus. Überglücklich fiel ich ihm um den Hals. Sein Auftauchen ließ mich sogar mein Schamgefühl vergessen.

»Was machst du hier?«, fragte ich ihn. »Ich dachte, du wirst bei der dunklen Armee gebraucht?«

»So ist es, deshalb kann ich auch nicht lange bleiben. Aber Noár wollte persönlich ein paar dringende Angelegenheiten mit mir besprechen.« Er grinste schief und klopfte dem Schattenprinzen auf die Schulter. »Offensichtlich nicht dringend genug, um mich nicht den ganzen Tag warten zu lassen.«

Noár würdigte das mit keiner Antwort. Auch zeigte er keine Spur von Gewissensbissen, ganz zu schweigen von Verlegenheit. Stattdessen begrüßte er Rhome herzlich und zog mir anschließend einen Stuhl zurecht.

»Lass dich von ihnen nicht aufziehen«, hauchte er mir kaum hörbar ins Ohr, als ich mich setzte. »Sie sind nur neidisch.«

»Worauf du dich verlassen kannst, Prinzesschen«, versicherte Pash, der augenscheinlich jedes Wort verstanden hatte. Unverblümt füllte er zwei Krüge mit Varras-Wein und schob sie uns hin. »Und ihr müsst unbedingt mal was aufklären. Wir haben da so eine Wette am Laufen. Es geht um ein paar sehr ungewöhnliche Geräusche nach etwa der Hälfte eures kleinen amourösen Abenteuers. Ilion denkt, ihr hättet –«

Das laute Scharren von Stuhlbeinen unterbrach den Schattenkrieger. Alle Augen richteten sich auf Noár.

»Ihr habt auf private Angelegenheiten zwischen mir und meiner Frau gewettet?«, fragte er, während er neben mir Platz nahm. Sein Tonfall klang gelassen, aber sein Blick hätte Glas schneiden können.

Pash erbleichte.

»Ähm ... nein ...« Betreten räusperte er sich. Auch die anderen entwickelten plötzlich ein ausgeprägtes Interesse an ihren Getränken.

»Gut«, stellte Noár trocken fest. »Dann wäre das geklärt und wir können uns endlich einem passenderen Thema widmen. Vorzugsweise einem, das euch irgendetwas angeht. Vorschläge?«

Rhome begriff am schnellsten und rettete seine Freunde. Er setzte sein Ich-bin-ein-wichtiger-General-Gesicht auf und schaute in die Runde.

»Mich würde brennend interessieren, wie Ilion seine Untertanen davon überzeugen konnte, so viele Schattenkrieger hier zu dulden.«

»Sie dulden nicht die Schattenkrieger«, informierte ihn der Faheen-Fürst kühl. »Sie dulden die Leibwache der Kaiserin.«

Tja, das war's dann mit Rhomes wichtigem Gesicht. Seine Augenbrauen verschwanden beinahe in seinem Haaransatz.

»Du hast einiges verpasst, Bruderherz«, lachte Keeza.

»Das Gefühl bekomme ich auch gerade«, murmelte er.

Während der General sich von seiner Schwester über alle Geschehnisse aufklären ließ, wurde ein wahres Festmahl aufgetischt. Noár nahm seinen Becher und lud mich ein, mit ihm anzustoßen. Ein Angebot, das ich nur zu gerne annahm, bevor ich mich über das Essen hermachte. Das war auch der Moment, in dem Flummel wieder auftauchte und erwartungsvoll neben meinem Teller landete. Perfektes Timing, denn der Okoklin hatte – anders als ich – keine Vorbehalte, was Ferkel-Raupen-Braten betraf.

»Was wird das hier?«, fragte ich Ilion, als mir auffiel, dass einige Gäste ihre Tische beiseiteschoben und Instrumente auspackten.

»Ein Fest zu Euren Ehren, kaiserliche Hoheit«, antwortete Hjonios für seinen Fürsten.

Fast hätte ich mich verschluckt. Ein was?

Entgeistert starrte ich Ilion an, allerdings zuckte der nur mit den Schultern. »War nicht meine Idee.«

»Aber du bist ihr Fürst. Du musst so was doch unterbinden können!« Ich wollte niemandem zu nahe treten, aber ein Fest war wirklich das Letzte, was ich jetzt brauchte.

Plötzlich wurde Ilions Miene ernst und zum ersten Mal hatte ich wahrhaftig das Gefühl, mit einem Fürsten zu sprechen.

»Meine Macht hat Grenzen«, ließ er mich wissen. »Die Faheen wollen dir ihren Dank erweisen. Und ja, mit Dank meine ich auch all die Konsequenzen, die das in Cassardim hat. Ich habe kein Recht, ihnen das zu verwehren.«

»Aber ... das ist nicht nötig.«

»Das entscheidest nicht du.«

Darauf konnte ich nichts mehr erwidern, zum einen weil mir nichts einfiel, und zum anderen, weil Ilion seinem Sekretär einen Wink gab, auf den Hjonios sich erhob und überraschend resolut für Ruhe in der Taverne sorgte.

»Wie heißt es so schön bei uns: Richte deinen Blick nicht in die Wolken, sonst scheißt dir ein Wyvern ins Gesicht«, begann er seine Rede. Die Faheen lachten und sogar Noár konnte sich ein Schmunzeln nicht verkneifen.

»So bringen wir unseren Kindern bei, nicht nach Höherem zu streben. Faheen sind Faheen und bleiben Faheen. Niemand sieht uns an und die, die es tun, sehen uns nicht – was es uns leicht macht, ihnen die Last in ihren Börsen abzunehmen.« Wieder erfüllte Gelächter die Taverne. »Aber nun ist Cassardim im Wandel begriffen und ich traf eine junge Frau. Eine Frau, die die Symbole der Kaiser trägt. Sie hat nicht verlangt, dass wir vor ihr knien. Sie hat geholfen – ohne Gegenleistung und ohne Rücksicht auf ihr Leben.«

Unruhig rutschte ich auf meinem Stuhl herum. Das hier nahm eine Wendung, die mir ganz und gar nicht gefiel. Ich brauchte keine Lobpreisungen. Noárs Stiefel stupste mich unter dem Tisch an. Ich brachte es nicht fertig, auf sein aufmunterndes Zwinkern zu reagieren.

Hjonios griff sich seinen Becher und streckte ihn in die Höhe. »Es gibt noch eine Redensart bei uns: Wer seinen Kopf für dich riskiert, ist Familie«, rief er. »Also trinken wir auf eine neue Schwester!«

»Auf eine neue Schwester«, antworteten die Faheen geschlossen und brachen in Jubel aus. Die Musiker begannen zu spielen und sofort wurde geklatscht, getanzt, gesungen.

»Auf eine neue Schwester«, wiederholte Ilion nur für mich und hob seinen Weinbecher. Er wartete darauf, dass ich mit ihm anstieß, aber ich konnte ihn nur perplex anblinzeln. Das war doch jetzt ein schlechter Scherz!

Zu meiner Überraschung beugte Noár sich vor und prostete meinem Halbbruder an meiner statt zu. Auch Ilion hätte nicht verdutzter sein können. Die Blicke der beiden trafen sich und ich konnte fasziniert mit ansehen, wie ohne Worte ein komplettes Gespräch stattfand. Ungefähr so:

Noár: Ich weiß Bescheid.
Ilion: Sieh mal einer an.
Noár: Ich sollte dir eigentlich eine reinhauen.
Ilion: Tu dir keinen Zwang an.
Noár: Du weißt, dass ich das Amaia zuliebe nicht tue.
Ilion: Natürlich, deswegen macht es ja so viel Spaß.

Noár: Wenn du sie hintergehst, dann ...
Ilion: Ja, ja, ja, ich mag dich auch.
Noár: Ganz vorsichtig, kleiner Schwager!
Ilion: Können wir uns dann vertragen?
Noár: Meinetwegen.

Am Ende nickten beide und stießen an. Ilion leerte seinen Becher in einem Zug, knallte ihn auf den Tisch und grinste mir vergnügt ins Gesicht.

»Na dann! Darf ich um diesen Tanz bitten, kleine Kaiserin?«

Ehe ich wusste, wie mir geschah, hatte Ilion sich meine Hand geschnappt und zog mich auf die improvisierte Tanzfläche. Ich war völlig überfordert. Wir waren nicht hier runtergekommen, um zu feiern, wir hatten wichtige Dinge zu besprechen. Außerdem konnte ich Noár doch nicht einfach so sitzen lassen. War das Risiko überhaupt vertretbar, mit einem Haufen Fremder zu tanzen? Mal ganz abgesehen davon, dass ich weder den ungewöhnlichen Rhythmus noch die Tanzschritte kannte.

Ein Bild nahm in meinem Kopf Form an. Es zeigte ein Shendai-Weibchen, das mit ihrer Schnauze ein Junges über den Rand einer Klippe stieß. Das Junge verschwand panisch strampelnd in der Tiefe, bevor es mit geöffneten Schwingen wieder auftauchte und in den Himmel stieg. Noár war offenbar der Meinung, dass ich einen kleinen Schubs benötigte.

Ich drehte mich nach ihm um, suchte und fand seine Sternenhimmelaugen in der Menge. Er umklammerte seine Ringe und nickte mir aufmunternd zu. Da fiel der Groschen. Das Bad, die Ausrede, dass die anderen warten würden, das Kleid ... Noár wusste, wie gerne ich tanzte. Er wollte mir eine Freude machen.

Gerührt schickte ich ihm ein Bild zurück, von mir und ihm, auf dem ersten Ball am Kaiserhof. Wenn ich schon tanzte, dann nur mit ihm.

Noár lächelte traurig und schüttelte den Kopf. Er ließ die Ringe los. Sie zu berühren musste ihm einige Schmerzen bereitet haben. Wie bei mir. Er konnte nicht mit mir tanzen …

Unvermittelt wirbelte Ilion mich herum. »Komm schon, so schwer ist es nicht!«

Ich wurde mitgerissen. Lachende Gesichter, stampfende Füße, fliegende Röcke. Paar an Paar im Gleichtakt. Plötzlich stand ein anderer Mann vor mir, hakte sich unter, hüpfte mit mir im Kreis und reichte mich weiter an den nächsten Tanzpartner. Es war Pash.

»Mach einfach, was die anderen machen«, rief er mir über die Musik hinweg zu. Dann hatte ich irgendwann den Dreh raus. Schritte und Figuren wiederholten sich immer wieder, nur die Paare wechselten reihum. Es war ein simpler, aber rasanter Tanz und fing schon bald an, richtig Spaß zu machen. Ich tanzte mit Rhome, tauschte den Platz mit Mariz, landete bei Hjonios, wechselte mit Keeza und stand unvermittelt vor einem großen Mann mit mahagonifarbenem Haar und einem breiten Lächeln. Noár! Er tanzte. Keine Ahnung, wer ihn dazu gezwungen hatte, aber er tanzte und lachte und stand den anderen in ihrem Enthusiasmus in nichts nach – der einzige Unterschied: Wann immer ich an der Reihe war, mit ihm ein Paar zu bilden, verzichtete er auf Händchenhalten, Einhaken und sonstigen Hautkontakt. Hier und jetzt hätte mir das nicht egaler sein können. Wir machten das Beste aus unserer Situation und ich fühlte mich so unbeschwert wie schon lange nicht mehr. Ich lachte, schwitzte und war glücklich.

Drei ähnliche Tänze später war ich völlig aus der Puste. Ich wollte Noár gerade sagen, dass ich eine Pause brauchte, da änderte sich die Musik. Eine stämmige Faheen stimmte ein melancholisches Liebeslied an. Ich spürte, wie die anderen Tänzer auf einmal Abstand von mir nahmen. Bei einer solchen Musik wagte niemand, mich aufzufordern, denn spätestens nach dem heutigen Nachmittag wussten alle, zu wem ich gehörte. Es war dieser wirklich unverschämt attraktive Kerl vor mir. Während sich um uns herum Pärchen fanden und sich verliebt umschlungen im Takt wiegten, standen wir nur reglos voreinander und versanken in den Augen des anderen. Keine Ahnung, warum wir die Tanzfläche nicht einfach verließen, zumal uns beiden vollkommen klar war, dass wir es den anderen nicht gleichmachen konnten. Oder doch? Was wäre so schlimm daran, uns noch einmal die Schmerzen zu nehmen? Nur für einen Tanz ...

Plötzlich ertönte ein donnerndes Hornsignal. Die Musik brach ab, das Lachen verstummte und eine Welle der Ernsthaftigkeit schwappte über die Faheen hinweg. Nach einer Schrecksekunde reagierten sie schnell und routiniert. Ein Tumult entstand. Jeder hatte etwas zu tun. Noár, Rhome, Junos, Pash und Keeza bildeten einen Ring um mich, doch man beachtete uns gar nicht. Die Faheen liefen umher, verhängten die Fenster mit Laken, löschten das Feuer im Kamin und ebenso die meisten Öllampen. Dunkelheit legte sich über die Taverne – und dann eine gespenstische Stille. Niemand rührte sich mehr. Man lauschte, wartete.

Ilion tauchte mit einer schwach glimmenden Laterne neben uns auf.

»Was ist los?«, flüsterte Rhome.

»Jemand nähert sich Faheena«, antwortete Ilion mit finsterer Miene. »Und es ist keiner von uns.«

ALLE IM SELBEN BOOT

Faheena war mit den Schatten eins geworden. Ich rannte hinter Ilion über Decks und Stege. Nur er, ich und Noár waren draußen unterwegs. Drei Gestalten. Drei Laternen in der Dunkelheit. Ich hörte meine Atemzüge und unsere fliegenden Schritte. Sonst nichts. Soweit ich wusste, ankerte die Stadt immer irgendwo in den Ausläufern der Tanzenden Nebel. Da die Sicht trüber und das Glühen des Flusses stetig heller wurde, vermutete ich, dass wir uns dem Rand von Faheena näherten.

»Schneller!«, trieb uns Ilion leise an. Unser Weg wurde beschwerlicher, die Stadt weniger befestigt, die Kähne loser vertäut. Immer öfter mussten wir von Bord zu Bord springen. Außerdem nahm die Größe der Schiffe nach und nach ab, sodass unser Gewicht sie bedenklich zum Schwanken brachte. Als dann irgendwann nur noch Barken und Ruderboote vor uns lagen, hielt Ilion an und gebot uns mit erhobener Hand, ruhig zu sein. Er schloss die Augen und lauschte in die Dunkelheit. Man hörte nur den Fluss, dessen Wellen an den Booten leckten.

»Wir hätten die anderen mitnehmen sollen«, murmelte Noár. Seine Hand ruhte auf seinem Schwertgriff. Mit grimmigen Blicken beobachtete er die Umgebung, als würde er jeden Moment mit einem Angriff rechnen. Die Situation schien ihm absolut nicht zu gefallen.

Ilion seufzte leidgeprüft. »Tolle Idee, eine Horde Schattenkrieger zu einem Treffen mit dem Wolkenprinz mitzubringen. Das würde er ja auch ganz bestimmt nicht als Falle auffassen.«

Ein Horn ertönte. Das war es, worauf Ilion gewartet hatte. Er passte die Richtung an und führte uns über die schaukelnden Boote, bis vor uns nur noch der Ewige Fluss lag.

»Löscht eure Laternen!«, wies er uns an und machte das Boot los, auf dem wir gerade standen. Ein paar geübte Handgriffe später stieß er sich mit einer Steuerstange ab und wir trieben hinaus ins Nichts.

»Meine Leute haben das Schiff des Wolkenprinzen abgefangen, bevor es Faheena zu nahe kommen konnte. Wir werden ihn auf dem Fluss treffen«, informierte uns Ilion.

Als hätten die Nebel ein Gespür für besondere Dramatik, rissen sie in genau diesem Moment auf und gaben die Sicht frei auf eine endlose glühende Wasserfläche. Ein Schiff konnte ich nirgends entdecken, dafür aber zwei Barken mit Faheen-Bogenschützen, die uns flankierten. Geleitschutz. Alle starrten auf den dunklen Horizont. Da! Von dort aus kamen uns drei Boote entgegen. Es dauerte eine ganze Weile, bis wir nah genug waren, um die Gestalten darauf ausmachen zu können. Zwei der Boote wurden von einzelnen Faheen gesteuert. An Bord des dritten standen vier Personen. Ein schwarz gekleideter Steuermann und drei Männer mit silbernen Harnischen.

Ich schluckte. Auf einmal fand ich meine Idee nicht mehr ganz so überzeugend. Mich mit Prinz Ifar zu treffen, war schon besorgniserregend genug, aber das Ganze dann auch noch nachts in einer windigen Nussschale auf dem Ewigen Fluss stattfinden zu lassen ... puh.

Zu meinem Erstaunen hielten wir plötzlich an. Ebenso das Boot mit den silbernen Gestalten. Sie ankerten – außerhalb der Reichweite von Ilions Bogenschützen. Nur einer der Faheen kam uns entgegengeschippert. Ein wild behaarter Typ, der mich ein bisschen an ein Mitglied einer Rockergang erinnerte.

Noár packte Ilion am Arm.

»Mein Vertrauen in dich endet genau hier«, knurrte er leise. »Zeit, uns aufzuklären.«

»Es gibt nichts aufzuklären«, meinte Ilion und riss sich los. »Ihr wolltet ein sicheres Treffen mit dem Wolkenprinzen und ihr bekommt es.«

Der Rockergang-Faheen hatte uns fast erreicht und wendete. Offenbar wusste er, was er da tat, denn entgegen aller Erwartungen kollidierten wir nicht mit ihm. Er steuerte das Boot nur Zentimeter an uns vorbei, sodass Ilion bequem hinüberspringen konnte.

»Was machst du?«, fragte ich verwirrt.

»Ein Fürst für einen Kronprinzen. Das war die Abmachung«, erklärte Ilion. Kaum war er an Bord, entfernte sich das Boot wieder. »Solange ihr mit Prinz Ifar sprecht, werde ich als Pfand bei seinen Männern bleiben und seine Sicherheit garantieren.«

Mir klappte der Mund auf. »Spinnst du? Das ist zu gefährlich!« Doch es war bereits zu spät, um etwas zu unternehmen.

»Ist nicht mein erstes Mal, kleine Kaiserin«, rief er uns lachend zu und tippte sich zum Abschied an die Stirn. »Ach, und Noár, sei so gut und bring den Wolkenprinzen nicht um. Ich hänge an meinem Leben.«

Damit glitten sie hinaus in die Nacht und ließen uns allein zurück. Noár stieß einen leisen Fluch aus. Sein Blick war fest auf die silbernen Gestalten gerichtet. Dort fand gerade ein ähnliches Manöver statt. Einer von ihnen wechselte das Boot und wurde in unsere Richtung gefahren.

»Kriegst du das hin, Noár?«, erkundigte ich mich besorgt.

»Wir werden sehen.«

Na wunderbar. Man musste Ilion zugutehalten, dass er jedes Detail des Treffens durchdacht hatte. Keine der beiden Parteien war im Vorteil. Allerdings gab es da einen unberechenbaren Faktor, den er vielleicht unterschätzt hatte: Noárs und Ifars Feindschaft. Ich konnte nur hoffen, dass die Sache uns nicht um die Ohren flog.

Das Boot mit dem Wolkenprinzen näherte sich und meine Nervosität wuchs. Er trug einen Harnisch aus silbernen Schuppen, in denen sich das schwache Leuchten des Flusses brach. Seine dunklen Haare waren zurückgeflochten, was einen kampfbereiten Eindruck erweckte. Das mochte möglicherweise aber auch an seinen unerbittlich harten Gesichtszügen liegen.

Die Faheen auf den Begleitschutz-Barken spannten ihre Bögen. Bislang war alles so still abgelaufen, dass das Geräusch der Sehnen mir plötzlich unendlich laut vorkam.

Der Wolkenprinz nahm die neue Bedrohung völlig unbeeindruckt zur Kenntnis. Das schien wohl auch Teil des Arrangements zu sein, zumal Ilion gerade bei Ifars Kriegern angekommen war. Jetzt wurde es ernst.

»Achte immer auf seine Hände«, raunte Noár mir zu. »Falls er irgendetwas versucht, geh in Deckung.«

Seine Anspannung war meinem steigenden Puls nicht gerade zuträglich. Ich nickte und wischte mir die schweißnassen Handflächen an meinem Kleid ab.

Dann war es so weit. Der Wolkenprinz hatte uns erreicht. Ein schwerer Schritt. Silberbeschlagene Stiefel. Unser Boot schwankte. Ifar war weniger leichtfüßig als die Faheen. Ich hatte meine liebe Mühe, nicht das Gleichgewicht zu verlieren.

»Gebt mir ein Zeichen, wenn ihr fertig seid«, brummte der Glatzkopf, der den Wolkenprinzen hergebracht hatte. Anschließend zog er sich zurück und sorgte so für ausreichend Privatsphäre. Ausreichend? Es gab nicht viele Orte in Cassardim, die sich besser für ein ungestörtes Sechs-Augen-Gespräch geeignet hätten.

Ifar stand am Bug des Bootes, nur etwas mehr als eine Armlänge von mir entfernt. Er musterte uns schweigend. Jetzt wünschte ich mir, ich hätte mich heute doch nicht für das Kleid entschieden. Ein Gedanke, der vermutlich auch Noár durch den Kopf ging. Aber keiner von uns, nicht einmal die Faheen, hatten damit gerechnet, dass der Wolkenprinz das Treffen, das anscheinend für morgen Mittag angesetzt gewesen war, auf eigene Faust vorverlegen würde.

»Entweder du bist sehr mutig oder du hast den Verstand verloren«, eröffnete Ifar das Gespräch.

Ich zuckte mit den Schultern. »Wahrscheinlich beides.«

Die eisblauen Augen des Wolkenprinzen verengten sich.

»Sehr vorlaut dafür, dass ich dich jetzt und hier einfach umbringen könnte. Nicht einmal dein *Ehemann* wäre schnell genug, um das zu verhindern. Geschweige denn die Pfeile der Faheen.«

»Das wäre dann aber auch dein Tod«, sagte ich hastig, bevor Noár sich einmischen konnte. Je weniger Gelegenheit ich ihm gab, Ifar zu provozieren, desto größer waren die Chancen, das hier zu überleben.

Der Wolkenprinz zuckte nicht einmal mit der Wimper.

»Ein annehmbares Opfer für die Rettung Cassardims.«

Sein Tonfall war so frostig, dass ich für einen Moment glaubte, er würde sich tatsächlich opfern, um mich loszuwerden. Doch dann schnalzte er mit der Zunge und wirkte plötzlich ungeduldig.

»Was willst du von mir?«

»Deine Hilfe«, sagte ich schlicht. Warum um den heißen Brei herumreden?

Ifar starrte mich ein paar Atemzüge lang an, bevor er bitter auflachte.

»Du hast echt Nerven!«

»Du weißt, dass deine Mutter im Unrecht ist.«

Er schnaubte. »Deshalb hast du mich herbestellt? Um mich zu überreden, mich gegen meine Familie und mein Volk zu wenden?«

»Nein«, hielt ich dagegen. »Ich habe dich herbestellt, weil es deine Aufgabe als Heerführer ist, das Totenreich zu schützen. Und ich weiß, dass du deine Pflicht sehr ernst nimmst.« Ich machte einen kleinen Schritt auf ihn zu. »Das Chaos wird stärker und daran ist der Streit unter den Fürsten nicht ganz unschuldig. Wenn wir nichts unternehmen, werden die Barrieren bald fallen. Das kannst auch du nicht leugnen.«

Ifar schwieg. Er sah zwar aus, als würde er mir am liebsten die Kehle durchschneiden, aber er widersprach mir nicht. Ein Anfang. Jetzt musste ich dranbleiben.

»Was würdest du tun, wenn ich dir sage, dass ich einen Weg kenne, um das zu verhindern?«

»Wie, Amaia?«, seufzte er mühsam beherrscht. Er schien die Geduld zu verlieren. »Wie will eine Betrügerin uns alle retten?«

Ich überging den Hohn und hielt seinen Blick entschlossen fest. »Indem ich das Juwel der Macht erneuere, um damit die Ordnung wiederherzustellen.«

Ungläubig weiteten sich seine Augen. Ich suchte in seinem Gesicht nach jeder noch so kleinen Reaktion, nach Interesse, Neugier oder einem Hoffnungsschimmer, aber stattdessen fand ich nur Enttäuschung. Ganz langsam schüttelte er den Kopf. Verächtlich. Frustriert. Als würde er mit einer geistig verwirrten Person sprechen.

»Es war ein Fehler, herzukommen.«

Er wandte sich ab und hob den Arm. Das Zeichen an die Faheen, dass unser Gespräch beendet war.

Da durchschnitt Noárs Stimme die Dunkelheit: »Es ist ein Fehler, jetzt zu gehen!«

Der Wolkenprinz hielt inne, aber ich hörte, dass sich bereits ein Boot näherte. Uns blieb nicht mehr viel Zeit.

»Wenn du Amaia nicht glauben willst, dann glaube mir«, fuhr Noár fort. »Was denkst du, warum ich dich noch nicht zum Zweikampf herausgefordert habe, obwohl alles in mir danach verlangt, dich für das bezahlen zu lassen, was in den Weißen Kerkern passiert ist? Es gibt nur *einen* Grund, der mich davon abhalten könnte.«

Blaue Augen voller Mordlust richteten sich auf einen Punkt hinter meinem Rücken. Die feinen Härchen an meinen Armen stellten sich auf. Alle meine Sinne nahmen plötzlich nur noch eines wahr: Gefahr.

»Und der wäre?«, presste Ifar hervor.

»Cassardim hat Vorrang vor meinem Stolz.«

So schlicht. So bestechend.

Der Wolkenprinz biss die Kiefer fest genug aufeinander, dass sich seine Muskelstränge deutlich abzeichneten. Die Luft knisterte unter der jahrhundertelangen Fehde der beiden tödlichsten Krieger Cassardims, die im Moment nichts lieber getan hätten, als sich gegenseitig umzubringen. Das Einzige, was sie davon abhielt, war ein vager Anflug von Pflichtbewusstsein – denn es gab von jeher zwei Armeen in Cassardim. Zwei Heerführer, die das Gleichgewicht wahren und über die Reiche wachen sollten. Ifar und Noár verband genauso viel, wie sie trennte.

Der Wolkenprinz knurrte zornig auf und gab dem herannahenden Faheen das Zeichen, dass er doch noch Zeit brauchte. Ich hätte es zwar niemals für möglich gehalten, aber letztlich war es Noár, der zu ihm hatte durchdringen können. Jetzt lag es an mir, Ifar von unserem Vorhaben zu überzeugen.

»Wir waren bei der ersten Kaiserin«, begann ich kurz und knapp zusammenzufassen. Er war ein Krieger. Blumige Ausschmückungen interessierten ihn nicht. »Sie hat uns einen Weg aufgezeigt, um das Juwel zu erneuern, aber dazu müssen wir die Willenskraft der Fürstenlinien vereinen. Uns fehlt nur noch jemand vom Wolkenvolk.«

Ifar löste seinen Blick von Noár und sah mich an. Er war klug und brauchte nicht lang, um die richtigen Schlüsse zu ziehen.

»Du hast deine kleinen Ziehgeschwister rekrutiert.«

Keine Frage, eine Feststellung. Ich nickte.

Der Wolkenprinz verzog das Gesicht und brummte genauso abfällig wie angewidert: »Kinder ...«

Ich war mir nicht ganz sicher, ob er meinen Geschwistern eine solche Mission nicht zutraute oder nicht zutrauen wollte. Ich sah das Ganze etwas pragmatischer.

»Wenn die Eltern zu verbohrt sind, um über ihren Tellerrand zu blicken«, erwiderte ich, »wieso sollten dann nicht die Kinder ihr Schicksal selbst in die Hand nehmen dürfen.« Schließlich waren sie ebenso Teil dieser Welt.

Ifars Miene wurde undurchdringlich.

»Wie hast du Kjann überzeugt?«

Mit dieser Frage hatte ich gerechnet und ich wusste, dass ich vorsichtig sein musste. Ich wollte Warden auf keinen Fall in irgendetwas reinreiten – nicht, solange Ifar nicht auf unserer Seite stand. Also zog ich den Siegelring der Nebelfürsten von meinem Daumen und hielt ihn ihm unter die Nase.

»Reicht dir das als Beweis?«

Ifar nickte bedächtig. Anscheinend hatte ich jetzt sein Interesse geweckt.

»Wann?«, erkundigte er sich. »Wo? Und wie genau sieht dein Plan aus?«

»So schnell wie möglich«, konterte ich. »Wenn du mitmachst, kann ich schon morgen alle zusammentrommeln. Wir müssen zum See alles Verlorenen und dort den Willen der Fürstenlinien vereinen, um –«

»Ins Schattenreich?«, fiel er mir gefährlich leise in Wort. »Haltet ihr mich wirklich für so dumm?« Er richtete seinen Blick auf Noár. »Wenn du mich gefangen nehmen willst, musst du dir schon was Besseres einfallen lassen.«

Bevor ich reagieren konnte, empfing ich eine Botschaft von Noár. Es war weder ein Bild noch ein Wort, eher ein mentaler Schubs, der mich unwillkürlich zur Seite stolpern ließ. Das Boot wankte. Als ich mein Gleichgewicht wiedergefunden hatte, erstarrte ich. Die beiden Prinzen standen sich gegenüber – so nah, dass sich ihre Nasenspitzen beinahe berührten. Das unheimliche Licht des Ewigen Flusses tanzte auf ihren Gesichtern. Ich hörte eine Bogensehne schnalzen. Ein Pfeil zischte durch die Nacht und versank im Wasser knapp vor unserem Bug. Ein Warnschuss. Aber Noár schien sich nicht darum zu kümmern. Seine ganze Aufmerksamkeit ruhte auf seinem Rivalen.

»Es liegt nicht in meinem Interesse, dich gefangen zu nehmen, Ifar«, stellte er fest. In seinem Tonfall schwang eine unmissverständliche Drohung, aber auch leiser Spott mit. »Ich muss dich nicht erst fesseln, um dir überlegen zu sein.«

Die Lippen des Wolkenprinzen verzogen sich zu einem Lächeln – so kalt wie die Eislandschaft seiner Heimat.

»Große Worte für jemanden, der kurz davor steht, ein Chaoswandler zu werden«, meinte er leise.

Ich schluckte. Es wunderte mich nicht, dass Ifar sich auch hierzu seinen Teil zusammengereimt hatte, aber diese Worte aus seinem Mund zu hören, machte es ein Stück realer.

Noár hielt dem Vorwurf ungerührt stand. Er ließ sich weder einschüchtern noch leugnete er. Stattdessen hatte er eine Antwort für Ifar, bei der selbst mir das Blut in den Adern gefror.

»Was denkst du, wird passieren, wenn es so weit ist? Falls die Barrieren fallen und das Chaos siegt, wird Fidrin neben mir aussehen wie ein Hofnarr. Ich würde deine Heimat mit Leid überziehen und die schneebedeckten Berge der Silberfeste mit dem Blut deines Volkes tränken. Kannst du mit dem Wissen leben, dass du das hättest verhindern können?«

Trotz der Dunkelheit konnte ich erkennen, wie Ifar blass wurde. Er rang um seine Beherrschung, denn er glaubte Noár jedes einzelne Wort.

»Ein Grund mehr, dich jetzt gleich auszuschalten«, stieß er hervor. Seine Finger zuckten, als würde er sich nur mit Mühe zurückhalten können.

Noár funkelte ihn gnadenlos an. »Versuch's!«

Wären die Faheen nicht gewesen, hätte Ifar keine Sekunde gezögert. Aber so blieb mir genug Zeit, mich einzuschalten.

»Okaaay, Leute! Das ist nicht sehr konstruktiv.« Ich wollte sie mit ein paar energischen Handbewegungen auseinanderscheuchen. Erfolglos. Die beiden waren schlimmer als verfeindete Nachbarshunde, die sich durch den Zaun hindurch anknurrten. Fehlte nur noch, dass sie die Zähne fletschten und die Nackenhaare aufstellten.

Da ich Noár nicht berühren konnte, legte ich die Hand auf Ifars Brustharnisch und drängte ihn sachte zurück. Der Wolkenprinz war so überrascht, dass er sich nicht wehrte. Verwirrt starrte er meine Hand an, dann mich, dann Noár. Mein Vorgehen schien ihn genauso zu irritieren wie die Tatsache, dass der Schattenprinz mich gewähren ließ.

»Ifar«, sagte ich sanft. »Trotz allem, was geschehen ist, bin ich davon überzeugt, dass du ein guter Mann bist.« Hätte es die Vorgeschichte mit Noár und die Intrigen seiner Mutter nicht gegeben, wäre es sogar denkbar gewesen, dass wir so etwas wie eine

Freundschaft hätten haben können.«Wir verfolgen alle dasselbe Ziel. Du musst mir glauben, dass wir dir keine Falle stellen. Hilf uns! Hilf Cassardim! Hilf mir! Ohne dich wird es nicht funktionieren.«

In seinen Augen flackerte etwas, das ich nicht zuordnen konnte. Zweifel? Unverständnis? Verachtung? Ich fühlte, wie mich mein Mut verließ. Wie sollte ich gegen einen solchen Starrsinn jemals etwas ausrichten können? Tränen verfingen sich in meinen Wimpern und ich senkte den Blick, damit Ifar meinen Anflug von Verzweiflung nicht mitbekam.

»Was kann ich tun, um dich zu überzeugen?«, fragte ich resigniert und ließ meine Hand sinken. »Soll ich vor dir knien? Soll ich dich bitten?«

Stille legte sich über das Boot. Ich wusste, dass der Wolkenprinz mich fassungslos musterte. Und Noárs stumme Missbilligung konnte ich sogar bis in die Knochen spüren. Er würde nicht zulassen, dass ich mich vor Ifar erniedrigte. Etwas, das ganz bestimmt auch dem Wolkenprinzen nicht entging.

Ich hörte ein finsteres Seufzen.

»Was du tun kannst, um mich zu überzeugen?«, murmelte Ifar schließlich. »Gib mir dein Wort, dass du mir das Juwel der Macht aushändigst, wenn alles vorbei ist.«

Noár schnaubte gereizt. »Damit deine Mutter Kaiserin werden kann?«

»Um einen erneuten Krieg zu verhindern«, zischte Ifar.

Bevor die beiden wieder aneinandergerieten, fällte ich eine Entscheidung. Falls alles so lief, wie ich es plante, würde es ohnehin keinen Unterschied machen.

»Einverstanden«, sagte ich mit fester Stimme. »Wenn du uns hilfst, wirst du dein Juwel bekommen.«

EINE BLUTIGE NEBELKERZE

»Ihr habt es ja ganz schön spannend gemacht«, meinte Ilion mit einem schiefen Grinsen, während er unser Boot nach Faheena zurücksteuerte. Er fragte nicht, wie das Gespräch ausgegangen war. Vermutlich kannte er die Antwort längst.

»Ifar ist dabei«, informierte ich ihn dennoch.

»Hmm. Schätze, so wie dein Mann gerade dreinschaut, war der Preis dafür ziemlich hoch?«, mutmaßte er.

Noár seufzte. »Wir werden sehen. Ein Problem nach dem anderen.«

Ich lächelte ihn dankbar an. Er hielt tatsächlich Wort und stand zu mir und meinen Entscheidungen, egal ob sie ihm gefielen oder nicht. Zwar tat er es mit verbissener Miene und dieser unheilvollen Aura, die ihn immer dann umgab, wenn er am liebsten jemanden umgebracht hätte, aber er tat es. Das war so süß, dass ich es nicht übers Herz brachte, ihn länger im Ungewissen zu lassen. Also tippte ich mir kaum merklich an die Brust und signalisierte ihm so, dass er seine Ringe berühren sollte. Verwundert kam Noár meiner Aufforderung nach, nur um nach meiner Botschaft noch verwunderter die Augenbrauen hochzuziehen. Die Bilder, die ich ihm geschickt hatte, mochten vielleicht ein wenig verworren gewesen sein, doch er verstand und begann, leise zu lachen.

»Ich kann kaum erwarten, was Ifar zu deinem Plan sagen wird«, raunte er mir zu, als wir wieder in die Nebel eintauchten.

Ilion warf uns einen misstrauischen Blick zu, hakte aber nicht nach. Stattdessen widmete er sich pragmatischeren Fragen.

»Wann soll's losgehen?«

»Ich gebe noch heute Nacht das Zeichen.«

»Über deinen Kaiserring?«, wollte er wissen.

Ich nickte. Unsere Eheringe bestanden aus den Elementen Cassardims. Theoretisch verband mich das mit jedem Reich und jedem Lebewesen. Allerdings war die Kommunikation in Bildern noch ungewohnt und nicht sonderlich präzise. Deshalb hatte ich mir auf der *Roten Chimäre* nicht zugetraut, über diesen Weg meine Bitte und alle nötigen Informationen an meine Geschwister zu übermitteln. Aber für ein Startsignal reichte es allemal.

»Ist das ein Problem?«, erkundigte ich mich bei Ilion. »Befürchtest du, dass ich versehentlich alle auf den Standort von Faheena aufmerksam mache?«

Mein Bruder grinste mich vergnügt an. »Welches Faheena?«

In diesem Moment ging ein Ruck durch unser Boot. Wir waren an einen Steg gestoßen – oder eher die Kante eines schweren Floßes. Durch die Nebel hindurch konnte ich einen großen Aufbau erkennen. Ein schwimmendes Haus. Ein Gasthaus. Ach du lieber Himmel! Wir legten gerade direkt vor der *Betrunkenen Witwe* an. Der Rest von Faheena war ... weg.

Ilion lachte über mein verdutztes Gesicht.

»Bevor wir aufgebrochen sind, habe ich den Befehl gegeben, die Stadt aufzulösen«, erklärte er uns und vertäute das Boot. »Sicher ist sicher. Der Wolkenprinz war zu nah dran.«

Ich staunte nicht schlecht. Ohne Beleuchtung und Kundschaft wirkte das Gasthaus fast wie eine kleine Festung. Daran waren auch Noárs Schattenkrieger nicht ganz unschuldig, die an jeder Ecke, auf jedem Stockwerk und sogar auf dem Dach Wache standen. Faheen entdeckte ich kaum. Nur eine kleine Notbesatzung war zurückgeblieben, um das Floß zu navigieren. Auch im Gastraum herrschten schummriges Licht und gähnende Leere.

Rhome, Pash und Keeza saßen an der verlassenen Fürstentafel und spielten anscheinend eine Art Trinkspiel, bei dem Flummel den Schiedsrichter gab. Als wir uns ihnen näherten, fiel mir an einem der kleineren Tische eine blonde Frau auf. Hinter ihr standen zwei finstere Schattenkrieger und ließen sie nicht aus den Augen. Zima. Sie bemerkte uns. Ihre Kaubewegungen stockten für einen kleinen Moment. Um ihre Selbstbeherrschung bemüht, griff sie nach ihrem Wein und versuchte, ihre Verstimmung hinter dem Becher zu verstecken. Es gelang ihr nur mit mäßigem Erfolg.

»Ich hab noch nie von einem Shendai gepinkelt und dabei versucht, jemanden zu treffen«, hörte ich Keeza sagen. Flummel piepste. Und sah Pash streng an, der daraufhin grummelnd seinen Varras exte.

Ernsthaft? Die Schattenkrieger spielten *Ich hab noch nie*? Mit Flummel als Schiedsrichter?!

Rhome schien vorne zu liegen, denn im Gegensatz zu den anderen beiden wirkte er ziemlich nüchtern. Er begrüßte uns mit einem Nicken, bevor er sein wichtiges Generalsgesicht aufsetzte und Noár ansah. Der Tonfall, den er anschlug, klang höchst offiziell, aber in seinen goldbraunen Falkenaugen blitzte Spott.

»Die Schattenfürstin hat mich darum ersucht, ihren Arrest an einen anderen Ort zu verlegen.«

Überrascht schaute ich zu Zima, doch die schien auf einmal sehr in ihre Mahlzeit vertieft zu sein. Von wegen. Ich wusste genau, dass sie die Ohren spitzte. Und Noár wusste es auch. Er verzog keine Miene und antwortete voller Gleichgültigkeit: »Nein.«

Offenbar hatte Zima keine Ahnung, dass wir morgen ohnehin unsere Zelte hier abbrechen würden, denn sie zuckte unter Noárs Entscheidung zusammen, als hätte er ihre Hinrichtung befohlen. Eine solche Demütigung war sie als Fürstin nicht gewöhnt und das merkte man ihr auch deutlich an. Ihre hübschen Gesichtszüge verzogen sich zu einer wütenden Grimasse. Sie umklammerte ihre Gabel so fest, dass ich schon befürchtete, sie würde sie ihren Bewachern gleich in den Hals rammen. Aber das tat sie nicht. Zima war sich bewusst, dass sie ohne Noárs Schutz keine Chance hatte, Shaells Rachsucht zu überleben. Lautstark knallte sie ihr Besteck auf den Tisch, erhob sich und stapfte zum Treppenhaus – natürlich nicht, ohne mir noch einen bitterbösen Blick zuzuwerfen.

Ein Bild drängte sich in mein Bewusstsein. Es kam von Noár und zeigte einen Straßenzauberer, der gerade einen Trick präsentiert hatte und nun sehr selbstzufrieden auf die Reaktion seines Publikums wartete.

Ich grinste und schickte ihm prompt meine Antwort: ein Bild von Flummel, der auf einem leeren Kuchenteller saß, satt und zufrieden rülpste und dann selig nach hinten umkippte.

Noár brach in Lachen aus und mein Herz platzte beinahe vor Liebe. Ich sehnte mich so sehr nach seinen Armen, dass es schon wehtat.

»Jetzt verstehe ich langsam, was hier los ist«, murmelte Ilion, der offenbar aus Zimas Abgang und Noárs Gelächter die richtigen Schlüsse zog. Amüsiert rückte er sich einen Stuhl zurecht und setzte sich neben Keeza.

Die angetrunkene Schattenkriegerin schaute noch immer Zima hinterher. »Oh Mann, das befriedigt mich gerade auf sooo vieln Ebnen, dassich sie am liebssten zurückholn würde, ums noch mal zu erlebn.«

Mit einem tiefen Seufzen lehnte sie sich an Ilions Schulter. Es wirkte wie die unbewusste Tat einer Betrunkenen und hatte doch enorme Auswirkungen.

Ilion machte einen leicht überrumpelten Eindruck. Rhome starrte seine Schwester entgeistert an. Noár hob eine Braue. Mir klappte der Mund auf und Pash kicherte.

Der sternhagelvolle Graf füllte Keezas Becher auf und setzte Flummel vor ihr auf den Tisch. »Ich hammich noch nie annen Faheen-Fürssn rangeschmissn, weil kein anneraa Mann meina fiessn Durchtriebneit sWassa reichn kann. – So, Flumml! Jetz sag ihr, dassie tinkn muss.«

Die Schattenkriegerin lief knallrot an und trat unter dem Tisch nach Pash. Flummel wollte trillernd seine Meinung dazu kundtun, aber Keeza stopfte ihm einen panierten Käseball in den Mund.

»Alles klar«, brummte Rhome und erhob sich, »das gehört dann wohl zu den Dingen, die man über seine Schwester nicht wissen möchte. Ein guter Zeitpunkt, um die Heimreise anzutreten.« Er schaute Noár an. »Willst du noch mit mir reden?«

Der Schattenprinz nickte. Er schenkte mir ein entschuldigendes Lächeln und zog sich mit seinem General zurück. Ich überlegte gerade, ob ich lieber auf mein Zimmer verschwinden oder Keeza vor Pashs Sticheleien retten sollte, da tauchte Hjonios neben mir auf.

»Man verlangt nach Euch, kaiserliche Hoheit«, verkündete er mit einer Verbeugung.

Verwirrt ließ ich mich von dem Faheen-Sekretär durch den verlassenen Gastraum führen. Eigentlich hatte ich angenommen, dass wir in der Taverne unter uns waren, doch im hinteren Bereich gab es tatsächlich noch eine Nische mit einem weiteren besetzten Tisch. Das Licht einer einsamen Öllampe flackerte auf der Holzvertäfelung. Zwei ältere Männer saßen sich dort gegenüber und unterhielten sich gedämpft. Lazar bemerkte mich als Erstes und erhob sich. Der andere Mann war ein in Gold gerüsteter Krieger.

»General Askan?«, hauchte ich überrascht.

Als er meine Stimme hörte, rappelte sich der General hastig auf und verbeugte sich vor mir.

»Kaiserliche Hoheit.«

Wie zum Teufel war er hierhergekommen? Wobei die viel bessere Frage lautete, warum er hier war und wieso die Faheen ihn noch nicht massakriert hatten.

Hjonios räusperte sich.

»Ich sorge dafür, dass ihr ungestört seid.«

Er nickte Lazar zu, als würden sie sich schon länger kennen. Anschließend ließ er uns allein.

»Setz dich«, forderte mich der ehemalige Seneschall freundlich auf. »Ich denke, wir haben viel zu besprechen.«

»Haben wir das?«, fragte ich kühl. Ich spürte, wie mein Tonfall Askan verletzte, aber mir ging es gehörig gegen den Strich, dass Lazar glaubte, mir sagen zu können, was ich zu tun hatte.

»Amaia, ich möchte ungern mit der Tür ins Haus fallen, aber in Anbetracht der angespannten Lage läuft uns die Zeit davon«, seufzte Lazar und deutete auf den Goldkrieger. »Darf ich dir also recht forsch deinen Onkel vorstellen?«

Seine Worte brauchten eine ganze Weile, bevor sie in meinem Kopf Sinn ergaben. Wie gelähmt starrte ich den ehemaligen Seneschall an.

Mein ... was?

Nur noch Details drangen zu mir durch. Askans unsicheres Lächeln. Eine Hand, die mich zum Tisch schob. Das Knarzen des Stuhls, als ich mich setzte.

»Deine Mutter Ephenie«, begann Askan scheu, »war meine Schwester.«

Er holte ein sorgsam eingewickeltes Bündel hervor und schlug den Stoff zurück. Darunter kam ein kleines handgemaltes Porträt zum Vorschein, das das strahlende Gesicht eines dunkelhaarigen Mädchens zeigte. Askan sah es liebevoll an, bevor er es vor mir auf den Tisch legte.

»Ich habe lange nicht gewusst, dass sie schwanger war. Sie ...« Seine Stimme brach. Tränen glänzten in seinen Augen. Er schluckte schwer und nahm sich einen Moment, um sich wieder zu fangen. Dann begann er von Neuem.

»Als Ephenie mir damals erzählt hat, dass sie in einen Faheen verliebt ist, war ich sehr ungehalten. Ich habe ihr den Umgang mit ihm verboten. Hätte ich es nicht getan, wäre sie vielleicht früher zu mir gekommen und hätte ihr Kind nicht in einem dreckigen Loch zur Welt bringen müssen. Das hat sie vermutlich das Leben gekostet.«

Hilflos sah ich dabei zu, wie der gestandene Krieger seinen Kampf gegen die Tränen verlor. Auf ein derartiges Geständnis war ich nicht vorbereitet gewesen – und schon gar nicht auf all diese ungefilterten, unstrukturierten Informationen, die meine Mutter plötzlich zu einer realen, fühlenden Person werden ließen.

»Ihr letzter Wunsch war es, dass ihre Tochter bei ihrem Vater aufwächst, denn sie wusste, wie schlecht Verlorene Kinder im Goldenen Berg behandelt werden. Deshalb .. deshalb habe ich Lazar um Hilfe gebeten.«

»Aber mein Vater wollte mich nicht«, krächzte ich.

Betreten nickte Askan. »Nein.«

Eigentlich hätte es mich treffen müssen, von meinem eigenen Vater so im Stich gelassen worden zu sein, doch das tat es nicht. Ganz anders als die Tatsache, dass ich offenbar einen Onkel besaß, der mich ebenfalls nicht hatte haben wollen.

»Askan war damals nur ein einfacher Soldat«, mischte sich Lazar ein, als hätte er meine Gedanken gelesen. »Jung, unerfahren, verzweifelt. Er wusste nicht, wie er sich um dich hätte kümmern sollen – zumal keine Amme freiwillig ein Verlorenes Kind angenommen hätte.«

»Und da bist du auf die glorreiche Idee gekommen, mich Kaiserin Moya zu überlassen«, fauchte ich Lazar an.

Askan griff über den Tisch und nahm meine Hände in seine.

Verzweiflung und Gewissensbisse standen ihm ins Gesicht geschrieben. Seine Stimme bebte.

»*Bitte* verstehe doch!«, beschwor er mich. In seiner Aufgewühltheit bekam er nicht einmal mit, dass er mich plötzlich duzte. »Es ist mir nicht leichtgefallen, dich herzugeben. Aber diese Chance, dir als Prinzessin eine unbeschwerte Kindheit und eine sorgenfreie Zukunft zu ermöglich, konnte ich nicht einfach verstreichen lassen. Wie hätte ich damals wissen können, dass ... dass Fidrin zurückkehrt und alles zunichtemacht?«

Ich sah ihm in die Augen und fand darin nur die Wahrheit. Dieser grimmige Krieger, der mich und meine Geschwister immer beschützt hatte, der sogar dem bösen Schattenprinzen unerschrocken entgegengetreten war, breitete sein Herz vor mir aus und schien sich einzig und allein davor zu fürchten, dass ich dieses Geschenk zurückweisen könnte.

»Ich war, wann immer ich konnte, an deiner Seite«, murmelte er, »und auch Lazar hat immer über dich gewacht.«

Unwillkürlich entwich mir ein Schnauben. Askan mochte nur das Beste für mich gewollt haben, aber für Lazar war ich wohl eher Mittel zum Zweck gewesen.

»Amaia ...«

Raue Hände drückten meine. Mein Onkel lächelte mich an.

»Ich weiß, dass du ihm sein Handeln vorwirfst, und ich möchte dich nicht dazu drängen, Lazar zu vergeben. Aber ich würde mir wünschen, dass du ihm eine Chance gibst. Er liebt dich wie seine eigene Tochter.«

Askan sagte das so voller Überzeugung, dass ich versucht war, ihm zu glauben. Ich glaubte auch, dass *er* es glaubte – aber ich konnte es nicht. Für Lazar zählte nur Macht und er tat alles, um sie zu gewinnen und zu erhalten. Glücklich der, der ihm von Nutzen war. Die anderen hatten einfach Pech. Auch jetzt musste ich den ehemaligen Seneschall nicht ansehen, um zu wissen, dass ich nur gespielte Bescheidenheit und Selbstgefälligkeit auf seinen Zügen entdecken würde.

»Ich bin froh, dass du hier bist«, versicherte ich Askan und zwang mich zu einem kleinen Lächeln. »Sehr gerne würde ich mehr über dich und meine Mutter erfahren, aber du wirst mich nicht von Lazars guten Absichten überzeugen können. Er hat dich benutzt, so wie er mich benutzt hat.«

»Das ist nicht wahr«, widersprach Lazar, vollkommen ohne Selbstgefälligkeit und ohne gespielte Bescheidenheit.

Aus heiterem Himmel wurde mir schlecht. Ich sah, wie Askan nickte, aber seine Umrisse verschwammen vor meinen Augen.

»Alles, was Lazar getan hat, hat er zu deinem Wohl getan. Hätte er nicht dafür gesorgt, dass Moya dich als ihre Tochter ausgibt, hättest du vermutlich nicht einmal das erste Jahr überlebt.«

Hitze kroch in meine Handflächen. Die Berührung des Goldkriegers engte mich ein. Seine Stimme drang nur noch gedämpft durch meine Benommenheit.

»Hätte er dich nach der Nacht der Rebellion nicht mit der Wolkenprinzessin vertauscht, wärst du von Fidrin getötet worden.«

Ich entzog ihm meine Hände und hielt mich am Tisch fest. Auch das half nichts.

»Er hat Noár, den einzigen Mann, der dich wirklich beschützen konnte, dazu gebracht, dich aus der Menschenwelt zurückzubringen.«

Ein Hauch von Fäulnis stieg mir in die Nase. Ich erschauerte.

»Er hat sich in der Arena gestellt, um dich zu retten, und dich nur deshalb in die Kaiserprüfung geschickt, weil er der festen Überzeugung war, dass dein Wille stark genug ist, um sie zu bestehen. Er –«

»Amaia?«

Lazar klang beunruhigt. Zu Recht.

»Chaos«, flüsterte ich und zog mich auf die Beine. »Ich muss Noár warnen.«

Ihn und die anderen.

Während ich in den Gastraum torkelte, wurde der faulige Geruch übermächtig. Die Splitter stachen mir wie Glasscherben ins Fleisch.

»Chaos!«, rief ich so laut ich konnte.

Dann überschlugen sich die Ereignisse.

Mit einem ohrenbetäubenden Krachen zerbarst die Wand hinter mir, als hätte eine monströse Klaue sie herausgerissen. Ein schreckliches Kreischen hallte in der Nacht. Es drang mir bis ins Mark, ebenso die ersten Todesschreie der Schattenkrieger draußen. Der Boden wankte. Ich stürzte und sah, dass ein Loch in der Taverne klaffe. Dahinter waberte im Schimmer des Ewigen Flusses ein Chaoswirbel wie ein unheimlicher Krake. Aus seiner Mitte schossen Chokaal hervor. Ledrige Flügel in der Dunkelheit. Scharfe Klauen. Tödliche Fänge. Einer der Chaoshunde sprang durch die Bresche ins Innere der Taverne. Eine golden blitzende Klinge rettete mich. Askan trennte dem Chaoshund noch im Flug den Kopf von den Schultern. Ich hechtete zur Seite, um dem restlichen Körper und dem stinkenden Blut auszuweichen.

»Amaia!«

Pashs Stimme ließ mich herumwirbeln. Der plötzlich wieder sehr nüchterne Graf warf mir ein Schwert zu. Ich fing es auf und realisierte, dass ich auf mich alleine gestellt war, denn auch von der anderen Seite der Taverne wurden wir angegriffen. Dort drängten Chaoswandler durch Türen und Fenster. Cassarden mit Augen aus wirbelnden Abgründen und zerrissener Haut, durch die Rauch quoll. Sie trieften vor öliger Flüssigkeit, als wären sie direkt dem Fluss entstiegen. Ilion, Keeza und Pash schafften es nur mit Mühe, sie zurückzuhalten. Askan und Lazar taten dasselbe mit den Chokaal und ... oh, verdammt! Hjonios stämmte sich mit seinem ganzen Gewicht und allem Willen, den er aufbringen konnte, gegen einen gebrochenen Pfeiler. Zweifellos würde das Gebäude über uns einstürzen, wenn er versagte. Ich wägte rasch ab, wo ich mich am sinnvollsten einbringen konnte, als ein mächtiger schwarzer Tentakel aus Rauch versuchte, Askan zu packen. Der Goldkrieger wich aus und der Tentakel donnerte gegen das Floß. Wir gerieten gefährlich ins Schwanken. Das nahm mir die Entscheidung ab. Der Wirbel. Er war die größte Bedrohung.

Entschlossen stieg ich über den enthaupteten Chokaal hinweg und marschierte durch die Bresche in der Wand hinaus aufs Floß. Die warnenden Rufe überhörte ich. Ich hatte eine Mission.

»Schließ dich!«, befahl ich der wirbelnden Masse, die wie ein schwarzes Loch über dem Fluss schwebte. Mein Wille flammte auf und ... verebbte. Irgendetwas war anders. Hier draußen auf dem Ewigen Fluss schien es beinahe unmöglich, eine Verbindung zu Cassardim aufzubauen.

Eine eisige Erkenntnis machte sich in mir breit. Der Fluss selbst bestand aus Chaos. Beherrschtem Chaos. Der Wirbel hatte sich damit vernetzt. Verdammt!

Ein Schatten preschte auf mich zu. Chokaal. Ich duckte mich und hieb mit meinem Schwert auf die Flügel des Chaoshundes ein. Mein Training machte sich bezahlt. Ich traf die Schwachstelle des Viechs, sodass es eine rumpelnde Bruchlandung hinlegte. Der fleckige Körper schlingerte über das Floß, riss ein paar Chaoswandler mit sich und versank in den Fluten.

Neuer Versuch. Ich streckte dem Wirbel eine leuchtende Handfläche entgegen.

»Schließ dich, du verdammtes Ding!«, brüllte ich.

»Schließe dich!«, forderte nun auch eine kompromisslose Männerstimme. Lazar trat neben mich. Unserer beider Willen verschmolz und drängte den Wirbel zurück. Der ehemalige Seneschall ging dabei äußerst effizient vor. Er trennte das Chaos vom Fluss und überließ es mir, den Rest zu beseitigen.

Fast hatte ich es geschafft, als plötzlich etwas meinen Fuß umschlang. Eine glitschige Hand. Ich verlor die Kontrolle über meinen Willen, stürzte, schlitterte. Mein Puls raste. Der Chaoswandler zog mich Richtung Wasser. Panisch versuchte ich, irgendetwas zu fassen zu kriegen. Da tauchte Askan aus dem Nichts auf und packte mein Handgelenk. Er hielt mich fest und hieb auf den Chaoswandler ein, bis ich endlich wieder frei war. Heftig atmend kroch ich vom Wasser weg. Askan half mir auf die Beine.

»Alles in Ordnung?«

Ich nickte. Er lächelte.

»Wie ich sagte, ich werde immer für dich –«

Ein schwarzer Tentakel wickelte sich um seine Brust und riss ihn in die Nacht.

Ins Nichts. Ins Chaos.

Er war einfach fort.

Für einen Augenblick verstummte der Kampflärm und ich hörte nur Rauschen, meinen Herzschlag, meine Atemzüge.

Dann brach ein Schrei aus mir heraus, der jenseits meiner Kontrolle lag. Meine Wut und Verzweiflung, mein Wille und die Splitter wurden eins. Gleißendes Licht brannte sich durch die Dunkelheit. Mein Licht. Mein Wille. Ich zerfetzte den Wirbel, fegte die Chokaal aus der Luft und stieß die Chaoswandler in die Fluten, aus denen sie gekommen waren.

Stille folgte dem Licht.

Dunkelheit folgte der Stille.

Ich starrte auf den Fluss. Er sah aus wie immer. Als wäre nichts geschehen. Und doch hingen Tod, Schmerz und Verlust über den Resten der *Betrunkenen Witwe*.

Genau wie die eine Frage, auf die es nie eine Antwort gab. Warum? Warum hier? Warum Askan? Warum meinetwegen?

Warum ... Das Wort weckte einen anderen Gedanken.

Nein, eher ein Gefühl.

Irgendetwas stimmte nicht.

Etwas war falsch.

Dieser Wirbel hätte hier nicht entstehen dürfen. Nicht hier im Nirgendwo, wo das Gleichgewicht kaum gestört war. War Cassardim bereits wirklich so geschwächt?! Oder hatte jemand das Chaos hergebracht?

Wo war Noár?

Ich schob Lazar beiseite, der schon seit einer geraumen Weile auf mich einredete, und taumelte über blutige Trümmer und tote Schattenkrieger hinweg ins Innere. Pash entdeckte ich als Erstes. Er half Hjonios, den Pfeiler zu verstärken. Keeza saß am Boden. Sie blutete. Ilion humpelte zu ihr. Junos brachte einen verwundeten Schattenkrieger herein. Auch andere versorgten ihre Kameraden.

Und trotzdem stimmte etwas nicht.

Flummel flatterte auf mich zu und trillerte aufgebracht. Ich ignorierte ihn, denn gerade kamen zwei Männer die Treppe herunter. Einer von ihnen hatte einen staubigen rotbraunen Haarschopf. Noár lebte! Der Schattenprinz stützte sich auf seinen General. Er wirkte bleich. Erschöpft. Konzentriert. Dieser Chaos-Angriff musste ihm einiges an Willenskraft abverlangt haben. Aber er lebte und würde sich, nun da das Chaos fort war, schnell wieder erholen.

Trotzdem stimmte etwas nicht.

Verärgert blubbernd zerrte Flummel an einer meiner Haarsträhnen, aber ich konnte mich jetzt nicht um ihn kümmern. Ich musste zu Noár. Während ich ihm entgegenstolperte, bellte Rhome Befehle. Seine Leute brachten Wasser und nahmen ihm Noár ab.

Etwas stimmte nicht.

Das Gefühl wurde so übermächtig, dass ich glaubte, den Verstand zu verlieren. Flummel fiepte entsetzt und schoss auf einen der Schattenkrieger zu.

Da blitzte ein Dolch auf. Im Ärmel des Mannes, der Rhome gerade abgelöst hatte. Der Krieger spannte sich an, lehnte sich Noár entgegen, gerade als ein schwarzer Fellball mit sehr scharfen Krallen in seinem Gesicht landete.

Ein Attentat.

»ZURÜCK«, schrie ich mit aller Willenskraft, die ich aufbringen konnte.

Mein Befehl ergriff vom Verstand des Mannes Besitz. Er musste mir gehorchen. Sofort gab er Noár frei und taumelte rückwärts. Immer weiter, bis er mit dem Rücken gegen den Türstock prallte. Keinen Atemzug später hatte er Junos' blutiges Schwert an der Kehle. Auch die anderen Neun Tode, verletzt oder nicht, waren augenblicklich auf den Beinen und hielten die übrigen Schattenkrieger in Schach – nur für den Fall, dass der Attentäter nicht allein gearbeitet hatte.

Warum ...?

Diese Frage wütete in mir.

Warum waren heute Nacht so viele Leben vergeudet worden? Warum hatte man mir das kleine Stück Familie gestohlen, das ich gerade gefunden hatte? Und warum zum Teufel glaubte irgendjemand, ich würde zulassen, dass der Mann, den ich liebte, vor meinen Augen starb?!

Wutentbrannt funkelte ich den Attentäter an.

»Hast du den Chaoswirbel geöffnet? Als Ablenkungsmanöver?«, fragte ich in einem so gnadenlosen Ton, dass ich mich selbst kaum wiedererkannte.

Der Schattenkrieger schwieg. Feindselig hielt er meinem Blick stand. Offenbar hatte er ganz richtig erkannt, dass ich im Moment die größte Bedrohung für ihn darstellte.

»Rede!«, herrschte ich ihn an.

Vielleicht war es mein Wille, vielleicht simpler Überlebenstrieb, aber diesmal bekam ich meine Antwort.

»Ja«, zischte der Mann trotzig.

Noár trat hinter mich. Ich sah, wie Angst in den Augen des Attentäters aufflackerte, und wusste, dass der Schattenprinz wieder ganz der Alte war.

»Warum hast du mich verraten?«

Nur mühsam beherrschter Zorn schwang in Noárs Stimme mir. Er war von einem seiner eigenen Krieger hintergangen worden. Von einem Krieger, dem er vertraut und den er persönlich ausgesucht hatte, um mich zu beschützen. Um nichts in der Welt hätte ich jetzt in der Haut dieses Mannes stecken wollen.

»Fürst Shaell.«

Schweigen breitete sich in der Taverne aus.

Keiner wirkte tatsächlich überrascht, aber alle schienen zutiefst beunruhigt. Darüber, wie weit zu gehen Shaell inzwischen bereit war, und darüber, was Noár nun tun würde. Die gesammelte Aufmerksamkeit ruhte auf ihm. Doch der Schattenprinz blieb erstaunlich besonnen. Er richtete seinen Blick auf Rhome und meinte: »Meine Entscheidung war richtig.«

»Welche Entscheidung?«, fragte Keeza alarmiert.

Der blonde General seufzte, als hätte sich die Last auf seinen Schultern plötzlich verdoppelt.

»Noár hat mich zu seinem Thronfolger ernannt«, offenbarte

er. »Vorübergehend. Bis seine zukünftigen Kinder alt genug sind, um ihr Erbe selbst anzutreten.«

Das sorgte für reihenweise offene Münder.

»Musst du dafür nicht mit ihm verwandt sein?«, wollte Ilion wissen.

Noár tat den Einwand mit einer unwirschen Geste ab. »Rhome val Aavis stammt aus einer der ältesten Familien des Schattenhofs. Irgendeine Verwandtschaft zehnten Grades lässt sich sicherlich nachweisen.«

Dann sah er mich an. Ihm entging nicht der kleinste Kratzer an mir und ich erschauerte unter der Kälte, die das ihn ihm hervorrief.

»Nur so kann ich den Schattenthron übernehmen, wenn mein Vater stirbt. Und das wird er schon sehr bald – auf die ein oder andere Weise.«

GUT GERÜSTET

Nachdem wir mit Flummels Hilfe alle Überlebenden befragt und das Gasthaus halbwegs stabilisiert hatten, zog ich mich zurück, um meine Geschwister zu kontaktieren. Dieser Wahnsinn musste endlich ein Ende haben.

Den Rest der Nacht verbrachte ich in Noárs Armen. Diesmal hatte er trotz aller Bedenken keine Einwände gehabt. Er wusste, dass ich ihn brauchte. Und er brauchte mich – um die düsteren Gedanken auszusperren. Um der Vergänglichkeit ihren Schrecken zu nehmen. Um die Angst, den anderen zu verlieren, ein wenig erträglicher zu machen.

Im Morgengrauen schien das Gasthaus dann aus einem Albtraum zu erwachen. Ein Albtraum, der seine Spuren hinterlassen hatte. Gedrückte Betriebsamkeit regte sich. Trümmer wurden aufgeräumt, das Blut abgewaschen und unser Aufbruch vorbereitet. Kaum jemand redete. Sogar Mariz kam mir ungewöhnlich wortkarg vor. Da sie uns nicht begleiten würde, bestand sie darauf, mir noch ein letztes Mal beim Fertigmachen zu helfen. Wenn ich schon die Fürstenfamilien vereinen würde, sollte ich wenigstens auch wie eine Kaiserin aussehen, hatte sie gemeint. Meine Befürchtungen von pompösem Prunk und wallenden Kleidern bestätigten sich aber glücklicherweise nicht. Stattdessen hatte mir Mariz das Outfit einer Kriegerin zusammengestellt. Feste kniehohe Stiefel, schwarze Hosen und einen taillierten Mantel, über den sie einen vergoldeten Harnisch und Unterarmschienen festschnallte. Dazu gehörte auch ein goldener

Waffengürtel mit dem schönsten Schwert, das ich jemals gesehen hatte. Kunstvoll gearbeitet, leicht, perfekt ausbalanciert und rasiermesserscharf. Ein Geschenk von Askan, wie Mariz mir auf meine Nachfrage hin gestand. Er hatte Rüstung und Waffen aus dem Goldenen Berg mitgebracht – in dem Wissen, dass ich sie eines Tages brauchen würde. Während sie mir davon erzählte, flossen stille Tränen über ihre Wangen. Der Goldkrieger hatte ihr offensichtlich viel bedeutet. Er schien für sie da gewesen zu sein, als niemand anderes sich um sie hatte kümmern wollen. Vielleicht, um an ihr wiedergutzumachen, was er bei mir versäumt hatte ...

Das durchbrach dann auch meine sorgfältig errichteten Dämme. Ich zog Mariz in meine Arme und weinte mit ihr. Irgendwie fühlte ich mich verantwortlich für Askans Tod. Nicht nur, weil er meinetwegen in die *Betrunkene Witwe* gekommen war, sondern auch, weil außer mir niemand seinen Tod bezeugen konnte. Es ließ mich einfach nicht los. Wenn ich die Augen schloss, sah ich ihn im Nichts verschwinden. Er hatte seinem Gegner nicht einmal ins Gesicht schauen können. Ein unwürdiges Ende für einen so tapferen Krieger. Ein sinnloses Ende. Ein bedeutungsloses Ende an einem gottverlassenen Ort.

Wir weinten, bis wir keine Tränen mehr übrig hatten. Verzweifelt klammerte ich mich an der Vorstellung fest, dass Askan zwar seinem Tod keine Bedeutung hatte geben können, aber seinem Leben. Er hatte viele wundervolle Menschen geprägt und war für seine Überzeugung eingestanden.

Das blieb alles, worauf auch ich am Ende hoffen konnte.

Irgendwann verschwand Mariz kurz und ich machte mich daran, die glitzernden Reste von Noárs Blutstern zusammenzufegen. Die zerbrechliche Blüte war unter einem eingestürzten Balken zu Bruch gegangen – wie so vieles hier. Gerade als ich fertig war, kam Mariz mit Getreidekeksen und haufenweise Taschentüchern zurück. So gewappnet, flocht sie mir die Haare aus dem Gesicht. Die hinteren Locken ließ sie offen, damit Flummel sich darin verstecken konnte. Anschließend benutzte sie mit meiner Erlaubnis etwas von dem Staub des zersprungenen Blutsterns, um meiner Frisur und meinen Augen einen goldenen Glanz zu verleihen. Als sie ihr Werk beendet hatte und ich in den Spiegel schaute, fehlten mir die Worte. Wann war aus dem arglosen Menschenwelt-Mädchen, das Andenken in einem Koffer sammelte und Recherchen in ein Notizbuch kritzelte, eine streitbare Fast-Kaiserin mit so fürchterlich ernsten Augen und der Mission geworden, die Welt zu retten?

Es klopfte an der Tür und Keeza streckte ihren Kopf herein. »Kommt ihr? Es wird Zeit.«

Wir folgten ihr in die Taverne. Tatsächlich hatten sich dort schon alle versammelt – bereit zum Aufbruch. Die Schattenkrieger trugen nicht nur ihre Uniformen, sondern volle Kampfausrüstung. Harnische, Waffen, Umhänge. Alles auf Hochglanz poliert. Selbst Lazar hatte auf die übliche Robe verzichtet und war stattdessen auf ein schwarzes Wams samt Schwertgurt umgestiegen. Offensichtlich ging jeder hier davon aus, dass es zum Äußersten kommen würde – ob wir die Macht des Juwels wiederfanden oder nicht.

Pash entdeckte mich als Erster. Seine Brauen schraubten sich in die Höhe. Er stieß Noár an und murmelte etwas, das den Schattenprinzen dazu veranlasste, sich umzudrehen. Dann fanden mich dunkle Sternenaugen und darin entfaltete sich eine Wärme, die mich selbst über den Raum hinweg mit Geborgenheit flutete. Er ließ die anderen stehen und kam auf mich zu.

»Eine wahre Kaiserin«, murmelte er.

Ich lächelte, ohne das Kompliment wirklich annehmen zu

können. Ein paar goldene Accessoires machten aus mir noch lange keine Herrscherin.

»Für dich vielleicht.«

»Nein«, widersprach Noár mir aufrichtig. »*Für mich* bist du noch so viel mehr.«

Mir wurde die Kehle eng. Er konnte doch nicht solche Sachen sagen, wo ich wegen Askan ohnehin schon so nah am Wasser gebaut hatte.

»Übrigens ...« Noár zupfte an einer meiner Locken und ließ seine Ernsthaftigkeit unvermittelt unter einem verschmitzten Ausdruck verschwinden. »Okoklins sind zwar so gut wie unzerstörbar, aber man weiß ja nie.«

Er hob die Hand. Darauf saß Flummel. Aber nicht der Flummel, wie ich ihn kannte. Der Okoklin trug eine winzig-kleine Miniversion einer schwarzen Schattenkriegerrüstung. An allen Ecken und Enden quoll sein flauschiges Fell hervor. Er piepste stolz und reckte sich, um ein bisschen größer zu wirken.

Unwillkürlich musste ich lachen.

»Pash hat die ganze Nacht daran gebastelt«, teilte mir Noár schmunzelnd mit. »Er fand, ein Mitglied der Neun Tode sollte auch entsprechend gerüstet sein.«

»Du hast Flummel zu einem deiner Neun Tode gemacht?!«

»Warum nicht?«, konterte Noár. »Er hat Mut und Loyalität bewiesen und versucht, mir das Leben zu retten.«

Der kleine Okoklin auf seiner Hand platzte beinahe vor Freude über das Lob. Noár hatte ihm damit wohl einen Traum erfüllt und einmal mehr gezeigt, dass sein Herz am rechten Fleck saß.

»Na, dann ist es mir eine große Ehre, Sir Flummel«, scherzte ich und setzte mir den Schattenkrieger-Fellball auf die Schulter. »Aber wehe, du verhedderst dich mit deiner Rüstung in meinen Haaren.«

Flummel gab ein paar Töne von sich, die nach einem feierlichen

Versprechen klangen. So ganz überzeugt war ich zwar nicht, aber wir würden sehen.

Anschließend hieß es Abschied nehmen. Von Mariz, von Hjonios, den Faheen und der *Betrunkenen Witwe*. Alle Übrigen, inklusive Zima, verließen das Gasthaus. Keeza würde das fürstliche Biest samt Eskorte an einem anderen Ort unterbringen. Rhome kehrte zur dunklen Armee zurück. Der Rest begleitete uns.

»Mit wem fliege ich?«, wollte ich wissen.

Das war eine völlig ernst gemeinte und legitime Frage, doch Noár lächelte mich an, als hätte ich gerade etwas sehr Dummes gesagt. Er ergriff meine Hand. Ich spürte, wie sein Wille den aufflammenden Schmerz der Splitter verdrängte.

»Dieses Vergnügen ... würde ich niemals freiwillig einem anderen überlassen.«

Während ich noch mit meiner Verblüffung zu kämpfen hatte, zog er mich auf das lädierte Dach des Gasthauses. Draußen war es neblig und ich musste so sehr darauf achten, wo ich meine Füße hinsetzte, dass ich beinahe in einen großen schwarzen Schatten hineingelaufen wäre. Nox raunzte. Keine Sekunde später stupste mich eine riesige feuchte Nase an. Offenbar hatte der Shendai mich vermisst. Kichernd wollte ich seine Zuneigungsbekundung erwidern und ihm den Kopf kraulen, doch meine Finger trafen nicht auf Fell, sondern auf Metall. Großer Gott. Jetzt erst sah ich, dass der Shendai nicht sein gewöhnliches Zaumzeug trug. Er war mit zahllosen pechschwarzen Panzerplatten ausgestattet worden. Sie schützten Hals, Stirn, Brust, Rücken und Flanken. Zusammen mit seinen scharfen Krallen und Fängen ergab das ein ziemlich martialisches Bild.

»Du scheinst mit Ärger zu rechnen?«, murmelte ich, während Noár mich auf Nox' Rücken hob. »Hab ich irgendetwas verpasst?«

Langsam konnte ich das ungute Gefühl nicht mehr verdrängen,

das diese ganze Kriegsaufmachung in mir auslöste. Wir flogen ja nicht in eine Schlacht, sondern zu einem Treffen mit meinen Geschwistern, einem grummeligen Nebelreiter und dem Wolkenprinzen. Ja, Ifar stellte eine gewisse Gefahr da, aber solange er am Ende das Juwel der Macht bekam, würde er die Füße stillhalten.

»Ich rechne nicht mit Ärger. Noch nicht«, meinte Noár. Geschmeidig sprang er hinter mir in den Sattel. »Aber im Schattenreich wurde der Kriegszustand ausgerufen und das bedeutet für uns, auf alles vorbereitet zu sein.«

Nox breitete die Schwingen aus und stieß sich ab. Kaum in der Luft schoss ein zweiter geflügelter Schatten an uns vorbei. Nicht der einzige, wie ich kurz darauf feststellte. Als wir die Nebel durchbrachen, sah ich in den orangegoldenen Wolken mindestens ein halbes Dutzend weiterer Shendai kreisen. Die Mitfluggelegenheiten der anderen.

Aber da war noch mehr: Offenbar hatten uns die Faheen in der Nacht so nah wie möglich an unser Ziel herangebracht. Am Horizont erhoben sich nämlich bereits silbrig glitzernde Felswände und schroffe nachtschwarze Klippen. Dort, zwischen der Silberfeste und dem Schattenreich, zwischen den Tanzenden Nebeln, dem Ewigen Fluss und den Niemandslanden lag der Grenzstern.

Ich hätte froh sein sollen, doch stattdessen spürte ich Enttäuschung in mir aufsteigen. Wahrscheinlich hatte ich darauf gehofft, dass mir noch ein bisschen mehr Zeit mit Noár allein vergönnt gewesen wäre.

Starke Arme schlangen sich von hinten um mich. Noár schmiegte seinen Kopf in meine Halsbeuge und atmete tief durch. Eine schlichte Geste, die von Wehmut gezeichnet war und nach Abschied schrie.

»Hör auf, so zu tun, als wäre das unser letzter gemeinsamer Flug«, beschwerte ich mich leise.

»War nicht meine Absicht«, raunte er. »Ich versuche nur, mich daran zu erinnern, warum wir nicht einfach abhauen.«

Seufzend lehnte ich mich an ihn. »Weil das Chaos dich sonst in ein Monster verwandelt?«, schlug ich vor.

»Hmm, richtig ... da war was.«

»Weil Cassardim sonst untergeht?«

»Das auch.«

»Weil all unsere Freunde und jede menschliche Seele verschlungen werden könnten?«

»Auch ziemlich überzeugend«, meinte er und gab sich geschlagen. »Na gut, dann lass uns eben die Welt retten.«

»Ich hätte noch mehr auf Lager«, neckte ich. »Wie wäre es mit: Wenn du zum Chaoswandler wirst, sperr ich dich in einen von diesen Käfigen und halte dich als Haustier?«

»Wow«, lachte er, »*jetzt* bin ich tatsächlich motiviert!«

»Gern geschehen«, erwiderte ich grinsend.

Ich genoss die Leichtigkeit zwischen uns – hier oben, wo alle Sorgen fern schienen. In Wirklichkeit waren wir uns beide nur allzu bewusst, dass wir gerade die letzten ruhigen Minuten erlebten, bevor wir Ereignisse in Gang setzten, die alles verändern würden. So oder so.

Kurz vor unserem Ziel tauchten wir wieder in trübe Nebelschwaden ein. Langsam, aber sicher entwickelte ich eine Aversion gegen diese Dunst-Brühe. Nox landete auf einer grasbewachsenen Fläche. Zweifellos die Niemandslande. Das bedeutete, wir befanden uns auf einem der schwebenden Berge. Mit kritisch gerunzelter Stirn stieg ich ab und sah mich um. Das sollte der Grenzstern sein? Der Stern der fünf Reiche? Recht unspektakulär für einen so großen Namen. Ja, hie und da schimmerte ein Stück eisbedeckter Hänge oder schwarzer Felsen durch die Nebel, was bewies, dass sowohl Silberfeste als auch Schattenreich zum Greifen nahe waren. Trotzdem hatte ich mir irgendetwas Außergewöhnlicheres vorgestellt. Tja, wie so oft in Cassardim trog der Schein. Wenige Minuten nach uns trafen Pash und Ilion ein. Junos und Lazar bildeten die Nachhut. Damit waren wir komplett. Jetzt hieß es warten.

Während Noár sich um Nox kümmerte, machte sich eine nervöse Unsicherheit in mir breit. Ich war so fest davon ausgegangen, dass meine Geschwister meinem Aufruf folgen würden, dass ich nie ins Zweifeln gekommen war. Aber was, wenn ich mich geirrt hatte? Vielleicht teilten sie meine Überzeugung ja nicht? Oder sie hatten meine Briefe gar nicht erst erhalten? Oder ich hatte einen Fehler beim Übermitteln des Zeitpunkts gemacht?

Lazar trat an meine Seite. Er wirkte gelassen, streng, elegant mit perfekt liegender Frisur samt silberner Schläfen – also wie immer. Keine Ahnung, wie er Askans Tod einfach so wegstecken konnte. Wahrscheinlich hatte er in seiner langen Karriere als graue Eminenz schon so viele Verluste erlebt, dass ein weiterer kaum ins Gewicht fiel.

»Möchtest du mich nicht wenigstens jetzt in deinen Plan einweihen?«, erkundigte er sich müde. Überraschenderweise klang das nicht nach einem Vorwurf, sondern eher nach einer Bitte.

»Fühlt sich beschissen an, wenn jemand anderes die Fäden in der Hand hat, oder?«, murmelte ich.

Darauf erwiderte Lazar nichts. Keine souveräne Bemerkung, kein schlagfertiger Kommentar, keine überflüssige Anekdote. Er starrte einfach nur in den Nebel, ohne ihn wirklich zu sehen. Plötzlich kam er mir unendlich einsam vor. Stark, aber auch verletzlich. War das gespielt oder sah ich hier den echten Lazar? Den Lazar, von dem Askan mir erzählt hatte?

Mein Onkel hatte mich gebeten, ihm eine Chance zu geben. Also gut ... ihm zuliebe ließ ich für einen Moment die Vorstellung zu, Lazar könnte doch von Anfang an redliche Absichten gehabt haben. Nur, um mal zu gucken, wie sich diese neue Perspektive anfühlte.

Oh Mann.

Das rückte die Dinge noch mal in ein anderes Licht. Ganz besonders mein Verhalten. Falls Askan wirklich recht gehabt hatte, benahm ich mich gerade unerträglich bockig und albern, verletzend, undankbar und unreif.

So wollte ich nicht sein – auch wenn das bedeutete, dass ich das Risiko eingehen musste, Lazar zu vertrauen und mich im Zweifel wieder von ihm ausnutzen zu lassen.

»Wenn du es wirklich wissen willst«, seufzte ich, »wir vereinen die Willenskraft der neun Fürstenlinien, um die Macht des Juwels im See alles Verlorenen wiederfinden zu können.«

Lazars Augen weiteten sich. Er sah mich mit einer Mischung aus Staunen und Ungläubigkeit an. Und dann schlich sich noch etwas anderes in seinen Blick. Stolz? Demut? Zuneigung?

»Wenn du es erlaubst, werde ich euch dorthin begleiten.«

Seine Stimme war nur ein heiseres Flüstern, als wäre es ihm ein großes Anliegen, uns helfen zu dürfen.

Ich zuckte mit den Schultern. »Okay.«

Zweifellos würde er so oder so mitkommen, aber wenn ihm meine Zustimmung so viel bedeutete, dann sollte er sie eben kriegen. Vorübergehend.

Irgendwo hinter mir erklang ein genervtes Stöhnen.

»Bist du dir sicher, dass sie kommen werden?«, erkundigte sich Ilion. Dort, wo er stand, war das Gras schon ganz platt getreten von seinem ewigen Herumtigern.

»Natürlich bin ich mir sicher!«, nahm ich instinktiv meine Geschwister in Schutz.

Aber ich war mir nicht sicher. Vielleicht –

Das Kreischen eines großen Raubvogels drang durch die Nebel. Mächtige Flügelschläge wirbelten die Luft auf. Ich spürte sie, sah jedoch nichts. Oder doch? Etwas fiel herab. Jemand. Ein dumpfer Aufprall. Eine geschickte Landung. Junos und Pash hoben gleichzeitig ihre Bögen. Sie richteten sie auf eine Silhouette im Nebel. Die Silhouette eines Kriegers, der sich langsam aufrichtete.

ADEL VERPFLICHTET

»Hi, Schwesterchen«

Mein Herz machte einen glücklichen Hüpfer, als Nick mich angrinste. Mit selbstsicheren Schritten kam er auf uns zu. Seine glänzenden schwarzen Haare trug er im Nacken zusammengebunden. Der perfekte Kontrast zu der hellen Kleidung und dem roten Streifen, der die Haut um seine Augen zeichnete.

Die Schattenkrieger senkten ihre Bögen. Dennoch war der Wüstenprinz klug genug, keine unbedachte Bewegung zu machen.

»Beeindruckendes Aufgebot«, murmelte er, während sein wachsamer Blick über die schwer bewaffnete Gesellschaft glitt. »Schätze, ich muss mich an das Misstrauen deiner Leute gewöhnen – selbst als dein Bruder.«

Ilion stieß ein spöttisches Schnauben aus, woraufhin er sich prompt einen tadelnden Blick von Lazar einfing.

»Wir leben in Zeiten, in denen Vertrauen spärlich gesät ist. Dafür werdet Ihr sicherlich Verständnis aufbringen, Prinz Nicuna vom Trockenen Meer«, entgegnete der ehemalige Seneschall.

Mir war all das gleichgültig. Ich lief auf Nick zu und fiel ihm um den Hals.

»Schön, dass du gekommen bist«, raunte ich ihm zu. Er war hundert Jahre lang mein großer Bruder gewesen. Keine Politik der Welt konnte diese Verbindung auslöschen.

Nick erwiderte meine Umarmung. »Immer doch, auch wenn du dir da ganz schön was vorgenommen hast.«

Ich nahm eine ruckartige Bewegung hinter mir wahr. Junos

zielte auf etwas in den Nebeln. Das alarmierte auch die anderen. Selbst Nick zog sein Schwert und baute sich schützend vor mir auf. »Nicht!«, befahl Noár. Er griff nach Junos' Arm und drückte die Waffe nach unten. Einen Moment später entdeckte auch ich die kleine Gestalt eines Jungen in den Dunstschwaden.

»Maia?«, wisperte eine verunsicherte Kinderstimme.

»Moe!«

Als mein kleiner Bruder mich entdeckte, kam er auf mich zugerannt. Großer Gott, er war allein! Ich ging in die Hocke und zog ihn in meine Arme. Im Stillen dankte ich dem Schicksal dafür, dass ihm nichts passiert war. »Warum hast du denn niemanden mitgenommen?! Ich hab dir doch geschrieben, dass du auf gar keinen Fall schon wieder allein –«

»Er ist nicht allein.« Noár trat lächelnd neben mich. Er deutete in die Richtung, aus der Moe gekommen war. Erst konnte ich nichts erkennen, doch als die Nebel für einen kurzen Augenblick aufrissen, sah ich in einiger Entfernung zwei dunkel vermummte Kriegerinnen stehen. Noár nickte ihnen zu. Sie erwiderten die Geste und zogen sich anschließend zurück.

»Die Schattenfrauen denken immer, ich sehe sie nicht«, flüsterte Moe mir ins Ohr, »aber das stimmt nicht.«

Verblüfft schob ich meinen kleinen Bruder ein Stück von mir, um ihm ins Gesicht schauen zu können. Tränen brannten mir in den Augen. Er war so klein und trotzdem so unglaublich schlau und mutig. Ich hätte mir in seinem Alter vor Angst in die Hosen gemacht, wenn ich allein im Totenreich unterwegs gewesen wäre. Doch Moe verstand Cassardim auf eine Art und Weise, die mir wohl immer Rätsel aufgeben würde. Es schien fast, als würde er darauf vertrauen, dass das Land ihm nichts Böses antun würde.

»Du bist eben viel schlauer als die Schattenfrauen«, sagte ich stolz und fuhr ihm durch seinen niedlichen Irokesen. Moe lief rot an und drückte mich noch einmal. Dann lief er zu Noár und drückte auch ihn, bevor ihm bewusst wurde, dass alle anderen ihn anstarrten. Das war wohl zu viel Aufmerksamkeit. Obwohl er Lazar und Ilion kannte, Pash und Junos mochte und Nox vergötterte, schien er sich schlagartig unwohl zu fühlen. Selbst für Nick brachte er nur ein scheues Winken zustande. Ich ging zu ihm und legte ihm einen Arm um die Schultern. Eine neue Situation und zu viele Leute hatten schon immer diese Wirkung auf ihn gehabt.

Plötzlich spürte ich, wie sein kleiner Körper sich anspannte. Flink wie ein Wiesel riss er sich los, zog einen Dolch aus seinem Gürtel und schob mich hinter sich – ähnlich wie es Nick zuvor getan hatte. Auch Noár fuhr herum. Die anderen hoben ihre Waffen und Nox knurrte leise.

»Was für eine warmherzige Begrüßung«, spottete Ifar, der gerade aus den Nebeln schlenderte.

Auf Noárs widerwilliges Zeichen hin senkten alle Bögen und Schwerter. Nur Moe umklammerte weiterhin seinen Dolch und starrte den Neuankömmling feindselig an.

»Kein Grund zur Sorge, junger Waldprinz.« Ifar zeigte meinem kleinen Bruder die offenen Handflächen und lächelte überraschend milde. »Ich habe nicht vor, Amaia etwas zu tun.«

Das überzeugte Moe nicht, also kniete ich mich neben ihn.

»Ifar ist auf meinen Wunsch hin hier«, erklärte ich ihm und versuchte dabei, möglichst aufrichtig zu klingen.

Mein kleiner Bruder schob seine Augenbrauen zusammen, was seinem niedlichen Gesicht einen fast schon grimmigen Ausdruck verlieh. Er senkte den Dolch und brachte seine Zweifel mit einem einzigen Wort auf den Punkt.

»Warum?«

Seufzend sah ich ihn an und suchte nach den richtigen Worten. Natürlich wusste Moe, dass ich so meine Schwierigkeiten mit dem Wolkenprinzen hatte. Außerdem liebte er Noár und der konnte Ifar bekanntermaßen nicht ausstehen.

»Weil sie meine Hilfe braucht«, kam der silbern gerüstete Wolkenprinz mir zuvor. Trotz all seiner Gutmütigkeit konnte er den herablassenden Unterton in seiner Stimme nicht verbergen.

Moe rümpfte seine kleine Nase.

»*Wir* brauchen *ihre* Hilfe«, korrigierte er Ifar.

Ein tiefes Lachen hallte aus den Nebeln.

»Hätt ich nicht besser sagen können.« Schwerfällig stapfte ein Bär von einem Mann mit grauem Pferdeschwanz auf uns zu.

»Warden?«, hauchte Moe verdutzt.

»Ja, Warden. Inzwischen scheint ja die ganze Welt meinen Namen zu kennen«, brummte der Nebelreiter unleidig. »Steck den Dolch lieber weg, Junge. Du solltest erst noch ein bisschen wachsen, bevor du dich mit einem Heerführer Cassardims anlegst.«

Ohne auf besagten Heerführer und dessen Verwunderung zu achten, marschierte Warden direkt auf mich zu und hielt seine Hand auf. Ich wusste, was er wollte, also zog ich den Siegelring der Nebelfürsten vom Daumen und gab ihn ihm.

Ifar beobachtete uns aufmerksam und seine Verwunderung verwandelte sich in Misstrauen. Er schien mit Fürst Kjann gerechnet zu haben und nicht mit einem mürrischen, ärmlich gekleideten Nebelreiter, den er nicht kannte.

»Wer bist du?«, erkundigte er sich kühl.

Warden verdrehte die Augen wie ein Teenager.

»Jemand, der definitiv schon groß genug ist, um sich mit dir anzulegen«, murrte er, ohne den Wolkenprinzen eines Blickes zu würdigen, »also piss' mich nicht an.«

Ifars Miene verfinsterte sich. Er mochte ja einem kleinen Jungen gegenüber nachsichtig sein, aber Warden würde er ein derart respektloses Verhalten nicht durchgehen lassen.

Bevor die Situation zwischen den beiden jedoch eskalieren konnte, eskalierte sie auf eine ganz andere Art und Weise. Ein riesiger Wolf sprang aus den Nebeln. Waffen wurden gezogen. Knurren. Gebleckte Fänge. Die Shendai fauchten. Nur mit Nachdruck gelang es Noár, sie zur Ordnung zu rufen.

»Aus!«, schnauzte eine scharfe Frauenstimme.

Der große graublaue Wolf verstummte und wirkte plötzlich wie ein handzahmes Schoßhündchen.

»Siehst du, wir sind die letzten«, pampte eine blonde Frau auf dem Rücken des Wolfs. Sie saß dort zwischen einem muskulösen Kerl und einem kleinen brünetten Mädchen. »Ich hab dir doch gesagt, dass du nicht so trödeln sollst!«

»Ich hab nicht getrödelt! Ich leb nur einfach nicht am Arsch der Welt. Da ist es nicht so einfach, sich wegzuschleichen«, nörgelte das Mädchen.

Die drei stiegen ab und ich bekam meinen Mund nicht mehr zu. Das waren Jenny und Annie, aber sie sahen nicht mehr aus wie Jenny und Annie und sie redeten auch nicht mehr wie Jenny und Annie. Meine ältere Schwester Jenny, die früher nie ohne perfektes Make-up und Maniküre aus dem Haus gegangen war, hatte sich in eine wilde Walküre verwandelt. Sie trug knappe Lederkleidung, zwei Schwerter auf dem Rücken und Stiefel, die jeden Highlander in den Schatten gestellt hätten. Apropos Highlander: Der große Kerl neben ihr war lediglich in ein Stück blauen Stoffs gewickelt und hatte sich das Fell irgendeines unbekannten Tiers über die Schulter geworfen. Und Annie ... die pferdeliebende Annie mit ihren Poesiealben und der bunten Haarspangensammlung war zur früheren Jenny mutiert – nur in brünett und cassardisch. Sie raffte panisch ihre ockerfarbenen Röcke hoch, damit sie nicht dreckig wurden, und hopste umständlich durch die Wiese, um mit ihren Riemchen-Sandaletten nicht in Matsch zu treten.

»Mann, ich hab vergessen, wie ätzend das hier ist«, quengelte sie. »Außerdem stinke ich jetzt nach Wolf.«

»Chewbacca stinkt nicht«, murrte Jenny, während sie an Annie vorbeistapfte.

»Und ob er das tut!«

»Stadtkind!«

»Höhlenmensch!«

Jenny schüttelte gereizt den Kopf und wandte ihre Aufmerksamkeit nun endlich uns zu. Ihr Blick flog über die Anwesenden. Keiner der Anwesenden schien sie zu überraschen, keiner der Anwesenden zu beeindrucken. Sie verschränkte ihre Arme vor der Brust und schenkte mir ein schiefes Grinsen.

»Du siehst ultraheiß aus«, befand sie. Ich erwiderte ihr Grinsen. Offenbar steckte doch noch ein bisschen was von der alten Jenny in ihr.

»Kann ich nur zurückgeben«, meinte ich. »Aber Chewbacca? Ernsthaft?«

»Passt doch«, konterte sie fröhlich. »Ach, übrigens ...« Sie deutete auf den halb nackten Highlander. »Darf ich dir meinen Mann vorstellen? Er ist absolut vertrauenswürdig.«

Ein ganzer Berg an Fragezeichen ploppte in meinem Kopf auf. Ihr *Mann*? Aber ... ich war ihrem Mann begegnet, als sie in Hamatar den Segen der Purpurflammen erhalten hatten. Und das ... war nicht derselbe Mann.

Mit gerunzelter Stirn und gesenkter Stimme fragte ich: »Sah der nicht anders aus?«

»Jenny hat sich scheiden lassen und letzte Woche neu geheiratet«, informierte mich Nick und zog eine leidgeprüfte Grimasse.

Verdattert riss ich die Augen auf. »Das geht?«

»Jap«, meinte Annie, die inzwischen einen Weg durch den Morast gefunden hatte. »Die Felsenläufer sind zwar ein Haufen Wilder, aber zumindest in diesem Punkt sind sie nicht ganz so konservativ verklemmt wie der Rest Cassardims.«

»Neidisch?«, zog Jenny mich feixend auf und nickte in Richtung Schattenprinz. »Hast du deinen auch schon satt?«

»Auf gar keinen Fall«, lachte ich, was Noár zum Schmunzeln und Ifar zum Schnauben brachte.

»Oh-oh«, kicherte Annie frech, »da scheint jetzt aber jemand enttäuscht zu sein.«

Der Wolkenprinz holte tief Luft, war jedoch besonnen genug, sich nicht auf diese Sticheleien einzulassen. »Da wir nun vollzählig sind, schlage ich vor, dass wir die Sache hinter uns bringen«, meinte er stattdessen.

»Großartige Idee«, grunzte Warden.

»Gut.« Ich sah die versammelte Truppe an. »Ihr wisst alle, worum es geht?«

Allgemeines Nicken. Außer Warden, der etwas wie »Mehr oder weniger« murmelte.

»Hey, Maia! Wie lange wird der Spaß ungefähr dauern?«, wollte Annie wissen. »Meine Moms kriegen die Krise, wenn sie rausfinden, dass ich abgehauen bin.«

Jenny stöhnte genervt. »Sag ihnen, du bist bei mir. Und jetzt halt die Klappe, du Meckertante.«

»Reißt euch zusammen«, schimpfte Nick, dem seine Schwestern offensichtlich peinlich zu sein schienen. »Versucht wenigstens, euer Volk mit ein bisschen Würde zu vertreten.«

»Das sagt der Richtige, du verstockter Macho mit Harem!«, fauchte Jenny.

Für einen kurzen Moment fühlte ich mich in meine Zeit in der Menschenwelt zurückversetzt. Und genau wie damals war es Moe, der die Zänkereien beendete. Er griff sich meine Hand und die von Noár und zog uns mit einem leisen »Gehen wir« in Richtung Nox.

VOM REGEN IN DIE TRAUFE

Jeder, der das Innere der Schattenfeste betreten wollte, musste über die Schwarze Treppe gehen.

Das war die eine Regel, die Noár selbst für mich nicht gebrochen hatte. Deswegen rechnete ich fest damit, dass wir auch diesmal diesen Weg beschreiten würden. Aber der Schattenprinz verfolgte wohl einen anderen Plan. Er brachte uns zum Fort am Grenzstern. Während der Rest der Truppe sich nach und nach im Hain sammelte, wirkte er irgendwie abwesend. Ich griff nach seiner Hand und drückte sie sacht.

»Mir geht es gut«, beantwortete er meine unausgesprochene Frage leise. »Aber ich werde gleich meine ganze Kraft brauchen.«

Ich wusste, was das bedeutete, und wenn er wirklich vorhatte, was ich dachte, dass er vorhatte, dann würde er tatsächlich seine gesamte Willensstärke benötigen. Trudi versprühte schon jetzt jede Menge feindseliger Schwingungen. Offensichtlich gefiel es ihr nicht, dass sich der silberne Heerführer an ihren Grenzen herumtrieb. Wie würde es erst werden, wenn Noár ihm und den anderen Zugang zum Inneren der Schattenfeste erzwang?

Ich nickte ihm ermutigend zu. Dann spürte ich, wie Noár mich an sich zog, meine Stirn küsste und mich schließlich mit einem tiefen Seufzen aus seinen Armen und seinem Willen entließ.

In der Zwischenzeit hatten Junos und Pash den Rest der Meute zusammengetrommelt. Jenny verabschiedete sich von ihrem Ehemann und schickte ihn mit Chewbacca zurück in die Niemandslande. Danach konnte es losgehen. Wir stiegen die schmale Treppe hinauf zum Fort und betraten einen der zerfallenen Wachtürme nahe dem Abgrund. Noár hatte mir mal erzählt, dass es darunter einen Eingang zum Höhlensystem der Schattenfeste gab. Falls ich im Notfall hätte flüchten müssen. Und genau diesen schien er nun benutzen zu wollen.

Dunkle Gräser und jede Menge Unkraut wucherten in der Ruine, doch Noár griff zielsicher nach einem Metallring am Boden und stemmte eine Luke auf. Er kletterte als Erster in die Dunkelheit hinunter. Moe und ich folgten. Anschließend kamen Pash, Ifar und der Rest meiner Geschwister hinterher. Warden, Ilion und Junos bildeten den Schluss. Ein paar Fackeln wurden entzündet für jene, die sich ohne Licht nicht zurechtfanden. Ich gehörte nicht dazu – nicht, seit Noár den Schatten seiner Heimat befohlen hatte, mich sehen zu lassen. Aber damit war ich eine Ausnahme.

Ich kniete mich zu Moe. »Magst du lieber mit Nick und den anderen gehen? Da ist es heller.«

Als Antwort schob Moe seine kleine Hand in meine und richtete den Blick tapfer auf den finsteren Stollen, der sich vor uns auftat. Das war eindeutig. Er würde mir nicht von der Seite weichen.

»Fast schon einer von uns«, scherzte Pash.

Fast. Er war trotzdem nur ein kleiner Junge, dem neue Orte stets Angst eingejagt hatten.

Ich zuckte unauffällig mit der Schulter, auf der Flummel saß. Der Okoklin sollte meine Gedanken lesen, was er offenbar auch tat, denn unvermittelt hob er ab und schwirrte zu meinem kleinen Bruder.

»Oh«, hauchte Moe. Er ließ Flummel auf seiner Hand landen und sah mich fragend an.

»Hmm?«, spielte ich die Verwirrte. »Vielleicht fühlt er sich bei dir sicherer? Du musst wissen, dass er in einer ähnlichen Höhle mal fast von einer Nachtranke gefressen worden wäre. Und du und dein Dolch können ihn bestimmt sehr gut beschützen.«

Moe bekam große Augen, während Flummel zur Krönung unseres kleinen Schauspiels herzergreifend piepste. Voller Mitgefühl drückte mein Bruder den Fellball an seine Brust.

»Gibst du auf ihn acht?«, bat ich ihn und wurde sofort mit einem entschlossenen Nicken belohnt.

Sehr gut. Flummel würde auf Moe aufpassen und mich informieren, falls ich mir Sorgen machen musste.

»Können wir dann?«, seufzte Prinz Ifar, der uns die ganze Zeit über beobachtet hatte. Er bemühte sich, es sich nicht anmerken zu lassen, aber er fühlte sich sichtlich unwohl. Kein Wunder, er wollte genauso wenig hier sein, wie das Schattenreich ihn hier haben wollte. Vermutlich war es allein Noár zu verdanken, dass Trudi den Wolkenprinzen nicht längst mithilfe eines Steinschlags aus dem Verkehr gezogen hatte.

»Bleib in meiner Nähe, wenn du das hier überleben willst!«, drang die leise Stimme des Schattenprinzen aus der Dunkelheit vor uns. Mehr Warnung bekam Ifar nicht, bevor wir losmarschierten.

Ganz anders, als der heruntergekommene Zugang hätte vermuten lassen, waren die Höhlengänge und Stollen hervorragend in Schuss und gut begehbar. Ich entdeckte zwar ein paar Nachtranken, aber die Triebe waren zu klein, um einem von uns gefährlich werden zu können. Ansonsten gab es allerlei Flechten, Pilze und Krabbeltiere, die ich mir nicht so genau ansehen wollte. Alles in allem kamen wir zügig vorwärts. Trotzdem dauerte es nicht mal eine Stunde, bevor sich hinter mir ein altbekanntes Drama anbahnte.

»Wie weit ist es noch?«, hörte ich Annie quengeln.

»Es wird nicht kürzer, nur weil du fragst«, fauchte Jenny.
»Schon, aber mein Schuh ist aufgegangen.«
Nick stöhnte. »Lass ihn offen!«
»Können wir nicht kurz Pause machen?«
»Nein!«, antworteten gleich mehrere Stimmen.
»Ist ja gut. Dann halt ni– oh, was ist das denn?«
»Fass das nicht an«, schimpfte Pash.
»Warum?«
»Weil es dir den Finger abbeißt.«
»Echt?!«
»JA!«
»Und was ist damit?«
»Das auch!«
»Hör auf, Pash zu nerven«, maulte Jenny.
»Ich nerve nicht! Oder?«
...
»Pash?«
...
»Maaaia? Können wir kurz anhalten? Mein Schuh ist offen.«
»Halt noch ein bisschen durch, okay?«, rief ich über die Schulter. Eigentlich hätte ich gerne eine Pause gemacht, weil ich wusste, dass Annie andernfalls keine Ruhe geben würde, aber Noár machte mir Sorgen. Er war komplett in seinen stillen Kampf mit dem Schattenreich vertieft. Noch sah es so aus, als hätte er die Oberhand, doch jeder Schritt schien ihn mehr Kraft zu kosten als der vorangegangene. Wie ferngesteuert schleppte er sich vorwärts, stützte sich immer wieder an den Wänden ab und atmete schwer. Alles in mir schrie danach, ihm zu helfen, aber jede Ablenkung hätte ihn aus seiner Konzentration gerissen und damit vermutlich eine Katastrophe ausgelöst.
»Nur gaaaanz kurz, versprochen«, bettelte Annie.

»Noch ein Wort und ich knebel dich mit deinen eigenen Zöpfen!«, schnauzte Jenny sie an.

»Bin dabei«, hörte ich Warden von ganz hinten grunzen.

Danach war Ruhe.

Zumindest, bis sich vor uns ein hohes Gewölbe auftat. Hier endete der Stollen und das aus gutem Grund. An der gegenüberliegenden Wand des Gewölbes hatte man einen Torbogen aus den schwarzen Felsen gemeißelt. Darin waberte Dunkelheit. So dicht, dass sogar ich nicht hindurchschauen konnte. Eine Schattenpforte.

Während die anderen mit vereinzelten Ohs und Ahs zu uns aufschlossen, lehnte sich Noár erschöpft gegen den Torbogen und flüsterte etwas, das kaum zu verstehen war. Plötzlich spürte ich den Boden unter meinen Füßen beben. Nur ganz leicht. Bildete ich mir das nur ein? Außer mir schien es jedenfalls keiner zu bemerken.

Wieder flüsterte Noár etwas.

Ein tiefes Grollen ertönte. Staub rieselte von der Decke. Diesmal bekamen es alle mit. Unruhe machte sich breit.

»Ist das normal?«, rief Nick alarmiert.

»Was denkst du denn?«, pflaumte Jenny ihn an.

»Entspannt euch«, forderte Pash. »Wir haben alles im Griff.«

Hatten wir das?

Noár fluchte und schlug mit der flachen Hand gegen den Felsen. Abrupt verstummte das Grollen.

Stille legte sich über die Höhle. Nur das Knistern der Fackeln war noch zu hören. Alle Augen ruhten auf dem Schattenprinzen.

»Wir machen eine kurze Pause«, entschied er, ohne sich umzudrehen. Seine Stimme klang heiser, aber sein Tonfall wirkte so souverän, dass sich die angespannte Stimmung augenblicklich löste.

»Na endlich!«, jubelte Annie. Gepäck wurde abgesetzt, leise Gespräche aufgenommen. Kaum jemand bemerkte Noárs Zustand, weil niemand jemals auf die Idee gekommen wäre, seine Entscheidungen oder seine Stärke anzuzweifeln. Außer vielleicht Pash und Junos, aber die hatten alle Hände voll damit zu tun, die Schattenreich-Touris zu hüten.

»Noár?«

Mit Moe im Schlepptau trat ich vorsichtig an ihn heran. Er lehnte noch immer an der Pforte und rührte sich nicht.

»Es geht schon«, murmelte er matt. »Gib mir einen Moment.«

Jeden anderen hätte er damit überzeugt, nur mich nicht. Ich gab ihm gerne einen Moment, auch zwei oder zehn, aber ich glaubte nicht, dass es dadurch besser wurde. Die Schattenfeste wehrte sich gegen seinen Willen. Er hatte uns schon so weit gebracht, doch jetzt saß Trudi am längeren Hebel. Durch die Pforte würde sie nur jene gehen lassen, die bereits einmal die Schwarze Treppe passiert hatten. Das schloss Nick, Jenny, Annie und Ifar aus. Vermutlich auch Warden. Zu viele für Noárs überlasteten Willen.

Ich würde ihm helfen müssen. Nur, wenn ich das tat, war es unausweichlich, dass Shaell davon erfuhr.

Es sei denn, ich zwang Trudi nicht ...

Einen Versuch war es wert. Aber dafür brauchte ich beide Hände.

Prompt erklang leises Sirren. Sir Flummel hatte sich meinem unausgesprochenen Auftrag angenommen.

»Oh nein«, wisperte Moe und versuchte, den Okoklin einzufangen. Vergeblich. Flummel flog diverse Ausweichmanöver und Loopings und brachte meinen kleinen Bruder schließlich dazu, mich loszulassen. »Wo willst du hin? Bleib hier!«

Die beiden veranstalteten eine Slalom-Verfolgungsjagd mitten durch unsere Reisegesellschaft. Perfekt.

Ich lehnte mich mit dem Rücken an die Wand neben Noár und

presste meine Handflächen samt Kaisersymbolen und Splitter gegen den kalten Fels.

Hey Trudi, dachte ich laut und deutlich. *Du schuldest mir was, also halt einfach mal die Füße still. Ich werde höchstpersönlich dafür sorgen, dass diese Leute nicht länger als nötig bleiben. Es ist nur zum Wohle Cassardims.*

Das Schattenreich meldete sich prompt mit einem ausdrucksstarken Bild zu Wort: das Hinterteil eines schwarzen Rosses, von dem aus gerade ein beeindruckender Haufen dampfender Pferdeäpfel zu Boden pflatschte.

Ich verdrehte die Augen.

Hmm ... hätt nicht gedacht, dass die Silberfeste so viel vernünftiger ist als du. Sie hat erkannt, wie wichtig unsere Mission ist und hat uns ohne Murren ihre Unterstützung angeboten ...

Das war nicht wirklich die Wahrheit, doch ich wusste mir nicht anders zu helfen, als Trudi bei ihrer Ehre zu packen. Und es funktionierte. Ich empfing zwar kein weiteres Bild mehr, aber ich hörte ganz deutlich ein pikiertes Schnauben in meinem Kopf. Anschließend spürte ich, wie die Spannung aus dem Gestein der Höhle wich. Sogar Junos und Pash schauten überrascht auf, weil sie die Veränderung fühlten.

Ein tiefer befreiter Atemzug zu meiner Rechten ließ mein Herz leichter werden. Noár drehte ganz langsam den Kopf in meine Richtung. Hier zwischen den Schatten und den goldenen Flammen der Fackeln schienen die Sprenkel in seinen Augen förmlich von innen heraus zu glühen. Er hob eine seiner Brauen, was anscheinend sowohl eine Frage als auch liebevoller Tadel sein sollte.

»Wie hast du das angestellt?«, erkundigte er sich mit rauer Stimme.

Ich zuckte nur mit den Schultern, als hätte ich nichts getan.

Hatte ich ja quasi auch nicht. Mein Wille war jedenfalls nicht zum Einsatz gekommen.

Ein Lächeln huschte über Noárs Mundwinkel. Er stieß sich von der Wand ab und wollte gerade noch etwas sagen, da tauchte plötzlich Moe vor uns auf.

»Hab ihn.«

Stolz präsentierte er uns den eingefangenen Flummel.

»Ist er dir etwa ausgebüxt?«, erkundigte sich Noár.

Moe nickte.

»Dann hast du ihm wahrscheinlich das Leben gerettet. Er stellt nämlich gerne Blödsinn an.«

Flummel, der bewegungsunfähig in Moes kleinen Kinderhänden feststeckte, warf dem Schattenprinz einen eingeschnappten Blick zu. Noár erwiderte ihn mit einem fast schon schadenfrohen Grinsen.

Es tat gut zu sehen, dass es ihm wieder besser ging. Das schien auch meinem kleinen Bruder aufzufallen.

»Ist dein Zuhause jetzt nicht mehr böse auf dich?«, fragte Moe leise.

Ich musste schlucken. Wieder einmal hatte ich unterschätzt, wie aufmerksam mein Bruder alles beobachtete und wie viel er wahrnahm. Anders als der Rest meiner Geschwister, die sogar einige Jahrzehnte älter waren.

»Nein, ist es nicht«, antworte Noár ehrlich. »Und das hab ich deiner Schwester zu verdanken.«

»Gut«, murmelte Moe und stopfte Flummel in seinen Hemdkragen. »Weil dein Zuhause ist auch Maias Zuhause. Und jeder braucht ein Zuhause.«

Als wäre damit alles gesagt, schnappte er sich meine Hand und schaute uns an – bereit zum Aufbruch.

»Wahre Worte, kleiner Mann«, meinte Noár und schenkte mir

einen Blick, der mehr sagte als tausend Worte. Dann riss er sich schweren Herzens los und hob die Stimme: »Wir brechen auf!«

Trudi machte uns tatsächlich keine weiteren Probleme, sodass wir alle die Schattenpforte unbeschadet durchschreiten konnten. Noár musste ihr nur einmal »Zum See alles Verlorenen« zuflüstern und schon brachte sie uns direkt ans Ziel unserer kleinen Reise.

Einer nach dem anderen stolperte aus der Dunkelheit hinein in eine lichtdurchflutete Höhle, von deren Decke schwarze Bäume mit bunten Kristallblättern wuchsen. Einer nach dem anderen bekam große Augen. Und einer nach dem anderen störte damit meinen Seelenfrieden. Dieser Ort war etwas Besonderes für mich. So besonders, dass es mir fast körperlich wehtat, ihn nun teilen zu müssen.

»Ist das abgefahren«, hauchte Jenny und reckte sich nach den Kristallblättern. Klimpernd gerieten sie in Bewegung und brachen das Licht in Hunderten bunter Strahlen. Damit schreckte sie einen Schwarm rotgefiederter Feuerkrähen auf. Gleich mehrere Hände zuckten zu diversen Schwertgriffen.

»Es sind doch nur Vögel«, lachte Annie und lief los, um die Höhle zu erkunden. Pash folgte ihr mit einem leidgeprüften Seufzen.

»Nicht schlecht«, murmelte Ilion. »Hätt ich gewusst, dass das Schattenreich mehr als Schatten und Grausamkeiten zu bieten hat, wäre ich bei meinen Besuchen definitiv länger geblieben.«

»Vorschnelle Urteile, hm?«, murmele Noár spöttisch.

»Vorschnelle Urteile«, bestätigte der Faheen mit einem schiefen Grinsen.

Damit sprach er aus, was auch die anderen bewegte. Warden, Lazar, Nick, Ifar ... sie alle hatten ihre vorgefasste Meinung vom Schattenreich gehabt. Und sie alle wurden gerade eines Besseren belehrt. Ganz besonders der Wolkenprinz. Er wirkte geradezu erschüttert von der Schönheit dieses Ortes.

»Wie krass ist das denn?!«, hallte Annies Stimme aus einiger Entfernung zu uns herüber. Sie stand dort, wo der kopfstehende Wald endete und in die Haupthöhle überging. »Kommt her und schaut euch das an! Da draußen *regnet* es!«

Mit einer resignierten Geste lud Noár die anderen ein, Annies Aufforderung zu folgen. Ihm schien es wie mir zu gehen. Nach dem heutigen Tag würde dieser Ort nicht mehr derselbe sein.

Unterwegs schenkte Moe seine ganze Aufmerksamkeit dem weichen Moosboden. Er ließ mich sogar los, um ihn mit seinen Händen ertasten zu können. Ich wusste, wie wundervoll sich das Moos anfühlte. Eine Schande, es nun mit Stiefeln platt zu trampeln. Als würde ich auf meinen Erinnerungen herumtrampeln. Als würden alle auf meinen Erinnerungen herumtrampeln. Noch viel schlimmer wurde dieses Gefühl, als sich die Haupthöhle vor uns auftat. Alles darin büßte an Zauber ein. Die blaue, von leuchtenden Blüten überzogene Decke. Der Regen. Die frische Luft. Die wundervollen Pflanzen und Bäume. Zu einer Zeit, als ich von dunklen Gedanken und Zweifeln gejagt worden war, hatte ich hier Liebe und Freiheit atmen können. Jetzt mutierte dieser magische Ort gerade zu einer lapidaren Sehenswürdigkeit, die von viel zu vielen neugierigen Augen begutachtet wurde. Und je mehr ihre Begeisterung wuchs, desto wehmütiger fühlte ich mich.

»Sei nicht traurig«, flüsterte Noár mir zu, während Moe voller Verzückung in den Regen hinauslief.

»Das sagst du *mir*?«, lachte ich leise. All das hier hatte Noár jahrhundertelang vor anderen verborgen. Er hatte den Pavillon am See mit eigenen Händen gebaut, ihn Stück für Stück zu seinem Heim gemacht und sogar in mühevoller Kleinarbeit eine ganze Bibliothek zusammengetragen.

»Es ist meine Vergangenheit«, meinte er. »Unsere Vergangenheit. Wir erschaffen uns etwas Neues.«

Sein Lächeln wirkte so zuversichtlich, dass ich es nur erwidern könnte. Ich wollte ihm vertrauen, also erstickte ich meine Zweifel und machte mich an der Seite meines Mannes auf den Weg hinunter zum See.

Dicke Regentropfen trommelten auf unsere Haare, unsere Haut und unsere Rüstungen. Binnen Sekunden waren wir durchnässt. Das galt auch für die anderen. Doch während meine Geschwister den Regen genossen und fast schon euphorisiert schienen, konnten die grimmig dreinschauenden, erwachsenen Cassarden mit dem Konzept »Wasser von oben« eher wenig anfangen. Und dann war da natürlich noch Flummel, der in den Tiefen von Moes Hemdkragen so empört vor sich hin blubberte und fauchte, dass es in der ganzen Höhle zu hören war. Er hasste Wasser.

Als wir das Ufer des Sees alles Verlorenen erreicht hatten, kam Moe Hilfe suchend zu mir gerannt und hielt mir den ungehalten zeternden Okoklin hin. Flummel war ein Häufchen Elend. Sein sonst so flauschiges Fell hing klitschnass an ihm herunter, was ihn trotz Mini-Rüstung noch viel winziger wirken ließ, als er ohnehin schon war.

»Du hast nichts falsch gemacht«, beruhigte ich meinen Bruder und nahm ihm Flummel ab. »Manchmal ist er einfach eine kleine Diva.«

Ich sah mich nach Pash um, damit er sich vorübergehend der kleinen Diva annehmen konnte. Schließlich würde Flummel mich bestimmt nicht in den See begleiten. Als ich den Schattenkrieger ein Stück weiter entdeckte, überkam mich jedoch ein eiskalter Schauer. Pash kniete heftig atmend im Sand. Annie redete auf ihn ein, aber er schien sie nicht zu hören. Auch Junos kämpfte mit irgendetwas. Er stand am Wasser und stützte sich auf seinen

Knien ab, als würde er darum ringen, bei Bewusstsein zu bleiben. Alarmiert drehte ich mich zu Noár um. Sein Gesicht war eine starre Maske, doch in seinen Augen flackerten so viele Emotionen, dass ich es mit der Angst zu tun bekam.

»Was ist los?«

»Mein Vater weiß, dass wir hier sind«, presste er mühsam beherrscht hervor.

Das Blut gefror mir in den Adern. Fassungslos starrte ich Noár an. Wie konnte das sein? Warum jetzt? Wir standen so kurz davor ...

Ifar stampfte durch den Sand auf uns zu.

»Was soll das heißen?«, fuhr er den Schattenprinzen an. Auch die anderen kamen näher. Warden. Lazar. Ilion. Nick. Annie. Jenny. Moe. Sie alle schwebten in höchster Gefahr – weil ich sie hergebracht hatte.

Noár schloss die Augen. »Mein Vater wird eine Weile brauchen, um den Weg hierher zu finden, aber er wird kommen. Und das sicherlich nicht allein.«

Nick fluchte. »Dann sollten wir schnell abhauen!«

»Das können wir nicht«, protestierte ich und deutete auf den See. »Wir haben es fast geschafft. Da drinnen finden wir die Macht des Juwels. Die Rettung Cassardims! Wenn wir jetzt einen Rückzieher machen, bekommen wir nie wieder eine Gelegenheit.«

»Du verstehst es nicht, Mädchen«, schnauzte Warden. »Egal, wie lange wir da drinnen brauchen, Shaell wird hier sein, wenn wir zurückkommen.«

»Dann kommt nicht zurück.«

Schlichte Worte – von einem ehemaligen Seneschall.

Lazar strahlte trotz Regen und ruinierter Frisur die Würde eines Königs aus. Er trotzte der Hiobsbotschaft, der allgemeinen

Aufregung und der Verwirrung, die sein Vorschlag auslöste. Mit ruhiger Stimme erklärte er sich.

»Wenn ich richtigliege, wird euch euer Vorhaben an die Grenze zwischen Chaos und Ordnung bringen. Dort, wo alle verlorenen Dinge enden. Das heißt, ihr könnt durch das Chaos gehen.«

»Du hast sie nicht mehr alle!«, fuhr Ilion ihn an.

Damit sprach er mir aus der Seele.

Wir konnten nicht durch das Chaos gehen. Niemand war jemals von dort zurückgekehrt. Niemand außer Noár, und was ihn das gekostet hatte, wusste ich nur zu gut. Ich durfte nicht riskieren, dass meine Geschwister sein Schicksal teilten. Außerdem würde Noár das in seinem Zustand niemals überstehen.

»Im Chaos gibt es keinen Raum, keine Entfernung«, beharrte Lazar und sah uns der Reihe nach an. »Ihr müsst es nur durchschreiten und könntet im Gericht der Toten rauskommen. Im Herzen Cassardims. Der perfekte Ort, um die Barrieren zu erneuern. Vergesst nicht, dass der Wille der Fürstenlinien einst stark genug war, um das Totenreich zu erschaffen. Da wird ein kleiner Spaziergang doch kein Problem sein – zumal ihr dann im besten Fall bereits das Juwel der Macht habt. Ihr müsst nur zusammenhalten und niemand wird zu Schaden kommen.«

Seine Rede und seine Überzeugungskraft weckten leise Hoffnung in den entsetzten Gesichtern der anderen. Keiner wusste so recht, was uns im See und im Chaos wirklich erwartete, aber alles schien besser zu sein, als dem Schattenfürsten in die Hände zu fallen.

»Macht euch nichts vor«, fügte Lazar hinzu, »selbst wenn ihr jetzt flieht, wird Shaell euch gefangen nehmen, euch als Geiseln benutzen oder töten. Es ist sein Reich. Noár ist in Ungnade gefallen. Amaia hasst er ohnehin. Und ihr anderen seid Eindringlinge. Ihr müsst mir *glauben*, der See ist euer einziger Ausweg.«

»Können wir das wirklich schaffen?«, fragte Jenny kleinlaut.

Lazar nickte. »Ich bin fest davon überzeugt!«

Auf einmal richteten sich alle Blicke auf mich, als wäre es meine Entscheidung. Aber wie sollte ich so etwas entscheiden? Ich sah Noár an, denn Lazars Plan würde ihm am meisten abverlangen. Ja, zusammen und mit dem Juwel der Macht könnten wir es schaffen, das Chaos zu durchqueren. Doch Noár hatte sich in der Nähe eines Chaoswirbels schon kaum unter Kontrolle. Wie würde es dann erst im Ur-Chaos sein?

»Ich ... denke nicht, dass das eine gute Idee ist«, murmelte ich innerlich zerrissen.

Noár erwiderte meinen Blick mit unerschütterlicher Entschlossenheit. »Es ist die beste, die wir haben.«

Warden hob abwehrend die Hände. »Moment mal! Vorausgesetzt, ich mache bei diesem Wahnsinn mit und wir schaffen es durchs Chaos. Wer garantiert, dass im Goldenen Berg nicht Saphama auf uns wartet?« Der Nebelreiter funkelte Prinz Ifar abfällig an. »Ihr Sprössling hält sie bestimmt auf dem Laufenden und die Wolkenfürstin wird es kaum erwarten können, uns das Juwel abzunehmen. Das wäre wohl nicht viel besser als Shaell.«

»Ifar wird nichts dergleichen tun«, verkündete ich und sorgte damit für noch mehr Verwirrung. »Er hat mir sein Wort gegeben, dass er seine Mutter aus dieser Sache heraushält.«

»Und du glaubst diesem –«

»Lasst Saphama meine Sorge sein«, unterbrach Lazar den Nebelreiter scharf. »Wenn Pash und Junos mich hier rausbringen, werde ich im Goldenen Berg auf euch warten und eure Sicherheit garantieren.«

Werde ... kein »könnte«, kein »versuche« ...

Lazar schien sich seiner Sache sehr sicher zu sein. Sagte er das, weil er wusste, dass wir Hoffnung brauchten? Oder wollte er einfach seinen Teil beisteuern?

»Also, wenn ihr mich fragt, sollten wir uns das Juwel holen«, meldete sich Annie zu Wort. »Meine Moms sagen immer, dass jeder seine eigene Aufgabe finden wird. Das da ...« Sie zeigte auf den See. »... fühlt sich wie meine Aufgabe an. Ein Kampf mit dem Schattenfürsten nicht.«

»Sicher?«, brummte Nick mit einem schiefen Grinsen. »Du könntest ihn mühelos zu Tode quatschen.«

»Hör auf, sie fertigzumachen«, faltete Jenny ihn zusammen und schien dabei zu vergessen, dass sie oft genug dasselbe tat. »Annie hat recht. Ich werde auch nicht den Schwanz einziehen und fliehen. Das hier ist das Erste, was sich wirklich richtig anfühlt, seit ich nach Cassardim gekommen bin. So viele Leute haben versucht, mir ihren Willen aufzudrängen, mich gefügig, artig und sittsam zu halten. Ich hab keinen Bock mehr darauf. Ich wähle mein Schicksal selbst.«

Lazar lächelte meine Schwestern an. »Ich schätze, damit ist es entschieden? Oder möchte einer der anwesenden Herren zugeben, weniger Mut zu besitzen als diese beiden Mädchen?«

Grimmiges Schweigen.

Ich versuchte, das mulmige Gefühl in den Griff zu bekommen, das mich zu lähmen drohte.

»Das soll kein Grund sein«, widersprach ich Lazar. »Niemand muss irgendwas beweisen. Es geht hier um euer Leben.«

»Nein«, sagte eine leise Kinderstimme, »es geht um Cassardim.«

Moes ernste, gefasste und weise Worte führten zu noch mehr grimmigem Schweigen.

Schließlich stieß Warden ein missmutiges Schnauben aus. »Ich komm mit. Irgendwer muss ja auf die ganzen Kinder aufpassen.«

»Ich werde mich bestimmt nicht von Shaell gefangen nehmen lassen«, tat Ifar kund.

»Seh ich auch so«, meinte Nick.

Damit blieben nur noch Ilion und Noár übrig.

Der Faheen-Fürst zog eine schicksalsergebene Grimasse, als ich ihn flehentlich ansah. »Du weißt, dass ich dir überallhin folge, kleine Kaiserin.«

»Warum sollte er mitkommen?«, fragte Nick irritiert.

»Es gab schon immer neun Völker in Cassardim«, antwortete ich in einem Tonfall, der klarmachte, dass ich in diesem Punkt keinen Widerspruch dulden würde. »Ohne Ilion wird es nicht funktionieren.«

»Dann los!«, beschloss Noár. »Wir haben keine Zeit zu verlieren.«

Lazar nickte. »Ich sehe euch auf der anderen Seite.«

EIN TEIL DES GANZEN

Neun Völker. Neun Erben. Hand in Hand standen wir am Ufer des Sees alles Verlorenen und starrten auf das klare Wasser und die sich im Regen kräuselnde Oberfläche.

Da Noár und ich uns nicht berühren konnten, hatten wir Moe zwischen uns genommen. An meiner anderen Seite hatte Ifar Stellung bezogen. Auf meinen Wunsch hin. Er war der Einzige von uns, dem ich zutraute, ein doppeltes Spiel zu spielen. Lieber hatte *ich* den Wolkenprinzen im Blick, als ihn bei meinen Geschwistern zu wissen. Neben Noár reihten sich Annie, Nick, Jenny, Ilion und Warden aneinander.

»Was jetzt?«, fragte Annie.

»Wir gehen rein. Holt tief Luft und lasst einander auf keinen Fall los. Konzentriert euren Willen darauf, kein Wasser einzuatmen«, wies ich sie an.

»Der See wird uns denken lassen, dass wir niemals unten ankommen werden«, übernahm Noár. Nur er hatte bereits Erfahrungen mit diesem verschlagenen Gewässer. »Wenn es so weit ist, müssen wir ihn gemeinsam dazu zwingen, uns seinen tiefsten Grund zu offenbaren.«

»Noch Fragen?«, wollte ich wissen.

Acht Köpfe wurden geschüttelt.

Na dann ...

Wir setzten uns in Bewegung. Es widersprach jedem meiner angelernten Instinkte, komplett angezogen in einen See zu waten. Aber wir waren uns einig gewesen, dass wir Kleidung, Rüstung und Waffen auf der anderen Seite brauchen würden, also musste ich mich an das seltsame Gefühl gewöhnen. Das Wasser war kühl, und doch kam es mir warm vor. Wärmer, als triefend nass im Regen zu stehen. Meine Stiefel liefen voll. Der See umspielte meine Knie, tränkte meinen Mantel und schien mich förmlich hineinzuziehen. Schon nach wenigen Metern mussten Moe und Annie anfangen zu schwimmen. Sie waren viel kleiner als der Rest von uns. Allerdings reichte auch mir das Wasser schnell bis zu den Rippen. Ich war ebenfalls kleiner als der Rest.

Je tiefer wir vordrangen, desto mehr Zweifel kamen mir. Nicht an unserem Vorhaben oder der mangelnden Erfahrung, Überzeugung oder Vertrauenswürdigkeit der anderen. Ich zweifelte an mir. Ja, bei unserer Mission gab es viele Risiken und Unwägbarkeiten, aber letztendlich war auch ich eine der Schwachstellen – wenn nicht sogar die größte. Neun Völker. Neun Erben. Ein Platz in dieser Runde stand mir streng genommen gar nicht zu. Selbst die Kaiserprüfung hatte ich nur mit Ach und Krach und Noárs Hilfe bestanden. Was, wenn unsere Mission fehlschlug, weil nicht das richtige Blut in meinen Adern floss? Oder schlimmer noch: Was, wenn meinen Geschwistern oder Noár etwas zustieß, weil ich mir einen Status anmaßte, dem ich nicht gerecht werden konnte?

»Du liebst ihn wirklich, oder?«

Prinz Ifars kaum hörbare Frage riss mich aus meinen Gedanken. Seine nachdenklichen blauen Augen musterten mich von der Seite. In seinen Wimpern hatten sich Regentropfen verfangen. Irgendwie wirkte er verändert, seit wir diese Höhle betreten hatten.

»Ja«, hauchte ich.

Mir war im Moment eigentlich nicht danach, dem Wolkenprinzen Rede und Antwort zu stehen. Allerdings schien er auch nicht nachhaken zu wollen. Mit einem Nicken richtete er seinen Blick wieder auf das Wasser.

»Bereit?«, hörte ich Noár rufen.

Das war ich nicht. Nur änderte das nichts.

Kurzerhand legte ich meinen Zweifeln einen Maulkorb an. Sie halfen ohnehin nicht, weil es nur diesen einen Weg gab. Um Cassardim zu retten, aber auch, um meine Geschwister und Noár zu beschützen. Ich durfte nicht versagen.

Ich würde nicht versagen.

Gemeinsam holten wir Luft.

Moe klammerte sich fester an meine Hand.

Dann tauchten wir kopfüber ins klare Wasser.

Eine dumpfe Stille umfing mich. Meine Augen brannten. Ich konnte nur verschwommen sehen, doch ich fühlte Moes und Ifars Bewegungen. Auch ich schlug mit den Beinen gegen den Widerstand im Wasser an. Es brauchte eine Weile, bevor wir einen gemeinsamen Rhythmus gefunden hatten. Danach kamen wir zügiger vorwärts. Zumindest dachte ich das, denn das Licht schwand und wurde nach und nach zu einer undurchdringlichen Schwärze. Der Druck in meinen Lungen nahm zu. Irgendwann war mein Verstand nur noch von einem einzigen Gedanken ausgefüllt. Luft. Der Drang aufzutauchen wurde nahezu unbeherrschbar. Hätten Moe und Ifar mich nicht festgehalten, wäre ich längst umgedreht. Genau wie sie, wenn ich sie nicht meinerseits mitgezogen hätte.

Es kribbelte, krabbelte, prickelte unter meiner Haut. Ein fremder Wille. Etwas Uraltes. Es besaß keine Persönlichkeit, war einfach nur da. Ich konnte nicht sagen, was es von mir wollte. Da waren keine Worte. Nur ein vages Gefühl. Eine Richtung. Zurück.

Panik befiel mich. Ich musste atmen. Ich musste umdrehen.

Moe verstärkte seinen Griff. Seine kleine Hand schien plötzlich ungeahnte Kräfte zu entwickeln. Er zerquetschte förmlich meine Finger und strampelte mit neuer Energie weiter. Wollte er uns ertränken? Er wirkte so zielstrebig, als hätte er in den Tiefen dieses Sees etwas zu erledigen.

Etwas zu erledigen ...

Großer Gott, wann hatte ich das vergessen?!

Ich lehnte mich mit allem, was ich aufbringen konnte, gegen meinen Fluchtinstinkt auf und fokussierte mich auf diesen uralten Willen, der mich fest in seinen Krallen hielt. Energisch versuchte ich, ihn abzuschütteln. Es gelang mir nicht. Aber wieso? Und warum erwachten die Splitter nicht zum Leben?

Plötzlich spürte ich einen weiteren fremden Willen von mir Besitz ergreifen. Nein, es waren mehrere. Noár erkannte ich sofort, doch da waren auch Moe und Ilion. Und Annie. Dann kamen auch Warden und Jenny dazu. Sie alle waren bereits miteinander verbunden, und ich fühlte, wie sich mein Wille instinktiv einreihte, als würden wir zusammengehören. Zweifel, Rechtmäßigkeit, Blutlinien – nichts davon spielte eine Rolle. Ich war genau die, die ich sein sollte, und genau dort, wo ich sein wollte. Das Schicksal hatte unser aller Wege aneinandergeknüpft. Keiner von uns musste allein kämpfen. Auch Nicks Wille schloss sich uns an. Nur noch einer fehlte. Ifar.

Ich drückte die Hand des Wolkenprinzen. Er drückte zurück, als würde er signalisieren wollen, dass es ihm gut ging. Unaufhaltsam schwamm er weiter und verstand nicht, dass wir auf ihn warteten, dass auch er ein Teil von uns war. Wollte er etwa im Alleingang den Grund des Sees erreichen, um uns seine Stärke zu demonstrieren? Oder kannte er schlicht nichts anderes? Keine Freundschaft? Kein Vertrauen?

Ich drückte seine Hand noch einmal. Sanfter. Eine Vorwarnung, was gleich kommen würde, nicht als Angriff zu verstehen. Behutsam ließ ich meinen Willen und damit auch den Willen der anderen in ihn hineinströmen. Ich drängte ihn sacht dazu, uns zu vertrauen. Kein Zwang. Es war eher eine nachdrückliche Einladung.

Ifar geriet ins Stocken.

Für ein paar Augenblicke schien er mich durch das dunkle Wasser hindurch anzustarren. Unsicher.

Dann folgte sein Wille meiner Einladung.

Es war, als würde ein letztes Puzzlestück an seinen Platz fallen.

Neun Völker. Neun Erben.

Der See beugte sich uns.

Die Stille verstummte und die Dunkelheit erlosch, bevor es eine gewaltige Explosion gab. Die Druckwelle riss mich mit sich. Ich verlor Ifar. Moes Hand entglitt mir. Das Wasser zerbarst, wirbelte uns durcheinander, spuckte uns aus.

Wir fielen in die Tiefe.

Ich ruderte mit den Armen, um etwas zu fassen zu kriegen, doch da war nichts. Nur goldenes Licht und die Schreie der anderen. Mit einem mörderischen *rumms* landete ich auf etwas Hartem. Voller Kanten. Ich hörte Knochen brechen und fühlte den Schmerz, aber er war unendlich weit weg. Darüber tanzten Lichter. Golden wie Varras. So viele. So schön. So weich. Sie tanzten über den nächtlichen See wie Milliarden Glühwürmchen. Irgendwer brüllte, dass wir uns davon fernhalten sollten, aber ich verstand gar nicht warum. Ich empfand so viel Freude dabei, sie anzusehen. Reines Glück.

Ein strenges Gesicht tauchte über mir auf. Nachthimmelaugen voller Sterne.

»Wow«, flüsterte ich.

Es gehörte dem schönsten Mann der Welt. Aus nassen Mahagonihaaren tropften schillernde Kristalle auf mich herunter. Ich kicherte, als sie auf meiner Haut zersprangen.

»Kann ich dich heiraten? Du würdest toll aussehen in meinem Bett.«

Der schönste Mann der Welt schob fürchterlich besorgt die Brauen zusammen. Ich verstand nicht, warum er alles so schwer nahm, wo doch alles so leicht schien.

Ein zweites fürchterlich besorgtes Gesicht erschien in meinem Blickfeld. Schwarze Haare und Augen so blau wie ein Eismeer. Auch ein schöner Mann, aber der andere war schöner. Er brachte mein Herz zum Hüpfen.

»Ihr schaut so bööööse«, beschwerte ich mich, »dabei seid ihr überhaupt nicht böse. Ihr tut nur so. Seid doch einfach Freunde.«

Sie sollten lachen, immerhin schwebten wir im Entzücken, ritten auf einer Welle aus Glück. Da gab es keinen Platz für böse Mienen.

Die Nachthimmelaugen und die Eismeeraugen trafen aufeinander und vereinten ihre Gewitterwolkenstimmung.

»Ich ... kann ihr nicht helfen«, murmelte der schönste Mann der Welt noch viel ernster als zuvor.

Der Eismeer-Typ nickte. »Ich mach das. Kümmer dich um die anderen.«

Daraufhin sahen mich die Nachthimmelaugen fast schon verzweifelt an und der schönste Mann der Welt verließ mich.

Oh nein! »Wo will er denn hin?«

»Wie viele von den Varras hast du berührt?«, erkundigte sich der Eismeer-Typ und schien plötzlich sehr beschäftigt. Was machte er da? Und woher kannte ich ihn? Eismeer. Eis. Schnee. Weiß. Wolken. Silber. Fieser Prinz. Richtig ...

»Vergiss es, Ifar«, brabbelte ich. »Ich bin schon vergeben. An den schönsten Mann der Welt.«

Ifar seufzte. »Du bist schwer verletzt, Amaia Und du hast bei deinem Sturz offensichtlich so einige Varras-Lichter gestreift.«

Nicht die geringste Ahnung, wovon er sprach. Seine Lippen bewegten sich, aber seine Worte ergaben keinen Sinn. Mein Verstand beschäftigte sich mit einer viel, viel wichtigeren Frage.

»Warum ist der See an der Decke? Müsste er nicht auslaufen und all die hübschen Lichter löschen?«

Wieder ein Seufzen. »Ich werde dich erst heilen, bevor ich dich aus deinem Rausch hole. Dann hast du wenigstens keine Schmerzen.«

Er griff nach meinem Gesicht, aber ich wusste plötzlich, dass ich das nicht zulassen durfte. »Weg! Nicht heilen! Du willst mir nur wieder eine Schuld anhängen.«

Ich schlug um mich und stemmte meine Hände gegen seinen Brustpanzer. Hä? Wieso war es nur *eine* Hand? Ich wollte doch beide benutzen.

Ifar wehrte mich mühelos ab. Die Wärme seiner Finger prickelte auf meiner Haut wie sanfte Elektrizität. Meine Sinne drehten überreizt durch. Zu viel. Zu intensiv. Ich kriegte Panik –

»Ganz ruhig!«, forderte der Wolkenprinz.

Sein Befehl flutete mich mit Ruhe.

»Du wirst nicht in meiner Schuld stehen. Und jetzt: heile!«

Alles begann zu kribbeln, zu kratzen und zu scharren. Ich fühlte mich schwerelos und gleichzeitig wie ein Stein. Granit. Nein, eher wie ein Pflasterstein auf einer viel befahrenen Straße. So eine, wo wuchtige Laster drüberbretterten.

Meine Euphorie schlug in Sehnsucht um.

So hübsche Lichter und ich war nur ein einsamer Pflasterstein, der sie ganz allein bewundern musste.

»Wo ist Noár?«, nuschelte ich traurig. »Hast du ihn wieder gefoltert?«

Ifars Eismeeraugen sahen mich an, als hätte ich ihm einen Dolch ins Herz gerammt.

»Nein, hab ich nicht. Noár nüchtert gerade den Nebelreiter aus.«

Oh.

Ich reckte den Hals, um den schönsten Mann der Welt zu suchen. Aber ich entdeckte nur Berge von Krimskrams im Schein der hübschen Glühwürmchen. Die Lichtstimmung erinnerte mich an Weihnachten. Weihnachten ... Ich vermisste Weihnachten. Was war das alles für Kram? So bunt. So glitzernd. So alt. So kaputt. Von allem etwas. Direkt neben mir lagen ein paar Kupfermünzen und ein Gürtel. Dahinter ein einzelner Schuh. Eine Schere. Ein Schal. Eine Kette. Briefe. Ringe. Strümpfe. Gabeln. Bilderrahmen. Federn. Knöpfe. Massenweise Knöpfe. Ich kicherte. Das war eine verrückte Version von Dagoberts Schatzkammer – mit ein paar Schätzen und ganz viel Plunder.

Da! Zwei Gestalten hinter einem der Plunderberge. Einer sah aus wie Aladin und der andere war der schönste Mann der Welt. Umständlich versuchte ich, aufzustehen. Ich wollte zu ihm, aber irgendwas hielt mich fest. Silbern gerüstete Arme.

»Noch nicht, Amaia!«

»Mir geht es gut!«, maulte ich.

Tatsächlich fühlte ich sogar meine Beine wieder. Und meine Zehen. Ui, ich hatte Wasser in den Stiefeln.

»Komm erst von deinem Rausch runter!«

Bäm.

Ifars Wille wirkte wie eine Eisdusche.

Mit einem Schlag wurde ich von der schillernden Weihnachtswelt zurück in die Realität katapultiert. Die Lichter gab es noch, ebenso den dunklen See an der Decke und die Plunderberge, aber alles schien plötzlich sehr viel echter und bedrohlicher.

Ich war gefallen. Durch das Wasser an der Decke. Durch die Varras-Lichter. Ich hatte meine Knochen brechen hören. Wohl eher mein Rückgrat. Und dann ... oh Mann ...

Verlegen räusperte ich mich.

»Du kannst mich loslassen«, sagte ich betont gefasst und versuchte zu verdrängen, was für eine Menge Mist ich geplappert hatte.

Ifar gab mich frei. Kurz darauf tauchte er vor mir auf und hielt mir eine Hand hin. Seine Freundlichkeit war mir unangenehm. Er hätte mir nicht helfen müssen und hatte es doch getan. Ohne Gegenleistung. Selbst jetzt verkniff er sich jeden Spott. Ein »Danke« lag mir auf den Lippen. Ich schluckte es herunter. Stattdessen wich ich seinen Blicken aus und ließ mich von ihm auf die Beine ziehen.

»Warum hast du auf meine Schuld verzichtet?«, fragte ich betreten.

Ifar schnalzte mit der Zunge. Seine Antwort war so leise, dass ich sie kaum verstand. »Ich hab ein paar Dinge wiedergutzumachen.«

Jetzt kam ich gar nicht mehr mit. Wann hatte er denn bitte ein Gewissen entwickelt?!

Ifar wartete nicht ab, ob ich etwas darauf erwiderte, sondern drehte sich um und erklomm den Plunderberg, auf dem wir uns befanden. Seine Schritte lösten winzige Nippes-Lawinen aus. Alles hier schien gefährlich instabil zu sein. Kein Wunder. Der ganze Kleinkram besaß die Standfestigkeit einer Sanddüne. Das Einzige, was den Hügel davon abhielt, komplett abzurutschen, waren ein paar Stühle, ein Kronleuchter und ein halb verschütteter Geldschrank, auf dem ich wohl das Glück gehabt hatte zu landen. Ein eisiger Schauer erfasste mich. Diese harte herausstehende Kante hätte mich das Leben kosten können.

Etwas zupfte an meinem Mantel. Ich drehte mich um und sah in Moes staunendes Gesicht. Er hielt mir einen Gegenstand hin. »Ich hab meine Brille gefunden.«

Seine Brille?!

Die hatte Noár doch schon vor Ewigkeiten in den Fluss ...

Heilige Scheiße! Endlich machte es Klick. Wir hatten es geschafft. Wir befanden uns auf dem Grund des Sees alles Verlorenen. Das hieß, diese Sachen ... waren alle einmal verloren worden. Berge von Dingen, so weit das Auge reichte. Und nicht nur Dinge. Ich schaute zu den Varras-Lichtern. Auch Erinnerungen.

Irgendwo hinter mir rumpelte es. Ich hörte Warden fluchen und sah, wie Noár ihm aufhalf. Sie waren auf dem Weg zu mir.

»Geht schon«, murrte der Nebelreiter, als würde er unter dem schlimmsten Kater seines Lebens leiden.

Annie, Jenny, Nick und Ilion trotteten hinterher. Allen ging es gut, wobei ich den ein oder anderen Blutfleck auf ihnen entdeckte. Noár hatte sie offensichtlich eingesammelt und geheilt. Es wunderte mich nicht, dass er und Ifar mit ihren Flugerfahrungen die Einzigen waren, die den Sturz aus dem See heil überstanden hatten. Sie und offenkundig auch Moe. Aber bei meinem kleinen Bruder wunderte mich ohnehin schon lange nichts mehr. So sehr, wie Cassardim ihn zu lieben schien, war er vermutlich auf einem verloren gegangenen Kissen gelandet.

»Hey, kleine Kaiserin. Bereits Erfolg gehabt bei deiner Suche?«, begrüßte mich Ilion.

Meine Suche ...

Ich schüttelte den Kopf. Damit hatte ich noch nicht einmal begonnen. Ich wüsste auch gar nicht, wo.

»Dann lasst uns mal lieber anfangen, sonst hängen wir noch in Hundert Jahren hier fest«, meinte Annie. Sie schnappte sich einen Spazierstock und stocherte lieblos in dem Krempel zu ihren Füßen herum.

Nick schloss sich ihr mit wenig begeisterter Miene an. »Vielleicht finden wir hier ja auch Jennys Unschuld.«

»Aber klar doch, Witzbold«, keifte Jenny. »Sie liegt bestimmt neben meiner Geduld und deinem Sinn für Humor.«

Während sich die anderen daranmachten, in den Gerümpel zu wühlen, kam Noár zu mir. Sein Blick glitt über meinen Körper und mein Gesicht, als müsste er sich versichern, dass Ifar gute Arbeit geleistet hatte. Schließlich seufzte er und zupfte an einer meiner Locken.

»Du hast mir einen ganz schönen Schreck eingejagt«, gestand er mit einem bekümmerten Lächeln. »Aber immerhin weiß ich jetzt, dass du mich als Teil deiner Inneneinrichtung akzeptabel fändest.«

Ich spürte, wie mir das Blut in die Wangen schoss. »Für Aussagen unter Drogen übernehme ich keine Verantwortung.«

»Schade«, lachte er leise. »Ich wäre darauf zurückgekommen.«

»Hey, ihr zwei!«, wetterte Jenny. Sie steckte bis zu den Ellbogen in irgendwelchem Krempel. »Weniger rumstehen, mehr suchen!«

»Das wird auch nichts helfen«, meinte Ifar, der gerade einen Berghang heruntergeschlittert kam. »Das eigentliche Juwel ist zerstört. Wir suchen nur nach seiner Macht. Und die wird hier nicht einfach so rumliegen.«

»Maia wird sie finden!«, verkündete Moe mit felsenfester Zuversicht. »So wie ich meine Brille.«

Ach du meine Güte.

Mein kleiner Bruder war ein Genie.

Ich öffnete meine Handflächen und sah die Splitter an. Ich besaß eine Verbindung zur Macht des Juwels, genau wie Moe eine Verbindung zu seiner alten Brille besaß.

Wenn ich ...

Unvermittelt begannen die Splitter zu glühen. Ich hatte überhaupt nichts tun müssen.

»Alter Falter«, flüsterte Jenny ehrfürchtig. »Seit wann kannst du denn so was?«

»Da!«, rief Ilion und deutete auf etwas in einiger Entfernung. Licht. Ein paar Hügel weiter, tief unter all den verlorenen Dingen, schien etwas zu leuchten. Nur vereinzelte Strahlen drangen hervor, aber sie bewegten sich. Auf uns zu. Schnell.

»Leute!« Alarmiert sah ich die anderen an. Ich hatte vorgehabt, es ihnen in einer entspannteren Situation zu erklären, aber dafür blieb jetzt keine Zeit mehr. »Ich brauch von jedem von euch ein Schmuckstück! Eines mit einem Edelstein. Sofort!«

»Häh?«

»Was?!«

»SOFORT!«, schrie ich sie an.

Noár zog sich seine Kette über den Kopf und wählte einen Ring aus, von dem ich wusste, dass er seiner Mutter gehört hatte. Ohne zu zögern, gab er ihn mir. Moe tat dasselbe mit einem Armreif, auf dem ein einzelner Smaragd glitzerte. Jetzt folgten auch Nick und Jenny mit jeweils einem Ring. Von Ilion bekam ich eine Kette mit einem Opalanhänger.

Das Licht kam immer näher. Die Hitze in meinen Händen wuchs.

»Ich kann mich nicht entscheiden«, quengelte Annie und ging panisch ihre Ringe und Armreifen durch.

»DAS hast du also vor?!« Ifar drängte sich zwischen meinen Geschwistern hindurch. In seinen Augen brannten Wut und Enttäuschung. Er wollte mich packen, doch Noár war schneller und versperrte ihm den Weg. Über die Schulter des Schattenprinzen hinweg funkelte er mich vorwurfsvoll an. »Du willst die Macht teilen?«

Unerschrocken hielt ich seinem Blick stand.

»Ganz genau! Kein Volk sollte mehr Macht besitzen als die anderen. Ab heute wird es neun Juwele geben. Neun Gründe, aus denen die Cassarden in Zukunft zusammenhalten werden.«

»Mein eigenes Juwel der Macht?«, quiekte Annie. »Das ist ja noch viel schlimmer. Was soll ich nur nehmen?«

Ifar schüttelte aufgebracht den Kopf. »Niemand wird zusammenhalten! Nur die Angst vor dem Kaiser und dem Juwel hat bisher den Frieden gewahrt«, zischte er.

»Und wo hat uns das hingeführt?«, mischte Warden sich ein. Er trat vor und drückte mir seinen Siegelring in die Hand. »Vielleicht ist es wirklich Zeit, einen neuen Weg einzuschlagen.«

Anerkennend nickte er mir zu.

»Beeil dich, Annie!«, drängelte Jenny. »Das unheimliche Licht ist fast da.«

Das war es tatsächlich. Ich hätte nicht einmal hinschauen müssen. Ich fühlte es auch so.

Grimmig sah ich Ifar an.

»Jetzt oder nie. Entscheide dich, ob das Wolkenvolk ebenfalls ein Juwel bekommen soll oder nicht!«

Der Wolkenprinz entwand sich Noárs Griff und fluchte. »Du hast mich reingelegt!«

»Nein, hab ich nicht. Du wirst am Ende ein Juwel der Macht in deinen Händen halten. Falls du das noch willst.«

»AAAAH!«, rief Annie verzweifelt. »Ich weiß es doch nicht!«

»Was ist mit dem dämlichen Haarkamm, den du so abgöttisch liebst?«, schlug Nick genervt vor.

Annie stieß einen Freudenschrei aus. »Perfekt!«

Sie zog einen Kamm mit einem gelben Edelstein aus ihren Zöpfen und legte ihn in meine Hände.

Die Lichtstrahlen waren nur noch wenige Meter entfernt und drängten an die Oberfläche. Der Boden geriet in Bewegung. Wir schwankten, rutschten. Nur mit Mühe konnte ich mich auf den Beinen halten.

»Bitte, Ifar!«

Der Wolkenprinz riss sich ein Silberamulett vom Hals und warf es mir im letzten Moment zu.

Danach versank die Welt in gleißender Macht.

WO EIN WILLE, DA EIN WEG

Ein hoher Pfeifton bohrte sich mir in die Ohren und gesellte sich zum Rauschen meines Pulses. Ich wälzte mich auf den Rücken und öffnete die Augen. Verschwommenes dunkles Wasser. Lichter. Ilions Lockenkopf, der wie wild auf mich einredete. Ich verstand ihn nicht. Dafür dröhnte es in meinem Schädel zu sehr.

»Ich bin okay«, krächzte ich über den schrillen Ton hinweg und hoffte, dass das zumindest eine von seinen Fragen beantwortete. »Das war nur ... unerwartet heftig.«

Unerwartet? Eine Lüge. Natürlich hatte ich damit gerechnet, dass die Macht des Juwels mich umhauen würde. Schließlich war ich ja bereits einmal mit dessen unfassbar reiner Energie in Kontakt gekommen. Damals auf der Nebelbrücke. Allerdings hatte es sich dieses Mal anders angefühlt. Vertrauter. Weniger allesvernichtend. Dementsprechend war ich eher davon überrascht, so glimpflich davongekommen zu sein.

Wieder bewegte sich Ilions Mund. Weitere Köpfe tauchten hinter ihm auf. Jenny und Warden. Auch bei ihnen war die Tonspur ausgeschaltet.

»Hat es funktioniert?«, war das Einzige, was ich wissen wollte. Alle zuckten zusammen, als hätte ich sie angeschrien. Gut möglich, dass ich genau das getan hatte. Ich hörte mich selbst kaum.

Ilion hob seine Hand und ließ grinsend eine Kette vor meinem Gesicht baumeln. Daran hing ein von innen heraus leuchtender Anhänger. Sein Anhänger.

Das hieß dann wohl so viel wie »ja«.

Oh, Gott sei Dank.

Unaussprechliche Erleichterung erfüllte mich. Glück. Stolz. Die Anspannung, die von mir abfiel, war so groß, dass mir Freudentränen die Wangen hinunterflossen. Trotz meiner schmerzenden Muskeln setzte ich mich auf. Ich musste die neuen Juwelen unbedingt sehen!

Auf den Anblick, der sich mir nun bot, war ich jedoch nicht vorbereitet gewesen. Ich befand mich im Zentrum eines gewaltigen Kraters, tief genug, um darin einen Elefanten verscharren zu können. Verdammt, es musste eine Art Explosion gegeben haben.

»Ist wer verletzt?«

Ilion schüttelte den Kopf und sagte erneut irgendwas. Glücklicherweise flaute das Pfeifen in meinen Ohren nach und nach ab, sodass Geräusche und Stimmen wieder zu mir durchdrangen. Noch klangen sie wie unter Wasser, doch zumindest verstand ich jetzt ihren Sinn.

»... gut. Niemand ... die Explosion ... aus den Händen ... überall verstreut. Keine Sorge ... alle wiedergefunden.«

Keine Ahnung, ob er von Personen oder von den Juwelen sprach, aber es machte eh keinen Unterschied. Weil es ein und dasselbe war. Das konnte ich fühlen. Bis ins Mark. Ich wusste, dass sich Moe und sein Armreif direkt hinter mir befanden, während sich Annie samt Haarkamm ein paar Meter rechts von ihm aufhielt und Ifar mit seinem Amulett irgendwo hinter Warden stand. Ich wusste es mit so absoluter Sicherheit, als hätte ich mich in ein Radargerät verwandelt.

»Du spürst sie auch, oder?«

Ja ...

Verwundert sah ich zu meinen Händen hinunter. Aus meiner rechten Faust drangen sanfte Lichtstrahlen. Ich atmete tief durch, bevor ich mich traute, sie zu öffnen.

Mir fehlten die Worte. Ich hatte angenommen, dass mein Neuntel der Macht in einen meiner Ringe fließen würde. Was für ein Irrtum. Die Splitter waren aus meinen Handflächen verschwunden. Sie hatten sich zusammengesetzt. Aber nicht zu einem Edelstein, sondern zu einem kleinen Kunstwerk. Ein glitzernder stacheliger Stern, kaum größer als eine Murmel – als hätte man die Splitter einfach wahllos zusammengeklebt. Ein warmes goldenes Licht pulsierte in seinem Inneren. Licht und Macht. Nicht so viel, dass es wehtat. Genau genommen war es eine ähnliche Menge Macht, die auch in den Splittern gesteckt hatte.

»Nicht schlecht«, urteilte Ilion mit der Kompetenz eines kundigen Diebes. »Zeig mal her!«

Bevor ich es verhindern konnte, hatte er es mir auch schon aus der Hand genommen. Meine Panik erstickte im Keim. Er war in der Lage, es anzufassen?! Aber ...?

»Die alte Macht ist geteilt. Dadurch sind die neuen Juwele weniger gefährlich für ihre Träger«, erklärte Noár, der plötzlich aus dem Nichts auftauchte. Er sah blass aus und abgekämpft. »Außerdem besitzen sie noch keine Erinnerungen, was das Risiko zusätzlich minimiert.«

Er bemühte sich sichtlich, souverän zu wirken, aber ich kannte ihn gut genug, um zu wissen, dass er gerade Schmerzen litt. Kein Wunder, wenn man bedachte, was schon ein paar Splitter mit ihm angestellt hatten. Jetzt musste er die Gegenwart der neunfachen Macht ertragen.

Beunruhigt rappelte ich mich hoch.

»Wo ist der Ring deiner Mutter?«

Er lächelte matt und zeigte mir ein kleines, gut verschnürtes Stoffbündel. Die Energie darin war deutlich zu spüren. Gut. Oder auch nicht gut, denn das hieß, Noár spürte sie auch.

»Nicht mehr lang«, flüsterte ich gerade so laut, dass nur er mich hören konnte. Wir mussten nur noch in den Goldenen Berg und dann die Barrieren erneuern. Danach sollte das Chaos nicht mehr stark genug sein, um ihm Probleme zu machen.

Noár nickte. »Nicht mehr lang.«

Oh-oh! Das war sein Ich-verschweige-was-Gesicht.

Ich konnte nicht nachhaken, denn Ilion kam mir in die Quere. Er drückte mir meinen Splitter-Stern in die Hand. Sofort prickelten meine Finger. Das altbekannte Gefühl von Macht sickerte durch meine Glieder. Überrascht stellte ich fest, dass nun eine hauchzarte goldene Kette daran befestigt war.

»Hier findet man echt alles, was man gerade braucht. Nichts zu danken!«, feixte Ilion, bevor er sich umdrehte und in Richtung einer einsamen silbernen Gestalt deutete. »Müssen wir uns um ihn Sorgen machen? Ich meine, ich bin ja auch überwältigt, aber das?«

Ich folgte seinem Zeigefinger und entdeckte Prinz Ifar, der sein Juwel zutiefst erschüttert anstarrte. Ich wusste, was für ein Gefühl es war, diese Macht zum ersten Mal zu spüren. Auch Annie, Moe und Nick gaben sich noch immer dieser Faszination hin. Doch Ifar wirkte wie weggetreten. Aufgewühlt. Verletzlich. So hatte ich ihn nie zuvor erlebt.

»Ihr kümmert euch um die falschen Dinge«, schaltete Warden sich ein. Sein sanft glühender Siegelring steckte bereits wieder an seinem Finger. Es schien ihm nicht egal zu sein, aber sein Pragmatismus machte offenbar auch nicht vor ehrwürdigen Augenblicken Halt. »Wir sollten uns lieber Gedanken machen, wie wir hier rauskommen. Oder habt ihr schon so was wie einen Ausgang entdeckt?«

Ilion zuckte mit den Schultern. »Es war nur eine Theorie von Lazar, dass wir uns am Grund des Sees auch gleichzeitig an der Grenze zum Chaos befinden. Vielleicht hat er sich ja geirrt?«

»Hat er nicht«, widersprach Noár leise. »Ich kann es spüren.«

Entgeistert klappte mir der Mund auf. »Du spürst das Chaos?!«
Das war bislang mein Part gewesen. Dank der Splitter. Und jetzt hatten wir hier neun Juwele der Macht, aber keiner von uns nahm das Chaos wahr. Wenn Noár schon so sensibel darauf reagierte, dann ...

»Es ist unter uns.«

Warden runzelte die Stirn. »Unter uns?«

»*Unter* uns«, wiederholte Noár und deutete auf seine Füße.

Ich glaubte schon, Warden würde den Schattenprinzen für verrückt erklären, doch dann packte er plötzlich seinen raubeinigsten Befehlston aus.

»Weg mit den Juwelen! Jetzt wird gegraben! Zackzack! Es wird Zeit, dass wir hier rauskommen. Wir fangen dort an. Schafft den Aushub hier rüber. Der Erste, der auf Chaos stößt, schreit!«

Im Handumdrehen hatte er alle aufgescheucht und übernahm ungefragt die Leitung einer Aktion, die irgendwo zwischen Sandburgbauen und Goldschürfen lag. Ich legte mir die Kette mit meinem Juwel um den Hals und begann, ihnen zu helfen. Wir fanden sogar ein paar nützliche Hilfsmittel. Einen Eimer, einen Wäschekorb, einen Spaten und gleich zwei Kehrbleche, mit denen wir den Kleinkram schneller wegschaffen konnten. Schon nach etwa einem Meter stieg mir ein fauliger Geruch in die Nase.

»Bäh, was stinkt hier denn so?«, wollte Annie wissen.

»Brennen eure Juwele auch auf der Haut?«, erkundigte sich Ilion.

Jenny nickte. »Tierisch.«

Ich lächelte in mich hinein.

»Das kommt vom Chaos«, erklärte ich ihnen. Nach all der Zeit, in der es nur mich und die Splitter gegeben hatte, war es schön, diese Erfahrungen mit jemandem zu teilen.

Annie stöhnte. »Na super! Da kriegt man schon mal ein abgefahrenes Gadget und was kann es? Brechreiz auslösen und Löcher in meine Kopfhaut brennen.«

Plötzlich sackte ein ganzer Teil des Plunders vor uns weg. Er versank in einer ölig glänzenden Flüssigkeit, die mir nur zu bekannt vorkam. Von der Kaiserprüfung. Sie blubberte, schwappte gierig umher und riss immer mehr der verlorenen Dinge mit sich.

»Zurück!«, donnerte Warden überflüssigerweise. Alle waren längst dabei, sich in Sicherheit zu bringen.

Als die zähe Masse zur Erleichterung aller nicht mehr weiter anstieg, waberte zu unseren Füßen ein ganzer Chaos-Teich.

»Also echt, Leute«, keifte Jenny. »Da sollen wir rein?!«

Nick zog eine angewiderte Grimasse. »Auf einmal scheint Shaell doch das kleinere Übel zu sein, was?«

Ich hätte mich ja gerne um das Seelenheil meiner Geschwister gekümmert, aber ich hatte größere Sorgen. Noár war regelrecht vor dem Chaos geflohen. Er kniete ein Stück den Hang hoch und hatte sich abgewendet, damit wir seine Not nicht mitbekamen.

»Sichert die Ränder ab und macht euch bereit«, wies ich die anderen an. Mein Ton erlaubte keinen Widerspruch. »Wir brechen in ein paar Minuten auf!«

Damit überließ ich sie sich selbst, bevor ich zu Noár hinaufkletterte. Noch nahm ich kein Chaos an ihm wahr, das hieß, er hatte sich nach wie vor im Griff. Dennoch erschütterten mühsame Atemzüge seinen kräftigen Körper.

»Ich kann nicht mit euch kommen«, flüsterte er, als ich mich neben ihn setzte. Er hielt mir das Bündel mit dem Ring seiner Mutter hin. »Verwahre es für mich.«

»Das werde ich ganz bestimmt nicht tun«, sagte ich ruhig. »Ich werde dich nicht Shaells Gnade überlassen!«

Er hob den Kopf. In seinen Augen glänzte etwas, das ich dort noch nie gesehen hatte. Nackte Angst. Angst vor dem Chaos.

Angst, was aus ihm werden würde, wenn er versagte. Angst, was er tun könnte. So große Angst, dass er sich lieber ohne Rückendeckung seinem Vater und dessen Getreuen stellte.

»Ich schaffe das nicht, Kätzchen.« Seine Stimme bebte. Sein Gesicht war eine harte Maske, aber sein Blick flehte mich an, ihn gehen zu lassen.

»Ich weiß«, bestätigte ich sachlich. Etwas anderes als die Wahrheit würde im Moment nicht zu ihm durchdringen. »Aber *wir* schaffen das. Du hast schon so lange allein dagegen angekämpft, doch jetzt bist du nicht mehr allein. Ich werde nicht zulassen, dass das Chaos dich kriegt. Das verspreche ich dir!« Entschlossen hielt ich ihm die Hand hin. »Du hast ein Juwel der Macht. Du hast einen Kaiserring. Du hast mich. Wo dein Wille nicht reicht, wird es meiner tun!«

Noár starrte mich fassungslos an. Ich wusste selbst, dass es Wahnsinn war, was ich da vorschlug. Um sich vor dem Ur-Chaos abzuschirmen, müsste er sich seinem Juwel, seinen Ringen und mir ungeschützt aussetzen. Die Schmerzen, die ihn – aber auch mich – erwarteten, würden alles bisher Dagewesene in den Schatten stellen. Und wir dürften nichts davon unterdrücken.

»Selbst wenn wir das aushalten«, sagte er heiser, »würden wir dafür unseren ganzen Willen benötigen und könnten uns nicht auf den Weg konzentrieren. Wir würden uns im Chaos verirren.«

»Schon«, gab ich ihm recht, »aber wir haben Hilfe. Die anderen werden den Weg finden.«

Er schüttelte den Kopf. »Kätzchen, die Gefahr –«

»Nein, Noár. Wir werden uns nicht trennen. Entweder wir sind gemeinsam erfolgreich oder wir gehen zusammen unter.«

Für einen unendlich scheinenden Augenblick sah er mich an. Dann gelang es ihm irgendwie, seine Angst unter Kontrolle zu bekommen. Ohne noch ein Wort zu sagen, packte er den Ring seiner Mutter aus.

»Seid ihr bereit?«, rief ich über die Schulter.

»Wann immer ihr es seid«, hallte Ilions Stimme zu uns herauf.

Noár streifte sich den Ring über. Auch seine anderen Ringe steckte er an. Dabei verzog er keine Miene. Ganz Schattenprinz – obwohl er schon jetzt Höllenqualen leiden musste.

Ich griff nach seiner Hand. Mit eisernem Willen befahl ich den Schmerzen, zu schweigen. Noch. Eine kurze Atempause vor dem Sturm.

Zusammen stiegen wir zum Chaos-Teich hinab. Die anderen erwarteten uns schon.

»Was wollt ihr?«, fragte ich in die Runde.

»Hä?«

»Das Chaos heißt jeden willkommen, der nichts *will*. Also überlegt euch, was die eine Sache ist, die euch antreibt, für die ihr alles tun würdet. Was wollt ihr wirklich? Darauf müsst ihr euch konzentrieren.«

Reihum schaute ich meine Familie, meine Freunde an.

Reihum wurde genickt.

»Auf drei.«

Moe schob seine Hand in meine. Auch die anderen fassten sich an den Händen.

»Eins.«

Gemeinsam traten wir an den Rand des Chaos-Teichs.

»Zwei.«

Dann zog ich meinen Willen zurück. Eisige Dolche zerschnitten jeden einzelnen meiner Nerven.

»Drei.«

Mein eigener Schrei war das Letzte, was ich hörte, bevor wir verschluckt wurden von der faulig wabernden Masse. Die Masse raubte uns die Luft. Die Luft wurde Nebel. Der Nebel wurde Rauch. Der Rauch nahm uns die Sicht. Die Sicht verlieh uns Klarheit. Die Klarheit verschwand hinter Blitzen. Die Blitze durchzuckten unsere Körper. Unsere Körper fielen ins Nichts. Das Nichts formte gierige Klauen. Gierige Klauen griffen nach meinem Hals. Mein Hals erstrahlte in hellstem Licht. Das Licht vertrieb die Gestalten. Die Gestalten wollten unsere Kraft. Kraft wurde Wille. Wille wurde Schmerz. Schmerz. Schmerz.

Du kannst ihn nicht haben. Er gehört uns.

»Das könnt ihr vergessen!«

Vergessen erblühte in Erinnerung. Erinnerung war Liebe. Liebe wurde Schmerz. Schmerz. Schmerz.

Lass ihn los. Er hat so viel Leid gebracht. Über dich. Über dein Leben. Über deine Geschwister.

Geschwister hielten den Kreis. Der Kreis grub sich in unsere Köpfe. Unsere Köpfe suchten den Goldenen Berg. Der Goldene Berg verbarg sich in unserem Verstand. Unser Verstand verlor die Bedeutung. Die Bedeutung verlor den Verstand. Verstand wurde alles. Alles wurde Gold. Gold floss in Tränen. Tränen sickerten in die weinende Dunkelheit. Dunkelheit wurde zu einem Schrei. Der Schrei drang aus Noárs verzweifeltem Gesicht. Noárs Gesicht brach mein Herz. Mein Herz hielt sein Herz. Sein Herz hielt meine Hand. Meine Hand teilte den Schmerz. Schmerz wurde Zeit. Zeit spiegelte sich in Fünf. Aus Fünf wurden Vier. Aus Vier wurden Fünf. Aus Fünf wurden Neun. Neun erklangen in meiner Seele. Meine Seele erwachte in den Schatten. Die Schatten waren meine Hoffnung. Meine Hoffnung war Noár. Noár gehörte zu mir.

Nein, er gehört mir.

Die vielen Stimmen wurden zu einer. Die eine gehörte Fidrin. Fidrin wurde zu einem Gesicht. Das Gesicht wurde zu vielen.

»Niemals!«, rief ich mit aller Macht.

Macht wurde Schmerz. Schmerz verging in der Ewigkeit. Die Ewigkeit lag in unseren Händen. Unsere Hände hielten uns zusammen. Zusammen waren wir stärker als das Chaos. Das Chaos zerbrach in goldene Splitter.

Goldene Splitter gaben uns frei.

Ich schnappte nach Luft, um meinen Schrei neu zu nähren.

Die Schmerzen waren so übermächtig, dass ich meinen Willen nicht fand.

Jemand zerrte an uns, zog uns aus dem Chaos und zog das Chaos mit heraus.

Noár ...

Blut floss aus seinem Mundwinkel.

ZWISCHEN DEN FRONTEN

»Holt sie raus!«, brüllte jemand. »Schneller! Beeilt euch!«
Ich wurde über goldenen Boden geschleift. Noár auch. Meine Hand war nach wie vor fest mit seiner verbunden. Unsere Retter hatten uns nicht voneinander trennen können. Mit letzter Kraft wälzte ich mich zu ihm. Er hatte geblutet. War er okay?

»Noár?«

Sein ganzer Körper zitterte vor Anstrengung. Vor Kälte. Vor Schmerz. Die Augen hielt er geschlossen. Ich wusste auch so, dass darin das Chaos wirbeln würde. Er kämpfte noch immer. Deshalb konnte ich ihm auch nicht die Schmerzen nehmen. Das konnte ich erst, wenn er wieder die Kontrolle über sich hatte.

Noár versuchte, etwas zu sagen. Seine Stimme war kaum mehr als ein heiseres Flüstern. »Lass mich nicht los!«

»Niemals.« Ich drückte seine Hand und schmiegte mich eng an ihn, um ihm den Halt zu geben, den er brauchte. »Nicht in diesem Leben und in keinem anderen.«

Der Schmerz war weiterhin überwältigend, aber längst nicht mehr mit dem zu vergleichen, was wir im Chaos hatten erleben müssen. Ich ertrug ihn und konzentrierte meinen Willen stattdessen darauf, Noár zu helfen.

»Komm zu mir zurück!«, bat ich ihn leise. Nein, ich befahl es ihm. »Das Chaos hat keine Gewalt über dich! Du kannst es beherrschen! Ich bin bei dir! Wehr dich!«

Immer weiter redete ich auf ihn ein, bis irgendwann sein Zittern verebbte und die Schmerzen mit jedem Atemzug erträglicher wurden. Der Druck um meinen Körper ließ nach. Jetzt erst merkte ich, wie fest er sich an mich geklammert hatte. Wunderschöne Sternenhimmelaugen öffneten sich. Ohne Chaos.

In seinem Blick glänzten Tränen, so voller Liebe und Dankbarkeit, dass mir die Kehle eng wurde.

»Wir haben es geschafft«, raunte ich ihm zu und strich ihm lächelnd die Haare aus der Stirn.

Noár erwiderte mein Lächeln nicht. Er schien so verloren in all seinen Gefühlen zu sein, dass er keine Worte fand. Stattdessen sah er mich einfach nur an, als könnte er nicht glauben, dass ich real war. Seine Finger strichen hauchzart über meine Wange. »Du bist ...«

Jemand räusperte sich.

»Ich möchte Ihren Hoheiten nicht zu nahe treten, aber dies ist unglücklicherweise kein angemessener Ort für Innigkeiten.«

In diesem Moment zerplatzte die kleine Blase, die ich um Noár und mich gesponnen hatte, und die Realität stürmte mit voller Wucht auf mich ein.

Ein schmächtiger Mann in edlen Gewändern stand neben uns.

»Meister Joto?«, murmelte ich verdutzt.

»Wie er leibt und lebt. Es ist mir ein Vergnügen, euch wohlauf zu sehen, Prinzessin Amaia.«

Hinter ihm spiegelte sich das Licht flackernder Flammen auf goldenen Wänden. Das Gericht der Toten. Ich hörte Ächzen und Stöhnen. Nicht nur Noár und mir hatte die Reise durch das Chaos zu schaffen gemacht. Auch die anderen kamen gerade erst auf die Beine. Neben dem Becken mit der ölig schwarzen Flüssigkeit entdeckte ich Flummel, der wie ein besorgter Sanitäter vor Moes Gesicht auf und ab flog. Jenny stützte Warden. Lazar versorgte Annie. Ilion und Ifar standen bereits wieder aus eigener Kraft und Nick übergab sich hinter einer Feuerschale. Zeitgleich hallte ein dröhnendes Hämmern durch das goldene Gewölbe, als würde jemand versuchen, das große Tor aufzubrechen.

Noár erfasste die neue Bedrohung schneller als ich. Von einem Augenblick auf den anderen wechselte er in den Beschützermodus und bewerkstelligte es irgendwie, aufzustehen, ohne mich aus seinen Armen zu entlassen. Finster taxierte er den Zeremonienmeister.

»Es gibt keinen unangemessenen Ort, wenn es darum geht, meiner Frau zu zeigen, wie sehr ich sie liebe«, stellte er klar.

Meister Joto nahm die Rüge gelassen zur Kenntnis. Tatsächlich erschien sogar ein winziges Lächeln auf seinem Gesicht. »Ich werde es mir mit Freuden für die Zukunft merken, Hoheit.«

Der Schattenprinz neigte gnädig den Kopf, bevor er seine Aufmerksamkeit wieder den besorgniserregenden Schlägen zuwandte.

»Wie viele?«, fragte er den Zeremonienmeister.

»Eine Einheit. Falls sie Alarm geschlagen haben, vielleicht auch mehr«, antwortete Joto.

Plötzlich kam eine aufgeregte ältere Frau angerannt. Sie schien ausschließlich aus Rundungen zu bestehen und besaß rosarote Wangen.

»Die Goldkrieger werden sich nicht arg viel länger aufhalten lassen«, rief sie Lazar mit fuchtelnden Armen zu. »Ich schwöre Euch, Seneschall, wenn das mein Ende ist, werde ich Euch in Euren Albträumen heimsuchen.«

»Goldkrieger?«, wunderte sich Jenny.

Lazar erhob sich. »Einen Großteil meiner Gefolgsleute hat Saphama in die Kerker gesteckt. Was übrig ist, seht ihr hier.« Er deutete auf den Zeremonienmeister und die rundliche Frau. »Meister Joto dürften die meisten von euch kennen. Die Dame neben ihm ist Nana Plombis, Haushofmeisterin des Kaiserpalasts. Alle anderen in diesem Berg, inklusive der Krieger dort draußen, sind uns nicht sehr wohlgesonnen. Sie befolgen blind die Befehle der aktuellen Regentin.«

Das war Nana Plombis? *Die* Nana Plombis, von der Mariz immer erzählt hatte?

Ach du meine Güte. Ich hatte ja mit allem gerechnet, aber nicht damit, dass Lazar sich im Totengericht verschanzte und seine einzige Unterstützung aus einer Matrone, einem Zeremonienmeister und einem Okoklin bestand. Was war mit Pash und Junos?

»Die Befehle der Regentin?!«, schaltete sich Prinz Ifar ein. Es war das Erste, was ich ihn sagen hörte, seit er sein Juwel erhalten hatte. »Wo ist meine Mutter? Ich werde mit ihr reden.«

»Regentin Saphama hält sich aktuell nicht im Goldenen Berg auf«, informierte ihn Meister Joto in einem leicht pikierten Tonfall. »Sie wird wohl bei der silbernen Armee sein.«

Noár erstarrte. Das waren keine guten Nachrichten.

»Bei *meiner* Armee?« Ifar schien geradezu schockiert von dieser Neuigkeit. »Warum sollte sie ...?«

»Da bin ich überfragt, Prinz Ifar«, konterte Joto kühl.

»Also ...« Nana Plombis hob die Hände und holte tief Luft, als wäre das ihr Stichwort gewesen. »Das Kindermädchen meiner Enkelin hat gehört, wie eine Kundin im Schneiderladen ihrer Schwester meinte, es würde bald einen Angriff geben.« Sie untermalte ihre Informationen so gestenreich, dass ihr dunkelgrauer Dutt bei jeder Bewegung mitwippte. »Ich weiß natürlich nicht, ob das stimmt, aber auch der Botaniklehrer der Tochter des Herzogs val Rionn hat etwas Ähnliches behauptet und deswegen sein Quartier im Goldenen Berg geräumt. Das sagen zumindest die Dienstmägde. Wobei Hilla nicht immer die Zuverlässigste ist. Sie redet immer viel zu viel. So wie ich gerade. Gütiges Schicksal, ich wollte die Hoheiten nicht belästigen.«

Obwohl Nana Plombis verstummte, hallten ihre Worte nach. Ifar war stocksteif geworden vor Zorn. Er hatte die Hände zu Fäusten geballt und schwieg. Zweifellos versuchte er in diesem Moment, seine Mutter zu kontaktieren, um herauszufinden, was hier los war.

»Spar dir die Mühe. Saphama wird nicht reagieren«, presste Noár mühsam beherrscht hervor. »Nana Plombis sagt die Wahrheit. Mein General hat es bestätigt. Die silberne Armee hat soeben zum Angriff geblasen – um ihren Kronprinzen aus den Fängen des Schattenreichs zu befreien.«

»WAS?!«, platzte es aus mir heraus.

»WAS?!«, echoten mindestens fünf der anderen.

Mir fiel alles aus dem Gesicht. »Ist das etwa dein Plan gewesen?!«, fuhr ich Ifar an. »Mir das Juwel abzunehmen und gleichzeitig deiner Mutter einen Grund für ihren Krieg zu liefern?!«

»Ich hab nichts damit zu tun!«, beteuerte der Wolkenprinz.

Noár hielt mich sanft zurück. »Es stimmt. Die Schuld liegt bei Shaell. Er hat behauptet, Ifar in seiner Gewalt zu haben.«

»WAS?!«, kam es diesmal von Lazar. Er begann so wortreich und ungehalten zu fluchen, dass Flummel sich fiepend in meine Locken flüchtete.

»Ihr müsst die Barriere *jetzt sofort* erneuern!«, forderte er uns auf. »*Bevor* dieser ganze Wahnsinn dem Chaos noch genug Kraft verleiht, um Cassardim vollends zu zerstören.«

»Zuerst muss ich diesen Angriff stoppen!«, knurrte Ifar und ließ uns stehen.

Weit kam er nicht, denn Lazar packte ihn am Arm.

»Nein! Die Barrieren sind wichtiger!«

Ifar und der ehemalige Seneschall funkelten sich so wutentbrannt an, dass ich Angst hatte, sie würden sich gleich an die Gurgel gehen. Lazar ließ sich von dem größeren und jüngeren Krieger kein bisschen einschüchtern. Im Gegenteil – letztlich war es der Wolkenprinz, der als Erster den Blick senkte.

»Also gut«, seufzte Ifar grimmig. »Aber nicht hier. Das Gericht lässt sich gegen eine Überzahl nicht halten. Nicht ohne Verluste.« Da sprach nun eindeutig der Heerführer aus ihm.

»Was kümmert es dich?«, maulte Jenny ihn an. »Die Krieger deiner Mami werden dich schon nicht umbringen.«

»Ifar hat recht«, ging Noár dazwischen. »Falls es hart auf hart kommt, stecken wir hier unten in der Falle. Außerdem wird es eine Menge Energie freisetzen, wenn wir die Barrieren erneuern. Das sollten wir besser nicht in einem Berg aus Metall tun.«

»Dann auf die Kaiserterrasse?«, fragte Lazar.

Noár nickte.

Die Kaiserterrasse? Das war ein kluger Zug, da Noárs Leute uns von dort aus notfalls ausfliegen konnten. Nur wie sollten wir dorthin gelangen? Ja, in den Gewölben über dem Totengericht gab es einen zweiten Ausgang, der direkt auf die Terrasse führte. Aber der lag mindestens zehn Stockwerke über uns.

Zu meiner Überraschung schritt Meister Joto mit wallender Robe in eine der hinteren Ecken des Gerichts. Zwei geübte Handgriffe später schwang eine Geheimtür auf. Dahinter wurde eine schmale Wendeltreppe sichtbar.

»Nett«, murmelte Ilion. »Ich hoffe, die Goldkrieger kennen diesen Trick nicht.«

»Unglücklicherweise doch«, gestand Lazar und stapfte mit finsterer Miene auf die Geheimtür zu. »Aber wir haben zumindest einen Vorsprung.«

Während wir ihm folgten, drückte Noár meine Hand. »Lass mich vorausgehen. Wir wissen nicht, was uns oben erwartet.«

Besorgt musterte ich ihn. »Bist du dir sicher?«

Seit dem Chaos hatten wir uns nicht mehr losgelassen, obwohl da nach wie vor dieser latente Schmerz schwelte. Vielleicht brauchte er mich noch, um ...?

»Ganz sicher«, meinte er lächelnd. »Mein Juwel bewahrt mich vor dem Schlimmsten. Es ist zwar nicht sehr angenehm, es zu tragen, doch die Schmerzen fallen kaum ins Gewicht. Nicht nach dem, was wir da unten durchgemacht haben.«

Ich verstand, was er meinte. Mir ging es ganz genauso. Trotzdem hatte ich ein flaues Gefühl im Magen, als er mich mit einem zärtlichen Kuss freigab. Ihn nicht mehr zu berühren, nahm *mir* zwar den Schmerz, aber es erfüllte mich stattdessen mit qualvoller Sehnsucht und großer Sorge.

Noár zwinkerte mir aufmunternd zu, zog sein Schwert und stieg mit Ifar die Wendeltreppe hinauf. Nick, Ilion und Warden sicherten uns nach hinten ab. Über zahllose Stufen ging es in einer so engen Spirale nach oben, dass mir ein bisschen schwindelig war, als wir endlich die Galerie über dem Totengericht erreichten. Es kam mir wie eine Ewigkeit vor, seit ich das letzte Mal hier oben gewesen war. Damals hatte Ifar mich hergebracht, um mir das Relief von Cassardim zu zeigen. Jetzt blieb uns für die Schönheit der meisterhaften Bilder keine Zeit. Wir hetzten die Galerie entlang, deren Ende in einen dunklen Korridor mündete. Die Luft wurde wärmer, die groben, unbehauenen Goldwände verwandelten sich in kunstvolle Säulen und schließlich hieß Tageslicht uns willkommen.

Noár gab mir ein Zeichen, dass ich warten sollte, während er und Ifar ins Freie traten und die Lage sondierten. Kaum waren sie weg, hatte ich uneingeschränkte Sicht auf die Kaiserterrasse. Vor Schreck blieb mir der Mund offen stehen.

Ungebremst lief Nana Plombis von hinten in mich hinein.

»Herrjemine. Das war nicht meine Absicht. Ihr müsst mir glauben. Hab ich Euch wehgetan? Ich wollte nicht –«

»Nichts passiert«, murmelte ich abwesend. Mein Verstand war damit beschäftigt, den Anblick zu verarbeiten, der sich mir bot.

Die Kaiserterrasse war früher mal ein Ort voller Prunk und Luxus mit Bogengängen, gepflegten Bäumen, herrschaftlichen Treppen und natürlich dem Kaiserthron gewesen. Jetzt starrte ich allerdings auf eine postapokalyptische Ruine – als hätte ein Bombenhagel den Goldenen Berg verwüstet. Ganze Teile der Terrasse fehlten. Sie wirkten wie herausgebrochen. Dafür waren Goldstatuen und Mauerbrocken von den Ebenen darüber herabgefallen und hatten Wege, Brunnen und Laternen unter sich begraben. Sogar das monumentale Emblem Cassardims, das über der Haupttreppe gehangen hatte, war eingestürzt und lag in Trümmern vor dem Kaiserthron. Was zum Teufel war hier passiert?!

Noch während ich mich das fragte, fiel mir die Antwort selbst ein. Egon war passiert. Ich hatte dem Goldenen Berg die Erlaubnis gegeben, Jagd auf Chaoswandler zu machen.

Entscheidungen ...

Entscheidungen und Konsequenzen.

Nana Plombis' gerötete Pausbacken nahmen mir die Sicht auf die zerstörte Terrasse. Sie schaute bedröppelt drein und knetete ihre Finger.

»Ich wollte Euch noch sagen ... also ... es ist mir eine Ehre, Euch persönlich kennenlernen zu dürfen! Eure Ansprache während der Chaos-Hochzeit hat mich tief bewegt. Ich weiß, dass das nicht viel bedeutet, weil ich nur eine einfache Frau bin, aber Ihr sollt wissen, dass, obwohl es vielleicht gerade nicht den Eindruck macht, noch immer sehr viele Cassarden hinter Euch stehen. Sogar der Bruder meines Schwagers hat gemeint, dass Ihr –«

»Nana!«, rügte Lazar und drängte sich an der runden Haushofmeisterin vorbei. »Später ist noch genug Zeit für so etwas!«

»Natürlich«, beeilte sich Nana Plombis zu sagen. »Mein Fehler.«

Die Haushofmeisterin wirkte so geknickt, dass ich mein Entsetzen über die Verwüstung für einen Moment beiseiteschob. Ich berührte sie am Arm und schenkte ihr ein ehrlich gemeintes Lächeln.

»Die Ehre ist ganz meinerseits. Ich habe schon viel von Euch gehört.«

Nana Plombis sah mich mit großen glänzenden Augen an.

»Wirklich?«

Ich nickte. »Mariz hat mir von Euch erzählt.«

»Mariz? Sie ist so ein gutes Mädchen. Manchmal redet sie ein bisschen viel, aber darüber darf ich mich wohl kaum beschweren. Ich hoffe, es geht ihr gut. Das letzte Mal, als ich sie gesehen habe –«

Die Rückkehr der beiden Heerführer ließ Nana Plombis verstummen. Sie hatten ihre Klinge weggesteckt, was wohl bedeutete, dass die Luft rein war und wir gefahrlos folgen konnten.

»Geht!«, sagte Lazar. »Wir bewachen den Zugang und werden euch die Zeit verschaffen, die ihr braucht.«

»Ihr drei?«, meinte Jenny und begutachtete den ehemaligen Seneschall, die arglose Nana Plombis und den zierlichen Meister Joto skeptisch.

Ich stimmte ihr zu. Wenn die Goldkrieger durchbrachen, würden die drei dem Ansturm wohl kaum etwas entgegensetzen können. Trotzdem hatte Lazar keinen Augenblick gezögert, sein Leben aufs Spiel zu setzen.

»Wir sind alles, was ihr habt«, erwiderte er trocken.

»Nicht alles«, korrigierte ich ihn.

Ich griff nach meinem Juwel und stellte die Verbindung zu einem alten Bekannten her.

»Hey, Egon?«

Das Bild eines grauhaarigen Adligen tauchte in meinem Kopf auf. Er stand in einem Garten und begrüßte gerade eine wuschelige kleine Hündin. Gutmütig klopfte er ihr die Flanke und murmelte: »Na, meine Schöne, wo hast du dich denn rumgetrieben?«

Unwillkürlich musste ich grinsen. »Ich freu mich auch, dich wiederzusehen. Hör zu, du musst mir einen Gefallen tun.«

Jetzt sah ich einen schicken Hofpagen, der sich verbeugte und erkundigte: »Wie kann ich Euch zu Diensten sein?«

»Sei so freundlich und lasse den Zugang einstürzen, wenn Lazar, Meister Joto oder Nana Plombis es von dir verlangen. Und versuche, keinen zu verletzen.«

Während ich noch das Bild eines salutierenden Soldaten empfing, hörte ich bereits, wie die drei eben Genannten nach Luft schnappten. Vermutlich hatte der Goldene Berg ihnen eine ähnliche Botschaft zukommen lassen.

Meister Joto kam mit wehender Robe zu mir. Er nahm meine Hand und drückte seine Stirn darauf.

»Kaiserliche Majestät«, wisperte er.

Ich schluckte. Das war die offizielle Anrede der Herrscher Cassardims. Sie stand mir nicht zu, nicht ohne Krönungszeremonie. Dass Meister Joto einen solchen Bruch der Etikette beging, sagte mehr als tausend Worte.

Auch Lazars Augen glänzten verräterisch.

»Ich wusste, dass du zu Großem bestimmt bist«, brachte er gerade noch hervor, bevor ihm die Tränen offen über die Wangen flossen. Er schämte sich nicht dafür. Voller Ehrfurcht, Stolz und Zuneigung sah er mich und die anderen Juwelenträger an. »Ihr seid die Zukunft Cassardims.«

Wir waren mehr als das. Wir waren seine Vision, sein Vermächtnis, seine Hoffnung. Er hatte nichts von meinem Plan mit den neun Juwelen gewusst und trotzdem hatte er schon vor langer Zeit an all das hier geglaubt. Er hatte an den Wandel geglaubt. Er hatte an mich geglaubt.

Vielleicht war ich doch zu vorschnell mit meinem Urteil über ihn gewesen ...

»Jetzt geht!«, forderte er uns auf. »Führt uns in ein neues Zeitalter.«

Motivieren konnte er.

Wir liefen auf die Terrasse hinaus. Ein Windstoß erfasste uns. Heftiger als alles, was ich in Cassardim je erlebt hatte – also abseits von Flügen auf Nox. Unsere Juwelen begannen heller zu strahlen, während sich die Wolkenberge über uns unheilvoll türmten. Irgendetwas stimmte hier nicht. Ein Sturm zog auf. Aber Stürme waren in diesem Teil Cassardims eigentlich nicht vorgesehen.

Ich musste die anderen nicht warnen. Auch sie spürten es. So schnell wir konnten, kletterten wir über Trümmer, balancierten an den Rändern der Breschen entlang und erreichten schließlich den äußersten Punkt der Terrasse.

»Gütiges Schicksal, steh uns bei«, hauchte Warden.

Wie ferngesteuert trat er an die Brüstung, von der aus man freie Sicht auf ganz Cassardim hatte.

Mir stockte der Atem und das Blut in meinen Adern gefror, bis das Einzige, was ich noch fühlte, mein wild klopfendes Herz war.

Die Nebel über den schwebenden Bergen der Niemandslande hatten sich größtenteils verzogen. Dadurch offenbarte sich eine Szenerie, schrecklicher als meine Vorstellung es sich je hätte ausmalen können.

Zwei geflügelte Armeen verdunkelten den Himmel – so weit das Auge reichte. Zehntausende Shendai, Wyvern, Schatten- und Wolkenkrieger. Eine schwarze und eine silberne Front, die sich unaufhaltsam aufeinander zubewegten.

Der Krieg hatte begonnen.

DER LETZTE SCHREI

Erste Regentropfen trafen mich.
In Cassardim gab es keinen Regen. Eigentlich.
»Das Chaos wächst«, schrie Ilion über den stärker werdenden Wind hinweg, der mit unbändiger Gewalt an uns zerrte.
Ich nickte und rief: »Gebt euch die Hände!«
Wir versuchten, einen Kreis zu bilden, doch bevor wir ihn schließen konnten, brüllte Jenny: »Runter!«
Ein riesiger silberner Schatten stieß herab. Sein schauderhaftes Kreischen bohrte sich in meine Ohren. Ich warf mich schützend auf Moe. Scharfe Klauen schnappten zu. Sie verfehlten uns nur knapp. Dann hörte ich Metall auf Metall schaben. Als ich aufschaute, sah ich Noár mit blutigem Schwert und wehendem Umhang über mir stehen. Sein brennender Blick richtete sich auf ein silbernes Ungetüm, das soeben auf der Terrasse gelandet war. Ein Wyvern. Zum ersten Mal konnte ich eines dieser geschuppten Wesen aus der Nähe betrachten. Es stand auf seinen Klauen und benutzte die eingeklappten Flügel, um sich damit abzustützen. Seine Drachenaugen fixierten den Schattenprinzen und dessen Klinge. Jetzt erst entdeckte ich eine klaffende Wunde unter seinem linken Flügel. Noár hatte den Wyvern verletzt und damit vermutlich nur weiter gereizt. Allerdings machte ich mir gerade weniger Sorgen um den Wyvern, als um die dunkelhaarige Frau, die ihn ritt. Fürstin Saphama. Sie trug eine silberne Rüstung und wirkte wie eine Unheil bringende Sagengestalt – eine Göttin, die herabgestiegen war, um ihren Rachedurst

zu stillen. Zornig musterte sie uns, bevor ihr Blick gen Himmel zuckte.

Schwarze Flügelschläge. Wildes Gebrüll. Ein Shendai und sein dunkler Reiter setzten ebenfalls zur Landung an.

»Shaell«, hörte ich Noár zischen.

Auch Saphama schien den Neuankömmling zu erkennen, denn sie entblößte erzürnt ihre Zähne. Der Wyvern schwang sich in die Luft und warf sich dem Shendai entgegen. Silberne Krallen bohrten sich in schwarzes Fell. Schwarze Schwingen zerschnitten silberne Schuppen. Die beiden Tiere stürzten ineinander verschlungen auf die Terrasse. Der Aufprall war so gewaltig, dass der Boden erbebte. Sie überschlugen sich mehrfach, bevor sie auseinandergerissen wurden und sich erneut anfielen.

Noár packte Moe und mich, und zerrte uns hinter ein paar Trümmer. Auch die anderen suchten Deckung. Es war nicht ratsam, dem Kampf zwischen einem Shendai und einem Wyvern in die Quere zu kommen – erst recht nicht, wenn sie von der Wolkenfürstin und dem Schattenfürsten höchstpersönlich geritten wurden.

Ich riskierte einen Blick über Noárs Schulter, gerade als Saphamas Wyvern seine Klauen in die Kehle des Shendai schlug. Ein tödlicher Treffer. Der mächtige schwarze Körper brüllte, zuckte und schlitterte auf eine der Breschen zu. Ohne den kleinsten Skrupel half der Wyvern nach und schon fiel Shaell mitsamt seinem sterbenden Shendai in den Abgrund. Einen solchen Sturz würde kein Mensch überleben können – aber der Schattenfürst war nun einmal kein Mensch. Und sosehr es mich erleichtert hätte, ihn endgültig loszusein, ahnte ich, dass wir nur vorübergehend von ihm befreit worden waren. Nichtsdestotrotz zelebrierte Saphama ihren kleinen Sieg mit hämischem Gelächter. Sie ließ ihren Wyvern wenden und landete vor der Kaisertreppe, auf der man mich einst dem Kaiserhof präsentiert hatte. Mit der Erhabenheit einer Königin und der Kaltblütigkeit einer Mörderin glitt sie aus dem Sattel. Ein Wink genügte und der Wyvern zog sich auf die demolierten Stufen zurück. Wachsam. Lauernd. Jederzeit bereit, seiner Herrin zu gehorchen.

Saphama marschierte über die Terrasse auf uns zu. Nein, nicht auf uns. Auf ihren Sohn. Prinz Ifar trat hinter einer umgekippten Säule hervor.

»Ich bin kein Gefangener des Schattenreichs«, rief er seiner Mutter zu.

Sie blieb stehen. Weit genug entfernt, um vor einem möglichen Angriff sicher zu sein, aber nah genug, um ihre Fäden zu spinnen. Ihre eisblauen Augen verengten sich, als sie ihren Sohn begutachtete. Natürlich entging ihr weder sein glühendes Amulett noch seine ungewöhnliche Gesellschaft.

Ihre Stimme schnitt wie ein kalter Diamant durch den Sturm. »Ihr hättet die Macht des Juwels nicht teilen dürfen!«

Offensichtlich hielt sie es für unnötig, auf Ifars Einwände einzugehen. Ihr einziges Interesse galt dem Objekt, das ihr Sohn um den Hals trug.

»Woher ... weißt du davon?«, stieß er hervor und klang dabei genauso verwirrt, wie ich mich fühlte. Wenn Ifar es ihr nicht erzählt hatte, wer dann?

Saphama schüttelte spöttisch den Kopf. In dieser einfachen Bewegung lag so viel Überheblichkeit und Verachtung, dass ich plötzlich Mitleid mit Ifar bekam. Niemand sollte auf diese Art von seiner Mutter angesehen werden.

»So viel Macht in den Händen von Kindern!«, zischte sie und überging ihren Sohn damit ein weiteres Mal. Ein ungutes Gefühl beschlich mich. Saphama war mir noch nie sonderlich sympathisch gewesen, aber inzwischen hatte sie einen kompletten

Höhenflug, als wären wir nicht mehr wert, als der Dreck unter ihren Nägeln. Umso mehr bewunderte ich, wie souverän Ifar diese öffentliche Demütigung wegsteckte. Er ließ sich nicht davon provozieren, dass sie seine Fragen ignorierte. Stattdessen passte er seinen Tonfall an und begegnete ihrer Arroganz mit kühler Dominanz.

»Beende den Angriff!«, forderte er. »Wir werden die Barrieren erneuen und dann kann Frieden herrschen.«

Man merkte Saphama deutlich an, wie wenig es ihr gefiel, Befehle von ihrem Sohn zu erhalten. Sie zog ihr Schwert. Langsam. Um zu demonstrieren, dass sie es nicht aus Furcht tat. Nein, es war eine Drohung.

»Ihr seid dieser Macht nicht würdig!«

Noár atmete scharf aus. »Bleibt bei Moe!«, wies er mich an.

Dann richtete er sich auf und umrundete mit blanker Klinge die Goldtrümmer, die uns Deckung gaben. Auch Ilion und Warden folgten seinem Beispiel und postierten sich hinter Ifar. Damit schickten sie Saphama eine deutliche Botschaft: Ihr Sohn stand nicht allein.

Die Wolkenfürstin nahm diese Geste ungerührt zur Kenntnis. Sie wechselte die Strategie und konzentrierte sich auf das schwächste Glied unter ihren Gegnern: ihren Sohn. Gebieterisch streckte sie ihm die Hand entgegen.

»Gib es mir!«

Ein direkter Befehl seiner Fürstin.

Moes Finger bohrten sich in meinen Arm. Ich wusste, warum. Auch mein ungutes Gefühl wuchs schlagartig zu einer beißenden Übelkeit an. Jede Faser meines Körpers wehrte sich gegen die Vorstellung, dass Saphama das Juwel in Händen halten könnte. Sie durfte es nicht bekommen. Sie durfte es nicht mal anfassen.

Glücklicherweise schien Ifar ihr nicht so hörig zu sein, wie ich angenommen hatte. Mit fester Stimme antwortete er: »Du erhältst es, sobald die Barrieren erneuert sind.«

»Widersetzt du dich mir etwa?«

Er kam nicht dazu, zu reagieren. Ein schwarzer Pfeil zischte durch die Luft. Er traf Saphama genau zwischen Harnisch und Schulterplatten. Aus ihr brach ein ungebändigter Schrei heraus – nicht vor Schmerz, sondern vor Wut.

Shaells Lachen kroch über die Terrasse. »So ist das mit den Söhnen, nicht wahr? Nichtsnutzige Brut!«

Der Schattenfürst stand an der Kante, von der sein Shendai gestürzt war. Er wirkte wie einem Horrorfilm entstiegen. Über und über mit Blut besudelt, ein psychopathisches Grinsen im Gesicht und in der Hand der Bogen, mit dem er seine Beute jagte. Diese Beute war heute wohl Saphama.

»Wenn man etwas erledigt haben will, muss man es selbst tun, ist es nicht so?«, zischte er. Sein Interesse galt allein Saphama – nicht Noár, nicht Ifar, nicht den Juwelen. Er wollte die Wolkenfürstin tot sehen. Wild entschlossen warf er den Bogen weg, zog sein Schwert und rannte los.

Der Wyvern schnaufte und fauchte aggressiv, als wollte er seine Herrin verteidigen – und durfte es doch nicht. Nicht ohne ihre Erlaubnis. Und die gab ihm Saphama nicht. Die Wolkenfürstin riss sich den Pfeil aus den Rippen und setzte sich ebenfalls in Bewegung, nicht weniger entschlossen als ihr Gegner. Als ihre Schwerter das erste Mal aufeinandertrafen, grollte Donner über Cassardim. Genau dort, wo man mich einst dem Kaiserhof präsentiert hatte, entbrannte ein Kampf, so erbittert, dass Funken sprühten. Der Wind drehte, die Temperatur fiel und die vereinzelten Regentropfen gefroren zu wirbelnden Schneeflocken.

Oh, das war ganz bestimmt kein gutes Zeichen. Die Macht des Chaos wuchs.

»Noár!«, rief ich. »Ifar!« Wir mussten etwas unternehmen und die Barrieren *jetzt* erneuern.

Keiner der beiden reagierte. Sie waren ganz auf den Kampf ihrer Eltern konzentriert und schienen sich nicht sicher zu sein, ob sie eingreifen sollten – zumal der jeweils andere dann eingeschritten wäre.

Plötzlich sprang Moe auf. Ich versuchte, ihn zu fassen zu kriegen, aber mein kleiner Bruder war zu flink. In kürzester Zeit hatte er das Trümmerstück vor uns erklommen und machte mit winkenden Armen auf sich aufmerksam.

»HÖRT AUF!«, schrie er, so laut und verzweifelt wie nie zuvor in seinem Leben. »IHR BRINGT DAS CHAOS HER!«

Fraglos bekamen Saphama und Shaell seine Warnung mit. Es kümmerte sie nur nicht.

Wie im Wahn fixierten sie sich aufeinander und zelebrierten ihre Mordlust.

Ich griff nach meinem Juwel und rief verstärkt durch seine Macht noch einmal: »Noár! Ifar!«

Die beiden Kronprinzen drehten sich zu mir um.

In diesem Moment fiel Saphamas Schwert klirrend zu Boden. Shaell hatte sie entwaffnet und stieß zu. Seine Klinge traf den silbernen Harnisch der Wolkenfürstin mit einer solchen Kraft, dass sie an ihrem Rücken wieder austrat. Ein triumphierendes Grinsen eroberte die Züge von Noárs Vater.

»Das Wolkenreich war den Schatten noch nie gewachsen«, verhöhnte er seine Gegnerin. »Du wirst nicht mehr mit ansehen können, wie ich dein –«

Inmitten seines Siegesrauschs zuckte er plötzlich zusammen. Aus seinem Mund quoll Blut.

Großer Gott ...

Wie ein nasser Sack glitt Shaell zu Boden und blieb dort mit weit aufgerissenen Augen liegen. In seinem Herzen steckte bis zum Heft ein silberner Dolch.

Er war tot. Saphama hatte den Hochmut des Schattenfürsten in seinen Untergang verwandelt.

Wieder erschütterte ein Donnergrollen den dunklen Himmel. Die Schneeflocken färbten sich grau. Ascheregen. Ein fauliger Geruch stieg mir in die Nase. Kaum wahrnehmbar und doch prägnant. Flummel kämpfte sich aus meinen Haaren. Er piepte, fiepte, trillerte und blubberte. Seine Warnung war überflüssig. Ich spürte es wie ein brennendes Kratzen in meinem Inneren. Die Macht in Cassardim war mit dem Tod des Schattenfürsten wieder ein Stück mehr aus dem Gleichgewicht geraten und das Chaos wetzte bereits hungrig seine Krallen. In diesem Moment hing alles in der Schwebe. Ich hielt den Atem an. Was als Nächstes geschah, würde unser Schicksal besiegeln.

Saphama stand aufrecht über Shaells Leiche. Aus ihrer Brust ragte noch immer das Schwert des Schattenfürsten. Ohne Rücksicht auf die blanke Klinge umfasste sie es mit beiden Händen und zog es heraus. Dass sie sich dabei tief in die Finger schnitt, schien sie nicht zu stören. Knochen und Metall knirschten.

»*Ein* Schattenfürst vernichtet«, keuchte sie unter Schmerzen. Selbst auf die Entfernung war jedes Wort deutlich zu verstehen, als würde der Wind ihre Stimme bewusst zu uns lenken. Sie taumelte, aber irgendwie gelang es ihr, trotz Verletzungen nicht zusammenzubrechen. Mit mehr Kraft, als ich ihr zugetraut hätte, schleuderte sie Noár die Waffe seines Vaters vor die Füße.

»Jetzt ist der zweite dran!«

Noár rang sichtlich um seine Beherrschung. Shaells Tod mochte ihm ja vielleicht nicht nahegehen, aber die Art des Todes sehr wohl. Außerdem konnte er eine solche Provokation nicht auf sich sitzen lassen. Nicht als Kind des Schattenreichs. Nicht als sein künftiger Fürst. Nicht, wenn er die Erwartungen seines Volks erfüllen wollte.

Ganz mieses Timing. Ein Mord an Saphama würde nicht nur Cassardim, sondern auch Noár näher ans Chaos rücken.

Ich rannte los, um ihn von einer Dummheit abzuhalten, doch ein flatternder Fellball versperrte mir die Sicht. Im aufgeregten Zickzack flog Flummel vor meiner Nase herum. Dafür hatte ich jetzt wirklich keinen Nerv. Ich wusste längst, was auf dem Spiel stand. Genau deshalb wollte ich ja intervenieren. Gereizt wischte ich Flummel beiseite, aber die Situation spitzte sich bereits zu. Ifar trat Noár entgegen.

»Nicht hier und nicht jetzt!«, sagte der Wolkenprinz. Seine Stimme klang gefasst und verständnisvoll, aber auch die Sorge um seine Mutter und eine unausgesprochene Warnung schwangen darin mit. Er kannte Noár und wusste, dass Saphama ihm nicht gewachsen war – schon gar nicht in ihrem Zustand. Falls der frischgebackene Schattenfürst also auf einem Kampf bestehen sollte, würde er ihn wohl gegen Ifar führen müssen.

»Geh beiseite, Wolkenprinz!«, knurrte Noár gefährlich leise.

»Das werde ich nicht.«

»Geh beiseite!«

Er und Ifar waren so mit sich beschäftigt, dass sie mir keine Aufmerksamkeit schenkten. Ihre finsteren Mienen, ihre Haltung, ihre Blicke ... einfach alles an ihnen signalisierte sehr deutlich: einmischen auf eigene Gefahr.

Wie gut, dass ich mich noch nie so leicht hatte einschüchtern lassen.

»Noár, ich denke nicht, dass –«

Weiter kam ich nicht, denn wieder tauchte Flummel vor mir auf. Diesmal trillerte er stinkwütend. Er stürzte sich auf eine meiner Locken und zerrte daran, als wäre er ein wild gewordener Kutscher, der sein Reittier unter Kontrolle bekommen wollte. Irgendwie brachte er mich dazu, den Kopf zu drehen, und lenkte meinen Blick auf das, was sich hinter unserem Rücken abspielte.

Ich erstarrte.

Die Niemandslande lagen nun fast vollständig im Schatten der beiden Armeen. Gleich würden sie aufeinandertreffen und eine Schlacht ins Rollen bringen, die jede Vorstellungskraft sprengte.

Entsetzt packte ich Noár am Arm. Schmerz begrüßte mich wie ein alter Bekannter. Er war nicht von Bedeutung. Nicht jetzt.

»Ruf deine Armee zurück!«, forderte ich panisch. Als künftiger Schattenfürst war er in der Lage, Shaells Befehle außer Kraft zu setzen. Genau das, was wir gerade brauchten.

Noár sah mich grimmig an. Die ganze Autorität seiner neuen Position glänzte in seinen Augen. Sie schien so schwer auf ihm zu lasten, dass ich vor Schreck fast einen Schritt zurückgewichen wäre. Ich verstand sofort, dass ihm die Umstände in den Niemandslanden längst bewusst waren.

»Es ist zu spät. Wenn mein Volk jetzt umkehrt, wird die Wolkenarmee ihnen in den Rücken fallen und sie niedermetzeln.«

Entgeistert wandte ich mich an Ifar.

»Dann ruft ihr eure Armeen eben gleichzeitig zurück!«

Der Wolkenprinz schüttelte bedauernd den Kopf.

»Sie würden mir nicht gehorchen. Der Befehl unserer Fürstin steht über meinem.«

Das durfte nicht wahr sein! Tausende Cassarden würden gleich ihr Leben lassen müssen und damit das Chaos speisen. Und wir konnten nichts dagegen unternehmen?!

Ich wirbelte herum und sah Saphama an. Sie war inzwischen doch auf die Knie gestürzt. Warum auch immer, sie schaffte es offenbar nicht, sich zu heilen. Trotzdem musste ich Zeuge werden, wie sich ein gehässiges Grinsen auf ihren Zügen breitmachte.

»Du wirst niemals den Kaiserthron besteigen, Betrügerin!«, lachte sie, doch ihre Genugtuung verlor sich in einem blutigen Husten.

»*Deswegen* führst du dein Volk in einen Krieg?!«, schrie ich sie an. Erst als Noár seinen Arm um mich schlang, bemerkte ich, dass ich auf sie hatte losgehen wollen. »Du bringst Cassardim den Untergang!«

»Nein, ich rette es!«, spie Saphama mir entgegen und musste erneut heftig husten. Ihr Wyvern wurde unruhig. Ich wusste nicht, ob er sich Sorgen um sie machte, oder ob die Wolkenfürstin die Kontrolle über ihn verlor.

»Mein Sohn«, röchelte sie. »Beende es. Töte die Betrügerin!«

Noár reagierte viel schneller, als ich es gekonnt hätte. Kein Wimpernschlag verging, da hatte er mich hinter sich geschoben und sein Schwert auf Ifar gerichtet.

Doch der Wolkenprinz rührte sich nicht. Er hielt dem irren Blick seiner Mutter ohne die kleinste Gefühlsregung stand. Sie erhob mit letzter Kraft ihre Stimme und brüllte: »Töte sie!«

Ich nahm Bewegung hinter mir wahr. Warden und Ilion kamen näher, aber auch Moe, Annie, Jenny und Nick scharten sich um mich – für den Fall ...

»TÖTE SIE!«

»Nein!«, antwortete Ifar.

Seine ruhige Bestimmtheit brachte Saphama zum Schweigen. Er drehte seiner fassungslosen Mutter den Rücken zu und schaute uns stattdessen an. »Lasst uns endlich die Barrieren erneuern!«

Noár zögerte. Er traute dem Angebot nicht. Doch Moe schlüpfte an uns vorbei und ergriff furchtlos Ifars Hand. Damit überraschte er nicht nur uns, sondern auch den Wolkenprinzen.

»Kommt!«, rief Moe und winkte uns so energisch näher, dass wir alle Zweifel über Bord warfen.

»Na, wird auch Zeit«, brummte Warden.

Nacheinander fassten wir uns an den Händen. Ich spürte, wie die Macht der Juwele sich miteinander und mit Cassardim verband. Im gleichen Moment versiegte der Wind. Eine gespenstische Stille senkte sich über das Totenreich. Aber es war keine harmonische Stille. Es schien eher, als würde der Sturm ein letztes Mal Atem holen, bevor –

»TÖTE SIE! TÖTE SIE ALLE!«

Saphamas Schreie wirkten noch wahnsinniger als zuvor. Ich nahm sie nicht ernst, bis ich aus dem Augenwinkel sah, wie ein silbernes Ungetüm auf uns zusteuerte. Kreischend, halb laufend, halb fliegend, riss uns der Wyvern um, als wären wir Bowling-Pins. Mich streifte lediglich der Rand seines Flügels, doch in dem riesigen Wesen steckte so viel Kraft, dass ich dennoch zu Boden fiel. Warden erwischte es schlechter. Rasiermesserscharfe Klauen bohrten sich in seinen Rücken. Noár war sofort zur Stelle und hieb auf die geschuppten Beine ein. Damit rettete er dem Nebelreiter vermutlich das Leben. Ich rollte mich unter einem monströsen Flügel hindurch und zog mein Schwert. Tödliche Fänge schnappten wahllos zu. Auch mit Krallen, Schwingen und Schwanz schlug der Wyvern um sich, entschlossen, so viel Schaden wie möglich anzurichten. Noár griff wieder an. Ebenso wie Nick. Ilion brachte Annie in Sicherheit. Warden blutete aus einer tiefen Wunde, aber Jenny und Ifar zerrten ihn aus der Gefahrenzone. Nur einer fehlte.

»Moe!«, brüllte ich panisch.

Im Durcheinander aus Schuppen, Schwertern und Klauen war es nicht so einfach, einen kleinen Jungen ausfindig zu machen. Vielleicht hatte er sich ja versteckt? Vielleicht war er …? Plötzlich entdeckte ich ihn vollkommen schutzlos auf der anderen Seite des Wyvern stehen. Die Seite, der sich das Ungetüm gerade zuwandte. Dass Moe noch keiner der wahllosen Angriffe erwischt hatte, kam einem Wunder gleich. Der massige Körper des Ungeheuers schwang herum. Ich hechtete vorwärts, um dem dornigen Schwanz auszuweichen. Noch aus der Bewegung heraus, sprang ich wieder auf die Beine und versuchte, irgendwie zu meinem kleinen Bruder zu gelangen. Da erspähte ihn der Wyvern. Sein weit geöffnetes Maul senkte sich fauchend.

»Weg da, Moe!«, rief ich ihm zu. Doch anstatt zu flüchten, streckte mein Bruder dem Drachengeschöpf seine kleinen Handflächen entgegen.

Mein Herz blieb stehen. Ich rechnete mit dem Schlimmsten, doch ganz unvermittelt hielt der Wyvern inne. Er wurde ruhig. Seine Schnauze klappte zu. Verwundert beugte er den Hals, als würde er an Moe schnuppern wollen, und stieß dann ein friedliches Schnauben aus.

»Flieg nach Hause!«, sagte mein kleiner Bruder zu dem geschuppten Ungetüm, so unerschrocken, als würde er mit einer Hauskatze sprechen.

Und tatsächlich ... geleitet von Moes Willen breitete der Wyvern seine Schwingen aus und hob mit einem einzelnen gewaltigen Flügelschlag ab. Einfach so.

Sprachlos starrte ich meinen kleinen Bruder an. Wyvern zählten angeblich zu den eigensinnigsten Wesen in Cassardim und das Metall ihrer Schuppen machte es sicherlich noch schwieriger, sie zu beherrschen. Dazu kam, dass wir hier nicht von irgendeinem Wyvern sprachen, sondern von dem der Wolkenfürstin höchstpersönlich. Nicht einmal Noár hatte es in Betracht gezogen, seinen Willen mit Saphamas Lieblingswyvern zu messen. Umso erstaunter war auch er. Mit fast schon väterlichem Stolz deutete der neue Schattenfürst eine Verbeugung in Moes Richtung an, bevor er sich mir zuwandte und lächelte.

Sein Lächeln gefror.

»Maia« und »Amaia« schallte es aus gleich mehreren Mündern. Im selben Augenblick ließ mich ein Kreischen zusammenzucken. Diesmal stammte es nicht von einem Tier, sondern von einer Frau.

Ich wirbelte herum, riss meine Klinge hoch und fing in letzter Sekunde einen tödlichen Schwerthieb von Saphama ab. Die verwundete Wolkenfürstin hatte den Angriff ihres Wyvern als Ablenkung genutzt, um sich selbst an mich ranzuschleichen.

»Du bist schuld an allem!«, krächzte sie mir ins Gesicht. Ich sah nur noch ihren hasserfüllten Blick, ihre verzerrten blutverschmierten Lippen, das Blitzen einer zweiten Klinge. Sie wollte mich auf dieselbe Weise ausschalten wie Shaell. Wieder hörte ich, wie mein Name gerufen wurde, aber mein Körper reagierte dank meiner Trainingsstunden wie von allein. Ich drehte mich zur Seite, sodass der Dolch nur an meinem Harnisch entlangschrammte. Ein weiterer Schwerthieb sauste auf mich herab. Ich tauchte darunter hindurch und stieß instinktiv zu. Direkt in die Flanke der Wolkenfürstin, wo nur Leder das Silber ihrer Rüstung zusammenhielt.

So oft geübt ... und doch war es in der Realität etwas ganz anderes. Zu spüren, wie seine Klinge durch Haut, Knochen und Organe glitt ...

Ich war mindestens so schockiert wie Saphama. Das hatte ich nicht gewollt. Ich ...

Noár packte mich, zog mich in seine Arme. Den Schmerz spürte ich nicht mal. Wie betäubt sah ich Ifar seine Mutter auffangen, auf sie einreden. Zwecklos. Das Leben war bereits aus ihren Augen gewichen.

»Es tut mir leid ...«, stammelte ich. Ich hatte Saphama getötet, die Wolkenfürstin, Ifars Mutter. »Sie ... ich ... wusste nicht, wie ... ich ...«

»Scht, es ist gut, Kätzchen«, raunte Noár mir zu. »Du konntest nichts dafür. Du hast dich nur verteidigt. Es ist alles in Ordnung.«

In Ordnung?

Genau das war es nicht.

Der Boden grollte. Blitze zuckten vom Himmel herab.

Eine weitere Herrscherin Cassardims war gerade gestorben.

Durch meine Hand.

Ich konnte meinen Blick nicht von Ifar lösen.

Der neue Wolkenfürst erhob sich.

Noárs Körper war bis zum Äußersten gespannt.

Würde Saphamas Sohn nun ebenfalls Vergeltung fordern?

Ganz langsam richteten sich seine blauen Augen auf mich. Darin flackerten Kummer und Wut. Doch nichts davon galt mir.

»Es ist nicht deine Schuld«, murmelte er.

Meine Augen füllten sich mit Tränen, als plötzlich ein Furcht einflößender Schmerzensschrei die Luft erfüllte. Alle riefen aufgebracht durcheinander.

»Der Wyvern!«

»Er kehrt um!«

»Er will den Tod seiner Herrin rächen.«

»Wir müssen hier weg!«

Das Ungetüm hatte Moes Willen abgeschüttelt und schoss in unglaublicher Geschwindigkeit auf uns zu. Da brach ein schwarzer Schatten aus den dunklen Gewitterwolken hervor. Ungebremst krachte er in den Wyvern hinein und verbiss sich in dessen Kehle. Nox. Aber ich konnte mich über sein Auftauchen nicht freuen, denn während die riesigen Wesen kämpfend, fauchend und brüllend durch die Luft taumelten, geschah hinter ihnen das Unaussprechliche.

Die Armeen Cassardims trafen aufeinander – mit unerbittlicher Gnadenlosigkeit. Wind stob auf und trug den Schlachtenlärm bis in den letzten Winkel des Totenreichs. Flummel verkroch sich wimmernd in meinen Locken.

Mein Juwel flammte auf. Die der anderen ebenso. Ich spürte jedes einzelne Opfer, das schon die ersten Sekunden des Krieges einforderten. Die Reiche erzitterten. Die Wolken weinten. Lähmendes Grauen befiel mich. Wir hatten versagt. Alles Sein schob sich dem Abgrund entgegen. Der letzte Schutzwall, der Cassardim noch vom Chaos trennte, erzitterte. Ein letztes Aufbäumen. Ein letzter Atemzug. Ein letzter Schrei.

Dann brachen die Barrieren.

EINE FÜR ALLE ...

Aus Tag wurde Nacht. Aus Nacht wurde Tag. Die Dämmerung kam und schwand so schnell, dass Teile Cassardims noch in den Schatten lagen, während andere Stellen längst im Licht schwammen. Ein Sturm riss die Blätter des Wandernden Walds von den Bäumen und leerte das Trockene Meer. Der rötliche Sand wirbelte durch die Luft, vermischte sich mit Nebelfetzen, Laub, Schnee und Regen. Die schwebenden Berge der Niemandslande kollidierten miteinander und der Ewige Fluss begann zu brodeln wie ein Meer aus kochendem Teer.

Mein Juwel glühte heller als je zuvor. Es brannte sich förmlich in meine Haut. Hilfe suchend. Darunter flatterte mein Herz wie ein verletzter Vogel. So viel Schmerz, so viel Verzweiflung. Ich konnte die unendlichen Qualen Cassardims mitempfinden. Selbst als ich Noár in seinen schlimmsten Augenblicken berührt hatte, war das kein Vergleich gewesen zu dem, was ich nun erlebte. Jeder meiner Nerven stand in Flammen. Sogar das Atemholen fiel mir schwer, denn das Chaos und sein fauliger Gestank waren überall. Wo immer die Wolken und der Sand-Laub-Schnee-Sturm aufbrachen, waberte dahinter bereits eine dunkle Masse voller grün-gelb-violetter Blitze. Wirbel drängten sich durch die Risse im Land, durch den Fluss und ... oh mein Gott! Sie konzentrierten sich auf die Schatten- und die Silberfeste. Natürlich! Das Chaos nährte sich von menschlichen Seelen und dort lagerten Millionen davon. Mit deren Energie wäre es nicht mehr aufzuhalten.

»Beendet die Schlacht!«, rief ich über das Tosen des Sturms hinweg. Noch immer bekriegten sich Schatten- und Wolkenkrieger wie von Sinnen, während ihre Heimatreiche in höchster Gefahr schwebten. Das musste aufhören. Und Ifar und Noár besaßen nun die gemeinsame Macht, diesem Irrsinn Einhalt zu gebieten.

»Ihr müsst die Seelen schützen!«

Vielleicht konnten wir das Unausweichliche so wenigstens ein kleines bisschen hinauszögern.

»Ich erreiche sie nicht!«, brüllte Ifar. »Das Chaos blockiert alles!«

Noár schwieg.

Voller Angst wand ich mich aus seinen Armen. Er hielt die Augen geschlossen. Nein! Nein! Nein!

Ich steckte mein Schwert weg und packte sein Gesicht mit beiden Händen.

»Sieh mich an!«, befahl ich ihm schroff.

Bei all dem Schmerz und dem Chaos, das ich fühlte, konnte ich nicht mehr unterscheiden, ob es auch von ihm ausging oder nicht.

Zu meiner Erleichterung öffneten sich seine Sternenaugen. Noár war noch da. Er schien fürchterliche Qualen zu leiden, aber er war noch da.

»Ich halte es aus!«, presste er hervor.

Zweifel und Sorge fluteten mich. Ich wollte ihm glauben, aber ich sah ihm an, dass er sich selbst nicht glaubte.

»Versprich es!«, flehte ich ihn an.

Ein schwaches Nicken. Für weitere Worte fehlte ihm die Kraft. Ich nahm seine Hand und kämpfte gegen den heftigen Drang an, Noár von hier fortzubringen, in Sicherheit. Nur wohin? Die Barrieren waren gefallen. Cassardim zerbrach. Die Menschenwelt würde folgen. Es gab keine Sicherheit mehr, keinen Ort, an den wir fliehen konnten, keinen Ausweg. Das unerträgliche Gefühl von Hilflosigkeit schnürte mir die Luft ab. Was sollte ich tun? *Was?!*

Die Stimme der ersten Kaiserin drängte sich in meine panischen Gedanken.

Wenn die Barrieren erst einmal gefallen sind, wird euch das Juwel der Macht auch nichts mehr nützen. Das Juwel kann die Barrieren nur kontrollieren, es kann sie nicht neu erschaffen. Und was euch neue Barrieren kosten würden, wisst ihr.

Das wusste ich nur zu gut.

Ein Opfer aus beherrschtem Chaos.

Ich wollte es nur nicht wahrhaben.

Muster.

Manchmal wiederholt sich die Geschichte.

Etwas entsteht, etwas stirbt. So war es immer und so wird es immer sein.

Ja, ich war bereit, mein Leben zu geben – für Noár, für meine Geschwister, für Cassardim.

Aber ich weigerte mich zu akzeptieren, dass das der einzige Ausweg war, der mir blieb. Es musste eine Lösung geben, die ich nicht sah. Denn noch waren wir nicht geschlagen. Noch gab es hier neun Fürstenkinder mit neun Juwelen der Macht und dem Willen, die Welt aus den Angeln zu heben. Ich durfte nicht aufgeben. Ich würde bis zum letzten Atemzug für meine Heimat, meine Familie und meine Liebe kämpfen. Und wenn das nicht reichte, würde ich ihnen ebendiesen letzten Atemzug widmen. Aber nicht vorher.

Kaum hatte ich meine Entscheidung getroffen, formte sich wie zum Hohn ein gigantisches Gesicht aus dem Sturm. Ein Gesicht, das ich seit meinem ersten Tag am Kaiserhof verabscheut hatte. Wabernde Züge aus Laub, Sand, Nebel und Chaos-Blitzen. Sie verzerrten sich zu einem hohlen Grinsen.

Fidrins Grinsen.

Als er zu sprechen anfing, dröhnten tausend Chaos-Stimmen durch das Totenreich.

»Du hast verloren, meine kleine falsche Enkelin«, verspotteten sie mich. »Jetzt sei ein braves Mädchen und bring mir mein Juwel! Und damit meine ich alle neun!«

Unter zigfachem Gelächter verschwand das Gesicht wieder und der Sturm teilte sich. Er schuf eine windstille Insel um mich und die anderen Juwelträger. Von dort aus öffnete sich eine Schneise, die über die Kaisertreppe in den Goldenen Berg führte.

Eine unmissverständliche Einladung.

Das Tageslicht schwand und die Nacht brach herein.

Ich musste mich nicht umdrehen, um zu wissen, dass Ifar, Warden und meine Geschwister näher kamen. Auch ihre Juwele strahlten wie Sterne in der Dunkelheit. Auch ihre Schmerzen fühlte ich wie meine eigenen.

»War das etwa ...?«

»Fidrin.« Nick sprach den Namen aus, der Annie im Hals stecken geblieben war. »Aber ich dachte, der Irre sitzt irgendwo in einem Käfig?«

»Nicht mehr«, erwiderte Ifar finster. »Nichts kann das Chaos jetzt noch einsperren.«

Ilion stieß einen Fluch aus. »Wir hätten den Scheißkerl töten sollen, als wir die Gelegenheit dazu hatten.«

Erneut dämmerte es. Erneut wurde es Tag.

Der Sturm hinter uns verdichtete sich und drängte uns in Richtung der Kaisertreppe.

»Vielleicht«, murmelte ich. »Vielleicht ist es aber auch besser so.«

Warden nickte grimmig und fasste in Worte, was ich dachte: »Es gefällt mir zwar nicht, doch ohne Fidrin wären wir längst tot.« Seine Wyvern-Wunden merkte man dem Hünen kaum an.

»Er hält das Chaos weitestgehend unter Kontrolle, weil er Cassardim nicht zerstören, sondern beherrschen will.«

»Kranker Bastard«, spuckte Jenny aus.

Moe zupfte an meinem Ärmel. »Was jetzt, Maia?«

Ja, was jetzt? Ich starrte auf die Schneise, die Fidrin uns bereitet hatte. Der Goldene Berg war nicht das Ziel. Das spürte ich. Der Chaoskaiser erwartete uns jenseits des Berges – auf der Goldenen Brücke. Sie verband Cassardim mit der Menschenwelt. Sie war Anfang und Ende. Dort würde er sein. Die Frage war nur, ob ich meine Geschwister wirklich bitten konnte, mit mir zu kämpfen. Wie konnte ich ihr Leben riskieren, wenn ich sie durch meinen Tod alle zu retten vermochte?

Ilions Stimme riss mich aus meinen Gedanken.

»Hey, kleine Kaiserin!« Seine Regentag-Augen lächelten mich an. Er wusste genau, was in mir vorging, schließlich hatte Miss Goldblossom auch ihn zu einem möglichen Kandidaten auserkoren. »Du wirst nicht allein gehen! Die Zeit für Opfer ist noch nicht gekommen.«

»Opfer?«, fragte Nick irritiert.

Mit der Versiertheit eines geübten Anführers überging der Faheen-Fürst die Verwirrung meiner Geschwister und sah uns nacheinander an: »Das letzte Mal hat Amaia Fidrin mit ein paar Juwelensplittern und ihrem Willen besiegt. Diesmal sind wir zu neunt. Ich finde, wir sollten dem Kerl mal zeigen, wozu wir fähig sind!«

»Hast du etwa einen Plan?«, erkundigte sich Ifar mit skeptischer Miene.

»*Ich* habe einen«, antwortete ich an Ilions Stelle, »aber dafür bräuchte ich eure Hilfe. Ihr müsst mir eure Willensstärke leihen. Es ist riskant und –«

Moe ließ mich gar nicht erst ausreden. Er schob seine Hand in meine und schnappte sich Jennys. Sie wiederum ergriff, ohne mit der Wimper zu zucken, Ilions Hand und der Wardens. Nick tat dasselbe mit Annie und Ifar. Zu guter Letzt schlossen der Wolkenfürst und Noár die Reihe.

»Einer für alle und alle für einen, hm?«, meinte Jenny mit einem schiefen Grinsen.

»So was in der Art«, flüsterte ich voller Sorge. Dann schluckte ich das ungute Gefühl runter, ihrem Vertrauen vielleicht nicht gerecht werden zu können, und setzte mich in Bewegung.

Seite an Seite marschierten wir auf den Goldenen Berg zu. Unterwegs spürte ich, wie die Macht der Juwele erneut eins wurde. Der Wille der anderen entfaltete sich, bereit, mir zu helfen, bereit, aus Überzeugung jedes Risiko einzugehen. Doch im Gegensatz zu unserem ersten Versuch im See alles Verlorenen war ich diesmal kein Teil dieser Verbindung. Ich war ihr Zentrum. In mir bündelte sich alles. Mein Wille wurde verstärkt durch die anderen – genau wie meine Wahrnehmung. Zielstrebig hieß ich die neue Energie und den neuen Schmerz willkommen. Ich verband mich mit ihm und mit Cassardim. Ich verband mich mit Egon, Trudi, Katharina der Großen, und den übrigen Reichen. Das Chaos wollte mich daran hindern, aber ich drängte es zurück und machte weiter, bis ich jedes Sandkorn, jeden Wassertropfen, jeden Schatten, jeden Lichtstrahl, jeden Baum und jedes schlagende Herz fühlte. Und dann schickte ich eine Nachricht. Es war nur ein Bild, aber es sagte mehr aus, als jede Ansprache es gekonnt hätte: neun Juwelträger, die gerade die Kaisertreppe erklommen, um dem Chaos entgegenzutreten. Ein Vertreter jedes Volkes. Moe und Annie – Kinder, denen man eine Zukunft schenken sollte, anstatt sie darum kämpfen zu lassen. Nick und Jenny – junge Erwachsene, die einen Großteil ihres Lebens nicht mal in Cassardim verbracht hatten und jetzt dennoch dafür einstanden. Warden und Ilion – Ausgestoßene, die am Rand jener Gesellschaft lebten, die sie nun beschützten. Ifar und Noár – zwei verfeindete Heerführer, die so viel verloren und sich dennoch in der Not die Hände gereicht hatten. Und ich ... die mit allem, was sie besaß, das Land zusammenhielt und immer und immer wieder einen verzweifelten Appell aussandte.

VEREINT EUCH!

... UND ALLE FÜR EINE

Vereint euch ... Vereint euch ... Vereint euch ...
»Kätzchen?«
Noárs raue Stimme ließ mich blinzeln. Ich verlor die Verbindung zu Cassardim. Erschöpfung brannte in meinen Muskeln, aber durch meine Adern pumpte so viel Adrenalin, dass ich dennoch funktionierte. Meine Beine trugen mich vorwärts. Immer weiter vorwärts. Über goldenen Mosaikboden. Das Geräusch unserer Schritte warf ein Echo von den hohen Decken. Keine Ahnung, ob und wann und wie lange ich die Augen geschlossen hatte, aber ich erkannte die Halle, die wir gerade durchschritten. Es war die glanzvolle Eingangshalle des Goldenen Berges. Jetzt verstand ich auch, warum Noár meine Aufmerksamkeit gefordert hatte. Wir waren da. Vor uns erhob sich das gewaltige Haupttor, das auf die Goldene Brücke führte, und gerade in diesem Moment schob es sich mit einem tiefen Ächzen auf. Quälend langsam offenbarte sich uns Dunkelheit. Tiefste Nacht, in der grüne und violette Blitze züngelten. Angst flutete meinen erschöpften Verstand. Mein Puls raste. Der Drang, einfach wegzurennen, wurde übermächtig. Ich wollte da nicht hinaus, denn ich wusste, dass dort das Ende auf uns wartete.

Noár drückte meine Hand. »Was auch geschieht«, flüsterte er heiser, »wir stehen das zusammen durch.«

Seine Worte galten uns allen, doch für mich fügte er noch eine stille Botschaft hinzu. Ein Bild. Eine Erinnerung an eine andere Zeit. An einen Morgen, der nie wiederkehren würde. Wir lagen nebeneinander im Bett und sahen uns an. Zwischen uns der Blutstern. Ein Symbol unserer Geschichte. »Weißt du eigentlich, wie sehr ich dich liebe?«, hörte ich den Noár von damals sagen.

Eine unerfüllbare Sehnsucht erschütterte mein Herz und meine Seele. An diesem Morgen hatte ich ihm nicht geantwortet. Warum? Warum hatte ich auch nur eine einzige Gelegenheit verstreichen lassen, ihm Gewissheit zu geben?

»So sehr wie ich dich!«, hauchte ich unter Tränen.

Ich hatte meine Gefühle noch nicht wieder in den Griff bekommen, da wurde die Nacht plötzlich von einer rasend schnell hereinbrechenden Dämmerung vertrieben. Licht fiel auf die Goldene Brücke und brachte sie zum Glänzen – wie einen himmlischen Pfad. Nur führte er nicht in die Erlösung, sondern direkt ins Epizentrum eines gigantischen Chaoswirbels. Der Anblick fegte meinen Verstand leer und ließ nur noch eine einzige Empfindung übrig: nackte Panik.

Gewaltig wie ein Zyklon wand sich der Wirbel am Horizont. Er rotierte um einen donnernden Abgrund, an dessen Rändern sich monströse Tentakel aus schwarzem Rauch aalten – tastend, suchend, zerstörend. Ein grauenhaftes klaffendes Maul, bereit, alles zu verschlingen.

Genau zwischen uns und dem Chaos stand eine dunkle Gestalt auf der Goldenen Brücke. Eine gesichtslose, körperlose Gestalt aus Rauch und Bosheit.

»Willkommen an meinem neuen Hof!«, gellte es tausendfach aus ihr heraus – aus ihr, aus dem Wirbel, dem Fluss, den Wolken. Die verzerrten Stimmen stachen wie sengende Nadeln durch meine Haut und klangen in meinen Gedanken nach. Nur veränderten sie sich dort und ich hörte Fidrin wispern: *Komm zu mir!*

Die Chaos-Gestalt schien plötzlich sehr viel näher zu sein, als noch zuvor. Sie flackerte nur wenige Meter vor uns auf, und dann – innerhalb eines Wimpernschlags – stand sie wieder in weiter Ferne.

Komm zu mir!

Ich wusste nicht, ob ich den ersten Schritt machte oder einer der anderen, aber plötzlich waren wir auf dem Weg ins Freie.

Komm zu mir! Bring mir die Juwele!

Kein Wind wehte. Im Gegenteil, die Luft war brütend heiß und so drückend, dass wir förmlich hindurchwaten mussten. Irgendwo hinter uns wütete nach wie vor der Sand-Laub-Schnee-Sturm, aber nicht hier. Es war, als wollte Fidrin, dass wir unserem Untergang sehenden Auges entgegentraten.

»Amaia?« Ilions besorgter Unterton ließ mich aufhorchen. Er schien sich nicht sicher zu sein, ob ich noch meinem oder Fidrins Willen folgte und uns alle ins Chaos führte.

Demonstrativ blieb ich stehen. Wir waren für unsere Zwecke weit genug gegangen.

»Ihr könnt euch jetzt loslassen«, teilte ich den anderen mit. Es machte keinen Unterschied mehr. Die Macht der Juwele war inzwischen so fest verwoben, dass sie es auch ohne Körperkontakt bleiben würde. Dessen war ich mir absolut sicher.

Zögerlich kamen die anderen meiner Anweisung nach. Noár brauchte ein paar Sekunden länger als meine Geschwister, bevor er sich dazu durchringen konnte, meine Hand freizugeben. Vielleicht hatte er Angst vor dem Chaos, vielleicht auch davor, dass unsere gemeinsame Zeit nun vorüber sein könnte. So oder so, ich verstand ihn und empfand genauso. Aber für das, was jetzt kam, würden wir allen Spielraum benötigen, den wir kriegen konnten.

Ich streifte meine Kette ab und streckte das Juwel vor mir in die Luft.

»Ist es das, was du willst, Fidrin?«, rief ich, so laut mir möglich war. »Kannst du haben!«

Mit all meiner Willensstärke konzentrierte ich mich auf das Chaos. Das Juwel erstrahlte noch ein bisschen heller. Die Hitze und die Schmerzen registrierte ich kaum, sehr wohl aber die Tatsache, dass neben mir acht weitere Juwele emporgereckt wurden.

»Schließt den Wirbel!«, wies ich die anderen an. »Drängt das Chaos zurück!«

Unser gemeinsamer Wille traf auf den wabernden Schlund. Er begann, sich schneller zu drehen. Die Monstertentakel erwachten zum Leben und schlingerten wie außer Kontrolle geratene Tornados in unsere Richtung. Wir konnten sie höchstens verlangsamen, aber nicht aufhalten.

»Das reicht nicht«, brüllte Ifar. »Wir sind nicht stark genug.«

»Nein, das sind wir nicht«, gab ich ihm recht und spürte, wie ein grimmiges Lächeln in meinen Mundwinkeln zuckte. »Aber das müssen wir auch nicht sein.«

Diesen Kampf würden wir nämlich nicht allein ausfechten müssen. Diesmal nicht.

Eine neue Energie durchflutete mich. Cassardim ...

Mein Ruf war gehört worden und das Totenreich erhob sich, um zu kämpfen, wie es noch nie zuvor gekämpft hatte.

Goldkrieger strömten auf die Brücke, angeführt von Lazar. Gleichzeitig füllten sich Emporen und Balkone des Goldenen Bergs. Meister Joto koordinierte Diener und Adelige. Nana Plombis scharte Zofen, Mägde und Köche um sich. Manche von ihnen trugen Bögen, andere unterstützten uns mit ihrem Willen.

Hörner erschallten und lenkten meinen Blick gen Horizont. Eine ganze Armada aus bunten Segeln schob sich über den Ewigen Fluss. Faheen-Schiffe mischten sich unter Abertausende Barken des Fährvolks. Am großen Sandfall des Trockenen Meers reihten sich Samtars Wüstenkrieger auf und am Rand des Wandernden Waldes hatten Fürst Mak und Fürstin Ganaya ihre grüngewandeten Krieger versammelt. Dazwischen drängten sich überall riesige graublaue Wölfe und die ruppigen Soldaten der Niemandslande. Auch die Nebelreiter unter Kjann waren mit von der Partie und zu guter Letzt ... durchbrach eine geflügelte Streitmacht die Sturmfront hinter uns. Schwarze Shendai und silberne Wyvern, Seite an Seite.

Ilion grinste. »Und ich dachte schon, wir müssen hier allein sterben.«

Die Goldkrieger bildeten mit schweren Schritten und scheppernden Rüstungen mehrere Verteidigungsringe um uns herum. Ein paar der Gesichter kamen mir bekannt vor. Sie gehörten jenen, die sich früher einmal gegen mich gestellt hatten. Aber auch Männer und Frauen aus Askans altem Regiment waren dabei. Das hieß, Egon hatte die Kerker geöffnet und Lazars loyale Anhänger befreit. Hier und heute gab es keine Feindschaften und keine unterschiedlichen Meinungen mehr. Weder Volk, Status, Geschlecht noch Alter spielten jetzt noch eine Rolle. Wir waren alle gleich. Wir waren alle Cassarden.

Ein zorniger Schrei aus tausend Chaos-Kehlen erschütterte das Totenreich. Fidrin war auf einen solchen Widerstand wohl nicht vorbereitet gewesen. Allerdings hatten wir nun unseren Zug gemacht. Jetzt war er dran und ich ahnte, dass seine Antwort auf unser Aufbegehren schrecklich ausfallen würde.

Die Luft begann zu summen. Aus den tiefsten Tiefen des gigantischen Wirbels sprudelte eine dunkle Wolke heraus. Nein, keine Wolke! Dafür bewegte sie sich zu schnell und wechselte viel zu abrupt die Flugrichtung. Das Summen wurde zu einem dumpfen Rauschen. Ledrige Flügel. Millionen davon. Chokaal. Die Wolke war ein Schwarm, und dieser Schwarm floss über den Himmel wie verschüttete Tinte auf Papier. Und dann kamen inmitten dieses todbringenden Tintenflecks noch viel grauenvollere Wesen zum Vorschein: Dutzende Chimären in allen Formen und Unterarten, eine größer und schrecklicher als die andere – mit Insektenklauen, Schlangenköpfen, Chitinpanzern, struppigem Fell, Hufen, Habichtschnäbeln, Spinnenbeinen, Flossen, Stacheln, Haifischzähnen und anderen Gliedmaßen und Körperteilen, für die ich nicht einmal einen Namen hatte.

Das zarte Pulsieren von Hoffnung gefror in meinen Adern. Allerdings war das erst der Anfang gewesen. Fidrin hatte noch mehr zu bieten. Der Ewige Fluss brodelte. Ölig verschmierte Hände durchbrachen die Wasseroberfläche. Arme, Schultern, Köpfe. Grauenvoll verzerrte Fratzen. Chaoswandler. Sie schlugen um sich wie Ertrinkende, zerrten aneinander und versuchten, den Fluten zu entkommen. Ihr Ziel waren Schiffswände, Barken, die Fährstädte und natürlich die Goldene Brücke. Manche kletterten die gestuften Anlegestellen hinauf, aber die meisten waren dafür zu unkoordiniert. Sie nutzten einfach die Rücken der anderen, um ihr Ziel zu erreichen. Zu meinem Entsetzen waren es so viele, dass sich aus dem platschenden klatschenden Gewühl schnell Inseln bildeten, und aus den Inseln Pyramiden und aus den Pyramiden Türme, die sich der Brücke entgegenstreckten.

»Schützt die Kaiserin! Schützt die Juwelträger!«, bellte Lazar.

Goldene Schwerter wurden gezogen.

Nicht genug, schoss es mir durch den Kopf. Diesmal nicht. Entweder wir griffen an, oder wir würden bei dem Versuch, uns zu verteidigen, draufgehen.

»Überlasst mir Fidrin und den Wirbel!«, rief ich den anderen Juwelträgern zu. »Koordiniert eure Völker!«

Ich hoffte inständig, dass die Nähe der Cassarden die Kommunikation inzwischen wieder möglich machte.

»Moe! Nick! Die Waldkrieger müssen die obere Fährstadt sichern und die Wüstenkrieger machen dasselbe mit der unteren

Fährstadt. Sollten die beiden Städte fallen, haben wir schon verloren. Und Nick! Schick die Wüstenfalken, um die Chokaal von den Küsten fernzuhalten!«

Meine Brüder nickten synchron.

»Annie! Ilion! Lasst die Schiffe und Barken sich miteinander vertäuen, damit sie keine leichten Ziele sind. Außerdem sollen sie Stege zum Festland und den Städten bilden. Wir werden ihnen von dort aus Verstärkung schicken.«

»Aye, aye, kleine Kaiserin!«, gab Ilion mit einem entschlossenen Funkeln in den Augen zurück, während Annie mit ernster Miene salutierte.

»Jenny! Deine Leute sind die Verstärkung für die Faheen! Verlagere die Schlacht auf den Fluss und lasst die Chaoswandler gar nicht erst aus dem Wasser!«

»Mit dem größten Vergnügen«, knurrte Jenny.

So weit, so gut. Die Felsenläufer und ihre Wölfe waren unruhigen Boden gewöhnt und würden mit den schwankenden Schiffen klarkommen. Trotzdem hatte ich Bedenken, sie ungeschützt auf das Schlachtfeld zu schicken.

»Warden! Wir könnten die Nebel und die Nebelreiter zur Rückendeckung gebrauchen. Schirmt die Schiffe ab, sorgt für Ablenkung und schafft unsere Verwundeten in Sicherheit.«

Der Hüne nickte finster.

Jetzt gab es nur noch eine Aufgabe zu verteilen.

»Ifar! Noár!« Ich sah die beiden Heerführer Cassardims grimmig an. Ihnen und ihren Völkern fiel der wohl gefährlichste Auftrag zu, aber ich konnte mir keine besseren Verbündeten dafür vorstellen – auch wenn ich wusste, dass ich Noár damit einen Kampf an zwei Fronten abverlangen würde.

»Räumt den Himmel auf!«

DAS LETZTE WORT

Der Lärm war ohrenbetäubend. Waffenklirren. Flügelschlagen. Zischende Pfeile. Blitze. Gebrüll. Fauchen. Todesschreie. Donnergrollen. Schon nach wenigen Augenblicken hatte ich den Überblick über die Schlacht verloren.

»Ihr könnt nicht gewinnen, kleine Enkelin!«, säuselte eine giftige Stimme in meinem Kopf.

Fidrin hatte recht. Noch war der Kampf erst wenige Minuten alt und schien halbwegs ausgewogen zu sein. Aber wie lange würde das so bleiben? Das Chaos brauchte keine Verschnaufpausen, keine medizinische Versorgung, kein Essen, keinen Schlaf. Es trauerte nicht um seine Gefallenen und konnte nicht den Mut verlieren. Wenn wir keinen schnellen Sieg errangen, würden wir sehr langsam und qualvoll untergehen.

Auch auf der Brücke herrschte ein heilloses Durcheinander. Die Goldkrieger schlugen sich zwar wacker, doch ihre Formationen waren nicht gemacht für einen Kampf gegen glitschige, vom Chaos besessene Zombie-Gestalten, die aus den Tiefen emporkletterten. Es würde nicht mehr lange dauern, bis die Verteidigungslinien um uns herum brachen und wir den Chaoswandlern direkt gegenüberstanden.

»Das Juwel zu teilen, war ein guter Schachzug«, kroch Fidrins Stimme erneut in meine Gedanken. *»Nur wird es dir nichts nützen.«*

Ich wusste, dass er lediglich versuchte, mich zu manipulieren. Er wollte Zweifel säen, denn Zweifel würden meinen Willen schwächen – und ich brauchte jedes noch so winzige Fünkchen davon, um mich auf den Monsterwirbel zu konzentrieren. Im Moment gelang es mir gerade so, ihn am Wachsen zu hindern. Für mehr lenkte mich das allgegenwärtige Sterben, die Bedrohung für meine Geschwister und meine Sorge um Noár zu sehr ab. Wohin auch immer ich meinen Blick richtete, ich entdeckte nur Tod und Zerstörung. Die riesigen Rauch-Tentakel des Chaoswirbels pflügten über den Fluss hinweg, brachen Schiffe entzwei und brachten Barken zum Kentern. Chokaal pflückten Krieger von den Decks und ließen sie auf ihre Kameraden fallen. Eine Chimäre krachte in die untere Fährstadt. Die obere stand in Flammen. Wölfe heulten und jaulten, während Chaoswandler sie in die Fluten zogen. Ein Goldkrieger wurde vor meinen Augen von einer Rauch-Klinge durchbohrt, verfiel dem Chaos und attackierte seine Waffenbrüder. Großer Gott ...

»*Jeder Verlust von euch bedeutet einen Gewinn für meine Gefolgschaft*«, stichelte Fidrin weiter. »*Wie lange werdet ihr wohl durchhalten?*«

Eine gute Frage.

Nein! Keine gute Frage!

Nicht zweifeln! Ich durfte nicht zweifeln!

Lazar schmetterte Befehle. Ich hörte an seinem angespannten Tonfall, wie ernst die Lage auf der Brücke war. Die neue Gefahr aus den eigenen Reihen löste massive Panik unter den Goldkriegern aus.

Ich versuchte, all das auszublenden. Vergeblich.

Plötzlich segelten schwarze Schatten über die Brücke hinweg. Dunkle Gestalten fielen herab und schlugen wie Präzisionsgeschosse ein. Schattenkrieger. Aber nicht irgendwelche ...

»Unser Fürst hat gerufen?«, feixte Pash. Er deutete eine Verbeugung in Noárs Richtung an, bevor er sich mit einem wilden Grinsen ins Getümmel schmiss. Auch Keeza, Rhome und Junos nickten ihrem neuen Schattenfürsten zu und zogen ihre Schwerter. Ohne zu zögern, übernahmen sie das Kommando über die Goldkrieger, während ihre Shendai hoch oben auf Brückenpfeilern und Statuen landeten. Nox führte sie an. Mit einem kampfbereiten Brüllen machte er klar, dass wir Angriffe aus der Luft nun nicht mehr zu fürchten brauchten. In kürzester Zeit hatten die Goldkrieger wieder die Oberhand gewonnen.

Ich warf Noár einen dankbaren Blick zu, doch er war so vertieft in seine Aufgaben, dass er mich nicht bemerkte. Wie ein Fels stand er in der blutigen Brandung. Er befehligte nicht nur seine Truppe gegen das Chaos am Himmel, sondern bekämpfte auch das Chaos in sich. Trotzdem schaffte er es irgendwie, uns hier unten den Rücken freizuhalten. Angespornt von seiner Stärke riss ich mich zusammen und richtete meine ganze Aufmerksamkeit, meine Gedanken, meinen Willen, die Macht des Juwels und all meine Entschlossenheit auf die Quelle des Unheils. Der gigantische Chaoswirbel, durch den immer mehr Chokaal und Chimären nach Cassardim gelangten.

Ich ahnte, warum es mir nicht gelang, ihn zu schließen. Fidrin verhinderte es. Kaum zu glauben, dass diese winzige Gestalt, die unterhalb des Wirbels auf der Goldbrücke stand, die Schuld an allem trug. Ihm war gelungen, was niemand vor ihm je geschafft hatte. Er hatte das Chaos freiwillig in sich aufgenommen und irgendwie zu beherrschen gelernt, ohne sich selbst dabei zu verlieren. Allerdings schien auch er nun an seine Grenzen zu gelangen. Dass er nicht einmal mehr dazu in der Lage war, seinem Körper ein Gesicht zu geben, zeigte das ganz deutlich. Das war vielleicht seine Schwachstelle.

Ich habe ein Angebot für dich, dachte ich, so laut ich konnte. Mir war klar, dass er mich hörte. Blieb nur die Frage, ob er mit sich verhandeln ließ. *Selbst wenn du gewinnst, wird das Chaos dich frü-*

her oder später aufzehren. Beende den Angriff, schließe den Wirbel und ich werde dich ungeschoren ziehen lassen!

Sein Lachen bohrte sich in meine Innereien. Die winzige Rauchgestalt verschwand und tauchte nur einen Sekundenbruchteil später wieder auf – direkt vor mir, wo sie mich um einen Kopf überragte. Flummel quietschte vor Schreck auf, als das Licht meines Juwels ein waberndes Antlitz beleuchtete, das mich aus zwei entsetzlichen Abgründen anstierte.

»Ich habe auch ein Angebot für dich: Ergib dich und ich werde deine Geschwister nicht vor deinen Augen in Stücke reißen!«

Nicht zweifeln! Ich durfte nicht zweifeln!

»Du kannst mich mal!«, fauchte ich.

Noárs Schwert sauste auf den Chaoskaiser herab, doch es glitt geradewegs durch dessen Gestalt hindurch, ohne auch nur den kleinsten Schaden zu hinterlassen. Der Rauch wirbelte auf, strömte auf seinen Angreifer zu und nahm hinter Noár erneut Form an.

»Noch ein Angebot: Dein Gemahl gehört schon bald mir. Öffne dich dem Chaos und du kannst für alle Ewigkeit an seiner Seite sein.«

Noár erstarrte. Ich sah die Panik in seinem Blick und wusste sofort, dass auch er Fidrins Stimme hörte. Nur sagte er ihm vermutlich ganz andere Dinge als mir.

Qualmende Arme umschlangen ihn.

»Zurück!«, befahl ich so heftig, dass die Rauchgestalt unter meinem Willen zersprang.

Ich wollte gerade zu Noár eilen, da packte mich jemand von hinten. Es war Nick. Er schien unverletzt zu sein, aber er konnte sich dennoch kaum mehr auf den Beinen halten. Die Macht seines Juwels begann, ihren Tribut zu fordern. Ich war an die Erschöpfung gewöhnt – meine Geschwister nicht.

»Sie sterben!«, krächzte er wankend. »So viele. Ich kann sie nicht aufhalten.«

Ich sah ihm über die Schulter und verstand. Die untere Fährstadt war von Chaoswandlern förmlich überrannt worden. Bewohner und Wüstenkrieger hatten sich auf die Dächer der Häuser geflüchtet, wo sie zur leichten Beute für die Chokaal wurden. Verdammt! Irgendjemand musste ihnen helfen! Hektisch suchte ich das Schlachtfeld ab, aber alle Cassarden waren in Kämpfe verstrickt. Prinz Ifar hatte alle Hände voll damit zu tun, eine Flanke seiner Armee zu retten, die von gleich mehreren Chimären angegriffen wurde. Ilion hielt mit seinem Juwel unermüdlich Schiffe und Barken zusammen. Warden koordinierte Rettungstrupps für die Verwundeten, während Moe, Jenny und Annie gemeinsam einen Monster-Tentakel aufhielten, der die obere Fährstadt zu verwüsten drohte. Und Noár ... Noár schien noch immer unter Schock zu stehen. Rhome und Keeza waren zu ihm geeilt. Er stützte sich auf sie, redete leise auf sie ein. Gerade, als ich vor Verzweiflung schreien wollte, geschah etwas, mit dem ich niemals gerechnet hätte: Schwebende Felsen aus den Niemandslanden stürzten auf die Chimären herab, Eisgeschosse fegten die Chokaal vom Himmel und purpurne Feuer ließen die Chaoswandler gleich scharenweise in Flammen aufgehen. Schwarze Nachtranken schossen aus den Häusern der Fährstädte und rissen Dutzende Chaoswandler mit sich. Sie teilten sich den Platz mit den frostigen Kristallblüten, mit denen ich in der Silberfeste Bekanntschaft gemacht hatte. Sie zerfetzten jeden Chokaal, der ihnen zu nahe kam, während die Wurzeln des Wanderndes Waldes zu Brücken heranwuchsen, über die sich die Leute in Sicherheit bringen konnten. Vögel und andere geflügelte Tiere erhoben sich über dem Festland. Okoklins, Feuerkrähen, weiße Nebelfalter und so viele mehr. Sogar Feuerschwärmer entdeckte ich, die den tödlich Verwundeten mit ihren ganz speziellen Fähigkeiten den letzten Weg erleichterten und so die Geburt von neuen Chaoswandlern verhinderten. Cassardim höchstpersönlich mischte sich in den Krieg ein.

Hoffnung erfüllte mich und zerschlug sich gleich wieder, als ich Noár auf die Knie sinken sah. Angst schnürte mir die Kehle zu. Hastig zog ich mir die Kette mit dem Juwel über den Kopf und rannte zu ihm. Ich schob Rhome und Keeza zur Seite und griff nach seinem Gesicht. Er zitterte. Die Augen hielt er geschlossen. Seine Haut war eiskalt.

»Halt durch!«, flüsterte ich ihm zu. »Cassardim hilft uns, wir haben eine Chanc-«

»Amaia!«

Lazars alarmierter Tonfall ließ mich herumfahren. Kreidebleich starrte der ehemalige Seneschall gen Horizont. Seit Fidrin Noár angegriffen hatte, war ich zu abgelenkt gewesen, um den Chaoswirbel zu kontrollieren. Er war gewachsen und wuchs noch immer. Die Tanzenden Nebel verblassten, als würde der wabernde Abgrund sie in sich aufsaugen. Dahinter kam die Menschenwelt zum Vorschein, aber nicht nur *ein* Ort. Es waren etliche, von allen Kontinenten, zu allen Tages- und Nachtzeiten. Schemenhafte Gebäude. Hochhäuser. Neonreklamen. Nächtliche Küsten. Sonnige Dörfer. Die Grenzen verschwammen. Ein Beben erschütterte die Brücke.

Nachdem Cassardim seinen Völkern zu Hilfe geeilt war, hatte Fidrin offenbar die Taktik geändert. Er nahm wohl eher den Untergang des Totenreichs in Kauf, als eine Niederlage zu riskieren.

»Nein!«, schrie ich. Ich sprang auf und streckte dem Nebel meine Handflächen entgegen, als könnte ich die Nebel so aufhalten. Ich klammerte mich mit meinem ganzen Willen daran fest.

Chimären und Chokaal kreischten auf und änderten ihre

Flugrichtung. Jetzt hielten sie auf mich zu. Nox und die anderen Shendai gaben ihr Bestes, um sie abzuwehren. Wyvern kamen zur Unterstützung. Es regnete Blut.

»*Letzte Gelegenheit, liebste Amaia*«, zischte Fidrin. »*Gib auf!*«

Die anderen Juwelträger stellten sich an meine Seite. Mein Wille verknüpfte sich mit ihrem, aber ich spürte, dass sie am Ende ihrer Kräfte waren. Wir alle zehrten bereits von unserer Lebensenergie.

»*GIB AUF, AMAIA!*«

Kälte floss in mich hinein und kratzte an meinen Knochen. *Sie drang in meinen Verstand. Mein Verstand versank in Dunkelheit. Die Dunkelheit rief meinen Namen. Mein Name wurde eine Erinnerung. Die Erinnerung spendete Zuversicht. Zuversicht lag im Chaos. Das Chaos breitete die Arme aus.*

Halt! Stopp!

»Verschwinde aus meinem Kopf! Du wirst mich niemals kriegen!«, fauchte ich.

Fidrin lachte. »*Wenn du es so willst.*«

Danach schwieg er, doch seine Taten sprachen dafür umso lauter. Wieder schwankte die Brücke unter uns. Annie rutschte auf dem blutigen Boden aus. Ein toter Chokaal schlug eine große Bresche in die Verteidigungslinien der Goldkrieger. Goldkrieger? Es waren kaum noch welche übrig. Ganz normale Bürger hatten ihren Platz eingenommen.

Das war der Moment, in dem sich die Wahrheit wie ein schnell wirkendes Gift in meinem Verstand ausbreitete: Es gab nur einen Ausweg und ich hatte ihn schon viel zu lange vor mir hergeschoben.

Ich musste das beenden. Jetzt.

Noár würde es verstehen.

Er würde es verstehen müssen.

Auf einmal fand ich mich in einer stürmischen Umarmung wieder. Ilion schenkte mir ein Lächeln, das den Ernst seiner grauen Regentag-Augen nicht vertreiben konnte.

»Genieß dein Leben mit Noár«, rief er mir zu. »Und wehe, du baust mir kein Denkmal, kleine Kaiserin!«

Ich war so beschäftigt mit meiner eigenen Entscheidung, dass ich erst nicht begriff, wovon er redete. Erkenntnis traf mich wie ein Hammerschlag.

»Nein, Ilion, das kann ich –«

»Ich wollte schon immer eine Familie haben, für die ich mein Leben geben kann.«

Kleine unsichere Finger zupften an meiner Hand. Moe.

»Wo ist Noár?«

Eine Frage, die mein Herz zum Stillstand brachte.

Noár stand nicht bei uns.

Aber ich spürte sein Juwel.

Ohne nachzudenken, stürmte ich los. Immer meinem Gefühl nach. Ilion folgte mir. Mitten ins Gedränge. Gold. Blut. Sterbende. Tote. Da! Schwarze Rüstungen. Rhome. Keeza. Pash. Junos. Kein Noár. Wie konnte das sein? Ich nahm doch sein Juwel dort wahr ...

Dort ...

Dort in Rhomes Hand.

Die Schattenkrieger kämpften nicht. Sie starrten die Goldene Brücke hinunter in Richtung Chaoswirbel.

Ich erschrak so heftig, dass mir die Luft wegblieb. Weit vor den Kampflinien entdeckte ich eine einsame Gestalt, die die leere Brücke entlangschritt – direkt auf Fidrin zu. Ein einzelner Shendai verteidigte ihn.

»NOÁR!«

Hals über Kopf rannte ich. Ich musste zu ihm. Ohne das Juwel würde er dem Chaos nicht lange widerstehen können.

Doch ich kam keine drei Schritte weit. Pash fing mich ab. Ich wehrte mich und strampelte so heftig wie nie zuvor in meinem ganzen Leben. »Ich muss ihn zurückholen! Lass mich los, verdammt noch mal!«

Der Graf steckte jeden meiner Schläge ein, blieb jedoch hartnäckig. »Diesmal nicht, Prinzesschen«, raunte er mir bekümmert ins Ohr.

»Bogen!«, hörte ich Rhome fordern.

Junos zögerte für einen winzigen Moment. Er mied meinen Blick, als schämte er sich. Dann legte er einen Pfeil an und richtete ihn auf Noár.

Blanke Panik befiel mich. Ich rammte Pash mit aller Kraft den Ellbogen in den Magen und riss mich los. »Junos, nein!«

Bei dem Versuch, ihn aufzuhalten, stolperte ich unmittelbar in Rhome hinein. Der General packte mich an den Schultern. »Du musst Noár das tun lassen!«

»Was?!«

»Wir verlieren, Amaia«, sagte er mit unnachgiebiger Strenge. »Verstehst du nicht, dass er das auch für dich tut?«

Ich konnte nicht fassen, was ich da gerade hörte. Rabiat schlug ich seine Arme beiseite, aber Rhome hatte das vorausgesehen. Er wirbelte mich herum und umklammerte mich von hinten – so fest, dass ich mich kaum noch rühren konnte.

»Es war Noárs Entscheidung«, redete der General weiter auf mich ein. Diesmal voller Mitgefühl. »Das Chaos hat sich in ihm schon so stark ausgebreitet, dass er sich ohnehin nicht mehr lange beherrschen kann. Mit oder ohne Barrieren! Das lässt sich nicht rückgängig machen. Gestatte ihm ein würdiges Ende. Ein Ende, mit dem er dich retten kann.«

An seiner Hand strahlte der Ring mit Noárs Juwel. Und nicht nur das. Rhome trug alle Ringe des Schattenfürsten.

Tränen flossen mir in Strömen über die Wangen.

Noár hatte sie ihm gegeben? Seinem Nachfolger ...
Er hatte sich von ihnen verabschiedet?
Und mich ließ er einfach so zurück?!
Ein brutaler Schmerz wühlte sich durch meinen Brustkorb, schlimmer als alles, was ich je erlebt hatte. Mein Verstand erlitt einen Kurzschluss. Ich drehte komplett durch, wand mich in Rhomes Griff und brüllte ihn an. »Wie kannst du ihn so im Stich lassen? Wie könnt ihr ihn alle so im Stich lassen? Ihr Verräter! Lass mich sofort los!«

Rhome beugte sich meinem Willen nicht. Er trug ein Juwel, war ausgeruht und unerbittlich. »Ich kann nicht, Amaia. Ich habe es Noár schwören müssen.«

»Ich bin eure Kaiserin. Ihr müsst tun, was ich sage! Bogen runter!«, schrie ich. »Lass mich los! LASS MICH ZU IHM!« Ich heulte Rotz und Wasser und brüllte mir die Seele aus dem Leib, bis Keeza vor mir auftauchte. Sie nahm mein Gesicht in ihre Hände und blitzte mich erbost an.

»Denkst du, Rhome will das? Noár ist sein bester Freund«, herrschte sie mich an. Auch aus ihren Augen quollen Tränen. »Jeder von uns würde mit Noár tauschen, wenn wir ihn damit retten könnten. Das können wir aber nicht. Nicht einmal du! Also tun wir unsere Pflicht. Wir ertragen es, damit Cassardim überleben kann. Damit *du* überleben kannst. Hasse uns dafür. Räche dich, wenn du das möchtest, doch *nicht jetzt!* Jetzt musst du noch einmal für ihn da sein! Lass die Missbilligung seines Opfers nicht das Letzte sein, was er erblickt.«

Ihre Kritik traf mich bis ins Mark. Meine Wut verließ mich. Meine Kraft schwand. Nur Rhomes Arme verhinderten, dass ich zusammenbrach.

Keeza trat einen Schritt zur Seite. Jetzt konnte ich sehen, wie Noár stehen blieb und sich umdrehte. Nah genug, um in Reichweite von Junos' Bogen zu sein, aber weit genug entfernt, damit niemand verletzt wurde, wenn sein Opfer die Energie freisetzte, die es für die neuen Barrieren benötigte.

Weit genug, damit ich ihn nicht mehr aufhalten konnte.

Er hatte alles bedacht. Wie immer.

Mit ruhigen Handgriffen öffnete er seinen Harnisch und legte ihn ab. Auch seine Uniformjacke und sein Hemd zog er aus. So würde der Schuss mit Sicherheit tödlich sein.

»Bitte, Rhome ... lass das nicht zu«, flehte ich ein letztes Mal. Meine Stimme war kaum zu hören. »Ich kann ihn retten. Lass es mich versuchen!«

»Ich wünschte, du könntest es«, murmelte der General unglücklich. »Sei jetzt stark für ihn. Mach es ihm nicht noch schwerer.«

Dann hob Noár den Kopf und unsere Blicke trafen sich. Ich wusste, was er dachte, und er wusste, was ich dachte. Seine Lippen formten eine letzte Botschaft.

»Es tut mir leid.«

Ein Schluchzen brannte mir in der Kehle.

»Ich liebe dich!«, flüsterte ich.

Ich bekam kaum mehr Luft angesichts der Endgültigkeit dieses Moments. Es gab noch so vieles, das ich Noár sagen wollte. Ich wollte ihn noch einmal berühren, ihn küssen und in seinen Armen Geborgenheit finden. Ich wollte ein Leben mit ihm, eine Familie mit ihm, ein Zuhause mit ihm.

»Ich dich auch«, las ich von seinen Lippen ab.

Er lächelte. Verzweifelt versuchte ich, mir dieses Lächeln einzuprägen. Ich würde es nie wieder sehen.

Dann gab Rhome den Befehl, der mir das Herz aus der Brust riss: »Schieß!«

Junos ließ die Sehne los. Der schwarze Pfeil zischte durch die

Luft. Er traf sein Ziel mit tödlicher Präzision und grausamer Wucht. Direkt in Noárs Brust.

Ich zuckte zusammen, als hätte der Pfeil mich selbst getroffen. Nox' Brüllen hallte bis in die letzten Winkel Cassardims. Es ging unter im Rauschen meiner Ohren. Auch ich wollte schreien, aber ich beherrschte mich mühsam. Noch war Noár nicht tot. Noch spürte ich seine Angst und hielt seinen Blick fest. Er sollte nicht allein sein, wenn ...

Seine Sternenaugen schlossen sich.

Aber er fiel nicht.

Kein Tropfen Blut floss aus der Wunde.

Irgendetwas stimmte nicht.

Junos legte einen weiteren Pfeil an. Diesmal wartete er Rhomes Befehl nicht ab. Er schoss sofort, um seinem Fürsten einen schnellen Tod zu schenken.

Der zweite Pfeil bohrte sich noch tiefer in sein Fleisch als er erste, doch Noár schwankte nicht einmal. Langsam griff er nach den Schäften und zog sie sich aus der Brust. Rauch quoll aus den Wunden. Seine Mundwinkel verzogen sich zu einem gefährlichen Grinsen und als er die Augen wieder öffnete, drehte sich mir der Magen um. Chaos wirbelte darin.

DER LETZTE WEG

Nur einen Wimpernschlag zu spät.
Junos hatte ihn nur einen Wimpernschlag zu spät getroffen.
Mein Körper begann zu zittern. Er begriff schneller als mein Verstand, der schlicht verleugnete, was meine Sinne mir sagten. Reiner Selbsterhaltungstrieb, denn wenn ich akzeptierte, dass Noár nicht mehr Noár war, dann musste ich auch die Tatsache akzeptieren, dass ich ihn verloren hatte *und* sein schlimmster Albtraum wahr geworden war.

Ich habe dich gewarnt, meine kleine Enkelin, dröhnte Fidrins vergnügte Stimme in meinen Gedanken, während Gelächter aus tausend Kehlen erschallte. *Wenn der Schattenprinz fällt, wird Cassardim ihm folgen. Und genau das wird nun passier-*

Noárs Hand schnellte in die Höhe und Fidrins Stimme verstummte. Das Gelächter verstummte. Alles verstummte. Sogar der Chaoswirbel.

Auch Chokaal, Chimären und Chaoswandler hielten inne. Unvermittelt ließen sie von ihren Opfern ab und ... zogen sich zurück – in völliger Stille. Kein Knurren, Fauchen, Kreischen oder Schnauben. Kein noch so kleines Geräusch ertönte, das ihrer wilden Natur entsprochen hätte. Unheimlich. Unnatürlich.

Für zwei lächerlich hoffnungsvolle Sekunden lang glaubte ich, Noár wäre doch noch er selbst und hätte die Schlacht beendet.

Was für ein Irrtum.

Das Chaos zog sich nicht zurück. Es formierte sich neu. Für einen noch tödlicheren Angriff. Kein Wunder, denn es hatte seinen Chaoskaiser gegen einen Heerführer getauscht. Fidrin war fort. Das spürte ich. Er war in der Belanglosigkeit verschwunden. Nun hatte Noárs skrupellose Seite die alleinige Kontrolle. Der grausame Noár. Der hungrige Noár. Noár, der Chaosfürst.

Er schien es ganz und gar nicht eilig zu haben. Sein vorübergehender Rückzug erlaubte es uns sogar, auch unsere Truppen zu sammeln und zu ordnen. Warum tat er das? Wollte er mit unserer Hoffnung spielen? Unser Entsetzen auskosten? Unsere Angst trinken? Worauf wartete er?

Ifar trat vor. In seiner Hand ruhte ein Schwert. Kampfbereit. Schicksalsergeben.

»Zieht euch in den Goldenen Berg zurück. Bringt so viele wie möglich in Sicherheit. Mit den Juwelen könnt ihr den Berg vielleicht halten«, wies er uns an und richtete den Blick auf Noár. »Ich werde euch so viel Zeit verschaffen, wie ich kann.«

Abrupt gab Rhome mich frei. Ich rechnete halb damit, dass meine Knie unter mir nachgeben würden, doch überraschenderweise stand ich felsenfest. Wieder einmal hatte mein Körper viel schneller begriffen, was mein Kopf nicht wahrhaben wollte. Denn tief in mir wusste ich längst, worauf Noár wartete und was ich zu tun hatte.

Rhome zog ebenfalls sein Schwert. Seine goldbraunen Falkenaugen durchbohrten Ifar förmlich. »Dieser Kampf ist nicht deiner. Du konntest ihn noch nicht einmal aufhalten, als er dich *nicht* töten wollte«, zischte er. »Vergeude dein Leben nicht, Wolkenfürst. Dein Volk braucht dich.«

Der General hatte geschworen, Noár aufzuhalten, falls er jemals dem Chaos erliegen sollte. Nun würde er diesen Schwur wohl erfüllen müssen.

»Dein Volk braucht dich ebenfalls, Schattenfürst«, konterte Ifar und nickte in Richtung der Ringe, die Rhome trug. »Geht! Ich mache das.«

Plötzlich mischte sich ein dritter Fürst ein. Ein gelockter Fürst, der eben schon drauf und dran gewesen war, sich zu opfern.

»Eure heldenhaften Absichten in allen Ehren«, meinte Ilion schroff, »aber Noár kennt euch beide. Er kennt eure Stärken und Schwächen und wird dieses Wissen, ohne zu zögern, nutzen. Gegen mich hat er noch nie gekämpft. Damit habe ich wohl die größten Erfolgschancen.«

Ifar und Rhome stießen gleichzeitig ein unwilliges Geräusch aus.

»Es geht hier nicht um Heldentum, sondern ums nackte Überleben!«, knurrte der Wolkenfürst. »Noár wird dich töten, bevor wir alle in den Berg geschafft hätten!«

»Vielleicht«, konterte der Faheen. »Aber mein Tod –«

Plötzlich verdunkelte sich der Himmel hinter Noár und sein leises Lachen versetzte jede Faser meines Körpers in Schwingung.

»Und?«, erkundigte er sich amüsiert. Seine Stimme war kaum lauter als ein raues Flüstern und doch hallte sie durch das ganze Totenreich. »Habt ihr euch endlich entschieden, wer mich herausfordern darf?«

Seine Chaos-Truppen griffen nach wie vor nicht an. Anscheinend gefiel es ihm, uns zappeln zu lassen. Natürlich gefiel es ihm, da er doch wusste, dass er uns jederzeit einfach ausradieren konnte.

Das war nicht der Mann, den ich kannte, aber ich fühlte, dass dieser Mann noch irgendwo in ihm steckte.

Während Ifar, Ilion und Rhome erneut zu diskutieren begannen, straffte ich die Schultern und trat einen Schritt vor. Noárs Chaos-Blick traf mich. Aus seinem überheblichen Lächeln wurde ein breites Grinsen.

»Hervorragende Wahl ...«

Der Boden bebte und schwarzer Rauch kroch über die Brücke auf mich zu.

»Amaia ...« Rhome sah mich entsetzt an. »Was hast du getan?!«

»Ihr könnt Noár nicht aufhalten«, erklärte ich. »Aber ich kann es.«

Der Rauch floss um mich herum und wuchs zu einer Mauer heran, die mich von den anderen abschneiden würde. Mir blieb keine Zeit für lange Erklärungen, also sagte ich nur: »Falls ich es nicht schaffe, richtet meinen Geschwistern aus, dass ich sie liebhabe.« Ich schenkte Ilion ein kleines Lächeln. »Das gilt auch für dich!«

»Tu das nicht!« Er versuchte, mich über den Rauch hinweg zu erreichen, aber das Chaos drängte ihn zurück. Rhome stürzte sich mir ebenfalls entgegen. Junos und Pash mussten ihn mit Gewalt zurückhalten, damit er dem Rauch nicht zu nahekam. So verzweifelt hatte ich ihn noch nie erlebt.

»Ich habe ihm bei meinem Leben schwören müssen, dass ich auf dich aufpasse«, stieß er hilflos hervor.

»Und das hast du«, erwiderte ich. Zutiefst gerührt blickte ich ihm und Ilion und Ifar und Keeza und Junos und Pash noch ein letztes Mal in die Augen. »Danke, dass ihr diesen Weg so weit mit mir gegangen seid.«

Der Wolkenfürst nickte voller Hochachtung. Meine Entscheidung behagte ihm nicht, aber er schien sie zu respektieren. »Du schuldest uns keinen Dank. Du schuldest uns deine Rückkehr. Cassardim braucht eine Kaiserin.«

Inzwischen hatte uns die Mauer aus Rauch fast vollständig voneinander abgeschnitten.

»Kein Zögern«, rief Keeza mir zu und legte sich die Faust aufs Herz.

»Keine Furcht«, stimmte Pash ein.

»Keine Reue«, krächzte Rhome.

Und ich antwortete: »Bis in den Tod.«

Dann schlossen sich die Rauchschwaden und ich war abgeschottet von der Außenwelt. Allein.

Nein, nicht allein. Hinter mir spürte ich Noárs Gegenwart, seine dunkle Macht und boshafte Intelligenz.

Mein Herz raste. Der Rauch schluckte fast jedes Licht. Nur das Juwel, das mir um den Hals hing, strahlte heller denn je.

Großer Gott, das Juwel!

Verdammt! Ich hätte es einem der anderen geben sollen. Noár durfte es unter keinen Umständen in die Finger bekommen.

Hastig dachte ich nach, als ein leises Piepsen mir die Lösung brachte. Ich griff in meine Locken und fischte Flummel heraus. Der Okoklin wehrte sich, aber ich schaffte es dennoch irgendwie, ihn mir auf die Hand zu setzen. Dort kauerte er wie ein zerzaustes Trauerklößchen mit Rüstung und blinzelte mich bestürzt an. Er kannte meine Gedanken und wusste, was ich von ihm wollte. Vehement schüttelte er den Kopf. Ich ignorierte ihn und riss mir die Kette mit dem Juwel vom Hals, um sie ihm in die Pfoten zu drücken. »Bring das so schnell du kannst zu Lazar. Und achte darauf, dass er es weise einsetzt, bis ich wieder zurück bin. Ich verlass mich auf dich!«

Ein verzweifeltes Quieksen. Mir war klar, dass er mich einerseits nicht im Stich lassen wollte, aber andererseits die Wichtigkeit seines Auftrags verstand.

Schweren Herzens gab ich Flummel einen Kuss auf den Kopf und spürte, wie mir die Tränen in die Augen stiegen. »Es muss sein. Und gib auf Moe acht, falls mir was passiert, okay? Ich will nicht, dass er ganz allein ist.«

Mit einem winzigen betrübten Nicken verstaute Flummel das Juwel in seinem Beutel. Dann kuschelte er sich noch einmal an meinen Daumen und stürzte sich wagemutig in den Chaos-Rauch.

Noárs leises Lachen wehte zu mir herüber.

»Das war nicht besonders klug«, meinte er belustigt. »Ohne das Juwel hast du mir nicht das Geringste entgegenzusetzen.«

Langsam drehte ich mich um. Ich hatte befürchtet, dass ich ohne das Juwel in völliger Dunkelheit stehen würde, aber die Rauchschwaden ließen doch etwas Licht durch. Trübes, schmutziges Licht. Es war vollkommen surreal, als würde dieser Ort irgendwo zwischen Tag und Nacht feststecken. Der Rauch hüllte die gesamte Brücke ein. Er erlaubte mir nur einen Weg. Einen letzten Weg. Zu seinem Gebieter.

Noár stand noch immer dort, wo die Pfeile ihn getroffen hatten. Er lauerte, wie ein Raubtier, das sich seiner Beute sicher war. Die Grausamkeit, die er ausstrahlte, jagte mir kalte Schauer über den Rücken.

»Abwarten«, murmelte ich. »Für dich brauche ich kein Juwel.«

Wieder dieses arrogante Lachen.

»Genau die Antwort, auf die ich gehofft habe.«

Ein Wink und der Rauch bewegte sich, drängte mich vorwärts. Offenbar war Noárs Geduld doch nicht so endlos wie angenommen. Oder er wusste, dass ich Zeit schinden wollte, um den anderen die Möglichkeit zum Rückzug zu geben. Wie auch immer, ich war es leid, nur zu reagieren. Ich zog mein Schwert und marschierte zielstrebig los. Er wollte die Sache beschleunigen? Fein, ich konnte es kaum erwarten, das Chaos aus ihm herauszubrennen.

»Immer noch ganz das wagemutige Kätzchen«, hallte es mir entgegen. Mit seinem Spott hatte ich gerechnet und mir längst einen dicken Eispanzer um mein Herz zugelegt. Auch auf seinen vom Chaos zerfressenen Körper war ich gefasst gewesen, aber als ich näherkam und sah, *wie sehr* er sich verändert hatte, konnte ich mein Entsetzen dennoch nicht verbergen. Die weiche Haut, die sich sonst über seine Brust spannte, war aufgeplatzt und wie eine trockene Salzwüste von Rissen überzogen. Auch sein Gesicht bestand nur noch aus Bruchstücken, zusammengehalten von waberndem Rauch. Seine Augen waren dunkle Abgründe und sein Lächeln die pervertierte Version dessen, was ich so liebte.

»Warum so erschüttert?«, fragte der grausige Chaosfürst süffisant. »Wusstest du etwa nicht, wen du da geheiratet hast?«

Ein gutes Stück vor ihm stoppte ich. Das war eine seiner ersten Lektionen gewesen: Nie einen überlegenen Gegner zuerst angreifen.

»Ich weiß genau, wen ich geheiratet habe«, sagte ich grimmig. »Und ich weiß auch, dass du noch irgendwo da drin bist, Noár.«

Abfällig schüttelte er den Kopf. »Ist es das, woran du dich festklammerst?«

Er kam ein paar Schritte auf mich zu. Um mich und meine Klinge schien er sich nicht die geringsten Sorgen zu machen.

»Dass du *deinen* Noár irgendwie retten kannst?«

Ein weiterer Schritt. Sein Hohn und die Kälte in seiner Stimme ließen mich erschauern. Nur mit größter Mühe schaffte ich es, tapfer stehenzubleiben, obwohl alles an seiner zerfressenen Gestalt den Tod versprach. Dabei wusste ich, dass er mich nicht umbringen konnte – nicht ohne zu riskieren, durch mein Opfer neue Barrieren zu erschaffen. Trotzdem war es unmöglich, vor dieser ... Kreatur keine Angst zu haben.

»Wie wäre es mit der Wahrheit?«, fuhr er fort. »Ich *bin* dieser Noár und war es schon immer!«

»Wenn das stimmt«, presste ich hervor, »dann bist du auch der Noár, der mich liebt.«

Gegen jeden Instinkt und meine Abscheu hob ich die Hand,

um ihn zu berühren. Noárs überhebliches Dauerlächeln gefror. Er wich zurück, wirkte ungehalten. In seiner Hand wuchs ein Schwert aus Schatten und Rauch. Seine Gestalt veränderte sich. Sein Gesicht zerfloss und formte ältere Züge. Kantig, faltig, rissig. Fidrins Stimme knurrte: »Natürlich liebe ich dich, meine kleine Enkelin.« Sein Schwert schoss auf meine Brust zu. In letzter Sekunde sprang ich zur Seite. »Mit deiner Geburt hat mich das Chaos gefunden und mein Aufstieg begonnen.«

Wieder griff er mich an. Diesmal parierte ich seinen Hieb, bevor ich mich erneut in Sicherheit brachte. Fidrins Hass machte es mir leichter, mich zu verteidigen. Er war der Feind, er war es schon immer gewesen, auch wenn er jetzt nur noch einer belanglosen Randfigur gleichkam. Ich fragte mich, warum Noár mir diesen Vorteil gönnte. Er allein kontrollierte das Chaos. Er allein bestimmte, in wessen Gestalt er mir gegenübertrat.

»Warum versteckst du dich hinter Fidrin?«, wollte ich wissen. »Hast du etwa Angst vor mir oder vor der Liebe, die du in dir spürst?«

Das greise Antlitz des Chaoskaisers verschwamm und hinterließ das wutverzerrte jugendliche Gesicht von Moes Halbbruder Tincos.

»Wir haben keine Angst!«, schrie der Waldprinz.

Dann formte der Rauch unvermittelt weibliche Züge. Weiche Züge. Mitfühlende Züge. Kaiserin Moya. Sie senkte das Schwert und streckte mir ihre Hand entgegen.

»Komm zu uns«, bat sie. »Ich vermisse dich so sehr, meine Tochter.«

»Ich bin nicht deine Tochter«, sagte ich automatisch, während meine Gedanken rotierten, um herauszufinden, was Noár mit dieser Aktion bezweckte. Wollte er mich wütend machen? Mich verwirren? Mich zu sich ins Chaos locken? Oder versuchte er nur, mich von dem einen Thema abzubringen, das ihm gefährlich werden konnte?

Kaiserin Moya ließ ihre Hand sinken. Ihr sanfter Ausdruck stumpfte ab und die wirbelnden Abgründe ihrer Augen verengten sich. »Du hast recht. Du bist nicht mein Kind. Mein Kind hätte Cassardim nie so zugrunde gerichtet.«

»Netter Versuch, Noár. Aber ich weiß, was du vorhast!«

Moya stürzte sich kreischend auf mich. Ich fing ihren Schwerthieb ab. Unsere Klingen verkeilten sich, während das Chaos erneut das Aussehen wechselte. Jetzt ragte Askan über mir auf. Oh, bitte nicht! Ich hatte so gehofft, dass meinem Onkel ein schneller Tod vergönnt gewesen war.

»Du undankbares Gör!«, spuckte er mir ins Gesicht. Er stieß mich so heftig zurück, dass ich fiel. Hart. »Hätte ich dich doch bloß mit deiner Mutter sterben lassen.«

Mit der Überlegenheit eines Siegers schwang Askan seine Klinge zum Todesstoß. Im letzten Moment rollte ich mich zur Seite, rappelte mich hoch und schaffte so viel Abstand wie möglich zwischen mich und den Goldkrieger.

Jetzt hatte ich endgültig genug.

»Zeig dich, Noár!«, fauchte ich. »Wenn du mich schon umbringen willst, dann tu es wenigstens selbst.«

Plötzlich zerplatzte Askans Gestalt in einer Rauchwolke und wehte davon.

»Du willst also wirklich gegen *mich* kämpfen?«

Noárs amüsierte Frage ließ mich herumfahren. In seiner ganzen schrecklichen Schönheit stand er hinter mir und musterte mich durchdringend.

»Nein«, antwortete ich ehrlich. »Ich will nicht *gegen* dich kämpfen! Ich kämpfe *um* dich.«

Meine Worte verfehlten ihren Zweck. Offenbar hatte Noár in

seinem jetzigen Zustand nicht viel für herzergreifende Bekundungen übrig. Er schnalzte mit der Zunge und griff ohne Vorwarnung an. Schatten und Rauch folgten seinen fließenden Bewegungen wie ein dämonischer Umhang. Ich schaffte es gerade so, seinen ersten Ansturm zu überleben, wobei von seiner tödlichen Eleganz bei mir nichts zu finden war. Meine Gegenwehr bestand eher aus Stolpern, Straucheln und reinem Glück.

»Ich weiß, dass du noch da bist«, keuchte ich, während ich mich unter seinem nächsten Schlag hinwegduckte. »Kämpf gegen das Chaos an!«

Er spielte mit mir. Selbst ausgeruht hätte ich keine Chance gegen ihn gehabt. Und auch wenn er mich nicht töten durfte, wäre es nur eine Frage der Zeit, bis es ihm gelingen würde, mich ebenfalls mit dem Chaos zu infizieren. Ich wusste, wie sich das anfühlte. Mich hatte schon einmal eine Rauch-Klinge durchbohrt. Eine Erfahrung, die ich wirklich nicht wiederholen wollte. Andererseits ... wenn ich erst mal Zugang zum Chaos hatte, konnte ich Noár vielleicht davon trennen. So, wie ich es auch bei Fidrin gemacht hatte – auf der Chaos-Hochzeit. War Noár vorhin deshalb vor mir zurückgewichen? Das musste es sein! Er mied meine Nähe, bis ich erschöpft genug wäre, um meinen Willen zu brechen. Hieß das ... wenn ich ihm zuvorkam, konnte ich ihn vielleicht retten?

Mit neuem Mut sah ich ihn an.

»Halt durch! Ich hol dich da raus!«

Er lachte. »Wenn deine Naivität nicht so traurig wäre, wäre sie fast schon amüsant.«

Prompt attackierte er mich aufs Neue. Schlag um Schlag, Hieb um Hieb. Und nie ließ er mich nah genug an sich heran, um ihn berühren zu können. Dabei schien er kein bisschen außer Puste zu kommen. Wenig verwunderlich, denn das Chaos verlieh ihm

Kraft, während ich eigentlich schon mit der Ankunft auf der Goldenen Brücke meine Belastungsgrenze erreicht hatte. Meine Muskeln protestierten, mein Magen rebellierte vor Anstrengung und meine Reaktionsfähigkeit war, gelinde gesagt, eine Katastrophe.

»Soll ich dir verraten, warum ich dich geheiratet habe?«, erkundigte er sich spöttisch. Er gewährte mir eine kurze Atempause von seinen mörderischen Angriffen und schlenderte um mich herum.

»Ich bin ganz Ohr«, murmelte ich. Sollte er ruhig reden, solange ich mich nur einen Augenblick ausruhen konnte.

»Weil du ohne mich keinen Tag überlebt hättest, ich dich aber dummerweise für meinen Plan gebraucht habe. Deswegen.«

Das war so absurd, dass ich lachen musste.

»Du selbst hast mich vor den Lügen des Chaos gewarnt«, erinnerte ich ihn.

»Dann hättest du mir glauben sollen, Kätzchen«, meinte er gönnerhaft. »Denn ich *habe* dich angelogen. Jeden einzelnen Tag. Oder dachtest du ernsthaft, jemand wie du könnte mich wirklich interessieren?«

Seine Worte hätten mich verletzen müssen, taten sie aber nicht. Es waren bloß weitere Lügen ohne Bedeutung. Dummerweise begriff auch Noár nun, dass er mich mit Worten nicht kleinkriegen konnte. Einen Augenblick später schnellte seine Klinge auf mich zu. Ich sprang zur Seite und wäre beinahe gestürzt. Inzwischen sehnte sich alles in mir nach dem Ende. Wirklich Sorgen bereitete mir allerdings die Tatsache, dass es für mich kaum noch eine Rolle spielte, wie dieses Ende aussehen würde.

Zeit für einen letzten verzweifelten Schlussstrich.

»Du hast mal gesagt, ich wäre die Einzige, die dich zu Fall bringen könnte«, sagte ich leise. Ich warf mein Schwert auf den Boden und ging direkt auf ihn zu.

Misstrauisch kniff Noár die Augen zusammen.

»Was hast du vor?«

»Herausfinden, ob du damals die Wahrheit gesagt hast.«

Seine Chaos-Züge waren schwer zu deuten, aber ich glaubte, Verwirrung darin zu erkennen.

»Willst du es mir wirklich so einfach machen?«

Ich überhörte seine Frage. Stattdessen konzentrierte ich mich darauf, meinen Fluchtimpuls zu unterdrücken. Mit einem beklemmenden Gefühl im Bauch marschierte ich weiter und sah, wie die Klinge aus Rauch und Schatten sich hob. Noár zögerte. Eine Sekunde lang. Gleich war ich bei ihm.

Dann stieß er zu.

Rauch drang in mein Fleisch ein und der Chaosfürst triumphierte. Das war meine Gelegenheit. Ich packte seinen Schwertarm und zog ihn so weit zu mir, dass ich meine Hand auf sein Herz legen konnte. Die Berührung ließ ihn zusammenzucken.

»Ich sehe dich, Noár! Und ich liebe, was ich sehe! Komm zu mir zurück!«

DER LETZTE WILLE

Das Chaos-Schwert hätte mein Herz durchbohren sollen, aber mir war es gelungen, mich so weit wegzudrehen, dass es nur meine Rippen streifte. Den Schmerz spürte ich kaum. Bei allem, was ich in den letzten Stunden hatte ertragen müssen, machte eine Wunde mehr oder weniger keinen Unterschied. Aber die Kälte, die in mein Blut sickerte, nahm ich sehr wohl wahr. Sie fraß sich gnadenlos durch Nerven, Gewebe und Eingeweide. Stimmen flüsterten meinen Namen. Ich verdrängte sie. Ich verdrängte alles, denn es gab jetzt nur eine einzige Sache, die zählte. Noár.

Seine Brust fühlte sich eisig unter meinen Fingern an. Fast leblos. Doch darunter wütete ein wahrer Chaos-Sturm. Ich befahl ihm, sich zurückzuziehen. Mein Wille kam mir träge und stumpf vor. Zum ersten Mal seit Langem musste ich ohne Juwel oder Juwelensplitter auskommen, die ihn verstärkten. Allerdings gab es nichts auf der Welt, das ich in diesem Moment mehr *wollte*, als Noár zu befreien. Niemand, nicht einmal das Ur-Chaos höchstpersönlich, hätte mir in diesem Fall die Stirn bieten können. Stück für Stück arbeitete ich mich vor. Stück für Stück vertrieb, verjagte und verbannte ich das Chaos aus Noár. Eine mühselige Aufgabe, denn der wabernde Rauch war so fest in ihm verankert, dass er sofort zurückkehrte, wenn ich auch nur die kleinste Lücke ließ.

Als ich spürte, wie sich eine warme Hand über meine legte, fing mein Herz an, wie wild zu klopfen. Ich öffnete die Augen und sah als Erstes einen Ring an Noárs Finger. Es war ... das Gegenstück zu meinem Verlobungsring.

Er hatte ihn behalten?

Tief bewegt hob er den Kopf. Ein Sternenhimmel tat sich vor mir auf. Ein wunderschöner, aufgewühlter, fassungsloser Sternenhimmel.

Noár starrte mich und meine Tränen an, als würde er einen Geist sehen. Ich war mir nicht sicher, ob er wusste, was passiert war, warum ich mich an ihn klammerte und vor Erleichterung schluchzte. Er rang um seine Selbstbeherrschung, suchte Worte und konnte doch nicht aussprechen, was in ihm vorging. Stattdessen floss ein Bild in mein Bewusstsein. Eine Erinnerung an den Moment im Shendai-Hort, in dem er vor mir niedergekniet war. Damals hatte er Nox' Rudel seine Ergebenheit und Liebe zu mir demonstriert. Die Erinnerung verschwamm mit der Gegenwart. Auch der Noár von heute sank vor mir auf die Knie. Nicht vor Schwäche, sondern unter der Last seiner Taten. Es war eine stumme Liebeserklärung, ein Einblick in seine Seele, eine Beteuerung seiner Reue.

»Verzeih mir«, flüsterte er heiser. »Was ich gesagt habe, was ich getan habe ...«

Seine Stimme brach, doch sein flackernder Blick hielt meinen fest. Flehend, als würde seine Existenz von meiner Vergebung abhängen.

Es gab nichts zu vergeben. Ich beugte mich zu ihm und verschloss seine bebenden Lippen mit einem Kuss. Glück und Wärme durchfluteten meinen Verstand, als Noár die Arme um mich schloss und den Kuss mit verzweifelter Sehnsucht und unendlicher Zärtlichkeit erwiderte. Er zog mich an sich, hielt mich und ließ mich all die Qualen vergessen, die ich durchlebt hatte, seit die Barrieren gebrochen waren. Ich wünschte mir, dieser Moment könnte für alle Ewigkeit andauern, doch Noár löste sich viel zu schnell von mir und nahm mich mit sich – zurück in die Realität. Ein heftiger Wind peitschte um uns herum und trug Rauch, Sand, Laub, Nebel und Erde mit sich. Der Sturm, den Fidrin nach seiner Befreiung gebändigt hatte, erhob sich von Neuem. Entfesseltes Chaos in seiner ganzen wilden Urgewalt. Niemand kontrollierte es mehr. Nicht, seit Noár Fidrin verdrängt und ich Noár vom Chaos getrennt hatte. Wir waren eingekesselt, abgeschnitten, und wurden nur deshalb nicht mitgerissen, weil mein Wille eine winzig kleine Oase der Ordnung bildete.

Noárs alarmierter Blick glitt von meinem Gesicht zu der Wunde neben meinem Herzen. Noch hielt ich das Chaos in Schach – in mir, in ihm und um uns herum. Aber wenn meine Kraft nachließ ...

Das durfte nicht passieren! Nicht, wo ich ihn gerade zurückgewonnen hatte. Wir mussten irgendeinen Weg hier rausfinden. In den Goldenen Berg. Zu den anderen.

Warme Hände umschlossen mein Gesicht. Noár strahlte so viel Ruhe und Stärke aus, dass meine Angst an Bedeutung verlor.

»Hör mir jetzt gut zu, Amaia. Du kannst das heilen, doch du musst hier weg«, sagte er sanft, aber nachdrücklich. »Und vorher musst du dafür sorgen, dass ihr eine Chance habt. Du musst mich töten.«

Entsetzt riss ich die Augen auf.

»Das werde ich nicht tun!«

»Nur dein Wille hält das Chaos fern. Wenn du mich loslässt, werde ich wieder zu –«

»Dann lasse ich dich nicht los!«

Ein trauriges Lächeln legte sich über seine Züge. Wir beide wussten, dass das keine Lösung war – ich hatte es nur nicht wahrhaben wollen. Das hier war lediglich ein kleiner Aufschub vor dem Unabwendbaren. Früher oder später würde Noár sich wieder in den albtraumhaften Chaosfürsten verwandeln und ich konnte rein gar nichts dagegen tun.

Er zog einen Dolch aus seinem Stiefel und hielt ihn mir mit dem Griff voran hin. »Stoß ihn mir ins Herz. Und dann lauf. Sei schnell. Dreh dich nicht um, bis du in Sicherheit bist.«

»Noár!« Unglücklich schüttelte ich den Kopf. »Cassardim ist gefallen. Ohne neue Barrieren ist kein Ort mehr sicher. Und dein Opfer wird sie nicht wiederherstellen. Du beherrschst das Chaos in dir nicht länger. Du bist ihm erlegen.«

»Aber mein Tod wird verhindern, dass ich wieder zu diesem Monster werde«, flüsterte er. In seinen Augen glänzte Angst. Angst vor dem, was er getan hatte und noch tun könnte. »Ein zweites Mal würde ich das nicht ertragen.«

Da ich den Dolch auch weiterhin nicht an mich nahm, drehte er ihn um und umklammerte nun selbst das Heft. »Wenn du es nicht machen willst, verstehe ich das. Dann werde ich es tun. Damit du eine Chance hast –«

»Die habe ich nicht. Nicht ohne dich«, fiel ich ihm ins Wort, bevor er eine Dummheit beging. Er wollte mich so dringend retten, dass er übersah, was offensichtlich war. Ich konnte nicht mehr.

»Mir fehlt die Kraft für den Rückweg, für die Heilung. Ich schaffe das nicht. Nicht ohne dich. Wenn ich dich verliere, wird mein Wille brechen. Nur du lässt mich durchhalten.« Mir war klar, wie melodramatisch das klang, aber es entsprach schlicht den Tatsachen. »Das Chaos würde von mir Besitz ergreifen, lange bevor ich den Goldenen Berg erreicht hätte.«

Verzweifelt sah Noár mich an. Er suchte in meinem Blick nach einem Ausweg, aber er fand dort nur die Wahrheit. Unendlicher Kummer legte sich über sein wunderschönes Gesicht. »Ich wollte dich retten und jetzt reiße ich dich mit in den Abgrund.«

»Nein, das tust du nicht«, widersprach ich ihm. Denn nun, nachdem ich mir eingestanden hatte, dass ich am Ende war, begriff ich all die sonderbaren Fäden, die das Schicksal um uns gesponnen hatte. Hier, inmitten eines Chaos-Sturms, erfüllte mich plötzlich Klarheit. Alles ergab Sinn. Es hatte mit uns angefangen und würde mit uns enden, so wie Katair es damals in seinem krankhaften Wahn vorhergesagt hatte. Alleine war jeder von uns verloren, aber gemeinsam konnten wir unseren Freunden, unserer Heimat, ein letztes Geschenk machen. »Ich glaube, es ist genau so, wie es sein soll. Es waren schon immer wir zwei. Du und ich. Zusammen. Beherrschtes Chaos.«

Noárs Augen weiteten sich. Er verstand.

»Das Gleichgewicht«, hauchte er ehrfürchtig.

Ich nickte und strich ihm liebevoll eine Strähne aus der Stirn, während aus seiner Ehrfurcht Widerwillen wurde. Ich verzieh es ihm. Natürlich wollte er mich retten, so wie er mich schon immer hatte retten wollen, aber dieses Mal gab es keinen Ausweg. Hätte es ihn gegeben, wäre ich ihn mit Freuden gegangen. Ich war nämlich wirklich nicht erpicht darauf, zu sterben. Genau genommen wünschte ich mir in diesem Moment nichts lieber, als ein langes Leben an Noárs Seite führen zu dürfen. Doch das war uns eben nicht vergönnt.

»So hätte es für dich nicht enden sollen, Kätzchen«, murmelte Noár. Seine innere Zerrissenheit ließ mir das Herz schwer werden. Ich versuchte, ihn mit einem Lächeln aufzuheitern.

»Und wie dann?«, fragte ich. »*Nachdem ihr heldenhafter Sturkopf-Ehemann sich geopfert hatte, lebte sie glücklich und zufrieden bis ans Ende ihrer Tage?* Also echt, Noár. Hast du vergessen, dass Cassarden ihr Herz nur einmal verlieren? Ohne dich hätte ich für immer auf deine wundervolle, bedingungslose Liebe verzichten müssen. Und ganz abgesehen davon hättest auch du Glück und ein langes Leben verdient. Du siehst in dir immer nur deine Fehler. Ich sehe in dir einen wundervollen Mann.«

Erst als Noár mir eine Träne von der Wange wischte, bemerkte ich, dass ich weinte.

»Es tut mir leid«, flüsterte er rau. »Alles. Einfach alles.«

»Du tust es schon wieder! Ich weine doch nicht, weil du was falsch gemacht hast«, beschwerte ich mich schniefend. »Ich weine, weil du alles richtig gemacht hast, also hör endlich auf, dich zu entschuldigen.«

Mit einem leisen Lachen zog er mich in seine Arme. Er lehnte die Stirn an meine und hielt mich einfach nur fest. Sekunden fühlten sich wie Stunden an und trotzdem wurde unsere Zeit knapp. Der Sturm kam immer näher.

»Ich habe Angst«, offenbarte er mir so leise, dass ich ihn kaum hörte. Er sprach mir aus der Seele – falls ich überhaupt eine besaß. Niemand wusste das so genau. Und niemand wusste, wohin Cassarden nach ihrem Tod gingen. Hatten wir ebenfalls so etwas wie einen Himmel? Oder war da einfach Nichts? Leere?

»Ich auch«, wisperte ich. »Fürchterliche Angst sogar. Aber so ein Kerl hat mir mal gesagt, wenn ich meinen Ängsten zu viel Raum gebe, würde ich vielleicht die Wunder übersehen, die dieses Reich zu bieten hat.«

Ich spürte, wie Noár lächelte.

»Klingt, als wäre das ein ziemlich kluger Kerl gewesen.«

»Meistens«, lachte ich, während mir gleichzeitig der Hals eng wurde und die Stimme versagte.

Noár seufzte. Er erhob sich und zog mich mit sich auf die Beine. Ich verstand ihn. Er gehörte nicht zu den Männern, die dem Tod auf den Knien begegnen wollten. Warme Finger hoben mein Kinn und ich ertrank ein letztes Mal in seinen dunklen Augen voller Sterne.

»Zusammen?«

Ich nickte und plötzlich verstummte meine Angst. Eine unendliche Ruhe überkam mich. Was auch geschehen würde, ich stand an Noárs Seite – für einen letzten Atemzug oder die Ewigkeit.

»Auf die Schatten gekrönt von Licht«, flüsterte ich.

Er lächelte, dieses schönste aller Lächeln.

»Auf das Licht getragen von den Schatten«, antwortete er.

Und dann küssten wir uns ein letztes Mal.

Möge eure Liebe mit einem Kuss beginnen und ebenso enden. Damit hatte Lazar unsere Hochzeit besiegelt. Es war nur ein Spruch gewesen, Bestandteil der Zeremonie, und doch spiegelte sich darin der Wunsch wider, dass der Tod eine Liebe wie unsere niemals trennen möge. Damals hatte ich nur hoffen können, so viel Glück haben zu dürfen.

Nun war es Gewissheit.

Ich ließ los. Ich ließ mein Leben los und meine Hoffnung. Ich schickte sie mit meiner Wärme hinaus in die Welt, während die Kälte des Chaos in mich hineinfloss. Die Kälte versuchte, mich zu beherrschen, mich zu brechen, doch sie scheiterte. Sie scheiterte, weil das Herz immer stärker war als der Wille. Und zwei Herzen, die sich gefunden hatten, konnten jeden Sturm überstehen. Unsere Liebe verwandelte sich in Licht und strahlte heller, als die Sonne es je gekonnt hätte. Das Licht durchdrang den Sturm, es durchdrang das Chaos. Es verbrannte all das Böse, das Fidrin dort hineingepflanzt hatte. Es erlöste die Cassarden, die darin gefangen waren, und trug unseren letzten Willen mit sich fort. Schnee und Eis kehrten in die Silberfeste zurück und die Schatten der Nacht in Noárs Heimat. Der Sand sammelte sich im Trockenen Meer, an den Bäumen des Wandernden Waldes sprossen neue Blätter und die Tanzenden Nebel tanzten wieder – zwischen dem Reich der Toten und der Menschenwelt. Jedes Tier, jeder Stein, jedes Staubkorn und jedes Mauerstück fand seinen Weg nach Hause.

Zufriedenheit erfüllte mich.

Wir hatten der Welt Hoffnung geschenkt. War das ein Leben wert? Mein Leben? Unser Leben? Ich hatte nicht mehr das Gefühl, ein Opfer zu bringen. Mein Herz war voller Erinnerungen. An meine Kindheit in der Menschenwelt, unserer Reise nach und durch Cassardim, die Fährstadt, die Niemandslande, den Kaiserhof, das Schattenreich, Rim Valesh, den Shendai-Hort, den See alles Verlorenen, das Fort am Grenzstern, die Silberfeste, Teeravad, Hamatar, Akatesh, die rote Chimäre, Faheena. An all diesen Orten war so viel geschehen. Und selbst in den dunkelsten Stunden hatte ich Freundschaft und Liebe erfahren dürfen von so vielen wundervollen Persönlichkeiten: meine Geschwister Adam, Nick, Annie, Jenny und Moe, meine Freundin Zoey und später Lance, aber auch Warden, Yon, Joto, Mariz, Nana Plombis, Ifar, Esekra, Drokor, Junos, Pash, Rhome, Keeza, Flummel, Nox, mein Bruder Ilion, mein Onkel Askan und Lazar, der für mich tatsächlich einem Vater am nächsten kam. Ich wünschte, ich hätte ihm das noch sagen können. Das zählte zu den Dingen, die ich bedauerte. Am schlimmsten war, nicht mehr am Leben dieser Leute teilhaben zu dürfen. Nicht mehr herauszufinden, ob Lance doch noch als MC Geisterbrautjungfer Karriere machte und wie viel Flummel wirklich essen konnte, bevor er aufgab. Nicht mehr erleben zu können, wie Moe groß wurde und wie groß er überhaupt wurde. Nicht mehr erfahren zu können, wie Annie die Fährstädte aufmischte, wie oft Jenny noch heiratete oder wann Nick seinen Harem dichtmachte, weil er sich tatsächlich verliebt hatte. Ich hätte Ilion gerne näher kennengelernt, Flugstunden auf und von Nox bekommen, Keeza zu ihrer Vergangenheit befragt, Rhome doch noch zum Haareflechten eingeladen, mich mit Pash betrunken und Junos seine Schuldgefühle wegen der Pfeile auf Noár genommen.

Noár.

Liebe meines Lebens.

Mit ihm verlor die Welt ein bisschen was von ihrem Licht. Von ihrem Mut. Von ihrer Stärke. Und doch war sie durch ihn und seine Taten um so vieles reicher geworden. Vielleicht konnte der Rest Cassardims ihn nun endlich so sehen, wie ich ihn sah. Ohne seine Maske. Ohne die Lügen. Nur den Mann, der immer um das Gute in sich gekämpft hatte und der nun sein Leben opferte, um das Richtige zu tun.

Ich bereute keinen Moment, seit wir uns zum ersten Mal in die Augen geblickt hatten. Und auch nicht, dass wir sie viel zu früh gemeinsam schlossen – denn in seinen Armen fand ich Frieden.

Nun gab es nur noch ihn und mich und die Musik der Ewigkeit. Er tanzte mit mir im Sternenhimmel, bis unsere letzten Atemzüge sich vermischten und in Cassardim aufgingen. Verwurzelt im Chaos stiegen wir auf und breiteten unsere Schwingen schützend über unserer Heimat aus.

Schwarz und Gold.

Zusammen.

Für immer.

THE SHOW MUST GO ON

Knarrend bewegten sich die schweren Torflügel. Von innen stemmte sich jemand mit ganzer Kraft dagegen, um sie einen Spalt zu öffnen. Neun Personen, die unterschiedlicher nicht hätten sein können, traten misstrauisch ins Freie. Ein Mädchen mit braunen Zöpfen, eine blonde Kriegerin, ein junger Wüstenprinz, ein grimmig dreinblickender Hüne, ein Heerführer in silberner Rüstung, ein schwarz gekleideter General, ein junger Fürst mit dunklen Locken, ein älterer Mann mit goldenen Symbolen auf der Stirn und ein kleiner Junge, auf dessen Schulter ein winziges schwarzes Tierchen hockte.

Die neun Juwelträger des Totenreichs waren vom Kampf gezeichnet und in ihren Gesichtern spiegelte sich der Schrecken der letzten Stunden wider. Jeder einzelne von ihnen hatte dem Tod gegenübergestanden und alle Hoffnung verloren. Sie wussten selbst nicht, wie ihnen geschehen war oder warum sie noch lebten, doch zwei Dinge wussten sie mit absoluter Sicherheit: Die Gefahr war vorüber. Und die Welt, wie sie sie kannten, hatte sich verändert.

Mit ehrfürchtiger Verwunderung betrachteten sie nun das neue Antlitz Cassardims. Zwei mächtige Bäume wuchsen aus den Tiefen des Ewigen Flusses empor. Bäume, so gewaltig, dass ihre Äste den orangegoldenen Wolkenhimmel trugen und ihre Wurzeln die Grundfesten des Totenreichs zusammenhielten. Einer schwarz wie die Nacht, doch die Blätter waren durchzogen von goldenen Adern. Der andere Stamm aus purem Gold mit Blättern so dunkel wie das Schattenreich selbst. Ihre Stämme waren ineinander verschlungen. Eine Umarmung erstarrt in der Zeit. Untrennbar miteinander vereint bis ans Ende aller Welten.

Als die neun Juwelträger verstanden, welches unglaubliche Opfer für sie erbracht worden war, füllten sich ihre Augen mit Tränen. Tränen der Trauer, Tränen der Hoffnung, Tränen der Dankbarkeit. Gemeinsam schritten sie die Brücke entlang, die zwischen den beiden Stämmen hindurchführte. Cassarden aller Völker strömten aus dem Goldenen Berg und folgten ihnen in einer stummen und staunenden Prozession. Ihre Blicke waren auf das Wunder gerichtet, das sie alle gerettet hatte. Die schwarzen und goldenen Blätter raschelten leise im Wind und das Wasser des Ewigen Flusses umfloss friedlich das kräftige Wurzelgeflecht.

»Es hätte ihnen gefallen«, verkündete der kleine Junge leise. Das Tierchen auf seiner Schulter piepste bestätigend.

»Das hätte es«, meinte der gelockte Fürst und legte dem Jungen tröstend den Arm um die Schultern.

»Ist ja auch monumental genug für das Ego des Schattenprinzen«, brummte der grimmige Hüne. Er fuhr sich mit dem Ärmel seines Hemds über die Augen und strafte damit seine scheinbare Ungerührtheit Lügen.

Im Schatten der beiden Bäume blieb der ältere Mann mit den goldenen Symbolen auf der Stirn stehen und sah die anderen Juwelträger an. Er wirkte derangiert und von Reue zerfressen, aber er schämte sich seiner Tränen nicht und erhob mit feierlichem Ernst die Stimme.

»Wir alle haben nun eine Lebensschuld zu begleichen. Heute trauern wir«, sagte er, »und morgen wird Cassardim aus der Asche der Vergangenheit neu entstehen. Lasst es ein Cassardim sein, das unsere letzte Kaiserin mit Stolz erfüllt hätte.«

»Worauf du dich verlassen kannst, Prinzesschen«, murmelte ein Krieger mit wirren Haaren.

JAHRE KOMMEN, JAHRE GEHEN

Wenn ein Mensch starb, reiste dessen Seele durch die Tanzenden Nebel über den Ewigen Fluss zur Goldenen Brücke. Dort musste sie die zwei Kaiserbäume passieren, bevor sie schließlich den Goldenen Berg und das Gericht der Toten erreichte. So war es Tag für Tag, Jahr für Jahr, Dekade für Dekade.

Nur nicht heute. Heute umgab die Goldene Brücke eine seltene Ruhe, denn das Ende der Kaiserzeit jährte sich zum hundertsten Mal und das Gericht der Toten stand zu Ehren des letzten Kaiserpaares still.

Ein Herr in eleganter Robe trat auf die Brücke hinaus. Es war Lazar, der ehemalige Seneschall des Kaiserreichs und jetzige Juwelträger des Goldenen Volkes. Er führte eine bunt gemischte Kinderschar aus allen Reichen zu den mächtigen Stämmen der Kaiserbäume. Der majestätische Anblick der verschlungenen Wurzeln mit ihrer schwarzgoldenen und goldschwarzen Rinde sorgte bei den Kleinen für reihenweise offene Münder und große glänzende Augen. In ihren Köpfen schwirrten schon jetzt zahllose Fragen umher, doch noch ließ Lazar sie in ihrer Aufregung schmoren. Stattdessen richtete er den Blick auf eine der riesigen goldenen Wurzeln. Dort oben hatte es sich ein junger Mann bequem gemacht. Die Haare an seinen Schläfen waren kurz geschoren, sodass man die bernsteinfarbenen Ornamente des Waldvolks gut sehen konnte. Den Rest seines blonden Haarschopfs trug er in einem geflochtenen Irokesen. Seine kriegerische Aufmachung passte nicht so recht zu seinen sanften Gesichtszügen und der verträumten Art, mit der er die Zeichenmappe auf seinem Schoß betrachtete. Leise summte er eine Melodie vor sich hin. Ein Kinderlied, das seine Schwester ihm früher immer vorgesungen hatte.

»Hab mir schon gedacht, dass ich dich hier finde«, begrüßte ihn Lazar.

Der Bursche lächelte, machte sich aber nicht die Mühe, von seiner Mappe aufzusehen. »Erzählst du wieder deine Geschichten, alter Mann?«

»Natürlich«, erwiderte Lazar ruhig. »Manche davon sollten nie in Vergessenheit geraten.«

Jetzt hob der junge Mann seine moosgrünen Augen. Gedankenverloren musterte er den ehemaligen Seneschall. Man spürte, dass die beiden eine Erinnerung teilten, die vor langer Zeit tiefe Wunden gerissen hatte und trotzdem noch nicht gänzlich verheilt war.

Nach einer Weile seufzte Lazar und wandte sich an die Kinderschar, die schon hibbelig warteten.

»Kommt her«, winkte er sie näher, »und begrüßt Prinz Zamoe vom Wandernden Wald. Einer der neun Juwelträger.«

Artig wurde gemacht, was Lazar verlangte. »Hoheit«, erschallte es in zehn verschiedenen Tonhöhen, während Prinz Zamoe den Kindern zunickte und eine Kaskade von Verbeugungen präsentiert bekam.

Kaum fertig, reckte ein Mädchen mit silbernen Sternen über seinen Brauen die Hand in die Höhe.

»Ja?«, rief Lazar sie auf.

»Wieso hat es nach Kaiserin Amaia keine neuen Kaiser mehr gegeben?«, wollte das Wolkenvolk-Mädchen wissen.

»Weil sie uns gezeigt hat, dass unsere Gemeinschaft stärker ist, als ein Thron«, antwortete Lazar gutmütig.

»Hat sie deswegen das Juwel geteilt?«

»Ganz richtig.«

Das kleinste Mädchen der Gruppe flüsterte: »Ich will auch mal eine Juwelträgerin werden.«

Lazar lächelte die kleine Nebelreiterin an. »Wenn du es nur fest genug willst, steht dem nichts im Wege.«

»Aber ... ich bin keine Prinzessin«, stammelte sie, erschrocken darüber, dass Lazar sie gehört hatte.

»Das war Kaiserin Amaia auch nicht«, meinte der ehemalige Seneschall und löste damit staunendes Gemurmel aus. »Sie war sogar eines der Verlorenen Kinder.«

»Was sind Verlorene Kinder?«, fragte ein Felsenläufer-Junge mit Sommersprossen.

»So haben wir früher jene genannt, die keine Völkersymbole trugen.«

Ein Fährvolk-Mädchen runzelte die Stirn. »Aber konnten sie nicht einfach zu einem der Juwelträger gehen und sich ein Volk aussuchen?«

»Nein«, erklärte Lazar, »früher ging das nicht.«

Diese Vorstellung kam den Kindern so abwegig vor, dass sich Verwirrung und betretenes Schweigen breitmachte. Schließlich meldete sich ein gelockter Faheen-Junge. Er wartete nicht, bis Lazar ihm erlaubte zu reden, sondern fragte direkt: »Dürfen wir auf die Wurzeln klettern?«

Die anderen Kinder starrten erst ihn und dann Lazar mit großen Augen an. Der Vorschlag schien gleichermaßen respektlos wie reizvoll zu sein.

Lazar taxierte den Jungen mit amüsierter Strenge. »Wenn es euch gelingt, dann dürft ihr es.«

Begeistert rannten die Kinder los, doch auf einmal ertönte ein tiefes Knurren. Ein schwarzer Schatten löste sich aus dem dunklen Wurzelwerk und entblößte seine rasiermesserscharfen Fänge.

Die Kinder schrien auf. Manche blieben wie versteinert vor

der riesigen geflügelten Raubkatze stehen, andere liefen zurück zu Lazar, der das Ganze schmunzelnd beobachtete. Dem Faheen-Jungen klappte der Mund auf.

»Boah, ist das Nox?«, platzte es aus ihm heraus. »Der tapfere Shendai von Kaiser Noár? Ich dachte, er wäre im Krieg gegen das Chaos gefallen?«

»Und ich dachte, das wär alles nur ein Märchen«, hauchte ein Schattenvolk-Mädchen.

Lazar schlenderte unerschrocken auf den betagten Shendai zu, der nun mit einem Raunzen die Lefzen senkte und sich das ergraute Kinn kraulen ließ.

»In jedem guten Märchen steckt auch ein Funken Wahrheit«, murmelte er.

Jetzt gab es für die Kinder kein Halten mehr. Sie bombardierten den ehemaligen Seneschall mit Fragen und ließen nicht locker, bis jeder von ihnen Nox einmal hatte streicheln dürfen. Der Shendai ertrug die Neugier der Kinder mit stoischer Gelassenheit und Lazar beantwortete unermüdlich alle Fragen.

»Dann stimmt es also, dass Kaiserin Amaia und Kaiser Noár hier gegen das Chaos gekämpft haben?«

»Sie haben nicht nur dagegen gekämpft, sondern es besiegt.«

»Aber sie sind gestorben«, maulte der Junge mit den Sommersprossen. »Das ist doch kein Sieg.«

Unvermittelt stieß Nox ein so zorniges Fauchen aus, dass die Kinder zusammenzuckten. Er drehte sich um und sprang zurück in das Wurzelwerk des schwarzen Baumes. Dort rollte er sich in den Schatten zusammen und strafte seine kleinen Bewunderer mit Nichtachtung.

Auch in Lazars Stimme klang zum ersten Mal eine gewisse Schärfe mit. »Amaia und Noár haben ein Opfer dargebracht«, stellte er klar. »Sie gaben ihr Leben, um uns alle zu retten.«

Seine Zurechtweisung sorgte dafür, dass die Kinder reihenweise mit betroffenen Mienen auf ihre Fußspitzen starrten. Alle, außer das jüngste Mädchen. Es tapste zu einer der Wurzeln und legte ihre kleine Hand auf die schwarzgoldgemusterte Baumrinde.

»Mein Papa hat mir gesagt, dass Amaia und Noár nur schlafen. Und wenn Cassardim sie braucht, kehren sie wieder, um uns alle zu retten.«

»Sie sind tot«, spottete der Sommersprossen-Junge. »Sie kehren nicht wieder.«

Die großen Rehaugen des Mädchens füllten sich mit Tränen. Lazar seufzte und kniete sich neben sie.

»Sie sind fort, das stimmt. Aber selbst wenn ihre Taten irgendwann vergessen und ihre Namen nur noch verblasste Einträge in alten Büchern sind, wird ihre Liebe immer über Cassardim wachen.«

Plötzlich sprang Zamoe von seiner Wurzel. Die Kinder machten dem Waldprinzen ehrfürchtig Platz. Er trat neben das kleine Nebelreiter-Mädchen und kramte etwas aus seinem Rucksack hervor. Dann ging er in die Hocke und hielt ihr ein Stück Kuchen hin. Die kleine Nebelreiterin bekam glänzende Augen und wollte schon danach greifen, doch Prinz Zamoe gab ihr ein Zeichen zu warten. Da erfüllte ein leises Brummen die Luft. Von irgendwoher aus den verschlungenen Stämmen schoss ein schwarzer Fellball mit Flügeln hervor und stürzte sich glücklich piepsend auf den Kuchen. Zur Freude der Kinder folgten ihm sieben noch viel kleinere Fellknäuel.

»Wenn du an die Geschichte deines Papas glauben möchtest«, raunte Prinz Zamoe dem Mädchen zu, »dann lass dich durch niemanden davon abbringen. Denn nichts in Cassardim ist wahrhaft so, wie es scheint.«

GLOSSAR

DIE VIER BRÜCKEN
Die Goldene Brücke – führt über den Ewigen Fluss
Die Nebelbrücke – führt weitverzweigt durch die Niemandslande
Die Sandbrücke – führt über das Trockene Meer zur Schwarzen Treppe
Die Tannbrücke – führt durch den Wandernden Wald zur Silbernen Treppe

DIE ACHT REICHE
Der Goldene Berg – Bauwerk aus Gold im Zentrum Cassardims
Die Silberfeste – erbaut auf den Wolkenbergen, entspricht dem Elysium
Die Schattenfeste – erbaut auf den Schattenbergen, entspricht der Hölle
Das Trockene Meer – Ozean aus Sand, der sich wie Wasser verhält
Der Ewige Fluss – öliger Strom aus Chaos, glüht nachts grünlich
Der Wandernde Wald – Reich aus Wurzeln und Bäumen, in steter Bewegung
Die Tanzenden Nebel – umgeben Cassardim, können Erinnerungen entziehen
Die Niemandslande – Reich aus schwebenden Bergen und Felsen

DIE VÖLKER CASSARDIMS

DAS GOLDENE VOLK
HEIMAT: Der Goldene Berg
AUFGABE: Das Totengericht
FARBE: Gold
BEKANNT FÜR: Schmuckschmieden, Archive, Honig, Süßspeisen
SYMBOL: goldene Ornamente auf der Stirn
HERRSCHERSYMBOLE: Ornamente auf den Handflächen

DAS FÄHRVOLK
HEIMAT: Der Ewige Fluss
AUFGABE: Übersetzen der Seelen zur Goldenen Brücke

FARBE: Ocker
BEKANNT FÜR: Korbflechtarbeiten, Räucherfleisch, Seife
SYMBOL: Ornamente aus Brauneisenstein auf den Wangenknochen
HERRSCHERSYMBOLE: Ornamente an den inneren Handgelenken

DIE NEBELREITER

HEIMAT: Die Tanzenden Nebel/Menschenwelt
AUFGABE: Geleit der Seelen durch die Nebel
FARBE: Violett
BEKANNT FÜR: Seide, Glas, Käse
SYMBOL: Linien und Ornamente aus Bronze am Kinn
HERRSCHERSYMBOLE: Ornamente an der Wirbelsäule

DAS WALDVOLK

HEIMAT: Der Wandernde Wald
AUFGABE: Überführung der erlösten Seelen in die Silberfeste
FARBE: Grün
BEKANNT FÜR: Schnitzereien, Langbögen, Früchte
SYMBOL: Ornamente aus Bernstein am seitlichen Schädel
HERRSCHERSYMBOLE: Ornamentringe um die Handgelenke

DAS WÜSTENVOLK

HEIMAT: Das Trockene Meer
AUFGABE: Überführung der verurteilten Seelen in die Schattenfeste
FARBE: Beige
BEKANNT FÜR: Tabak, Webereien, Brot
SYMBOL: Streifen aus Tonerde über Augen und Nasenrücken
HERRSCHERSYMBOLE: Ornamente auf den Oberarmen

DAS WOLKENVOLK

HEIMAT: Die Silberfeste
AUFGABE: Belohnung der Seelen, Schutz der Barrieren
FARBE: Weiß
BEKANNT FÜR: Waffenschmieden, Wolkensilber, Salz, Instrumente
SYMBOL: silberne Ornamente über den Augenbrauen
HERRSCHERSYMBOLE: Zwei Sterne auf der Brust

DAS SCHATTENVOLK
HEIMAT: Die Schattenfeste
AUFGABE: Bestrafung der Seelen, Schutz der Barrieren
FARBE: Rot
BEKANNT FÜR: Waffenschmieden, Schattenmetall, Öl, Heilkräuter
SYMBOL: Ornamente aus Obsidian an Hals und Schlüsselbeinen
HERRSCHERSYMBOLE: Ornamente auf Handrücken und Unterarmen

DIE FELSENLÄUFER
HEIMAT: Die Niemandslande
AUFGABE: Schutz der Seelen auf dem Weg in ihre neuen Leben
FARBE: Blau
BEKANNT FÜR: Varras-Wein, Lederwaren, Shryn-Kristalle
SYMBOL: Eisenfächer an Schläfen
HERRSCHERSYMBOL: Ornamente an den Fingerspitzen

FAHEEN
HEIMAT: Faheena, bzw. auf Schiffen verstreut
AUFGABE: keine
FARBE: Schwarz
BEKANNT FÜR: Diebes- und Raubzüge, Manipulation des Windes
SYMBOL: keine
HERRSCHERSYMBOL: keine

PERSONEN

GOLDENER HOF
Amaia – Goldene Erbin Cassardims
Katair † – Kaiser, Fidrins Sohn
Moya – ehemalige Kaiserin, Katairs Frau
Lazar – Lazar val Etor, Seneschall
Askan – Goldkrieger, Kommandant des fünften Regiments
Joto – Zeremonienmeister im Goldenen Palast
Mariz – Kammerzofe von Amaia, in Noárs Lebensschuld
Nana Plombis – Haushofmeisterin im Goldenen Palast
Ephenie – Magd

HOF DES WANDERNDEN WALDES

Mak – Fürst des Wandernden Waldes, Moes Vater
Ganaya – Fürstin des Wandernden Waldes, Moes Mutter
Moe – Zamo, Kronprinz des Wandernden Waldes
Tincos – »Eiserner Prinz«, Maks Sohn, Moes Halbbruder
Emis – Botschafter des Goldenen Bergs im Wandernden Wald
Brom – Botschafter der Silberfeste im Wandernden Wald
Praparatin – Botschafter der Schattenfeste im Wandernden Wald

SCHATTENHOF

Shaell – Fürst der Schattenfeste, Noárs Vater
Zima – Fürstin der Schattenfeste, Noárs ehemalige Geliebte
Noár – Kronprinz Ardiza Noár val Shaell von der Schattenfeste, Heerführer der dunklen Armee
Rhome – General Lerhome val Aavis, Noárs rechte Hand
Drokor – Lord Drokor val Fash, Noárs Freund
Pash – Graf Sepash val Paskes, Noárs Freund
Keeza – Takeezani val Aavis, Rhomes Schwester
Junos – Junos val Naath, Noárs stummer Freund
Valair – Valair val Varrev, Großherzog
Esekra – Noárs ehemalige Amme
Nox – Noárs Shendai
Haya – Shendai-Weibchen aus Nox' Rudel, seine Tante
Kami, Naz und **Rizon** – Shendai-Junge aus Nox' Rudel
Flummel – Okoklin, in Amaias Lebensschuld

WÜSTENHOF

Samtar – Fürst des Trockenen Meers, Nicks Vater
Nick – Prinz Nicuna, Samtars Sohn, ehemalige fürstliche Geisel

HOF DER NIEMANDSLANDE

Onode – Fürst der Niemandslande, Jennys Vater
Jenny – Prinzessin Jenara, ehemalige fürstliche Geisel
Chewbacca – Jennys Felsenwolf

WOLKENHOF

Saphama – Fürstin der Silberfeste
Ifar – Kronprinz der Silberfeste, Heerführer der Wolkenarmee

HOF DES FÄHRVOLKS
Annie – Prinzessin Lovanna, ehemalige fürstliche Geisel
Yon – Fährmann

NEBELHOF
Adam † – Prinz Toradam, ehemalige fürstliche Geisel
Kjann – Fürst der Tanzenden Nebel, Adams Bruder
Warden – Nebelreiter geheimer Herkunft

OHNE ZUGEHÖRIGKEIT
Zoey – Amaias beste Freundin, später Lance
Ilion – Fürst der Faheen
Hjonjos – rechte Hand Ilions in Faheena
Captain Leeja – Kapitänin der Roten Chimäre
Rodh – Faheen, Bootsmann auf der Roten Chimäre
Sabo † – Faheen
Fidrin – Chaoskaiser, Katairs Vater
Lance – ehemals Zoey, Pfleger im The golden Emperor
Miss Goldblossom – erste Kaiserin Cassardims

NAMEN, ORTE UND BEGRIFFE

Akatesh – Hafenstadt und Residenz der Nebelfürsten
Chimäre – riesenhafte Chaoskreaturen mit Merkmalen verschiedener Tiere
Chokaal (Chaoshund) – hyänenartige Chaoskreatur, groß wie ein Bär
Damatih-Tee – wach machendes Gebräu
Feuerkrähen – rotgefiederte Vögel im Schattenreich
Feuerschwärmer – giftiger bluttrinkender Falter im Schattenreich, auch »letzte Gnade des Schicksals« genannt
Fort am Grenzstern – alter Wachposten im Schattenreich
Grenzstern – Punkt, an dem fünf Reiche Cassardims aneinandergrenzen
Grube der Vergessenen – tödliche Schlucht im Wolkenreich
Hamatar – Stadt der Purpurfeuer, Hauptstadt des Trockenen Meers
Hungriger See – Leben verschlingendes Gewässer im Wolkenreich
Juwel der Macht – Edelstein zur Verstärkung des Willens und Weitergabe von Erinnerungen aller Kaiser
Kristallblüten – fleischfressende Pflanze aus dem Wolkenreich
Nachtranke – Pflanze aus dem Schattenreich, die Eindringlinge abwehrt

Nebelfalter – Schmetterlinge mit scharfen, goldverzierten Flügeln, beschützen das Nebeltor
Neun Tode – Noárs Vertraute
Nyadenwasser – milchiges Getränk, das den Geschmack seinem Trinker anpasst
Rim Valesh – ehemaliger Stützpunkt einer Shendaistaffel
Sandgleiter – robbenartige Reittiere mit Fischflossen, die im Trockenen Meer leben
Schattenpforte – Verbindungspunkt verschiedener Orte im Schattenreich
Schleier-Kristall – Edelstein zum Transport von Seelen
Schleierwald – umgibt Akatesh in den Tanzenden Nebeln
See alles Verlorenen – legendäres, verborgenes Gewässer im Schattenreich
Shendai – geflügelte, schwarze Raubkatzen mit messerscharfen Schwingen
Shryn-Kristall – Edelstein-Gefängnis verdammter Seelen
Stern der fünf Reiche – Grenzpunkt zwischen fünf Reichen Cassardims
Teeravad – Hauptstadt des Wandernden Waldes
Trostlose Felder – Ebene in den Tanzenden Nebeln
Unterstadt – Wohnort der niederen Mitglieder des Goldenen Volks
Varras – Erinnerungen der Toten, Basis eines berauschenden Getränks
Weiße Kerker – Gefängnis unterhalb des Wolkenpalasts
Zinnen – Lager der dunklen Armee, Nistplatz der Shendai

DANK

Nach den letzten Kapiteln Cassardims liegt mein Herz brach. Dennoch weiß ich, dass meine Geschichte genau so enden musste, wie sie endet. Und ich weiß, dass sie (und mein brachliegendes Herz) bei niemandem besser aufgehoben ist als bei euch, liebe Lesende. Auch wenn es kitschig klingen mag, eure Begeisterung und euer Support sind der Wind unter meinen Schreib-Flügeln. Danke für das unerschütterliche Vertrauen, mit dem ihr euch von mir in das Totenreich habt entführen lassen.

Ganz besonders möchte ich mich bei meiner Cassardim-Delegation bedanken, die diese Reise mit Rat und Tat, Humor und Einsatz begleitet haben. Jenny von nubsis_kleinebuecherhoehle, Tamara und Stefanie von tamfanies.lesezeichen, Hanna von glitzerseiten_, Hannah von justaddmood, Lisa von rubyredbooks, Lena von expectobooktronum und zeitweise auch Lexie von alexandra_nordwest. Ihr seid großartig, und keine Angst, ich werde euch nicht einfach ersetzen!

Auch zur Delegation gehört Nane von theujulala, die nicht nur ganz viel Orga innerhalb der Delegation übernommen hat, sondern auch mein Joker-Testleser ist, und deren frische Augen mir final ein letztes Feedback vor dem Druck gegeben haben. Danke, liebe Nane. Ich freue mich auf unseren nächsten Kaffee.

Außerdem gab es noch Einige, die kapitelweise oder in größeren Häppchen den Schreibprozess begleitet haben. Das ist zum einen Verena von Lieblingsleseplatz.de, deren Meinung und Input mir genauso viel bedeuten wie unsere Freundschaft. Liebe Verena, du legst nicht nur mit großer Präzision den Finger auf Schwachstellen, sondern bringst mich mit deiner sarkastisch pragmatischen Art immer wieder zum Lachen und berührst mit deiner Ehrlichkeit mein Herz. Danke, dass es dich gibt!

Dann durfte natürlich auch mein inzwischen berühmt-berüchtigter Wunschbruder Florian Stierstorfer mitlesen. Lieber Flomo, unsere Telefonate und Treffen, deine einzigartigen Zusammenfassungen,

Sichtweisen und Expertenratschläge haben Cassardim nicht nur geprägt, sondern mich während des Schreibens aufgebaut, abgeholt und motiviert – mehr als du denkst und weißt. Danke für alles – auch für die Produktion der Trailersongs!

Ebenso wichtig für mich und Cassardim ist und war Melanie Renz, meine beste Freundin und Anker in meinem Leben. Du hast mich nicht nur auf meiner Reise durch Cassardim begleitet und mit deinem Feedback meine Gedanken entknotet, sondern ganz nebenbei auch noch versucht, mir den Druck in unserer parallel gelaufenen Anatevka-Produktion von den Schultern zu nehmen – obwohl du dort selbst mitgespielt und alle Tänze choreografiert hast. Du bist großartig an allen beruflichen und privaten Fronten. Ich hab dich lieb!

Aber natürlich braucht es für die Veröffentlichung einer Reihe wie Cassardim noch mehr als das. Es braucht einen Verlag, der mir blind vertraut und mir die Freiheiten gibt, die ich in meiner ganz speziellen Arbeitsweise brauche. Es braucht eine Verlegerin, die immer ein offenes Ohr hat, eine Programmleiterin, die alles mitmacht und mitträgt, was ich an Ideen und Plänen so um mich werfe, ein superliebes Team, das alles organisiert und umsetzt, und selbstverständlich eine wundervolle Lektorin. Dementsprechend ein riesengroßes Dankeschön an Bärbel Dorweiler, Silke Kramer, Caterina Katzer, Lisa Häfner, Katrin Menke, Sarah Kimmig, Sonja Hartl, Anna Wittich und Larissa Rupp.

Liebe Larissa, auch wenn du es gerne abstreitest, ohne dich wäre Cassardim nicht das Cassardim, was es geworden ist. Du leistest großartige Arbeit – nicht nur fachlich in deinem Lektorat, sondern auch menschlich. Du jonglierst Befindlichkeiten, Druck, Deadlines und latente Panikattacken mit unglaublichem Fingerspitzengefühl. Es ist ein Job im Schatten, den man umso weniger sieht, je besser er gemacht wird. Aber ich sehe ihn und ich danke dir von Herzen!

Und nun wie immer – last but not least:

Danke, Rob, dass du seit über einundhalb Jahrzehnten dein Leben mit einer durchgeknallten Geschichtenerzählerin teilst. Auch unsere Geschichte hat mit einem Kuss begonnen und ich hoffe, dass sie nach noch vielen, vielen, vielen glücklichen Jahren auch mit einem ebensolchen enden darf.

Dippel, Julia
Cassardim – Jenseits der Tanzenden Nebel
ISBN 978 3 522 50722 6

Umschlaggestaltung: Marie Graßhoff, nach einer Idee von Julia Dippel, Figur: Julia Dippel
unter Verwendung von Bildern von shutterstock.com (VJ Tar, Sanit Fuangnakhon, LilKar, Ashira Methamongkhonkhet, iordani, AlexAnnaButs, Super8, Nataliya Turpitko, Soloma, Eky Studio, L.F, Only background)
Vor- und Nachsatz: Julia Dippel
Innentypografie: Kadja Gericke
Reproduktion: DIGIZWO GbR, Stuttgart
Druck und Bindung: GGP Media GmbH

© 2021 Planet!
in der Thienemann-Esslinger Verlag GmbH, Stuttgart
Printed in Germany. Alle Rechte vorbehalten.
4. Auflage 2022